btb
Aus Freude am Lesen

btb

Buch

Behütet von seinem älteren Bruder Jeremy wächst Douglas Fortescue zwischen den Ahnenbildern und Ritterrüstungen eines Herrensitzes in Yorkshire auf. Sein Vater ist nur der Verwalter des Anwesens, aber da der Besitzer nach Neuseeland ausgewandert ist, geben sich die Fortescues aristokratisch. Als Douglas siebzehn ist, erscheint der rechtmäßige Erbe des Schlosses. Zwischen dem jungen Mann und Douglas kommt es zu erotischen Spannungen – und schließlich zu einer folgenschweren Ohrfeige: die Fortescues müssen das Anwesen verlassen. Tief gekränkt zieht Douglas nach Manchester. Dort wird er Gerichtsprotokollant und verarbeitet Stenogramme der schaurigsten Verhöre zu Groschenheften namens »Crimes of Our Times«. Als er die Beichte eines Mörders an ein Londoner Verlagshaus schickt, wird er zur literarischen Entdeckung und zum gefeierten Liebling der britischen High Society. Doch dem wundersamen Aufstieg folgt der jähe Fall, als die wahre Natur seiner Dichtung erkannt wird. Fortescue flieht nach Amerika, und im Wilden Westen kommt es schließlich zum »Showdown« …

Autorin

Christine Wunnicke wurde 1966 in München geboren und studierte in Berlin und Glasgow Linguistik, Altgermanistik und Psychologie. Sie veröffentlichte zahlreiche Radio-Features und Hörspiele. »Fortescues Fabrik« ist ihr Romandebüt. Für ihren zweiten Roman »Jetlag« (Knaus Verlag) wurde sie mit dem Literaturstipendium der Stadt München ausgezeichnet. Die Autorin lebt in München.

Christine Wunnicke

Fortescues Fabrik

Roman

btb

Umwelthinweis:
Alle bedruckten Materialien dieses Taschenbuches
sind chlorfrei und umweltschonend.

btb Taschenbücher erscheinen im Goldmann Verlag,
einem Unternehmen der Verlagsgruppe Bertelsmann

1. Auflage
Genehmigte Taschenbuchausgabe Mai 2000

Umschlaggestaltung: Design Team München
Umschlagfoto: Photonica/Vojnar
Satz: Filmsatz Schröter GmbH, München
KR · Herstellung: Augustin Wiesbeck
Made in Germany
ISBN 3-442-72636-0

Prolog

A*ls William Kennedy Laurie Dickson,* erster Assistent in der photographischen Sektion der Laboratorien zu West Orange, New Jersey, am 21. Juli 1891 eben zum drittenmal versuchte, einen Kupplungsstift in den Schlitz des Malteserkreuzes der Horizontal Geführten Camera einzupassen, hörte er jemanden mehrmals hart gegen die Tür der Werkstatt schlagen, und zwar mit einem derart unverschämten Nachdruck, wie es in Thomas Alva Edisons wohlgeführten Betrieben wirklich nicht üblich und eigentlich vollends unmöglich war.

Dickson war allein. Er hatte Campbell in den Chemietrakt geschickt, Heise zum Telegraphenamt, den Botenjungen zum Lunchholen. Er war allein, in Hemdsärmeln wegen der Hitze, und er hatte es eilig, denn er würde morgen zu Mr. Eastman nach Rochester fahren, und bis dahin war noch viel zu erledigen. Edison war in Ogden, aber er würde wiederkommen, und dann wollte er Ergebnisse sehen.

Dickson versuchte, die Schläge an der Tür zu überhören. Es gelang ihm nicht. Er legte Kreuz und Stift auf die Werkbank, fuhr zum soundsovielten Mal mit dem Taschentuch über sein glänzendes Gesicht und ging hin, mit grimmiger Miene, um zu sehen, wer sich draußen im Flur so impertinent benahm. Er drehte den Schlüssel im Schloß und öffnete, und er machte dann unwillkürlich einen schnellen Schritt rückwärts, denn der Mensch, der da Einlaß begehrte, hatte eben die Hand gehoben zu einem neuen Schlag, und es sah fast so aus, als wolle er diese Attacke um jeden Preis zu Ende bringen, auch wenn die Tür längst aus dem Weg war. Sobald er verstand, daß man ihm geöffnet hatte, ließ er die Hand jedoch sofort sinken und verschränkte sie geniert mit der anderen, während ihn der erste

Assistent der photographischen Sektion zuerst wütend und dann erstaunt anstarrte, bis er schließlich lachen mußte: denn wer da stand und nun mit gesenktem Blick seine Hände mehrmals neu faltete, nahm sich derart unpassend aus hier im Flur der allermodernsten Forschungslaboratorien der Welt, daß Dickson nicht umhinkonnte, sich trotz seiner Eile über diesen grotesken Besuch einen Moment lang zu amüsieren.

Es war ein ziemlich alter Mann von durchaus ländlichem, um nicht zu sagen verwildertem Äußeren. Dickson fragte sich, wie der Pförtner diese Gestalt hatte einlassen können. Er sah aus wie ein Bauer, ein Fallensteller, ein alter Goldgräber – Dickson war Engländer, und er kannte sich nicht aus mit den Bewohnern der rückständigen Provinzen Amerikas. War das etwa gar ein Indianer? Dickson beschaute die gebogene Nase und die scharf konturierten Lippen in diesem zerfurchten Gesicht, dem die Lebenszeit und vielleicht auch das schlimme Wetter irgendeiner fernen Prärie arg zugesetzt hatten. Über Drillichhosen und schweren Stiefeln trug der Alte trotz der Hitze einen seitlich weitgeschlitzten wadenlangen Ledermantel, der fleckig und abgewetzt war von langem Gebrauch, sein Hemd war allerdings fast weiß und mit Kragen, darunter eine nachlässig verknotete Masche, die wohl den Binder ersetzen sollte. Er hatte einen speckigen Stetson tief in die Stirn gedrückt und machte keine Anstalten, ihn abzunehmen. Die Haare trug er lang, im Nacken zusammengefaßt zu einem gelockten grauen Zopf, der über seiner Schulter lag wie bei einem nachlässig frisierten Frauenzimmer.

William Dickson grinste. Der alte Mann hatte inzwischen seine Verlegenheit überwunden und betrachtete nun seinerseits ruhig sein Gegenüber und die ganze Werkstatt, mit einem langen stillen Blick aus seinen dunklen und ein wenig schrägstehenden Augen.

«Na, Vater», fragte Dickson fast freundlich, «hast du dich verlaufen?»

Der Alte gab keine Antwort. Er griff in die Manteltasche und zog ein zerknittertes Zeitungsblatt hervor, das er Dickson hinhielt, eine Seite der *New York Sun* vom 18. Mai. Dickson nahm das Blatt nicht. Er zeigte in den Flur.

«Ich habe», erklärte der Fremde, ohne Dicksons Geste zu beachten, «in dieser Zeitung gelesen, daß Mister Edison eine Maschine erfunden hat, die Kinetograph heißt und bewegte Lichtbilder zeigt. Stimmt das?»

«Hau ab, Vater», sagte Dickson.

«Ob das stimmt», wiederholte der Mann. Er schaute die *New York Sun* an, dann Dickson. Dickson holte Luft für ein großes Donnerwetter.

«Falls das stimmt, möchte ich sie bitte sehen», sagte der Alte.

«Verschwindest du freiwillig, oder soll ich jemanden rufen?» schrie Dickson.

«Sind Sie zuständig für den Kinetographen?» Der Fremde steckte die Zeitung zurück in die Manteltasche und drehte eine Locke um den Finger. «Der Mann am Eingang hat mich hierhergeschickt. Sie heißen Dickson, Mister, oder?»

War der Pförtner verrückt geworden? Dickson würde ihm nachher gründlich die Meinung sagen. Er holte wieder tief Luft.

«Hören Sie auf zu schreien», sagte der Alte, «zeigen Sie mir lieber die Maschine. Ich möchte sie nur sehen. Ich werde sie Ihnen nicht wegnehmen. Zeigen Sie mir den Kinetographen.»

«Nein!» brüllte Dickson.

«Ich meine das schon ernst.» Der alte Mann schob seinen Hut in den Nacken. Er machte einen Schritt vorwärts und schloß die Tür hinter sich.

«Bitte, Mister, machen Sie kein Theater.»

Und bevor William Dickson nach der elektrischen Klingel für die Werkaufsicht greifen konnte, faßte der Alte unter seinen Mantel und zog einen Revolver, mit einer winzigen und ein wenig müden Handbewegung.

«Los», befahl er leise, und als er sah, wie Dickson mit aufgerissenen Augen die Hände über den Kopf hob, verzog er sachte den Mund, wie um ihm zu bedeuten, daß solche großen Gesten hier gar nicht gefordert seien.

«Der Kine... der Kine...», stotterte Dickson, «der Kinetograph ist im Studio ...»

«Dann gehen wir dort hin, oder?»

«Nicht schießen», hauchte Dickson.

Der Alte faßte den Ingenieur an der Schulter, drehte ihn um, dann steckte er den Lauf des Revolvers umsichtig unter Dicksons linke Achsel, öffnete die Tür und schob ihn auf den Gang. Er führte ihn rasch, immer auf Tuchfühlung, den langen Flur des zweiten Stockes entlang und weiter bis zur Treppe. Der Botenjunge kam ihnen entgegen und hielt Dickson das Lunchpaket hin. Er wunderte sich, daß ihn sein Chef keines Blickes würdigte, er wunderte sich über dessen entsetzte Miene, und am meisten wunderte er sich über den alten Mann. Wollte Dickson bewegte Bilder machen von diesem verlotterten Bärenfänger? Der Junge blieb stehen und gaffte dem seltsamen Paar hinterher, ohne irgend etwas zu begreifen. Der Alte beherrschte die Sache perfekt. Sein Ärmelaufschlag und Dicksons verschwitzte Hemdfalte verbargen die Waffe zur Gänze.

Sie gingen die Treppe hinunter bis ins Parterre, vorbei an der verwaisten Pförtnerloge und ins Freie. Mit weichen Knien führte Dickson seinen Heimsucher den hellen Bretterzaun diesseits der Lakeside Avenue entlang, die Revolvermündung stets an den Rippen, und als sie vor dem sogenannten Studio ankamen, einer verdunkelten Backsteinbaracke im Schatten des Haupttraktes, fiel dem Assistenten ein, daß er die Schlüssel nicht bei sich hatte. Er beichtete diese Vergeßlichkeit fast unter Tränen. Der alte Mann nahm den Revolver aus Dicksons Achsel und schoß das Türschloß kaputt.

Dickson schrie auf. Der Alte schob ihn in das ungelüftete Studio.

«Das da?» Er zeigte auf eine große braune Holzkiste. Dickson nickte. Mit zitternden Fingern lud er den Kinetographen, während der alte Mann geduldig an der Wand lehnte, die Waffe fast vergessen in einer nachlässig baumelnden Rechten.

Es dauerte eine gute Weile, bis William Dickson den Celluloidstreifen eingefädelt hatte. Er betätigte das Getriebe, spulte vorwärts und rückwärts. Es funktionierte. Ausnahmsweise schien der Kinetograph wirklich zu funktionieren. «Sie müssen in dieses Loch schauen, Sir», sagte Dickson mit kleiner Stimme. Der Alte trat zu ihm. Er beugte sich über das Guckloch. Dickson schaltete die Beleuchtung ein.

«Es ist furchtbar schlecht, ich kann nichts dafür!» schrie er plötzlich. «Es ist noch gar nicht fertig, es ist ...»

«Halten Sie den Mund», bat der Alte. Er hatte die linke Hand um das Guckloch gelegt und schaute bewegungslos ins Innere der Maschine. Dickson unterdrückte einen Schluckauf und betätigte den Geschwindigkeitsregler.

Still betrachtete der alte Mann das kinetographische Band. Dickson wußte, was er dort sah: das zuckende Lichtbild eines Jünglings, der sich verbeugt und den Hut zieht und damit eine Weile herumwedelt. Ein schlechtes und flüchtiges Lebendes Bild. Schon war der Streifen am Ende, glitt aus der Führung und klatschte um die Spule.

«Entschuldigung», flüsterte Dickson. Der Alte schwieg. Er bewegte sachte den Revolver. Dickson legte ein neues Band ein. Er zeigte dem alten Mann die Aufnahmen von Sacco, der Purzelbäume schlägt, die Aufnahmen von Campbells eifrigen Kniebeugen, jene von ihm selbst, wie er stolz ein Celluloidband entrollt, und dann zeigte er ihm auch die Aufnahmen von Bessy und Jim, die sich küssen. Edison hatte gelacht über diesen Streifen. Der alte Mann lachte nicht. Er stand da wie eine Statue, gemeißelt aus dem Gestein irgendeiner unwirtlichen Landschaft, stand still und reglos vor dem Kinetographen, mit seinem furchtbaren Ledermantel und seinem furchtbaren Revolver, und er sagte «noch mal», als der letzte Streifen zu Ende war, und wieder «noch mal», und wieder, und er betrachtete das flackernde Lichtbild von Bessy und Jim, die sich damals willig geküßt hatten vor der unbarmherzig zusehenden Kamera, und die sich weiterküßten auf Celluloid seitdem und sich vielleicht weiterküssen würden bis in alle Ewigkeit, wenn der Streifen nicht eines Tages Feuer finge und sie erlöste.

Als der Kuß zum fünftenmal durch die Spulen gelaufen war,

sagte der alte Mann «danke». Er hob den Kopf, rieb seine Augen und spuckte aus.

«Was soll das?» fragte er plötzlich. Er zielte nachlässig auf den Kinetographen, zielte auf Dickson, dann ließ er die Waffe sinken.

«Was soll das. Wozu ist das gut. Warum küssen die sich nicht draußen?»

Dickson unterdrückte einen Laut des Entsetzens. Wie sollte er das beantworten?

«Warum?» beharrte der Alte.

«Man kann einen Nickel einwerfen durch den Schlitz da», stammelte Dickson. Der Alte zielte noch einmal auf die Holzkiste, in der sich abgebildete Leute auf Kommando küßten und albern benahmen. Er krümmte langsam den Finger am Abzug, bis zum Druckpunkt.

«Aha», sagte er leise. Er richtete die Waffe noch immer und mit einer fast hilflosen Miene auf den Kinetographen.

«Warum wollten Sie das sehen?» fragte Dickson plötzlich, entsetzt über seine eigene Courage.

Der Alte schüttelte verwundert den Kopf. «Wissen Sie», begann er nach einer Weile und kratzte sein Kinn mit dem Revolverlauf, «ein Freund ...» Er verstummte. Er blickte in die Ferne. Er blickte lange in irgendeine Ferne, obwohl da nur die Wände des Studios waren.

«Mein Freund», fuhr er dann leise fort, «mein Freund hätte das gemocht. Er hätte das ... er hätte das sicher ...»

Schweigen. Dickson versuchte erfolglos, seinen Schluckauf zu kontrollieren. Der Alte zielte jetzt wie im Traum genau zwischen seine Augen.

«Mein Freund hätte sich vielleicht gefreut über das Ding da», murmelte er nach einer sehr langen Weile. «Er nahm Lichtbilder auf. Fortescue. Damals. Es hat ihm Kummer gemacht ...»

«Bitte ...», flüsterte Dickson. Er starrte die Waffe an.

«... daß es sich nicht bewegt. Daß es stillsteht. Daß es ... daß es so lange belichtet werden muß.» Der Alte überlegte.

«Er hat gesagt, die Welt wäre dann sicher. Mein Freund. Douglas Fortescue. Wenn sie auf Platten ist, die Welt. In der Camera. Ungefährlich, hat er gesagt. Ich weiß nicht, warum.»

«Bitte», stammelte Dickson, «bitte, bitte ...»

Er sah in die Mündung des Revolvers. Der alte Mann rührte sich nicht. «Wer ist Douglas Fortescue?» hauchte Dickson.

«Der größte englische Dichter.» Die Antwort kam prompt.

«Und der ... der hat ...»

«Lange her», sagte der Alte. Dickson verstand erst jetzt, daß sein Gegenüber mit den Tränen kämpfte.

«Wer sind Sie?» hörte er sich flüstern. Eine seltsame Frage, nah vor einem gespannten Revolver. Der alte Mann spuckte wieder aus und schneuzte sich die Nase mit den Fingern der freien Hand.

«Joshua Jenkyns», sagte er nach kurzem Zögern.

Er entspannte jetzt den Hahn und steckte die Waffe unter den Mantel. Er ging zur Tür, rückwärts zunächst nach irgendeiner alten Gewohnheit, aber dann sah er Dickson da stehen, einen verschwitzten und verängstigten Ingenieur mit sehr blassen Lippen, und er wandte ihm nun ruhig den Rücken und verließ das Studio ohne ein weiteres Wort.

Als die Polizei kam, war der alte Mann längst verschwunden. Man verhörte den Pförtner, dann bat man den Ingenieur um seinen Bericht. Dickson beschrieb den Eindringling gewissenhaft vom Hut bis zu den Stiefeln. Er beschrieb den Ledermantel, den Revolver, die schrägen Augen und den grauen Zopf. Der Polizist hielt das alles auf seinem Protokollblock fest.

«Er wollte nur den Kinetographen sehen», sagte Dickson. Der Polizist schrieb auch das ungerührt nieder.

«Er hieß Joshua Jenkyns», sagte Dickson. Der Polizist schrieb. Plötzlich blickte er auf. Er sah Dickson entgeistert an und brach dann in schallendes Gelächter aus.

«Wie hieß er? Was haben Sie eben gesagt?»

«Joshua Jenkyns», wiederholte Dickson verwundert. Der Polizist lachte, dann verstummte er und machte ein böses Gesicht.

«Sie erlauben sich einen Scherz, Sir?»

«Er hieß Joshua Jenkyns!» rief Dickson empört. Er hatte nie daran gezweifelt, daß der Alte die Wahrheit sagte, und er hielt an dieser Überzeugung fest, der Wachmann mochte lachen soviel er wollte.

Dieser war allerdings nicht bereit, Joshua Jenkyns zu Protokoll zu nehmen. Er glaubte Dickson nicht, daß er den Namen noch nie zuvor gehört hatte. Erst als der Ingenieur mehrfach beteuerte, daß er Ausländer sei, fand sich der verärgerte Polizist bereit, ihm zu erklären, warum er diesen Namen sicher nicht niederschreiben und sich so zum Gespött seiner Kollegen machen würde.

Joshua Jenkyns, erklärte der Polizist, sei der Name eines Straßenräubers, der vor einem guten halben Jahrhundert die Gestade des unteren Missouri unsicher gemacht habe. Die Geschichten über den Scharfschützen Little Josh Jenkyns, ein Halbblut, das fast noch ein Kind war auf der Höhe seines schlimmen Ruhmes, würden immer noch gerne erzählt, wilde Legenden, sehr blutig, sehr poetisch, sicher zum Großteil erlogen. Die Knaben von heute, so der Polizist weiter, spielten Joshua Jenkyns mit der Holzpistole. Er könne dem Herrn Ingenieur aufrichtig versprechen: wenn irgend jemand mit Sicherheit nicht in Edisons Laboratorien komme, um den Kinetographen anzuschauen, so Little Josh vom Missouri. Joshua Jenkyns treibe sein Unwesen in den Balladen und nicht in West Orange. Es sei ein dummer Scherz.

«Wer ist Douglas Fortescue?» erkundigte sich Dickson schüchtern.

«Ich werde mein Söhnchen fragen», knurrte der Wachmann, «vielleicht gibt es über den ja auch einen Ammenreim.» Und er verabschiedete sich mißmutig und ging in eine verspätete Mittagspause, unter dem Arm das unvollständige Protokoll eines völlig nutzlosen Überfalls.

Als William Dickson am nächsten Abend in New York auf seinen Zug nach Rochester wartete, ging er in eine Buchhandlung und erkundigte sich dort nach Douglas Fortescue, dem größten englischen Dichter. Dickson wunderte sich selbst, mit welcher Selbstverständlichkeit er dem Unbekannten diese Auszeichnung verlieh. Wenn es nach ihm ginge, sagte der Verkäufer, würde er zwar Shakespeare so nennen oder in Gottesnamen Lord Byron – aber wenn der Herr eben Fortescue vorzöge, so sei ihm das vergönnt. Er suchte weit hinten in den Regalen der schönen Literatur und hielt Dickson dann ein Buch hin, einen dünnen Lederband mit eigenartigen metallenen Ecken:

Douglas W. Fortescue, «Iron»
Follies Press & Publishers, Greenwich, 1836

Der Band war die Erstausgabe und ziemlich teuer. Dickson kaufte ihn trotzdem. Er fragte geniert nach Fortescues Lebenslauf und bekam keine Antwort. Er wollte nach Joshua Jenkyns fragen, aber dann erinnerte er sich an das Gelächter des Polizisten und zog es vor zu schweigen.

William Dickson stieg in den Schlafwagen und blätterte dort in dem Buch. Er fand nichts, was ihn auch nur im entferntesten an einen Kinetographen erinnerte. Es waren lauter Gedichte, wirres Zeug. Der Ingenieur mochte keine Gedichte. Er legte den Band unter sein Kopfkissen und schlief ein, und als er am nächsten Morgen in Rochester ankam, vergaß er ihn mitzunehmen. Trotz der Geldverschwendung bedauerte er diesen Verlust wenig. Wer war Douglas W. Fortescue? Im Grunde, dachte Dickson und grinste, im Grunde gibt es kaum etwas auf Erden, was mir gleichgültiger wäre. Er nahm kopfschüttelnd eine Chaise zu Mr. Eastmans Betrieb.

Erster Teil

I

I*n der Nacht auf den* 29. März 1810, als Sara Fortescue mit ihrem zweiten Sohn in den Wehen lag, ging ein derartiges Gewitter nieder über Bleamoor Hall, daß im Garten bald sämtliche Rabatten sowie die meisten der jungen Kletterpflanzen mitsamt den Gittern, an denen sie liebevoll aufgebunden waren, von Regen und Sturm niedergedrückt platt auf dem aufgeweichten Boden lagen.

Es war nicht mehr viel zu retten. Tobias Fortescue wollte wenigstens die Töpfe mit den empfindlichen Setzlingen in Sicherheit bringen, und er schleppte sie, längst naß bis auf die Haut, vom Garten in die Halle, wobei er laut nach Hilfe schrie, ohne daß sich jemand seiner erbarmt hätte. Es scherte Mr. Fortescue wenig, daß er das Unwetter ebenfalls ins Haus holte; eine Sturmbö nach der anderen fegte durchs Treppenhaus und bis hinauf in den ersten Stock, wo Sara in einem großen Himmelbett lag und ihrerseits aus Leibeskräften schrie, immer wieder: «Ich will nicht!»

Fluchend zerrte Mr. Fortescue seine schon arg beschädigten Pflanzen über die Schwelle. Das Wasser tropfte von der schlammbeschmierten Schlafmütze in seine Augen, die Blumentöpfe verkeilten sich und gerieten ihm dauernd zwischen die Füße, während draußen die Blitze zuckten und der Regen allmählich zu Hagel wurde, der die Anpflanzungen im Garten endgültig in ein gehäckseltes Elend verwandelte.

«Ich will nicht», schrie Sara, «ich will nicht, ich will nicht, ich will nicht.»

Sie tat das schon seit Stunden. Die Schreie übertönten das Gewitter und gellten scheußlich durch die düsteren Flure des alten Gebäudes. Tobias Fortescue glitt auf einem versehrten

Nachtviolensetzling aus und fiel in den Kirschlorbeer. «Ich will nicht!» kreischte Sara. Ein Blitz erhellte das Treppenhaus.

«Wird sie schon wollen müssen, verdammt», brüllte Mr. Fortescue. Und er lief wieder in den Garten, während seine Frau oben in die Bettdecke biß und nach der Hebamme schlug, die Mr. Fortescues Wutschrei lautlos wiederholte: denn wenn die Mutter nicht will, so kann es lange dauern. Die Amme duckte sich bei jedem Donnerschlag, und sie sprach ein Gebet, wenn ein Blitz das Konterfei des alten Earl erhellte, der in Rüstung und Goldrahmen grimmig von den schwarzen Wandpaneelen starrte. Das Gespenst war auch wach. Die Amme hörte es genau. Das Gespenst war wach und stieg oben im Dachstuhl umher, und es sprach Verwünschungen, denn das Gespenst war dagegen, daß Sara Fortescue in diesem Bett ein Kind bekam, und es würde alles tun, um das zu verhindern. Die Hebamme wrang ungeduldig den Waschlappen aus, den die Kreißende ohnehin nicht haben wollte. Sie mißtraute dem Wesen in Mrs. Fortescues gepeinigtem Leib. Die Amme mochte keine Gewitterkinder. Selten, so wußte sie aus langer Erfahrung, war solchen ein glückliches Gedeihen beschieden.

Es war so schnell gegangen, damals mit Jeremy, vor sechs Jahren, Mittags um zwölf, bei Sonnenschein. Ein Schmerzensschrei, ein Schrei des Willkommens, und schon hatte man den Knaben in den Armen gehalten. Ein nettes Kind. Auch heute noch. Und so ein gesunder Schlaf. Die Amme wunderte sich schon seit einer Weile, wie Jeremy Fortescue bei diesem Höllenlärm schlafen konnte. Aber Jeremy schlief, denn er war den ganzen Tag draußen gewesen und brauchte nun seine Erholung. So war das mit Jeremy. Er war ein netter Junge.

In der Morgendämmerung legte sich das Unwetter, und Sara hörte auf zu schreien. Sie griff den Bettpfosten und überließ sich demütig den erfahrenen Händen der Wehmutter. Und als Jeremy erwachte – zur selben Zeit wie immer, frisch und ahnungslos –, hatte er einen kleinen Bruder.

Noch vor dem Frühstück stellte man ihm den Fremdling vor. Vater faßte ihn an den Schultern und schob ihn zur Wiege. Jeremy schaute hinein. Ein rosiger Kopf, ein wenig zerknittert, mit einer kleinen Stülpnase und tiefblauen Augen. Die Augen sahen ihn ernst und fragend an. Jeremy hielt dem seltsamen Blick eine Weile stand, dann wandte er sich verlegen ab. Als Vater das Ding jedoch Bruder nannte und Jeremy befahl, diesen auch recht von Herzen zu lieben, sagte er folgsam «ja, Sir», obwohl er diese sehr blauen Augen nicht mochte. Auch mißfiel ihm, daß das Wesen namens Bruder weder Arme noch Beine hatte; aber er behielt das für sich und sagte Mutter und Vater artig seine Glückwünsche, denn Jeremy Fortescue wußte sich zu benehmen wie ein Gentleman.

Der Säugling war ein strammer Knabe von gut hundertdreißig Ounces. Weil er um sich schlug, hatte ihn die Hebamme fest in Binden wickeln müssen, und er war nun zu einer handhabbaren Rolle geformt, die man der Mutter bereits zweimal an die Brust gelegt hatte: Der Knabe trank kräftig, und ein wenig wild; aber Sara erinnerte sich geniert, wie sie «ich will nicht» geschrien hatte in jenen schmerzvollen Stunden, und sie ertrug den Hunger ihres Jüngsten standhaft, denn Sara wollte den Knaben wohl, und daran sollte niemand zweifeln. Alle wollten den Knaben. Sie nannten ihn ein schönes Kind. Der Vater vergaß für einen Augenblick sogar das nächtliche Massaker im Garten. Jeremy übersah geflissentlich den blauen Blick und die fehlenden Gliedmaßen seines Bruders, und er begann ihn tapfer zu lieben. Auch die Wehmutter freute sich. Sie kämmte die wenigen aschblonden Haare des Kindes zu einem niedlichen Pinsel und neckte es mit allerlei Unsinn. Aber das Gewitter hatte sie nicht vergessen, auch nicht das Scharren des Gespenstes. Und obwohl es von guter Gesundheit zeugte: Es gefiel der Amme einfach nicht, wie Saras Jüngster trank.

«Du mußt auf ihn aufpassen», zischte sie Jeremy zu, als er an Vaters Hand das Zimmer verließ, «er steht unter keinem guten Stern.»

Niemand außer Jeremy hatte das gehört. Es war wohl ein Geheimnis. Jeremy wußte jetzt mehr über die namenlose weiße Rolle in Mutters Armen. Er verstand zwar nicht, warum das

Ding unter einem Stern stand, aber daß es kein guter war, das leuchtete ihm wohl ein. Jeremy frühstückte, und er ging spielen, und er schlief auch in der kommenden Nacht seinen gesunden Schlaf; aber irgend etwas hatte sich an jenem 29. März in Jeremy Fortescues Leben geändert.

Man taufte das Kind auf die Namen Douglas Wellesley, obwohl Sara das nicht wollte. Douglas nahm sie noch hin, wenn auch mit gehobenen Brauen, da sie fand, es klinge gewöhnlich oder gar schottisch; gegen Wellesley wehrte sie sich jedoch nach Kräften. Wellesley Fortescue war Tobias' jüngerer Bruder und der Inbegriff dessen, was Sara unter dem Schandfleck einer Familie verstand. Wellesley hatte zu tun gehabt mit Jahrmarktszauber und mit dem Gesetz. Er hatte Zähne gerissen und war gereist. Wellesley Fortescue, und das war das schlimmste, hatte einst Geld verdient mit einer Beschäftigung, die man den Tierischen Magnetismus nannte, und vielleicht tat er das immer noch. Sara wußte zwar ebensowenig wie ihr Mann, was man sich darunter vorzustellen hatte, aber sie war sich sicher, daß es nichts Gutes sei. Still bei sich hielt Sara den Tierischen Magnetismus für nichts anderes als ein Freudenhaus; und sie gönnte es Welly, wie man den Schwager in der Familie nannte, daß er um dieses Broterwerbs willen einst in arge Schwierigkeiten geraten war.

Sara Fortescue nahm den Tierischen Magnetismus nicht in den Mund, als sie mit ihrem Mann über Douglas' zweiten Namen stritt. Sie hielt solche schweren Geschütze zunächst nicht einmal für nötig. Mr. Fortescue konnte seinen unschuldigen Sohn doch nicht allen Ernstes mit dem Namen dieses Banditen schmücken wollen! Sanft erinnerte Sara an Wellys schlechte Tischmanieren, an seine unpassenden Reden, sein Hinkebein und sein unbeweibtes Zigeunerleben. Und wo war er überhaupt? Wo trieb sich Wellesley Fortescue herum, in Dreiteufelsnamen? Man hatte ihn seit Jahren nicht mehr gesehen in Bleamoor Hall. Tobias könne den Verkommenen doch selbst nicht leiden, behauptete Sara. Er solle die Scherze lassen. Er möge das Kind George nennen nach dem König oder

Osgood nach ihrem Vater, oder er möge es bescheiden belassen bei dem einzigen Namen Douglas. Jeremy heiße schließlich auch nur Jeremy.

«Wellesley ist mein Bruder», sagte Tobias, «das Kind heißt nach ihm.» Er blickte über Saras Schulter hinweg in den Garten. Er wollte zu seinen versehrten Rabatten.

«Ghouls, Ghosts and Girls», zischte Sara. Dem Vernehmen nach war das der Name einer Darbietung, mit der Wellesley einst das zahlende Publikum der Londoner Vauxhall Gardens unterhalten hatte. Aber Tobias zeigte sich wenig beeindruckt von *Ghouls, Ghosts and Girls*. Er verzog auch keine Miene, als Sara schließlich doch den Tierischen Magnetismus ins Feld führte.

«Er ist mein Bruder», wiederholte Mr. Fortescue, «der Junge wird so getauft.»

Das war sein letztes Wort. Tobias Fortescue ging in den Garten. Und Sara blieb allein und grämte sich, bis ein kräftiger Schrei aus dem Nebenzimmer ihre Aufmerksamkeit forderte: denn das Kind, das ab morgen Douglas Wellesley heißen würde, verlangte, kaum gestillt, schon wieder nach ihrer Brust.

Bleamoor Hall, ein massiger Steinbau aus dem späten 16. Jahrhundert, lag und liegt noch immer knapp fünfzehn Meilen nördlich von Settle in dem annähernd lieblichen Tal des River Dee. Das Gebäude ist heute im Besitz des National Trust und gegen Eintritt zu besichtigen. Einschließlich des bescheidenen Dorfes Hatley-in-Dentdale umfaßte das Anwesen bei Douglas' Geburt gut siebenhundert Morgen Land. Bleamoor Hall gleicht einer Festung eher als einem Jagdschloß, obwohl es ursprünglich als solches errichtet wurde. Der Grundriß ist nahezu quadratisch, die Fassade dunkel, die Fenster klein und tiefliegend hinter dickem Gesims. Das Dach schmücken ein paar Reihen grobgehauener Zinnen. Die Legende erzählt, daß in der Zeit Elizabeths I. der Anblick des wehrhaften Baues mehr als einmal die barfüßigen Marodeure aus dem Schottischen zu einer plötzlichen Umkehr bewegte. Die unwirtlichen Höhen von

Blea Moor, die dem Anwesen seinen Namen gaben, waren zwar zu weit entfernt, als daß ihr schlechtes Grundwasser den Boden vollends hätte verderben können; seine Bestellung erforderte trotzdem Geduld und harte Arbeit. Ein paar Kühe und genügend Schafe konnte das Land ernähren, Getreide gedieh dagegen kaum, und die Kartoffeln faulten im Boden. Steckrüben wurden zwar dick, schmeckten aber scheußlich. Der Kohl war zu hell, die Pastinaken zu dunkel, und beides mußte man dauernd umstechen und düngen, als seien es die edelsten Gewächse.

Der Torf war allerdings gut, und weil sie sonst nicht viel erwirtschafteten, mußten die Pächter auch nicht viel abgeben an die Herren von Bleamoor Hall, und das war schließlich ein Vorteil. Man pflegt nicht zu jammern in den Yorkshire Dales, und ein Engländer liebt nun einmal die englische Scholle; zudem gab es Kirche und Wirtshaus in Hatley, einen matschigen Grasflecken namens *bowling-green*, und zu Pfingsten und zu Mittsommer Tanz und Brandy. Was wollte man mehr? Die fortgegangenen Söhne erzählten nichts Gutes von den Fabriken.

Im Wirtshaus von Hatley unterhielt man sich seit Jahren am liebsten über Mylords Garten. Es gab sonst nicht viel zu besprechen, und Mylords Garten war ein endloses Rätsel, bestens geeignet, um damit eine ziemlich zähe Zeit zu vertreiben. Jeder wußte, daß sich die drei schlimmsten Winde der Dales genau über den Zinnen von Bleamoor Hall kreuzten, wenn sie Sankt Peter losließ von Knoutberry Haw, Ingleborough und Pen-y-Ghent, und jeder wußte aus eigener Erfahrung um die Güte des Bodens. Wie also gelang Mylord dieser Garten? Die Pächter begriffen es nicht, und sie besprachen es stundenlang in ihrer bequemen und dickflüssigen Sprache. Der Aberglaube lieferte ihnen auch keine Erklärung; denn wenn es irgend jemanden gab in Yorkshire oder auf Erden, dem man keinen Pakt mit dem Bösen unterstellen konnte, so war es Mylord, Tobias Fortescue.

Auch Mylady eignete sich schlecht für eine üble Nachrede,

der Knabe Jeremy war brav und bieder, und daß der Jüngste bei Blitz und Donner zur Welt gekommen war, hatte sich noch nicht herumgesprochen. Sogar das Gespenst, das Bleamoor Hall bewohnte, war ein harmloser Nachbar. Es hieß Gambler. Es machte selten auf sich aufmerksam. Man wußte nicht einmal, ob es dem ersten Earl gehörte oder dem zweiten, und wahrscheinlich ging es ganz grundlos um oder wegen durchaus läßlicher Sünden. Warum also gedieh dieser Garten, genau am Kreuzungspunkt der drei gemeinen Winde?

Der Garten war fast ein Park, und sein Geheimnis wohl nichts anderes als Tobias Fortescues langmütige Besessenheit. Mylord hatte selten Besuch, und er fand auch wenig Gefallen an den herkömmlichen Beschäftigungen der Herrschaft, Jagen und Trinken. Er ritt mit krummem Rücken, schoß schlecht und nur für die Bratpfanne, und wenn er trank, so gegen den Durst, und am liebsten Sodawasser. Tobias Fortescue war es nie gelungen, einen einzigen Hund abzurichten. Die Familie hatte sich daran gewöhnt, daß sie vom Fasan nur das bekam, was die unerzogenen Bestien übriggelassen hatten. Der Garten dagegen gehorchte Mylord, so gut er es eben vermochte. Wirklich schön kann ein Park in Yorkshire nicht werden; aber die Bauern hatten recht, der Erfolg war erstaunlich. Heute ist Tobias Fortescues gezähmte Wildnis längst zu einer echten Wildnis verkommen, und man kann sich kaum mehr vorstellen, daß einst Jonquillenjasmin und die rotblühende welsche Linse auf diesem Grund gediehen.

Nichts verachtete Mr. Fortescue so sehr wie Geometrie und verschnittene Pflanzen. Als der Garten von Bleamoor Hall damals unter seine Herrschaft gekommen war, hatte er zunächst alle Spuren jener ebenso altmodischen wie erfolglosen Dressur beseitigt, die man Pflanzen und Erdreich zugemutet hatte, weil man, so Tobias, Hatley albernerweise mit Versailles verwechselte. Sofort wurden die Wege gekrümmt, Buchsbaum, Kalkstein und gezirkelte Formen verbannt, und der Park von Bleamoor Hall gehorchte fortan den Linien der Schönheit, der englischen Mode und dem Ansinnen der Natur. Tobias' Regiment war sanft, seine Geduld grenzenlos. Er redete den Keimlingen gut zu, bis sie Pflanzen wurden, und er schmeichelte den Pflanzen, bis sie wuchsen. Er akklimatisierte die seltsamsten Gewächse, indem er sie zunächst in Scherben, dann auf Mistbeeten allmählich an die Gegebenheiten der Dales gewöhnte.

Wenn Markt war, fuhr Tobias nach Settle, und er erstand dort Fuchsschwanz, Granat und Klapperrosen, bei einem Händler, der eigens für diesen einzigen Kunden einen Umweg nach Norden machte. Oft wurde Mylord enttäuscht: Es wuchs nicht an, es wuchs nicht weiter, es wuchs gewaltig und faulte dann nach Art des Landes; aber Tobias Fortescue verlor nie die Geduld und begann tapfer von vorne. Er plante den Park mit Umsicht, im Kleinen wie im Großen, und er fand kein Ende. Ein neuer Teich, ein neues Gebüsch, ein verändertes Spiel mit Licht und Schatten – der Park von Bleamoor Hall wuchs und wandelte sich wie die Schöpfung selbst. Tobias Fortescue arbeitete nach den Regeln der Kunst. Er studierte die Perspektive, den Vitruv und vor allem die Darlegungen des tüchtigen Lancelot Brown. Nichts blieb dem Zufall überlassen. Unkraut hatte keine Chance. Die Kinder aus Hatley jäteten, und Tobias selbst wurde selten gesehen ohne Raupenputzer und Schneckenschaufel. Wohin man auch ging, überall trat man auf Lappen aus fauliger Schafshaut, mit denen Mylord die Ameisen köderte. Einblicke, Durchblicke, Ausblicke gaben dem Park die kunstreiche Gestalt einer nahezu natürlichen Natur. Denn die Natur, fanden Tobias und Lancelot Brown, ist Definitionssache. Warum sollte nur die karge Heide diesen Namen verdienen?

Tobias Fortescue war ein guter Herr – es gab allerdings einen gewissen Fehler. Zwar sprachen die Bauern von Lord und Lady, aber das war nicht ganz richtig. Genaugenommen hatte die Familie Fortescue gar nichts zu suchen in Bleamoor Hall. Da stand ein halb verfallenes Fachwerkhaus am Südende des Anwesens, dessen malerisch verkommene Fassade der sogenannte Lord geschickt einzubauen wußte in den Prospekt seines Gartens; anders nutzte er es nicht. Von Rechts wegen gehörten die Fortescues aber genau in dieses bescheidene Gebäude. Der Besitzer von Bleamoor Hall und der umliegenden Ländereien hieß Andrew fifth Lord Ainsgill. Tobias Fortescue war sein Verwalter, und das Fachwerkhaus war das Verwalterhaus. Es schickte sich im Grunde wirklich nicht, daß Sara bereits zwei Söhne in jenem prachtvollen Himmelbett bekommen hatte, und es war kein Wunder, wenn Gambler bisweilen unwillig im Dachstuhl scharrte. Der fünfte Lord war jedoch nicht hier, die Pächter gehorchten dem, den sie sahen, und wen sie sahen, das war Mylord, der vierschrötige und allmählich etwas gichtige Sohn eines Bäckers aus Carlisle. Es ist nicht belegt, auf welche Weise ihm sein Amt zuteil wurde. Bei Douglas' Geburt waren es schon bald zwanzig Jahre, daß Tobias den Lord spielte, und nahezu zehn, seitdem die damals noch minderjährige Sara seine Mylady wurde.

Selbst die ältesten Bauern konnten sich nur noch dunkel an Lord Ainsgill erinnern. Er hatte nicht lange in Bleamoor Hall gelebt. Die Überlieferung besagte, daß der fünfte Lord eigenhändig ein Paket gepackt hatte für den jungen Mr. Fortescue, mit Schlüsseln, Vollmachten, ein paar guten Wechseln und ein bißchen Gold, und daß er dann davongegangen sei auf Nimmerwiedersehn. Die Überlieferung sagte weiter, daß sich der Lord seitdem in Neuseeland befand, in den Lebensumständen eines Eremiten oder Naturforschers, und sie setzte hinzu, daß es nicht gut bestellt sei um seine Geisteskräfte. Mehr erzählte die Überlieferung nicht. Sie war nicht besonders unterhaltsam. Die Bauern sprachen lieber über Fortescues Zaubergarten, denn da wußte man, was man hatte. Sie sagten standhaft Mylord, denn Gott strafte Tobias nicht, und es würde schon alles seine Ordnung haben. Zudem war auch die Ahnenreihe der Lords Ainsgill undurchschaubar. Niemand verstand ihre Verwandtschaft mit Gambler, dem ersten oder zweiten Earl. Niemand wußte, wer die grimmigen Herren auf den Bildern waren. Niemand begriff die Heraldik der Wappen. Waren Earls zu Lords geworden über die Jahre, und die Lords dann vielleicht zu Bäckern? Irgend etwas stimmte nicht, aber Hatley-in-

Dentdale hatte andere Sorgen. Was sollte man sich mit den Stammbäumen der Herrschaft herumärgern, wenn die Kartoffeln faulten und man nicht einmal schreiben konnte?

Das Nisten der Fortescues in Bleamoor Hall war jedoch kein Fall von Anmaßung oder gar Hochstapelei. Man nannte Tobias nur hinter seinem Rücken Mylord. Er spielte sich nicht auf als ein solcher, und er erzog seine Kinder ehrlich. Jeremy bekam die ersten und einzigen Prügel seines Lebens, als ihn Vater dabei überraschte, wie er «Opa» lallte vor einer der Ahnentafeln. Einmal im Monat versammelte Tobias seine kleine Familie in einem sonst nicht genutzten Raum, und dort betete man dann demütig, zwischen Rüstungen und zugedecktem Mobiliar, für die Seelen der ungewissen Earls und Lords und dankte Gott für die Gnade des Hierwohnendürfens. Bei dieser Gelegenheit sprach Tobias auch über die eigene Familie. Es gab gar keinen Grund, sich mit fremden Federn zu schmücken: denn man hatte selbst die berühmtesten Ahnen, und sogar mit blauem Blut. Das englische Recht ist undenkbar ohne *De Laudibus Legum* des alten Sir John Fortescue, und als der große Morley Königin Elizabeth seine Madrigale widmete, vergaß er auch nicht den Lieutenant of Devon, Hugh Fortescue, und dieser war ein Earl und nichts anderes. Auf die vertrackten Windungen der Familiengeschichte, von Sir John und Earl Hugh zu den Bäckern aus Carlisle, ging Tobias nicht näher ein; bevor er jedoch seinen Vortrag beendete, warf er den leeren Rüstungen oft einen kleinen Blick zu, der nicht ganz bescheiden war. Dann lief er schnell in den Garten.

Jeremy bewegte die Lippen während Vaters monatlicher Belehrung, denn er war stolz darauf, daß er jeden Satz schon auswendig kannte. An jenem Montag aber, als der kleine Douglas zum erstenmal an der Zusammenkunft teilnehmen durfte, verhaspelte sich Jeremy und bekam einen Schluckauf. Zwar waren dem Bruder inzwischen Arme und Beine gewachsen – die Hebamme war längst fort, und weder Sara noch das Mädchen aus Hatley, das ihr half, brachten es über sich, die unruhigen Gliedmaßen des Kindes weiterhin an den Körper zu binden –, aber die blauen Augen hatte er noch immer, und sie verwirrten Jeremy nach wie vor. Douglas lag ruhig in Saras Armen, die Händchen zu Fäusten geballt, und er sah mit diesen seltsamen Augen gerade vor sich hin. Manchmal dachte Jeremy, das Kind sei blind. Wie konnte einer etwas sehen, durch solche flachen blauen Teiche? Er stellte sich vor, wie er den Blinden auf dem Rücken trüge, wenn er erst größer wäre, und er stellte sich vor, wie man ihm diese Freundlichkeit danken würde, zunächst die Eltern und Gott und später, wenn Douglas Einsicht bekommen hätte, natürlich auch Douglas selbst. Jeremy Fortescue hatte nicht vergessen, was ihm die Amme zugezischt hatte, und er wußte, er würde aufpassen müssen auf den Bruder, dessen Stern kein guter war.

Vater erzählte von Morleys Madrigalen. Er nannte den schönen Titel, *The Triumphes of Oriana*, er nannte Earl Hugh, den Lieutenant of Devon, und Jeremy sprach lautlos mit, so gut er es heute vermochte; denn es fiel ihm weiterhin schwer, diese fragwürdigen Augen des Säuglings zu übersehen. Douglas richtete sie, über Mutters Hände hinweg, still auf Vaters Gesicht. Jeremy senkte den Kopf und bewegte standhaft die Lippen. *Hugh Earl Fortescue, Lieutenant of Devon.* Er sah doch wieder hin auf den Bruder. Douglas' blauer Blick wanderte von Vaters Gesicht zu einer leeren Rüstung und zurück. Dieses Geschöpf war nicht blind! Plötzlich wußte Jeremy das ganz genau. *Earl Fortescue* ... Jeremy konnte das plötzlich nicht mehr mitsprechen. Er starrte seinen Bruder an. Der Bruder kräuselte die Nase und lutschte genüßlich an vier Fingern zugleich. Der Bruder, wußte Jeremy plötzlich, glaubte Vater kein Wort. Er war nicht blind, er war unverschämt. O ja – Jeremy würde aufpassen müssen auf Douglas Wellesley Fortescue!

Der Säugling wuchs heran zu einem gesunden und alltäglichen Kind. Die tiefblauen Augen bekamen bald die normale Farbe der Familie väterlicherseits, ein gedecktes, sachte grünstichiges Grau, und sie verloren den seltsamen Blick. Sobald ihn die Mutter – vielleicht ein wenig vor der Zeit – abgestillt hatte, beruhigte sich auch sein wilder Appetit, und er aß seinen Mehlbrei mit Anstand. Douglas Fortescue war ein netter Junge, ebenso wie Jeremy, und er sah ihm auch ähnlich; man war sich allerdings einig, daß Jeremy der Nettere war. Seine Wangen waren röter, sein Schlaf ruhiger, und er lernte auch schneller und konnte mit acht Jahren schon besser reiten als Vater. Douglas' Temperament war nicht gerade lästig, aber es war doch weniger ausgeglichen als das des Bruders. Wenn er schwieg, schwieg er eisern, und wenn er weinte, tat er das ziemlich laut und wurde dabei oft unangenehm schrill. Er war zwar von guter Gesundheit wie alle Fortescues, aber er war doch schmäler als Jeremy und neigte ein wenig zu Katarrhen. Seine aschblonden Haare lockten sich nicht wie bei Bruder und Mutter, sondern fielen glatt und ein wenig strähnig in die Stirn.

Jeremy tat alles dafür, um den Rat der Wehmutter gewissenhaft zu befolgen. Die Mägde verspotteten den Knaben schon, weil er gar nicht mehr lassen mochte von seinem kleinen Bruder. Er trug ihn umher, auf den Armen zunächst und dann auf dem Rücken, er zeigte ihm den Park, die Ahnenbilder, sein Spielzeug und sogar Gamblers düsteren Dachstuhl. Sobald Douglas krabbeln konnte, schnitt Jeremy einen Lederstreifen zurecht und fertigte daraus eine Leine, an der er das Kind wachsam führen konnte wie einen kleinen Hund. Seine ersten Schritte machte Douglas an Jeremys Hand; und als er es dann alleine konnte, nahm ihn der Bruder vor sich aufs Pferd und ritt mit ihm aus. Er zeigte ihm Long Langshaw und How Gill Moss, auch die steinige Heide gen Whernside und den Weg nach Hackers Ho, ja er ritt sogar bis zu den Wasserfällen beim Great Blake Beck; weite Ausflüge unternahm der Achtmit dem Zweijährigen, und er zeigte ihm die rauhe Pracht der Dales, die sich nicht scherten um Lancelot Browns Manifeste. Oft ritt Jeremy auch hinunter nach Hatley. Er ritt um die Kirche und rund um das *bowling-green*, und er stellte den Leuten seinen Bruder vor, mit gesetzten und schicklichen Worten, als sei er ein erwachsener Gentleman und präsentiere den Bauern seine junge Braut. In der Tat, Jeremy Fortescue gab auf

Douglas acht. Und es ging ganz allmählich, aber eines Tages merkte er doch, daß er jetzt endlich auch Vaters Befehl begriffen hatte: denn er liebte den Kleinen von Herzen.

Douglas Fortescue hatte ein schönes Leben. Die Aufmerksamkeit seines Bruders ersparte ihm viel: den Umgang mit den albernen Mägden, den Umgang mit Mutter, die plötzlich viel kränkelte und nur mehr mit leidender Stimme sprach, auch den Umgang mit Vater und seinen verfaulten Schafsfellen. Man war sich Jeremys Pflichtgefühl so sicher, und mit Recht, daß man ihm den Kleinen oft überließ. Bisweilen wußte Mr. Fortescue nicht recht, ob er es mochte, daß Jeremy die Kinderfrau spielte wie ein Mädchen; aber er brachte es doch nicht übers Herz, die Brüder zu trennen. Jeremy tat alles für Douglas. Er trug ihn, er schob ihn im Karren, er hob dutzendmal ein weggeworfenes Spielzeug auf, wortkarg und freundlich, wie Jeremy nun einmal war. Wenn Douglas rief, war Jeremy zur Stelle. Wenn er schmollte, wartete der Bruder geduldig auf bessere Laune. Douglas Fortescue war verwöhnt, und er lernte vielleicht allzu früh das Befehlen. Aber schließlich, dachte Jeremy, stand er unter einem schlechten Stern: Man durfte auf keinen Fall zulassen, daß ihm dieser eines Tages auf den Kopf fiel. Er hütete das Kind sehr. Er zeigte ihm die Welt, jene kleine und feuchte und auch ein bißchen abscheuliche Welt der Yorkshire Dales.

Aber Douglas Wellesley Fortescue war unersättlich. Im Alter von knapp vier Jahren legte er sich plötzlich ein Steckenpferd zu, das sich schnell zu einer echten Leidenschaft auswuchs, und diese Leidenschaft konnte Jeremy nicht befriedigen. Douglas verlangte nach Geschichten. Er hob einen befehlsgewohnten Finger, zeigte in eine unbestimmte Richtung und sagte «erzähl». Jeremy verstand ihn nicht. Was wollte er denn? Jeremy folgte Douglas' Blick. Da war nichts, außer der öden Heide und einem niedrigen Himmel. «Erzähl», wiederholte Douglas. Er wiederholte es noch einmal, und noch einmal, im nämlichen Tonfall, mit seiner weichen, beharrlichen Stimme. «Erzähl.» Jeremy pflückte ihm einen Armvoll

Ginster. «Nein», sagte Douglas, «erzähl.» Er war nicht bereit, diesen Wunsch zu erläutern.

Douglas verstand schnell, daß Jeremy ihm hier nicht helfen konnte. Er entschuldigte dieses Versagen nicht. Mit all der Verachtung, zu der ein vierjähriges Herz in der Lage ist, kehrte er seinem Bruder den Rücken und holte sich anderswo, was er brauchte. Zielstrebig lief Douglas zu den Mägden. Hier war er an der richtigen Stelle. Die Geschichten, die Jeremy nie hatte hören wollen, weil sie dumm waren, gruselig oder beides, diese Geschichten der Mädchen aus Hatley erfuhr nun Douglas. Er hörte sie sich schweigend an. Er hörte sie sich wahrscheinlich gerne an. Schon damals war es nicht leicht, Douglas Fortescues Seelenregungen zu erraten.

Jeremy beobachtete seinen Schützling von ferne, wie er reglos und ein wenig steif auf dem Knie einer Küchenmagd saß und Dingen lauschte, die sein Bruder verachtete und fürchtete. Die Geschichte der Banshees zu Oxnop. Die Geschichte des Einarmigen Schotten. Die besonders scheußliche Geschichte vom Riesen, der einst ganz grundlos Kinder vergrub in den Steinbrüchen zu Sulber Pot. Und wie man den Teufel sah in Bainbridge. Und wie man den Teufel sah in Carperby. Und wie man ihn rief in Apperset und dann nicht wieder loswurde. Stundenlang hörte sich Douglas das an. Die Mägde erzählten es gerne. Sie erzählten viel anschaulicher als sonst. Manchmal wunderten sie sich selbst, wieviel sie plötzlich wußten über den bösen Feind in Apperset, rotbärtig, glotzäugig, gehörnt und mit Huf. Dabei fragte Douglas nicht nach. Er verzog keine Miene. Er betrachtete die Mädchen mit seinen ein wenig grünstichigen Augen – und eines Tages verstand Jeremy, daß da doch noch etwas übrig war von jenem unangenehmen und unverschämten Blick des gewesenen Säuglings.

Seit dieser Entdeckung ließ Jeremy das Kind gar nicht mehr aus den Augen. Er dachte an den schlechten Stern. Was interessierten Douglas die Banshees von Oxnop? Warum sah er die Mädchen so an? Jeremy war allein mit diesen Fragen. Er behütete Douglas sehr, und er brachte ihn bisweilen zum Weinen mit seiner gnadenlosen Anwesenheit. Jeremy bemühte sich nach Kräften, seinem Bruder Unterhaltung zu bieten und guten Ersatz für die dummen Geschichten. Er pflückte ihm Ginster. Er ritt mit ihm aus. Er überredete Vater, Douglas den Pfingsttanz zeigen zu dürfen, brachte ihn dann hinunter nach Hatley und hielt ihn dort stundenlang fest zwischen den Beinen, ein bequemer Sitz für den kleinen Bruder. Und Douglas Fortescue sah den Mädchen beim Tanzen zu. Schweigend. Geduldig. Er sah ihnen zu, ein fünfjähriger Lüstling, hingeräkelt in einen Lehnstuhl aus Fleisch und Knochen. Gut, daß Jeremy hinter ihm saß: denn Douglas bekam schon wieder diesen befremdlichen Blick.

Als Jeremy zwölf Jahre alt war, fand Vater plötzlich, daß Vitruv und die Perspektive nicht ausreichten für die Bildung des begabten Jungen. Man packte einen Mantelsack und schickte ihn auf die Knabenschule des Reverend Stubbings, weit weg in Thorsby bei Chipping. Erst als er längst im Wagen saß, verstand Jeremy, was das bedeutete. Er hatte nicht Abschied genommen von Douglas. Er hatte bislang gar nicht gewußt, daß es so etwas wie Abschiednehmen überhaupt gab. Jeremy sah aus dem Fenster. Man war schon in Hellifield. Jeremy war schon fast kein Kind mehr. Douglas' Stern war ein schlechter. Und dann begann Jeremy zu weinen, wie er noch nie geweint hatte in seinem Leben.

Douglas Wellesley Fortescue, inzwischen sechs Jahre alt, blieb in Bleamoor Hall. Mutter kränkelte, Vater war im Garten. Von den Wänden glotzten die Bilder namenloser Ahnen. Es gab vier leere Rüstungen. Es gab Zinnen auf dem Dach. Die Mägde sagten Mylord über Vater, aber Vater sprach von Gottes Gnade. Urgroßvater hieß Earl Fortescue. Großvater war Bäcker. Im Dachstuhl wohnte einer namens Gambler, und der scharrte bei Vollmond. In Oxnop wohnten die Banshees. In Apperset wohnte der Teufel. In Bleamoor Hall wohnten die Fortescues, und in Hatley wohnten die Bauern. Einst erschreckten diese Zinnen die Schotten. Man hatte ein Pferd, und man konnte es reiten. Jeremy hatte das verboten. Jetzt war

Jeremy fort. Man ritt ganz allein hinunter nach Hatley und sah den Leuten zu und hörte die Geschichten. Die Geschichten wurden langweilig. Man konnte längst lesen. Man fand keine Bücher. Mutter versteckte die ihren unter dem Kopfkissen. Schwarz waren die Zinnen von Bleamoor Hall.

Eines Tages gab sich Douglas selbst den Titel Mylord. Zwei Tage später tauschte er ihn gegen den Earl. Da war kein Jeremy, ihn zu behüten. Douglas Wellesley Earl Fortescue war sechseinhalb Jahre alt, und er beschloß, daß er etwas machen würde aus seinem Leben. Denn wer aufwächst unter solchen Zinnen – zumal im Gewitter geboren und ohne Jeremys biederen Sinn –, der wird etwas tun müssen, um dem gerecht zu werden.

II

Am 18. Mai 1820 schaukelte Douglas Fortescue auf dem Gatter neben dem leerstehenden Verwalterhaus, betrachtete die wohlgeordnete Aussicht und langweilte sich zu Tode. Er war jetzt zehn Jahre alt, ein mattblonder Knabe in kurzer Jacke und Reitstiefeln. Er war nicht hübsch und nicht häßlich. Niemand hätte sich nach ihm umgesehen, außer den Bauern von Hatley, die sich eben umsahen nach der Herrschaft, weil sich das so gehörte. Douglas hatte rote Wangen von der guten Luft, graue Augen, ein wenig grünstichiger vielleicht als die des Vaters, er hatte Saras etwas fahle Haare und ein durchaus alltägliches Gesicht. Nichts deutete auf irgendeinen künftigen Ruhm. Zwar hatte Douglas schon vor Jahren beschlossen, etwas Großartiges zu werden oder zu tun, aber er hatte bislang noch nichts unternommen, um diesem Ziel näher zu kommen. Er hatte nicht einmal mehr Lust, sich Earl Fortescue zu nennen. Er hatte zu gar nichts Lust. Er schaukelte auf dem Gatter und schlief mit offenen Augen, traumlos, denn Douglas war kein Träumer. Er sah nur, was er sah, und das langweilte ihn fürchterlich. Seit

Jeremy fort war, mußte er selbst für seine Unterhaltung sorgen, und er war darin nicht besonders begabt. Er mußte überhaupt alles selbst tun, weil Jeremy in Lancashire war, und er nahm ihm das wirklich übel. Die Ferien waren zu kurz. Kaum war Jeremy da, war er schon wieder fort, und wenn er wiederkam, hatte ihn Douglas jedesmal fast vergessen. Jeremy war auch schon sechzehn. Auch das nahm ihm Douglas übel. In den Ferien ließ er sich von seinem Bruder den Steigbügel halten wie ein präziöser und schwächlicher Prinz.

Er war gar nicht schwächlich, der Knabe Douglas in seinen erdigen Reitstiefeln. Er schlief längst genauso gesund wie der Bruder. Er hatte seit Jahren keinen Katarrh mehr gehabt. Vorgestern hatte er zwei Jungen aus Hatley im Armdrücken besiegt, und die waren schon elf. Douglas Wellesley war ein echter Fortescue, und wäre das Schicksal weniger freundlich zu ihm gewesen, hätte er wohl längst schwere Brote in den Ofen einer Bäckerei in Carlisle geschoben. Aber da waren keine Brote für Douglas, und da war kein Jeremy, kein Ereignis, kein Abenteuer, nichts außer den Durchblicken und Ausblicken eines immergleichen Parkes. Douglas biß auf seine Reitgerte. Wenn ihm nur einer etwas erzählt hätte!

Aber niemand tat das für Douglas. Die Geschichten der Mägde war er längst leid, und Vaters Geschichten erst recht. Mutter erzählte überhaupt nichts, und die Bücher unter ihrem Kopfkissen konnte er auch schon auswendig. Sie handelten alle von Bleamoor Hall. Sie sprachen von Zinnen und Burgen, von vertrackten Ahnenreihen und ominösen Gewittern. Douglas verstand nicht, warum Mutter das las. Er hatte auch wenig Sinn für die Liebe, für Unzucht und Unschuld, wie sie zur schrecklichen Paarung aufeinandertrafen in düsteren Grüften und Grotten, und selbst der Teufel persönlich unterhielt ihn nur mäßig. Er wohnte doch in Apperset, und wer wohnt denn schon in Apperset? Und die ewigen Gespenster – als hätte Mutter nicht längst gemerkt, daß der alte Gambler noch langweiliger war als der Rest der Familie! Douglas konnte nichts anfangen mit Saras verbotenen Büchern. Sie unterhielten ihn nicht besser als jene wohlberechnet verwilderten Baumgruppen seines Feindes Lancelot Brown. Douglas haßte ihn sehr. Nur Vitruv war noch schlimmer, denn Vitruv war lateinisch. Vaters Unterricht war das Allerlangweiligste von Bleamoor Hall und Umgebung, und das wollte etwas heißen.

Kurz bevor Douglas Fortescue seine Reitgerte durchgebissen hatte, störte ihn ein Geräusch in seiner kindlichen Verzweiflung. Er wandte sich um, und er wäre dann beinahe vom Gatter gefallen, denn die Tatsache, daß dort ein fremder Mann stand und Douglas' Pferd streichelte, war so außergewöhnlich, daß der wenig schreckhafte Knabe heftig erschrak. Er hatte den Mann noch nie gesehen. Er konnte das nicht glauben. Man hatte jeden schon gesehen, oft genug und meist öfter als einem lieb war. So war das auf Erden. Der fremdeste Mensch war Jeremy in den Ferien. Douglas pfiff seinem Pferd. Es schüttelte die streichelnde Hand von seiner Stirn und kam folgsam zum Gatter.

«Holla», sagte der Fremde, «da weiß einer, was Dressur ist!» Und er zog seinen Hut vor dem Knaben in einer tiefen und kunstreichen Verbeugung.

Der Mann war etwa so alt wie Vater. Er trug Schwarz, einen engen Mantel mit Metallknöpfen, der viel zu lang war, wußte Douglas, um sich darin auf der Heide vernünftig zu bewegen. Natürlich war der ganze Saum voller Dreck und Disteln. Die Schuhe waren auch falsch. Er trug wirklich Schuhe und Strümpfe! Douglas hatte gar nicht gewußt, daß es so etwas gab, außer auf den Bildern im Treppenhaus. Der fremde Mann war in Schuhen und Strümpfen über die Heide gekommen, und sicher hatte er nasse Füße. Er hatte ein großes Gesicht, blaß wie der Mond, die Haare sahen aus, als wäre er lange in Windrichtung gegangen, und um seinen Hals war ein buntes Tuch geknotet, mit einer großen schlappen Schleife wie auf den Köpfen der Mädchen beim Pfingsttanz. Er hatte gelbe Handschuhe. Er hatte einen schwarzen Stock. Er war ziemlich dünn, und er hinkte. «Kommen Sie», fragte Douglas, «aus Apperset?»

Der Fremde richtete seine eigentümliche Frisur, indem er

von hinten nach vorne über seinen Kopf strich und dann die Haare über der Stirn mit den Fingern emporkämmte. Douglas wartete still auf eine Antwort. Der Fremde behauptete, er komme nicht aus Apperset, oder er habe zumindest nicht bemerkt, daß die furchtbare Landschaft so heiße. Er komme zu Fuß aus Settle, und er sei zuvor mit der Post aus Keighley gekommen und zuvor mit der Extrapost aus Nottingham. Davor sei er in Leicester gewesen. Davor in Coventry. Davor in London. Irgendwann sei er auch in Carlisle gewesen, aber das sei bald zwanzig Jahre her. Der Fremde verbeugte sich wieder, und er fragte demütig, ob Mylord nun angemessen unterrichtet sei. Er sagte wirklich Mylord. Douglas starrte ihn an, und er wiederholte «Apperset», weil ihm etwas anderes nicht einfiel.

«Schlagen Sie die Augen nieder, Mylord», bat der Fremde, «Sie haben den bösen Blick.» Dann begann er zu lachen. Douglas sah ihm verstört in sein großes blasses Gesicht. Er sah ihm aus Versehen in die Augen. Der Fremde hatte grüngraue Augen, trübe und stechend zugleich.

«Oh», machte Douglas. Er hatte sich schon wieder erschreckt.

Plötzlich trat der Mann noch einen Schritt näher, faßte Douglas schnell um die Hüften und hob ihn vom Gatter. Er stellte ihn auf die Füße und hielt ihn an beiden Schultern fest. «Ich bin», sagte der Mann, «dein Onkel Wellesley, und ich glaube, man hat dich nach mir getauft.»

Und bevor sich Douglas ducken konnte, hatte der Fremde sein Gesicht zwischen die gelben Handschuhe genommen und seine Stirn geküßt, und bevor Douglas auch nur annähernd begriff, was Kuß und Onkel zu bedeuten hatten, war das sperrige Gepäck des Fremden auf dem Rücken seines Pferdes und die Zügel in seiner Hand.

«Los», sagte der sogenannte Onkel, «ich mag das Zeug nicht mehr tragen.» Und es blieb Douglas nichts anderes übrig, als das Pferd und den Fremden durch den Garten und nach Bleamoor Hall zu führen.

Niemand freute sich über Wellesleys Besuch. Zwar gab man ihm Tee und dann auch ein Zimmer, Tobias klopfte seinen Rücken und Sara ließ sich die Hand küssen, aber Onkel Welly merkte genau, daß Bruder und Schwägerin den Tierischen Magnetismus und seine polizeilichen Folgen nicht vergessen hatten. Natürlich sprach ihn keiner darauf an. Man erkundigte sich höflich nach Wetter und Wirtschaft in Nottingham. Man fragte nach der Reise, bedauerte die nassen Füße, entschuldigte sich für den schlechten Boden der Dales und lobte den Ankömmling für die Tapferkeit, mit der er sein sperriges Gepäck auf dem Rücken durch Heide und Ginster geschleppt und heil nach Bleamoor Hall gebracht hatte. Man wollte nicht wissen, was der ausladende Rucksack enthielt. Man erwartete kein Gastgeschenk. Auch fragte niemand, was Welly bezweckte mit diesem ungewöhnlichen Besuch, wie lange er bleiben oder ob er nicht bald wieder verschwinden wolle. Kaum war Wellesley Fortescue in sein Zimmer gegangen, schickte man auch Douglas fort und begann zu streiten.

«Er bleibt keinen Tag unter meinem Dach», sagte Sara.

«Er ist», erklärte Tobias, «mein Bruder.»

Und mit diesem Satz beendete er jede Diskussion, wie schon damals, als es um Douglas' zweiten Namen ging. Saras Migräne wurde schlimmer. Sie ging zu Bett mit dem zweiten Band von *The Heiress of Murthwaite Manor*, und sie stand drei Tage lang nicht mehr auf.

Da Douglas Fortescue normalerweise nichts Unrechtes tat oder sich zumindest nicht dabei erwischen ließ, versäumten es die Eltern, ihm den Umgang mit Onkel Welly zu verbieten. Man kannte den Knaben fast nur zu Pferd, und man wußte um Wellesleys unsportlichen Geist und Körper; da gab es nichts, was Onkel und Neffen verband. Kaum hatte der Wanderer aber an diesem Abend seine Schuhe ausgezogen und die braunen Röhren bestaunt, zu denen der Schlamm von Blea Moor seine Strümpfe gehärtet hatte, stand der Junge in seiner Tür. Wellesley hatte sich einen Zuber bringen lassen und zog sich aus, um zu baden. Douglas stellte mit Schadenfreude fest, daß die Disteln den Weg bis in die Falten seiner verschwitzten Leibwäsche gefunden hatten. Er lehnte an der Wand und betrachtete den dünnen Menschen, der nun stöhnend in die Wanne stieg.

«Na?» machte Welly.

Douglas gab darauf keine Antwort. Er reichte dem Onkel auch nicht den Wasserkrug, als er ihn darum bat. Still sah er ihm zu, wie er mit einem blassen Arm danach angelte, und er litt es, daß der ganze Boden naß wurde; denn Douglas Fortescue war es nicht gewohnt, jemandem zur Hand zu gehen, und zudem war er sich noch nicht sicher, ob er Welly leiden mochte. Er musterte ein wenig abschätzig die weiße Brust des Badenden, und er spähte im Wasser nach seinem linken Bein. Es sah ganz normal aus. Douglas verstand nicht, warum es hinkte.

«Der Teufel, Sir, wohnt in Apperset», sagte Douglas plötzlich, «darum dachte ich, Sie kämen vielleicht von dort.»

Wellesley lachte. Er behauptete, den Teufel weder zu kennen noch mit ihm verwandt zu sein. Er fragte, ob Douglas mit dem Teufel paktiere. Er fragte weiter, ob er gewartet habe auf seinen Lehnsmann. Der Teufel, erklärte Welly, bezahle den Zins meist wöchentlich. Wenn dem nicht so sei, müsse man den Vertrag überprüfen. Douglas machte große Augen. Welly lachte ihn aus. Er schrubbte stöhnend seinen mageren Rücken. Als Douglas einen Kreis ging um die Wanne, weil er den Onkel auch recht studieren wollte, sah er, daß da Narben waren auf Wellesleys Rücken, lange Striemen von den Schulterblättern bis hinunter zu den Nieren.

«Was ist das, Sir?» fragte Douglas.

«Das waren die Schläge des Lebens.» Wellesley lächelte ein mattes Lächeln. «Und wie geht es euch hier im Schloß, in eurer unheiligen Fälschung?»

Fälschung war Wellesleys Lieblingswort. Er nannte fast alles so. Die Eltern waren eine Fälschung, der abwesende Jeremy, und auch Douglas selbst als Kind derselben Familie. Die schwarzen Mauern des Hauses waren ebenso gefälscht wie Mutters

Romane, und die Mädchen aus Hatley in ihren malerisch geschürzten Röcken stürzten den Onkel in derartige Lachkrämpfe, daß sich Douglas fast Sorgen um ihn machte.

Douglas wußte nicht, was eine Fälschung war, und Wellys Erklärungen halfen ihm kaum weiter.

«Pappe», sagte Wellesley, «alles Pappe.» Aber auch damit konnte Douglas nicht allzuviel anfangen.

«Da schau, die Wildnis aus Pappe.» Wellesley stach mit seinem dünnen Spazierstock in die Luft und mitten hinein in den schönsten Durchblick des väterlichen Gartens.

«Ein Pappgespenst», sagte Welly, wenn Gambler im Dach scharrte. Und als dann eines Abends der volle Mond aufging über den Zinnen von Bleamoor Hall, bekam Douglas seine erste Lektion.

«Du hast doch gute Augen», lockte Welly, die Hand auf Douglas' Scheitel, «schau hin und sag mir, aus was das ist.» Das Stöckchen wanderte gen Himmel. Douglas folgte der Spitze mit dem Blick. Rund und bleich war der Mond über Yorkshire.

«Aus Mond, Sir?» riet Douglas, obwohl er längst wußte, was Welly hören wollte: denn er wollte es doch nicht aussprechen, bevor er es glaubte, denn Douglas war störrisch und ein ehrlicher Junge, und er sah eben nur, was er sah.

«Siehst du die Schnur?» fragte Wellesley.

Douglas starrte den Mond an. Er spürte den Blick seines Onkels. Wellesley hatte einen seiner Mantelknöpfe zwischen die Finger genommen und bewegte ihn sachte, bis das Mondlicht Reflexe warf auf Douglas' Wange.

«Siehst du die Schnur», wiederholte Welly, «an der sie ihn aufgehängt haben? Na? Na?»

Douglas runzelte die Brauen. Das fahle Licht und Onkels Blick verursachten ihm plötzlich eine leichte Übelkeit. Er starrte weiter den Mond an. Er sagte nicht ja. Er starrte und starrte, wortlos, während die Hand auf seinem Kopf schwerer und sein Magen immer verdrießlicher wurde. Douglas starrte. Welly sagte «na?», immer wieder, singend, sinnlos, eine seltsame Schmeichelei. Und plötzlich sah Douglas die Schnur. Es war ganz deutlich. Es war gar keine Schnur, sondern ein dicker Strick, zusammengedreht aus Werglappen, wie es die Bauern machten, um den Torf zu bündeln. Douglas sah sogar den Haken. Der Haken war aus Eisen, der Strick aus Werg. Man hatte den Mond sicher aufgehängt. Er würde nicht herunterfallen. Gut befestigt hing der Pappmond über Yorkshire, und die Leute dachten, er sei aus Mond, aber er war, wie Douglas jetzt endlich mit Überzeugung hersagen konnte, aus einer festen und bleichen und ein wenig stockfleckigen Pappe.

«Na?» wiederholte Welly zum letztenmal und nahm seine Hände vom Mantelknopf und von Douglas' Haaren.

«Sicher, Sir», sagte Douglas, «Pappe und Seil.»

«Gefälscht mit Dampfkraft in der Papiermühle zu Manchester», sang Wellesley. Er hatte noch immer diesen eigentümlichen Tonfall. Dann aber lachte er auf und sagte mit einer ganz anderen Stimme, Douglas möge ihm die Anzweiflung des Mondes nicht übelnehmen. Es gäbe gar keine Schnur. Es sei doch alles echt. Er habe einen Scherz gemacht mit Douglas, seine Augen verwirrt durch ein kunstreiches Spiel. Douglas solle ihm nicht böse sein. Er solle ihn weiter lieben, wie es sich schickt zwischen Neffe und Onkel. Das sagte er, und er verbeugte sich tief vor dem Knaben, der längst nicht mehr begriff, um was es hier eigentlich ging. Scheu hob Douglas den Blick. Da war kein Strick am Mond. Da war kein Haken.

«Verrat's nicht der Mutter», flüsterte Welly, «denn das war ein Fall von Tierischem Magnetismus.»

Bald waren die beiden unzertrennlich. Douglas' Pferd blieb im Stall, denn Wellesley mochte nicht reiten. Der Knabe bot ihm sogar an, ihn mitzunehmen auf dem eigenen Pony und gut festzuhalten, wie es Jeremy getan hatte, als Douglas noch klein war, aber Wellesley schüttelte den Kopf.

«Mein Körper», sagte Wellesley, «ist zu nichts zu gebrauchen. Gott hat den Ton zu brennen vergessen.»

Und weil Douglas nicht wollte, daß Welly zerbrach, ging er mit ihm zu Fuß, gemessenen Schrittes im Garten hin und her. Wellesley mochte nicht auf die Heide. Wellesley mochte nicht nach Hatley. Er hatte sich von Sara einen Schal geliehen, und er trug ihn unter dem Hut wie ein Weib, denn er fürchtete, die drei grausamen Winde der Dales würden sonst seine Frisur und Gesundheit zerstören.

Tobias Fortescue machte keine Anstalten, seinem Sohn diese Freundschaft zu verbieten. Mutters Migräne wurde unerträglich. Sie schimpfte laut, sie klagte mit kleiner Stimme – ohne Erfolg. Sie mußte den Tee ausgießen für den Verhaßten. Er trug ihren Schal. Er hinkte mit Douglas durch den Garten und sagte ihm sicher die schrecklichsten Dinge.

«Man verbietet dem Onkel nicht den Neffen», sprach Tobias feierlich, als stünde das in einem Psalm. Sara gab auf. Was sollte sie tun? Aber selbst *The Heiress of Murthwaite Manor*, ja nicht einmal Walter Scott konnte sie hinwegtrösten über diese pädagogische Katastrophe.

Endlich hatte Douglas Fortescue einen gefunden, der erzählen konnte. So schwach Wellesleys Körper war, so unermüdlich war sein Geist im Erfinden von Geschichten. Er hatte, obschon kinderlos, Erfahrung mit Kindern, woher auch immer; und er wußte sie gut zu unterhalten. Mit vielen Verbeugungen und Kratzfüßen – denn Douglas war Wellys Mylord und wurde auch entsprechend behandelt – berichtete er ihm die eigenartigsten Dinge aus einer Welt, die wenig gemein hatte mit den Yorkshire Dales. Er erzählte von London und Hinterindien. Er erzählte von wilden Menschen und Bestien, von Jahrmärkten, faulen Zähnen und Tierischem Magnetismus, und er erzählte, was die Polizei einem antut, der die Menschheit aufklären will mit nutzreichen Vorführungen. Douglas verstand zunächst gar nichts, dann verstand er mehr. Schließlich redete er sich ein, jedes Wort zu verstehen, und er wurde wählerisch.

«Ich möchte», sagte Douglas streng, «keine Märchen hören.» Und Welly verbeugte sich tief und sprach fortan die Wahrheit. Er behauptete noch immer, Douglas habe den bösen Blick, und er behauptete, diese grüngrauen Augen hinderten ihn ohnehin am Lügen.

Er sah Douglas lange in die Augen, die Hand auf seinem Scheitel. Douglas ertrug das alles. Er lernte, Onkels Blick zu erwidern. Er lernte die Wahrheit, und er lernte, daß es in Wahrheit die Wahrheit nicht gibt. Wellesleys philosophische Lektionen waren ebenso einfach wie paradox, und bald sah Douglas manches anders. Wellesley mußte gar nicht mehr mit seinen magischen Mantelknöpfen spielen: Der Knabe wußte jetzt, daß die Baumgruppen des Gartens, auch Jonquillen und rotblühende welsche Linsen, ja sogar die wirklich wilde Heide hinter dem Gatter allesamt gestützt wurden von verborgenen Streben, wie die sogenannten Kulissen eines sogenannten Theaters. Douglas sah diese Streben wirklich. Sie waren aus leichtem Holz, biegsam genug, um den Winden der Dales zu widerstehen. Drei Männer hatten sie dort hingestellt: Vater, Gott und Lancelot Brown. Niemand sah sie, außer zweien: Welly und Douglas. Welly und Douglas hatten den bösen Blick. Der böse Blick war eine Gabe. Er war magnetisch. Er machte einen reich. Er bescherte einem Striemen auf dem Rücken, wenn man nicht aufpaßte.

Obwohl ihm der Onkel wenig dabei half, machte sich Douglas allmählich auch einen Reim auf das Wort Fälschung. Nicht Vater war die Fälschung, *Tobias Cardboard first Lord Fake*, wie ihn der Bruder nannte; Wellesley selbst war nicht echt. Douglas' böser Blick sah das genau: Wellesley war ein künstlicher Onkel. Er hinkte, weil Gott eine Strebe vergessen hatte. Er konnte nicht reiten, weil er aus Ton war. Mutters Schal und der Hut verbargen die Hauptnaht an der Puppe. Douglas merkte plötzlich, daß er Welly nicht leiden konnte. Er wich trotzdem nicht von seiner Seite. Eines Tages verriet er ihm beide Geheimnisse auf einmal.

«Ich mag Sie nicht, Sir», sagte Douglas feierlich, «und echt sind Sie auch nicht.» Wellesley verbeugte sich. Er nahm Douglas' Hand. Immer rührte der Mann ihn an. Das war auch ein Grund, ihn zu hassen. Douglas ließ es sich still gefallen.

«Jetzt hast du's begriffen», lobte Welly. Er hielt Douglas'

leblose Hand fest. Er zog ihn zu sich heran, bis ein kalter Mantelknopf Douglas' Nase berührte.

«Du mußt mich nicht mögen, Mylord», sagte Welly, «Hauptsache, ich tu's.»

Und er hielt Douglas immer noch fest, und Douglas setzte sich weiterhin nicht zur Wehr.

Etwa drei Monate nach seiner Ankunft in Bleamoor Hall kam Wellesley zu dem Entschluß, daß sein Schüler nun reif sei für die höheren Weihen. Tobias war nach Settle gefahren, Sara lag unwohl zu Bett. Wellesley Fortescue bat Douglas in sein Zimmer und hieß ihn den Schrank öffnen. Im Schrank stand eine große braune Tasche.

«Nimm die Tasche, starkes Kind», befahl Wellesley, «und trag sie mir nach. Ich zeige dir jetzt das Geheimnis.»

Douglas nahm die schwere Tasche und schleppte sie wortlos hinter seinem Onkel die Treppe hinunter. Wellesley ging in die Küche und holte dort zwei Weingläser. Sie gingen ins Freie, quer durch den Garten und bis zum Verwalterhaus. Wellesley schloß die Tür auf. Er nahm dazu ein Stückchen Draht in der Form eines winzigen Galgens. Sie traten ein. Er stank nach Jahrzehnten stehender Luft. Es war dunkel, denn die Fenster waren mit Brettern vernagelt. Wellesley zog die Tür zu. Douglas hustete. Der Onkel schlich voran ins Ungewisse. Er fand einen Raum in dem leeren Haus, der ihm geeignet schien. Auch hier war es dunkel, aber da kam doch ein wenig fahles Licht durch die Ritzen der Bretter vor den Fenstern, und Wellesley konnte tätig werden, ohne sich seine interessanten Augen zu verderben.

Douglas setzte die Tasche ab. Nachdem er die Gläser auf ein eingestaubtes Tischchen gestellt hatte, nestelte Wellesley die Schließen auf, und er förderte dann etwas zutage, das Douglas nicht kannte und nicht begriff.

«Stell dich da hin», sagte Welly. Douglas stellte sich hin. Es gab nur einen einzigen Stuhl hier, einen dicken Sessel mit versehrten Polstern. Der Sessel war für Welly. Welly war ja so schwach. Douglas würde stehen und warten, bis der Onkel den unbeschreiblichen Inhalt seiner Tasche in Ordnung gebracht oder in Betrieb genommen hätte. Still stand Douglas in der muffigen Luft und sah dem Onkel zu bei den rätselhaften und wohlgeübten Handgriffen, mit denen er das Ding aus der Tasche versorgte.

Es waren ein paar Gebilde aus schwarzem Metall, eine dicke Röhre, ein Kistchen und eine Dose. Wellesley fügte das alles mit kleinen Zwingen zusammen. Er montierte die Röhre hinter das Kistchen, und dann klemmte er die Dose fest. Sie sah aus wie ein Schweinerüssel. Sie war vorne aus Glas. Das Kistchen war auf beiden Seiten geschlitzt. Die Röhre hatte oben ein schmutziges Loch. Wellesley nahm eine Lampe aus der Tasche, füllte sie und paßte sie ein. Zwei Dochte hatte die Lampe, knapp unter dem schmutzigen Loch.

Das fertig montierte Geheimnis war kaum größer als eine Hutschachtel. Douglas konnte sich nichts, aber auch gar nichts dazu vorstellen.

Wellesley rückte das staubige Tischchen näher zum Sessel. Er stellte das Gebilde darauf, und er nahm jetzt noch etwas aus der Tasche, ein großes längliches Etui, bemalt mit fremdartigen, wohl magischen Zeichen. Er stellte es neben das Ding, das seine gläserne Schnauze nun zur Wand kehrte. Welly wischte ein paar Spinnweben vom bröckelnden Putz. Welly tastete nach einem Feueranzünder. «Du stehst?» fragte er leise, «du stehst fest, Mylord?» – und als Douglas das bejahte, griff der Onkel tief hinein in die schwarze Röhre und entzündete die Dochte. An der staubigen Wand erschien ein flackernder Lichtkreis.

«Nun wollen wir sehen», flüsterte Wellesley, «ob du wirklich so gute Augen hast.» Er rückte den Sessel näher zum Tisch und griff in sein Etui. Und Onkel Welly begann seine Vorstellung, eine verkürzte Präsentation von *Ghouls, Ghosts and Girls*, dic Wunder der Magischen Laterne.

Da stand plötzlich ein Berg im Zimmer. Er war grün und bewaldet unter einem blauen Himmel. Er stand nicht, er schwebte. Der Berg schwebte flackernd hinter den Rauchwolken der rußenden Lampe. Douglas machte einen unsicheren Schritt. «Beweg dich nicht», zischte Welly, «hüte dich bloß, dich zu bewegen.» Douglas hielt still. Der Berg schwankte. Plötzlich war da ein Frauenzimmer. Es schwebte vor dem Berg, eine Riesenfrau in bunten Röcken. Sie war nicht echt. Sie war trotzdem da. Die flackernde Beleuchtung nagte scheußlich an ihren Konturen, und die Frau grinste Douglas an, ein pralles Gesicht, die Lippen aus Licht, die Augen aus Tinte.

«Das ist die Schöne …», sang Welly.

Etwas scharrte in der metallenen Röhre.

« …und das ist ihr Schicksal», sang Welly mit einem kleinen Kichern. Das Weibsbild hatte sich plötzlich verwandelt. Es war ein Gerippe. Es trug noch immer die bunten Röcke, es schwebte noch immer vor dem flackernden Berg, aber die Lippen waren fort und die Augen leer. Die Schöne war verstorben. Die Schöne war tot und verwest, aber sie stand noch immer da, eine kokette Leiche mit wohlgeringeltem Haar aus gelben Pinselstrichen. Wieder das Scharren. Die Tote verlor den Kopf, und er schwebte nach rechts davon, mitsamt Frisur und Häubchen. Da stand noch das Kleid. Es war wahrscheinlich leer. Ein buntes Frauenkleid flackerte groß und hell vor einer viel zu kleinen Landschaft. Scharren. Alles verschwand. Welly kicherte. Douglas schluckte.

«Weiter», sagte Welly, «und vergiß mich. Denn dann wirkt die Sache besser. Schau nur hin. Du bist allein hier, verstehst du. Na, Douglas? Na?»

Und weil der Onkel schon wieder diese singende Stimme hatte, weil es dunkel war und weil der Rauch und das Geflakker seinen Kopf verwirrten, vergaß Douglas wirklich. Er vergaß Welly, die schwarze Röhre, die gläserne Dose und das Etui. Er vergaß, wo er war. Er vergaß, wer er war. Wellesley spuckte auf seine Finger, und er strich die Weingläser, mit Daumen und Mittelfinger derselben Hand. Ein Quietschen zunächst, dann sangen die Geister, zwei klagende gläserne Stimmen, verdammt zu ewiger Monotonie. Mit der anderen Hand legte

Wellesley eine neue Platte in den Projektor. Rauch. Es kratzte im Hals. Douglas hatte längst vergessen, daß dieser kratzende Hals der seine war. Eine Stadt stand im Zimmer, Türme und Paläste. Ein Mond, schwarzgerändert, flog träge über einen gemalten Himmel. Schneller kreisten Wellys nasse Fingerspitzen über den Rändern der Gläser, und die Geister sangen schriller, und da kamen Leute geflogen, bunt und groß vor der Stadt. Da kamen Tiere, noch größer, mit langen Nasen und Höckern. Douglas starrte hinein in den Zauber, und er hatte längst aufgehört zu zwinkern. Wellesley warf ihm einen schnellen Blick zu: Er wunderte sich, wie gut sich der Knabe magnetisieren ließ. Man brauchte ihn nicht zu berühren. Man brauchte nicht Mr. Mesmers heiliges Metall. Er ergab sich schnell und ohne Gegenwehr, wie das blutärmste Fräulein in Vauxhall. War er vielleicht gar nicht so gesund, wie er aussah? Aber Wellesley scherte sich nicht weiter um das Wohlbefinden seines Neffen. Es mußte jetzt sein. Tobias war in Settle, und Sara lag im Bett – Douglas Fortescue gehörte nun Welly, und Welly nützte das aus.

Wieder spuckte er auf seine Finger. Die Gläser sangen, und schon blitzten die ersten weißen Funken, und Wellesleys Haare knisterten. Der Magnetismus wurde elektrisch. Tunis verschwand, mitsamt Elefant und Kamel, und jetzt war da ein düsterer Wald und darin ein Jäger, und weil Wellesley die Überblendung beherrschte wie kein zweiter, bewegte der Jäger die Flinte und schoß lautlos rotes Feuer in die flackernde, stinkende Luft. Das Feuer wandelte sich in ein Medusenhaupt, dem Jäger wuchsen Hörner, und die Gläser sangen dazu von ewiger Verdammnis. «Ach», seufzte Douglas. Er war längst nicht mehr von dieser Welt. Und als dann der Wald verschwand mitsamt dem Teufel, als Wellesley den Faden aufriß, der die nächsten Platten bündelte, und als er dann die Laterna magica mit seiner kostbarsten und schlimmsten Serie fütterte – da griff er verstohlen hinter sich und zog den betäubten Knaben auf sein Knie.

Mobiliar erschien im Licht, und dann ein Weibsbild davor,

das sich tief und demütig bückte. Die Röcke flogen davon, und das Weibsbild war nackt, nicht viel mehr als ein Hinterteil, rosig und riesig, allein gelassen ohne Kopf und Beine vor einem viel zu kleinen Zimmer. Die Gläser sangen, dann quietschten sie, dann schwiegen sie still, denn Wellesley brauchte nun beide Hände. Er justierte die Platte, den zweigeteilten rosigen Mond, in dessen Kerbe etwas Geschwollenes war, dem die Herren in Vauxhall, trotz der allzu groben Striche, bisweilen durchaus applaudierten. Wellesley überblendete. Die dritte Platte glitt über die zweite, und da war jetzt ein Mann über dem einsamen Hintern, auch er verloren und anatomisch entstellt, ein Mann in weißer Perücke, hilflos befaßt mit einem Fremdkörper, der knallrot und sperrig aus seinem Bauch wuchs. Niemand hatte dafür je applaudiert. Es war zu schlecht gezeichnet. Aber man wußte, nicht wahr, um was es hier ging, und das war schließlich die Hauptsache.

Wellesley hielt den reglosen Knaben fest auf seinem Knie, dann griff er um ihn herum mit der freien Hand und suchte die seine. Auf der beleuchteten Wand berührte der rote Balken die Schwellung der rosigen Rückseite des Weibes. Wellesley fand Douglas' Hand, die schlaffe Hand eines Magnetisierten. Der Lichtmann an der Wand stieß zu. Hart scharrte Platte auf Platte. Der Lichtmann stieß wieder zu, verfehlte die Schwellung zunächst, dann traf er sie und drang ein in den durchsichtigen Körper, und der rote Balken blieb sichtbar, so tief er auch stoßen mochte, denn das war Glas über Glas, und das Licht schien durch alles. Den Herren gefiel das so. Und da sangen keine Geister mehr. Da ging es um Irdisches. Und plötzlich erwachte Douglas Fortescue und sagte nein. Er ballte die Hand zur Faust. Er schlug nach Wellesleys Knie, und er sagte wieder nein, eine Bitte, halbwach, allmählich wacher, eine Bitte, ein Befehl, nein.

«Doch, Douglas», murmelte Wellesley. Der Mann an der Wand war erstarrt, nutzlos stak der rote Pinselstrich in der kopflosen Frau. Allmählich entspannte sich Douglas' Hand in Wellesleys hartem Griff.

«Denk an was anderes», bat Wellesley leise, und er spuckte wieder auf seine Finger, und er strich wieder das Glas, und er wiederholte das wieder und wieder, «denk an was anderes», und dann sagte er «denk gar nichts, kannst du das, kannst du an gar nichts denken?», und dann sang er «du merkst nichts», und er sang das weiter, ein Duett mit dem Glas, beschwörend, bittend: «Du merkst nichts, du merkst nichts, gar nichts.»

Douglas merkte wirklich nichts. Es ging ganz einfach. Douglas horchte auf das singende Glas, und er merkte nicht, was Wellesley tat. Der Onkel war ein guter Magnetiseur. Zunächst spürte Douglas noch seine eigene Hand hinterm Rücken, spürte eine Berührung, eine Bewegung, hörte Wellesley atmen – aber das ging ihn schon nichts mehr an. Bald war es unspürbar. Ein fremder Knabe, eine fremde Hand, eine gleichförmige Bewegung, die Douglas nicht spürte, weil sie ein anderer tat oder gar keiner. Stickige Luft in den Lungen und kein Gedanke im Kopf. Es war seltsam, gar nichts zu merken. Es war Douglas neu. Es war nicht schlimm, gar nichts zu merken, und allmählich fand Douglas Gefallen daran. Es war nett, nichts zu merken. Es war ein friedlicher Zustand. Es war ein wenig befremdlich, aber man gewöhnte sich schnell daran, und bald mochte man gar nicht mehr anders empfinden. Als ihn Wellesley nach einer Weile plötzlich heftig von sich stieß, als die fremde Hand auf einmal wieder die seine sein wollte, mochte Douglas sie gar nicht haben. Er sah sie an wie ein häßliches Tier. Er erkannte sie nicht. Es war lästig, das Ding wieder merken zu müssen. Zudem war es schmutzig. Douglas wischte die zurückgekehrte Hand am Hosenboden ab und sah sich um. Da saß Wellesley. Da stand die schwarze Maschine. Das Licht war erloschen. Die Lektion war zu Ende.

«Aha», sagte Douglas. Eine fremde Stimme. Ein wenig verschlafen, sehr ruhig, sehr kühl.

«Wach auf!» rief Wellesley heftig.

Douglas wiegte den Kopf. Er sah seinen Onkel an, mit einem stillen und ein wenig fadem Interesse.

Wellesley machte ein böses Gesicht. Er warf die kostbaren Platten in das schöne Etui. Douglas wollte ihn fragen, wie das ging: nichts zu merken. Er schwieg. Douglas zweifelte, daß ihm dieser Mann noch mehr beibringen konnte. Er sah schrecklich aus. Er sah aus wie einer, dem etwas Schlimmes geschehen ist. Warum, fragte sich Douglas, beherrschte Welly die Kunst nicht selbst, die er so erfolgreich lehrte? Der Onkel schwitzte und zog ein angewidertes Gesicht. Er stellte die Laterna magica zurück in die Tasche, dann zerschmiß er wütend die Weingläser, eines nach dem anderen. Douglas sah ihm zu. Er bewegte sich nicht. Da war noch ein Rest des Nichtmerkens übrig, ein stilles, fernes Gefühl. Douglas hätte es nicht missen mögen. Er mochte es. Er wollte es behalten.

«Verzeih mir», murmelte Welly zwischen den Zähnen, «ich brauch' das.»

Douglas nickte. Wellesley packte ihn plötzlich am Arm und zerrte ihn ins Freie. Er stellte ihn unter die fahle Sonne von Yorkshire und musterte ihn von oben bis unten. Das Kind war verheult. Das Kind hatte sich die Tränen nicht abgewischt. Sie sahen fremd aus auf seinem starren und ein wenig erblaßten Gesicht. Wellesley holte tief Luft. Er sah Douglas in die Augen. Ein kalter grüngrauer Blick. Ein Blick aus der Ferne. Wo war der Junge? Wellesley faßte seine Schultern. Douglas nahm Wellesleys Hände, vorsichtig, höflich, hob sie eine nach der anderen von seiner Jacke und ließ sie fallen. Er lächelte Wellesley an. «Aha», sagte Douglas noch einmal.

«Gott, wenn man tot wäre», murmelte Wellesley, «dann wäre man sich los!»

Und er ließ Douglas stehen und rannte davon mit seiner Tasche, so schnell ihn sein Hinkebein trug.

Sara Fortescue freute sich, denn es war nicht zu übersehen, daß die Freundschaft zwischen Onkel und Neffe plötzlich merklich abgekühlt war. Von einem Tag auf den anderen waren die Spaziergänge im Garten passé. Sara wußte nicht, was die Ursache war, aber sie fragte nicht weiter nach. Sie kehrte zurück zu ihren gotischen Romanzen, und wenn sie sich bei ihrem Mann nach Douglas' Fortschritten im Lateinischen erkundigte und das übliche «gut» zur Antwort bekam, sagte sie sich zufrieden, ihr Jüngerer gedeihe ebenso gut wie der Ältere.

Täglich las Douglas mit Vater den Vitruv, und weil er schnell lernte, schneller als Jeremy, mußte man bald den Plutarch dazutun und den schrecklichen Cornelius Nepos, obwohl beide keine Ahnung hatten vom Gartenbau. Douglas verstand es, die lateinische Sprache zu nehmen. Geduldig schob er die Wörter umher, bis sie sich fügten zu übersetzbaren Gruppen. Bald las er besser als Vater. Er baute den Plinius um, bis er Hexameter hatte. Er lachte darüber, kühl und ein wenig verschlafen. Er fügte die Hexameter zu Reimen. Er sah aus dem Fenster. Er sagte die Reime her und wunderte sich über seine eigene Stimme.

Mit Ludhams Arithmetik konnte Douglas allerdings kaum etwas anfangen. Er schob die Hausaufgaben unter Wellesleys Tür durch und fand am Morgen unter der seinen die Lösung. Vater sah die Aufgaben an. Vater sagte «ja». Er ging in den Garten und ließ Douglas sitzen mit dem griechischen Alphabet und einem Homer für die Jugend. Mehr konnte Tobias hier nicht für ihn tun. Douglas würde nach Lancashire müssen.

Als man Douglas das eröffnete, sagte er «aha». Keinem fiel auf, daß mit diesem Kind etwas nicht stimmte.

Zwar gingen Onkel und Neffe nicht mehr miteinander spazieren, und über den Strick am Mond sprachen sie auch nicht mehr; aber sie trafen einander im Verwalterhaus, wöchentlich einmal, weil Welly das brauchte. Douglas wurde schnell ein Virtuose im Nichtmerken. Er brauchte keine singenden Gläser, keinen singenden Onkel, und erst recht keine Laterna magica. Er tat, was Welly ihn hieß. Er merkte gar nichts. Er mußte bald nicht einmal mehr wegschauen, und er verlieh willig eine Hand, die ihm eigentlich gar nicht gehörte. «Aha», sagte Douglas, wenn Welly dankte. «Aha», sagte Douglas, wenn Welly um Verzeihung bat. Es machte den Onkel schaudern. Er sah sehr wohl, daß mit dem Kind etwas nicht stimmte. Aber er nahm das Geschenk doch an. Was sollte er tun? Es war so eine Erholung. Sein Rücken mußte sich endlich nicht fürchten vor neuen Striemen, und die Kniescheibe trat ihm hier auch keiner zuschanden. Wellesley vermißte die Spaziergänge im Garten. Wellesley vermißte Douglas' «Erzählen Sie». Aber das war vorbei. Gerne wäre Wellesley tot gewesen. Aber Wellesley war nicht tot, und solange er lebte, brauchte er eben, was er brauchte. Er sah das Kind sich verwandeln, und er spürte es auch. Sonderbar fühlte sich Douglas Fortescue an. Wellesley konnte ihn ebensowenig leiden wie sich selbst. Er fühlte sich an wie ein Lichtbild aus der Laterna magica. Er fühlte sich an wie ein Toter. Er fühlte sich nicht an wie ein netter Junge vom Land, und er machte Wellesley frösteln. Wellesley hinkte zum Verwalterhaus wie zu einer Hinrichtung; aber er war doch bescheiden, und er dachte, nun ja, vergnüglich war die Sache im Grunde noch nie.

Schon an jenem Abend nach seiner ersten magnetischen Erfahrung im Verwalterhaus hatte sich Douglas Fortescue geschworen, daß er etwas machen würde aus seinem Leben. Es war der zweite Schwur dieser Art, aber diesmal war sich Douglas des Erfolges sicher. Er wusch noch einmal sorgfältig seine Hände, dann betrachtete er sich im Spiegel. Er fand seine Augen grüner denn je. Er sah zum erstenmal, wie glatt seine Haare waren. Niemand in der Familie hatte solche Haare. Douglas scheitelte sie in der Mitte und kämmte sie mit Wasser rechts und links vor die Ohren. Er mochte das fahle Blond nicht, aber das konnte man eben nicht ändern. Die Farbe dieser Haare würde Douglas' Karriere wohl nicht aufhalten können. Seltsam sahen sie aus, naß vor den Ohren. Seltsam sah es aus, dieses Gesicht. Douglas faßte seine Nase an. Er spürte das schon, aber anders als früher. «Aha», sagte Douglas. Eine merkwürdige Stimme. Douglas wußte, er würde furchtbar berühmt werden. Er sah wieder in den Spiegel, und er fand plötzlich, er sei eindeutig zu dick.

Am nächsten Morgen ließ Douglas das Frühstück stehen,

und er achtete fortan auf seine Figur. «Der Knabe streckt sich», sagte Tobias, und er freute sich, daß sein Jüngster auf einmal Gefallen fand an dem Salat aus der praktischen Ecke des Gartens. Und wer hat etwas einzuwenden gegen Mittelscheitel? Und wer verbietet einem Kind das «aha»? Douglas war artiger denn je. Er sagte «hübsch» zu Vaters Hyazinthen, und es klang fast ehrlich. Vieles fand Douglas plötzlich hübsch. Bisweilen fand er sogar Wellesley hübsch, wie er schwitzte und sich selbst herzlich haßte. Interessiert betrachtete Douglas den unkeuschen Onkel, und er dachte «aha», und er dachte «ganz hübsch», und er genoß das Nichtmerken immer mehr. Nichts rührte Douglas Fortescue an. Das schwor er sich auch vor dem Spiegel: Nichts sollte Douglas Fortescue anrühren, jetzt nicht und nie mehr. Er unterschrieb fortan mit Douglas W. Fortescue. Denn Douglas fand, er habe seinem Paten doch einiges zu verdanken.

Als Douglas nach seinem Schwur zum erstenmal wieder in den Stall ging, scheute sein Pferd. Er hatte Mühe mit dem Sattel. Das Aufsitzen war schwierig. Das Pferd gehorchte ihm nicht. Seine eigenen Schenkel taten nicht, was sie sollten. Es stört beim Reiten, verstand Douglas, wenn man sich selbst nicht merkt. Er verkniff sich sein «Aha», denn es wurde langsam zur Marotte. Douglas kletterte vom Sattel, umständlich wie ein zaghaftes Mädchen. Die Gerte fühlte sich fremd an in seinen Händen. «Bin ich denn ein Bauer?» sagte Douglas leise vor sich hin; und er vermied fortan die Ertüchtigungen des Leibes.

Kurz nach seinem elften Geburtstag schickte man Douglas W. Fortescue zur Schule. Er stieg in den Wagen, blaß und sehr schlank und ziemlich gewachsen, die Haare mit Wasser in der Mitte gescheitelt. Tobias sprach einen Segen, und Sara küßte ihn auf die Stirn. Douglas lächelte ein mattes Lächeln. Wellesley winkte. Douglas winkte zurück. Und dann fuhr er ab, nach Settle, nach Slaidburn, nach Dunsop Bridge.

Daheim dressierte Tobias die jungen Efeupflanzen, und er sagte: «Ja, die Kinder werden älter, so ist das.» Er bekleidete mit dem Efeu vorsichtig einen Ulmenstamm, ein kunstreich natürliches Bild.

Wellesley packte ebenfalls seine Habseligkeiten. Sara schickte ihm gleich drei Mädchen zur Hilfe, um die Sache auch recht zu beschleunigen.

Jeremy hatte die Schule abgeschlossen. Er verließ die Anstalt des Reverend Stubbings, bevor Douglas dort ankam. Die Postchaisen kreuzten sich. Jeremy sah seinen Bruder, sah durch ihn hindurch und schäkerte weiter mit seiner Nachbarin. Er hatte den Knaben gar nicht erkannt.

III

«Bitte, Sir», sagte Douglas Fortescue, als ihn Reverend Stubbings willkommen hieß in der Knabenschule zu Thorsby bei Chipping, «ich brauche ein Einzelzimmer, denn ich bin anderes nicht gewöhnt und habe außerdem üble Träume.» Er zog dabei die Augenbrauen hoch und ließ die Mundwinkel hängen, eine merkwürdig angeödete Miene für einen Elfjährigen, der zum erstenmal in der Fremde ist.

Reverend Stubbings betrachtete den Knaben mit freundlicher Aufmerksamkeit. Es war nicht zu übersehen, daß das Jeremys Bruder war, und Stubbings war froh, daß ein neuer Fortescue den fortgegangenen ersetzte. Jeremy hatte ihm gut gefallen. Er hatte ihn behalten, weit über die Zeit, weil er nett war und anhänglich, ein guter Schüler und Boxer – denn man boxte in Reverend Stubbings' Anstalt, als sei das ein College in Oxford. Jeder hatte Jeremy gemocht. Stubbings hatte ihn selbst unterrichten lassen, Arithmetik vor allem für die Kleinsten, und er war froh gewesen, wenn Jeremy für ihn nach Chipping fuhr und Besorgungen machte. Gerne hatte man Jeremy Fortescue die schuleigene Chaise gegeben – er kutschierte ohnehin besser als alle –, und gerne ließ ihn Stubbings helfen bei Verwaltung und Rechnungsführung der Anstalt, denn der Junge war ebenso praktisch wie ordentlich, und seine Hilfsbereitschaft kannte keine Grenzen. Es war ein Kummer gewesen, Jeremy zu verlieren; aber schließlich konnte man ihn nicht behalten bis achtzehn!

Eingehend musterte Reverend Stubbings nun den jüngeren Fortescue, jenes hochaufgeschossene magere Kind, das mit Douglas W. unterschrieb, in einer sehr steilen, erwachsenen Schrift.

«Was für Träume?» fragte Stubbings.

«Oh», machte der Knabe. Er sah über Stubbings' Schulter hinweg durchs Fenster. «Man boxt hier?» fragte er matt, «wie hübsch!»

Reverend Stubbings sah seinerseits aus dem Fenster. Wirklich, im Garten boxten die Schüler, mit den fairen Schlägen von Gentlemen, wie es sich in einer englischen Anstalt gehörte. Es war gut, fand Stubbings, für die männliche Seele. Es war gut für das spätere Leben.

«Hübsch», wiederholte Douglas, «aber ich hoffe doch, das ist ein Wahlfach.»

Stubbings gab keine Antwort. Er fuhr seinem neuen Schüler lächelnd durch die Haare und bat ihn, sich auch recht wohl zu fühlen in der Anstalt. Douglas verbeugte sich. Er richtete sofort seine Frisur. Faß mich nicht an, dachte Douglas. Und Mr. Stubbings empfing diese Nachricht, als habe sie ihm das Kind ins Gesicht geschrien.

«Du kannst die Kammer im obersten Stock haben», sagte Stubbings, «da bist du allein. Da stört dich keiner bei deinen üblen Träumen.»

«Oh», sagte Douglas, «und danke.» Und er versprach, sich wohl zu fühlen nach Kräften.

«Ein seltsames Kind», sagte Reverend Stubbings zu Lisa, seiner Frau, «ich glaube, Bleamoor Hall ist ihm nicht gut bekommen.» Aber als Lisa ihn fragte, was denn so seltsam sei an Jeremys jüngerem Bruder, wußte er das gar nicht recht zu beschreiben.

Samuel Stubbings war ein kräftiger Mann von vierzig Jahren, dem man den Geistlichen nicht ansah. Er boxte selbst mit den Knaben, und bisweilen, wenn es seine Schüler verdient hatten durch Fleiß und faires Verhalten, schnitt er am Katheder die schönsten Grimassen. Mehr als einmal hatte er Jeremy in Chipping einen Krug Porter spendiert, und wenn sein ältester Schüler frech zu den Wirtstöchtern war, litt er das mit einem Lächeln. Stubbings war aufgeklärt, und er hatte rote Haare, die er zu besonderen Anlässen über der Stirn ein wenig toupierte, wie das die Herren in London taten. Natürlich las er die *Sacred Exercises* mit den Knaben, und man bekam auch wöchentlich die Sakramente; aber die Anstalt zu Thorsby war kein Priesterseminar, und Reverend Stubbings wußte um die Zustände der Zeit. Es war auch kaum zu übersehen: denn wenn man auf den Hügel stieg hinter der Schule, erblickte man hinten gen Beacon Fell die ewig rauchenden Schornsteine der Kammgarnmühlen von Fleensfield.

«Wie was sieht das aus?» fragte Stubbings jedesmal, wenn er mit den Knaben ins Grüne ging, und sie antworteten immer, wie sie es gelernt hatten: «Das sieht aus wie die Obelisken der Alten.»

Und so war es. Die Spinnerei von Fleensfield bewies, das die Antike noch lange nicht ausgedient hatte. Reverend Stubbings glaubte fest an die Eintracht zwischen den Epochen – und solange sich der Wind nicht drehte, fand er die Schornsteine äußerst pittoresk.

Der Eindruck, daß Douglas Fortescue ein seltsames Kind sei, verstärkte sich, als Stubbings den Knaben näher kennenlernte. Er verrückte die Möbel in seiner Kammer und bat schon am ersten Tag um einen Spiegel. Als ihn das Hausmädchen auslachte und einen eitlen Fratz nannte, sagte er ein müdes «Aha». Man hinterbrachte dem Reverend, daß Douglas das fromme Bild über seinem Bett abgehängt hatte, weil er, so der Denunziant, mit dem Teufel paktiere. Als man das Zimmer jedoch kontrollierte, war alles an seinem Platz. Douglas' Latein war brillant, von Zahlen verstand er gar nichts. Man mußte ihm verbieten, seine Haare mit Öl zu fetten.

«Danke», sagte Douglas, «für Ihre Aufmerksamkeit, Sir.» Stubbings fühlte sich verspottet, aber er konnte das nicht recht beweisen.

Die anderen Knaben schienen Douglas zu mögen, obwohl er nicht boxte und wenig sprach. Es ging das Gerücht von nächtlichen Treffen in dem Einzelzimmer unter dem Dach, aber auch dieser Verdacht ließ sich nicht erhärten. Wenn Lisa auf dem Fortepiano spielte und die Knaben dazu sangen, stand Douglas ein wenig abseits und nickte beifällig mit dem Kopf. Er konnte sämtliche Hymnen auswendig hersagen. Wenn er singen sollte, verbeugte er sich und erklärte, unter einer Halskrankheit zu leiden. Auf Nachfragen antwortete er kummervoll, er sei der Gesündesten einer nie gewesen. Keiner mochte Douglas zu irgend etwas zwingen. Als er den Mitschülern vorgestellt wurde und als Reverend Stubbings ihn bat, etwas von sich und der Familie zu erzählen, wiegte das Kind geheimnisvoll den Kopf.

«Ich bin», sagte Douglas, «recht froh, daß ich hiersein darf.» Und er verbeugte sich wieder und setzte sich ohne ein weiteres Wort.

Reverend Stubbings wußte nichts anzufangen mit diesem Jungen. Er gab ihm Privatstunden in Hebräisch, und Douglas sprach das bald wie ein Rabbiner. Von Arithmetik verstand er noch immer nichts. Eine Zeitlang blieb das verborgen, denn die Mitschüler rissen sich darum, dem jüngeren Fortescue die Hausaufgaben zu erledigen, und er gab sie sehr selbstverständlich als die seinen aus. Als Stubbings ihm auf diesen Schwindel kam und einen Vortrag hielt über Ehrlichkeit, sah ihn Douglas verwundert an und sagte: «Oh, die Jungs machten das gern für mich», und als Stubbings deutlicher wurde, fragte er freundlich, ob das Fälschen denn eine Sünde sei. Stubbings bejahte das. Douglas sagte «aha». Er sagte das in einem Tonfall, daß der Reverend nicht anders konnte, als seinen Stock zu nehmen. Der Knabe war mager. Er schlug nicht fest zu. «Sind Sie fertig?» fragte Douglas interessiert, als Stubbings ihn aufstehen hieß, und als Stubbings knurrte, er könne noch anders, sagte

Douglas «ach, wirklich?» und sah aus dem Fenster. Fortan blieben Douglas W. Fortescue die Prügel erspart.

In den Ferien fuhr er heim, und nach den Ferien kam er wieder. Gefragt, was er getan habe, sagte er «danke». Gefragt, wie es gewesen sei, sagte er «nett». Eines Tages stellte Stubbings fest, daß Douglas den griechischen Demosthenes las. Er hatte keine Ahnung, woher er das konnte. Auf die Frage, ob ihm das Buch gefalle, sagte Douglas erst «danke», dann «nein». Auf die Frage, warum er es lese, entgegnete er «Zeitvertreib». Er saß am Fenster und sah den Mitschülern beim Boxen zu. Stubbings hatte den Eindruck, daß der Knabe auf irgend etwas wartete. Er wußte nicht, worauf. Er verstand es nicht. Reverend Stubbings zweifelte plötzlich an Mrs. Fortescues ehelichem Anstand. Douglas W. war ein Kuckucksei – aber eigentlich tat er nichts Böses.

Als Douglas schon über ein Jahr lang in Mr. Stubbings' Anstalt auf etwas Ungewisses wartete, noch immer nichts begriff von den Belangen der Mathematik und die drei toten Sprachen so fehlerfrei wie freudlos beherrschte, als er bald zwölfeinhalb war und sich sein zweiter Frühling in Thorsby allmählich in einen verwaschenen Sommer verwandelte, in einer warmen und trüben Nacht im Juni 1822 hörte Douglas Fortescue, wie irgendwo im Haus jemand laut weinte. Douglas lag wach im Bett, denn er schlief schlecht ein, vielleicht weil er nie recht zu Abend aß; schon seit einer Stunde starrte er an die Decke und versuchte, irgend etwas zu denken, was ihn erlöst hätte von seiner schlaflosen Langeweile, aber nichts fiel ihm ein. Douglas langweilte sich schrecklich, und er langweilte sich Tag für Tag. Jetzt lag er still und horchte: denn dieses Geräusch, ein schlimmes kindliches Schluchzen, war doch zumindest eine Abwechslung in diesem tristen Leben.

Eine knappe halbe Stunde hörte sich Douglas diese Abwechslung an, dann stand er auf und ging hin, auf nackten Füßen, um zu sehen, zu wem dieser beharrliche Kummer gehörte. Er fand den Urheber schnell. Es war ein rundlicher

Knabe von etwa zehn Jahren, der mit zu Berge stehenden Haaren und roten Ohren auf einem Treppenabsatz kauerte und vor Tränen schon bald keine Luft mehr bekam. Douglas hatte dieses Kind noch nie gesehen. Er stand regungslos neben ihm auf der Treppe und merkte, wie seine Füße kalt und kälter wurden; aber Douglas mochte sich nicht bewegen. Das fremde Kind war so beschäftigt mit seiner Verzweiflung, daß es Douglas nicht bemerkte. Es schluchzte und zerrte dabei wütend an seinen verworrenen Haaren, die blond waren, ländlich strohblond und hart wie ein Bündel Weizen. Die Tränen rannen dem Knaben über Wangen und Hals hinein in sein zerknautschtes Nachthemd. Douglas schüttelte bedauernd den Kopf, sehr vorsichtig, um den Verzweifelten nicht auf sich aufmerksam zu machen. Er wußte nicht, was er tun sollte. Er spielte mit dem Gedanken, in sein Zimmer zurückzuschleichen, aber er mochte das Schauspiel doch nicht versäumen. Verlegen betrachtete er das strohblonde Kind. *Liquitur in lacrimas, donec pietate dolentis* ... Douglas war wohler, als ihm Ovid einfiel. Es wäre hübsch, dachte er, wenn Phoebus' Schwester den Kleinen in eine kühle Quelle verwandeln würde: Wasser genug war schließlich vorhanden.

Douglas versuchte sich diese Verwandlung vorzustellen, aber es gelang ihm beim besten Willen nicht. Jahre der schlimmsten Langeweile hatten es nicht vermocht, Douglas W. Fortescue in einen Träumer zu verwandeln; er mußte noch immer vorliebnehmen mit dem, was er sah. Eingehend studierte er das weinende Kind. Es sah aus wie ein kleiner Bauer. Es war niedlich, in seinem zerrauften Hemd. Seine Ohren waren rot, seine Haare gelb, das Gesicht seit einer Weile versteckt zwischen zwei nackten Knien, naß von Tränen und ziemlich dick. Douglas stand da und wiegte noch immer bedächtig den Kopf.

Irgendwann blickte der Knabe doch auf, und er starrte den Zuschauer entsetzt an. Douglas wandte sich sofort ab, denn dieser verheulte Blick genierte ihn unendlich, und er schämte sich auch seiner Neugier; denn Douglas wußte genau, daß sich das nicht gehörte. Der Knabe überwand seinen Schrecken schnell und fiel zurück in die Verzweiflung. «Ich will heim», schluchzte er, «ich will heim, allmächtiger Gott, bitte, ich will heim!» – und bevor Douglas zurückspringen konnte, hatte ihn der Kleine am Hemd gepackt und zerrte ihn zu sich hinunter. Er war stark in seinem Kummer. Douglas konnte sich nicht wehren. Fast hätte er das Gleichgewicht verloren, aber dann landete er doch sicher auf der Treppe. «Ich will heim!» rief das Kind noch einmal, und ehe sich's Douglas versah, hatte es ihn mit zwei harten Händen gegriffen und weinte nun an seiner Brust.

«Na, na, na», machte Douglas. Etwas anderes fiel ihm nicht ein. Steif saß er da, die Arme halb angehoben; er wußte nicht, wohin damit, denn dort, wo seine Arme eigentlich hingehörten, war dieser Knabe und heulte. Er heulte mit Hingabe. Seit er etwas hatte, um sich daran festzuklammern, kannte seine Verzweiflung keine Grenzen mehr.

«Na», wiederholte Douglas verstört, «na, ist ja gut», aber erst als seine Arme einzuschlafen begannen, ließ er sie sinken, und er nahm es hin, das blonde Wesen zu berühren. Es wurde fast eine Umarmung. Douglas betrachtete dieses Gefühl mit Interesse. Der Kleine war warm wie im Fieber, ein nasses heißes Häufchen Elend mit äußerst harten Knochen. Seine Knie bohrten sich in Douglas' linken Oberschenkel. Auch diese Empfindung studierte der junge Fortescue genau. Er fuhr dem Kind rasch durch die Haare, die sich anfühlten, wie sie aussahen, das reinste Stroh. Douglas griff fest hinein und zog, bis der Knabe den Kopf von seiner Brust nehmen und in den Nacken legen mußte. «Jetzt reicht's», sagte Douglas. Das Kind kniff die Augen zu. «Genug», sagte Douglas. Das Kind blinzelte. «Du weckst noch das ganze Haus mit deinem Geschrei», sagte Douglas, und er sagte das so freundlich, daß er all seine Kräfte aufwenden mußte, um den Kleinen an einer neuen Umarmung zu hindern. Er nahm den Verzweifelten an der Hand und zwang ihn aufzustehen. «Geh ins Bett», befahl Douglas, und dann überlegte er einen Augenblick und fügte hinzu, daß morgen alles gut sein werde.

«Nein!» schrie der Knabe. Douglas mußte sich sehr überwinden; aber schließlich nahm er ihn mit in sein Zimmer.

Er kroch dort sofort in Douglas' zerwühltes Bett und zog sich die Decke über den Kopf. Er würde alles naßweinen. Eine schreckliche Vorstellung. Douglas ging in die Knie und lockte den Blondschopf unter dem Laken hervor. Er nannte seinen Namen und sein Alter, in der Hoffnung, das Kind würde dann mehr Respekt haben vor seinem nächtlichen Frieden. Das Kind hatte überhaupt keinen Respekt. Es glitt vom Bett auf den Boden und warf sich Douglas schon wieder an die Brust, und da waren wieder diese gelben Haare unter seinem Kinn und verlangten nach einer tröstenden Berührung. Douglas wollte das nicht. Er fand eine Position für seine Arme, in der sie nicht einschlafen mußten, ausgebreitet auf dem Bett und weit weg von dem Weinenden.

«Dann erzähl mir eben», bat Douglas, «was dich so bekümmert.»

Das Kind ließ sich das nicht zweimal sagen. Mit Erstaunen und auch zunehmend mit Interesse hörte sich Douglas Fortescue den nicht enden wollenden Wortschwall an, mit dem ihn sein Gast überschüttete. Er redete, ohne Luft zu holen. Er putzte sich auch die Nase nicht. Douglas nahm es hin, daß sein Hemd bald nasser war als das des Weinenden selbst, denn was ihm hier geboten wurde, stellte alles in den Schatten, was er bislang hatte erleben dürfen als Freund von anderer Leute Geschichten. Die schwatzhafteste Göre von Hatley war nichts gegen dieses Wunder. Der Kleine haspelte ohne Punkt und Komma, ohne sich zu scheren um Grammatik, Wortwahl oder Diskretion. Douglas konnte nicht anders, als das zu mögen; es war peinlich, aber gerade deswegen war es interessant. Auch dem Knaben selbst schien dieser Erguß durchaus gutzutun: Allmählich versiegten seine Tränen, und bald sah er gesund und gereinigt aus wie nach einem ausgiebigen Aderlaß. Bisweilen sagte Douglas «aha». Mehr sagte er nicht. Mehr schien das redselige Kind auch nicht zu brauchen.

Douglas lernte, daß der Junge auf den Namen Celery Winton hörte, obwohl sein Taufname Peter war. Alle kleinen Wintons – und es gab davon viele – trugen solche Kosenamen, denn Papa war Gemüsegrossist, und zwar, wie Celery betonte, der allerreichste und vornehmste und bestassortierte von ganz Halifax. Douglas erfuhr genau, wie Papa aussah, dick und blond wie der Sohn, wie sein Haus gebaut und sein Laden eingerichtet war, ein Gewölbe am Fluß, ein Palast voller Essen, bestückt mit Grünzeug, Orangen und den geheimnisvollsten Schoten aus den Kolonien, dazwischen die Kinder, neun an der Zahl, vom halbjährigen Cabbage, der oft wund war und schrie, bis zu Turnip, der Ältesten, die man im Sommer einem O'Reilly verloben würde.

Mama, lernte Douglas, war die schönste Frau von Halifax, blond wie der Vater und mit diesem verwandt, wie auch O'Reilly, der Fleischer, verwandt war mit den Wintons. Denn die Wintons wollten sich nicht trennen und heirateten darum meist Cousins und Cousinen, die man dann aufnahm in die schönen Gewölbe und mit Namen von Grünzeug versah, denn sie gehörten fortan dazu und durften die Familie nie wieder verlassen. «Nie wieder», heulte Celery, und er erklärte, so gut er es vermochte, wie entsetzlich es sei für einen Winton, wenn man ihn in die Fremde schickte. Nach kürzester Zeit wußte Douglas gut ein Dutzend Geschichten von Wintons, die fortgingen, unglücklich wurden und dann wieder zurückkamen zu jedermanns Erleichterung. Er erfuhr vom Urgroßvater, der zur See fuhr und sich die Augen ausweinte auf einem Schoner irgendwo kurz vor Ostindien, bis man ihn heimschickte vor der Zeit. Er erfuhr von Tante Stringbean, die nach Bradford heiratete und immer wieder fortlief, bis sich der Gatte erweichen ließ und ihr nach Halifax folgte, wo er reich und glücklich wurde unter dem Namen Cucumber.

«Aha», machte Douglas. Das war alles so unglaublich lächerlich. Und auch was Celery erzählte von seinem Abschied, vom Geheul der Eltern und Geschwister, das sich mit dem seinen mischte zu einem derartigen Geschrei, daß halb Halifax zusammenlief, um zu trösten, war lächerlich bis zur Unerträglichkeit. Man habe Celery nach Thorsby geschickt, mit hundert Küssen und einem Sack Gemüse, damit er klug werde und gebildet und die Welt kennenlerne, um dann desto lieber daheim zu bleiben für immer. Gott, dachte Douglas, wie peinlich! Umsichtig hielt er seine Arme fern von dem kleinen Verrückten, und er hörte sich doch klaglos an, daß Celery auch schon verlobt sei mit einer Cousine, die acht war und Beetroot heißen würde, wenn sie erst eingeordnet wäre zwischen Kohl und Birnen in die wunderbaren Gewölbe des Vaters.

Als Celery genügend berichtet hatte über die Belange seiner peinlichen Familie, widmete er sich ausführlich den Qualen seiner verstoßenen Person. Er beschrieb Douglas in Einzelheiten, wie sich Heimweh anfühlt im Leib eines echten Winton. Es tue fürchterlich weh. Es balle sich hart in der Magengrube und drücke von dort aus in die Gedärme. Es mache den Kopf krank, bis man weine, und man müsse weinen, bis man ersticke, und man könne es alles in allem kaum oder nur äußerst beschädigt überleben.

Douglas genierte sich. Stocksteif und fröstelnd lehnte er an seinem Bettgestell und hörte sich das alles an. Er hielt so viel Unsinn kaum für möglich. Er hörte ihn sich trotzdem an. Er versuchte, sich abzulenken mit ein wenig Ovid, aber der Unsinn war stärker und fesselte ihn mehr. Allmählich war es Douglas, als fände Celerys Geschichte ihren Weg in seine nächtliche Kammer, als breiteten sich Gemüse, Cousinen und mütterliche Küsse hier aus, wo sie nicht hingehörten und wo man sie gar nicht haben wollte, aber wahrscheinlich wollte sie Douglas ja doch. Er betrachtete sich selbst mit Erstaunen. Er merkte, wie das Gefasel des Knaben allmählich Gestalt annahm und sich hineindrängte in seinen eigenen kühlen Kopf, bis Douglas es fast sah und hörte und roch. Besonders roch. Es war gespenstisch. Die ganze Kammer roch bald nach Gemüse. Der junge Herr aus Bleamoor Hall war nicht ganz frei von Aberglauben – und allmählich meinte er fast, der kleine Idiot könne hexen. Und es war doch so dumm. Und Douglas war doch kein Träumer. Aber plötzlich schien es ihm, als spüre er

Mutter Wintons nasse Küsse im Gesicht und bekomme blaue Flecken von ihrer Umarmung. Er kannte Gewölbe und Fluß und alle Geschwister. Er kannte das Heimweh. Douglas Fortescue merkte, wie er feuchte Augen bekam und wie sich sein Leib verkrampfte, als litte er selbst unter einer schmerzhaften Trennung. Douglas und Heimweh? Was ging ihn das an? Douglas bekam es mit der Angst. Er brachte das Kind trotzdem nicht zum Schweigen. Reglos und entsetzt, fremden Schmerz in der Seele und den Geruch von Gemüse in der Nase, saß Douglas auf dem kalten Boden und wartete ab.

Celery redete. Celery stotterte. Irgendwann schlief Celery mitten im Satz ein, den Kopf an Douglas' Brust. Er atmete ruhig, mit offenen Lippen, ein vollends getröstetes Kind. Wo sollte Douglas hin damit? Womit hatte er das verdient? Douglas machte sich frei und schob den Schlafenden mühsam aufs Bett. Er rollte ihn ganz zur Wand und deckte ihn zu, bis er nichts mehr sah von ihm außer ein paar strohblonden Haaren. Vorsichtig und ohne Decke legte sich Douglas Fortescue seinerseits zum Schlafen. Es ging, zum Glück, ohne den peinlichen Gast zu berühren. Celery schmatzte und schnarchte leise unter der Decke.

Douglas konnte nicht einschlafen. Er lag auf dem Rücken, die Arme über der Brust gekreuzt, und starrte verwundert an die Decke. Satt fühlte sich Douglas, und er ekelte sich, wie nach einem überreichlichen Essen. Nicht daß er dieses Völlegefühl nicht schon kannte. Reverend Stubbings Verdacht war nicht unbegründet gewesen: Wirklich empfing Douglas Mitschüler in seiner Kammer, die dann auf dem Boden saßen, im Nachthemd und mit wichtiger Miene, und erzählten, was das Zeug hielt, ohne selbst recht zu wissen, warum. Bisweilen hatte sich Douglas sehr satt gefühlt nach diesen nächtlichen Gelagen, in Gang gesetzt und gehalten durch das eine oder andere «Aha»; ein bißchen zu satt, und ein bißchen angewidert, und schlecht geschlafen hatte er vielleicht auch. Aber Celery war doch ein anderer Fall. Celery war schrecklich schwer verdaulich. Douglas fühlte sich belästigt von einer Art Sodbrennen, als komme ihm hoch, was er zuvor allzu gierig geschluckt hatte; und er lag da und litt, Stunde um Stunde bis zum Morgen – und er dachte neidisch an die Alten, die mit Pfauenfedern ihren Gaumen kitzelten, um den Magen zu reinigen von den Beschwernissen haltloser Völlerei.

Als Celery am Morgen aufwachte, griff er sofort, schlafwarm und zerknautscht, nach dem Jungen, der neben ihm lag, und küßte ihn ins Gesicht.

«Guten Morgen», sagte Celery heiser, «du bist jetzt mein Freund und wir bleiben zusammen.»

Douglas war zurückgefahren und dabei aus dem Bett gefallen. Er wischte sich entgeistert die geküßte Wange.

«Sei still, ja?» zischte Douglas. Und er zerrte Celery aus dem Bett, lehnte ihn gegen die Wand, warf einen Blick in den Flur, ob die Luft auch rein sei, und schob das Kind dann aus der Tür.

«Lauf», sagte Douglas.

«Du bist mein Freund, ja?» wiederholte Celery, und es sah einen Moment lang so aus, als wolle er wieder weinen. Douglas war sich sicher, er würde das nicht überleben. Er nickte. Er hätte Celery Winton alles bejaht, nur um ihn am Heulen zu hindern.

«Ich nehm' dich mit nach Halifax», rief Celery laut, «gehen wir heimlich, morgen nacht, gehen wir heimlich fort?»

«Lauf, bitte», wiederholte Douglas ängstlich. Er wollte nicht ertappt werden mit diesem Besuch. Das Hausmädchen schlurfte schon über die Gänge, und im Parterre begann man zu wecken.

«Ich bin, mein Kind, kein Stück Gemüse», flüsterte Douglas, «ich bleibe hier und lerne Französisch.»

«Ich muß erst Latein lernen», quakte Celery, völlig zufrieden mit dem Themenwechsel, wenn man ihn nur bloß nicht fortschickte.

Douglas sah ihn an. Zum erstenmal sah er den Kleinen bei Licht. Er war wirklich sehr blond, hatte runde Wangen und einen kleinen Mund, dessen Lippen rot waren und ein wenig geschwollen, vielleicht, dachte Douglas, vom ewigen Reden. Er hatte braune Augen und Wimpern, ein hübscher Kontrast zu dem Gelb auf dem Kopf, und die Augen sahen ein wenig leer aus und ein wenig einfältig. Celery war kräftig, an der Grenze zum Fettsein. Seine nackten Arme hatten Grübchen an den Ellenbogen.

«Hau ab», flüsterte Douglas. Celery rührte sich nicht. Douglas versuchte dann, den Knaben ein wenig zu magnetisieren. Mit gerunzelten Brauen und starrem Blick stand er da, und er wiederholte mit Grabesstimme, «hau ab, hau ab», immer wieder. So ging das doch? Douglas hatte es noch nie versucht. Es müßte doch gehen! Aber Celery sah seinen Kameraden nur freundlich an und fragte, warum er so komisch gucke.

«Wir sehen uns nachher», sagte Douglas, «zieh dich nur erst an, es ist kalt.» Und plötzlich war Celery bereit zu gehorchen. Er schrie ein zufriedenes Cheerio und lief zur Treppe. Er machte dabei einen Lärm, als sei er allein auf der Welt. Douglas schloß leise seine Tür. Er warf sich aufs Bett. Und als das Mädchen zum Wecken kam, fand sie alles in bester Ordnung.

Celery Winton war ein ziemlich dummes Kind. Reverend Stubbings tat ihn zu den Kleinsten, und er saß dort dick und freundlich in der Bank, gab auf jede Frage eine lange Antwort und begriff doch gar nicht, was man von ihm wollte. Celery liebte die lateinische Sprache und erzählte das jedem. Es war ihm allerdings nicht möglich, auch nur die einfachsten Formen zu behalten oder gar zu benutzen. Celery freute sich an den Vokabeln, und er trug sie begeistert mit sich herum, jeden Tag eine neue. Er kaute sie umsichtig wie ein gutes Kohlgericht, verdaute sie über Nacht und hatte sie am nächsten Morgen vergessen. Wenn ihn nicht gerade das Heimweh packte, genoß Celery Winton die Schule nach Kräften. Er nannte seine Kameraden ohne Unterschied Darling, und hätte ihm der Reverend das nicht verboten, hätte er auch ihn und besonders Lisa so genannt. Celery vergötterte Lisa Stubbings, er pflückte ihr Blumen und trug ihr strahlend das Tintenfaß, und wenn man ihn auslachte, erklärte er gelassen, er sei eben schrecklich verliebt. Ebenso verliebt war Celery in Douglas W. Fortescue, und das war vielleicht seine Rettung. Er behauptete so standhaft, Fortescue sei sein Freund, daß sich die Knaben scheuten, ihn anzurühren, obwohl Celery Winton doch genau das war, worauf die Schule seit Jahren wartete: ein geeignetes Opfer für grausamen Spott. Die behauptete Freundschaft mit Fortescue, die dieser weder zugab noch leugnete in der ihm eigenen abwesenden Art, bewahrte Celery vor diesem Schicksal; denn Douglas W. Fortescue fuhr man nicht in die Parade. Er kam schließlich vom Schloß, und er lebte, fast ohne zu essen. Er konnte die Sprachen so gut, und er warf Mr. Stubbings bisweilen Blicke zu, welche die Knaben schaudern machten. Douglas boxte nicht, und er hatte daheim ein Gespenst, und wenn er «aha» sagte, wurde einem kalt. Douglas W. Fortescue hatte seine Seele verkauft. Er konnte sicher hexen. Und nicht zuletzt war das Jeremys Bruder, und das hinderte die Knaben endgültig daran, sich mit ihm anzulegen. War er wirklich befreundet mit Celery? Man mochte es kaum glauben. Warum sagte er nicht nein, wenn man ihn fragte? Warum wehrte er sich nicht gegen diese beschämende Unterstellung? Aber die Knaben hatten gelernt, daß Fortescue eben manchmal nicht antworten mochte, und sie nahmen das hin wie das befremdliche W in seinem Namen. Sicherheitshalber ließen sie Celery in Ruhe. Sie verprügelten ihn nicht, wenn er sie Darling nannte. Sie lachten ihn nicht einmal aus. Und Celery Winton schrieb heim nach Halifax, daß man ihn furchtbar gern habe in Reverend Stubbings' Anstalt.

Irgendwann im Spätsommer nahm Douglas Fortescue einen Kameraden mit auf sein Zimmer, drückte ihm Papier und Bleistift in die Hand und forderte ihn auf, Celery Winton abzuzeichnen. Der Blondschopf saß auf Douglas' Bett und lachte. Der Junge, der zeichnen sollte, bekannt in der Schule für ein künstlerisches Talent, blickte Douglas geniert an.

«Ich kann nicht zeichnen», sagte Douglas matt, «tu du das für mich.»

Der Junge mochte nicht gehorchen. Er bat Douglas sehr, ihm das zu ersparen. Er bot ihm Lektionen im Zeichnen an. Er versprach, auch nichts zu verraten.

«Sei so gut», sagte Douglas, «und zeichne das Kind für mich, ich finde, das könntest du wirklich tun.»

Und der Knabe machte sich verlegen an die Arbeit. Er skizzierte Celery, so gut er es vermochte und so gut es eben ging bei einem derart zappelnden Modell. Douglas schaute ihm über die Schulter. Alle paar Minuten sagte er ein zähes «hübsch». Er beobachtete die Striche des Bleistifts aufmerksam, und er beobachtete Celery Winton. Der zeichnende Knabe mußte achtgeben, daß ihm sein Kunstwerk nicht verwackelte: denn Douglas Fortescues steter Blick machte allmählich seine Hände zittern. Irgendwann bat er ihn wegzusehen. Douglas trat folgsam zur Seite.

«Oh», sagte Douglas und fuhr sich übers Gesicht, «o Pardon, meine Augen ...»

Und er starrte fortan Celery an, und Celery machte das überhaupt nichts aus.

Als das Portrait vollendet war, nahm es Douglas wortlos entgegen und legte es in seinen Schreibtisch. Er entließ den Knaben mit einem Kopfnicken. Celery lachte. Der Zeichner suchte das Weite. Er behielt das Abenteuer für sich. Er mied Fortescue fortan wie den Teufel, ohne selbst recht zu wissen, warum.

Es war eine seltsame Sache um Douglas W. Fortescues Augen. Er sagte zwar jedem, wenn er eben Lust hatte zu sprechen, daß er den bösen Blick habe von Geburt; aber das traf die Sache nicht ganz. Douglas hatte oft schon versucht, mit diesem Blick zu hexen, und nie war es ihm wirklich gelungen. Er konnte nicht einmal magnetisieren. Wenn Celery ihm gehorchte, so tat er es nur aus Liebe, das wußte Douglas genau; und wenn ein Boxhieb danebenging, sobald Douglas die Faust allzu starr ansah, war das doch kein guter Beweis, denn es funktionierte höchstens jedes zehnte Mal.

Douglas spürte seinen Blick genau. Er konnte nicht recht beschreiben, wie er sich anfühlte. Es war ein Ziehen hinter den Augen, hinauf ins Gehirn und von dort hinab in den Magen, fast als werde etwas verschluckt. Oft mußte Douglas die Augen schließen, um sich nicht zu überfressen – und diese Angewohnheit machte ihn endgültig zu einem Mysterium in Reverend Stubbings' Schule. Die Knaben verstummten, wenn Douglas die Lider senkte über seinen grünen Augen – denn sie wurden grüner und grüner und erinnerten schon längst nicht mehr an Jeremys grauen Blick –, und wenn er sie wieder öffnete, sah er oft in ehrfürchtig erstarrte Gesichter. Nur Celery hielt diesem Blick mühelos stand. Wenn Douglas die Augen schloß, schrie Celery «schlaf nicht». Wenn er sie wieder öffnete, schrie Celery «hallo». Sie waren viel beisammen; und seit Douglas dem Kleinen seine Küsse und das Darling abgewöhnt hatte, genoß er ihn fast ohne Verlegenheit. Er setzte ihn auf sein Bett oder in die grüne Wiese, und er sagte, «erzähl was, Celery Winton», und Celery Winton erzählte. Er erzählte dieselben Dummheiten wieder und wieder. Er beschrieb, was er sah. Er beschrieb, was er fühlte. Er beschrieb das Mittagessen in seinem Bauch und die Verdauung lateinischer Wörter.

Douglas hörte ihm zu. Douglas sah ihn an. Seine Ohren schluckten ebenso wie seine Augen, und da Douglas gelernt hatte, die Beglückung zu dosieren, wurde ihm auch nicht mehr übel. Er saß und hörte und sah, und er litt es, daß Celerys Unsinn seinen Kopf füllte und Celerys Bild seine Augen. Douglas spürte Celerys Magen, wenn Celery von seinem Magen sprach; und er spürte mit Interesse, daß er sich selbst fast verliebte in Lisa Stubbings, wenn Celery ihm erzählte, wie es ihn juckte, bei Lisa, im Herzen und unter dem Bauch.

«Ich habe mir», sagte Douglas in einem seiner redseligen Momente, «mit zehn Jahren abgewöhnt, etwas zu merken, und es ist nett von dir, daß du das für mich erledigst.» Celery gaffte ihn an. Celery begriff nicht, was Douglas sagte, aber plötzlich sprang er auf und vergaß alle Verbote: und ehe sich's Douglas versah, wurde er heftig geküßt.

«O Kind», sagte Douglas. Dann bat er Celery um eine genaue Beschreibung, wie es sich anfühlt, einen Douglas Fortescue zu küssen. Celery gehorchte sofort. Er beschrieb das Gefühl von Lippe auf Wange ausführlich, in seinem wilden und unschönen Englisch, das aufs Grausamste nach Halifax klang. Er beschrieb das mehrfach für Douglas. Douglas sagte «aha». Schließlich sagte Douglas «danke» und schickte Celery fort.

An jenem Abend ging Douglas zu Reverend Stubbings und bat ihn um ein Lehrbuch der Stenographie. Gefragt, was er wolle mit dieser banalen Kunst, wiegte Douglas den Kopf und meinte, er könne leider nicht zeichnen. Stubbings erläuterte das Wesen der Kurzschrift: Douglas habe das wohl falsch verstanden.

«O nein, Sir», sagte Douglas, «ich weiß wohl, was ich will.»

Und als Reverend Stubbings nachfragte, meinte der Knabe bedächtig, die Welt sei eine Laterna magica mit akustischem Zubehör. Stubbings versprach ihm das Lehrbuch. Stubbings schickte ihn fort.

«Ich fürchte», sagte Stubbings nachher zu Lisa, «der kleine Fortescue wird langsam verrückt.» Aber wie diese Gefahr zu bannen sei, das wußte Mr. Stubbings nicht.

Douglas hatte wirklich versucht zu zeichnen, aber es blieb ihm ebenso fremd wie die leidige Mathematik. Er hatte es sich schön vorgestellt, die Hand an die Augen zu koppeln und festzuhalten, was er sah; doch der Bleistift tat nicht, was der Gesichtssinn ihm befahl. Seine arithmetischen Aufgaben ließ Douglas noch immer von Mitschülern erledigen, mit dem Zeichnen war das jedoch etwas anderes. Es machte keinen Spaß, wenn ein anderer für ihn zeichnete, das hatte er schnell gemerkt. Celerys Abbild lag einsam in seinem Schreibtisch und wurde nie wieder herausgeholt. Da Douglas seit einer Weile vermutete, die Kunst sei sein Weg zum Ruhm, hatte ihn diese Erkenntnis ziemlich bekümmert. Jetzt bekam er einen Lehrgang der Kurzschrift von Stubbings, und er übte das eifrig, ohne allerdings zu wissen, wofür er es eigentlich brauchte. Denn ein Künstler, wußte Douglas, ist kein Stenograph. Ein Künstler ist einer, der Kunst macht, und Kunst ist entweder gemalt oder geschrieben, oder sie besteht aus Noten. Sollte Douglas Klavier spielen lernen? Er konnte nicht einmal singen – und was ist Musik, was bildet sie ab? Niemand half Douglas, das Rätsel der Künste zu lösen. Man sprach ihm von den Sieben Freien, und dazu zählte die Mathematik. Das war alles nicht das Wahre.

Douglas übte die Stenographie, bis er sie gut beherrschte. Er sprach jetzt auch Französisch und trug sich damit, Italienisch zu lernen, aber niemand in Thorsby brachte ihm das bei. Douglas ordnete Sprachen und Kurzschrift ein in seine Vorräte für später. Er machte noch keinen Gebrauch davon. Douglas wartete, und er las Byron, weil er verboten war, aber er konnte nicht viel mit ihm anfangen. Douglas hörte lieber Celery zu, und er justierte mit Umsicht seine grünen Augen, wie die Linse in Wellesleys Laterne. Die Zeit, dachte Douglas, wird's zeigen.

Nach und nach kam Douglas in das Alter, in dem ein Knabe allmählich zum Mann wird. Er betrachtete die Veränderungen seines Körpers mit Mißtrauen. Er hungerte sehr. Douglas hatte noch immer seinen Mittelscheitel, und er ließ sich die Haare jetzt wachsen, bis sie den Hemdkragen berührten. Das war allerdings alles, was Douglas tat, um seinen Anteil zu haben an jedermanns Pubertät; den Rest erledigte Celery. Wofür hatte man Celery? Es war doch viel einfacher. Der Kleine war zwar jünger als Douglas, knapp elf inzwischen; aber er war kräftig und freundlich, und Douglas machte ihn zu seinem Stellvertreter. Die ganze Schule lachte, als Celery Winton eines Tages mit einer neuen Frisur erschien, grobes Stroh in der Mitte gewaltsam gescheitelt. Man bewunderte fast seinen Mut, bis man verstand, daß ihm das Vorbild selbst diese Haartracht empfohlen hatte.

«Scheitel», sagte Douglas mit gekräuselten Lippen, «sind kein Privateigentum.» Und er fragte die Kameraden kühl, ob sie noch nie etwas gehört hätten von Demokratie.

Douglas hieß Celery pubertieren, und er sah ihm gelassen dabei zu. Das Kind betrank sich mit gestohlenem Brandy und lallte dann von Lisa und ihren reifen Reizen. Das Kind geriet in unklare Zustände, nicht mehr Heimweh, sondern Lebensschmerz im allgemeinen. Das Kind kokettierte sogar mit Childe Harold, nachdem ihm Douglas erklärt hatte, daß Childe Harold verboten sei und verflucht. Celery bedurfte nicht Douglas' Lehren, um zu begreifen, was am allerverbotensten ist, und er tat das bald kunstfertig und kommentierte die interessante Empfindung genau. Es war nicht ganz einfach für Douglas, diese Übung zu betrachten. Es war schlimm und gottlos, und zudem erinnerte es an Wellesley, aber Douglas wußte, entweder zusehen oder tun, und er wählte doch das erstere. Bald wurde es leichter. Bald war es ganz einfach. Und eines Tages, nach getaner Arbeit, sagte Celery zu Douglas, sein Blick sei so nett und freundlich geworden. Douglas wunderte sich. Er schüttelte zunächst den Kopf, aber dann begann er zu überlegen. Er konzentrierte sich auf seine Augen. Und plötzlich merkte Douglas, daß sie sich wirklich freundlich anfühlten, freundlich, geduldig und schamlos. Er wußte nicht, was er halten sollte von dieser Entdeckung. Was war geschehen mit dem bösen Blick? Aber Douglas konnte sich sträuben, wie er wollte: Es blieb bei der Freundlichkeit. Lag das an ihm? Lag das an Celery? Douglas merkte nicht viel, wie man weiß; aber eines Tages folgerte er doch aus allerlei Beobachtungen seiner selbst, daß er den kleinen Dummkopf aus Halifax wohl wirklich in sein abgeklärtes Herz geschlossen hatte.

Douglas sah es gern, wenn Celery gefährliche Dinge tat. Er war geschickt, und Douglas sah ihm zu, wie er von Fenster zu Fenster kletterte, außen im Efeu, selbstverständlich und sicher wie eine kleine Echse. Wenn es geregnet hatte, und es regnete viel, glitt Celery bisweilen aus bei diesem nächtlichen Sport, aber er fing sich stets wieder, mit nackten Fingern und Zehen, und lachte dabei lautlos, wie ihn Douglas gelehrt hatte. Ewig konnte sich Douglas das ansehen, und am liebsten im dritten Stockwerk. Er wußte ja, Celery stürzte nicht ab; aber man konnte sich trotzdem ein wenig fürchten, allein um der Spannung willen.

Oft sehnte sich Douglas nach der Stadt. Er hatte schließlich noch nie eine besucht. Er meinte zu wissen, daß es Gefahren gab in Städten, die jene von Thorsby oder Bleamoor Hall weit übertrafen. Es wäre nett, dachte Douglas, mit Celery in einer Stadt zu sein. Man könnte dort allerlei unternehmen. Douglas suchte Städte in seinen Büchern, aber er fand keine einzige. Die alten Römer saßen in den Sabinerbergen, und der verfluchte Harold hatte nichts Besseres zu tun, als in irgendwelchen Landschaften herumzusteigen. Douglas verstand das nicht. Warum ging keiner nach London? Was trieb die berühmten Dichter zu den langweiligen Seen bei Windermere? Wieder und wieder hörte Douglas die Geschichten von Halifax, doch für Celery war das kaum mehr als ein Gewölbe mit Grünzeug, und anderes wußte er fast nicht zu berichten.

Die einzige Gefahr, die erreichbar gewesen wäre für einen Schüler in Thorsby, war diese sogenannte Fabrik in Fleensfield. Stubbings lobte die malerischen Obelisken, aber er verbot den Weg dorthin mit Nachdruck. Man spann das Garn mit Maschinen. Die Maschinen verdarben die Sitten. Mehr sagte der Reverend nicht dazu. Eines Tages würde sich Douglas die Sache ansehen müssen. Celery sollte mitkommen. Es war schon fest vereinbart – aber jetzt war Winter, und der Teich bei der Schule war zugefroren, und Douglas und Celery würden schlittern gehen wie ganz normale Kinder.

Am Nachmittag des 14. Dezember 1823, in der Stunde, in der man eigentlich den Mittagsschlaf hielt, machten sie sich auf den Weg. Der Teich lag ein bißchen abseits, verborgen in einer Kuhle bei der Straße nach Chipping, ein unansehnlicher Tümpel, den die Natur geformt hatte und kein erfahrener Gärtner. Douglas verachtete diesen Teich von Herzen. Er war kunstlos und häßlich, im Frühling voller Kaulquappen und im Sommer trübe von irgendwelchen sehr natürlichen Ablagerungen, und die schöne Weide am Ufer änderte nur wenig an der tristen Alltäglichkeit dieser schuleigenen Pfütze.

Jetzt war sie allerdings zugefroren, und das Eis war klar wie Glas.

Douglas nickte beifällig mit dem Kopf. Er setzte sich auf einen Stein und sah Celery zu, wie er die Kufen an seine Stiefel schraubte.

Der Knabe hatte dieses Spielzeug mitgebracht aus Halifax, und ein zweites Paar Kufen gleich dazu, für Douglas von Mutter mit einem Kuß. Douglas hatte geseufzt, als ihm Celery dieses Geschenk überreicht hatte, denn er wollte weder Kufen noch Küsse, und es war doch bedauerlich, fand Douglas, daß der Freund die Spielregeln noch immer nicht begriffen hatte.

«Du», sagte Douglas mit Nachdruck und zeigte auf Celery, «du machst was. Und ich» – er deutete auf sich, als belehre er einen Idioten –, «ich schau mir das an.» Wortlos hatte ihm Celery die Kufen hingehalten. Er verstand es einfach nicht. Er sah aus, als wolle er weinen. Douglas betrachtete die Reaktion mit Interesse, und er nahm dann die Schlittschuhe und legte sie in seinen Spind, und dort blieben sie liegen.

Bald tappte Celery aufs Eis. Er hatte Douglas den Schlittschuhschlüssel zum Halten gegeben, und dieser drehte ihn nun in seinen behandschuhten Händen gemessen um und um. Celerys Kufen kratzten eine unsichere Linie in die glatte Oberfläche, er stieß sich ab und probierte einen verwackelten Kreis. «Huhu», schrie Celery, «ich kann's, schau, ich kann's!» Und er schoß jetzt in langen Bahnen kreuz und quer übers Eis, und jedesmal, wenn er am Ufer ankam, fiel er lachend auf die Nase. Celery Winton war kein Künstler im Eislaufen, aber es machte ihm viel Spaß, und immer wenn er «huhu» schrie, hob Douglas matt die Hand und nickte, ein alter Onkel, der ein Kind ausführt zu winterlichen Freuden. Es war sehr still, da war nur das Kratzen der Kufen, und bisweilen bewegte ein Windhauch die hängenden Äste der Weide. Douglas war heute bereit, diesen Teich zu mögen. «Huhu», rief Celery, «huhu», und wieder glitt er aus und fiel aufs Gesicht, und wieder tat er sich überhaupt nicht weh.

Irgendwann hörte Douglas ein Knistern. Er hörte es zuerst.

Celery war viel zu beschäftigt mit seinen glatten Füßen, als daß er darauf geachtet hätte. Es knisterte laut, an einer Stelle des Teiches, nah bei der Weide, nah bei Douglas' Stein. «Huhu», schrie Celery. Douglas stand langsam auf. Celery drehte sich unter der Weide, allmählich geschickter, und er drehte sich wieder und wieder genau über der knisternden Stelle. Es war hübsch anzusehen. Celery trug ein wattiertes Jäckchen, das er mitgebracht hatte von daheim, damit ihm nicht kalt werde in der Fremde. Er sah dick darin aus und niedlich. Douglas studierte die Steppnähte an diesem Jäckchen. Es knisterte immer noch. Gab es kein Eis in Halifax? Wußte Celery nicht, was das bedeutete? Douglas sagte «komm her». Celery konnte das nicht hören. Douglas versuchte, seinen Befehl lauter zu wiederholen, aber seine Stimmbänder gehorchten ihm eben nicht, wie es oft geschah in letzter Zeit; und weil er es haßte, wenn sich seine Stimme überschlug, wiederholte er leise «komm her», und Celery hörte es nicht und blieb auf dem knisternden Fleck.

Es ging dann alles recht schnell. Das Knistern wurde ein Knacken, etwas blubberte, das Eis verschob sich, zuerst wenig, dann mehr, Celery schrie «holla», und schon war er mit einem Fuß im Wasser. Er landete unsanft auf dem trockenen Knie, während sein Bein in die Tiefe glitt. Celery lachte und rief «pfui», und Douglas lachte auch, denn es sah lustig aus, wie dieser einbeinige Knabe auf dem Eis kniete und sich gar nicht zu helfen wußte. «Gib acht», sagte Douglas. Er hörte, wie seine Stimme umschlug und krähte. Es klang ängstlich. Aber das war nur der Stimmbruch, nicht wahr? Wie Douglas das haßte!

«Pfui», lachte Celery schon wieder, denn das Eis brach weiter ein, und bald war er bis zur Hüfte im Wasser. Douglas stand auf. Er ging zum Ufer. Er war eine gute Armlänge entfernt von Celery. Er streckte die Hand aus. Es war mehr als eine Armlänge. «Paß auf», sagte Douglas. Celery lachte noch immer, und er schrie noch immer «pfui» und «holla» und ergriff dabei fest das bröckelnde Eis, um seine Beine wieder aufs Trockene zu bringen. Da war nichts zum Greifen. «Leg dich hin», sagte Douglas. Aber da gab es nichts, auf das sich Celery Winton hätte legen können. Das Eis zerbrach unter seinen Fingern.

«Pfui», murmelte Celery, allmählich ernster, «pfui, Douglas, das hält nicht», und er begann, das Wasser zu treten, während die dünnen Eissplitter in seinen nackten Händen schmolzen. «Schwimm», sagte Douglas. Er hörte seine Stimme nicht. Er griff in die Weide. Er versuchte, einen Ast abzubrechen, aber der Ast war biegsam wie Draht. «Ich kann schwimmen!» schrie Celery plötzlich stolz, und er paddelte in dem Eisloch, das Steppjäckchen dick gebläht. Douglas sah ihn an. Er sah, wie sich seine Miene wandelte, vom Stolz zum Mißbehagen, vom Mißbehagen zur Verwunderung. Die Kälte malte zwei rote Schmetterlinge auf Celerys runde Wangen.

Celery konnte gar nicht schwimmen. Douglas trat zaghaft aufs Eis, aber es brach unter seinem Stiefel. «Schwimm», flüsterte Douglas, wieder sicher am Ufer. Celery griff nach dem Eis, und es hielt ihn nicht, und er sah es an, mit dieser Verwunderung, und er trat mit seinen metallbeschwerten Schuhen ins Wasser, immer wieder, empört und erstaunt, daß es ihn nicht tragen wollte. Er war jetzt still, und da war nur das Geräusch des Wassers, ein Schmatzen, und das gnadenlos zarte Knakken des Eises, und Celerys Gesicht, starr und rot und verblüfft.

Douglas streckte noch einmal den Arm aus. Celery war zu weit entfernt. Er sah Douglas an mit seinen begriffsstutzigen braunen Augen. Es war ein Blick aus der Ferne. Plötzlich war Celerys Kopf verschwunden. Die Jacke leuchtete auf, dann verschwand auch sie. «Gott», sagte Douglas. Er starrte ins Wasser. Er sah Celery wieder. Er war unter dem Eis. Das Eis war ganz stabil, dort wo Celery jetzt war. Er lag auf dem Rücken. Er sah nicht aus, als ob er schwamm. Er lag dort, ganz still, die Jacke hochgerutscht bis zu den Ohren, die Nase platt an dem sehr klaren Eis. Er sah aus wie ein Gemälde hinter Glas, das Portrait eines verwunderten Knaben. Celerys Lippen waren zusammengepreßt, aber dann öffneten sie sich, und Blasen kamen aus seinem Mund, immer mehr Blasen, die sich nach allen Seiten verteilten und Douglas die Sicht nahmen. Es hörte nicht auf. So viele Blasen. So viel Luft in Celery Winton. Douglas betrachtete das Bild, ein kaltes Bild aus einer winterlichen Laterna magica. Es war sehr still. Noch immer sprudelten die unhörbaren Blasen aus Celerys Mund und Nase. Seine Haare bewegten sich, wenn die Blasen sie streiften, und die Blasen breiteten sich aus und zerplatzten am Eis. Douglas zählte sie. Sie waren unzählbar. Irgendwann verlangsamte sich das Sprudeln, irgendwann wurde das Bild wieder klar, als habe jemand an der Linse gedreht. Ein überfragtes Gesicht. Eine geblähte Jacke. Ein blonder Schopf, unbewegt, flach gegen das Eis gepreßt. Die Weide bewegte sich im Wind. Leute kamen gelaufen.

Douglas mochte sich nicht umdrehen. Der dumme Celery. So blond und erstaunt. Was wollten die Leute da hinten? Ob sie zum Schlittern kamen? Sie sollen nicht schlittern, dachte Douglas, denn das Eis trägt noch nicht, und das ist gefährlich. Douglas sah sich das Glasbild an, noch immer. Ein seltsames Bild. Douglas hatte Halsweh. Es wurde allmählich richtig schmerzhaft. Er versuchte zu schlucken, aber das ging nicht. Es war unmöglich zu schlucken. Jemand schrie. Die Leute kamen näher. So ein Halsweh. Douglas ahnte allmählich, daß er selbst es war, der da schrie. Man kann wohl nicht schlucken, während man schreit. Warum merkt man es nicht, wenn man schreit? Und warum schreit man eigentlich? Wie verwundert Celery aussah, ganz perplex hinter Glas. Kleiner Blödmann. Man sollte lachen. So fürchterlich blond. Und so ein Geschrei, Gott, man sollte den Mund zumachen, es ist Winter! Es ist so still. Jemand schreit, und Leute kommen, ein Getrampel, ein Krach, und doch ist es still. Und einer hat jetzt die Platte gewechselt in der Laterna magica. Das ist nicht mehr Celery. Das ist ein anderer. Den kenn ich nicht. Aha ... Warum liegt das Kind da unter dem Eis, mit freundlicher Miene und blödem Blick?

Es wurde jetzt laut. Die Stille war fort. Ein Gerenne und

Gezeter. Douglas machte den Mund zu. Douglas wollte auch die Augen zumachen. Aber die Augen blieben offen, immer weiter, diese erbarmungslosen grünen Augen.

«Ich bin jetzt», sagte Douglas und machte sich los, als Reverend Stubbings später versuchte, ihn in den Arm zu nehmen, «ich bin jetzt unsterblich, Sir, nicht wahr?»

Aber er verlor die Besinnung, bevor er eine Antwort bekam.

IV

Ein halbes Jahr nach Celerys Tod machte sich Douglas auf den Weg nach Fleensfield. Er ging nach Einbruch der Dunkelheit, nachdem er sich unbemerkt aus der Schule geschlichen hatte, eine Kunst, die er seit einer Weile gut beherrschte; denn seit es keinen Celery mehr gab, der sich das gerne gefallen ließ, war Douglas Fortescue angewiesen aufs heimliche Zusehen, und diese Beschäftigung übt das Leisesein wie keine andere.

Douglas trug noch immer Trauer. Seit Celerys Beerdigung auf dem Friedhof von Chipping – denn man hatte ihn nicht heimschicken wollen nach Halifax – steckte Douglas Fortescue in diesen schwarzen Kleidern, und er zog sie nicht wieder aus. Es war weniger die Trauer als ein gewisser Sinn fürs Praktische, der Douglas an diese Tracht gewöhnte. Man ist sehr unsichtbar im schwarzen Rock, zumal in der Nacht; und außerdem muß man nicht dauernd nachdenken über die geeignete Bekleidung für eine werdende Berühmtheit. Denn Douglas Fortescue hatte seinen Vorsatz nicht vergessen. Er sagte jetzt bisweilen, er wolle Priester werden, aber er machte dazu ein unfrommes Gesicht, das diese Behauptung sofort Lügen strafte. Was er wirklich werden wollte, wußte er noch immer nicht. Die Trauerkleidung, fand Douglas, paßte gut zu seiner langen und mageren Figur – und vielleicht trauerte er ja auch wirklich; denn niemand hatte je erfahren, was Douglas Fortescue meinte zu Celery Wintons Tod. Er hatte sich schnell erholt von der Ohnmacht. Er hatte Stubbings keine Fragen mehr gestellt über die Unsterblichkeit.

Douglas hatte reglos am Grab gestanden, als man den Freund in die Erde legte, und er hatte Lisa Stubbings' Tränen so interessiert betrachtet, daß ihr die Lust am Weinen verging. Die Hand des Reverend auf seiner Schulter quittierte er mit einem Zucken, das fast ein Achselzucken war. «Aha», murmelte Douglas, als man ihm die Schaufel reichte, und er wiederholte das, als die Erde auf Celerys Sarg fiel, immer wieder, und danach noch tagelang: «Aha.» Douglas nahm eine Maus aus der Falle und legte sie unter sein Bett, und er sah ihr wochenlang zu beim Verwesen. Sie wurde erst dick und weich, dann wurde sie dünn und hart. Sie roch erst gar nicht, dann süß, dann staubig. Douglas fiel nichts dazu ein. Er erinnerte sich an Celerys Lachen. Er betrachtete weiter die Maus. Sie erklärte ihm nichts. Douglas ging zum Friedhof und betrachtete die Erde. Sie erklärte ihm auch nichts. Celery lachte noch immer, Tag für Tag, als sei gar nichts geschehen. «Sei still», sagte Douglas, aber er beharrte nicht darauf. Er gewöhnte sich an Celerys stetes Gekicher. Es leistete ihm Gesellschaft. Er warf die trockene Maus weg, und er gewöhnte sich an die Vorstellung, unsterblich zu sein. Das war nichts für Douglas, fand Douglas, das Sterben. Celery hatte das für ihn erledigt, wie schon so vieles zuvor, und deshalb kicherte er jetzt, in seiner kindischen Art und Weise. Douglas spielte mit dem Gedanken, seine Unsterblichkeit auf die Probe zu stellen, aber er traute sich dann doch nicht. Er blieb bei seiner unbewiesenen Überzeugung. Er hörte auf Celerys Lachen, bis es eines Tages verstummte. Und Douglas W. Fortescue langweilte sich in Thorsby, wie sich nur ein Unsterblicher langweilen kann, und er trug Schwarz wie der ewige Jude.

Die Notizen über seine Besichtigung von Fleensfield, datiert vom 3. Juli 1824, sind die ersten der wenigen handschriftlichen Aufzeichnungen, die von Douglas W. Fortescue überliefert sind. Sie sind abgefaßt in einer flüssigen Kurzschrift, fünf Seiten Gekritzel auf billigem Papier. Die Bibliothek des Britischen Museums verwahrt sie in einem schönen Umschlag, zusammen mit einem Brief, den der spätere Dichter an seinen Vater schrieb, darinnen eine Bitte um mehr Taschengeld, kühle Wünsche zum Gedeihen des Gartens und das Wörtchen *nice*, unterstrichen, zur Beschreibung seines Befindens in Thorsby.

Aus Douglas' Notizen ist zu entnehmen, daß er um halb zehn Uhr abends zu Fuß nach Fleensfield ging und dort ungesehen und ungehindert eindrang in die untere Werkhalle der Kammgarnspinnerei. Die Anlage, so Douglas, entspreche durchaus den Forderungen Vitruvs, und sie sei zu seiner Verwunderung noch nachts in vollem Betrieb gewesen. Die Fabrik sei nicht sittenlos, wie Stubbings gesagt habe, sondern durchaus geordnet und äußerst *nice*. In Gang gesetzt werde sie wohl von Männern, bewacht und versorgt dagegen von kleinen Mädchen, sehr reinlich in weißen Kitteln und Hauben, eines genau wie das andere. Man habe sie sinnreich gruppiert zu *statelike aggregations*, in denen die kleinsten Mädchen die mittleren bedienten, die mittleren die größten und die größten die Maschinen selbst. Dabei werde nicht gesprochen. Die Bewegungen seien immer gleich. Die Maschinen übertönten die Schritte. Die meisten Kinder, so Douglas, schliefen bei der Arbeit, aber sie erledigten sie dennoch fehlerlos. Das sei *really astonishing* und ebenfalls *very nice*.

Die Beschreibung der Maschinen ist Douglas schwergefallen. Er spricht von langen zweistufigen Bänken, an denen die Mädchen entlanglaufen, um *thick little men* durch *thin little men* zu ersetzen, womit wahrscheinlich der Austausch der Garnspulen gemeint ist. Der Raum an sich scheint Douglas an einen Park erinnert zu haben, denn er nennt Alleen und Durchblicke und ein wohlgeordnetes Parterre, und er behauptet, die kleinsten Mädchen harkten ständig die Wege. Vieles hat er in Stichworten katalogisiert, Hitze, Schwungräder, Geometrie, und auch den Rockzipfel eines allzu tief eingeschlafenen Kindes, der hineingeriet in eine der beweglichen Bänke und schnell wieder herausgezupft wurde von einer jüngeren Dienerin. In kargen Worten beschreibt Douglas das gewölbte Dach aus Eisen und Backstein, das Gaslicht, die metallenen Säulen und Umläufe. Nur für die arbeitsamen Kinder findet er eine annähernd poetische Wendung: *like moving statues in a flower-bed, well-clad and well-behaved.*

Douglas scheint nahezu die gesamte Fabrik besichtigt zu haben, ohne daß ihn jemand aufhielt. Er schildert drei weitere Hallen, Treppen, Durchgänge und sogar den Kesselraum. Er findet nie ganz die richtigen Worte. Weißes Zeug werde gepeitscht, gewirbelt, gedroschen, bis es in Strängen liege, und die Stränge kämen in Körbe, und die Körbe trügen die Kleinsten, tief gebückt und mit anmutig gleichen Schritten. Alles sei gut erdacht und umgesetzt. Nur in einem Raum mache der Staub die Kinder husten, was bedauerlich sei, weil es das nette Ebenmaß ihrer Arbeit störe.

Die schwarzen Männer im Kesselraum bedienten sich zwar einer *foul language*, während sie die Brenner füllten, aber selbst dies füge sich ein in das Kunstwerk und mische sich schön mit dem Fauchen der Öfen. Es gäbe wahrscheinlich, setzt Douglas etwas naiv hinzu, irgendwo einen Mann, dem all dies gehöre und der sich täglich darüber freue. Stellt man in Rechnung, daß Douglas kein Schwärmer und *nice* sein leidenschaftlichstes Adjektiv war, zeugen die Notizen bei genauer Lektüre doch von einer gewissen Begeisterung. Jeder, schreibt Douglas, habe hier seine Rolle, und wenn einer abhanden komme, rücke sicherlich bald ein anderer nach, und man müsse, wenn einer fort sei, nicht um ihn weinen, denn die Organisation sei perfekt und der einzelne völlig ersetzbar. Das fand Douglas *very reassuring*. Er behauptet, die Maschinen liefen Tag und Nacht und bis in alle Ewigkeit, und er setzt hinzu, daß Arbeit ein Segen sei, zumal in einer solch guten Ordnung. Gewissenhaft und in großen Lettern kopiert er die Aufschrift eines Schildes, in ausgeschriebenen Worten:

Cotton Makes England Prosper

Und darunter, kleiner, aber ebenfalls ausgeschrieben:

Aw wanta hae a factorie!

Denn wenn sich Douglas einmal wirklich für etwas begeisterte, verfiel er bisweilen noch immer in die Sprache der Bauern von Hatley-in-Dentdale, und diese widersetzte sich der Stenographie.

Douglas Fortescue scheint seinen Besuch in Fleensfield nicht wiederholt zu haben, oder er verzichtete zumindest auf eine Niederschrift. Sein Ausruf ist nicht ganz wörtlich zu nehmen; denn er wußte genau, daß er zum Industriellen nicht geschaffen war. Man produziert kein Kammgarn, wenn man in Bleamoor Hall geboren ist, auch wenn die Ahnenbilder dort nicht die eigenen sind. Zudem ahnte Douglas, daß es einer Befähigung zum Rechnen bedarf, wenn man eine Fabrik leiten möchte, und diese Befähigung ging ihm immer noch ab. Er versuchte, seine arithmetischen Hausaufgaben nun arbeitsteilig von Mitschülern herstellen zu lassen, wie er es gelernt hatte in der Garnmühle, aber das Ergebnis war nicht gut, denn die Jungen in Thorsby waren nicht die Mädchen in Fleensfield, und sie kamen einander stets ins Gehege. Douglas vermutete, daß nur Weiber in der Lage seien, ihr Tun aufs Kommando ineinander zu verzahnen – und er kehrte zurück zu den angestammten Sitten und suchte sich seine Lehensleute einzeln.

Die Zeit wurde Douglas lang in Thorsby, aber heim nach Bleamoor Hall wollte er auch nicht. Einiges hatte sich dort verändert, und Douglas verbrachte die Ferien schon seit längerem in Stubbings' Anstalt, denn die neuen Umstände zu Hause gefielen ihm wenig. Jeremy war inzwischen ein junger Mann von zwanzig Jahren, kräftig, munter und ehrgeizig in der Landwirtschaft. Er las moderne Bücher über Ackerbau und Viehzucht, und er traf sich mit Leuten und sprach bis tief in die Nacht über die gewagtesten Kuren für den störrischen Boden der Dales. Er besichtigte schottisches Rindvieh und Schafe aus Kent, plante Einhegungen und Aufforstungen, und er ging sogar auf die Jagd mit Lords und Baronen und wurde dort gelitten, denn er schoß so gut und hatte so gute Laune, daß man ihm nachsah, daß er eine Fälschung war. Bei einem Ausflug nach Settle war Jeremy seine gute Laune allerdings zum Verhängnis geworden, denn er hatte in einem allzu munteren Augenblick die willige Tochter eines Handschuhschneiders zur Mutter gemacht. Jeremy war ein pflichtbewußter Mensch. Er war nun verheiratet und lebte mit Frau und Sohn in Bleamoor Hall. Die Frau hieß Jane und sah auch so aus, und Douglas konnte nicht umhin festzustellen, daß sein Bruder durchaus der richtige Jack war zu dieser Jane. Jeremy hielt Douglas zwar noch immer den Steigbügel, wenn er daheim war in den Ferien, aber da Douglas schon längst nicht mehr reiten mochte, hatte das alles wenig Sinn. Douglas' Neffe hieß Robert, er war ein Jahr alt, und wenn ihm Douglas den Strick am Mond zeigte, interessierte ihn das nicht die Spur. Jeremy nahm ihn schon mit aufs Pferd. Douglas hatte hier eigentlich nichts verloren. Zudem störten ihn Jeremys besorgte Blicke. Douglas blieb in Thorsby und wartete weiter.

Im April 1825 verfiel Reverend Stubbings auf den Gedanken, anläßlich des Pfingstfestes das Können seiner Schüler in Chipping einer kleinen und handverlesenen Öffentlichkeit vorzustellen. Es war die erste Veranstaltung dieser Art, die Stubbings ins Auge faßte, und er nahm Kontakt auf mit wohltätigen Damen, um der Sache noch einen höheren Sinn zu geben. Der Gedanke reifte zum Plan, ein Raum wurde bestellt, Eintrittskarten gedruckt, und der Erlös sollte den Arbeiterinnen von Fleensfield zugute kommen. Die wohltätigen Damen überredeten Stubbings, die Mädchen selbst als Zuhörerinnen zu dulden, denn das würde ihren vernachlässigten Seelen sicherlich noch besser tun als der finanzielle Segen. Sie versicherten dem Reverend, die armen Dinger seien weniger sittenlos als müde, weshalb sie keine Gefahr darstellten für die Schüler; und weil eine der Wohltäterinnen die Frau des Besitzers der Kammgarnmühle war, wurde für den Dienstag nach Pfingsten ein arbeitsfreier Abend erwirkt für die ganze minderjährige Belegschaft.

Stubbings verkündete seinen Schülern rechtzeitig, daß sie aufzutreten hätten bei einer wohltätigen Veranstaltung. Lisa würde das Fortepiano spielen und die Knaben dazu singen, es seien Gedichte aufzusagen und Reden zu halten, wobei nur den Kleinsten das Englische erlaubt sei. Alle anderen hätten sich der lateinischen oder griechischen Sprache zu bedienen, auf die Gefahr hin, daß dies die Spinnerinnen aus Fleensfield noch müder mache, als sie ohnehin schon seien; denn die Anstalt sei eine Grammatikschule, und man könne schließlich nichts für die Unbildung der niederen Klassen. Reverend Stubbings verteilte das Pensum, nach Alter und Talent gewichtet. Und er beschloß dann, daß seine Größten ihre Beiträge selbst zu verfassen hätten, und er verteilte die Themen für Ansprachen in Ciceros Stil.

Douglas nahm sein Sujet zunächst ohne Widerrede entgegen. Es war eine politische Frage, aktuell unter der Herrschaft von Kaiser Augustus, und es würde nicht schwer sein, die Rede zusammenzuklauben aus allerlei Glossen und Kommentaren. Allerdings wollte Douglas nicht sprechen. Zwar hatte er seinen Stimmbruch endlich hinter sich gebracht, aber die Vorstellung, dort zu stehen und lateinisch zu reden, begafft von gerührten Damen und von fünfzig verständnislosen Gören, jagte ihm doch einen Schrecken ein. Er heuchelte vorsorglich eine Halsentzündung und suchte auch schon nach einem Vertreter, der die Rede an seiner Stelle verlesen könnte; denn schreiben wollte er sie schon selbst.

Daß Douglas Fortescues Vortrag schließlich nicht von Politik, sondern von ganz etwas anderem handelte, hatte er dem Zufall zu verdanken und einer plötzlichen Laune. Er traf eines Abends den Lehrer im Garten, und als dieser ihn fragte, ob er glücklich sei mit dem Thema seiner Rede, entgegnete Douglas, ohne selbst recht zu wissen, warum: «Ach wissen Sie, Sir, ich würde ja eigentlich lieber dichten.»

Stubbings wunderte sich, aber er wollte diesen Wunsch

doch nicht übergehen. Es paßte nicht zu Douglas, dichten zu wollen; und gerade darum schien es Stubbings ein gutes Zeichen. Er war noch immer nicht glücklich mit diesem Schüler, aber vielleicht konnte sich ja auch Douglas Fortescue eines Tages ändern. Es war allerdings eine unheimliche Vorstellung, die Veranstaltung mit einem Gedicht aus Fortescues Feder zu bereichern, zumal vereinbart war, daß die Beiträge ungelesen und unzensiert auf die Bühne kämen, wie es sich gehörte in einer fairen britischen Schule. Trotzdem war Stubbings' Neugier zu groß, um den Vorschlag einfach zu überhören. Auch deutete eigentlich nichts darauf hin, daß dieser Knabe zu Ungehörigem neigte, denn grüne Augen zeugen ja nicht unbedingt von einer schwarzen Seele – und Stubbings unterdrückte sein Mißtrauen und fragte Douglas, was er denn zu dichten gedenke.

Douglas wußte keine Antwort. Er verstand seinen eigenen Wunsch nicht mehr. Douglas hatte noch nie gedichtet, und er hatte auch gar keine Lust dazu. Dann entgegnete er jedoch kühl: «Oh, vielleicht über Nymphen, in der elegischen Form», und er sah Stubbings dabei an, als habe er Gedichte en masse in der Schublade und im Kopf, und der Reverend brauche sich nur etwas auszusuchen.

Stubbings wollte auf keinen Fall ein Gedicht über Nymphen, aber er wußte auch kein anderes Thema, denn er hatte nicht allzuviel übrig für Poesie. Die elegische Form war ihm allerdings genehm, und sie einigten sich darauf, daß Douglas seinen Gegenstand frei wählen konnte, sofern er verspreche, einen weiten Bogen um Nymphen zu machen und sich der lateinischen Sprache zu bedienen. «Danke», sagte Douglas, «danke, danke», und er sagte das so oft, daß sich Stubbings schließlich entschuldigte und davonlief. Noch tagelang war der Reverend fest davon überzeugt, daß jedes Gedicht ohne Nymphen per se geeignet sei für die Ohren von Damen und Kindern, bis er sich eines Morgens über sich selbst zu wundern begann. Aber es war jetzt zu spät, um nachträglich einzugreifen in Douglas W. Fortescues Themenwahl, und zudem redete sich Stubbings ein, gut vier Jahre Thorsby hätten den Jüngling sicherlich genügend erzogen, um ihn zu hindern an bösen Gedichten.

Douglas seinerseits wäre herzlich froh gewesen, wenn ihm Stubbings oder sonst jemand geholfen hätte, die poetische Inspiration herbeizulocken. Er wußte beim besten Willen nicht, worüber er schreiben sollte. Tagelang bedrängte er seine Mitschüler mit dieser Frage, aber er bekam von niemandem eine vernünftige Antwort. Die kleineren Knaben sahen ihn nur verdutzt an, die mittleren murmelten «Ackerbau», die ältesten kicherten «Nymphen». Aber die Nymphen waren verboten, und der Ackerbau erinnerte an Hatley. Douglas sehnte sich bald zurück nach der ciceronischen Rede, und er verfluchte seinen Leichtsinn: denn so sehr er auch hineinfühlen mochte in sein Inneres, wie es vermutlich die Dichter taten – Douglas fand dort nichts, was auch nur ein einziges Distichon wert gewesen wäre.

Eines Nachts, als er wieder einmal nicht schlafen konnte, schlich er sich aus dem Zimmer und aus dem Haus, und er ging eine Stunde im Garten umher und überlegte dabei, ob das Heranwachsen eines Knaben zum Jüngling wohl ein Thema wäre für ein lateinisches Gedicht. Es war fast das einzige, wofür sich Douglas derzeit interessierte. Es war ein beängstigendes Phänomen. Douglas konnte fasten soviel er wollte: Er war fünfzehn, und er war kein Kind mehr. Weder das Hungern noch die nutzreiche Unsitte, sich nach Tisch zu übergeben, hatten Douglas' Verwandlung aufhalten können, und sie war jetzt fast schon abgeschlossen. Douglas war und blieb ein Fortescue, und wenn er sich ansah im Spiegel, sah er einen Bäcker aus Carlisle, wenn auch ein wenig mager und ein wenig allzu grünäugig – und diesen Bäcker haßte Douglas von Herzen. Wäre das nicht ein gutes Thema für eine Elegie? Aber wie kam Douglas dazu, den Damen von Chipping von seiner vermaledeiten Brustbehaarung zu erzählen? Es tat weh, dieses Fell zu rasieren. Douglas tat es täglich. Es ging einfach nicht an, daß Douglas W. Fortescue Haare auf der Brust hatte. Es war schlimm genug, daß sie sichtbare Muskeln bekam, diese offensichtlich menschliche Brust. Haare waren das letzte, was diese Körperpartie brauchte. Douglas litt überhaupt keine Haare am Körper. Er rasierte und rasierte, und er schnitt sich dauernd und haderte mit Gott, der die Haare stets in den unzugänglichsten Kurven und Nischen wachsen ließ.

Auch mit seinem Haupthaar war Douglas nicht zufrieden. Es fiel ihm jetzt lang über beide Ohren und bis zum Kinn, und die ganze Schule wunderte sich, daß man Fortescue diese Tracht nicht verbot. Er sah aus wie ein Knappe vom Maskenball. Mit der Frisur war Douglas halbwegs zufrieden, aber er haßte die Farbe, dieses fahle Blond, das heller wurde von Jahr zu Jahr und vielleicht bald aussehen würde wie der Strohkopf des verblichenen Celery.

Wie soll einer berühmt werden mit blonden Haaren? Douglas konnte sich das nicht vorstellen. Er ging im Garten auf und ab und murmelte vor sich hin, leise Schimpfreden auf Haare, auf Brustmuskeln, auf Bäcker, auf Männer und auf Menschen allgemein. Douglas verfluchte das sechzehnte Lebensjahr. Douglas verfluchte die Tatsache, daß es in ganz Thorsby keine Pinzette gab und nur stumpfe Messer. Er sah den Mond an und schnitt eine Grimasse. Er knickte grimmig den kleinen Stenographieblock, den er stets in der Tasche trug und doch fast nie benutzte.

«Erzähl», sagte Douglas zum Mond, «bitte!» Aber der Mond hing blöd und blond an seinem Strick aus Werg, und er tat überhaupt nichts, um Douglas W. Fortescue zu unterhalten.

Er wollte eben mißmutig zurückschleichen in sein zerknautschtes Bett, als er beschloß, einen kleinen Umweg zu machen, um zu sehen, ob noch Licht sei beim Ehepaar Stubbings. Sie wohnten im Parterre eines Nebengebäudes, etwas abseits von den Zimmern der Schüler, und weil es eine laue Nacht war, hatten sie die Fenster geöffnet, denn der Reverend war bedacht auf frische Luft und Gesundheit. Da war wirklich noch Licht, und eine der netten Gardinen, die Lisa zu häkeln pflegte in ihren freien Minuten, hing aus dem Fenster und bauschte sich sachte. Douglas blieb stehen und betrachtete eine Weile diese Gardine, und dann brachte ihn seine verzweifelte Langeweile dazu, etwas zu wagen, was er bislang nie gewagt, ja nicht einmal in Erwägung gezogen hätte: Er ging näher, verborgen im Schatten der Mauer, und er fand sich dann nah vor dem offenen Fenster, die Gardine fast an der Nase.

Douglas wußte genau, daß er im Begriff stand, etwas sehr Verwerfliches zu tun, und er zögerte, die Augen fest geschlossen; denn es gibt wohl nichts Schlimmeres, als einem Schuldirektor ins Fenster zu gucken. Aber der Mond schien so öde, und die Langeweile tat so weh, und zudem hörte Douglas etwas, was ihn neugierig machte. Und so erlag er der Versuchung nach kurzem Kampf, rückte vorsichtig die Gardine zur Seite und sah nach, was sich dort drinnen abspielte.

Douglas blickte in ein Wohnzimmer, und er sah den Reverend und seine Frau, die beide auf einem Sofa saßen und um einen Handarbeitsbeutel stritten. Sie schlugen sich mit schlaffen Händen wie kleine Mädchen, und dabei gab es ein großes Gekicher. Douglas zwinkerte, aber er hatte sich nicht getäuscht. Lisa verbarg den Beutel an ihrer Brust, und der Reverend suchte ihn dort mit großem Eifer, während ihn seine Frau an den roten Haaren zog und kniff und schlug und dabei schimpfte, «Schlingel, Dummkopf, Rotschopf, kleiner Bär». So sagte Lisa Stubbings zum Direktor der Knabenschule zu Thorsby. Douglas hatte sich nicht verhört. Es war wirklich sehr schlimm, daß Douglas hier am Fenster stand. Man müßte weghören. Man müßte fortlaufen. «Kleiner Bär», kicherte Lisa und schützte Beutel und Mieder mit beiden Händen. «Kleine Eule», flötete Stubbings und pflückte Lisas Brille von ihrer Nase. Douglas stand wie angewurzelt. Er ließ es geschehen, daß es sich seine Füße bequem machten für einen längeren Aufenthalt, und er spürte, wie sich seine Augen und Ohren weit öffneten, damit auch alles hineinkönne, was dort so großzügig angeboten wurde. «Bärchen», kicherte Lisa. «Eulchen», flüsterte Stubbings. Douglas wußte gar nicht, wie Stift und

Block in seine Hände gekommen waren; aber als er das Werkzeug dort spürte, machte er willig davon Gebrauch.

Die Sensation nahm nicht den Umweg über Douglas' Gehirn, sondern sie floß direkt von den Sinnesorganen in die schreibenden Finger. Bald stenographierte Douglas flüssig, eine Maschine, die aufnimmt und wiedergibt, ohne den Reiz zu verdauen: denn Douglas wollte nicht wieder dieses Völlegefühl bekommen, sondern er wollte heute nur schreiben, warum auch immer, und er mußte, obschon inzwischen längst ein Virtuose der Kurzschrift, wirklich achtgeben, daß er Schritt hielt mit Worten und Taten der Stubbings: denn das Schauspiel war ergiebig, und es wurde immer ergiebiger.

Der Reverend hatte seiner Frau längst den Arbeitsbeutel entrissen, aber er suchte in ihrem Mieder nach weiteren Geheimnissen, und er nannte alles, was er dort fand, beim Namen, in der üblichen deutlichen Aussprache des Schulmeisters. Mühelos katalogisierte Douglas *Äpfelchen* und *Kügelchen* und *Zuckerbrötchen*, setzte *Schlimmes Biest* hinzu und *Niedliche Kirsche*, und er schrieb auch immer wieder *Kleiner Bär*, denn Lisa war einfallsloser in der Wahl ihrer Worte. Stubbings suchte und suchte, bald auf den Knien, und er fand und fand und bezeichnete alles in höchst eigentümlichen Wendungen.

Douglas sah sich ungerührt an, wie der Reverend eintauchte in die großzügigen Falten von Lisas weißer Wäsche, und er spitzte die Ohren, um auch recht zu verstehen, was dort drinnen gesprochen wurde; aber selbst unter den Röcken der Gattin blieb Stubbings der Kathedersprache treu, und Douglas konnte Posten um Posten seine Liste verlängern. Es war schier unglaublich, welch fremdartige Dinge verborgen waren unter Lisa Stubbings' Petticoats: ein süßer Pfirsich, ein goldenes Täschchen, ja sogar ein Maulwurf.

«Hast du Zähnchen, kleines Tier?» neckte der Schatzsucher im weißen Geflatter, und Lisa schrie abwechselnd ja und nein und nein und ja, was der Jüngling am Fenster getreulich zu Protokoll nahm, sie mochte es sooft wiederholen, wie sie wollte.

Irgendwann kam der Reverend hervor unter Lisas verworrenen Röcken, und Douglas sah zu, wie er ein unendlich langes weißes Hemd aus seinen Hosen hervorzog, tatkräftig unterstützt von seiner in Unordnung geratenen Frau. Bald war das Paar nur mehr ein Berg von Wäsche, und es verwickelte sich heftig ineinander, wobei der Reverend ohne Unterlaß Dummheiten sagte, Eulchen und Häschen und Blümchen, kosend zunächst, dann allmählich wilder, bis er schließlich zu ganzen Sätzen überging, die ein wenig gestammelt waren und allesamt mit «ich will» begannen.

Douglas schrieb zügig mit. Lisa rief «nein» und «aber» und «Bärchen», und dann begann sie ihrerseits mit diesem «ich will», bis das die Eheleute schließlich im Chor riefen und vermutlich auch gleich taten, was sie denn so einträchtig wollten; denn Douglas war mit dem blumigen Vokabular nicht vertraut. Er schrieb verständnislos, schaute genau und erkannte nicht viel. Die Wäsche nahm ihm die Sicht. Die Reden der Stubbings' wurden wirrer, bis sie übergingen in Geräusche, aber auch die Geräusche protokollierte der Beobachter penibel, denn er konnte einfach nicht aufhören zu schreiben.

Douglas betrachtete den weiß verhüllten Zweikampf auf und neben dem Sofa mit Interesse und einer etwas faden Sympathie. Er fühlte seinen Blick, und er fühlte, der Blick war ein freundlicher, und er war zu freundlich, um sich allzusehr dafür zu schämen. Als die Stubbings' endlich verstummten, als sie wortlos und fast auch geräuschlos zu Ende brachten, was ihnen so derart viel Freude bereitete, steckte Douglas abwesend den Stenographieblock in die Tasche und kaute lächelnd auf seinem Stift.

Das also tat das Ehepaar Stubbings in der Nacht. Douglas lächelte weiter. Er prüfte sich selbst genau, befragte gewissenhaft Hirn und Herz und Lenden, ob irgendeines dieser Organe angerührt worden sei von dem Schauspiel, und er stellte dann beruhigt fest, daß ihm nichts, aber auch gar nichts geschehen war. Er lächelte sein Lächeln, ein wenig starr, recht freundlich, vielleicht sogar gerührt. Die Stubbings' ordneten erschöpft ihre Wäsche. Sterbliche, dachte Douglas plötzlich. Albernes Volk. Er meinte das aber ganz liebevoll. Still wandte er sich ab und ging davon, ungesehen, ein Schatten im Schatten des Hauses.

«Na, Fortescue», scherzte Reverend Stubbings, als er Douglas am nächsten Morgen beim Frühstück traf, «seit du Dichter bist, ißt du wohl gar nichts mehr?» Douglas verbeugte sich wortlos.

«Was macht die Elegie?» erkundigte sich Stubbings. Douglas nickte.

«Keine Nymphen, mein Freund, keine Nymphen!» Und Stubbings ging weiter, um noch andere Knaben nach dem Gedeihen ihrer Beiträge zu fragen.

Douglas blickte ihm hinterher. Er meinte, sich ein Lachen verbeißen zu müssen, aber dann merkte er, daß ihm gar nicht nach Lachen zumute war. Da ging der Reverend, erhobenen Hauptes, der Schlingel, der Rotschopf, der Kleine Bär ... Douglas' Blick fühlte sich heute gar nicht so freundlich an. Er erinnerte sich an die betrachteten Genüsse des munteren Lehrers, und er stellte fest, daß er ihm das plötzlich gar nicht mehr recht gönnte. Man liebt sie, die Sterblichen, und man liebt sie dann doch nicht ... Douglas mochte nicht darüber nachdenken. Ich werde dir zeigen, dachte er, was Nymphen sind! Und er stand auf von seinem ungegessenen Frühstück und ging zurück in sein Zimmer.

Douglas wußte, was er jetzt tun würde. Er konnte es selbst nicht glauben. Kein Mensch kann so etwas tun! Aber dann trat Douglas vor den Spiegel, den sie ihm endlich gegeben hatten, seit er sich rasieren mußte, und er sah sich an und grinste, und er fragte sich: «Bist du denn ein Mensch?»

«Was weiß ich», entgegnete Douglas.

Und er zweifelte jetzt nicht mehr an seinem Vorhaben.

Douglas rief das Hausmädchen und bat darum, ihn wegen Krankheit für den heutigen Tag zu entschuldigen. Als er wieder alleine war, holte er ein paar Bände Ovid vom Regal und den Stenographieblock aus dem Schreibtisch. Er schnitt sorgfältig eine Feder und setzte sich. Und dann, am 5. Mai 1825 um acht Uhr morgens, begann Douglas W. Fortescue mit der Niederschrift seines ersten Gedichtes.

Es fiel ihm überhaupt nicht schwer. Alles, was er brauchte, stand auf dem Block, Latein konnte er schließlich im Schlaf, und die Distichen fügten sich wie von selbst, seit Douglas sein Thema hatte. Schnell hatte er begriffen, daß die wörtliche Rede fast ausreichte, um das Gedicht zu füllen, und er hielt die Beschreibungen kurz. Gebauschte Wäsche, ein Sofa, der Mond am Himmel – die Szene war schnell skizziert. Im folgenden begnügte sich Douglas mit der getreulichen Übersetzung seiner Mitschrift. Einen Moment lang haderte er mit dieser Pflicht, denn das Original war doch unübertrefflich; aber Douglas mochte die lateinische Sprache, und bald fügte sich alles nach Wunsch. Der *ursulus* neckte die *ulula* und bestaunte den *dulce malum persicum* unter ihren Röcken. Ob die *talpa* wohl *dentata* sei? *Sic est, non est, sic est, non est* ... und Douglas übersetzte auch die «ich will»-Sätze, so gut er es vermochte, fügte gewissenhaft alle gestammelten Liebeslaute hinzu, fein gefügt in zierliche Jamben, und er verzog dabei keine Miene.

Douglas' Elegie ist nicht überliefert. Sie umfaßte gut vierzig Distichen und war nach ein paar Stunden vollendet. Douglas schrieb sie ins Reine, verbrannte seine Notizen und stellte den Ovid zurück ins Regal. Er hatte gar nicht hineinschauen müssen. Er las sein Werk noch einmal durch, nickte beifällig mit dem Kopf und legte es in den Schreibtisch. So bin ich, dachte Douglas, eben ein Dichter. Er beschloß, bei der nächsten Gelegenheit seine Haare schwarz zu färben.

Als sich der Reverend das nächste Mal nach der Elegie erkundigte, antwortete Douglas: «Ja Sir, ist fertig.» Gefragt nach dem Thema, sagte er zunächst «Tiere», aber dann setzte er hinzu «das süße Leben».

Stubbings runzelte die Stirn. Douglas erkundigte sich ruhig, ob nicht im Grunde alle Gedichte davon handelten. Der Reverend wußte darauf keine Antwort. Douglas sah ihn an, ein langer, stiller, ein wenig betrübter Blick.

«Ist süß, das Leben, Sir, nicht wahr?» fragte Douglas matt, und er quittierte es mit einem Achselzucken, daß ihm der Lehrer wieder einmal mitten im Gespräch davonlief.

Douglas bestimmte einen jüngeren Knaben zu seinem Stellvertreter, bei dem er sicher sein konnte, daß er die Elegie nicht verstand. Es war ein hübsches schwarzhaariges Kind von elf Jahren, mit einer klaren und schon fast männlichen Stimme, die Douglas seit längerem gut gefiel. Selbst flüsterte er nur noch, um seine Lügen von der fortschreitenden Halsentzündung glaubwürdig zu machen, und er übte mit dem Knaben das Lesen, bis er die Verse gut sprechen konnte. Wieder und wieder hörte sich Douglas sein Werk an, und endlich hielt er die Vorführung für bühnenreif. Der Stellvertreter war der Sohn eines Tuchhändlers aus Bradford, weshalb sein Kleiderschrank gut bestückt war. Douglas wählte einen blauen Rock und blaue Hosen, dazu eine helle Weste mit emaillierten Knöpfen, und er lehrte den Knaben, sein Halstuch à la Byron zu binden, damit er nach etwas aussehe für die Damen von Chipping. «Schau nicht Mr. Stubbings an, während du liest», sagte Douglas immer wieder, «das könnte dich aus dem Rhythmus bringen.» Und der Knabe versprach, Douglas in allem zu gehorchen.

Als der Abend kam, stieg Douglas zusammen mit seinem Stellvertreter in die Chaise, in Schwarz wie immer, um den Hals einen dicken Schal. Er wiederholte seine Ratschläge noch einmal, langsam lesen, nicht leiern, nicht Mr. Stubbings ansehen, und er nahm dann Platz im Zuschauerraum und überließ den Knaben aus Bradford seinem Schicksal.

Die Veranstaltung fand statt in einem Saal der Hauptkirche von Chipping, und sie war sehr gut besucht. Die wohltätigen Damen hatten ihre Männer und Kinder mitgebracht, und die Frau des Besitzers der Kammgarnmühle führte eine Gruppe von knapp fünfzig müden Mädchen, eines wie das andere, verschreckt und verwundert, reinlich gekleidet in Kammgarnkitteln. Douglas sah sich das alles an. Er sah sich auch das Ehepaar Stubbings an, das aufgeregt die Honneurs machte, um dann auf die Bühne zu steigen für Begrüßung und Fortepianospiel.

Alles verlief nach Vorschrift. Die Schüler sangen, zwei Hymnen zunächst, vierstimmig gesetzt und annähernd richtig, und dann sangen sie ein paar Volksweisen, die die kleinen Arbeiterinnen von Fleensfield lächeln machten. Die jüngsten Knaben sagten ihre englischen Gedichte, dann ging man weiter, nach Alter gestaffelt, und eine lateinische Rede folgte auf die andere, teils gestottert, teils deklamiert, während die Damen gerührte Gesichter machten und die Fabrikmädchen mit dem Schlaf kämpften. Douglas' Stellvertreter war der allerletzte, der das Podium bestieg. Er sah adrett aus in seinem blauen Anzug, und weil er so oft geübt hatte mit Douglas, las er die Distichen kühl und in schönem Rhythmus, ohne sich zu verhaspeln oder zu genieren.

Douglas hörte seine Verse gern. Sie klangen wirklich hübsch. Gelassen betrachtete er den Reverend, und gelassen sah er ihn sich entfärben. Er entfärbte sich sehr. Er machte ein Gesicht, das Douglas nicht hätte beschreiben können. Der Knabe las langsam, wie er es gelernt hatte, und langsam wandelte sich auch Stubbings' Miene, von Unglauben zu Entsetzen zu Empörung, vom Erblassen zum Erröten und wieder zurück.

Douglas verfolgte diese Schattierungen mit Interesse, ein abwechslungsreiches Spiel, vierzig Distichen lang. Denn Stubbings war zu erschrocken, um die Lesung zu unterbrechen. Der Knabe aus Bradford kam zum Ende, und man applaudierte ihm freundlich, denn das Latein der Leute aus Chipping war nicht das beste. «Douglas W. Fortescue fecit», sagte der Knabe wie vereinbart, und man applaudierte auch diesem Namen. Lisa stieß ihren Mann in die Seite, denn sie verstand nicht, warum er keinen Beifall klatschte, aber dann sah sie ihn an und erschrak, denn Stubbings hatte weiße Lippen und rote Wangen, als stehe er kurz vor einem Schlaganfall. Lisa flüsterte etwas von schlechter Luft. Auch Lisas Latein war nicht gut – und sie zischte ihrem Mann so lange zu, daß er nun aufstehen und die Verabschiedung sprechen müsse, bis er ihr endlich gehorchte. Eigenartig klang die Bedankung des Reverend Stubbings. Die Damen sagten nachher, der allzu große Stolz auf seine gebildeten Knaben habe ihm wirklich zugesetzt.

Zwei Tage später verließ Douglas die Schule, ohne Zeugnis und ohne Segen. Er hatte schon gepackt, als er die Mitteilung bekam. Stubbings hatte einen Schüler mit einem Brief geschickt, in dem er Douglas' Vater den Vertrag aufkündigte, aufgrund von *unpardonable indecent behaviour*. Douglas hatte das versiegelte Schreiben mit einem «Aha» in seinen Koffer gelegt, und nun saß er allein in der schuleigenen Chaise und wartete, daß ihn der Hausdiener zur Poststation von Chipping bringen würde.

Es war früh am Morgen. Douglas blickte sich um. Kein Mensch war zu sehen, denn Stubbings hatte den Knaben streng verboten, den Verbrecher zu verabschieden. Die Schule sah aus, als sei sie längst nicht mehr in Gebrauch, ein verwaistes Gebäude, bewachsen mit Efeu. Douglas stellte sich vor, daß er das Haus eben wiedersehe nach einhundert unsterblichen Jahren, ein altersloser Wanderer, der die Stätten seiner Kindheit besucht; und er lächelte matt, wie es paßte zu diesem Traum. Einen Moment lang sah er Celery. Er schaute flink um die Ecke und versteckte sich dann wieder, ein kicherndes blondes Gespenst. Adieu, dachte Douglas, adieu, Celery Winton, ich werde dich nicht vergessen. Und dann gab der Hausdiener dem Pferd die Peitsche, und Douglas schämte sich seiner unrühmlichen Sentimentalität, bis er in Chipping war. Der Hausdiener setzte ihn bei der Poststation ab und half ihm mit dem Gepäck. Er flüsterte dem Jüngling zu, daß er allzugerne wüßte, was dieser dem Reverend getan habe, aber er bekam keine Antwort und fuhr unbefriedigt davon, während Douglas die Post nach Slaidburn nahm.

Douglas Fortescue sah Thorsby nicht wieder. Das Gebäude, in dem Stubbings' Schule war, beherbergt heute das Hoddersdale Heritage Museum. Eine Messingtafel erinnert an Fortescue und verschweigt alles weitere.

V

Es dauerte lange, bis Douglas W. Fortescue den nächsten Schritt tat, um seinem Ziel näher zu kommen. Über zwei Jahre hatte er verbracht in Bleamoor Hall, ohne zu dichten und mit aschblondem Haar; aber ein paar Wochen nach seinem siebzehnten Geburtstag, an einem gewittrigen Morgen im April 1827, fuhr er allein nach Settle, um dort Bücher in die Leihbücherei zurückzubringen, die bereits mehrere Wochen überfällig waren, und bei dieser Gelegenheit auch noch etwas anderes zu erledigen, mit dem er sich in Gedanken nun schon seit bald drei Jahren beschäftigte.

Douglas kaufte in der Apotheke zwei Tütchen, mietete für den Nachmittag ein Zimmer in der Poststation und vollendete dort einen alten Plan. In einer Schale versetzte er den Inhalt des ersten Tütchens langsam mit Wasser, wie er es gelesen hatte in einem Journal für die Dame, und als das Pulver keine Flüssigkeit mehr aufnahm, deckte er den farblosen Brei mit einem Schnupftuch ab, bereitete in einem Krug ein stechendes Gebräu aus dem Inhalt der zweiten Tüte und wusch sich damit die Haare. Er wusch sie kräftig, bis die Kopfhaut brannte, spülte nach und trocknete ab; dann nahm er das Schnupftuch von der Schale und bestrich mit Umsicht Strähne für Strähne seiner inzwischen schulterlangen Haare mit dem bereiteten Brei, den das Journal gelöschten Kalk nannte. Es klumpte ein wenig, aber es gelang Douglas dann doch, die Masse gleichmäßig zu verteilen.

Er sah in den Spiegel. Ein blasser junger Mann, den Kopf voller Lehm. Nichts geschah. Douglas nahm ein Handtuch und schlug seine Haare darin ein, dann nahm er ein zweites Handtuch und knotete daraus einen Turban, denn das Journal sprach von Wärme und von zwei Stunden Wartezeit.

Douglas machte sicherheitshalber drei Stunden daraus. Er setzte sich auf einen Stuhl und blätterte noch ein wenig in dem dreibändigen Werk, das er später in die Bücherei würde zurückbringen müssen, was ihn durchaus bekümmerte: denn obwohl er sonst nur wenig Spaß am Lesen hatte, an diesem Buch hing Douglas Fortescue wirklich, wenn er das auch nicht zugegeben hätte. Es war Mary Shelleys *Moderner Prometheus*, ein Roman für morbide Weiber, wie Douglas abschätzig behauptete, wenn man ihn nach seiner Meinung fragte. Er verbrachte nun die langen drei Stunden damit, seine liebsten Stellen noch einmal zu lesen und all das zu überblättern, von dem er schon wußte, daß es ihm nicht gefiel.

Viel mußte Douglas überblättern. Der Roman, den er mochte, hatte mit Mrs. Shelleys Geschichte nur wenig zu tun. Douglas' Buch war die Lebensbeichte eines Wesens, das ein Verrückter aus einer Laune heraus zusammengenäht hatte aus menschlichen Überresten und das nun sehen mußte, daß es das Beste machte aus seinem sogenannten Leben. Es verbarg sich, erzählte Mrs. Shelley, zunächst in einem Verschlag neben der Hütte einer armen Familie, und es verbrachte seine Zeit damit, durch einen Schlitz in der Wand zu erkunden, wie der Tag und die Leidenschaften seiner Nachbarn beschaffen wären.

Mrs. Shelley behauptete weiter, daß das namenlose Wesen in der Nacht Feuerholz sammelte für seine ahnungslosen Freunde, aber Douglas überschlug das, denn er vermutete, daß die Autorin hier log und nur um Sympathie werben wollte für ihren unansehnlichen Helden. In Douglas' eigener Fassung verschlief das Untier die Tage, und es schaute in der Nacht durch den Wandschlitz, und es lernte dann, sich als Mensch zu verkleiden, und wandelte fortan zwischen den Sterblichen als unerkannte und ein wenig bekümmerte Fälschung. Stundenlang überschminkte das Wesen die Nähte in seinem Gesicht, und es lernte, mit einem modischen Stöckchen zu gehen, um die Schäden eines schlecht montierten Beines zu kaschieren. Es war nicht einmal häßlich unter Schminke und Perücke, und die Sterblichen sahen es gern. Die arme Mary Shelley hatte keine Ahnung von ihrem Helden, und sie erzählte nach dem elften Kapitel ausschließlich Lügen. Douglas wurde das wieder deutlich, als er sich die drei Stunden mit diesen Bänden vertrieb, und er bedauerte es kaum mehr, den Roman in die Bücherei zurückbringen zu müssen.

Alles, was folgte aufs elfte Kapitel, mußte sich Douglas ohnehin selbst ausdenken, auch wenn ihm das Ausdenken nach wie vor nicht leichtfiel, und er saß nun da mit juckendem Kopf, einen Zeigefinger vergessen im *Modernen Prometheus*, und er dachte sich mühsam aus, wie Doktor Frankensteins mutwillige Schöpfung vom Land in die Stadt zog und dort zusah, was die Lebendigen taten, ohne daß einer sein Geheimnis erraten hätte. Er dachte sich Leute aus, die das Monster betrachtete und in seine Dienste nahm, denn es war reich und berühmt und beliebt in der Gesellschaft, und die Leute taten nichts lieber, als die wohlgefälschte Person in ihrer Mitte zu unterhalten mit ihrem Tagwerk und ihren Leidenschaften. Douglas seufzte, und er dachte sich weiter aus, wie das Monster jeden Abend seine Nähte nachzog vor dem Rasierspiegel und wie es sich mit Hilfe einer kleinen Maschine einmal die Woche elektrisierte, um nicht zurückzufallen in die Leichenstarre der vier verschiedenen Toten, aus deren Teilen es Frankenstein einst zusammengesetzt hatte. Wenn das Wesen dies einmal vergaß, wußte Douglas, begann es aufzufallen, und die freundlichen Leute mit ihren unterhaltsamen Leidenschaften wurden mißtrauisch, denn der Fremde in ihrer Mitte sah plötzlich tot aus und stank vielleicht sogar ein wenig. Frisch elektrisiert und mit festgezogenen Nähten war er dagegen unauffällig, und die Sterblichen mochten ihn sehr.

Douglas war kurz davor gewesen, einen Brief an Mrs. Shelley zu schreiben, um ihr all diese Wahrheiten über Frankensteins Schöpfung mitzuteilen, aber er hatte es dann doch unterlassen. Über vieles war er sich auch selbst nicht im klaren, denn Douglas Fortescue war kein Romancier. Er schob seinen Finger zwischen zwei andere Seiten, und er dachte an Grönland, ohne die betreffenden Szenen nachzulesen. Grönland war eine schöne Idee, aber auch hier hatte Mrs. Shelley alles verdorben. Wie mühsam es war, ihre Fehler zu korrigieren.

Douglas rückte seinen Turban zurecht, und er dachte sich dann aus, wie das Monster übers Packeis stapfte in Grönland, nicht berührbar durch Kälte und Wind, und wie es die Besatzung des Walfängers sterben und einfrieren sah und auch dadurch nicht berührt wurde, weil es eben kein Mensch war, und wie es dann allein von Eisblock zu Eisblock ging mit seiner Perücke und seinem Stöckchen und die Eingefrorenen freundlich betrachtete wie Statuen in einem Museum. Es war sehr traurig. Es war sehr schön. Und wenn Douglas nicht geahnt hätte, daß es auch reichlich sentimental war, hätte er, wenn auch sonst nichts, zumindest diese Erkenntnisse über die wahren Abenteuer des Monsters an Frau Shelley geschrieben; denn es war gut erdacht.

Douglas träumte von Grönland, so gut er es vermochte, und er verpaßte fast das Ende der dritten Stunde. Dann aber nahm er die beiden Handtücher vom Kopf, spülte gründlich den Kalkbrei aus, zog den Scheitel und kämmte die Haare glatt hinunter auf die Schultern. Er tat das mit geschlossenen Augen, dann stellte er sich vor den Spiegel und sah hinein. Schwarz. Es war gelungen. Douglas konnte es zunächst gar nicht glauben. Seine Haare waren schwarz wie die Nacht, mit einem kleinen Stich ins Fuchsige, vor dem ihn das Damenjournal und die kichernde Apothekerstochter schon gewarnt hatten. Die Haare sahen gar nicht aus wie Haare. Sie waren völlig stumpf. Sie fühlten sich auch nicht an wie Haare, sondern wie ein seltsames modernes Material, hergestellt in irgendeiner Fabrik. Sie waren gleichzeitig zu hart und zu weich. Sie waren fast metallisch, feinstgesponnener Draht in einer eigentümlichen Farbe. Douglas unterdruckte ein vages Entsetzen. Er tat Öl auf den fremdartigen Bewuchs seines Kopfes und ließ ihn trocknen. Nachher sahen die Haare noch immer nicht aus wie Haare, und sie fühlten sich noch immer äußerst befremdlich an.

Douglas brauchte gut zehn Minuten, um sich an diese Neuerung zu gewöhnen, aber dann gefiel sie ihm gut. Er sah noch blasser aus als zuvor. Er sah nicht sehr liebenswürdig aus. Die dunkelblonden Brauen bildeten einen merkwürdigen Kontrast zu der stumpfen und ein wenig fuchsigen Schwärze. Douglas' Gesicht hatte einen etwas erstaunten Ausdruck bekommen, der erhalten blieb, als er lächelte, und weiter erhalten blieb, als er eine grimmige Miene zog, weshalb er schloß, daß auch dieser Ausdruck an den neuen Haaren lag. Er war ihm nicht unlieb. Vage erstaunt und äußerst blaß sahen sich Douglas W. Fortescue und sein Spiegelbild in die ein wenig faden und wirklich grünen Augen.

In Hatley nahm Douglas den Hut ab und stieg hinauf nach Bleamoor Hall, um herauszufinden, wie die Winde der Dales umgingen mit seiner neuen Frisur. Er war enttäuscht festzustellen, daß der Sturm nicht haltmachte vor dem weichen Draht auf seinem Kopf und daß die Böen, die den ganzen Tag schon wild hinabgeblasen hatten von Knoutberry Haw, Ingleborough und Pen-y-Ghent, respektlos in die wohlerdachten Haare fuhren und sie zausten, als sei das der Schopf irgendeines Bauern. Die Natur kennt keine Achtung in Yorkshire, und als Douglas um die Kurve bog und den Park von Bleamoor Hall in der Abenddämmerung daliegen sah, mit unendlichem Eifer verschönt und doch auf den ersten Blick erkennbar als Bewuchs eines schlechten Bodens, dachte er, wie er es täglich dachte, daß es Zeit sei, von hier zu verschwinden, ohne allerdings zu wissen, wie diese Flucht zu bewerkstelligen wäre.

Douglas lebte in Bleamoor Hall, denn er war ein Fortescue, und er würde dort weiter leben müssen, mit Sara und Tobias, mit Jeremy und Jane, mit dem kleinen Robert und der winzigen Annie, ein Fortescue unter insgesamt sieben, und wenn Jeremy so weitermachte, ließ sich unschwer ausrechnen, mit wie vielen Verwandten Douglas geschlagen sein würde, wenn er erst volljährig wäre. Douglas fiel kein Heilmittel ein gegen eine Zukunft in Bleamoor Hall. Jeremy hätte ihn nie fortgehen lassen. Jeremy paßte auf Douglas auf, als sei kein Jahr vergangen seit den gemeinsamen Ritten über die Heide. Und noch immer versammelte man sich einmal im Monat, um Gott zu danken fürs Hierwohnendürfen. Noch immer band Tobias die

Jonquillen. Wieder bekam man Kinder in dem Himmelbett der fortgegangenen Herrschaft, und noch immer scharrte Gambler im Dachstuhl, und wenn jemand sagte, er scharre seit einiger Zeit viel wilder, lächelte Douglas und schwieg, denn er wußte, bisweilen leistete jetzt Celery Winton dem alten Earl Gesellschaft, und Celery Winton war der Leisesten einer nie gewesen. Aber Celerys Besuche waren die einzigen Neuerungen, die Douglas hier feststellen konnte. Er bog um die zweite Kurve und stand vor dem Gatter.

Douglas hörte ein Quietschen. Sofort trat er in den Schatten eines Baumes, aufmerksam darauf bedacht, erst selbst zu sehen, bevor man ihn sah. Der Schatten verbarg ihn gut, denn schwarze Haare sind praktisch für einen, der gern unbemerkt bleibt in der Dämmerung. Lautlos ging Douglas näher, und er sah einen Mann, der ein Kind in den Armen hielt und umherschwenkte, beflissen und ziemlich ungeschickt. Das Kind quietschte glücklich, der Mann sah aus, als verursache ihm seine Bürde Kreuzschmerzen, und er atmete schwer, aber er schwenkte das Kind weiter, obwohl es schon viel zu groß war für solche Säuglingsspiele. Douglas beobachtete das eine Weile, dann trat er still aus dem Schatten. Das Kind sah ihn und quietschte lauter. Der Mann fuhr herum.

«Guten Abend», sagte Douglas.

Der Mann öffnete die Arme und ließ das Kind fallen. Es fiel ungeschickt. Es tat sich weh und begann zu schreien.

«Gott, Wellesley», sagte Douglas sanft, «der Knabe ist drei!»

Wellesley starrte ihn an. Er erkannte ihn erst auf den zweiten Blick.

«Ich», stammelte Wellesley, «ich habe nichts, ich ...»

Douglas wies mit dem Kinn auf seinen plärrenden Neffen.

«Trösten», empfahl Douglas.

Wellesley rührte sich nicht.

«Genüge bitte», sagte Douglas, «deiner Großonkelpflicht und tröste Robert Fortescue, denn du hast ihn fallen lassen, und sein Geschrei ist unerträglich.»

Wellesley machte einen unsicheren Schritt. Er wollte das Kind nicht berühren.

«Ich habe dich nur darauf hingewiesen, daß dieser Knabe erst drei Jahre alt ist», erklärte Douglas matt, «ich habe dir nicht geraten, ihn auf den Boden zu werfen.»

Robert hatte sich aufgerappelt, und er lief nun zu Douglas und hielt sich weinend an dessen Knie fest. Douglas bewegte das Bein mit dem Kind daran umsichtig in Wellesleys Richtung, bittend, als sei Wellesley ein Wundarzt, der ein Geschwür entfernen sollte. Wellesley gehorchte jetzt. Er kauerte sich hin und löste den brüllenden Jungen von Douglas' schwarzem Hosenbein. Douglas sah auf ihn hinunter.

«Was verschafft uns die Ehre deiner Anwesenheit?» fragte er milde.

Wellesley gab ihm keine Antwort. Er kniete zu Douglas' Füßen, und er versuchte, den kleinen Robert am Schreien zu hindern, ohne ihn dabei allzusehr anzufassen.

«Erzähl ihm was, Wellesley Fortescue», riet Douglas. Er bewegte sich nicht. Wellesley richtete sich auf. Er war einen halben Kopf kleiner als dieser bleiche Jüngling, der ihn ausdruckslos ansah. Robert hatte plötzlich aufgehört zu weinen und musterte nun seinerseits Onkel und Großonkel, bis er deren stumme Zwiesprache nicht mehr aushielt und sich erkundigte, ob sie einander denn schon kannten.

Wellesley nickte und versuchte ein Lächeln. Douglas verzog keine Miene.

«Onkel Welly und Onkel Doogie mögen sich nicht», quakte Robert, und er lief plötzlich davon, ganz alleine hinein in den dunklen Park; denn Robert war nach dem Vater geraten, ein strammes Landkind ohne Furcht oder Phantasie.

«Ich habe den Knaben nicht angerührt», flüsterte Wellesley, als Robert außer Hörweite war, «ich schwöre dir, um Gottes willen, das ist doch ein Wickelkind ...»

«Aha», sagte Douglas.

«Um Gottes willen ...», begann Wellesley erneut.

«Ich glaube, Robert ist durchaus schon sauber», meinte

Douglas, «aber wenn du es genau wissen möchtest, müßtest du die Mutter fragen, denn ich kümmere mich eigentlich nicht um die Windeln meiner Neffen und Nichten.» Damit wandte er sich ab und ging davon, ohne Wellesley weiter zu beachten.

Wellesley lief ihm hinterher. «Douglas», begann er, «Douglas ...»

«Bitte?» fragte Douglas.

«Douglas, ich ...»

«Kann ich», erkundigte sich Douglas, «irgend etwas für dich tun?»

Wellesley schüttelte heftig den Kopf. Er hinkte neben seinem Neffen her, und er mußte sich beeilen, um Schritt zu halten, denn Douglas hatte lange Beine und einen zügigen Gang. Wellesley rang nach Worten. Er sagte noch einmal «Douglas», ein kleiner alter kummervoller Mann, der wieder nach Bleamoor Hall hatte kommen müssen, um nach Geld zu fragen, weil in Wellesley Fortescues Leben einfach nie etwas gutging. «Douglas», beharrte Wellesley, «Douglas», aber er wußte nicht, was er sonst noch sagen sollte. Siebenmal hörte Douglas seinen Namen, dann blieb er stehen. Er wandte sich um zu Wellesley und sah ihm ins Gesicht.

«Bitte», sagte Douglas, «ich höre.»

Wellesley schwieg. Dann schrie er los, so plötzlich und so laut, daß Douglas zurückfuhr: «Gott, was ist mit dir passiert?» Und als der erste Schrei geschrien war, brüllte Wellesley gleich weiter: «Was ist mit dir passiert, was ist mit dir los, was ist dir geschehen?» Und es dauerte eine Weile, bis dieser Ausbruch zu einem Ende kam.

Douglas kreuzte die Beine, Fuß über Fuß, seine liebste Haltung, wenn er etwas Interessantes betrachtete. Er wartete bewegungslos, bis Wellesley nicht mehr schrie, dann hob er sachte die linke Stiefelspitze über die rechte, strich sich sorgfältig die Haare hinter beide Ohren und erklärte: «Es ist gelöschter Kalk, es ist beschrieben im *Lady's Almanack*, es dauert drei Stunden und hat dann einen Rotstich, aber ich finde, es ist doch gut gelungen. Wenn wir im Haus sind, kannst du es bei Licht sehen, und ich hoffe, du wirst mir recht geben.»

«Ich meine nicht die Haare», flüsterte Wellesley.

«Nicht», fragte Douglas, «sondern?»

Wellesley holte Luft.

«Ach bitte, Welly, schrei mich nicht schon wieder an», bat Douglas milde, «ich tu ja alles, was du möchtest.» Und mit diesen Worten hob er langsam die Hand. Er machte einen Schritt zu auf Wellesley, und er lächelte, und er hielt die Hand, den Daumen nach oben, die Finger weich gebogen, vor Wellesleys Brust und ließ sie dann langsam, langsam sinken, die Knopfleiste entlang, immer noch lächelnd, während Wellesley ihn anstarrte, im Gesicht das kalte Entsetzen. Als Douglas' Hand in Höhe von Wellesleys Hosenbund angekommen war, hielt sie inne. Douglas beugte sich ein wenig vor, bis seine Fingerspitzen den Onkel fast berührten. «Hm?» machte Douglas. Er lächelte noch immer. Das Lächeln besagte gar nichts, eine zufällige Lippenstellung in einem ausdruckslosen Gesicht. «Hm?» wiederholte Douglas noch einmal, und er betrachtete dabei Wellesleys Entsetzen, interessiert, ohne Freude oder Mitleid oder Verachtung, während er langsam die Finger krümmte zu einer unmißverständlichen Geste.

«Gott …», flüsterte Wellesley.

«Gott, ja», entgegnete Douglas ganz beiläufig, während er seine Hand zu sich nahm und bequem in die Manteltasche steckte, «Gott, Wellesley, du bist alt geworden. Ich möchte dich um etwas bitten.»

Wellesley schüttelte heftig den Kopf. Er machte einen unsicheren Schritt.

«Doch», sagte Douglas.

Wellesley begann zu laufen. Er stolperte über einen Ameisenköder und wäre beinahe gestürzt.

«Doch», wiederholte Douglas, und er sagte dann leise, «ich möchte, daß du mich begleitest ins Verwalterhaus, und zwar jetzt auf der Stelle, und daß du mir dort ein paar Auskünfte gibst, denn sonst, Wellesley Fortescue, müßte ich meinem

Bruder etwas erzählen von damals, und ich fürchte, er würde dich womöglich totschlagen.»

Douglas' Stimme klang, als lese er aus der Zeitung vor, bedachtsam, deutlich und mit guter Betonung.

«Fall nicht über Vaters Schafshaut», bat Douglas, «sie ist glitschig.» Und er machte eine höfliche Geste, mit der er Wellesley den Vortritt ließ durch jenen wohlgefügten Durchblick, der den Mittelweg des Gartens mit der malerischen Mauer des verkommenen Verwalterhauses verband. Wellesley gehorchte. Er wandte sich nicht um nach Douglas. Der Jüngling ging so lautlos, daß Wellesley einen Augenblick lang zweifelte, ob das nicht alles ein Alptraum sei. Aber als er sich dann doch umblickte, schon nah vor der Tür des Gebäudes, stand Douglas wirklich da, lächelnd, ein wenig erstaunt, und er neigte den Kopf und fragte: «Wußtest du, Onkel, daß ich mich Douglas W. nenne, dir zu Ehren?» während er einen Schlüssel aus der Tasche zog und das Verwalterhaus aufsperrte, in das er den Onkel gnadenlos hineinzwang, ohne ihn zu berühren, mit nichts als einer kleinen Kopfbewegung und einem sachte verlegenen Kräuseln der Lippen.

Douglas zündete ein Licht an und führte seinen Onkel in das altbekannte Zimmer. Wenig hatte sich verändert, außer daß dort ein Schreibtisch stand mit ein paar eingestaubten Büchern darauf, dazu ein Stuhl und eine zweite Lampe.

«Ich komme hier manchmal her», sagte Douglas, «nimm Platz.» Er wies höflich auf den zerschlissenen Sessel neben dem Tischchen, das noch immer genau den richtigen Abstand zur Wand hatte, den man braucht für eine scharfe Projektion aus der Laterna magica. Wellesley wollte sich nicht setzen.

«Nun?» Douglas lächelte schon wieder. Wellesley setzte sich.

«Was willst du?» fragte Wellesley.

Douglas hatte ein Federmesser geöffnet und spitzte damit geschickt einen Bleistift. Er ließ sich Zeit damit. Span um Span fiel geräuschlos auf die Schreibtischplatte.

«Ich möchte», sagte Douglas endlich, «daß du mir erzählst, wie es sich anfühlt, mit einem Knaben diese Dinge zu tun.»

Er zögerte. Er betrachtete Wellesleys Entsetzen, aber er kannte es schon, und es interessierte ihn nicht mehr.

«Mit mir, Douglas, diese Dinge zu tun, um es genau zu sagen», setzte Douglas hinzu, «denn ich überlege mir das seit Jahren, und ich kann es mir beim besten Willen nicht vorstellen, und deshalb möchte ich dich bitten, daß du es mir beschreibst. Ich nehme an, es ist eine Beschreibung wert. Ich nehme an ...»

Douglas unterbrach sich. Er hatte sich abgewandt von Wellesley und starrte die Wand an.

«Bitte», sagte Douglas plötzlich. Es klang sehr sanft. Es klang aufrichtig.

«Bitte erzähl mir das, Wellesley», sagte Douglas, «ich will's wissen.»

«Nein», flüsterte Wellesley.

«Doch», sagte Douglas. Er sah seinen Onkel wieder an. Er kaute auf dem Bleistift. Douglas wollte seine Drohung nicht wiederholen. Die Drohung hatte weh getan, und Douglas wollte nicht, daß es wieder weh täte. Wellesley sollte nicht noch einmal nein sagen. Er sollte erzählen. Bitte, dachte Douglas. Er knitterte seinen staubigen Stenographieblock auf dem Schreibtisch. Bitte.

«Ich habe dich immer gemocht, Wellesley», sagte Douglas plötzlich viel zu laut, mit sehr erstauntem Gesicht. Das Erstaunen wandelte sich in Verlegenheit. Die Verlegenheit wandelte sich in ein sachtes Grauen.

«Doch», sagte Douglas, «doch, doch», und es war, als habe er seinen Onkel einen Augenblick lang ganz vergessen. Er nagte am Bleistift.

«Was willst du hören?» fragte Wellesley plötzlich ruhig. Douglas schluckte.

«Alles, bitte, einfach wie ...», murmelte er, «einfach, wie sich das anfühlt, und ...» Er verstummte. Er überlegte.

«Weißt du was», rief Douglas plötzlich, und er klang auf

einmal wie ein beliebiger Halbwüchsiger aus den Dales, «weißt du was, Welly, ich will nämlich dichten, und mir fällt seit Jahren nichts ein!»

«Was?» fragte Wellesley.

«Erzähl schon, sei so gut!» rief Douglas.

«Du willst *was*?» erkundigte sich Wellesley, Verwunderung und plötzlich fast ein kleines Lachen in seiner noch immer entsetzten Stimme, «du willst, bitteschön, ein Gedicht machen über *was*?»

«Was weiß ich», rief Douglas, «ich will einfach, daß du mir sagst, wie sich das anfühlt, wenn ein Mann mit einem Kind ...» – und hier gebrauchte er plötzlich einen ebenso mundartlichen wie vulgären Ausdruck, der der Szene den Schrecken nahm.

Wellesley schüttelte den Kopf und lehnte sich zurück.

«Stenographierst du, Earl Byron?» fragte er kühl.

Douglas nickte.

«Gut.» Wellesley schlug das gesunde Bein übers kaputte, schloß die Augen und sammelte sich. Nie zuvor hatte er versucht, diese Sache zu beschreiben. Nie hatte das einer von ihm hören wollen. Man hatte stets zugeschlagen, ohne sich je nach Empfindungen zu erkundigen. Es war ein seltsames Erlebnis, dieses Erlebnis hier. Wellesley dachte nach. Er wollte Douglas die Wahrheit sagen. Vielleicht wäre das ja schön. Je länger Wellesley auf diesem Sessel saß, desto schöner erschien ihm die Vorstellung, Douglas Fortescue die Wahrheit zu sagen. Er ließ sich Zeit, seine Gedanken zu ordnen. Er öffnete die Augen, und er sah diesen reglosen Jungen dort sitzen mit dem Stenographieblock, und er merkte plötzlich, daß der Junge genau der Richtige war, um ihm das alles zu erzählen. Er wollte es hören. Er würde es hören. Und Wellesley erzählte zum erstenmal in seinem traurigen Leben, wie es sich anfühlt, mit einem Knaben etwas zu tun, wofür es keine oder nur die schlimmsten Wörter gibt.

Douglas schrieb blind. Er sah Wellesley ausdruckslos an. Wellesley sprach, suchte nach Worten, fand Worte, sprach weiter. Er erzählte genau. Er erzählte, wie sich das anfühlt, schlimm und schön und notwendig und schrecklich. Die Wörter kamen bald von selbst. Douglas nickte. Douglas schrieb. Er schlug still die Seiten um, und Wellesley sprach, ohne innezuhalten, mit gleichmäßiger, ein wenig monotoner Stimme. Ein einziges Mal sagte Douglas «aha», an einer beliebigen Stelle in Wellesleys Beichte, und Wellesley redete weiter, und Douglas schrieb weiter, und als Wellesley am Ende war nach ziemlich langer Zeit, fragte Douglas «fertig?», und Wellesley nickte, und Douglas machte einen Strich unter seine Notizen, datierte sie und legte sie in die Schreibtischschublade.

«Komm», sagte Douglas. Er stand auf. Wellesley stand auch auf. Sie verließen den Raum, Douglas löschte das Licht, und dann traten sie ins Freie, und Douglas schloß die Tür ab.

«Du bist verrückt, Douglas Fortescue, oder?» fragte Wellesley.

Douglas zuckte die Achseln. Er sah etwas verträumt aus, und seine eigenartigen Haare flogen, als seien sie eben ein bißchen elektrisch.

«Mach da besser kein Gedicht daraus», sagte Wellesley, «sonst sperren sie dich ein.»

Douglas lächelte. Wellesley war sich nicht ganz sicher, ob er ihn überhaupt gehört hatte. Sie gingen langsam durch den dunklen Garten. Der Mond schien. Beide sahen in den Himmel, und beide verzichteten darauf, den Mond über den Zinnen zu kommentieren.

Douglas kämmte seine Haare mit allen zehn Fingern über die Ohren, aber sie flogen noch immer.

«Wie war das eigentlich für dich», fragte Wellesley plötzlich, «verrätst du mir das auch einmal?»

Douglas blieb stehen. Er sah Wellesley an. Er beugte sich ein wenig vor und starrte Wellesley erstaunt ins Gesicht. «Was, ich?» fragte Douglas. «Was?»

«Pardon.» Wellesley ging weiter. Sie hatten einen Schritt gefunden, der für beide paßte, für den hinkenden Mann und den schlaksigen Jüngling.

«Welsche Linsen», sagte Welly und zeigte mit seinem Stöckchen in die Dunkelheit, «das Wunder von Yorkshire.»

«Es ist eine kühle Nacht», entgegnete Douglas.

«Es war ein gewittriger Tag», meinte Wellesley.

«Du hattest eine angenehme Reise?»

«Ja, danke, und selbst?»

«Oh», sagte Douglas, «es geht. Die Straße nach Settle wird von Tag zu Tag schlammiger.»

Und unter solchen Gesprächen betraten Onkel und Neffe Bleamoor Hall, zwei Gentlemen, die von einem Spaziergang kommen, und als das Hausmädchen an der Tür laut zu lachen begann, verstand Douglas zunächst gar nicht, was sie so amüsierte: denn er hatte seine schwarzen Haare eben fast vergessen.

Wellesley Fortescue wollte nicht lange bleiben in Bleamoor Hall. Er bekam Geld von seinem Bruder, legte zum Ausgleich ein paar Magneten auf dessen gichtige Glieder, und er sagte «das freut mich», als Tobias log, die Schmerzen seien schon viel geringer. Sara goß den Tee aus für Wellesley, Jeremy erkundigte sich nach allerlei wirtschaftlichen Einzelheiten aus den Städten, und Jane fragte nach der Mode, wie es nicht anders zu erwarten war von einer richtigen Jane. Die Kinder Robert und Annie balgten sich unter den Konterfeis unbekannter Ahnen, während Wellesley folgsam berichtete, daß die Taille in London allmählich wieder an ihre natürliche Stelle rücke und dort mit einem sehr steifen Mieder gehalten werde. Er warf dabei unwillkürlich einen Blick auf Janes entsprechende Körperpartie, und er sah, daß sich dort schon wieder etwas rundete. Wellesley legte einen Magneten auf Jane Fortescues Leib und versprach ihr, das Kind würde ein Junge sein. «Humbug», schimpfte Jeremy. «Wirklich?» kicherte Jane. Robert und Annie jagten sich unter lautem Geheul zwischen den Rüstungen verstorbener Earls, während die Großmutter, abgestellt zu ihrer Bewachung, in einem Sessel döste, im Schoß den zweiten Band *Kenilworth*. Wellesley zählte die Stunden, die er noch würde zubringen müssen in dieser Idylle.

«Wo ist Douglas?» fragte Jeremy. Er fragte das ständig. Jeremy wurde unruhig, wenn er nicht wußte, wo sich sein Bruder aufhielt. Er verstand Douglas längst nicht mehr. Er wollte wenigstens wissen, wo er war. Wenn Douglas in der Nähe war, in Jeremys Reichweite, auf Jeremys Grund und Boden – denn die Herrschaft über Bleamoor Hall ging allmählich vom gichtbrüchigen Vater auf den zeugungsfreudigen Sohn über –, konnte ihm, dachte Jeremy, nichts allzu Schlimmes geschehen.

«Im Garten», seufzte Sara, «bei Vater.»

Jeremy dankte. Wie gut, daß Douglas im Garten war. Jeremy empfahl ihm täglich frische Luft. Denn wenn einer schon nicht ißt, so soll er wenigstens atmen, und wenn einer im Garten ist, so ist er nicht fortgelaufen, und man braucht sich nicht um ihn zu sorgen. Welly zählte eine weitere Stunde.

Eine knappe Woche nach seiner Ankunft meinte Wellesley, er habe seinen Angriff auf Tobias' Börse nun genügend als freundlichen Besuch getarnt, und er beschloß, am nächsten Morgen fortzugehen. Sara schickte ihm die üblichen drei Mädchen zur umgehenden Versorgung seines Gepäcks, und bald war der sperrige Rucksack fertig für den Weg. Wellesley würde vor dem Frühstück aufbrechen, um der Familie und sich selbst den geheuchelten Abschiedskummer zu ersparen. Auch Douglas wollte er meiden. Er hatte seit jenem Abend im Verwalterhaus nichts anderes mit ihm gesprochen als die belanglosesten Höflichkeiten, und er legte keinen Wert darauf, dies so kurz vor dem Aufbruch zu ändern. Wellesley verstand Douglas ebensowenig wie der Rest der Familie. Etwas stimmte nicht mit Douglas Fortescue. Jeder sah das, jeder wußte das, niemand konnte das recht benennen. Schwarzgefärbte Haare und eine Neigung zum Fasten – war es das? Wellesley mochte über seinen Neffen nicht nachdenken. Er war längst ins Verwalterhaus eingedrungen und hatte die Mitschrift seiner Beichte vernichtet. Er wußte nicht, ob Douglas das überhaupt aufgefallen war. Douglas sprach gar nicht, oder er sprach vom Wetter, und er sah sich stets alles an mit seinen fürchterlich grünen Augen, ohne erkennen zu lassen, ob es ihm gefiel oder nicht.

Wellesley nahm noch ein letztes Bad in dem gastlichen Zuber von Bleamoor Hall, wusch sanft seinen Rücken, auf dem sich die Narben vergangener Züchtigungen in einem vielschichtigen Gitterwerk kreuzten, und ging dann zu Bett in einem Nachthemd des Bruders, da das eigene schon eingepackt war. Gambler scharrte im Dachstuhl. Mäuse, dachte Wellesley, gefälschte adelige Mäuse. Er seufzte. Er konnte nicht einschlafen. Die Mäuse, das Gespenst, die uralten Bohlen, was auch immer das war, was da knackte und scharrte, störte ihn sehr. Es war lauter seit einigen Tagen. «Gambler wird wild», sagten die Hausmädchen , «der Wind dreht sich, oder es kommen schlechte Zeiten.» Stöhnend wälzte sich Welly im Bett. Er zählte hellwach die Stunden, und er brach dann auf, ohne auf das Tageslicht zu warten. Gambler verabschiedete ihn mit einem heftigen Geräusch. Es klang, als wollte er den Dachstuhl zersägen.

Als Wellesley mit seinem Rucksack zum Gatter kam, um Bleamoor Hall bis zur nächsten Notlage zu verlassen, lehnte dort Douglas Fortescue, ein gesatteltes Pferd an den Zügeln.

«Ich möchte», sagte Douglas, als Wellesley bei ihm war, «mit dir kommen, denn ich glaube, das ist das beste.»

Wellesley sah ihn an. Der Jüngling stand ganz still, barhaupt, in schwarzem Rock und Mantel, und er hielt das Pferd vorsichtig und ein wenig ungeschickt, als habe er zuvor noch nie Zügel in der Hand gehabt.

«Ich werde es schon wieder lernen», sagte Douglas und berührte das Pferd verschämt am Hals, «wenn es denn sein muß, kann jeder reiten.»

«Du bist verrückt», sagte Wellesley.

Douglas rührte sich nicht. Er blickte zu Boden und kratzte mit dem Daumennagel über das Leder des Zügels.

«Geh!» rief Wellesley.

«Ich werde mitkommen, bitte», sagte Douglas, «ich werde mit dir mitkommen, denn ich glaube ...»

Er verstummte. Er blickte Wellesley jetzt ins Gesicht.

«Du möchtest das nicht?» fragte Douglas.

Wellesley schüttelte heftig den Kopf.

«Aha.» Douglas kreuzte seine Beine und dachte nach. Er hatte die Zügel losgelassen, und das Pferd kaute gemächlich auf ein paar Blättern eines mühsam akklimatisierten indischen Busches.

«Das ist ein uraltes Vieh», sagte Douglas, «es ist ganz freundlich. Ich könnte es reiten, glaube ich. Du auch. Wenn du möchtest, können wir es auch führen. Es kann deinen Rucksack tragen. Wir könnten es auch verkaufen. Wir könnten ...»

«Geh ins Haus», murmelte Wellesley.

«Bitte», sagte Douglas. Er zupfte jetzt seinerseits Blätter vom Busch und ließ sie eines nach dem anderen zu Boden fallen.

«Bitte», wiederholte Douglas. Es klang eigenartig. Er wiederholte es immer wieder, und je öfter er es wiederholte, desto eigenartiger klang es, und bald hatte es gar keinen Sinn mehr.

Wellesley schüttelte weiter den Kopf, und Douglas sagte weiter bitte, mit seiner eintönigen und sanften Stimme, ohne Nachdruck, ohne Dringlichkeit, bitte, als sei das eine Art Schluckauf ohne weitere Bedeutung, und irgendwann wurde sein Bitte immer leiser, und dann schwieg Douglas, sah Wellesley aufmerksam an und sagte: «Keine Angst, ich werde dich nicht erpressen, geh nur, und gute Reise, und ich hätte ohnehin kein Gedicht machen mögen aus deinem Gerede, und deshalb bin ich nicht böse, daß du es fortgenommen hast.»

Er faßte die Zügel und hielt sie Wellesley hin.

«Nimm den Gaul», sagte Douglas, «er stirbt ohnehin bald.»

Wellesley nahm die Zügel nicht.

«Bitte.»

Wellesley schüttelte den Kopf. Er wandte sich ab und griff nach dem Gatter.

«Adieu», sagte Douglas, «viel Glück.»

Wellesley gab keine Antwort. Er öffnete das Tor und lief davon, ein hinkender Schatten, der Douglas keinen Abschiedsgruß gönnte. Douglas sah ihm hinterher, bis er um die Kurve bog, dann schloß er das Gatter und zog das Pferd langsam fort von dem akklimatisierten Busch. Es wurde allmählich hell. Einen Augenblick lang legte Douglas seine Schläfe gegen das warme Maul des Pferdes, wie er es bisweilen als Kind getan hatte, wenn er müde war oder traurig oder auch nur gelangweilt, aber das Pferd wich ihm aus. Es wollte zurück zu den Blättern.

Douglas ließ es eine Weile gewähren, und er legte jetzt seine eigenen Hände an die Wangen, aber die Hände waren kalt und die Wangen kühl, und das machte ihm alles keine Freude. Douglas griff die Zügel und brachte das Pferd zurück in den Stall.

VI

Gamblers Tumulte wurden schlimmer. Er scharrte und sägte und seufzte jetzt jede Nacht, und die Hausmädchen drohten, dieses Spukschloß bald zu verlassen. Es war schwer zu sagen, was den toten Earl so munter machte: Das Wetter war immer gleich, der Mond nahm ab, und Jane war erst im fünften Monat, weshalb es noch längst keinen Anlaß gab, sich über ein mißbrauchtes Himmelbett aufzuregen. Der Lärm war lästig, und er war auch schauerlich, obwohl eigentlich keiner in Bleamoor Hall an Gambler glaubte, außer den Hausmädchen und vielleicht Sara in ihren allerromantischsten Augenblicken – und außer Douglas. Dieser wußte als einziger, was es mit dem alten Gambler auf sich hatte. Der Earl, meinte Douglas, finde keine Ruhe, weil ihm einer zugesehen habe beim Sterben. So sei das. Deshalb scharre er. Und Douglas beharrte auf dieser Deutung, auch wenn ihm Jeremy immer wieder sagte, es sei schließlich üblich in liebevollen Familien, den Leuten beim Sterben Gesellschaft zu leisten, weshalb Douglas' Theorie, wenn sie denn richtig wäre, Gespenster noch und noch produzieren müßte.

«Zusehen ist nicht gleich zusehen», erklärte Douglas, «und wenn ich zusehen sage, meine ich nicht Gesellschaft leisten, und wenn du nicht weißt, was zusehen heißt, so solltest du dich nicht mit mir streiten.»

Jeremy seufzte. Er machte sich Sorgen um seinen Bruder. Er wußte nicht, was er sagen sollte. Jeremy nahm eine Schrotflinte und stieg ins Dach, aber er fand nicht einmal Mäuse dort oben.

«Vielleicht», sagte Douglas, »ist Gambler damals erfroren, und er scharrt sich einfach warm. Laß ihn in Ruhe.»

Jeremy schnaubte und warf das nutzlose Gewehr auf einen Sessel.

«Ich kann deine Gedanken lesen, Jeremy Fortescue», erklärte Douglas sanft.

«Hör auf!» Jeremy schlug sich an die Stirn.

«Nicht schlagen», riet Douglas, «ich seh's trotzdem. Da bin ich, in deinem Kopf, und ich sitze in einem Tollhaus, und ich rolle mit den Augen, und meine Haaren hängen bis auf den Gürtel, und es gibt gar keine Hoffnung mehr für mich. Das ist wirklich nicht nett, Jeremy.»

«Ich habe das nicht gedacht!» schrie Jeremy.

«O doch.» Douglas kreuzte die Beine und lächelte. «O doch, Jeremy Fortescue. Das hast du eben gedacht.» Und er beobachtete mit freundlicher Aufmerksamkeit, wie sein Bruder den Mund mehrfach öffnete und wieder schloß, bis er schließlich aufsprang und aus dem Zimmer lief: denn Jeremy fühlte sich hier überfordert.

«Jetzt hast du gedacht», rief ihm Douglas hinterher, «daß man mich verprügeln sollte, und dann hast du gedacht, daß man das nicht tun kann, weil ich so zerbrechlich bin. Nicht wahr, Jeremy, das hast du eben gedacht.»

Eines Nachts begann Gambler, mit Dingen zu werfen. Es klang abscheulich. Irgendwelche schweren Gewichte fielen auf den Holzboden und rollten dort entlang, als würde gekegelt. Die Hausmädchen versteckten sich in der Küche. Jeremy und Tobias zuckten die Achseln und sagten «Holzwürmer». Jane und die Kinder schliefen. Sara war abgelenkt, denn sie suchte ein Buch, das ihr abhanden gekommen war, Maturins *Melmoth the Wanderer*, und daß Gambler dort oben mit gestohlenen Romanen warf, war doch ziemlich unwahrscheinlich. Sara fand die Bände seit Tagen nicht. Douglas hatte sie entwendet. Er informierte sich im Melmoth über das Schicksal Unsterblicher. Er spielte einen Moment lang mit dem Gedanken, das W in seinem Namen durch ein M zu ersetzen. Dann aber merkte er, daß ihn die Geschichte enttäuschte, wie sie ihn alle enttäuschten, Saras dumme Romane. Bald würde Douglas selbst dichten müssen. Bald.

«Altmodisches Biest», sagte Douglas, während Gambler im Dachstuhl die Kegel schob, «ich frage mich, was es sich eigentlich einbildet.»

Es war seit einer Weile Douglas' liebste Marotte, Dinge altmodisch zu finden. Er benutzte dieses Wort wie ein beliebiges Schmähwort, und niemand verstand, was er damit meinte. Das Wetter, die Heide, die schwangere Jane, alles fand Douglas eine altmodische Zumutung.

«Wir sollten Gaslicht haben», sagte Douglas, «und wir sollten Eisenträger einziehen ins Dach, wenn wir hier schon wohnen, wir sollten uns nützlich machen und etwas arbeiten, denn es ist gar nicht mehr lange hin bis zum zwanzigsten Jahrhundert, und die Zukunft gehört der Arbeit, und Eisen ist modern, und Gambler würde schon Anstand lernen, wenn da oben das altmodische Holz fort wäre.»

Douglas zog ein Gesicht und ging zu Bett.

Am Morgen nach dieser unruhigen Nacht brachte die Extrapost einen fremden jungen Mann nach Settle, der dort ein ziemliches Aufsehen erregte. Er reiste trotz des schlechten Wetters *outside*, und als er die Fahrt bezahlte, sah man, daß er mehr als genügend Geld bei sich hatte, um kreuz und quer durch ganz England *inside* zu reisen. Er trug dieses Geld in einem Lederbeutel, der mit kleinen weißen Muscheln besetzt war, und er erkundigte sich bei der Tochter des Postmeisters genau nach allen Belangen von Settle. Er sprach stark Dialekt, einen Dialekt, den man nicht kannte, und er sah dabei doch aus wie ein Gentleman. Die Posttochter mochte gar nicht mehr von seiner Seite weichen, denn der Muschelbeutel und die fremdartige Sprache, auch die sportliche Neigung, ohne Not und im Regen *outside* zu reisen, zudem die Tatsache, daß dieser Fremde ein ausnehmend hübsches Gesicht hatte, ließ das Mädchen allen Anstand vergessen, und es lief verlegen und begeistert hinter dem jungen Mann her, kreuz und quer durch ganz Settle.

Er sagte ihr freimütig, daß er aus einem fernen Land komme, und er verriet ihr auch, wie er hieß, aber das Mädchen war zu aufgeregt, um Land oder Namen zu behalten. Der Fremde war brünett, mit gelocktem Haar und schönen Augen, er zeigte perfekte Zähne, wenn er lächelte, und er lächelte viel, und seine ganz unbritischen Lippen waren voll und rot und geschwungen, fast wie bei einem Frauenzimmer. Er war kaum älter als zwanzig, und er schenkte der Posttochter eine kleine Muschel, die er von seiner Geldtasche gepflückt hatte, und nannte das ein Souvenir aus seiner Heimat. Das Mädchen lief ihm weiter hinterher, die Muschel fest in einer feuchten Hand, und sie hatte schon wieder alles vergessen, was er ihr gesagt hatte.

Als der Postmeister kam, um seine verwirrte Tochter einzufangen und in ihrem Zimmer einzuschließen, wurde dem Fremden die Besichtigung von Settle schnell langweilig. Er kaufte ein Pferd, ließ sein Gepäck im Wirtshaus und ritt in gestrecktem Galopp davon. Er ritt den Ribble entlang bis Horton, und er lachte, als man ihm dort einen Umweg empfahl für die Weiterreise nach Norden, denn er behauptete, bei ihm zu Hause sei der Matsch knietief, und Yorkshire könne ihn überhaupt nicht erschrecken. Er ritt über Birkwith bis Ribble Head, und dann gab er seinem Pferd die Sporen und ritt quer über Blea Moor. Der Boden gab nach, das Pferd glitt aus, aber der Fremde lachte und trieb es weiter, und er kam ohne Sturz oder Rast bis Hatley-in-Dentdale, schlammbespritzt bis über die Hüften.

Er saß ab und lobte das Pferd. Er ließ sich begaffen von

sprachlosen Bauern. Er verschenkte noch ein paar Muscheln, und dann erkundigte er sich nach einer Ruine namens Bleamoor Hall. Es dauerte, bis er eine Antwort bekam. Die Bauern von Hatley brauchten lange, bis sie den Fehler in dieser Frage verdaut hatten. Zunächst schüttelten alle nur den Kopf. Eine Ruine namens Bleamoor Hall, nein, so etwas kannte hier keiner. Nach vielem Gemurmel und vielen überforderten Blikken kam endlich jemand auf die Idee, den Reiter einfach nach Bleamoor Hall zu schicken. Er dankte, saß auf und war verschwunden.

Er machte sich nicht die Mühe, das Gatter zu öffnen, sondern setzte darüber und landete mitten in Tobias Fortescues Hyazinthenbeeten. Er ritt den Weg entlang und bis zum Haus, dann saß er ab und band das Pferd an einen Baum. Er betrachtete eine Weile das Gebäude. Er lächelte über die Zinnen. Er grub in seiner Rocktasche und fand einen Schlüssel, den er ins Schloß der Haustür steckte und drehte. Er klemmte. Der Fremde versuchte es weiter, und schließlich hatte er Erfolg. Der Schlüssel paßte. Die Tür ging auf. Der Fremde trat ein ohne zu zögern, und er ging gerade durch die Halle und in den unteren Salon, in dem die ganze Familie Fortescue um den Teetisch versammelt war.

«Oh», sagte der Fremde erstaunt, «oh, Pardon, hier wohnt ja jemand!»

Und er verbeugte sich knapp und betrachtete dann aufmerksam diese große Familie, die dort saß und ihn anstarrte, die Teetassen in den Händen.

Der Fremde zählte sieben Gesichter. Am Kopfende ein alter Mann mit zwei Kissen im Kreuz, daneben eine Frau im Hausmantel, die ein wenig leidend aussah, auf der anderen Seite ein blonder Landmensch und ein schwangeres Frauenzimmer, dazu zwei kleine Kinder, und daneben, ein wenig abgerückt, ein schwarzhaariger Jüngling in Trauer, der Wasser statt Tee trank und eben eine Kartoffel mit Essig zerdrückt hatte, als der Fremde eingedrungen war, und der nun sachte seine Gabel sinken ließ und den Kopf wiegte wie ein Greis.

«Pardon», wiederholte der Besucher, «ich wußte wirklich nicht ...»

Der alte Mann stand jetzt auf, die Teetasse noch immer in der Hand, und er holte Luft, um dem Eindringling die Meinung zu sagen, aber der schwarzhaarige Jüngling kam ihm zuvor. Er beugte sich über die beiden Kinder hinweg zu der Schwangeren, ohne den Fremden dabei aus den Augen zu lassen, und er sagte dann, gut hörbar für alle: «Gott, Jane, das ist aber ein hübscher Junge!»

«Douglas!» schrie der alte Mann.

Der schwarzhaarige Jüngling verneigte sich ins Leere, und er griff dann ungerührt nach der Essigflasche, um seine Diät noch ein wenig mehr zu säuern.

«Dankeschön», sagte der Fremde verwundert. Er trat näher.

«Es tut mir leid», sagte er nach einer Weile, «ich wollte hier wirklich nicht so hereinplatzen. Ich heiße Eugenius Ainsgill. Ich komme aus Neuseeland. Ich glaube, mir gehört dieses Haus.»

Stille. Ein sachtes Scharren im Dach.

«Gnädiger Gott», hauchte Sara.

«Lord oder Earl?» fragte Douglas und zerdrückte gewissenhaft seine Kartoffel. «Und wo kommen Sie so plötzlich her?»

Der Mann namens Ainsgill hielt Douglas die Hand hin. Er schien ihm als einziger ansprechbar. Und während sich Douglas seine Hand sorgfältig an der Serviette abwischte und sie dann in die Hand des Fremden legte, wobei er nur andeutungsweise aufstand, und während Ainsgill verwundert ein paar völlig kraftlose Finger drückte, trat das Gespenst noch einmal fest gegen den Dachstuhl und war dann still.

«Das war's wohl für Gambler», meinte Douglas. «Und Sie? Lord oder Earl?»

«Lord. Sechster Lord Ainsgill.» Der Fremde sagte das etwas unwillig und blickte verwundert zur Decke. Wurde hier gebaut? Wer waren diese Leute?

«Ich nenne mich nicht Lord», fuhr er fort, «ich finde das albern. Ich finde das ...»

«Altmodisch?» riet Douglas. Ainsgill nickte.

«Setzen Sie sich, Mylord.» Douglas zeigte auf einen leeren Stuhl. «Erzählen Sie uns, wo Sie herkommen, und erzählen Sie uns, was Sie jetzt mit uns machen werden, denn wir bitten Gott schon seit Jahrzehnten um Gnade für unsere Frechheit, und es scheint so, als habe er jetzt endlich die Geduld verloren.»

Douglas lächelte. Er studierte Eugenius Ainsgills hübsches Gesicht und dann seine ganze Gestalt vom Kopf bis zu den Füßen mit offenkundigem Wohlgefallen. Eugenius setzte sich nicht. Er schlug die Augen nieder wie ein Mädchen.

«Oh», sagte Douglas, «Pardon. Ich bin Douglas W. Fortescue. Das ist meine liebe Familie. Wir sind sehr gerne hier. Wir haben einen wunderbaren Park gebaut. Wir bekommen ein Kind nach dem anderen in Ihrem schönen Himmelbett, und es geht uns sehr gut. Wir haben …»

«Halt den Mund, Douglas!» schrie Jeremy, der endlich aus seiner Versteinerung erwacht war.

«Haben Sie Papiere?» flüsterte Tobias.

Ainsgill nickte.

«Wir haben uns gewöhnt an Ihr schönes Schloß», fuhr Douglas ungerührt fort, «und wir freuen uns natürlich überhaupt nicht, daß Sie hier ankommen, und wir würden Sie natürlich gerne …»

«Douglas!» schrie Jeremy.

Tobias war aufgestanden. Er verbeugte sich. Er sah aus wie ein Greis. «Darf ich bitten», murmelte Tobias, und er führte Eugenius Ainsgill aus dem Salon.

«Schade», sagte Douglas. Er spielte mit seiner kaltgewordenen Kartoffel. Sara begann zu weinen, und dann weinte auch Jane, die Kinder brüllten, und Jeremy wußte sich keinen Rat.

«Gütiger Gott», maulte Douglas, «so ein Theater!» Und er stand auf und verließ den Raum, und als ihm Jeremy hinterherschrie, wohin er wolle, gab er ihm keine Antwort.

Die Papiere, die Eugenius sixth Lord Ainsgill Tobias Fortescue vorlegte, ließen keinen Zweifel an seinen Ansprüchen auf Bleamoor Hall. Er war der legitime Sohn von Lord Andrew.

Lord Andrew war vor zwei Jahren verstorben. Lord Eugenius war seit drei Monaten volljährig.

Tobias sagte lange nichts, dann begann er mit Entschuldigungen. Er hörte nicht wieder auf damit. Er leierte diese Entschuldigungen ohne Unterlaß, ein Greis mit wirrem Kopf und üblem Gewissen. Es war schwer zu ertragen für Eugenius. Es klang erbärmlich, und es klang zugleich triumphierend. Eugenius begann sich zu bedanken. Er hörte seinerseits nicht mehr auf damit. Schließlich saßen sie einander gegenüber, ein verlegener Junge und ein lamentierender Greis, und der eine sagte so oft danke für die Pflege des Hauses, wie der andere um Verzeihung bat für dessen Entweihung. Es war sehr peinlich.

Irgendwann versuchte Eugenius, die Sache ins Scherzhafte zu wenden. Es erzählte von Neuseeland. Er erzählte von den Benimmfehlern, die ihn seine provinzielle Unbedarftheit bei seiner Ankunft in England hatte begehen lassen. Er betonte, daß er nicht reich sei. Er drängte Tobias eine Muschel auf. Lord Andrew, so Eugenius, sei ein verrückter Einsiedler gewesen irgendwo an der schlammigen Küste des neuseeländischen Paradieses. Er habe ihn ganz aus Versehen gezeugt. Ein neugieriges Mädchen mittleren Standes habe sich bei einem Strandausflug zu nah an Andrews Hütte geschlichen, und diesem Wagemut habe er, Eugenius, seine Existenz zu verdanken. Er schilderte das alles so komisch er konnte. Er beschrieb, wie eine wütende Bürgersfamilie den blaublütigen Eremiten vor einen eilends errichteten Notaltar schleifte und dort der entehrten Tochter anverheiratete, mitten vor der wunderbaren Kulisse des neuseeländischen Urwaldes.

«Verzeihung, Mylord», klagte Tobias schon wieder. Er hörte Eugenius gar nicht zu.

Der junge Mann bemühte sich noch eine Weile, Tobias Fortescue abzulenken. Er erzählte von der Familie seiner Mutter, die sehr stolz war auf den zufälligen Lord in ihrer Mitte. Er erzählte, daß Andrew nach der Trauung verärgert zurückgekrochen sei in seine miserable Hütte, zu getrockneten Schmetterlingen und Muschelschalen, die er zu Mustern ordnete auf einer moderneden Kiste, worinnen man nach seinem Tod die Papiere aus der Heimat finden sollte. Eugenius lächelte, und er behauptete, der Verrückte habe noch andere Mädchen angefallen in Zuständen plötzlicher Einsamkeit. Tobias sagte weiter seine Entschuldigungen her. «Nichts als Zufall», wiederholte Eugenius flehend und tippte sich auf die Brust; aber es gelang ihm nicht, Tobias Fortescues auftrumpfende Demut zum Schweigen zu bringen.

«Hören Sie zu», sagte Eugenius, als es ihm schließlich zu anstrengend wurde, «ich brauche das Haus und das Land, denn ich will eine Papiermühle bauen am River Dee, und mit einem Verwalter kann ich nichts anfangen, und viel Geld habe ich auch nicht, und deshalb fürchte ich, wir müssen uns trennen.»

«Das ist Gerechtigkeit, gnädiger Gott», sprach Tobias feierlich, «und so strafe uns denn hier und verschone uns in der Ewigkeit.»

Eugenius kaute geniert auf seinem Daumennagel. Er dankte Tobias noch einmal für den wunderschönen Park. Er zählte die Minuten, bis das hier ein Ende hätte.

Aber Tobias Fortescue wollte die Strafe doch auskosten bis zur Neige. Plötzlich packte er Eugenius am Arm und zerrte ihn zurück in den Salon. Niemand war dort. Tobias begann zu schreien. Er hob beide Arme und schrie nach der Familie. Eugenius starrte ihn an. Das war Hiob, wie er ihn sich vorgestellt hatte, damals in der Sonntagsschule von New Plymouth. «Bitte nicht», flüsterte der verstörte Lord. Doch Tobias schrie weiter. Er schrie und schrie, bis sie alle kamen. Zwei verheulte Frauen. Zwei verheulte Kinder. Der blonde Landmensch mit verkniffener Miene. Endlich erschien auch der Jüngling in Trauer. Eugenius war erleichtert, ihn zu sehen. Der Jüngling war der einzige, der gefaßt blieb. Sehr gefaßt. Ziemlich interessiert. Ein wenig belästigt und vielleicht auch eine Spur belustigt. Eugenius warf ihm einen hilfesuchenden Blick zu. Der Jüngling strich seine langen Haare hinter die Ohren und neigte den Kopf.

«Küßt seine Hände», schrie Tobias, und bevor Eugenius

wußte, wie ihm geschah, lag der Alte vor ihm auf den Knien und drückte seine Rechte mit Gewalt an die vom Schreien sehr feucht gewordenen Lippen.

«Um Gottes willen!» stammelte Eugenius, aber das half ihm gar nichts.

«Die Hände küssen, los!» brüllte der Alte, und er packte die beiden Frauen an den Röcken und zog sie zu sich auf den Boden. Eugenius wich zurück. Er stieß gegen die Wand. Er bekam seine Hände nicht frei.

«Wir haben nichts Böses getan, verdammt», zischte der Landmensch, während die beiden Kinder heulten, als würden sie in der Hölle geröstet, und während sich die Frauen folgsam über Eugenius' Hände hermachten. Er konnte sich nicht wehren. Er hauchte «o Gott».

«Küssen», brüllte Tobias, und man küßte.

«Jeremy», brüllte Tobias, «Douglas, ihr auch, los, auf die Knie!»

«Ich denke gar nicht daran», murmelte Jeremy. Eugenius wiederholte «o Gott». Er sehnte sich heim nach New Plymouth. Er verfluchte sein Interesse an der britischen Industrie. «Bitte», flüsterte Eugenius, «bitte, bitte, bitte» – aber da kamen nun auch die heulenden Kinder, und bald küßten fünf Personen die wehrlosen Hände des sechsten Lord Ainsgill, während der Landmensch mit den Zähnen knirschte und der schwarzhaarige Jüngling mit gesenktem Kopf dastand und keine Miene verzog.

Plötzlich sprang Tobias auf und verscheuchte die Frauen und Kinder. Er brüllte seine Söhne an. Er befahl ihnen, es den Weibern gleichzutun. «Wir haben ein reines Gewissen», brüllte Tobias, «und ein Fortescue weiß, was Demut ist!»

Der Landmensch machte auf dem Absatz kehrt und rannte aus dem Salon.

Tobias hielt Eugenius am Ärmel fest, und der Lord hätte um sich schlagen müssen, um diesem Griff zu entkommen.

«Douglas!» brüllte der Alte.

Die Kinder verstummten.

Die Frauen wichen zurück.

«Nicht», flüsterte Eugenius, und es klang furchtbar in der plötzlichen Stille.

Douglas Fortescue hob jetzt langsam den Kopf. Er sah Eugenius ins Gesicht. Ein ausdrucksloser, langer, ruhiger Blick. Er machte ein paar Schritte vorwärts, und er sah Eugenius dabei weiter unverwandt an. Es war sehr still. Eugenius wollte erkunden, was ihm dieser Blick zu sagen hätte, dann wollte er ihm nur mehr standhalten, schließlich schlug er die Augen nieder.

«Sicher, Papa, sicher», sagte Douglas leise. Er machte noch zwei Schritte. Tobias ließ Eugenius' Ärmel los. Eugenius regte sich nicht. Er spürte den Blick des Jünglings, obwohl er nicht hinsah. Er sah dann doch hin. Sie waren gleich groß, Eugenius Ainsgill und Douglas Fortescue. Sie standen Auge in Auge. Plötzlich dachte Eugenius, der Jüngling wolle ihn ohrfeigen. Er merkte, wie sein Körper starr wurde ohne sein Zutun, gespannt und bereit zurückzuschlagen.

«Sicher», wiederholte Douglas sanft.

Er neigte sich. Er griff vorsichtig nach Eugenius' linkem Arm. Der Arm war starr. Der Arm wurde weich in Douglas' Griff. Er litt es, daß Douglas ihn beugte und daß er mit den Fingern fast liebkosend daran entlangfuhr bis zum Handgelenk, und daß er dann die Hand nahm. Eugenius wußte gar nicht, wie ihm geschah.

«Sicher», sagte Douglas schon wieder. Er legte seine Hand unter die des sechsten Lord Ainsgill, und er hob sie hoch. Er betrachtete die Handfläche. Er hob sie höher. Eugenius ließ das alles mit sich geschehen wie eine leblose Puppe. Er spürte Douglas' Finger zwischen den seinen.

«Sicher», flüsterte Douglas.

Eugenius' Handfläche war jetzt in Höhe seines Kinns. Er neigte unmerklich den Kopf. Da war nicht viel Abstand zwischen Douglas' Fortescues Lippen und der Handfläche des sechsten Lord.

«Douglas!» brüllte Tobias plötzlich.

Eugenius Finger wurden steif.

«Oh», sagte Douglas, «Pardon.»

Und er drehte Eugenius' Hand jetzt um, und er küßte schnell und verschämt den Handrücken, fast ohne ihn zu berühren. Er ließ die Hand los. Er wandte sich ab und ging zur Tür. Die bedächtigen und ein wenig unsicheren und recht schlaksigen Schritte des Douglas Fortescue.

«He», machte Eugenius. Er fand sich eben gar nicht zurecht. Und erst als er Tobias' Hand an seinem Ellenbogen spürte, verstand Eugenius Ainsgill, daß er eben im Begriff gestanden hatte, diesem schwarzhaarigen Bengel halb im Traum hinterherzulaufen.

Es war Tobias' Wunsch, bereits am nächsten Morgen einen nahezu alttestamentarischen Auszug der Fortescues aus Bleamoor Hall zu inszenieren. Zu Fuß, in ärmlicher Kleidung, die Kinder in den Armen der Frauen, die erwachsenen Söhne gesenkten Hauptes rechts und links vom Patriarchen, so sollten sie stumm und demütig aufbrechen ins Ungewisse und ins sichere Elend, ein malerisches und sinnfälliges Bild. Jeremy gönnte seinem Vater diese Genugtuung nicht. Er sprach mit Eugenius, und sie einigten sich, die Angelegenheit mit Umsicht und ohne Eile zu regeln.

Eugenius holte sein Gepäck aus Settle und bezog das Zimmer, in dem zuvor Wellesley übernachtet hatte, denn er wollte um keinen Preis in das Himmelbett seiner Ahnen. Er versprach Jeremy, seine Wünsche bald zu formulieren, und er versprach ihm, der Familie genügend Zeit zu lassen, das Feld zu räumen für den sechsten Lord und seine Papiermühle.

Es wäre nun an Eugenius gewesen, sich kundig zu machen über die Belange von Bleamoor Hall und dem zugehörigen Land. Er hätte tätig werden müssen, um die Bedingungen für sein großes Vorhaben zu erkunden. Jeremy beobachtete den jungen Mann, und er mußte sich zusammennehmen, um ihn nicht anzutreiben, obwohl es ja gar nicht im Interesse der Familie war, daß sich Eugenius beeilte. Es widerstand Jeremys praktischem Sinn allerdings so sehr, wie der Lord seine Zeit vertrödelte, daß er bald nur mehr wegsehen konnte; denn zu allem Überfluß trödelte Eugenius in der Gesellschaft von Jeremys rätselhaftem Bruder.

Eugenius verstand selbst nicht, warum er stundenlang mit Douglas Fortescue in diesem Park saß. Seit jenem Augenblick, in dem der Jüngling seine Hand genommen und sie beinahe auf der falschen Seite geküßt hatte, suchte Eugenius seine Gesellschaft, und er sah sich selbst dabei zu wie einem Fremden. Zunächst hatte er sich noch eingeredet, er wolle den jungen Mann lediglich in seine Schranken weisen – denn mit einiger Verzögerung war Eugenius aufgegangen, daß er sich keinen hübschen Jungen nennen lassen wollte von einem hergelaufenen Halbwüchsigen, und daß auch keiner die Handfläche eines Ainsgill anzusehen habe mit zweifelhaften Hintergedanken –, aber er tat dann nichts weniger, als Douglas zu belehren oder zu schelten. Er schaukelte mit ihm Stunde um Stunde auf dem Gatter, und anstatt sich zu erkundigen nach praktischen Belangen der Dales, erzählte Eugenius von Neuseeland und ließ sich ansehen.

Beides war ihm nichts Neues. Er erzählte gerne, und er war es auch gewöhnt, daß man ihn mit Wohlgefallen betrachtete; aber irgend etwas war doch anders mit diesem Fortescue und seiner stillen und endlos geduldigen Aufmerksamkeit. Es schien Eugenius bisweilen, als sei Douglas gar nicht da, sondern als säße er dort mit einem Spiegel und betrachte sich selbst. Obwohl Douglas sein Kompliment nicht wiederholt hatte, fühlte sich Eugenius doch plötzlich derartig hübsch, wenn er mit diesem wortkargen Menschen auf dem Gatter schaukelte, daß er zunächst gar nicht wußte, was er davon zu halten hatte. Es war befremdlich, das eigene Hübschsein ständig zu merken, und es war noch befremdlicher, den oft verfluchten Dialekt von New Plymouth plötzlich wie einen Wohlklang zu empfinden. Immer wieder versuchte Eugenius, in Douglas Fortescues Miene zu lesen, was dieser eigentlich tat, um solche merkwürdigen und fast schaurigen und dabei doch auch höchst reizvollen

Empfindungen in ihm hervorzurufen; er sah jedoch nichts als ein paar matte grüne Augen und ein reichlich starres Gesicht. Es war schwer, Douglas wirklich wahrzunehmen. Bisweilen schien es Eugenius, als löse sich der Junge unter seinen Blicken gekonnt in Luft auf, um dann, wenn man es gar nicht erwartete, plötzlich mit einer seiner Unverschämtheiten auf sich aufmerksam zu machen, die er so beiläufig zu äußern pflegte, daß Eugenius oft erst Minuten später verstand, daß man ihm auf die respektloseste Weise zu nahe getreten war. Und dann war es zu spät, sich zu wehren. Auch vergaß Eugenius dauernd, was Douglas eben noch gesagt hatte, oder er wußte die Unverschämtheit nicht recht zu enttarnen. Er ergab sich in diese Bekanntschaft, und er wich kaum mehr von Douglas' Seite.

Verwundert und mit unwilliger Begeisterung schaukelte der künftige Papiermühlenbesitzer auf dem Gatter, und er spürte seine schönen Locken und seine vollen Lippen und seinen charmanten breiten Akzent, als seien das lauter Liebkosungen. Ein einziges Mal in dieser langen sonnigen Woche, die Douglas und Eugenius miteinander verbrachten, ohne daß einer von ihnen hätte sagen können, was hier eigentlich geschah, überkam den Lord plötzlich ein derartiges Grauen, daß er Douglas geradeheraus fragte, was er eigentlich mit ihm vorhabe. So drückte er sich aus. Er hatte etwas ganz anderes fragen wollen. Er hatte vergessen, was es war, noch bevor er es in Worte fassen konnte. Eugenius kniff die Augen zusammen, und er fragte wirklich, «Was haben Sie mit mir vor?», fast flehend und fast auch ein wenig kokett.

«Ich übe, Mylord», entgegnete Douglas mit einem Lächeln, «Sie wissen schon: Tierischer Magnetismus.»

Eugenius verstand kein Wort. Er wollte nachfragen, aber er vergaß es, noch bevor er den Mund aufmachte. Diese interessanten Lippen … Eugenius legte sie bedachtsam aufeinander, die Unterlippe eine Spur vorgeschoben, und er lächelte träge, und er erkundete geduldig, wie sich das anfühlte, dieses besondere Lächeln mit leicht vorgeschobener Unterlippe, und für eine Weile war er mit dieser Beschäftigung vollauf zufrieden.

Wer noch weniger schlau aus dieser Sache wurde als Eugenius oder Jeremy, war der Magnetiseur selbst. Douglas verstand überhaupt nichts. Er sah, wie der sechste Lord dahinschmolz unter seinen Blicken wie ein Stückchen wohlgeformtes Eis in der Sonne. Er betete still für sich das Wort Magnetismus her, als sei das ein Zauberspruch, aber weil Douglas noch nie begriffen, und weil Wellesley es ihm auch nie erklärt hatte, um was es sich hierbei eigentlich handelte, half es ihm nicht weiter. Verwirrt war der kühle Kopf des Douglas Fortescue, aber ein paar grüne Augen und jenes langgeübte erstaunte Lächeln verbargen die Verwirrung so gut, daß niemand Douglas half, sie zu lösen oder auch nur zu erforschen. Er saß auf dem Gatter, hörte Eugenius sprechen und sah ihn schmelzen, und er betrachtete stundenlang diese müden roten Mädchenlippen, die sich unter seinen Blicken noch schöner formten, als sei Douglas ein kleiner Gott, der letzte Hand legte an seine Lehmfigur. Er betrachtete Eugenius' dunkle Augen, die glänzten wie Glas, und er sah, wie seine Wangen Farbe bekamen beim Sprechen und diese Farbe sich wandelte, von einem rötlichen Hauch zu fast hektischen Flecken, die vorteilhaft die Jochbeine betonten, und dann wieder zurück zu einem rosigen Schimmer, und weiter zu einer ebenso kleidsamen Blässe. Kam das vom Hinschauen? Douglas versuchte festzustellen, ob ein sehr scharfer Blick den Lord wirklich entfärbte, aber es gelang ihm nicht, denn statt auf die Tönungen seiner Haut zu achten, blieb Douglas' Blick meist hängen an anderen Details, an den Wimpern, dem Schatten unter den stets ins Gesicht fallenden Locken, und immer wieder an dieser sanften Einbuchtung der Oberlippe, die rot war, als habe sie jemand nachgezogen mit einem Schminkstift.

Douglas lernte nichts, aber auch gar nichts über Neuseeland. Er hatte kein Bedürfnis, seinen Stenographieblock zur Hilfe zu nehmen. Still beschäftigte sich Douglas Fortescue mit den Geheimnissen von Lord Ainsgills wunderbarer Oberlippe, und Lord Ainsgill, träge und gedankenlos wie eine Katze in der Sonne, befaßte sich seinerseits mit dem Gefühl, ein Paar sehr schöne Lippen zu haben. Die Mädchen von New Plymouth hatten das zwar längst festgestellt, und die Lippen des Eugenius Ainsgill waren auch schon geküßt worden; aber das hier war doch ein anderer Fall. Und Eugenius erlag wehrlos und willig diesem höchst seltsamen Beisammensein, und er dachte eine Weile an nichts weniger als an Papiermühlen. Er dachte gar nicht viel. Er sprach, damit das Sitzen einen Grund hatte. Er hörte sich selbst nicht, und er sagte viel Unsinn, ein verirrter Engel, davongeflogen aus dem Paradies Neuseeland und gelandet in einer durchaus befremdlichen Situation. Eugenius Ainsgill wurde immer hübscher.

Am letzten Tag seiner ersten Woche in Bleamoor Hall küßte der sechste Lord Jane Fortescue. Er traf sie auf dem Flur, eine schwangere Frau mit einem ziemlich gefälligen Gesicht. Eine Frau. Eugenius wußte, er würde jetzt eine Frau küssen müssen, und zwar sofort, und da war eben diese Jane, und Jane war eine Frau, und Eugenius nahm sie in den Arm und küßte sie, zwei Schritt von Jeremys Tür. Er ließ sich Zeit mit diesem Kuß. Er spürte Janes Lippen, und er spürte die eigenen Lippen, und er hielt die werdende Mutter ziemlich fest. Sie litt das gerne, knapp vor der Tür ihres Mannes. Sie fühlte sich an wie eine Frau. Eugenius kannte das. Eugenius hatte viele Frauen geküßt in seinem Leben, und dies hier war auch eine, und man kannte das, nicht wahr, man wußte, wie es sich anfühlt, eine Frau zu küssen, und das war so eine Beruhigung! Es geschahen seltsame Dinge in England; doch die Küsse waren dieselben wie in New Plymouth, und als ihn Jane dann ein wenig unentschlossen an der Hand nahm und einen Schritt machte, fort von Jeremys Tür und hin zu irgendeiner anderen Tür in diesem riesenhaften Gebäude, wußte Eugenius, daß alles seine Ordnung hatte mit ihm und den Weibern. Jane würde ihn mitnehmen in irgendein Zimmer, und Jane war ein Weib, und Eugenius war ein Mann, ja, Gott sei Dank, Eugenius Ainsgill war ein Mann, den schon ein paar Mädchen mitgenommen hatten in ihre Zimmer, und den noch mehr Mädchen mitnehmen würden, wenn er es wollte, und irgendwann würde sich Eugenius Ainsgill verlieben und heiraten und mindestens so viele Kinder haben wie dieser Jeremy. So war das. Eugenius befreite sanft seine Hand aus Janes Fingern, und er lächelte und zeigte auf Jeremys Tür, und dann küßte er Jane noch einmal, ja, er konnte das wirklich, und lief beruhigt davon.

Douglas Fortescue glitt in den Schatten. Eugenius lief an ihm vorbei, ohne ihn zu bemerken. Zwei wohlgeformte Streifchen Durchblutung auf seinen schönen hohen Wangen. Eine sehr zufriedene Miene. Douglas wollte ein Aha flüstern, aber er verschluckte sich. Er schlich zurück in sein Zimmer. Er mochte nicht schlafen. Er saß im Bett und zählte die Stunden.

Stille im Dachstuhl. Gambler war fort. Ein Knoten in Douglas' Eingeweiden, Schluckauf und Sodbrennen. Das kommt davon, dachte Douglas. Er hatte zu Abend gegessen. Seit zwei Tagen aß Douglas Fortescue zu Abend wie ein normaler Mensch, und deshalb hatte er Sodbrennen, weil er das einfach nicht gewöhnt war. Das Sodbrennen war besser als der ewige Hunger. Der Magen würde es schon wieder lernen. Douglas legte sich hin, und er schlingerte lange in einem wirren Traum zwischen Schlaf und Wachen. Er aß zu Abend in diesem Traum, und er hatte langweilige aschblonde Haare, und er hatte eine Papiermühle am River Dee, und als Douglas dann einschlief und der Traum den Anstand verlor, küßte er Eugenius Ainsgill, und er küßte ihn die ganze Nacht, immer wieder, bis zum Morgen.

VII

Als Douglas erwachte, regnete es in Strömen. Er lag im Bett, unbewegt auf dem Rücken, und er hörte zu, wie der Regen gegen die Fensterscheiben schlug. Man würde heute nicht auf dem Gatter schaukeln können. Man würde im Haus bleiben müssen. Douglas kannte diesen Regen. Er dauerte für gewöhnlich mehrere Wochen. Douglas schloß die Augen und versuchte, wieder einzuschlafen.

Ein paar Zimmer weiter hörte sich Eugenius Ainsgill seinerseits das Geräusch des Regens an. Auch der sechste Lord hatte geträumt, und er versuchte eben, sich an diese Träume zu erinnern. Zunächst gelang es ihm gar nicht, dann kamen die ersten Bilder zurück. Eugenius Ainsgill hatte nicht von Jane Fortescue geträumt, nicht von den Mädchen aus New Plymouth, und auch nicht von einer Papiermühle. Seltsame Dinge waren Eugenius zugestoßen in dieser Nacht, und sobald er sich daran erinnerte, vertrieb er die Bilder entsetzt aus seinem Kopf. Es gelang ihm. Da blieb nur ein vages Gefühl zurück, und das, sagte sich Eugenius, käme sicherlich daher, daß er Jane nicht gefolgt war, als sie ihn gestern an der Hand genommen hatte. Eugenius schimpfte mit sich selbst. Er schalt sich einen Lüstling und Weiberhelden. Er gelobte Besserung. Er verbot sich, an Jane Fortescues gefälliges Gesicht zu denken. Eugenius konnte sich kaum erinnern an Jane Fortescues Gesicht. Er verbot es sich trotzdem. «Meine Güte», murmelte Eugenius, «denk an die Fabrik und nicht an die Weiber!» Und er wiederholte das so oft, bis er seine Träume ganz vergessen hatte.

Douglas und Eugenius trafen sich beim Frühstück. Der Lord bestand darauf, mit den Fortescues zu essen, und er hatte es verhindern können, daß man ihm den Thronsessel aus dem oberen Salon an den Tisch schob, weshalb er nun auf einem Holzstuhl saß wie ein Mitglied der Familie. Er saß Douglas gegenüber. Er mochte nicht sprechen. Sonst hatte Eugenius die Unterhaltung bei Tisch meistens fast alleine bestritten, manchmal unterstützt von Douglas und seinen ein wenig zusammenhanglosen Ungezogenheiten; aber heute schwieg er, und so schwiegen sie denn alle. Eugenius mochte nichts essen. Er versuchte, Jane ein paar freche Blicke zuzuwerfen, aber es gelang ihm nicht. Unwillig zerlegte er seinen Eierkuchen in Streifchen und ordnete die Streifchen zu Mustern.

Douglas Fortescue aß. Er ließ den Lord nicht aus den Augen. Er aß zwei Portionen, und er sah dabei Eugenius unverwandt und fast unverschämt zu, wie er mit seinem Omelett spielte. Douglas erinnerte sich sehr wohl an seine Träume. Er hatte nicht versucht, sie zu vergessen. Er hatte sie gar nicht vergessen wollen. Peinlich waren sie gewesen, ja, aber Douglas hatte sie gemocht, jawohl, und er kaute nun triumphierend sein Frühstück. Er hatte seine Haare an diesem Morgen nicht gescheitelt, sondern zurückgekämmt und im Nacken zu einem Zopf gebunden. Er saß am Frühstückstisch mit offenem Hemd, eine byroneske Frechheit, die er sich selten erlaubte und nur zu besonderen Gelegenheiten. Er war nicht rasiert.

Eugenius hatte das alles gesehen, obwohl er nicht hinschauen wollte. Er hatte gesehen, daß Douglas aß, daß er unrasiert war und anders frisiert. Eugenius hatte gesehen, daß dieser Zopf Douglas' Gesicht veränderte. Es war gar nicht mehr so schmal. Douglas Fortescue hatte dieselben kräftigen Kieferknochen und Jochbeine wie sein Bruder, wenn einmal diese mittelalterliche Haartracht aus dem Weg war. All das hatte Eugenius gesehen, und da er fand, es sei überhaupt nicht interessant, starrte er fortan auf seinen Teller. Essen mochte er noch immer nicht. Seine schöngeschwungenen Lippen wehrten sich gegen die Berührung der Gabel, und sie wehrten sich auch gegen Douglas' Blick, aber das half ihnen wenig. Douglas Fortescue sah Eugenius weiter an, wie er ihn ansah seit nunmehr sieben Tagen. Und weil es draußen regnete, würde man im Haus bleiben müssen, und man wußte doch vielleicht gar nicht, was man mit sich anfangen sollte in diesem Haus.

Plötzlich sprang Eugenius auf und rief, er müsse sofort nach Settle. Man solle ihm ein Pferd satteln. Tobias wollte Jeremy mit dieser Aufgabe betrauen, aber Jeremy schrie nach dem Stallknecht. Eugenius schrie, er würde das Pferd doch selbst satteln. Der Stallknecht tappte mit seinen nassen Stiefeln ins Frühstückszimmer. Jeremy gab ihm den Befehl. Tobias schrie, Jeremy solle Demut lernen und in den Stall gehen. Der Stallknecht trottete davon. Jeremy schrie den Stallknecht an. Eugenius schrie, er brauche überhaupt keine Hilfe. Er stürzte zur

Tür, glitt aus in der Pfütze, die die Stiefel des Knechts hinterlassen hatten, und wäre beinahe längelang hingefallen. Er fing sich. Er rannte aus dem Zimmer. Tobias schrie weiter Jeremy an, Jeremy schrie den Knecht an, Sara kämpfte mit den Tränen, und Jane versuchte, ihre Kinder abzulenken von dem völlig nutzlosen Tumult.

«Was ist hier eigentlich los?» fragte Douglas müde. Er schob die Reste seiner zweiten Frühstücksportion zu einem Häufchen zusammen und aß das gewissenhaft auf. Er trank seinen Tee aus. Jetzt schwiegen Tobias und Jeremy, dafür schrien die Kinder.

«Gott», seufzte Douglas. Er wischte sich Mund und Finger ab und stand auf. Er ging aus dem Zimmer und aus dem Haus und in den Stall, und dort lehnte er ungesehen und ungehört an der Wand und sah Eugenius dabei zu, wie er ein Pferd zu satteln versuchte. Er stellte sich denkbar ungeschickt an. Mehrfach warf er den Sattel so schwungvoll auf den Pferderücken, daß er auf der anderen Seite wieder herunterfiel. Eugenius fluchte. Das Pferd wandte den Kopf und sah Eugenius an. «Glotz nicht so blöd», schrie Eugenius. Er hob zum drittenmal den Sattel auf. Er verhedderte seine Hand im Gurt. Douglas betrachtete das alles ruhig. Hübsch war Eugenius, wenn er wütend war. Seine Locken hingen ihm in die Augen. Was war eigentlich geschehen mit dem sechsten Lord Ainsgill? Douglas lächelte. Er vergaß das fremdartige Gefühl in seinem gut gefüllten Magen. Douglas sah Eugenius zu, wie er mit dem Sattelgurt kämpfte und dann auch Schwierigkeiten mit dem Zaumzeug bekam. Douglas schüttelte den Kopf. Er machte jetzt leise ein paar Schritte, griff schnell um Eugenius herum und zäumte das Pferd für ihn. Es ging sehr einfach. Die Riemen saßen, noch bevor Eugenius recht begriffen hatte, wer da hinter ihm stand. Douglas wunderte sich selbst, wie gut er die Sache noch beherrschte. Er bewegte sich nicht. Er stand dort wie angewurzelt, die Hände am Zaumzeug, Eugenius vor sich. Seine Locken berührten Douglas' Nase.

«Gott, Mylord», sagte Douglas, «Sie haben es aber eilig!»

Mylord konnte sich nicht bewegen. Er wußte, wenn er das täte, würde er gegen Douglas Fortescue stoßen. Er würde sehr gegen Douglas Fortescue stoßen, wenn Douglas Fortescue nicht sofort zurückwiche. Es sah nicht so aus, als würde er das tun. Douglas stand dort sehr fest, die Hände am Zaum, den Lord zwischen den Armen. Eugenius bewegte sich noch immer nicht. Er stellte sich vor, was geschähe, wenn er sich nun umdrehte und Douglas trotzdem das Zaumzeug nicht losließe. Eugenius konnte dieses Risiko nicht eingehen. Er stand wie versteinert.

«Es regnet», sagte Douglas, «und was wollen Sie eigentlich in Settle?» Er gab dem Zaumzeug einen letzten Ruck, dann trat er zurück und steckte die Hände in die Hosentaschen.

Eugenius fuhr herum. Er schüttelte sich. Er sah jetzt gar nichts mehr vor lauter Haaren, und er mußte den Kopf zurückwerfen, und er wußte genau, wie das aussah, und er wollte das nicht wissen, und dann begann Eugenius Ainsgill plötzlich zu schreien, daß er ein Rendezvous habe mit der Tochter des Postmeisters von Settle, und daß sie ein süßes Ding sei, und daß sie seit Tagen auf ihn warte. Er schrie laut. Er stampfte mit dem Fuß auf und griff in seine Haare, hübsch, dachte Douglas, hübsch, wußte Eugenius, und er schrie weiter, bis sämtliche Pferde unruhig wurden, schrie seine Lügen von der wartenden Posttochter zu Settle, und Douglas lehnte währenddessen an der Wand und lächelte. Eugenius schrie. Douglas lächelte. Schon wieder hingen Mylord die Locken ins Gesicht, und er ließ sie jetzt dort hängen und erzählte weiter, allmählich leiser, von diesem Mädchen, an das er sich gar nicht mehr erinnern konnte, und er vergaß dabei das Pferd und den Stall und den Regen, und dann wußte er irgendwann nicht einmal mehr, über was er eigentlich sprach, sondern er wußte nur noch das eine: daß ihm die Haare ins Gesicht hingen, und daß diese Haare braun waren und dick und gelockt, und daß sie ihm völlig die Sicht nahmen. Irgendwann war Eugenius still.

«Absatteln», sagte Douglas.

Eugenius rührte sich nicht. Douglas trat zu ihm, und er

strich ihm langsam die Haare aus der Stirn. Eugenius ließ sich das widerstandslos gefallen.

Douglas berührte den Lord nicht mehr, als unbedingt nötig war, um seine wilde Frisur zu richten. Als Eugenius wieder etwas sah, steckte Douglas die Hände zurück in die Hosentaschen, und er wiederholte, «absatteln», und als Eugenius sich noch immer nicht bewegte, fügte Douglas ruhig hinzu, «kommen Sie, Mylord, es regnet, das Mädchen von der Post wird noch ein bißchen warten können, es ist den Weg über Blea Moor auch gar nicht wert, es regnet wirklich, Mylord, und deshalb kommen Sie jetzt ins Haus».

Eugenius Ainsgill sattelte ab. Douglas sah ihm wortlos dabei zu.

Als Eugenius fertig war, ging Douglas zur Stalltür. Er hielt sie auf. Er sah Eugenius ausdruckslos an. Eugenius tätschelte das abgezäumte Pferd. Er sagte «Settle», ein sinnloses Wort.

«Regen», entgegnete Douglas. Er stand noch immer in der Tür. Eugenius wandte sich ab von dem Pferd und um zu Douglas, und er kam näher, und er steuerte zögernd auf die Tür zu, die Douglas für ihn aufhielt. Douglas wartete, bis der Lord bei ihm war. Er ließ ihn vorgehen. Als Eugenius über die Schwelle trat, faßte Douglas noch einmal in seine Haare. Er griff sie im Nacken mit der linken Hand, und dann hielt er die Tür mit der Stiefelspitze und fuhr mit der Rechten umsichtig auf beiden Seiten über Eugenius' Kopf, von der Stirn nach hinten, hinter den Ohren vorbei und bis in den Nacken, um die Locken auch ordentlich in der linken Hand zu sammeln. Die Haare waren zu kurz für einen richtigen Zopf, aber lang genug, um sie zusammenzuhalten.

«Soll ich Ihnen ein Band leihen, Mylord?» fragte Douglas. Eugenius drehte sehr vorsichtig den Kopf, als habe er Angst, Douglas würde ihn sonst an den Haaren reißen. Douglas hielt die Haare weiter zusammen, und als Eugenius den Kopf drehte, legte sich Douglas' Arm dabei halb um seinen Hals. So standen sie da. Eugenius gab keine Antwort auf Douglas' Frage. Er sah ihm in die Augen. Sie standen zu dicht in dieser engen

Stalltür, um einander vernünftig in die Augen sehen zu können. Man mußte fast schielen. Douglas ließ Eugenius' Haare nicht los. Eugenius machte sich nicht frei. Starr standen sie in der Tür und sahen einander an und schielten dabei ein bißchen, und sie wurden naß von dem unbarmherzigen Regen, aber sie konnten sich nicht bewegen. «Settle», murmelte Eugenius. «Regen», entgegnete Douglas. Sie standen dicht. Sie waren gleich groß. Beide wagten nicht recht zu atmen, denn beide fürchteten sich davor, den Atem des anderen im Gesicht zu spüren. Ein bißchen schielend und ein bißchen erstickt standen sie in der Tür und wurden nasser und nasser. Es dauerte lange.

Irgendwann ließ Douglas Eugenius' Haare los, und er sagte leise «kommen Sie», und Eugenius folgte ihm wortlos ins Haus.

Sie gingen in den unteren Salon. Dort war Jane. Wortlos kehrten sie Jane den Rücken und stiegen die Treppe hinauf in den oberen Salon. Dort stand Tobias und putzte eigenhändig die Rüstungen. Douglas und Eugenius sahen Tobias an, und Tobias sagte irgend etwas von Demut, bekam aber keine Antwort. Die beiden jungen Männer machten eigenartige Gesichter und verließen zusammen den Raum, im gleichen Schritt, ohne zu sprechen, ohne einander anzusehen, als folgten sie den Anweisungen eines unsichtbaren Tanzmeisters. Douglas sagte nicht noch einmal «kommen Sie», und er ging auch nicht voraus, sondern sie liefen jetzt Seite an Seite den Flur entlang, vorbei an Jeremys Zimmer und vorbei am Kinderzimmer und vorbei an dem Gemach mit dem Himmelbett, zielstrebig und schweigend. Sie gingen bis zum Ende dieses Flures und zu Douglas' Zimmer, und weil sie beide nach der Klinke griffen, hätten sie einander beinahe schon wieder berührt, aber dann zog Douglas die Hand zurück und ließ Eugenius den Vortritt, und er schloß und verschloß die Tür hinter seinem Gast und setzte sich in einen Sessel. Eugenius nahm die Bettkante. Er zog die Füße hoch, bis seine besudelten Stiefel die Tagesdecke berührten, und er hockte jetzt ganz zusammengekauert auf

Douglas' Bett, das Kinn auf den Knien, und er sagte: «Wissen Sie, es ist ein rothaariges Mädchen, siebzehn oder so, ganz blaß, sie sieht gar nicht aus wie eine Posttochter, sie ist viel zu niedlich für eine Posttochter, und ich habe gar nicht mehr fortgewollt aus Settle, seit ich dieses Mädchen dort kennenlernte.»

«Gut?» fragte Douglas.

«Was – gut?» Eugenius klemmte sein Kinn zwischen die Knie. Er fror.

«Gut», wiederholte Douglas. «Ob es gut ist, daß Sie jetzt nicht durch den Regen reiten müssen. Ob es Ihnen gutgeht. Ob Sie das rothaarige Mädchen gut kennenlernten. Was Sie mögen. Gut?»

«Ich habe sie ziemlich gut kennengelernt», sagte Eugenius und versuchte ein anzügliches Lächeln, «ziemlich gut für eine erste Bekanntschaft.»

«Aha?»

«Ich mußte weg», sagte Eugenius, «weil der Vater kam. Heute ist der Vater fort. Ich werde nachher ...»

«Gehen Sie bitte aus meinem Bett mit Ihren scheußlichen Stiefeln», bat Douglas, «Sie machen alles naß.»

«Ich werde nachher hinreiten. Sie ist wirklich sehr rothaarig. Sie ist *überall* rothaarig. Denken Sie bloß ...»

«Raus aus meinem Bett», sagte Douglas.

Eugenius stand auf, und weil es keinen zweiten Stuhl gab in Douglas' kargem Zimmer, setzte er sich auf den Teppich vor dem kalten Kamin und legte dann den Kopf in den Nacken, sah Douglas ins Gesicht und sagte: «Ehrlich, richtig rot, unglaublich, und blaß wie der Mond und ohne Sommersprossen.»

«Sie Glücklicher», lobte Douglas, «Sie müssen schnell nach Settle reiten, denn ein solches Wunder sollte man sich nicht entgehen lassen.» Er begann zu lachen. Er betrachtete den naßgeregneten Lord, der zu seinen Füßen saß und ihm halb den Rücken zukehrte und deshalb den Kopf verdrehen mußte, um ihn anzusehen, und er lachte und sagte wieder: «Sie Glücklicher», und dann sagte er weiter, der Postmeister zu Settle habe eine einzige Tochter, Carolyn, und Carolyn sei brünett und habe die Pocken gehabt, und es sei ein echter Nachteil der Dales, daß jeder jeden kenne, und Eugenius solle ihm nur weiter etwas erzählen von den Mädchen, denn er höre ihm wirklich gerne zu.

«Ich bringe die Dinger manchmal durcheinander», sagte Eugenius kühl, «und ich habe Sie nicht gebeten, mich zu verbessern.»

«Pardon.»

«Die Rothaarige war in London.»

«Aha.»

«In Settle war es die Tochter des Apothekers. Die war ...»

«Oh», sagte Douglas, «Louisa oder Emily oder beide?» Er lachte. Er beugte sich vor, und dann sagte er: «Kommen Sie, drehen Sie sich um, denn man lacht nicht über Leute hinter deren Rücken, und ich würde Ihnen gerne ins Gesicht lachen, Sie mit Ihren Weibergeschichten, Gott, was haben wir uns da für einen Don Juan eingehandelt, armes Yorkshire!»

Eugenius drehte sich um. Douglas lachte. Ein paar Haarsträhnen hatten sich aus seinem Zopf gelöst und hingen ihm ins Gesicht. Eugenius starrte diese stumpfschwarzen Haare an, als seien es Schlangen auf dem Haupt der Medusa.

«Ich hatte noch nie rote Haare», sagte Douglas, «ich bin von Natur aus genauso blond wie mein Bruder. Sie sollten mich nicht so scharf ansehen, denn sonst löse ich mich in Luft auf, und Sie haben niemanden mehr, der Ihnen zuhört.»

Eugenius starrte Douglas weiter an. Er hatte ihn zuvor nie so genau betrachtet. Eugenius rückte noch ein wenig näher, und er studierte Douglas' Gesicht. Er studierte diese künstlichen Haare, er studierte die Jochbeine und die kantigen Kiefer und die blonden Brauen, er sah, daß Douglas ein kräftiges Kinn und eine kurze Nase hatte und daß seine Lippen schmal waren und blaß und nicht ganz entspannt und die Augen grün, sonderbar grün; und Eugenius sah auch, daß das Douglas Fortescue sehr verlegen machte, wenn man ihn so genau anschaute.

Er wandte sich allerdings nicht ab. Die Hände auf die Knie

gestützt, die Stiefel rechts und links von Eugenius' untergeschlagenen Beinen, ließ sich Douglas Fortescue ansehen. Er lachte nicht mehr, und er zog auch kein Gesicht, wie er es für gewöhnlich tat, wenn ihn einer zu aufmerksam betrachtete. Er meinte zunächst, er könne diesem Blick nicht standhalten, aber dann merkte er, daß er es doch konnte, daß er es durchaus ertragen konnte, angesehen zu werden wie irgendein Sterblicher, für dessen Gesicht sich irgendein anderer Sterblicher aus irgendeinem Grund interessierte. Es war gar nicht schlimm. Es ging erstaunlich einfach. Es dauerte erstaunlich lange, wie sie einander anblickten, Douglas auf dem Sessel, Eugenius auf dem Teppich. Nach einer Weile wollte sich der Lord zwar abwenden, aber Douglas schüttelte sachte den Kopf, und der Lord wandte sich nicht ab, sondern sah Douglas weiter an, aufmerksam, ausdruckslos, wortlos und ohne dabei allzuviel zu denken.

«Ich hatte», sagte Douglas nach einer sehr langen Weile, ohne seine Haltung zu ändern und fast ohne die Lippen zu bewegen, «ich hatte einmal einen Bekannten, ein Kind, einen Jungen, den sie Celery nannten, weil er aus einem Gemüseladen stammte, und den schaute ich mir jahrelang an, er war dick und blond und dumm, ja, ein dummes Kind, das ich mir anschaute in der Knabenschule zu Thorsby bei Chipping, fragen Sie mich nicht, warum, fragen Sie mich nicht, warum ich Ihnen das erzähle, jedenfalls schaute ich diesem Celery lange zu, denn ich dachte, das sei meine Aufgabe auf Erden, anderen zuzuschauen, komisch, nicht wahr, und ich wußte nie recht, ob ich Celery eigentlich mochte, aber ich sah ihm zu, und wahrscheinlich mochte ich ihn doch, und er brach dann im Eis ein und ertrank, und das sah ich mir auch an, und ich tat wenig dazu, ihn zu retten, weil ich meinte, ich könne das ohnehin nicht, und da stand ich und sah ihn sterben, und ich glaube, ich schrie Zeter und Mordio, aber ich merkte es gar nicht, weil ich mir das eines Tages abgewöhnt hatte, wissen Sie, abgewöhnt zu merken und angewöhnt zu schauen, denn das ist durchaus ein Weg, durchs Leben zu kommen, und ich weiß bis heute nicht, ob ich traurig war, als Celery starb, ich weiß es wirklich nicht, und ich weiß im Grunde auch nicht, was ich von Ihnen eigentlich will, Eugenius, aber ich glaube, wenn ich jetzt nachdenken würde, käme ich wahrscheinlich darauf, aber es macht mir angst, deshalb denke ich nicht nach, und ich mag mich auch nicht bewegen, denn es ist angenehm, wenn Sie mich ansehen, ungewohnt, ein ungewohntes Gefühl, und wenn ich nicht so gut erzogen wäre, würde ich jetzt wahrscheinlich in Tränen ausbrechen, oder ich nähme Sie in den Arm, als seien Sie irgendein Mädchen von der Post.»

Douglas schloß vorsichtig den Mund. Eugenius sah ihn noch immer an. Douglas konnte nichts, aber auch gar nichts lesen in dieser unbewegten Miene. Eugenius hatte ein wenig seine Haltung geändert, und er saß jetzt auf den Fersen, die Hände auf den Knien, und noch immer schaute er Douglas unverwandt an.

«Los», sagte Eugenius plötzlich, «machen Sie zu, Sie Feigling, ich halte das nicht mehr aus.»

Douglas bewegte sich nicht. Er schwieg. Er schwieg lange. Dann sagte er «noch mal».

«Was?»

«Noch mal», wiederholte Douglas leise, «sagen Sie das noch mal, und noch ein paarmal, denn ich trau' mich sonst sicher nicht.»

«Los», sagte Eugenius.

«Noch mal.»

«Los.»

Douglas runzelte die Stirn. Er versuchte ein Lächeln. Es mißlang.

«Los», sagte Eugenius, «mir schlafen langsam die Beine ein.»

Jetzt lächelte Douglas wirklich, allerdings mit zusammengebissenen Zähnen.

«Ich würde», sagte Douglas, «zwar lieber davonlaufen, aber wenn Sie meinen, ich sollte das jetzt tun, und wenn Sie mich einen Feigling schimpfen, so muß ich mir jetzt wohl ein Herz nehmen, so schwer es mir fällt.»

Und Douglas stand langsam aus seinem Sessel auf, und er ging langsam in die Knie, und er faßte den reglosen Eugenius sachte, sachte an den Schultern, suchte und fand sein Gleichgewicht, den Sessel hinter sich, den Lord vor sich, und dann griff er plötzlich fest nach Eugenius' Nacken, die Hand unter seinen Locken, und er zog ihn mit dieser einen Hand resolut an seine Brust. Eugenius verlor sofort die Balance. Wäre der Sessel nicht gewesen, sie wären umgekippt. Aber der Sessel, ein schweres gotisches Möbel, stand stabil in Douglas' Rücken, und Douglas lehnte sich dagegen und hielt Eugenius fest, mit einer Hand, und erst als er merkte, wie der Lord sein Gleichgewicht wiederfand und wie er sich dann seinerseits festhielt an Douglas, fast wütend mit zwei kräftigen Armen, und erst als er sich ganz sicher war, daß Eugenius das nicht zufällig tat und nicht um der Balance willen, erst dann nahm Douglas auch die zweite Hand zu Hilfe, und er hielt jetzt Eugenius Ainsgill wirklich fest, und er war warm und noch immer ein wenig feucht vom Regen.

Eugenius drehte sachte den Kopf. Er litt es, daß Douglas' Hand dabei an seinem Nacken entlangglitt bis zur Wange, und er drehte den Kopf weiter, und Douglas' Finger berührten seine Lippen.

«Jetzt sag was», bat Douglas leise, «jetzt sag was, wenn du dich traust.»

Eugenius schwieg. Seine Lippen waren gespannt unter Douglas' Fingern, und Douglas strich langsam darüber, bis sie weicher wurden, er strich weiter mit Zeige- und Mittelfinger über Eugenius' Ainsgills schöne Lippen, und sie wurden noch weicher, und Douglas verstärkte fast unmerklich den Druck seiner Fingerspitzen, bis er Eugenius' Zähne spürte.

«Los. Sprich.»

«Ich weiß nichts», murmelte Eugenius.

Douglas fühlte die Bewegung seiner geöffneten Lippen, und er fühlte dann, daß sich die Lippen nicht wieder schlossen, als Eugenius verstummte, und er ließ seine Finger jetzt ganz ruhig dort liegen, zwischen den Lippen des sechsten Lord Ainsgill, und er spürte seine Zähne, und er ahnte seine Zungenspitze hinter diesen Zähnen, und Eugenius hatte die Augen zugekniffen und machte ein vages Geräusch, irgendwo zwischen Atmen und Seufzen.

Es war kalt im Zimmer. Der Regen schlug gegen die Scheiben. Douglas versuchte, seinerseits die Augen zu schließen, aber es gelang ihm nicht, denn seine Lider zuckten, sobald er sie senkte. Er spürte Eugenius' Knie zwischen den seinen und Eugenius' Hände auf seinem Rücken. Er spürte Eugenius' unruhigen Herzschlag. Douglas griff den Lord fester. Er faßte ihm derb in die Haare, und er zog seinen Kopf in den Nacken, und dann nahm er die Finger von Eugenius' Lippen und sagte: «Los, mach die Augen auf», und Eugenius gehorchte. Sie konnten einander nicht gut sehen. Selbst Schielen half wenig bei dieser Entfernung. Douglas hatte jetzt beide Hände in Eugenius' wirrem Haar, und Eugenius verzog das Gesicht und machte wieder dieses unbestimmte Geräusch. Vielleicht tat ihm Douglas' Griff weh. Douglas griff fester zu. Unglaublich, was dieser Kerl für dicke Haare hatte. Man konnte die ganzen Hände darin verstecken, und man konnte daran ziehen und ihm ein bißchen weh tun, und warum auch nicht, warum nicht Eugenius Ainsgill ein bißchen weh tun, denn er hat es verdient, dachte Douglas, er hat es wirklich verdient. Er zog Eugenius' Kopf weit in den Nacken, und er sah seine völlig leeren braunen Augen und seine schönen Lippen, und dann sagte Douglas unwillig: «Ich kann dich nicht keusch küssen, Eugenius Ainsgill, ich habe es versucht heute nacht, als ich träumte, ich schwöre es, aber es ist mir einfach nicht gelungen», und dann küßte er Eugenius auf den Mund, nicht sanft und nicht freundlich und auch nicht keusch, und er hielt dabei weiter seine Haare fest, und er tat ihm jetzt wahrscheinlich wirklich weh.

Eugenius erwiderte den Kuß sofort und ohne zu zögern. Es wurde ein langer Kuß, heftig und hilflos und kunstlos, und sie faßten einander an dabei, wie sich junge Männer nun einmal anfassen, grob und fast streitlustig, als wollten sie ihre Kräfte messen. Sie maßen ihre Kräfte wirklich. Der Kampf ging unentschieden aus. Der schwere gotische Sessel in Douglas' Rücken bewahrte sie davor, aus dem Gleichgewicht zu geraten bei dieser Angelegenheit, die die Mitte hielt zwischen Kuß und Ringkampf. Es geschah ganz lautlos. Der Regen prasselte noch immer gegen die Fensterscheiben, und es war klamm in diesem Zimmer, und dann schlug irgendwo eine Uhr in Bleamoor Hall.

Es war ein heller, metallener Schlag, zwölfmal der Schlag einer Wanduhr.

Eugenius wurde starr in Douglas' Armen. Er fuhr zurück. Er hielt die Hände vor den Mund. Die Uhr schlug noch immer. Die Uhr hatte Eugenius sixth Lord Ainsgill aufgeweckt aus diesem Traum, und er saß nun auf dem Hosenboden, die Hände über den Lippen, die Augen aufgerissen, und dann begann er zu schreien.

«Sind Sie verrückt?» schrie Eugenius, «sind Sie, sind Sie, sind Sie ...», und er sah seine Hände an, und er schlug sie wieder vor den Mund, und dann sah er sie wieder an, und er schrie weiter, mit sehr heiserer Stimme: «Fortescue, sind Sie ...», und weil er überhaupt nicht weiterkam mit diesem Geschrei, und weil er so furchtbar erschrocken war, schlug Eugenius Ainsgill dem jungen Fortescue mit der flachen Hand ins Gesicht. Das tat gut. Das war richtig. Oh, wie richtig das war, Douglas Fortescue zu schlagen! Und Eugenius tat das wieder und wieder, und er tat es, so fest er konnte, und Eugenius Ainsgill war ein kräftiger junger Mann.

Douglas wehrte sich nicht. Er hob nicht einmal die Hände. Zunächst war er zu sehr erschrocken, um parieren zu können, und als er dann begriffen hatte, was ihm hier geschah, wollte er nicht mehr parieren. Er saß da, die Arme über der Brust gekreuzt, und er ließ sich ohrfeigen. Er schloß dabei nicht einmal die Augen. Die ersten Schläge merkte er noch, dann merkte er nichts mehr.

Douglas Fortescue sah Eugenius dabei zu, wie er ihn ohrfeigte. Er blinzelte, wenn ihn die Schläge trafen, das war alles.

Douglas schloß die Augen nicht und hob die Hände nicht, und er verzog nicht einmal das Gesicht. Seine Nase begann zu bluten, und er leckte das Blut umsichtig von seinen Lippen, aha, dachte Douglas, so schmeckt das, aha, dachte Douglas, jetzt schlägt er mich, und er war sich dabei doch gar nicht sicher, ob wirklich er es war, der da geschlagen wurde, und ob es wirklich sein Blut war, das er schmeckte, und als Eugenius endlich fertig war mit dieser Züchtigung und aufsprang, stand auch Douglas langsam auf, und er sah Eugenius an und sagte: «Gott verfluche deine Seele.»

Er sagte das leise und mit guter Betonung. Er wußte nicht, wo dieser Satz herkam. «Gott verfluche deine Seele», wiederholte Douglas, und er sah den sechsten Lord noch einmal an, einen heftig erröteten Jüngling, dem die Haare ins Gesicht hingen und die Tränen über die Wangen liefen, und dann wandte sich Douglas ab und trat zum Fenster.

Eugenius stürzte zur Tür. Er hätte beinahe den Schlüssel im Schloß abgebrochen, aber es gelang ihm dann doch, sich zu befreien. Er rannte auf den Flur. Er rannte zur Treppe und hinab ins Parterre. Er stürzte ins Freie. Er stürzte in den Stall. Und Eugenius Ainsgill ritt davon in gestrecktem Galopp, ohne Sattel und mit verdrehtem Zaum, ruinierte sämtliche Blumenbeete, die ihm im Weg waren, und er ritt immer weiter, quer über Blea Moor und über Horton nach Settle, und als er dort ankam, war er so naß, daß er nicht mehr sagen konnte, was Regen war und was seine Tränen.

Douglas hatte dem Reiter vom Fenster aus zugesehen, wie er Tobias' Beete zerstörte, und er stand noch Stunden dort, die Hände auf dem Fensterbrett, die Beine gekreuzt. Er wischte sich das Gesicht nicht ab, und er verzog keine Miene. Eine Weile leckte er noch Blut von seinen Lippen, dann war auch das vorbei, und Douglas stand nur mehr da und sah in den Regen.

Ein paarmal schlief er fast ein, und er träumte, daß er aus dem Zimmer lief und Jeremy suchte, und daß ihm Jeremy das Gesicht abwischte und sich anhörte, was dem kleinen Bruder geschehen war, und daß Jeremy sagte, «komm, reg dich nicht auf, es gibt andere Leute, die man küssen kann, und Lord Ainsgill ist dumm, und er ist es gar nicht wert, daß jemand seine Seele verflucht», und er träumte weiter, daß er weinte und von Jeremy ein Taschentuch bekam, aber dann wachte er wieder auf, und er stand noch immer an diesem Fenster, mit trockenen Augen und unbewegter Miene, und er lief nicht zu Jeremy, er lief überhaupt nirgends hin, sondern stand still und sah hinaus in den Regen.

Immer wieder schlug diese Wanduhr. Douglas zählte die Schläge. Er fror. Er löste das Zopfband und kämmte seine Haare mit den Fingern über die Ohren. Er wollte irgend etwas sagen, «aha» oder «na also» oder «das war eine schlechte Idee», aber es ging nicht. Es wurde dunkel. Eugenius kam nicht zurück.

Douglas wusch sich jetzt das Gesicht und rasierte sich, und dann ging er hinunter zum Tee, und er saß da wie immer, mit einer Miene, die kunstfertig die Mitte hielt zwischen Spott und Langeweile, und er aß nicht, und als Jane nach dem Lord fragte, sagte Douglas: «Ach, er besucht die Posttochter in Settle, das kann dauern.»

Es dauerte wirklich. Eugenius blieb drei Tage und Nächte lang fort. Als er zurückkam, hatte er seine Haare kurz schneiden lassen, und er teilte Jeremy seinen Zeitplan mit. Es war ein straffer Plan. Eine Woche gab Eugenius Ainsgill den Fortescues, um Bleamoor Hall zu räumen. Er übersah Jeremys Entsetzen. Er ging hinunter in den Salon und empfing dort fremde Männer, die ihm helfen würden bei seiner Papiermühle in Hatley beim River Dee. Jane servierte den Herren Tee. Eugenius warf ihr einen frechen Blick zu, und er sagte nicht danke, und Jane Fortescue kam sich vor wie ein Stubenmädchen.

«Aber natürlich», sagte Douglas, als Jeremy ihn bat, seine Sachen zu packen.

«Aber natürlich», sagte Douglas, als ihm Jeremy eröffnete, daß er mit ihm und Jane und den Kindern zunächst nach Settle ziehen würde, um dort Obdach zu finden in der Handschuhschneiderei, weil Großvater Osgood in Bradford nur die Eltern aufnehmen konnte.

«O ja», sagte Douglas, als ihn Jeremy fragte, ob er zufrieden sei, den Umständen entsprechend. Douglas überlegte einen Augenblick und erkundigte sich dann, ob die Pferde den Fortescues gehörten oder Ainsgill.

«Uns», sagte Jeremy.

«Danke», entgegnete Douglas mit einer leichten Verbeugung, als sei das ein Fremder, der ihm hier Auskünfte gab.

Er entschuldigte sich. Er versprach, seine Sachen zu packen. Er versprach, damit rechtzeitig fertig zu sein, um übermorgen in die Mietchaise nach Settle zu steigen. «Gute Nacht, Jeremy», sagte Douglas und nickte, dann stieg er die Treppen hinauf und ging in sein Zimmer.

Er stand am Fenster, bis es Mitternacht schlug. Zwölf helle, metallene Schläge. Der Mond schien über dem Park von Bleamoor Hall, ein gefälschter Mond über einer gefälschten Wildnis. Douglas zog seinen Mantel an, er steckte Geld in seine Tasche, nicht viel Geld, aber immerhin Geld, und dann schlich Douglas aus dem Haus, ungesehen und ungehört, eine Figur in Schwarz mit dem Schritt eines Geistes. Gestern hatte Douglas seine Haare nachgefärbt, sie waren stumpfer und dunkler denn je.

Er ging in den Stall. Er sattelte und zäumte das Pferd, auf dem Eugenius nach Settle geritten war. Er führte es ins Freie und saß auf, das erste Mal seit bald sechs Jahren. Es würde schon gelingen. Es gelang wirklich. Hell schien der Mond über den Zinnen, aber Douglas sah sich nicht um. Er ritt langsam durch den Park, durchs Gattertor, nach Süden, davon auf Nimmerwiedersehn.

Douglas machte Rast, wenn sein Pferd das brauchte. Er schlief nicht, und er aß auch nur dann, wenn ihm schwindlig wurde. Er ritt nach Settle, dann weiter nach Hellifield und nahm dort die Straße nach Gisburn. Burnley war die größte Stadt, die Douglas je gesehen hatte. Er ritt weiter. Whitworth. Rochdale. Middleton. Was würde Jeremy für ein Geschrei machen, daheim in Bleamoor Hall. Jeremy? Daheim? Douglas lächelte verwundert vor sich hin.

Und dann ritt Douglas W. Fortescue in einen dunstigen Sonnenaufgang, irgendwo auf der Landstraße bei Middleton. Er sah die Fabrikschornsteine von Manchester.

Erstes Zwischenspiel

E*twa fünfzehn Meilen von* New Harmony am Wabash abwärts, an jener Stelle, die sie das Knochenufer nannten, weil in alter Zeit dort ein Begräbnisplatz gewesen war, dessen Überreste, gebleichtes Gebein und bisweilen ganze Skelette, noch immer hier und da aus den grasigen Hügeln hervorschauten; genau in jener Biegung des Wabash, an einem heißen Tag im August 1832, erschoß Joshua Jenkyns seinen ersten Mann.

Vater hatte die Stelle mit Bedacht gewählt. Sie waren schon mehrmals hier vorbeigekommen, und Joshua hatte oft die Augen zugekniffen, wenn er die Knochen sah. Er durfte das nicht, er durfte überhaupt nicht die Augen zukneifen, aber er tat es doch, und weil Vater hinter ihm saß, würde Vater es vielleicht nicht merken, aber er merkte es jedesmal. Cyrus Jenkyns gab seinem Sohn eine Kopfnuß, wenn er blinzelte. Er konnte nichts anfangen mit einem Kind, das sich vor Knochen fürchtete, das sich überhaupt fürchtete. «Augen auf, Josh», befahl Vater, «und geradesitzen, sonst laß ich dich da.» Und weil Joshua nicht wollte, daß Vater ihn daließ, wo auch immer, irgendwo in den Wäldern am Wabash, in denen die Siedler nur darauf warteten, den kleinen Sohn des schrecklichen Cyrus Jenkyns über ihrem Lagerfeuer zu rösten, wie Joshua, vielleicht nicht ganz zu Unrecht, vermutete; weil er bei Vater bleiben wollte, wie es sich gehört für einen braven Jungen, öffnete Joshua die Augen und sah hin, wenn er sich auch fürchtete, und er saß schweigend vor Vater im Sattel, denn er war nicht erzogen zum Sprechen.

Joshua Jenkyns sah hin auf die Toten. Es gab viele davon. Es gab die gebleichten Knochen am Wabash, und es gab die verwesenden Körper irgendwo in der Landschaft, und es gab die

Frischgestorbenen, die mit erstauntem Gesicht in ihrem Blut lagen, während Vater nachlud. Irgendwie gehörte das zusammen, das Geräusch des Nachladens und das Blut und die seltsamen Mienen der toten Männer. Joshua hatte das früh begriffen. Als Mutter noch lebte, hatte er sie gefragt, wie das ginge mit dem Sterben, aber Mutter hatte geantwortet, es sei nicht wichtig, keiner stürbe wirklich, die Toten blieben. Die Toten gingen zu ihren Familien, und dort blieben sie für immer, geordnet nach Geschlecht und Bedeutung und dem Datum ihres Todes. Legionen von Toten seien bei den Familien. Mutter wollte das nicht weiter erklären. Sie sprach auch nicht lieber als Vater. Und als Mutter dann starb, war sie fort, und vielleicht war sie in der Hölle, wie Vater sagte, oder sie war bei ihrer Familie, wie sie selbst es gesagt hatte, und das war eine andere Familie als jene von Cyrus und Joshua, eine fremde Familie, Rothäute und die Geister ihrer Ahnen. Mutter war tot seit Jahren. Joshua konnte sich kaum mehr an sie erinnern. Er wußte bald nur noch ein einziges ihrer Worte, *tsäh* oder so ähnlich, und das hieß tot.

So kniff denn Joshua die Augen nicht mehr zu, wenn er Knochen sah oder Erschossene. Er war schon ein großer Junge, Cyrus Jenkyns' hoffnungsvoller Sohn, ungefähr sechs Jahre alt an jenem heißen Augusttag, denn niemand hatte genau mitgezählt. Und weil Vater gemerkt hatte, daß Joshua längst ruhig hinsehen konnte, wenn einer starb, und auch ohne Kopfnuß kaum mehr blinzelte, und weil Vater fand, daß es nun an der Zeit sei für Joshua, hatte er in New Harmony einen Mann mitgenommen, und er brachte ihn zum Knochenufer und band ihn an einen Baumstamm, und dann hob er seinen Sohn vom Pferd und gab ihm eine Pistole.

Die Männer lachten. Cyrus warf ihnen einen Blick zu, und sie verstummten. Cyrus Jenkyns hatte seine Leute gut erzogen, und sie saßen nun ab und bildeten einen ordentlichen Halbkreis um das schwarzhaarige Kind mit den schrägstehenden Augen, das Vaters Pistole hielt und genau wußte, was es damit tun sollte, noch bevor es ihm einer erklärte.

«Ich empfehle Gott deine Seele», sagte Cyrus Jenkyns, «schieß den Mann tot, denn das ist dein Geschäft, und wenn du es schaffst mit einer Kugel, gehört die Waffe dir.»

Ein Spiel. Joshua sah den Mann am Baumstamm an, und er betrachtete ehrfürchtig Vaters schöne Pistole, und er hätte sie gerne gehabt, obwohl sie ihm noch zu schwer war. Ein Spiel. Der Mann da. Er war straff festgebunden, die Arme nach hinten gebogen und um den Baumstamm gelegt. Irgendein Mann aus New Harmony. Irgendeiner dieser Männer, die sterben mußten.

«Binden Sie ihn los, Vater, ich versuch's», sagte Joshua.

Cyrus lachte. Die Männer lachten. Cyrus sah sich um, und die Männer waren still.

«Das ehrt dich», sagte Cyrus, «aber wenn ich ihn losbinde, läuft er fort, und dann schießt du ihn in den Rücken, und das ist auch nicht besser.»

Joshua hob die Waffe. Sie war wirklich schwer. Joshua war ein zierliches Kind mit kleinen Händen, und er mußte sich anstrengen, um den Abzug zu erreichen, ohne die Pistole aus der Hand zu verlieren. Aber er konnte das. Er hatte es längst gelernt. Joshua Jenkyns hatte fleißig geübt an den verwilderten Schweinen der Siedler, und die Schweine rannten wie der Teufel, und der Mann am Baum saß ganz still, und es war eigentlich viel zu einfach.

Joshua hob die Waffe und sah dem Gefesselten in die Augen. Er hatte helle Augen, ein junger Mann, mitgenommen aus diesem Hotel in New Harmony, in dem ein paar andere schon hatten sterben müssen, ein blauäugiger Mensch, gut gekleidet, im Gesicht ein bißchen Blut, weil er sich gewehrt hatte. Der blauäugige Mann sah das schwarzäugige Kind ausdruckslos an. Er zerrte längst nicht mehr an den Strikken, die ihn an diesen Baum fesselten. Warum ein Kind? Der Mann versuchte, das zu begreifen. Er kam aus New York. Er hatte irgend etwas vermessen sollen in dieser Gegend. Warum saß er jetzt hier an einem Fluß zwischen lauter gebleichten Knochen und wartete darauf, daß ihn ein kleines Kind erschoß? Der Mann aus New York konnte das nicht begreifen.

Joshua ließ die Waffe sinken. Sie war wirklich zu schwer, um sie lange hochzuhalten, das würde Vater verstehen. Joshua sah den Mann weiter an, und plötzlich merkte er, daß er das hier auch nicht begriff und daß er es eigentlich gerne begriffen hätte, bevor er schoß.

«Verzeihen Sie», murmelte Joshua, ohne sich nach Vater umzudrehen, «ich versteh' das nicht.»

Der Gefesselte begann plötzlich zu lachen, ein lautes und schrilles Gelächter. Cyrus Jenkyns schoß eine Handbreit über seinem Kopf in den Baumstamm. Der Gefesselte lachte nicht mehr.

«Halt den Mund, Josh, mach zu», sagte Vater.

Joshua bewegte sich nicht. Er wußte plötzlich nicht mehr, wie das ging mit dem Schießen. Er wünschte sich, der Mann am Baum würde die Augen schließen, aber der Mann schloß die Augen nicht. Joshua mußte weiter dort hineinschauen, in diese Augen, und er wußte, er würde nicht schießen können, wenn er das täte, und dann begann er zu weinen, denn er wollte doch gehorchen, und er wollte das Spiel nicht verlieren, und er hätte so gerne eine Pistole gehabt wie ein erwachsener Mann, aber er war plötzlich wie gelähmt.

Cyrus Jenkyns war geduldig mit seinem Sohn. Er schrie ihn nicht an, und er gab ihm auch keine Kopfnuß, denn vielleicht erinnerte sich Cyrus daran, wie er selbst einst gezögert hatte bei seinem ersten Mord und wie dann doch etwas aus ihm geworden war. Cyrus wartete einen Augenblick, ob sich Josh von selbst würde entschließen können, aber als Josh nichts anderes tat als zu weinen und den gefesselten Mann anzustarren, beschloß Cyrus Jenkyns, seinem Sohn noch ein wenig zu helfen.

Er ging zu dem Baum, richtete die Pistole auf den Gefangenen, und er bat ihn höflich: «Tun Sie mir einen Gefallen, schauen Sie sich den Jungen da an, und sagen Sie mir, was mit dem nicht stimmt.»

Der Gefangene gab keine Antwort. Cyrus bewegte ein wenig seine Waffe. Der Gefangene sah Joshua an, und dann sagte er mühsam, weil ihm etwas anderes nicht einfiel: «Das Kind heult, und das Kind hat eine Waffe, und es ist keine sieben Jahre alt …»

«Und», unterbrach ihn Cyrus ungeduldig, «was noch? Was ist das für ein Kind? Sehen Sie das, Mister, oder sehen Sie das nicht?»

«Ich glaube, ein Halbblut», murmelte der Mann, «aber ich …»

«Joshua?» lockte Cyrus. Er trat zur Seite.

Ich glaube, ein Halbblut. Sollte das ausreichen, um Joshua Jenkyns die Sache zu erklären? Wahrscheinlich. Es war besser als gar nichts. Joshua zog die Nase hoch. Man schießt, wenn einen jemand ein Halbblut nennt. So ist das. So hatte man Josh das beigebracht. Und der Mann hatte einen ein Halbblut genannt, und deshalb würde man auf ihn schießen, und das gehörte sich so, und Vater würde es schon wissen, und Joshua sagte nicht noch einmal, daß er das nicht verstehe, denn er verstand es jetzt, jawohl. Und Josh hob wieder die Waffe, und er sah dem Gefesselten noch einmal in die Augen, und dann schoß er.

Er schaffte es nicht mit einer Kugel. Er schoß schlecht. Drei Männer liehen Joshua Jenkyns ihre Waffen, damit er nicht nachladen mußte, und Joshua Jenkyns brauchte vier Kugeln, bis sich der Mann am Baum nicht mehr bewegte. Er bekam keine Belohnung für diese Tat. Es war wirklich kein Meisterstück.

Die Männer applaudierten trotzdem. Cyrus ließ sie gewähren. Er hieß seinen Sohn in die Rocktaschen des Toten schauen, ob etwas darin wäre, was man brauchen könnte. Joshua gehorchte. Er bekam blutige Finger. Er fand gar nichts in den Taschen, nur ein Schnupftuch und ein kleines Ding aus Leder und Papier. Er nahm das Ding aus dem Rock des Erschossenen und trug es zu Vater.

«Oh, ein Buch», sagte Cyrus spöttisch, «du hast einen mit *Buch* erwischt!»

Joshua sah seinen Vater fragend an. Er sah das Ding an, das Vater Buch nannte, und er stellte fest, daß man es aufklappen konnte, und er stellte auch fest, daß Blut an dem Ding und daß der Lederrücken angerissen war. Vielleicht hatte eine Kugel das sogenannte Buch gestreift.

«Behalt's», sagte Cyrus, «vielleicht bringt es dir Glück.» Und Cyrus Jenkyns scheuchte seine Leute auf die Pferde und hob Joshua auf das seine, und dann saß er selbst auf und ritt voran. Der Mann aus New York blieb an dem Baum sitzen, und weil es August war und heiß und trocken, dauerte es gar nicht lange, bis seine Knochen die Ufer des Wabash zierten, sauber und weiß wie die Knochen aus alter Zeit.

Joshua Jenkyns behielt das Buch wirklich. Vater hatte gesagt, es bringe Glück, und vielleicht brauchte Josh ja Glück in diesem Leben. Er nahm das Buch mit unter seine Decke, wenn er sich schlafen legte, und er hielt es fest, wie er einst den kleinen Lederbeutel festgehalten hatte, den Mutter den Glücksbringer nannte, bevor ihm Vater diesen Beutel eines Tages wortlos wegnahm.

Joshua gewöhnte sich an das Buch. Es war zwar kantig, aber man konnte es halten, und man schlief eindeutig besser mit Buch als ohne. Es dauerte Monate, bis sich Joshua traute, den Professor um Hilfe zu bitten. Der Professor hieß Professor, weil er lesen konnte, und Joshua durfte mit dem Professor nicht sprechen. Er durfte überhaupt nicht sprechen mit den Männern, und heimlich mit dem Professor zu sprechen war sicher das Allerschlimmste.

Niemand sprach mit dem Professor. Wer mag schon mit einem reden, der lesen kann? Der Mann war eine Art Wundarzt, und Cyrus behielt ihn bei sich, weil man eben oft einen Wundarzt braucht in diesem Geschäft. Aber sprechen – nein. Wozu überhaupt sprechen? Sie sprachen oft tagelang nicht. Sollte man denn seine Beobachtungen austauschen, übers Wetter und die Pferde und die gestorbenen Männer? Joshua verstand das schon, daß Schweigen Gold ist – aber ein paar Monate nach seinem ersten Mord schlich er sich nachts zum Professor und hielt ihm das Buch hin mit bebenden Fingern und fragte: «Bitte, was ist das?»

«Ein Buch», flüsterte der Professor.

Er wollte sich nicht erwischen lassen von Cyrus, wie er mit dem Kleinen sprach. Cyrus schlief zwar, aber Cyrus schlief nie tief.

«Was für eines?» hauchte Joshua. Der Professor kroch zum Feuer und schlug das Buch auf. Er drehte es, bis er die Titelseite entziffern konnte, und dann las er fast unhörbar vor: *«Lord Byron, Collected Works, Volume Two.»*

«Danke», flüsterte Josh, «was ist das?»

Der Professor schlug leise das Buch zu und hielt es Joshua hin. «Schmeiß es ins Feuer, Josh, es ist egal.»

«Es bringt Glück», flüsterte Joshua.

Der Professor seufzte.

«Lesen Sie was», bat Joshua.

Der Professor wollte nicht. Er stellte sich vor, was wohl geschähe, wenn ihn Cyrus Jenkyns dabei ertappte, wie er seinem Sohn aus einem Buch vorlas. Der Professor legte keinen Wert darauf, das zu erleben.

«Bitte», flüsterte Joshua.

Der Professor schüttelte den Kopf.

«Nur ganz kurz. Bitte.»

Joshua wurde lauter. Der Professor hatte Angst, jemand könne aufwachen. «Bitte», wiederholte Joshua, und er hielt dabei das Buch fest, als sei es mindestens die Bibel.

«Gib her. Zwei Zeilen. Ich lese zwei Zeilen, und dann ist Schluß.»

Joshua nickte dankbar. Er gab dem Professor das Buch. Der Professor schlug es irgendwo auf. Er las die ersten besten zwei Zeilen:

«If solitude succeed to grief
release from pain is slight relief –»

Und obwohl Joshua sehr darum bat, war der Professor nicht bereit, auch nur einen einzigen weiteren Vers für ihn zu lesen.

Josh nahm das stumme Buch und hielt es die ganze Nacht in den Händen.

Am nächsten Morgen wußte er die beiden Verse noch immer. Er verstand sie nicht, aber er hatte sie sich gemerkt. Und Joshua Jenkyns ging fortan durchs Leben mit einem neuen Amulett, und niemand nahm es ihm fort wie Mutters Lederbeutel, denn niemand konnte es sehen.

If solitude succeed to grief ... Vieles war einfacher, seit Josh diesen Satz hatte. Der Satz war Geheimnis und Trost und Gesellschaft, und man konnte lautlos Zwiesprache halten mit diesem Satz, wenn sonst niemand mit einem reden mochte.

Irgendwann verlor Joshua das Buch. Der Satz blieb ihm. *If solitude* ... Er sagte das lautlos her, wenn er vor Vater im Sattel saß, und er sagte das noch immer, als er ein eigenes Pferd bekam. Er betete Byron für seine erste Pistole und dann für sein erstes Gewehr. Er betete ihn wieder und wieder, als er damit schoß, auf Schweine und dann auf Männer, und als Joshua elf Jahre alt war und zum erstenmal merkte, daß es Spaß machte, auf Männer zu schießen, da jubelte er in Gedanken, und auch zu diesem Zweck nahm er die traurigen Verse des Lord Byron, denn etwas anderes stand ihm nicht zur Verfügung.

Josh war ein Wunderkind. Mit zwölf Jahren schoß er besser als Vater. Und als man Cyrus Jenkyns dann schließlich fing und erhängte, auf einem Hügel bei Decatur am Sangamon River, und als der ungefähr vierzehnjährige Joshua sein Erbe antrat und sich furchtbar betrank vor Freude und Entsetzen, und als er dann loszog mit Vaters übriggebliebenen Leuten, um zu tun, was er gelernt hatte: da gab er sich selbst die Sporen mit elf Worten Byron, und er schrie, wie er es manchmal tat, schrie irgendeinen sprachlosen Schrei hinein in die große leere Landschaft, denn Joshua mochte diese Welt hier, und er mochte sein Erbe, und er würde Spaß haben in diesem Geschäft, jawohl, denn Joshua hatte Talent, und er beherrschte die Sache ohnehin schon längst besser als Vater.

If solitude succeed to grief ... Plötzlich wurde Joshua das langweilig. Er holte den Schulmeister von Decatur aus seiner Schule, und er nahm ihn mit, und als der Schulmeister endlich aufhörte zu zittern, mußte er Joshua Jenkyns das Lesen beibringen. Ein aufmerksamer Schüler, die Pistole auf den Knien. Die Männer wagten nicht einmal zu grinsen.

Zweiter Teil

I

I*m Januar 1830 versank* Manchester im Schnee. Frederick Chapman hatte Stunden damit zugebracht, die Fenster der kleinen Geschäftsräume seines Verlages in Great Ancoats Street mit Lappen abzudichten, aber es zog noch immer. Ein schwacher Trost, daß das schwarze Manchester plötzlich weiß war. Ein schwacher Trost auch, daß das ständige Gebrüll der Betrunkenen und das ewige Türenschlagen des Cotton Tree, über dessen Gasträumen Mr. Chapman sein Büro hatte, angenehm gedämpft wurde durch all den Schnee. Chapman fluchte. Er zerriß den letzten Lappen und verteilte die Fetzen gerecht zwischen den zwei Fenstern vor seinem Schreibtisch. Es wurde davon nicht wärmer. Es war auch feucht in diesen Räumen, und Chapman wußte, bald würde das Papier zu schimmeln beginnen, wie es jeden Winter schimmelte. Es gab viel Papier in Frederick Chapmans Reich. Der Verleger bahnte sich vorsichtig seinen Weg durch die nicht ganz trockenen Stapel, und er wollte eben Hut und Mantel anziehen, als jemand die Türglocke läutete.

Mr. Chapman erwartete keinen Besuch, und er wollte auch keinen empfangen. Wahrscheinlich war es nur wieder ein Gast des Cotton Tree, der sich die Treppe hinauf verirrt hatte auf der Suche nach einem Abtritt. Aber weil Mr. Chapman fror und nach Hause wollte zu Frau und Kindern, mußte er die Tür öffnen, und er fand einen fremden Mann auf seiner Schwelle, der sich knapp verbeugte und dann in die Diele kam, obwohl ihn niemand darum gebeten hatte.

Es zog so schlimm, daß Chapman die Tür hinter diesem ungeladenen Gast schließen mußte, wenn er nicht wollte, daß all sein Papier davonwehte. Der Gast verbeugte sich noch einmal, und er fragte dann ohne Gruß, mit einer leisen und wohlmodulierten Stimme: «Gehe ich richtig in der Annahme, daß ich mich hier im Verlag von Chapman's Chapbooks befinde?»

Chapman nickte. Er wies darauf hin, daß dies nicht seine Geschäftszeit sei. Er wunderte sich über seine eigene Höflichkeit, und er betrachtete den Fremden aufmerksam, als wolle er feststellen, was ihn veranlaßt habe zu dieser unangemessen respektvollen Behandlung. Er kam zu keinem Ergebnis. Der Mann war schlicht, wenn nicht ärmlich gekleidet in einen schwarzen Mantel aus dünnem Stoff, und er war blaß und mager wie einer, der nicht genug zu essen bekommt. Er trug keinen Hut. Seine schwarzen Haare fielen ihm glatt und strähnig ins Gesicht und bis über die Schultern. Er hatte Schnee in diesen Haaren. Er hatte Schnee in den Wimpern.

«Douglas W. Fortescue», sagte der Mann mit derselben leisen und gutgeführten Stimme wie zuvor, «ich möchte Ihnen ein Angebot machen.»

Noch immer brachte es Chapman nicht fertig, den Eindringling hinauszuwerfen. Als Verleger grausiger Geschichten hatte er es sich zwar abgewöhnt, an Ahnungen und Erscheinungen zu glauben; aber dieses bleiche Wesen mit den schwarzen Haaren, auf dessen schnurgeradem Mittelscheitel der Schnee nicht schmolz, als sei der Kopf darunter aus Eis gemacht, ließ Chapman schaudern. Das Wesen benahm sich unverschämt, und es sah dabei verirrt und verloren und auch ein wenig verklärt aus, ein erdgebundener Geist im Gewand des Kleinbürgers. Chapman fragte zögernd: «Was für ein Angebot?»

«Darf ich eintreten?» Douglas Fortescue schüttelte den Schnee von seinem Mantel. Mit verlegener Miene sah er den nassen Flocken zu, die auf Mr. Chapmans abgewetzten Flurteppich fielen. Er sah Mr. Chapman an. Ein Mann um die Fünfzig, ergraut, rundlich, bieder.

«Was für ein Angebot?» wiederholte Chapman grimmig. Er hatte bemerkt, daß der Schnee auf dem Scheitel des Fremden doch zu schmelzen begann, und das minderte seinen unvernünftigen Respekt.

Es war jedoch zu spät. Douglas Fortescue trat ein, er fand den Weg durch die Papierstapel, und er setzte sich dann ungebeten auf den einzigen freien Stuhl gegenüber dem Schreibtisch.

«Mir ist schwindlig, ich kann nicht stehen», sagte Douglas, «Sie erlauben mir sicher, daß ich sitze, nicht wahr, Mr. Chapman?»

Und als ihm Chapman unentschlossen folgte, lud ihn Douglas mit einem Lächeln und einer Handbewegung dazu ein, auf seinem eigenen Schreibtischstuhl Platz zu nehmen.

«Ich möchte Ihnen anbieten», sagte Douglas und übersah die erstaunte Miene des Verlegers, der selbst nicht wußte, warum er nun hinter seinem Pult saß und zuhörte, «daß ich für Ihre schöne Reihe ein paar Bücher schreibe, denn dazu hätte ich Lust und dazu hätte ich auch Talent, und ich glaube, das wäre für uns beide die beste Lösung.»

Chapman runzelte die Stirn. Der Mann sprach selbstbewußt, und er genierte sich doch furchtbar. Er sah aus wie ein Gentleman oder, mehr noch, wie ein verkleideter Aristokrat, und er fror so sehr, daß er sich an den Armlehnen halten mußte, um nicht zu zittern. Seine Haare waren gefärbt. Am Scheitel kam ein wenig fahles Blond zum Vorschein. Ihn schwindelte wirklich. Er hatte nicht gelogen. Douglas Fortescue sah aus, als würde er jede Sekunde von diesem Stuhl kippen, vor Angst und Scham und Kälte, oder vor Hunger.

«Glauben Sie mir», meinte er kühl, fast herablassend, die bebenden Lippen zu einem sachte gelangweilten Lächeln verzogen, «die beste Lösung für uns beide.»

«Lösung?» fragte Chapman.

«O ja.» Douglas strich gemessen über seine nassen Haare und entfernte einen Wassertropfen von seiner Nasenspitze, «ja, die beste Lösung. Hören Sie zu. Sie verlegen diese Chapbooks, und Sie möchten, daß viele Leute diese Chapbooks kaufen, und wie ich aus Ihren schlechtgeheizten Räumlichkeiten schließe, kaufen weniger Leute Ihre Chapbooks, Mr. Chapman, als Sie es gerne hätten. Ich meinerseits ...»

Douglas begann plötzlich zu lachen, ein verlorenes, sprödes Lachen. Der Junge war keine zwanzig. Mr. Chapman merkte erst jetzt, daß sein Besucher überhaupt über ein Alter verfügte. Er hätte beinahe mitgelacht, seltsam erleichtert.

«Heißen Sie wirklich Chapman?» lachte Douglas. «Ich meine, Chapman's Chapbooks ... Das ist doch nicht möglich!»

Chapman nickte. Er lachte mit. Es war komisch, Chapman zu heißen und Chapbooks zu verlegen. Der Junge hatte recht. Ein magerer Junge, der schrecklich fror. Frederick Chapman öffnete seine Schreibtischschublade und nahm eine Blechbüchse heraus, seine Notration Shortbread. Er bot Douglas davon an.

Douglas lehnte ab. Er hörte sehr plötzlich auf zu lachen, und er fuhr dann fort: «Ich meinerseits brauche auch Geld, denn ich habe eine schlechtbezahlte Stelle, und ich muß aufkommen für meine Freundin und mich, und deshalb möchte ich bitte ein paar Bücher für Sie schreiben, und ich verspreche Ihnen, das Publikum wird es Ihnen danken.»

«Meinen Sie», sagte Chapman. Er pickte ein paar Shortbreadkrümel aus der Büchse und leckte seinen Finger ab.

«Kein Mensch interessiert sich für Ihre Schauergeschichten», erklärte Douglas sanft. «Kein Mensch interessiert sich für die Verbrechen der Vergangenheit. Kein Mensch möchte wissen, wie man eine Unschuld verfolgt und erlegt. Niemand mag rächende Tote. Niemand mag Mönche. Ich glaube, es gibt überhaupt nur eine Person in ganz Manchester, die Ihre Bücher kauft, und das ist meine Freundin.»

«Meinen Sie», wiederholte Chapman. Es klang jetzt fast wie eine Frage.

«Es geschehen schreckliche Dinge in England», fuhr Douglas fort mit einem annähernd charmanten Lächeln, «es gibt Stoff in Hülle und Fülle. Die Leute wollen über moderne Verbrechen lesen. Ich schwöre es Ihnen. Es wird der Tag kommen, wo sich sogar meine Freundin abwendet von Ihren Publikationen. Eines Tages wird Elinor O' Donoghue aufwachen, und sie wird denken, nein, ich interessiere mich nicht für unkeusche

Mönche, denn ich bin ein modernes Mädchen. Elinor O'Donoghue hat eine Engelsgeduld, dafür stehe ich ein mit meiner Ehre. Strapazieren Sie diese Geduld nicht weiter. Denken Sie an Ihre Zukunft. Denken Sie ...»

Douglas blickte sich beiläufig um in Frederick Chapmans düsterem Büro. Er lächelte besorgt.

«Denken Sie ans Geld, Mr. Chapman», bat Douglas, «an Ihres und an meines. Und geben Sie mir bitte doch ein Shortbread, denn sonst falle ich um.»

Chapman hielt ihm die Büchse hin. Er holte Luft. Er wollte den Kerl anschreien. Er atmete unverrichteterdinge wieder aus. Ein Nebelwölkchen kam aus seinem Mund.

«Wir könnten beide heizen, Mr. Chapman, wenn wir mit der Zeit gingen, nicht wahr?» fragte Douglas treuherzig, während er vorsichtig sein Shortbread knabberte, eine Hand unterm Kinn, um keine Krümel fallen zu lassen. Er ließ sich Zeit. Mr. Chapman sah ihm zu.

«Ich schreibe bei Gericht», sagte Douglas, als er aufgegessen hatte, «seit gut zwei Jahren. Ich komme aus Yorkshire. Das Schicksal verschlug mich nach Manchester und verschaffte mir diese Stelle. Ich bin ein guter Stenograph, deshalb vertrauten sie mir das Amt des Protokollanten an, und ich schrieb zunächst Zivilsachen, und jetzt schreibe ich Strafsachen, und aus letzteren werde ich ein paar Bücher für Sie machen. Es sind schlimme Dinge. Die Leute werden sie mögen. England schätzt die Wahrheit, meinen Sie nicht, Mr. Chapman? England mag die plane Wahrheit über das schlimme süße Leben. Wir sind keine Nation von Träumern. Wir sollten ...»

«Sie werden keine *paar Bücher* für mich machen», flüsterte Frederick Chapman.

«Wir sollten uns nicht verzetteln mit Schwärmereien», fuhr Douglas fort, als habe er nicht gehört, «die Wahrheit lohnt durchaus das Druckpapier. Es gibt scheußliche Verbrechen. Vater gegen Sohn und Schwester gegen Bruder. Gift und Dolch und stumpfe Waffen, und immer ein paar Kuriositäten dabei. Vertrackte Fälle. Eine Fundgrube, die Kriminaljustiz.

Haß und Gier und bisweilen die sogenannte Liebe. Denken Sie an Ihre Leser.»

«Sie werden kein einziges Buch für mich machen», brüllte Frederick Chapman und schlug mit der flachen Hand auf den Schreibtisch, «verschwinden Sie!»

«Ich schreibe schnell und gefällig. Sie werden es mögen.»

«Hauen Sie ab, verdammt», schrie Chapman, als sei er plötzlich erlöst von einem Bann, «hauen Sie ab, junger Mann, oder ich vergesse mich!»

Douglas neigte den Kopf. Er stand langsam auf.

«Schade», sagte Douglas, «wirklich schade.»

Er griff in seine Manteltasche und zog etwas daraus hervor, das er Frederick Chapman hinhielt, geniert, fast unterwürfig. Chapman sah hin. Es war ein hübscher kleiner wertloser Rosenkranz aus blauen Kugeln.

«Das ist für Sie», sagte Douglas. Chapman nahm den Rosenkranz. Er starrte ihn an. Er wußte nicht, warum er ihn genommen hatte, und er wäre ihn gerne wieder losgeworden.

«Bitte», sagte Douglas, «behalten Sie das. Ein Geschenk. Ein Andenken. Und danke für das Shortbread.»

Douglas Fortescue verneigte sich, und dann verließ er Frederick Chapmans Büro ohne ein weiteres Wort.

Douglas fand seinen Weg durch den Schnee. Er ging Great Ancoats bis Oldham Street und bog dann in eine Nebenstraße ein. Der Schnee verbarg gnädig den Schmutz und gab auch den Mauern einen vorteilhaften weißen Anstrich, denn es war stürmisch, und der Wind blies den Schnee waagerecht gegen die Häuser. Es waren hier kleine zweistöckige Gebäude, eines wie das andere, eng und ein wenig schief nebeneinandergebaut in Eile, denn man hatte nicht viel Zeit gehabt damals, als sich Manchester plötzlich verdoppelte und verdreifachte vor Begeisterung über den Segen der Baumwolle. Die Häuschen waren jung, aber sie sahen aus wie Greise, müde, gebeugt, und fast schon gestorben. Die Zeit lief schnell in Manchester: In ein paar Jahrzehnten alterte es mehr als Bleamoor Hall in Jahrhunderten.

«Sehr modern», hatte Douglas gesagt, als er damals erfahren hatte, daß diese vergreisten Gebäude um Oldham Street erst dreißig waren, «sie verrotten mit Dampfkraft.» Und er hatte beifällig gelacht über den zeitgemäßen Niedergang, denn damals, vor zwei langen Jahren, hatte Douglas Fortescue Manchester noch sehr geliebt.

Es war lange her. Heute war er froh, daß der Schnee die ewig gleichen und ewig dahinsterbenden Greise aus Backstein mit einem gnädigen Laken bedeckte. Douglas schritt schnell voran, knöcheltief im Schnee. Er war ganz allein auf der Straße. Er suchte Schutz an den Hauswänden, und er stapfte weiter mit gesenktem Kopf, bis er ankam, wo er hinwollte. Er schloß eine Tür auf, die sich in nichts von all den anderen Türen hier unterschied. Elinor hatte ihm einen Schlüssel gegeben, denn sie wollte nicht, daß er klopfte, weil Elinor es leid war, von ihren Mitbewohnern verspottet zu werden wegen Mylords Besuchen, obwohl dieser Spott freundlich war. Sie gönnten Elinor O'Donoghue ihren Mylord. Elinor O'Donoghue war ein nettes Mädchen, und die Nachbarn sagten, warte nur, Elly, er wird dich heiraten, und dann zieht er seinen scheußlichen Mantel aus und trägt darunter eine Rüstung aus Gold.

Douglas war nicht schuld an diesem Gerede. Er hatte Bleamoor Hall nie erwähnt. Er haßte es von Herzen, wenn man ihn Mylord nannte, denn wenn Douglas Fortescue irgend etwas nicht ausstehen konnte, so waren es Lords. Er mochte diese Abneigung aber nicht erklären, denn es wäre schwierig gewesen, und Elinors Nachbarn hätten ihn ohnehin nicht verstanden. Douglas litt den Mylord und behielt sein Grauen für sich.

Er schloß die Haustür auf und schlich durch den düsteren Durchgang bis ins Hintergebäude, und er nahm dort zwei Stufen nach unten und schlug an Elinors Tür. Er brachte Schnee mit, als Elinor ihn einließ. Sie fegte den Schnee zurück ins Freie, und sie schob auch Douglas noch einmal aus der Tür und schüttelte ihn dort kräftig, denn Miss O'Donoghue wollte nicht, daß ihr Zimmer naß wurde. Es war das trockenste

Souterrainzimmer in ganz Manchester. Elinor betonte das oft, und sie war stolz darauf. Sie konnte keinen Schnee brauchen in diesem Zimmer, das sie ganz allein bewohnte, ein echter Luxus für eine Fabrikarbeiterin.

Elinor stammte aus Antrim und bediente seit sechs Jahren die Schwingmaschine. Ein paar Brüder waren auch in Manchester, die Mutter war tot, der Vater versuchte sich in Bradford am Handwebstuhl. Elinor war einundzwanzig, eine hochgewachsene, grobknochige und nicht unansehnliche Person mit braunem Haar und braunen Augen. Sie sah nicht aus wie einundzwanzig. Man wurde alt vor der Zeit in Manchester, selbst wenn man aus dem grünen Antrim stammte und gesund war wie ein Gaul, zumal in der Schwingerei, denn der Staub der Baumwolle und der Dampf aus den Kesselräumen mischten sich zu einem gnadenlosen Firnis, der bald nicht mehr wegzuwaschen war.

Elinor hatte fahle Wangen und längst die ersten Falten, und auch ihr schönes volles Haar war nicht mehr das, was es einst gewesen war in Antrim. Aber Elinor wußte, die Mädchen aus den Bleichereien sahen noch viel schlimmer aus. Und eine alte Frau war Elinor O'Donoghue noch lange nicht, von wegen! Die Nachbarn hatten recht, sie würde bald heiraten und Kinder haben; aber Elinor wußte genau, Douglas Fortescue würde nicht der Vater sein in dieser künftigen Familie.

Elinor freute sich, daß sie alleine wohnte und daß sie ihre Brüder nur am Sonntag sah und Vater nur einmal im Jahr. Sie freute sich über ihre Stelle, denn vor wenigen Monaten war sie befördert worden zur Vorarbeiterin, und sie befehligte nun ein kleines Regiment von acht Mädchen und Kindern. Elinor war durchaus bereit, sich über Dinge zu freuen. Sie konnte sich freuen und gruseln und sogar weinen über Chapman's Chapbooks, über all die Mönche und Mörder, und sie freute sich täglich, daß sie lesen konnte, und zwar schnell und flüssig und ohne die Lippen zu bewegen. Jetzt war Douglas gekommen. Elinor freute sich auch über Douglas. Sie warf ihm einen strengen Blick zu, und Douglas trat sich gewissenhaft die Stiefel ab, bevor er eintrat. Elinor schob ihn ins Zimmer und vor den Kamin und sagte: «Wärm dich, Douglas, und sag selbst, wenn du Kartoffeln möchtest, denn ich biete dir nichts an, nur damit du wieder nein sagen kannst.»

Elinor war Douglas' Freundin. So drückte er das aus. Elinor hatte den Gerichtsschreiber vor einem knappen halben Jahr mit nach Hause genommen, obwohl das eigentlich nicht ihre Art war. Sie hatte ihm etwas von ihrem wertvollen Kaffee gegeben, und Douglas hatte den Kaffee getrunken und Elinor dabei so verwundert angeschaut, daß sie hatte lachen müssen. Elinor war keine von denen, die mit Männern gehen; aber sie hatte den Schreiber in ihr Bett gebeten, noch bevor sie seinen Namen erfuhr, ohne recht zu wissen, warum. Sie hatte es nicht bereut. Der Schreiber war freundlich gewesen zu Elinor O'Donoghue, gar nicht so frech und gierig, wie man es erwartet von Männern. Er hatte sie wieder zum Lachen gebracht mit diesem erstaunten Gesicht, und er war zaghafter gewesen und hatte sich dümmer angestellt als der heilige Patrick persönlich.

Elinor war nicht besonders erfahren in Liebesdingen, aber sie hatte sich Mühe gegeben, dem Jungen zu helfen. Irgendwie war es gelungen. Der namenlose Schreiber hatte seine Lehrmeisterin dann angestarrt mit nahezu fassungsloser Ehrfurcht, und Elinor war sich vorgekommen wie Messalina persönlich, die ihr vertraut war aus Chapmans Büchern. Es war unanständig und schmeichelhaft. Elinor hatte den Schreiber nach seinem Namen gefragt und ihm den ihren verraten, und seit diesem Tag war sie Douglas Fortescues Freundin. Er kam fast täglich. Er blieb oft über Nacht. Douglas teilte sich ein Zimmer mit zwei anderen Protokollanten, und er konnte dort niemanden empfangen. Elinors Mylord war nicht wie andere Männer. Er trank nicht, er spielte nicht, er prügelte sich nicht auf der Straße. Er ging nicht in die Fabrik. Er war gut erzogen. Er hatte grüne Augen, und die Haare lang wie ein Mädchen. Er färbte sich diese Haare schwarz und rasierte seine Brust. Er behauptete bisweilen, daß er Elinor liebe. Er gab ihr Geschenke, nutzlose Dinge, als sei sie eine Dame. Elinor O'Donoghue hatte sich daran gewöhnt, Douglas Fortescues Freundin zu sein, und sie verteidigte ihn grimmig, wenn die Nachbarn sagten, Mylord ist vom Mond gefallen, er ist nicht normal.

«Ich habe Mr. Chapman deinen Rosenkranz geschenkt», sagte Douglas, als ihm ein wenig wärmer wurde, «ich dachte, es sei eine gute Idee. Er brüllte und warf mich hinaus. Ich werde jetzt schnell ein Buch für ihn schreiben. Ich hoffe, er zahlt gut. Wir teilen uns das. Ohne dich wäre ich nie auf die Idee gekommen. Du bist nicht böse wegen des Rosenkranzes? Ich hatte nichts anderes bei mir.»

Elinor schüttelte den Kopf. Sie wußte, Douglas hatte nicht viel übrig für Rosenkränze. Sie hatte ihn Douglas aufgedrängt als Glücksbringer, da sie bisweilen dachte, ihr Freund habe einen solchen nötig. Sollte er ihn verschenken, wenn er meinte, das sei gut.

«Möchtest du doch etwas essen, zur Feier des Tages?» fragte Elinor.

Douglas dankte. Elinor fragte ihn, warum er schreiben wolle für einen Mann, der ihn anbrüllte und hinauswarf.

«Oh», sagte Douglas, «er wird es schon drucken, verlaß dich darauf. Darf ich dir die Haare machen?»

Elinor seufzte. Es war eine echte Marotte, dieses Haaremachen. Eines Tages hatte Douglas damit angefangen, aber er hatte Elinor nie verraten, was der Unfug eigentlich sollte. Elinor ließ ihn bitten. Douglas bat. Irgendwann zog Elinor die Nadeln aus ihren Haaren und ließ sie fallen, lange glatte braune Haare, ein wenig verfärbt von sechs Jahren Staub und Dampf.

«Tu, was du nicht lassen kannst», sagte Elinor, und sie setzte sich auf den Boden vor dem Kamin und wandte Douglas den Rücken zu.

Douglas hatte einen guten Monatslohn darangegeben für diese Liebhaberei, und er besaß jetzt ein elegantes Akkomodierbesteck, um das ihn jeder Damenfriseur von Manchester beneidet hätte. Es war ein Saffianetui mit Brennzangen, Quetscheisen und Zierhecheln, dazu ein wohgedrechseltes Kräuselholz, verschiedene Nadeln, Bürsten und Kämme sowie ein echtes französisches Fer à Toupet. Als Elinor diese Werkzeuge zum erstenmal gesehen hatte, war sie erschrocken, denn sie wußte aus ihren Chapbooks von den Folterkammern der Inquisition. Aber Douglas hatte dann noch einen Schildpattkamm gekauft und ein Fläschchen Rosmarinöl, um das Kunstwerk damit zu überglänzen, und Elinor verlor ihre Furcht und ärgerte sich nur mehr über die Geldverschwendung. Sie behielt das für sich. Sie lachte freundlich über Douglas' Spleen. Es war ein angenehmes Gefühl, seine kunstfertigen Finger in ihren Haaren zu spüren. Er tat ihr nie weh. Er blies gewissenhaft auf das Eisen, um sie nicht zu verbrennen.

«Und?» fragte Elinor, als sie hörte, wie Douglas hinter ihrem Rücken die Schließe des Etuis aufspringen ließ, «was machst du heute aus mir?»

«Französische Mode», sagte Douglas. «Stocklocken über den Ohren und glatt über der Stirn. Ist abgebildet in *Fashionable Life*. Halt still.»

Er bürstete Elinors Haare, vorsichtig, aber gründlich. Er mochte den Geruch von Baumwolle und Dampfkraft, der stets in ihren Haaren und Kleidern hing, sie konnte tun, was sie wollte. Er mochte auch, wie sich das anfühlte, die kräftigen Haare über den warmen Rücken zu bürsten, bis sie knisterten, und er ließ sich Zeit damit. Elinor hielt still. Auch sie mochte dieses Gefühl, obwohl sie oft sagte: «Douglas, du bist verrückt, du spielst die Kammerzofe für eine Schwingerin, und du weißt doch genau, daß das ein schlimmer Unfug ist.»

Douglas bürstete, dann legte er Elinors Kopf gegen seine Brust und zog ihr umsichtig den Scheitel.

«Was findest du besser», fragte Douglas, während er die sorgfältig gescheitelten Haare noch einmal bürstete, «eine ledige Tante, die grundlos halb Mortram mit Arsen vergiftet, oder einen klassischen Raubmord?»

«Wie – besser?» Elinor neigte folgsam den Kopf, und sie spürte jetzt den kleinen Kamm, der ihre Haare in ordentliche Strähnen teilte, und dann ein paar Nadeln, die diese Strähnen hielten.

«Besser für ein Buch», sagte Douglas. «Besser fürs Publikum.»

«Ich weiß nicht. Vielleicht die Tante.»

«Ich mag die Tante auch lieber», erklärte Douglas, «es war das schönste Verhör seit langem.» Er riß Papilloten aus dem *Manchester Herald*. Elinor hielt still, die gesträhnten Haare über den Schultern.

«Ich glaube, ich werde beides nehmen», meinte Douglas nachdenklich, während er nach und nach all diese sorgsam gesträhnten Haare aufwickelte, «zuerst die Tante, dann den Raubmord. Die Tante war widerlich sanft. Die höflichste Jungfer von Mortram. Ein schöner Name. Schade, daß kein Mensch Lateinisch kann in dieser Stadt.»

Douglas nahm dicke Papilloten über Ohren und Schläfen, feine Streifen im Nacken. Er versorgte jedes Haar. Er drehte die Papilloten fest zusammen, und er nahm oft Abstand, um die Symmetrie zu überprüfen. Hier und da machte er absichtlich Fehler, ein wenig kunstreiche Unordung. Ohne es recht zu merken, folgte er den Lehren von Lancelot Brown, und er behandelte Elinors Haare mit Geduld und sanfter Strenge, als seien es Jonquillen und Klapperrosen aus Vater Fortescues Park. Was war wohl geworden aus Bleamoor Hall? Das Dach war eingestürzt und hatte Eugenius Ainsgill erschlagen. Vielleicht. Wahrscheinlich nicht. Douglas unterdrückte ein Seufzen und begann dann mit der langwierigen Prozedur des Brennens.

«Hohes Gericht», sagte Douglas mit heiser verstellter Stimme, während er das Quetscheisen nah über der Glut ins Feuer hielt, «ich habe bezahlt für jede Unze Arsen, aus meinem eigenen Sparstrumpf, glauben Sie mir, meine Herren, ich bin eine ehrliche Frau. Ich habe nie nichts gestohlen. Ich habe nie nichts Schlechtes getan. Ich bin keine Diebin, hohes Gericht, ich bin ein braves Weib und trage Sorge für die süßesten Kinder von Mortram.»

Elinor lachte. Douglas blies aufs Eisen und zwickte dann kurz einen feuchten Lappen, bevor er die erste Papillote berührte.

«Sie trug Sorge für acht Gören», sagte Douglas und begann umsichtig zu brennen, «mit Arsen. Eine wohlerzogene Frau und eine liebevolle Tante. Sie rührte das Zeug in den Brei. Es schmeckt süß, weißt du? Die Tante betonte das mehrfach. Die Kinder haben den Brei geliebt. Die Tante sang sie in den Schlaf, mit ihrer heiseren und sanften Stimme, oh, sie hat das vorgemacht, mitten im Gerichtssaal. *Greensleeves*. Du glaubst es nicht. Man kam ihr erst darauf, als sie auch die Mütter vergiftete. Dafür geb' ich doch jeden Raubmord. Obwohl ...» – Douglas erhitzte nun das feinere Eisen und begann mit den dünnen Locken im Nacken – «... obwohl der Raubmord auch nicht schlecht war. Ich mag diese Jungs ganz gerne. Sie sprechen so zäh. Sie schämen sich so furchtbar. Sie schämen sich furchtbar im Gericht, und sie schämen sich überhaupt nicht beim Morden. Ein junger Kerl war das, ein Ire. Vielleicht kennst du ihn ja. Er hieß ...»

«Ich kenne nicht jeden Iren in Manchester», murmelte Elinor. Douglas hörte die Freude in ihrer Stimme, jenen trägen Genuß. Elinor liebte die heißen Brenneisen. Sie hätte es nie zugegeben, aber Douglas hörte es an ihrer Stimme. Er sagte den Namen des irischen Mörders, nur um Elinors Beteuerungen zu hören, daß sie ihn sicherlich nicht kenne. Diese beglückte Stimme. Douglas brannte die Papilloten mehrfach. Er mochte diese Spur eines Seufzens in Elinors Stimme. Er mochte die winzigen Bewegungen ihres Kopfes, wenn sie unbewußt die Nähe des Eisens suchte. Douglas brannte ausgiebig. Er schwieg jetzt. Er genoß Elinors Genuß, und erst als es mit den Regeln der Akkomodierkunst gar nicht mehr zu vereinen war, die Locken noch weiter zu erhitzen, legte Douglas das Eisen beiseite.

«Ein klassischer Raubmord, kurz vor Haslingden. Ein Räuber. Zwei Tote. Lächerliche Beute. Das Verhör hat mir gut gefallen. Er beschrieb genau, wie er den Männern die Schädel zerhaute. Ein Fleischerjunge aus Derry. Er wollte heiraten. Er brauchte Geld. Gott, Elinor, du hättest ihn hören sollen, er erzählte das artig, wie in der Schule.»

«Pfui», sagte Elinor. Douglas entfernte jetzt die Papilloten.

«Ich nehme erst die Tante und dann den Fleischer. Die Tante ist widerlich, der Fleischer ist brutal. Man kann sich ekeln vor der Tante und erschrecken über den Fleischer. Man kann sich beim Fleischer von der Tante erholen. Beide Verhöre sind wunderbar. Chapman wird mich lieben. Er wird mich gut bezahlen. Dann fahren wir nach Irk Valley und machen uns einen schönen Tag.»

«Ich geh' nicht mit dir aus, das weißt du», meinte Elinor sanft.

«Weiß ich. Schade.» Douglas kämmte die Locken aus. «Sie haben eine Laterna magica in Irk Valley Gardens. Du hast keine Ahnung, was du verpaßt.»

Douglas begann jetzt mit der eigentlichen Kunst des Akkomodierens. Er legte und steckte und toupierte die großen und kleinen Locken, schweigend, denn das erforderte Konzentration. Er zog die gescheitelten Haare über der Stirn glatt und bündelte die Locken zu zwei wilden Fontänen rechts und links bei den Ohren. Er befestigte den Schildpattkamm und richtete ein wenig Unordnung im Nacken an. Er flocht eine Art Knoten unter dem Kamm, denn *Fashionable Life* forderte eine Betonung des Hinterkopfes. Zuletzt verteilte Douglas ein wenig Rosmarinöl in seiner Handfläche und versah das Kunstwerk geschickt mit ein paar Glanzlichtern. Er nahm Elinors Hand und zog sie auf die Füße. Er sah sie an. Er schüttelte den Kopf, als könne er gar nicht glauben, wie gut das alles gelungen war. «Gott, Elinor, wie bist du schön», sagte Douglas, und er küßte ihre Finger.

Elinor lächelte. Sie betastete vorsichtig das schwere Gekringel über ihren Ohren. Sie betastete den Schildpattkamm.

«Unfug, vermaledeiter», sagte Elinor streng, «ich werde morgen wieder eine Höllenmühe haben, diese albernen Locken unter die Haube zu stecken.»

Douglas küßte noch einmal ihre Hand. «Ich liebe Sie, Miss O'Donoghue», sagte Douglas, «Sie sind eine echte Schönheit.»

Elinor lachte. Sie glaubte Douglas einen Moment lang, was

er sagte. Elinor besaß keinen Spiegel, und sie hatte das noch nie weiter bedauert. Douglas würde es schon wissen. Sein Blick war aufrichtig. Elinor schaute mit gerunzelter Stirn in diese stillen grünen Augen, und sie sagte: «Bin ich denn schön, wenn du meinst, aber jetzt nimm die Nadeln aus meinen Haaren, und den Kamm, und dann komm zu Bett, denn es ist schrecklich spät.»

Douglas gehorchte. Er zerstörte sein Werk rasch und geschickt. Er flocht Elinor einen Zopf für die Nacht, und er sah ihr zu, wie sie sich auszog und betete und dann zu Bett ging in einem langen sauberen Hemd. Douglas zog sich seinerseits aus. Er kroch zu seiner Freundin unter die Decke.

«Gute Nacht, Elinor O'Donoghue», sagte Douglas, «bald sind wir reich, und ich hoffe, du hast gebetet für alle bösen Tanten von Greater Manchester, damit mir der Stoff nicht ausgeht nach dem ersten Buch.»

«Schäm dich», sagte Elinor. Sie schlief schon fast.

Douglas drehte ihr den Rücken zu und schloß die Augen.

Er konnte nicht einschlafen. Sein Magen knurrte, und er fror. Er legte vorsichtig eine Hand auf Elinors Oberarm, aber er nahm sie schnell wieder fort. Elinor war warm, wenn sie schlief, sie war immer warm, auch tagsüber. Douglas machte das neidisch. Er zog die Decke zurecht, zog sie hinunter zwischen sich und Elinor bis auf die Matratze, denn er wollte seine Freundin nicht berühren. Sie lagen längst schon beieinander wie Geschwister. Sie hatten schnell begriffen, daß ihre Körper kein Vergnügen aneinander fanden, und sie nahmen diese Erkenntnis ernst. «Man tut täglich Dinge, die man nicht gerne tut», hatte Elinor gesagt, «man muß sich nichts Zusätzliches aufladen.» Und Douglas machte seiner Freundin fortan die Haare, denn das mochten beide, und wenn er bei ihr schlief, kniffte er zuvor die Decke, damit er nicht allzu neidisch werden mußte auf ihren wohlgeheizten Körper.

Am nächsten Tag schickte man den Schreiber Fortescue in Zivilprozesse, und am übernächsten Tag ebenfalls. Er hörte und protokollierte die üblichen Erbschaftsgeschichten und den einen oder anderen Schuldnerstreit zwischen jenen aufgeblasenen Fabrikherren, die die Baumwolle reich gemacht hatte, ohne sie vorher Sitten zu lehren oder ein bißchen Lebensart. Der gewesene Bewohner von Bleamoor Hall sah hinab auf diese Gestalten, wenn er sich auch immer wieder sagte, dies seien schließlich die Wappentiere der Neuen Zeit, und als solche müsse man sie achten. Douglas fragte sich trotzdem – und er hatte viel Zeit, sich etwas zu fragen, denn seine Hand schrieb fast von selbst –, warum die Neue Zeit ihren fettleibigen Sinnbildern nicht ein wenig Ovid hatte beibringen können, ein wenig Sinn für Herrenmode, einen Hauch von Kultur. Sie polterten im derbsten Mancunian, sie schwitzten in ihre Hemden, und es störte sie gar nicht, wenn da gelbe Ränder waren am Kragen. Alles Seide, die Hemden der Baumwollherren von Lancashire. Das paßte Douglas auch nicht. Er zog sein Zopfband zurecht – denn sie zwangen ihn, ein solches bei Gericht zu tragen –, und er fühlte das Kammgarngewebe, aus dem dieses Zopfband bestand, und er lächelte leise über diese geheime patriotische Geste. Douglas Fortescue mochte die Baumwolle. Douglas Fortescue mochte die Fabriken. Er war dieser Neigung treu geblieben, seit er den ersten Blick hatte werfen dürfen auf die schöne Mechanik der Mühlen von Fleensfield, und die Industriellen, die das Schiedsgericht belästigten mit ihren lächerlichen Zankereien, machten ihn nicht irr am Prinzip. Douglas schätzte die Fabriken hoch, und er haßte es, in diesem Gerichtssaal zu sitzen und zu schreiben, als sei kein Tag vergangen, seit Sir John Fortescue seine *Lex Angliae* veröffentlicht hatte vor Jahrhunderten. Aber Douglas wußte auch, er würde nicht arbeiten wollen in einer Fabrik. Er legte keinen Wert darauf, daß ihm der Staub seine Haare verdarb. Elinor hatte erklärt, daß es Huster und Nichthuster gab in den Spinnereien, und Douglas war sich ganz sicher, er würde, anders als die starke Elinor, zu den schlimmsten Hustern gehören. «Der Staub kommt von Gott», sagte Elinor, «und Gott weiß, wen er husten läßt.» Sie stimmte Douglas lächelnd zu, wenn er vermutete, daß Gott nur auf ihn wartete, um ein Exempel zu statuieren an seiner Lunge. So blieb Douglas denn bei Gericht, und er leitete das Gehörte geschickt vom Ohr in die schreibende Hand, um das Gehirn freizubehalten für vermischte Betrachtungen.

Zwei Nächte lang saß Douglas vor Elinors kaltem Kamin und schrieb dort sein erstes Buch für Chapman. Er teilte seinen Papierstoß in zwei Teile, und er betitelte den ersten und dickeren *The Ghastly Aunt of Mortram* und den zweiten, der dünner war: *Butcher and Killer*. Douglas füllte die Seiten mit kaum mehr als den blanken Verhören, wie sie festgehalten waren auf seinem Protokollblock. Die Mitschrift genügte. Douglas hatte nicht vor, die planen Fakten anzureichern. Er zitierte die Tante und den Richter und die Zeugen, er schrieb nieder, was der Fleischergeselle gesagt hatte, *I pounded thir skull wi' a wood-chopp'n thing*. Douglas nahm die Sprache, wie sie war, denn hier ging es ja nicht um stilistische Raffinessen wie einst in der Knabenschule zu Thorsby, und Derry war Derry und nicht Oxford. Douglas schrieb schnell, saubere Zeilen in seiner großen und steilen Schrift. Er mußte kaum verbessern. Es ging sehr einfach. Bisweilen kicherte Douglas ein wenig, meistens blieb er aber ernst, und er arbeitete zügig, fast ohne aufzublicken.

«Ich bin fertig», sagte Douglas, als Elinor am zweiten Morgen erwachte, «und ich schwöre dir, ich liebe diese Tante, ich liebe den Fleischer, ich liebe sie wirklich. Sie haben solche Mühe beim Sprechen. Sie haben viel mehr Mühe beim Sprechen als beim Morden, aber sie strengen sich an. Ich glaube fast, sie tun das nur für mich. Ob Mr. Chapman nach Australien exportiert? Sie würden sich dort sicher freuen über mein Buch.»

Elinor blinzelte ihn an. Sie war noch nicht ganz wach.

«O ja», wiederholte Douglas, «ich liebe die Gräßliche Tante von Mortram, und dich liebe ich auch, Elinor, und du darfst nicht böse sein, daß ich dich in einem Atem nenne mit der Giftmischerin, denn heute morgen ist das ein echtes Kompliment.»

«Schweig still, Douglas», bat Elinor. Douglas sah ihr zu, wie sie sich wusch, wie sie Porridge kochte und etwas davon in ein Töpfchen füllte für ihre Mittagspause, er aß folgsam selbst einen Teller voll, und dann half er Elinor, ihre Haare unter die Haube zu stecken, und reichte ihr Tuch und Mantel. Sie mußte los. Es war vier Uhr. Douglas durfte noch bleiben, denn sein Berufsstand ging gnädiger um mit seinen Dienern. Douglas knotete das Tuch unter Elinors Kinn, damit sie sich nicht erkältete, und er sah ihr hinterher, als sie aus der Tür glitt und die Stufen hinauf und hinein in das Zwielicht einer tiefverschneiten Nacht. Er sagte kein Adieu. Douglas wußte, Elinor mochte es nicht, wenn man sie ansprach am Morgen, und er hatte sich vorhin völlig vergessen vor lauter Begeisterung über sein erstes Buch.

Douglas nahm eine leere Seite, und er malte darauf mit großen Buchstaben:

Crimes of Our Time, Volume One

Er signierte mit seinen Initialen. Er nahm ein zweites Blatt Papier und schrieb darauf folgende Zeilen: *Mister Chapman, ich erlaube mir, Ihnen beigeschlossen, wie vereinbart, mein erstes Buch zu übersenden, und ich hoffe, daß es Ihnen zusagt. Hochachtungsvoll, Douglas W. Fortescue.*

Douglas wickelte Brief und Manuskript in Packpapier, adressierte es und legte es auf den Tisch. Er zog sich aus. Er kroch in das ungemachte Bett, das noch warm war von Elinor, und Douglas stellte fest wie schon öfter zuvor, daß es viel einfacher war, diese Wärme zu genießen, wenn die Urheberin selbst schon fort war. Er zog sich die Decke über den Kopf. Baumwolle und Dampfkraft. Douglas roch am Kopfkissen. Ein Wunder. Er war täglich aufs neue erstaunt über dieses Wunder Elinor O'Donoghue, das noch warm war und duftete, wenn es schon gar nicht mehr da war. Er würde einen echten Elfenbeinkamm kaufen für Elinors Haare, wenn Chapman erst bezahlt hätte.

Douglas wurde müde. Er stellte sich eine Frage, tief vergraben ins Bettzeug und weit hinübergerollt auf Elinors angestammte Seite: *Ist einer ein Dichter, der aufschreibt, was andere sagen?* Aber Douglas schlief ein, bevor er über eine Antwort nachdenken konnte.

«Siehst du», sagte Douglas zu Elinor, als ihm Chapman das Geld gegeben hatte für *Crimes of Our Time*, «siehst du wohl, daß ich recht hatte?»

Elinor gratulierte herzlich.

«Er will die nächste Nummer in zwei Wochen», sagte Douglas. «Er möchte von Mönchen nichts mehr wissen. Hüte deine alten Ausgaben gut, denn sie sind bald ausgestorben. Ich danke dir. Ohne deinen Rosenkranz wäre mir das nie gelungen.»

Und Douglas küßte lächelnd Elinors Fingerspitzen, und er behielt für sich, wie sehr er sich wunderte über seinen Erfolg. Der Rosenkranz? Die Tante? Die eigenen grünen Augen? Douglas W. Fortescue hatte wieder einmal jemanden magnetisiert, und er wußte noch immer nicht, wie er das eigentlich machte.

II

Im März 1830 veröffentlichte Frederick Chapman bereits den dritten Band von *Crimes of Our Time*. Er bezahlte nicht viel, aber es war doch ein schönes Zubrot für den armen Gerichtsschreiber. Er konnte sich jetzt endlich ein eigenes Zimmer leisten. Douglas hatte es immer gehaßt, mit anderen die Wohnung zu teilen, zumal mit diesen Kollegen, die er täglich bei Gericht sah und deren Lebensgeschichten und Liebesabenteuer er längst auswendig kannte. Sie hatten ihm alles erzählt, die persönlichsten Dinge, ohne daß sie Douglas darum gebeten hätte. Es war mit der Zeit ein Ritual geworden, die ausgiebigen Beichten, Douglas' müdes *Aha*, Abend für Abend, wenn Douglas nicht zu Elinor floh vor all den fremden Geheimnissen. Elinor erzählte kaum etwas. Elinor war wirklich ein Wunder.

Jetzt war Douglas sehr froh über seine neue Bleibe, ein sauberes und annähernd trockenes Dachzimmer Market Ecke High Street, das eine Frau vermietete, die fast taub war und wenig sprach. Das Zimmer war besser als Elinors Zimmer. Douglas hatte seiner Freundin angeboten, das neue Zimmer mit ihm zu teilen, aber Elinor hatte abgelehnt. Douglas bat sie um ihre Hand, aber Elinor lehnte auch das ab. Erst als er Elinors Nein hörte, wurde Douglas bewußt, daß es ihm ernst war mit diesem Antrag. Er hätte sich gerne vertraglich versichert, daß ihm das Wunder aus Antrim erhalten blieb für den Rest ihrer beider Leben. Er wiederholte sein Angebot, Elinor wiederholte ihr Nein. Douglas bat. Elinor schüttelte den Kopf. All seine magnetischen Künste waren verschwendet an dieses Mädchen, das ihm freundlich und bestimmt und völlig unbeeindruckt in die Augen sah und sagte: «Ich möchte eine Familie haben, und du bist nicht der Vater in dieser Familie.»

Es half Douglas gar nichts, daß er Elinor jetzt noch einmal – und mit Erfolg – zu beweisen versuchte, daß er durchaus ein Mann sein konnte, wenn er bei einer Frau lag. Er hatte sie aber falsch verstanden.

«Ich glaube dir das», sagte Elinor freundlich, «ich glaube dir, daß du das kannst, aber du bist nicht der Vater in meiner künftigen Familie, das weiß ich, und deshalb frag mich nicht wieder.»

Und erst als Douglas überhaupt nicht nachließ, wurde Elinor O'Donoghue deutlich.

«Ich heirate nicht meine Schwester», sagte Elinor, «denn das wäre unchristlich und unrecht. Ich kann es nicht ändern. Du bist mir wie eine Schwester, Douglas, nicht wie ein Bruder, nein, wie eine Schwester, die mir die Haare macht und mich liebt, wie meine Schwester Charlene, meine einzige Schwester, Gott sei ihrer Seele gnädig. Ich wollte Charlene heiraten, als ich klein war, und sie mich auch, aber das geht ja nicht, und deshalb werde ich auch dich nicht heiraten, Douglas Fortescue, denn du bist nicht der Vater, den ich brauche für meine Familie, und das hat gar nichts zu tun damit, ob du mich berührst unter der Decke oder nicht. Versteh mich, Douglas. Bitte.»

«Ich versteh' dich», sagte Douglas, «aber du bist wirklich gemein.»

Und er nutzte die Gelegenheit, um Elinor das Versprechen abzunehmen, daß sie ausnahmsweise mit ihm ausgehen würde an seinem zwanzigsten Geburtstag, obwohl sie keine von denen war, die sich öffentlich zeigen mit ihrem Freund.

«Das ist doppelt gemein», meinte Douglas lächelnd, als Elinor zögerte, «erst nennst du mich Schwester, dann bin ich ein Mann, du solltest dich wirklich entscheiden. Ich brenne mir Stocklocken, wenn dir das die Sache erleichtert, und ich nehme ein Schultertuch wie ein braves Mädchen, und dann sagst du einfach, ich sei Charlene, und du fährst beruhigt mit mir nach Irk Valley.»

«Dein Spott ist schlimm», sagte Elinor.

Douglas nickte und schwieg.

Sie feierten Douglas' Geburtstag, so gut sie es vermochten. Es wurde ein schöner Tag. Der März war warm nach dem strengen Winter, und man konnte bereits im Freien sitzen in Irk Valley Gardens und Tee oder Porter trinken in den kunstvollen Lauben aus Gitterwerk, die mit immergrünen Kletterpflanzen bewachsen waren, die die Liebespaare und auch die tuschelnden Schwestern gut abschirmten von den anderen Gästen. Es gab ein Karussell in Irk Valley Gardens und Schaukeln, und man mußte die Taschen voller Pennies haben, um all diese Attraktionen zu bezahlen. Es gab einen furchtbaren Mann, der Mäuse schluckte und sie dann wieder herauswürgte, unverletzt und munter, zur Freude des Publikums. Die Mädchen kreischten, Douglas schüttelte den Kopf, und Elinor sagte kühl: «Süßer Jesus, so möchte ich meinen Lebensunterhalt nicht verdienen.» Es gab zwei Zwerge, die tanzten, ein Pferd, das als Einhorn verkleidet war, und es gab eine Bude namens *Magic Lantern Follies*.

«Das ist das Beste hier», behauptete Douglas, «das kenn' ich schon, es wird dir gefallen.» Und er bezahlte den Eintritt und führte Elinor in diese Bude, nachdem er sich sicherheitshalber nach dem Namen des Besitzers erkundigt hatte: denn Douglas hatte wenig Lust, hier durch Zufall seinem Onkel in die Arme zu laufen.

Elinor konnte der Vorführung wenig abgewinnen. Die Bilder waren schlecht, es stank nach Rauch, und es gelang Elinor nicht, sich auch nur vage zu gruseln. Sie war enttäuscht von den Gespenstern der *Magic Lantern Follies*. Chapman's Chapbooks hatten sie wählerisch gemacht. Mit gekräuselten Lippen betrachtete sie die Projektionen, und sie wunderte sich, daß Douglas die ganze Zeit ihre Hand hielt wie ein ängstliches Kind. Er war blaß, als sie wieder ins Freie traten, noch blasser als sonst. Elinor lachte ihn aus, und Douglas überwand seinen Schrecken schnell. Er nahm Elinors Arm, und sie gingen hinüber zu dem exotischen Pavillon, der ebenfalls *Follies* hieß, *Follies of China*. Es gab dort Musik und Tanz, und sie tranken Porter und aßen reichlich Schinken dazu, und Douglas verzichtete darauf, nach einer Retirade zu suchen, um dieses Mahl wieder von sich zu geben, obwohl er sich schon mit Doppelkinn sah, fett und gewöhnlich wie ein Bäcker aus Carlisle.

Sie stießen an auf Douglas' Zukunft, auf die nächsten zwanzig Jahre, und Elinor sagte: «Gott segne dich, du wirst reich werden», und sie schenkte ihm einen neuen Rosenkranz.

Sie lernten dann einen Mann aus Wicklow kennen, einen vierschrötigen und freundlichen Bleicher, katholisch, wie Elinor schon nach fünf Minuten wußte. Douglas hörte zu, wie die Landsleute miteinander redeten, und er mußte lachen, als der Bleicher Elinor zwang, ein Lied aus der Heimat mit ihm zu singen, in dieser fremden, sanften und schrecklich rauhen Sprache. Douglas gestattete dem Mann aus Wicklow, mit seiner Freundin zu tanzen, und er sah ihnen dabei zu. Elinor war ein wenig größer als ihr Partner, aber sie ließ sich willig führen, und sie tanzten einen Tanz nach dem anderen, meisterhaft im Takt, mit vergnügten Gesichtern und ein wenig schwerem Schritt. Sie tanzten drei Deutsche, ohne sich dazwischen auszuruhen. Douglas betrachtete sie mit Ehrfurcht. Als sie endlich doch die Tanzfläche verließen, spendierte Douglas dem Mann aus Wicklow einen Krug Porter, und er sagte: «Bester Freund, wie gut Sie tanzen, Sie wissen gar nicht, wie reizend das aussieht, Miss O'Donoghue und Sie.» Der Mann aus Wicklow dankte und lachte und hob schon die Hand, um Douglas auf die Schulter zu klopfen, aber er besann sich dann eines Besseren und wedelte geniert in der Luft, als habe er nur eine Fliege verscheuchen wollen. Der Mann aus Wicklow hieß Cullen. Er wohnte in Manchester, Bradley Street. Er kannte einen von Elinors Brüdern. Man trennte sich jetzt, aber man wollte sich wiedersehen.

Als Douglas und Elinor beieinanderlagen in der Nacht nach diesem ereignisreichen Sonntag, stellte Douglas fest, daß seine Freundin zum erstenmal nach etwas anderem roch als nach Baumwolle und Dampfkraft. Sie roch nach Porter und nach frischer Luft, und sie roch nach einem Mädchen, das viel getanzt hat, und ein wenig auch nach dem billigen Tabak des Mr. Cullen aus Wicklow. Douglas liebte seine Elinor wirklich. Plötzlich war er sehr froh, daß er sie nicht heiraten mußte.

Es gab genügend Verbrechen in Manchester, um *Crimes of Our Time* fortzuführen. Die Broschüren verkauften sich gut, und sie verkauften sich besser als Mönche und Gespenster. Ende des Jahres schrieb Douglas sein zwölftes Buch.

«Sie haben recht gehabt, Mr. Fortescue», sagte Chapman, «und ich danke Ihnen nachträglich für die verrückte Idee mit dem Rosenkranz, denn ich weiß nicht, ob ich Sie sonst nicht einfach vergessen hätte.»

«Kaum», entgegnete Douglas. Er dankte steif für die eben ausgehandelte Erhöhung des Honorars. Er bekam seine Freiexemplare, die ebenfalls vertraglich festgelegt waren, verabschiedete sich mit einer knappen Verbeugung und ging nach Hause.

Elinor war noch immer Douglas' Freundin, aber er war jetzt seltener bei ihr, seit sie bekannt war mit dem Mann namens Cullen. Elinor behauptete zwar, daß sie Mr. Cullen nicht heiraten würde, aber Douglas wußte nicht, ob er ihr das glauben sollte. Mr. Cullen, fand Douglas, sah aus wie einer, den man gerne als Vater hätte für eine große irische Familie. Elinor ließ Mr. Cullen nicht über ihre Schwelle. Sie sprach mit ihm auf der Straße, mäßig freundlich, ein wenig barsch.

«Er ist dumm, Cullen, ich mag ihn nicht», sagte Elinor immer wieder, obwohl sich Douglas nie erkundigte nach dem Bleicher aus Wicklow. Er brannte Elinors Haare, und Elinor sagte nach wie vor «Unfug», aber sie genoß es trotzdem, und Douglas kniffte wieder stets die Decke, wenn er bei Elinor schlief, denn ihr Körper wurde wärmer und wärmer.

«Wenn du so weitermachst, Elinor O'Donoghue, wird man bald Handschuhe anziehen müssen, wenn man dich anfaßt», sagte Douglas, «du solltest wirklich etwas unternehmen gegen diese Erhitzung.»

Und als er dann lachte, klang es ein bißchen gehässig, und Elinor war böse mit ihm, ohne seinen fragwürdigen Witz recht zu begreifen.

Jeremy Fortescue, der noch immer in Settle lebte, bekam jedes Chapbook seines Bruders mit der Expreßpost. Die Broschüren waren eingewickelt in teures Papier und wurden stets begleitet von dem nämlichen Brief, welcher lautete:

Lieber Jeremy, sorge Dich nicht um mich, und schäme Dich nicht allzusehr, denn bedenke, Geld stinkt nicht, und was unterscheidet schon einen Mörder von einem Handschuh? Glück und Segen, Douglas W. Fortescue.

Bei jeder dieser Sendungen freute sich Jeremy sehr, daß sein Bruder noch lebte, und er ärgerte sich unglaublich über den immer gleichen Brief. Er ärgerte sich, daß er sich ärgerte; denn Jeremy wußte, Douglas wollte das so, und Douglas wußte genau, daß sich Jeremy ärgern würde, und er wußte auch, Jeremy würde so froh sein über das Lebenszeichen, daß sein Ärger gar nicht mehr zählte.

Jeremy befaßte sich wohl oder übel mit der Handschuhschneiderei. Er mußte inzwischen vier Kinder ernähren, und es blieb ihm nichts anderes übrig, als seine großen Hände daran zu gewöhnen, die Formen zarter Finger in Stoff nachzubilden und sogar winzige Litzen an winzige Stulpen zu nähen, angeleitet von einem ungeduldigen Schwiegervater.

«Mein Bruder», sagte Douglas milde zu Elinor, «kümmert sich in Yorkshire um die Traditionen des Mittelalters, er ist ein echter Idealist.»

Aber es gab nichts anderes zu tun in Settle für den gewesenen Herrn von Bleamoor Hall, und er brachte es einfach nicht über sich, ein Stück Land zu pachten, denn allein bei der Vorstellung, einem Lord zu dienen, standen ihm alle Haare zu Berge. Die Abneigung gegen die Aristokratie war wohl das einzige, was die Gebrüder Fortescue gemeinsam hatten. Und Douglas' Satz von Mörder und Handschuh traf Jeremy wirklich; denn er wußte, er teilte im Grunde Douglas' Meinung: Das Handschuhgewerbe war mindestens ebenso unter der Würde eines Fortescue wie Douglas' anrüchiger Broterwerb. Jeremy warf die Briefe mitsamt den Büchern in den Kamin.

Da Jeremy nicht der einzige war, der die schlechtgedruckten Bände von Chapman's Chapbooks nicht für die Nachwelt aufbewahren mochte, haben nur wenige Exemplare bis heute überdauert. Sie sind dementsprechend teuer, und am wertvollsten sind jene aus Douglas' fleißiger Feder. Er publizierte zwar, wie alle Autoren des Verlegers Chapman, ohne Namen; doch die eifrige Wissenschaft enttarnte *Crimes of Our Time* eines Tages als Frühwerke des Dichters Fortescue, und die Auktionäre machten sich das zunutze. Ein reichlich zerfleddertes Exemplar des fünften Bandes – *Murder at the Jenny* und *Viaticum for a Wealthy Uncle* – erzielte 1989 bei Sotheby's die stolze Summe von fünfzehntausend Pfund.

Als er das sechzehnte Chapbook geschrieben hatte, merkte Douglas eines Tages mit Entsetzen, daß er sprach wie ein Tölpel aus der Fabrik. Derbstes Mancunian, gemischt mit irischen Brocken: So klang das, was Douglas W. Fortescue seit einer Weile von sich gab. Er zählte nicht zu jenen, die gefeit sind gegen Dialekt; jede Entstellung der Laute, jede Redewendung fand ihren Weg in Douglas' Gehirn und setzte sich dort ungebeten fest. Und Douglas protokollierte nun schon seit über drei Jahren, und er sprach längst, als sei er der Held seines eigenen Chapbooks.

Drei Tage lang sagte Douglas kein einziges Wort, so sehr schämte er sich. Die Einsicht war spät gekommen und plötzlich, und Douglas überlegte nun verzweifelt, was er tun könnte gegen diese Krankheit seiner Sprache. Nach Oxford reisen und studieren? Douglas grinste bekümmert, die Lippen fest zusammengekniffen. Er würde nicht nach Oxford reisen, und da wahrscheinlich auch niemand aus Oxford nach Manchester käme, würde Douglas zusehen müssen, wo er einen anderen Lehrmeister der englischen Sprache fand.

Die Lösung war dann recht einfach. Douglas konnte sich ja durchaus noch erinnern, wie das gewesen war, vernünftig zu reden – was hier nottat, war nichts als Auffrischung und Übung. Und Douglas ging zielstrebig in einen Buchladen, und er ließ sich zwei Pakete zurechtmachen mit einem reichlichen Sortiment an gehobener englischer Literatur.

«Keinen Shakespeare», sagte Douglas, «keinen Pope oder Milton, überhaupt keinen Kram von gestern, aber bitte alles in gebundener Form.» Im übrigen überließ er die Auswahl vertrauensvoll dem Buchhändler.

Douglas las die Gedichte laut, und weil er sich dumm vorkam, wenn er sie seinen Zimmerwänden vorlas, ging er statt dessen zu Elinor. Er saß zu ihren Füßen und rezitierte Gedichte, eines nach dem anderen, mit guter und sorgfältiger Betonung. Die Kur zeigte bald ihre Wirkung: Douglas' Sprache glättete sich und verlor den unfeinen Ton. Er übte jedoch weiter, denn er wußte, er würde ein Gegengift brauchen gegen die tägliche Ansteckungsgefahr bei Gericht, und zudem hatte er sich gewöhnt an diese Beschäftigung und mochte sie nicht mehr missen. Er las die modernen Dichter, Keats und Wordsworth und natürlich Byron; die ältesten Verse, die über seine Lippen kamen, waren Blakes *Songs of Innocence*.

Bisweilen fragte Elinor «was bedeutet das», und Douglas entgegnete «Musik». Es interessierte ihn wenig, was ihm all diese fein gefügten Wortfolgen zu sagen hatten. Er mochte den Klang. Bisweilen ahnte er zwar noch etwas anderes hinter den wohlgeformten Lauten, seltsame Leidenschaften, fremdartige Begierden, aber er verstand das alles doch nicht viel besser als Elinor. Eine schemenhafte Figur nahm vage Gestalt an in Douglas' Kopf, der *Ewig Bewegte Dichter*. Douglas wußte nicht, ob er den *Ewig Bewegten Dichter* leiden konnte. Er faszinierte ihn sachte und stieß ihn heftig ab. Der *Ewig Bewegte Dichter* war ein Bastard aus Blake und Byron und Coleridge, ein merkwürdiges Wesen, gebeutelt von Liebe und Haß und Visionen, vergiftet und an die klecksende Feder gezwungen durch viel Hysterie und ebensoviel Laudanum. Der *Ewig Bewegte Dichter* fühlte und fühlte und fühlte. Er tat Douglas leid. Er machte Douglas neidisch. Douglas mochte sich nicht weiter befassen mit diesem Gespenst. Und er kreuzte sorgfältig die Beine auf Elinor O'Donoghues Kaminvorleger, und er las gemessen vor:

«If solitude succeed to grief,
Release from pain is slight relief.
The vacant bosom's wilderness
Might thank the pang that made it less.
We loathe what none are left to share -»

«Ach Douglas», sagte Elinor, «das ist furchtbar traurig!»

«Ich weiß genau, worauf du spekulierst.» Douglas nahm seinen Zeigefinger als Lesezeichen und klappte das Buch zu. «Du sagst, ach, wie traurig, ach, lies doch was anderes, aber das sagst du nur, weil du weißt, daß *›if solitude‹* im selben Buch steht wie deine allerliebste scheußliche Stelle aus dem ganzen scheußlichen Byron.»

«Das ist nicht wahr!» rief Elinor. Sie verbiß sich ein Lachen.

«Du bist eine morbide Person», rügte Douglas. «Du wirst nicht satt von Chapmans Mönchen, nein, auch nicht von Chapmans Gespenstern, o nein, Miss O'Donoghue braucht stärkeren Tobak. Braucht sie, nicht wahr?»

Elinor kicherte. Das Spiel war alt. Sie hatten beide immer wieder Spaß daran. Elinor mußte jetzt bitten, daß Douglas die scheußliche Stelle läse, und Douglas schimpfte, und Elinor bettelte weiter, und irgendwann schlug dann Douglas seufzend das Buch auf und sprach gravitätisch den berühmten Fluch des sterbenden Muslim. Er tat das anschaulich, mit gebrochener Stimme. Er las, wie der Verfluchte als Vampir auf Erden wandeln und sich nähren müsse vom Blut der eigenen Frau und Töchter – Byron hatte das anschaulich beschrieben, und Douglas rezitierte es mit Hingabe, als sei das ein Gedicht von der Liebe.

«Wenn ich nicht so ein keusches Mädchen wäre», sagte er dann lachend, als er zu Ende war mit seinem Vortrag, «wenn ich nicht wüßte, daß sich das nicht schickt zwischen Schwestern, ich glaube, ich würde mich jetzt wirklich vergessen. Eine anregende Dichtung. Nachahmenswert.»

«Du bist verrückt», kicherte Elinor, «Gott steh dir bei.»

Sie beugte sich zu Douglas hinunter und strich ihm über den Kopf, freundlich und ein wenig unsanft, und sie lachte ihn aus, als er sofort seinen Scheitel richtete.

«O nein, Miss O'Donoghue.» Douglas schüttelte gemessen den Kopf. «Machen Sie sich bloß keine Hoffnungen. Ich vergesse mich sicher nicht. Ich gehe jetzt nach Hause, und ich lese dort ganz in Ruhe *‹if solitude›* fertig, damit ich nicht eines Tages spreche wie ein Bursche aus Antrim.»

Und mit diesen Worten stand Douglas auf, griff seinen Byron und verschwand ohne Gruß. Elinor kicherte noch ein wenig, dann war sie plötzlich still. Hatte sie sich gestritten mit Douglas? Hatte er sie beleidigt? Elinor war bekümmert, ohne recht zu wissen, warum. An jenem Abend dachte Elinor O'Donoghue zum erstenmal ernsthaft darüber nach, ob sie den dummen Mr. Cullen aus Wicklow nicht doch heiraten sollte.

Im April 1831, kurz nach Douglas einundzwanzigstem Geburtstag, erschreckte die Bürger von Manchester die Nachricht von einem Verbrechen, das ebenso abscheulich wie sinnlos war und deshalb Gesprächsstoff lieferte, noch bevor die entsprechende Nummer von *Crimes of Our Time* darüber berichtete. Ein Gastwirt aus Huddersfield, so wurde erzählt, habe ohne ersichtlichen Grund seine junge Frau nicht nur auf die grausamste Weise mit einem schlecht geschliffenen Knochenbeil erschlagen, sondern sie zudem ausgeblutet, ausgeweidet, zerstückelt und zum Teil aufgegessen. Er sei dann in Huddersfield umhergegangen mit blutverkrusteten Lippen und einem Lächeln, das die Zeugen nicht anders beschreiben konnten als verklärt und glückselig. Er habe ungebeten alles gestanden und nur ein einziges Wort gesagt zur Begründung seiner Tat, *Thirst.* Der Polizeikommissar von Huddersfield habe sich übergeben müssen, als er die Überreste der Gastwirtsfrau in seine Obhut nahm. Und nun, so erzählte man weiter, wisse man nicht, wohin mit dem Scheusal, denn keiner wollte diesen Fall verhandeln. Court Leet behauptete, die Polizei sei zuständig, die Polizei rief nach dem Bürgerrat, der Bürgerrat zeigte auf die Vogtei und die Vogtei auf die Kirche. Und weil man sich gar nicht einigen konnte, schickte man den noch immer glücklich lächelnden Gastwirt hinter die hohen Mauern des Tollhauses zu Ardwick Green, wo er warten sollte, bis die komplizierte Stadtverwaltung von Manchester ihre Zuständigkeiten geklärt hätte.

Obwohl Douglas schon seit gut drei Jahren für Court Leet arbeitete, hatte er noch nicht annähernd begriffen, wie die Rechtsprechung eigentlich funktionierte. Es gab Männer mit Perücken und Männer ohne Perücken, Geschworene, einmal mehr, einmal weniger, es gab die verschiedensten Sorten von Advokaten, von denen die wenigsten plädieren und die allermeisten nur umhersitzen durften, dazu eine Unzahl von subalternen Gestalten, deren Berufsbezeichnungen Douglas einfach nicht behalten konnte.

Douglas schrieb die Verhöre mit. Das war eine klare Aufgabe. Der Mann, der die Aufsicht hatte über die Protokollanten, verlangte nur zwei Dinge von ihm: ein straffes Zopfband und einen geschlossenen Kragen. Sonst ließ er ihn in Ruhe. Alle ließen Douglas in Ruhe. Es war fast wie in Thorsby: Douglas sagte aha, die Leute fröstelten, die Leute hatten Respekt. Bisweilen vergaß sich einer angesichts dieser grünen Augen und sprudelte irgendwelche privaten Dinge hervor, die Douglas vielleicht gar nicht hören wollte; aber abgesehen davon behelligte ihn keiner. Er tat seine Arbeit, und er vermied es, sich Gedanken zu machen über Dinge, zu denen er kein Talent hatte. Die Jurisprudenz blieb ihm ebenso fremd wie einst die Arithmetik, und wenn ihn jemand gefragt hätte, wie Manchester eigentlich regiert wurde, Douglas hätte nur schweigen können. Herrschaft und Pächter, Fabrikbesitzer und Arbeiter – Douglas war ein Freund von einfachen Hierarchien, und er machte nie einen Versuch, die eigentümlichen Verzahnungen in der Verwaltung der Freien Stadt Manchester zu durchschauen.

Als ihn Mr. Chapman drei Tage nach der Untat von Huddersfield aufgeregt zu sich rief und ihm von Zuständigkeiten erzählte, von Bürgerrat und Vogtei, verstand Douglas überhaupt nichts. Er hörte sich das Kauderwelsch geduldig an.

«Fortescue», schrie Chapman, «Sie müssen das haben, Sie müssen schreiben über die Sache, sie ist wunderbar, auch wenn Court Leet den Fall jetzt doch an die Kirche abtritt und die Kirche ihn vielleicht zurückgibt an die eine oder andere Polizei!»

Douglas lehnte sich zurück. Er ließ Mr. Chapman schreien. Und erst als dieser unverständliche Vortrag gar kein Ende mehr nehmen wollte, hob Douglas beschwichtigend die Hände und sagte dann: «Gott, guter Freund, machen Sie sich bitte keine Sorgen, dann gehe ich eben ins Tollhaus und verhöre den armen Mann selbst!»

«Doppelte Bezahlung!» schrie Chapman: «Doppelte Bezahlung plus Bonus!»

Zwei Tage später fuhr Douglas nach Ardwick Green.

Mr. Chapman bezahlte seinem Autor die Chaise, und er begleitete ihn persönlich auf die Straße und setzte ihn in den Wagen. Douglas mußte lächeln über Chapmans besorgtes Gesicht.

«Sie werden mich schon nicht dortbehalten», beruhigte er den Verleger, «und auffressen wird mich der arme Mann auch nicht, er hätte keinen Spaß an mir.»

Chapman schloß eigenhändig den Schlag für Douglas und winkte ihm hinterher, als der Wagen in Portland Street einbog.

Es war nicht schwer, das Irrenhaus von Ardwick Green zu finden. Es war ein plumpes Gebäude aus Backstein, eingemauert wie eine Festung, der Putz gespickt mit Glasscherben. Douglas ließ den Kutscher halten und stieg aus, denn er wollte das letzte Stück zu Fuß gehen, um sich vorzubereiten auf seine Rolle.

Douglas trug Schwarz, wie immer, seine besten Sachen, und er trug eine steife Tasche, wie es die Ärzte tun, und einen schwarzen Stock. Die Haare hatte er geölt und gekämmt, bis sie glänzten, und sie fielen ihm weit über die Schultern; denn seit Douglas ein Schriftsteller war, schnitt er sie gar nicht mehr, und er trug diese Frisur wie ein Wappen. Mit gemessenem Schritt, den Stock unterm Arm, näherte sich Douglas Fortescue dem Irrenhaus von Ardwick Green, dessen Backsteinmauern durchaus noch rot waren, denn Ardwick Green lag weitab von den rauchenden Fabriken.

Er zog die Klingel am Portal und wartete. Nichts geschah. Douglas sah durch die Gitterstäbe hindurch in einen menschenleeren Vorhof. Er klingelte noch einmal, und nun erschien ein Mann, von dem Douglas nicht sagen konnte, ob das ein Geistlicher war oder vielleicht ein Eisenflechter, denn seine klösterliche Kleidung vertrug sich schlecht mit seiner kurzhalsigen, breitschultrigen und insgesamt unangenehm athletischen Figur.

Douglas gab dem Mann einen Augenblick Zeit, damit er ihn recht betrachten konnte, dann nickte er knapp und sagte: «Dr. Fortescue, Royal Academy, ich möchte einen Kollegen sprechen.»

Der breitschultrige Mann öffnete ihm sofort das Portal. Er führte ihn durch den Hof, schloß zwei weitere Türen auf, und Douglas betrat das Gebäude. Der Mann bat ihn in einen leeren Raum mit weißgetünchten Wänden, hieß ihn Platz nehmen auf einem Holzstuhl und ging davon, um zu suchen, wonach der Gast aus der Royal Academy verlangte. «Für Ihre Sicherheit, Sir», sagte der Mann, bevor er Douglas alleine ließ, und Douglas hörte mit Entsetzen, wie sich der Schlüssel im Schloß drehte. Man hatte ihn eingesperrt. Der Raum hatte kein Fenster. Dr. Fortescue sagte lautlos ein wenig Byron her, um sein Entsetzen unter Kontrolle zu behalten. Und als der gewünschte Kollege dann kam, ein magerer Mensch mit versorgtem Gesicht, der sich verbeugte und vorstellte als Dr. Simey, erhob sich Douglas gelassen und hielt ihm die Hand hin, und er sagte: «Hören Sie, Herr Kollege, ich kam den ganzen Weg von London für diesen schönen Fall, der hier die Gemüter bewegt, und Sie werden mir sicher verzeihen, wenn es mir ein wenig eilt. Die Academy kann mich nicht lange entbehren. Ich möchte den Mann untersuchen, den Gastwirt Boyd aus Huddersfield, und wenn der Fall wirklich so ergiebig ist, wie es den Anschein hat, möchte ich einen Bericht darüber schreiben für die Royal Academy, und natürlich, Herr Kollege, wird Ihr Name auch auf dem Papier stehen, denn Sie sind ja vermutlich der behandelnde Arzt.»

«Von Behandeln kann da keine Rede sein», murmelte Dr. Simey. Seine Augen glänzten. Ein Bericht der Royal Academy! Es war Dr. Simey zwar neu, daß es Irrenärzte gab in der Royal Academy, aber was wußte schon Dr. Simey? Er schlug die Augen nieder, und er sagte dann, so beiläufig er konnte: «Natürlich, Sir, ich zeige Ihnen den Gastwirt Boyd, kommen Sie mit.» Und Dr. Simey öffnete die Tür für den Herrn Kollegen aus London und führte ihn ins Treppenhaus.

Douglas blickte sich um. Backstein auch hier, eiserne Geländer. Die Schritte hallten.

«Sie würden uns eine Ehre erweisen, wenn Sie einen Blick würfen auf unsere Anstalt, bevor ich Sie zu Boyd führe», sagte Dr. Simey demütig.

«Nun», entgegnete Douglas ein wenig belästigt, «ich habe es eilig, wie gesagt, aber wenn es Ihnen so wichtig ist ...»

Simey verbeugte sich. Er bat Douglas, ihm zu folgen, und er rief auch den athletischen Mann, der Douglas eingelassen hatte, und plötzlich war Douglas recht froh über diese Eskorte. Stark sah er aus, dieser Mann. Er sah aus wie einer, der es versteht, Verrückte in Schach zu halten.

Mit kühlem Lächeln, feuchten Fingern und ab und zu einem beifälligen Nicken sah sich der vorgebliche Gelehrte der Royal Academy an, was ihm Dr. Simey zu zeigen hatte. Er sah zwei Säle mit Betten, darinnen reglose Gestalten. In einem Bett lag ein Mann, der seinen linken Arm emporhielt wie einen Mast und daran ein Stück Bettzeug gehißt hatte, als wollte er davonsegeln. Das Bettzeug war ebenso schlaff wie das Gesicht des Mannes. «Wir geben mehr Laudanum, seit es billiger wurde», sagte Simey. Douglas nickte und sagte «schön». Er wandte dem schlaffen Segler den Rücken und drängte zur Tür.

Douglas sah lange Flure, in denen noch andere dieser athletischen Männer umhergingen, leise und kampfbereit, Bettzeug in den Armen wie Stubenmädchen. Er sah einen Jüngling, der friedlich aus dem Fenster blickte und eine Pfeife rauchte, ohne die Hände zur Hilfe zu nehmen, denn die Hände waren in Ketten. Douglas blinzelte. Er sagte aha. Er beäugte die athletischen Männer. Er fragte sich, was wohl einem geschähe, der um sich schlüge in diesem Flur. Er folgte Dr. Simey ins Dachgeschoß, denn dort war das, welches der Arzt die Perle der Anstalt nannte, und vielleicht, so Simey, wolle der Kollege aus London der Royal Academy darüber berichten.

«Heiliges Manchester», lachte Douglas, als die Flügeltüren zurückschwangen, «hier ist aber auch *alles* eine Fabrik!» Denn die Perle der Anstalt war nichts anderes als eine große Werkstatt, und in dieser Werkstatt durften sich friedvolle Verrückte üben in der arbeitsteiligen Produktion.

Männer wie Frauen trugen die nämlichen Kittel aus Baumwolle, und Dr. Simey erklärte, man wolle durch diese geschlechtslose Tracht die Triebe dämpfen, denn der Kollege wisse ja, daß ein krankes Gehirn keine Garantie sei für träge Säfte. «Triebe dämpfen», wiederholte Douglas beifällig, und er betrachtete mit Interesse die Werkbänke. Die Leute machten Knöpfe. Es gab kleine Maschinen, die die Knöpfe schnitten und glätteten, und es gab andere Maschinen, die die Löcher in die fertigen Knöpfe bohrten, und all das wurde bedient von bekittelten Wahnsinnigen.

«Schön», sagte Douglas. Ihn schauderte.

«Halb Manchester knöpft sich mit unserer Produktion», erklärte Dr. Simey stolz.

«Aha?»

«Es spart Laudanum.»

«Schön.»

Douglas trat ein wenig näher zu der größten Knopfmaschine, und er warf einen langen Blick auf die Arbeiter. Sie waren sehr sauber. Sie waren sehr still. Douglas wandte sich um, und er sagte ein wenig ungeduldig: «Wunderbar, Dr. Simey, ich werde das der Academy berichten, aber nun bringen Sie mich bitte zu Boyd, denn ich glaube ja kaum, daß er hier steht und Knöpfe stanzt, denn das wäre wohl keine gute Idee.»

Ein bekitteltes Wesen schrie auf, ein heller, heiserer Schrei.

«Sie kennen den Namen», sagte Simey, «sie fürchten sich vor ihm.»

Das bekittelte Wesen, das geschrien hatte, nahm weiter Knöpfe aus der Maschine.

«Ich will hier weg», flüsterte Douglas.

«Bitte?»

«Oh», sagte Douglas, «ich murmelte eine Diagnose. Führen Sie mich jetzt bitte zu dem Mann aus Huddersfield?» Douglas wollte nicht noch einmal einen solchen Schrei hören, der vielleicht unweigerlich folgte auf jede Erwähnung des Namens Boyd. Er wußte, der nächste jener kleinen schwachen Schreie hätte ihn seine Rolle und sein Ziel vergessen lassen, und er wäre davongelaufen.

Douglas griff fest seinen Stock, und er folgte Dr. Simey die Treppe hinunter, einen Gang entlang, durch zwei Türen, aus Holz und aus Eisen, und dann in einen gekachelten Raum, in dem nichts war als eine Bank, und auf dieser Bank ein Mann.

«Guten Tag, Mr. Boyd», säuselte Simey.

Der Mann bewegte sich nicht. Er saß steif auf der Bank, festgekettet an beiden Fußknöcheln und an beiden Handgelenken. Die Ketten waren an Haken im Boden befestigt. Es waren dicke Ketten, und es war ein dicker Mann.

«Guten Morgen, Dr. Simey», sagte der dicke Mann freundlich, «haben Sie gut geschlafen?»

Simey sah Douglas an, und er zog ein Gesicht, als sei er sehr stolz auf den Gastwirt Boyd. Nicht jeder hatte einen Gastwirt Boyd in seinem Tollhaus, nicht wahr? Plötzlich merkte Douglas, daß er den verhärmten Arzt nicht ausstehen konnte.

Boyd war älter, als ihn sich Douglas vorgestellt hatte, knapp über Fünfzig. Er war wirklich dick, mit einem weichen Doppelkinn und runden Schultern. Sie hatten ihm die Haare geschoren, und Douglas betrachtete diesen kahlen großen Kopf, die kleinen Augen und den weichen Mund, und er betrachtete die kräftigen Hände, die Boyd artig im Schoß kreuzte, die schweren Ketten zwischen den Fingern wie einen Rosenkranz. Der Gastwirt Boyd sah aus wie ein Tanzbär, stark und geduldig. Seine Handgelenke waren zerschunden von den Zwingen. Der Gastwirt Boyd sah Douglas an, und er sagte: «Guten Morgen auch Ihnen, junger Mann, haben Sie auch gut geschlafen?»

«Wir geben ihm kein Laudanum», flüsterte Simey eifrig, «das hat das Scheusal gar nicht verdient!»

Douglas schwieg. Mr. Boyd saß auf seiner Bank wie eine Statue, das Sinnbild von Bequemlichkeit und gutem Essen. Hätte man einen Schutzpatron aller Gastwirte aus Stein meißeln wollen, Mr. Boyd hätte das vollkommene Modell abgegeben.

«Machen Sie ihn los, geben Sie mir einen Stuhl, lassen Sie uns allein», sagte Douglas. Er erschrak. Er wußte selbst nicht, warum er das gesagt hatte. Er dachte an die zerstückelte Frau. Er sah Mr. Boyd in seine kleinen braunen Augen.

«Haben Sie mich nicht gehört?» herrschte Douglas den Arzt an.

Dr. Simey verbeugte sich. Er rief den athletischen Mann. Er brachte einen Stuhl für Douglas, und er schloß die Zwingen auf, die Boyds Gelenke hielten, und die Ketten fielen auf den Boden.

«Das ist aber angenehm», sagte Boyd, «danke!»

Douglas setzte sich. Er warf Simey einen Blick zu. Simey dienerte noch einmal, dann verschwand er mitsamt dem athletischen Mann. Douglas hörte, wie die Eisentür ins Schloß fiel. Er unterdrückte einen Laut des Entsetzens. Er lächelte Boyd ins Gesicht, und er fragte: «Wo stammen Sie her, guter Mann, Ihre Sprache klingt nicht nach Huddersfield.»

«Cottisford», entgegnete Boyd und lächelte zurück, «Cottisford bei Oxford.»

Douglas nickte. Der Tanzbär sprach das schönste Englisch. Ein kleiner weicher Mund. Dicke Wangen, die die Mundwinkel verbargen.

«Warum sind Sie hier?» fragte Douglas. Er meinte das ernst. Er konnte sich plötzlich überhaupt nicht erklären, was dieser Mann hier zu suchen hatte. Er stellte ihn sich vor hinter einem blanken Tresen, wie er seinen Gästen zuprostete.

«Wahrscheinlich hat Claire wieder Schulden gemacht, die kleine Sünderin», sagte Boyd. «Und Sie?»

«Wer ist Claire?» fragte Douglas.

«Meine Frau.»

«Ich bin hier, um mit Ihnen zu sprechen», sagte Douglas.

«Das ist nett. Das ist nett, junger Mann. Ich würde Ihnen gerne etwas anbieten, aber Sie sehen ja, es gibt nichts.» Boyd massierte seine dicken Handgelenke.

«Ihre Frau ...», begann Douglas.

«Meine Frau Claire macht Schulden», erklärte Boyd geduldig, «sie kauft gerne ein. Sie macht lieber Schulden, als mich um Geld zu fragen. Sie ist sehr jung, wissen Sie, einundzwanzig, ein halbes Kind. Sie hat eine französische Mutter. Sie sieht aus wie eine Pariserin. Sie hat Geschmack. Ich hoffe, Claire ist bald fertig mit Einkaufen und holt mich hier heraus. Sie ist ein wenig schlampig im Kopf, wissen Sie, junger Mann, ein klein wenig schlampig. Vielleicht dauert es Wochen, bis sie mich hier findet.»

Douglas nickte.

«Kennen Sie Claire?» fragte Boyd mißtrauisch.

Douglas schüttelte den Kopf.

«Wirklich nicht?»

«Ich weiß nicht», sagte Douglas.

«Sie müßten das wissen. Man weiß das, wenn man Claire kennt. Man ist stolz darauf. Sie gehen aus mit Claire?»

«Nein», sagte Douglas, «ich glaube nicht.»

Mr. Boyd musterte den schwarzgekleideten Menschen vom Kopf bis zu den Füßen. Er kräuselte seinen kleinen Mund und wiegte seinen großen Kopf. Plötzlich stand er auf. Douglas blieb sitzen. Er fühlte, wie sein Puls stolperte, aber er bewegte sich nicht. Boyd trat zu ihm, dann hob er seine große Hand und legte sie Douglas auf den Scheitel. Er lächelte. Er streichelte Douglas' Haare. Er lächelte breiter, liebevoll. Die große Hand war schwer und warm auf Douglas' Kopf.

«Sie sehen ja aus wie ein Mädchen», rief Boyd, «solche schönen langen Haare!» Er streichelte Douglas weiter.

«Ich glaube Ihnen, daß Claire nicht mit Ihnen ausgeht! Entschuldigen Sie mein Mißtrauen. Sie sind gar nicht die Sorte Mann, mit der Claire gerne ausgeht. Sie sind ja ein Kind! Sie sollten zu uns nach Huddersfield kommen, unser Braten ist vorzüglich, er würde Ihnen guttun.»

Boyd nahm langsam die Hand von Douglas' Haaren und setzte sich wieder auf seine Bank.

«Claire geht mit Männern», flüsterte Boyd, «jetzt hab' ich's verraten.»

«Claire ist tot», sagte Douglas.

Boyd schwieg. Er schüttelte sachte den Kopf, immer wieder. Sein Doppelkinn schleifte hin und her über dem viel zu engen Stehkragen des Anstaltskittels.

«Es tut mir leid», sagte Douglas.

Boyd schüttelte weiter den Kopf, aber es war schon gar kein Schütteln mehr, es war das ewig gemächliche und ewig nutzlose Kopfschwingen des Tanzbären, der nicht versteht, was ihm zugestoßen ist und warum er in Ketten liegt.

«Erzählen Sie mir von Claire», bat Douglas leise. «Ist sie schön?»

Boyd blickte auf. Er lächelte betrübt. «Natürlich ist Claire schön», sagte Boyd, geduldig, als spreche er zu einem Kind, «wunderschön, einundzwanzig, eine Pariserin, sie könnte meine Tochter sein, Gott, ich habe sie gar nicht verdient, Gott, sie ist ein Wunder, eine Schönheit, und so eine treue Seele ...»

«Treu?» fragte Douglas.

«O ja! Was denken Sie denn!» Boyd straffte seine runden Schultern. «Natürlich ist Claire treu! Wir werden einen Sohn haben! Gott, ist Claire treu! Gott, ist Claire treu! Gott ...»

«Nicht», flüsterte Douglas, «bitte!»

«Gott, ist Claire treu!» wiederholte Boyd trotzig, dann schwieg er. Er beugte sich vor. Er sah Douglas ins Gesicht.

«Haben Sie Angst vor mir?» fragte Boyd.

«Ich weiß nicht.»

«Wie heißen Sie?»

«Fortescue», murmelte Douglas. Boyd hielt ihm die Hand hin. Douglas legte seine Finger hinein, feuchte, kühle Finger. Boyd drückte die kraftlosen Finger mit seiner starken, warmen Hand. Ein schlecht geschliffenes Knochenbeil? Douglas schluckte. Er lächelte Boyd an.

«Ich bringe alles durcheinander», sagte Boyd.

«Ich weiß.»

«Ich glaube, Claire ist tot.»

«Ich weiß.»

«Geht Claire mit Männern», fragte Boyd, «oder geht sie nicht mit Männern?»

«Ich weiß nicht», sagte Douglas.

«Ich habe sie nie erwischen können. Sie war geschickt. Sie war ein Biest, Claire, wissen Sie. Sie ist tot, oder? Die Leute sagen ... Dr. Simey sagt ...»

«Ich weiß», murmelte Douglas.

«Was wollen Sie eigentlich von mir? Sie fürchten sich. Warum gehen Sie nicht heim? Haben Sie eine Frau? Warum gehen Sie nicht zu Ihrer Frau?»

«Meine Frau», sagte Douglas, «geht mit einem Mr. Cullen aus Wicklow, und sie wird immer wärmer unter der Decke, und sie sagt mir längst nicht mehr die Wahrheit.»

«Das kenn ich», meinte Boyd.

«Was?»

«Wenn sie immer wärmer werden. Das ist verdächtig.»

«Ich möchte von Ihnen wissen», sagte Douglas, «wie das war mit Claire, oder wie das ist, je nachdem, ich möchte alles wissen von Claire und Ihnen, ich möchte ...»

«Sind Sie Arzt?» fragte Boyd.

Douglas zögerte. Dann sagte er nein.

«Ich gebe mir Mühe», sagte Boyd. «Mein Kopf ist ... Meine Gedanken ... Manchmal ... Ich weiß nicht. Ich bin sehr langsam.»

«Das macht nichts», murmelte Douglas.

«Ich hab' Angst», sagte Boyd.

«Ich auch», sagte Douglas.

Sie sahen einander an. Sie versuchten zu lächeln. Sie standen beide auf, und Boyd schüttelte noch einmal Douglas' Hand. Douglas wollte fort. Er würde morgen wiederkommen. Er würde Urlaub nehmen von Court Leet und wiederkommen, sooft es denn nötig wäre. Er sagte das zu Boyd. Boyd bedankte sich. Er freute sich, wenn Douglas wiederkäme, das sah man ihm an.

«Werden die mich hängen?» fragte Boyd plötzlich. Douglas wollte nein sagen. Er konnte es nicht.

«Haben Sie gestanden?» fragte Douglas. Boyd wiegte den Kopf. Er faßte ins Leere über seiner Stirn und fuhr mit der Hand hin und her, als wolle er irgend etwas Unsichtbares in Ordnung bringen. Er sah plötzlich ungeduldig aus.

«Haben Sie gestanden?» wiederholte Douglas. Boyd zögerte. Dann sagte er ja. Er begann zu lächeln. Er wiederholte das, «ja, ja, ich habe alles gestanden, ja, ja, ja», und es klang erlöst und erfreut, als habe sich plötzlich etwas geklärt in Mr. Boyds verrücktem Gehirn.

«Man wird Sie wahrscheinlich hängen», sagte Douglas.

Boyd lächelte weiter. «Gut», sagte Boyd, «gut gut, und Sie kommen mit, nicht wahr, wenn man mich hängt?»

Douglas nickte.

«Und Sie kommen morgen?»

Douglas nickte.

«Und übermorgen?»

Douglas nickte wieder. Er rief nach Simey. Simey kam. Der athletische Mann kam mit. Douglas sah zu, wie man die Ketten befestigte an dem Gastwirt Boyd. Boyd lächelte die ganze Zeit.

«Bis morgen», sagte Douglas.

Boyd lächelte. Dr. Simey machte ein bedeutungsvolles Gesicht.

Douglas wandte sich zur Tür.

«Sie sollten mehr essen, Junge!» rief Boyd. Ein vages Geräusch der Ketten.

«Lassen Sie mich in Frieden, Sie Wichtigtuer!» schrie Douglas, als ihn Simey ausgiebig befragen wollte nach seiner Meinung über den Fall, und er schob ihn zur Seite, rannte die Treppe hinunter und ins Freie.

III

Es gab einen praktischen Grund dafür, weshalb Douglas seine Besprechung mit dem Gastwirt Boyd vertagt hatte, aber es gab keinen praktischen Grund, warum er nun Tag für Tag wiederkam, auf die Gefahr hin, seine Arbeit in Court Leet und damit auch die Quelle für seine künftigen Chapbooks zu verlieren. Douglas war fortgelaufen, weil er seinen Stenographieblock vergessen hatte; er kam wieder, weil er gerne sprach mit dem Gastwirt Boyd, und vielleicht auch deshalb, weil der Gastwirt Boyd gerne mit Douglas sprach.

Frederick Chapman, gewöhnt an Douglas' flinke Feder, erkundigte sich täglich, wann das Manuskript endlich fertig wäre, und Douglas sagte stets: «Morgen, nächste Woche, ich bin schon sehr weit.»

Er gab Chapman einen Titel für jenen allerschönsten Band von *Crimes of Our Time*, der in diesem besonderen Fall nur ein einziges Verbrechen beschreiben würde: *The Vampyre of Huddersfield.* Chapman stimmte zu, und er ließ Flugzettel drucken, die die nächste Nummer der Chapbooks ankündigten, und er freute sich schon jetzt über den sicheren Erfolg.

«Beeilen Sie sich, Fortescue, bevor ein nächster Mord geschieht», drängte Chapman, und Douglas nickte und fuhr nach Ardwick Green.

Eddie Boyd – denn so hieß der Gastwirt bei seinen Freunden –, freute sich sehr, wenn der junge Mann in Schwarz über seine gekachelte Schwelle trat. Der junge Mann bedeutete Fesselnabnehmen, und der junge Mann bedeutete Sprechen. Eddie Boyd sprach gerne. Vieles war einfacher, wenn er sprach. Vieles klärte sich. Wenn Boyd oft genug sagte: «Claire ist tot», konnte er einen Moment lang wirklich daran glauben, und er konnte bisweilen weinen darüber, und das würde Mr. Fortescue sicher verstehen, denn Claire war so schön und so jung gewesen ... Aber auch ein Biest. Ein Biest, das mit Männern ging. Es tat Eddie Boyd gut, mit dem jungen Pfarrer darüber zu sprechen, über seine große Liebe und sein großes Mißtrauen. Das war ein Pfarrer, nicht wahr? Wer sonst sollte einem so geduldig zuhören? Ein Pfarrer, sagte sich Boyd, und er nahm das Geschenk einfach an. Es war ein Geschenk. Douglas Fortescue war ein Geschenk für den Gastwirt Boyd, und wenn man wieder daheim in Huddersfield wäre, würde Claire einen Braten machen für den mageren Pfarrer, nicht wahr? Claire ... Boyds Gedanken waren sehr durcheinander. Er schlug oft stundenlang mit der Faust auf seinen kahlgeschorenen Kopf, um den Wirrwarr zu entheddern. Boyd wußte bisweilen gar nicht, wem diese verhaspelten Gedanken gehörten. Er verdächtigte manchmal den verhärmten Dr. Simey, daß das eigentlich dessen Gedanken waren, die sich so fremd und grausam ausbreiteten in Eddie Boyds Kopf. Oder sie kamen aus der Brotsuppe. Eine

Weile mochte Boyd nichts mehr essen, denn es war ihm, als schwämmen gräßliche Gedanken in der Suppe und warteten nur darauf, sich einzunisten in seinem wehrlosen Kopf.

«Das gehört nicht mir!» klagte Boyd und schlug sich gegen die Stirn.

«Das macht nichts», sagte Fortescue. Fortescue lächelte. Fortescue sagte so lange «das macht nichts», bis es Boyd nichts mehr ausmachte, fremder Leute Gedanken in seinem großen Kopf zu beherbergen.

«Wissen Sie», sagte Boyd, wenn er ruhig war, «ich hielt Claire auf den Knien, und sie war leicht wie ein Kind. Sie sagte Eddie zu mir, und sie streichelte meine Wangen, und sie roch nach anderen Männern. Es verdarb mir die Freude. Claire roch nach all den Männern, bei denen sie gelegen hatte in den letzten drei Stunden. Ganz Huddersfield. Sie roch nach sämtlichen Männern von Huddersfield, alt und jung, und sie sagte Eddie zu mir, als habe das alles keine Bedeutung. Diese Schale. Eine Kalkschale, wissen Sie? Eine Kalkschale, die den Körper nachbildet und Geruch aufnimmt. Sie verstehen mich?»

«Nein», sagte Douglas.

«Claire hatte sich das eigens anmessen lassen», erklärte Boyd, «eine Schale, damit ich sie nicht erwische. Wissen Sie, wie Eier riechen, wenn man sie neben Fleisch aufbewahrt? Wie Fleisch. Kalk nimmt Gerüche auf. Das hatte Claire nicht bedacht, als sie sich diese Schale machen ließ. Nicht wahr?»

«Ich versteh' Sie nicht», sagte Douglas. Er stenographierte.

«Wenn ich Claire auf den Knien hielt, stieß ich nur gegen Kalk», sagte Boyd. «Wenn ich bei Claire lag, mußte ich vorsichtig sein, um den Kalk nicht zu zerbrechen. Ein Kleid, verstehen Sie? Ein Kleid aus Kalk, eine Eierschale für meine kleine Frau. ‹Hast du einen Dotter, Claire?› fragte ich. ‹Warum darf ich den nie sehen?› Sie verstand mich wohl. Sie legte die Hülle nie ab, nicht tags in der Wirtschaft und nicht nachts in meinen Armen. Ich hätte den Kalk gar nicht zerbrechen können. Ich mußte nicht vorsichtig sein. Ich war auch nicht immer vorsichtig, Gott verzeih mir. Ich stieß dagegen. Ich stieß gegen Claires Schale. Unzerbrechlich. Immer. Claires Schale. Immer. Claires Schale. Immer. Claires ...»

«Mr. Boyd ...», flüsterte Douglas.

«Eine weiße harte Haut aus Kalk», sagte Boyd, «ich hätte so gerne gewußt ...»

«Ja?» fragte Douglas.

«Ich hätte gerne gewußt, wie sie wäre, wenn sie zerbricht.»

«Ja?» Douglas schrieb.

«Ich kann mich nicht erinnern», sagte Boyd.

Douglas schwieg. Boyd schwieg auch. Er strich begütigend über seine breite Stirn, hin und her, immer wieder.

«Ich schlug Claire entzwei mit dem Knochenbeil», sagte Boyd. «Das ist schlimm, nicht wahr?»

Douglas nickte.

«Ich mußte das einfach sehen.»

«Was?»

«Was drinnen ist, in Claire.»

«Und», fragte Douglas leise, «haben Sie es gefunden?»

«Ich weiß nicht.»

«Was war denn drin in Claire?» fragte Douglas.

Boyd strich weiter über seine Stirn.

«Blut», sagte Douglas.

Boyd nickte.

«Erzählen Sie mir, was Sie taten, nachdem Sie Claire entzweischlugen.»

«Das gehört sich nicht», murmelte Boyd, «das ist eine Angelegenheit zwischen Verliebten.» Und er wollte an diesem Tag nicht weiter mit Douglas sprechen.

An jenem Abend eröffnete Elinor O'Donoghue ihrem Freund, daß sie Mr. Cullen aus Wicklow heiraten würde.

«Aha», sagte Douglas.

Elinor lächelte.

«Ich freu' mich für dich», sagte Douglas.

«Ich weiß, daß du lügst», sagte Elinor, «aber ich weiß, du verstehst mich.»

«Warte noch ein bißchen», bat Douglas.

«Sicher.»

«Warte damit, bis sie Eddie Boyd gehängt haben.»

«Ich warte, bis du mir sagst, jetzt paßt es dir.»

«Bald», sagte Douglas. «Darf ich dir die Haare machen?»

Und er frisierte Elinor O'Donoghue nach der Pariser Mode, wilde Locken à la grecque, und wieder neigte sie sich hin zum warmen Eisen, und wieder bürstete Douglas die Locken, bis sie knisterten. «Ich will dich nicht wiedersehen, wenn du verheiratet bist», sagte Douglas.

«Ich weiß.» Elinor wandte sich um und küßte ihn auf die Stirn. Douglas spürte den Kalk. Eine dünne harte Schicht Kalk zwischen der eigenen Stirn und Elinors warmen Lippen. Unzerbrechlich und sicher. Douglas war froh um den Kalk zwischen ihm und Elinor. Er hätte das seiner Freundin gerne mitgeteilt, denn es war tröstlich.

Douglas schwieg. Er kroch zu Elinor ins Bett, und er kniffte die Decke wie immer, und er schlief ein, fest und sicher verschanzt in seiner Eierschale, und er dachte noch, das ist gut eingerichtet, daß man so etwas hat, denn sonst, Gott bewahre, liefe man aus und verlöre seinen schutzlosen Dotter, und die Welt träte ihn mit Füßen.

Als Douglas zum achtenmal zu Eddie Boyd ging, sagte der Gastwirt plötzlich dieses Wort zu ihm, das die Leute von Huddersfield so erschreckt hatte: *Thirst*. Er sagte es beiläufig vor sich hin, und er plauderte dann weiter von Claires Einkäufen und Claires Schulden, und als Douglas das Wort wiederholte und fragte, was es bedeuten solle, gab ihm Boyd keine Antwort. Er war eben nicht in der Laune, Claire tot sein zu lassen. Er berichtete heiter, daß sie ihn besucht habe und daß sie geschworen habe, in Zukunft ihre Finger zu lassen von anderen Männern. Douglas gratulierte. Er wollte Eddie Boyd keinen Kummer machen. Längst ging die Rede in Manchester, daß sich Polizei und Kirche und Court Leet geeinigt hätten, den allzu klaren Fall des Gastwirts Boyd in einem Schnellverfahren und in Abwesenheit des Angeklagten zu verhandeln, um ihn dann zu hängen, öffentlich und bald, damit Ruhe wäre. Douglas wußte, er mußte sich beeilen, um das Material für das bestbezahlte Chapbook seiner Karriere zu vervollständigen. Eines Tages würde er nach Ardwick Green kommen, und es hieße: «Oh, Mr. Boyd ist fort, Mr. Boyd ist am Galgen, Gott sei es gedankt.» Douglas wußte heute schon, wie er den widerlichen Dr. Simey hassen würde, wenn er ihm das sagte. Douglas wußte, die Zeit drängte. Aber er wollte Eddie Boyd nicht antreiben. Douglas Fortescue schrieb «Thirst» auf seinen Stenographieblock, und dann schrieb er artig Claires Einkaufslisten dazu, Hütchen, Schühchen, Täschchen, denn Boyd war unermüdlich darin, all jene kleinen hübschen Schätze seiner kleinen hübschen Frau zu benennen, und er formte dazu die Umrisse winziger Gegenstände mit seinen dicken Händen, und er sagte stolz: «Nicht wahr, Reverend, so wählerisch ist *Ihre* Frau nicht.»

«Ich habe eigentlich gar keine Frau», sagte Douglas.

Boyd sah ihn an.

«Ich ...», begann Boyd, «ich ...»

«Ja, Mr. Boyd?»

«Ich ... sagen Sie ... ich tue Ihnen einen Gefallen, nicht wahr?»

Douglas überlegte. Er dachte an das Chapbook, das er gar nicht schreiben wollte. Er dachte an Court Leet. Dann dachte Douglas an Elinor, und an Eugenius Ainsgill, und an Celery Winton, und er dachte an Onkel Wellesleys Projektionen in dem dunklen Verwalterhaus, und er dachte an Reverend Stubbings unter den Röcken seiner Frau. Douglas verzog das Gesicht. Er sah Eddie Boyd an, und dann sagte er langsam: «Ja, Mr. Boyd, Sie tun mir wirklich einen Gefallen, und Sie täten mir noch einen größeren Gefallen, wenn Sie mir die Wahrheit sagen würden über den Durst, denn das interessiert mich, und ich bin deshalb zu Ihnen gekommen, und ich möchte wissen, Mr. Boyd, ob Sie Ihren Durst gestillt haben, als Sie Claire entzweischlugen, ob er fort ist, der Durst, ob es sich lohnt, eine Schale zu zerbrechen, und ob man dann endlich zufrieden ist.»

Douglas schluckte. Ein schlecht geschliffenes Knochenbeil. Der Kommissar von Huddersfield hatte sich übergeben müssen, als er die Leiche sah. Ein Kommissar übergibt sich nur in den seltensten Fällen. Wie zufrieden er aussah, der dicke Gastwirt Boyd. Plötzlich konnte Douglas ihn nicht mehr leiden. Der dicke Gastwirt von Huddersfield sah aus wie einer, der satt geworden ist in seinem Leben. Ein Knochenbeil. Blutige Lippen. Es war schwer, sich eine Blutkruste vorzustellen an den kleinen freundlichen Lippen des dicken Mr. Boyd.

«Lohnt es sich?» wiederholte Douglas.

Boyd schwieg. Er hielt seinen Kopf zwischen den Händen.

«Sind Sie satt geworden, Mr. Boyd?»

Boyd wiegte den Kopf, ohne die Hände fortzunehmen, wiegte ihn und wiegte ihn, und dann sagte er: «Ja, Mr. Fortescue, ich bin satt geworden dieses einzige Mal, und es tut mir so leid, aber ich kann es doch nicht bereuen.»

«Man wird Sie hängen», murmelte Douglas.

«Ja, mein Freund. Gewiß.»

«War's das wert?»

«Ja», erklärte Boyd nach einer Weile, «ja, das war's wert.»

«Ich möchte Brandy», bat Boyd nach langem Schweigen, «und ich möchte etwas von dem chinesischen Zeug, das mir Dr. Simey nicht gönnt.»

Douglas nickte, und er verabschiedete sich, bis morgen.

«Ich hab' Durst», sagte Elinor, als sie an diesem Abend bei Douglas lag – denn er kam nun wieder täglich, seit er wußte um Elinors Heiratspläne –, «ich hab schon den ganzen Tag lang Durst, es ist lästig, ich muß dauernd neues Wasser holen.»

Douglas sah ihr zu, wie sie aus dem Bett stieg und zum Krug auf der Anrichte ging, und wie sie dort zwei Glas Wasser hinunterstürzte, fröstelte und dann wieder unter die Decke kroch.

«Wenn du wüßtest», sagte Douglas spöttisch, «wie schnell einen diese Leidenschaft an den Galgen bringt!»

«Laß mich in Ruhe», bat Elinor. Sie rollte sich zusammen. Sie fröstelte noch immer.

«Du bist heißer als je», beklagte sich Douglas.

«Schlaf jetzt.»

«Du darfst bald heiraten», sagte Douglas, «morgen wird Boyd verhandelt.»

«Schlaf», sagte Elinor. Ihre Stimme klang müde.

«Bist du krank, Elinor?»

«Ach», murmelte Elinor, «es ist nichts, ich hab' nur dauernd Durst.»

Am nächsten Tag kam der Fall vor Gericht. Es ging schnell. Der Kommissar von Huddersfield, zwei Nachbarn und der Arzt, welcher Claire Boyds Körper angesehen und dann zurechtgemacht hatte für die Beerdigung – die Zeugen waren schnell verhört, das Urteil schnell gesprochen. Niemand hatte gerechnet mit Deportation, und es gab auch kein Deportationsurteil, denn einen wie Eddie Boyd mochte man Australien nicht zumuten, und außerdem wollten die Leute den Galgen, und den Galgen würden sie bekommen. Schon zwei Stunden nach Eröffnung des Prozesses konnten die Gastwirte von Manchester darüber zu streiten beginnen, wer die Bewirtung würde übernehmen dürfen bei der Exekution ihres Kollegen. Es würde Erfrischungen geben. Es würde vielleicht auch Tribünen geben, für die besseren Leute. Die Zeiten, in denen Hinrichtungen zum Alltag gehört hatten, waren längst vorüber – und darum mußte man sehen, daß man das Beste machte aus der seltenen Gelegenheit.

«Man sollte ihn pfählen und brennen und die Asche zerstreuen», sagten die Leute; denn Douglas' *Vampyre of Huddersfield* war längst zur gängigen Wendung geworden.

«Wenn Sie es fertig gehabt hätten zur Hinrichtung», maulte Chapman, «dann hätte ich Ihnen einen schönen Bonus bezahlt. Ich weiß nicht, warum Sie diesmal so lange brauchen!»

«Morgen mach ich's», sagte Douglas. Er nahm seinen Stenographieblock und zwei gutgespitzte Stifte, dann kaufte er eine Flasche Brandy und fuhr nach Ardwick Green.

«Laudanum, Herr Kollege», kommandierte Douglas. Simey brachte ihm demütig ein blaues Fläschchen. Douglas wollte mehr. Simey gab ihm ein zweites Fläschchen.

«Die Polizei holt ihn morgen ab», sagte Simey. «Ist die Royal Academy zufrieden gewesen mit meinem Mr. Boyd?»

«Die Royal Academy tanzt Ringelreihn vor lauter Freude», murmelte Douglas grimmig. Er trug Brandy und Laudanum zu Eddie Boyd.

Boyd trank von beidem. Er trank viel. Er lächelte Douglas die ganze Zeit an, verwundert, daß nichts geschah. Boyd war so stark. Er mußte noch mehr trinken. Irgendwann wurde sein Lächeln fade. Seine Augen leuchteten.

«Der Durst», sagte Boyd in seinem wohlklingenden Englisch, «der Durst schmeckt nach Eisen.»

«Aha?» Douglas schrieb.

«Ein blauer See zum Schwimmen», sagte Boyd, «ein roter See zum Trinken. Die Splitter der Schale auf unserem polierten Tresen, ja, denn dort geschah das, ja, und es machte kaum ein Geräusch, jawohl, und schwimmen, wissen Sie, im Sommer, wenn es heiß ist. Der Genuß, schwimmen, wenn es heiß ist, und trinken, ja, wenn man Durst hat, ja, endlich, endlich wußte ich, wie sie schmeckt.»

Boyd sprach schnell. Douglas schrieb. Morgen würden sie Boyd abholen. Übermorgen würden sie Boyd hängen. Heute würde Boyd sprechen, zum erstenmal, denn Brandy und Laudanum löst die Zunge, und es ist jetzt ganz einfach. Sprich, Liebster, dachte Douglas, sprich zu mir, und er schwieg, denn er wußte, Boyd brauchte kein Aha mehr für seine Beichte.

«Claires Blut», sagte Boyd, «Claires Blut Claires Blut Claires Blut.»

Douglas schrieb.

«Kein Mann hatte das gekostet. Es war für mich, Claires Blut, ein Mädchen aus Paris mit Füßen wie Perlen, gnädiger Gott, sie gab mir alles, ich trank, ja, ich trank das, ja, denn wir waren verheiratet vor Gott und den Menschen, und das darf nur der rechtmäßige Gatte, und für die anderen war die Schale aus Kalk, und für Eddie der Dotter aus Eisen, ja, Eisen, flüssiges Eisen, wer hätte geahnt, wie das schmeckt, die Seele, der Dotter, das Blut, das Eisen, wer hätte das ahnen können, das

Fest, Claire, das Fest, Eddie, das Hochzeitsfest auf unserem blanken Tresen, oh, ich hätte ihre Schale falten sollen wie ein Brautkleid, aber sie zersprang unter meinen Fingern, die Schale, das Köpfchen, das Puppenköpfchen aus Paris, und als ich die Splitter in die Hand nahm, war das Porzellan, kein Kalk, Porzellan, Eierschalenporzellan.»

Douglas schrieb weiter. Er versuchte, nicht hinzuhören. Er versuchte zu schreiben wie bei Gericht, Worte vom Ohr in die Finger, ohne Umweg übers Gehirn.

«Das Herz ist ein starkes Organ», sagte Boyd.

Douglas schrieb. Er schmeckte Magensäure. Er schrieb weiter.

«Stark und schlapp erst spät. Es ist klein, in der Brust eines kleinen Mädchens. Es wird erst weich, wenn man es drückt. Man kann es drücken wie Trauben. Es ist warm. Es wird kalt. Man kann es herzlich drücken wie blaue Trauben im Herbst. Saftig, ein kleines Herz. Endlich. Wie spröde sie war, in der Schale. Wie herzhaft der Dotter. Endlich. Ich hatte Durst. Endlich. Die Heirat. Eisen, ja, am ehesten wie Eisen, flüssig, flüssiges Eisen in Trauben, Blut, ja, Blut.»

Douglas schrieb. Boyd hatte den ganzen Brandy ausgetrunken, und das ganze Laudanum dazu. Wie schön seine Sprache klang, Cottisford bei Oxford, wohlklingend, ein wenig beeinträchtigt von all dem Gift in Boyds großem Kopf, eine zähe, poetische Sprache. Douglas spürte, wie sich seine Ohren öffneten, und sein Gehirn, und er wußte, bald würde er es schmecken, das flüssige Eisen. Bald würde er das Herz von Claire Boyd schmecken müssen, wie einst den Kohl von Celery Winton. Douglas schrieb. Er schluckte. Er senkte den Kopf über seinen Block, denn er wußte, wenn er Boyd nun ansähe, er würde sich übergeben.

«Die Seele», lallte Boyd, «ist Fleisch. Die Kirche lügt. Die Seele ist rot und geädert.»

Douglas schrieb weiter.

«Endlich», flüsterte Boyd. Sein Kopf schwankte. Das Laudanum in seinem Blut hätte ausgereicht, um einem ganzen

Schlafsaal voller Verrückter zu süßen Träumen zu verhelfen. Boyd schwankte. Boyd fiel nicht um. Douglas wagte einen Blick auf das Ungeheuer. Der freundliche Eddie Boyd. Der freundliche, satte Eddie Boyd aus Huddersfield.

«Ich riß es mit den Händen», murmelte Boyd mit schwerer Zunge, «ich riß es, sie, Claire, das Herz, und mehr, das Herz, den Dotter, die Wahrheit, was ich fand in Claire, warm erst, dann kälter, und ich wärmte das Kaltgewordene, die kleine Claire, wärmte es mit meinen Händen und Lippen.»

Endlich gelang es Douglas, Boyd nicht mehr zuzuhören. Er schrieb wie im Schlaf. Er dachte an etwas anderes. Er dachte an das Einhorn aus Irk Valley Gardens, und er dachte an das ewige Gatter von Bleamoor Hall, und er dachte an Wellys Laterne. Douglas hörte das Scharren der Scheiben. Er schrieb, und es war ihm, als katalogisiere er Bilder aus einer Laterna magica, schlechtgezeichnete Bilder. Sollte er sprechen, der schreckliche Eddie Boyd. Sollte er sprechen von seiner aufgefressenen Frau. Douglas mußte plötzlich fast lachen. *Thirst*, sagte Boyd. Douglas schrieb. Oh, dachte Douglas, Mr. Chapman wird sich freuen, das ist ein Schauerstück, oh, so ein Schauerstück, und er schrieb weiter, und Boyd sprach weiter, ohne innezuhalten, die Zunge schwer und der Kopf leicht von Brandy und Opium.

Douglas schrieb. Er mochte das. Er hörte längst nicht mehr hin, und er wußte doch, Eddie Boyd bediente ihn gut. Eddie Boyd sagte Douglas die Wahrheit. Eddie Boyd gab Douglas Futter, denn Douglas war gierig. *Thirst*, sagte Boyd, immer wieder. Und er sagte: «Ein Leben Durst und Hunger, und nur Kalk, und dann, Gott schütze uns, Gott sei es gedankt, endlich satt, endlich satt, endlich, Fleisch und Blut, endlich die Wahrheit, salzig, Gott schütze uns, endlich, endlich Claire für mich.»

Als Douglas die letzte Seite seines Protokollblocks umschlug, verstummte Eddie Boyd plötzlich und sah ihn an.

«Ich mag nicht mehr», sagte Boyd. Er klang fast nüchtern.

Douglas nickte.

«Wissen Sie», sagte Douglas mit einem etwas gespannten Lächeln, «Sie sind ein Dichter, Mr. Boyd.»

«Sind Sie satt, Mr. Fortescue?»

Douglas schwieg. Er wollte mit dem Kopf nicken. Er brachte es nicht fertig.

«Ich bin nie satt, Mr. Boyd», sagte Douglas leise, «ich bin ein Vampir.»

Und er steckte seinen Protokollblock in die Tasche und reichte Eddie Boyd die Hand.

«Kommen Sie mit?» fragte Boyd. «Wenn sie mich ...»

Douglas nickte. Er hielt noch immer Boyds Hand, eine große warme trockene Hand.

«Ich begleite Sie zum Galgen», sagte Douglas ruhig, «ich habe es Ihnen versprochen.»

Er wollte danke sagen zu Eddie Boyd. Er konnte es nicht. Douglas rief Dr. Simey, und er sah zu, wie man Eddie Boyd wieder in Ketten legte, und dann sagte er kühl: «Ich erkundige mich, wann man Sie hängt, und ich komme und begleite Sie.»

«Danke», sagte Boyd.

«Bitte», sagte Douglas.

Dann drehte er sich um und verließ die Zelle.

Dr. Simey stand ihm im Weg. «Kommt mein Name wirklich», begann Simey, «kommt mein Name, ich meine, auf den Bericht der ...»

«Der was?» fragte Douglas.

«Der Royal Academy ...»

«Ich bin Gerichtsschreiber in Manchester», sagte Douglas, «und Sie, Herr Kollege, Sie sind ein Idiot.»

Damit wandte er sich ab, und er verließ das Tollhaus von Ardwick Green für immer.

Als Douglas an jenem Abend Elinors Tür aufschloß, wunderte er sich, daß sie schon zu Hause war. Sie saß im Nachthemd auf der Bettkante und trank Wasser.

«Oh», sagte Douglas, «bist du schon da?»

Elinor setzte das Glas ab, wischte sich über die Lippen, und sie erklärte beiläufig, man habe sie heimgeschickt, weil sie erkältet sei und weil man nicht wollte, daß die ganze Schwingerei krank würde, nur weil die Vorarbeiterin krank sei, und deshalb werde sie nun zwei Tage daheim bleiben, bis diese Lästigkeit überstanden wäre. Elinor trank noch einen Schluck, dann verzog sie das Gesicht und rannte aus der Tür.

«Du klingst nicht erkältet», sagte Douglas, als Elinor zurückkam.

«Hm?» Elinor hatte keine Lust zu reden. Sie schlüpfte unter die Bettdecke, und sie winkte Douglas, er möge sich zu ihr setzen.

«Morgen um drei hängen sie ihn, dann kannst du heiraten.» Douglas setzte sich auf die Bettkante.

«Hm», machte Elinor wieder. Sie sah ein wenig spitz aus, ein wenig fahl. Sie wickelte sich fest in die Decke. Douglas schüttelte ihr das Kopfkissen auf, Elinor dankte. Dann sprang sie auf, und sie rannte schon wieder aus dem Zimmer.

Sie blieb lange fort. Sie war blaß, als sie zurückkam.

«Ich habe mir den Magen verdorben», sagte Elinor, «ich geh' jetzt schlafen.»

Sie schwankte ein wenig, aber sie fand sicher den Weg unter die Decke. Douglas fragte, ob er sie allein lassen solle. Elinor schüttelte den Kopf. Douglas fragte, ob er ins Bett kommen solle. Elinor nickte. Douglas zog sich Jacke und Stiefel aus und legte sich zu ihr. Das Bett war heiß. Elinor war kühl. Douglas legte seine Hände auf ihren Rücken, aber Elinor zuckte, als täte ihr das weh.

«Brauchst du einen Arzt?» fragte Douglas.

Elinor schüttelte den Kopf. Sie trank wieder Wasser, die Ellenbogen aufgestützt, und dann legte sie sich hin und schloß die Augen.

«Schlaf gut», sagte Douglas.

«Na ja», sagte Elinor. Sie griff hinter sich und fuhr Douglas über die Haare.

«Kommst du zur Hochzeit?»

«Nein.»

Elinor streichelte ihn noch einmal. Ihre Hand war kühl und feucht. Sie roch seltsam. Das ganze Bett roch seltsam, gar nicht nach Baumwolle oder Dampfkraft.

«Du hast nichts Schlimmes, oder?»

Elinor schüttelte den Kopf, und dann sprang sie schon wieder aus dem Bett, verlor fast das Gleichgewicht dabei, und sie lief schon wieder aus dem Zimmer und hinaus in den Hof, denn Elinor O'Donoghue hatte sich furchtbar den Magen verdorben, und Elinor O'Donoghue haßte Nachttöpfe.

«Geh heim», sagte Elinor, als sie wiederkam, «geh heim, Douglas, komm morgen wieder, komm wieder, wenn Boyd tot ist, und dann machst du mir die Haare.»

Douglas wollte etwas sagen. Elinor wies streng auf die Tür. Douglas zog sich Stiefel und Jacke an, und er ließ seine kranke Freundin allein.

Man hatte einen kleinen Jahrmarkt aufgebaut für den Vampir von Huddersfield. Es gab Buden mit Erfrischungen, und der schreckliche Mann, der in Irk Valley Gardens die Mäuse verspeiste, hatte für diesen besonderen Nachmittag seinen Arbeitsplatz verlegt, und er schluckte und würgte nun im Angesicht des Galgens. Douglas war rechtzeitig zur Stelle. Er lehnte an einer Bude, die Beine gekreuzt, das Stöckchen unterm Arm, und er wartete, daß man Eddie Boyd bringen würde. Douglas hatte schlecht geschlafen, und er döste nun fast ein an dieser Holzwand, die angewärmt war von der Sonne, und er vergaß beinahe, was er hier eigentlich zu suchen hatte. «Wenn Sie schon so lange gebraucht haben, dann beschreiben Sie wenigstens die Hinrichtung, letzte Worte und so», hatte ihm Mr. Chapman befohlen. Douglas hatte seinen Block dabei, und er betrachtete müde den Galgen und wunderte sich, daß er wirklich so aussah, wie man ihn sich vorstellte, zwei dicke Streben im rechten Winkel und eine dünnere Strebe, die die Kreuzung verstärkte. Der Galgen sah solide aus. Er sah aus, als könne er den dicken Eddie Boyd durchaus tragen. Er sah aus wie ausgedacht, der klassische Galgen von Manchester, den man nur noch selten aufbaute, seit man Australien mit Übeltätern beschickte, er sah aus wie die Illustration aus einem altmodischen Buch. Zwei Männer waren zugange an dem Podest, auf dem der Galgen aufgestellt war, und sie prüften immer wieder die Scharniere jener Klappe, durch die, wußte Douglas, der Gehängte würde fallen müssen aufs Kommando des Scharfrichters. Die Klappe war wichtig. Man wollte Eddie Boyd schließlich nicht erdrosseln, auch wenn das die Bürger von Huddersfield und Manchester vielleicht gerne gesehen hätten. Douglas trat näher. Er hörte sich die Geräusche der zurückschwingenden Klappe an, ein sachtes Quietschen, und er sah, wie man dann Öl in die Scharniere tat, bis das Quietschen aufhörte. Jemand setzte eine Brille auf. Jemand nickte. Jemand gab einem anderen eine Unterschrift, ja, alles war geprüft, und der Strick war auch schon da, und jetzt kam der Wagen mit Eddie Boyd.

«Ich brauche keinen Geistlichen», hatte Boyd gesagt, als sie ihn abholten, «ich habe schon einen, er wartet auf mich, fahren Sie nur los.»

Boyd sah Douglas sofort. Er winkte ihm zu. Douglas winkte zurück, und er bahnte sich den Weg durch die Menge. Die Leute wichen zurück, als sie Douglas sahen, diesen bleichen Jüngling in Schwarz, die Haare offen über den Schultern; denn dieser Jüngling gehörte eindeutig zu Boyd. «Gott, Boyd, der Vampir von Huddersfield», flüsterten die Leute, und sie starrten den dicken Mann in Ketten an und den Jüngling, der aussah wie der Alchimist und Teufelsdiener aus einem schlimmen Roman. Einen Moment lang interessierte man sich fast mehr für Douglas Fortescue als für Eddie Boyd. Eddie Boyd sah so harmlos aus. Er trug seine Ketten, als sei das eine Girlande für den Pfingstumzug.

«Das ist mein Beichtvater», sagte Boyd zu den Wachen, «ich habe ihm schon gebeichtet, und er begleitet mich jetzt, und es ist schön, daß er da ist, nicht wahr?»

Douglas legte Eddie Boyd die Hand auf die Schulter. Boyds Schulter fühlte sich an wie ein gut durchwachsenes Stück Schinken, kräftig und gesund. Douglas schwieg, und er ließ seine Hand auf Boyds starker Schulter, denn das machte die Sache leichter für ihn. Für ihn, Douglas. Er hatte Angst. Er wußte, er würde diese Stufen hochsteigen müssen mit dem Gastwirt Boyd, wie es sich schickte für einen Geistlichen. Die Wachen führten sie durch die Menge. Aus einem zweiten Wagen stiegen Amtspersonen. Douglas sah Gesichter, die er kannte aus Court Leet. Er wußte sie nicht zuzuordnen. Irgendeine dieser Amtspersonen würde der Henker sein. Es war unmöglich zu sagen, welche. Sie sahen alle gleich aus, feierlich, ernst, offiziell. Douglas verstand plötzlich, daß die Zeiten vorbei waren, in denen die Scharfrichter schwarze Kapuzen mit Augenschlitzen über dem Kopf gehabt hatten. Er hielt sich an Eddies Schulter, und sie nahmen Eddie die Fesseln ab und führten ihn die Stufen hinauf. Eddie griff jetzt Douglas' Hand. Er führte ihn wie ein Kind. Douglas' wohlkalkulierte Priestermiene zerfloß in eine elende Grimasse. «Nicht», flüsterte Douglas, als sie unter dem Galgen standen, «nicht *wirklich*!»

«Still.» Boyd lächelte. «Mr. Fortescue, machen Sie mir keine Schande!»

Und Douglas schwieg still. Er hielt Boyds Hand, solange das ging. Dann banden sie Boyd die Arme hinter dem Rücken zusammen, und eine der Amtspersonen ging auf dem Podest umher mit einem Papier, und jeder mußte unterschreiben. Der Vertreter von Court Leet. Der Vertreter der Polizei von Huddersfield. Der Vertreter der Polizei von Manchester. Der Vertreter der Vogtei. Der Vertreter des Bürgerrates. Douglas unterschrieb auch, Geistlicher des Verurteilten. Er malte einen sinnlosen Schnörkel. Alle unterschrieben, außer Eddie Boyd. Sie hatten schon sein Gesicht verhüllt. «Treten Sie zurück, Reverend», sagte einer zu Douglas. Ein anderer legte Boyd den Strick um den Hals.

«Oh», sagte Boyd. Der Strick verschwand unter seinem Doppelkinn. Der Henker justierte den Knoten unter dem linken Ohr, und er streifte eine Lederhülle über den Knoten, und er prüfte alles genau. Niemand fragte Boyd, ob er noch etwas zu sagen habe. Das Publikum jaulte: «Letzte Worte, wir wollen was hören!» Niemand gab acht auf das gierige Publikum. Jemand hielt Douglas am Arm fest und drängte ihn gegen das Geländer. Boyd sagte noch einmal «oh», ziemlich geduldig, ziemlich freundlich. Er versuchte, den Kopf zu drehen. Der Knoten drückte ihn. Boyd seufzte leise und schwieg. Der Tanzbär Boyd, der sich wunderte über ein neues Kunststück.

Douglas wollte sich die Augen zuhalten, aber er hielt sich statt dessen den Mund zu. Zwei Kommandos. Ein großes Geschrei im Publikum. Dann lösten sie die Stricke, die die Klappe hielten. Boyd fiel. Er war auf einmal nicht mehr da. Douglas hörte, wie sich der Strick mit einem dumpfen Geräusch straffte, er hörte ein Knacken im Holz. Das Publikum schrie und applaudierte. Sie hatten mehr sehen können als Douglas, der mit den Amtspersonen oben auf dem Podest stand. Douglas sah nur den Strick. Er sah den Strick, der straff hindurchging durch die offene Klappe. Das war alles. Douglas biß in seine Hand. Jemand führte ihn die Stufen hinunter.

«Gesicht zeigen, Gesicht zeigen», skandierte das Publikum. Man tat ihm den Gefallen nicht. Man schnitt Eddie Boyd ab, und man brachte ihn zurück in den Wagen, in dem er gekommen war.

Douglas betrachtete Boyds Mund, der sichtbar war unter dem Tuch. Eddie Boyds kleiner weicher Mund, die Winkel verborgen unter den Fettpolstern der Wangen. Er war sanft und ordentlich geschlossen. Ein erstaunter Zug um die Lippen. Überfragt. Verwundert. Douglas kannte diesen Ausdruck. Celery unter dem Eis. Verwunderung, Blasen, dann keine Blasen mehr, und ein stilles Bild hinter Glas. Ein stilles Bild auch Eddie Boyd. Sie trugen ihn an Douglas vorbei, und Douglas hätte nur die Hand ausstrecken müssen, um die starke Schulter des wahnsinnigen Gastwirts noch einmal zu berühren. Er ließ es bleiben. Er sah sich alles an. Er hörte, wie jemand die Platten wechselte im Projektor der Welt, gewissenhaft Platte über Platte schob, damit Douglas Fortescue auch immer etwas zu sehen hatte.

Sie machten den Schlag zu. Sie fuhren ab. Die Leute drängten sich um Douglas. Douglas machte sich frei, und er begann zu rennen. Er rannte und rannte, bis er in Oldham Street angekommen war und sich gegen eine Hauswand lehnen mußte, weil er keine Luft mehr bekam.

«Leb wohl, Eddie Boyd», sagte Douglas barsch. Und er ging weiter, mit gemessenem Schritt, das Stöckchen unterm Arm.

Als Douglas bei Elinor ankam, war das ganze Zimmer voller Leute. Da waren die Nachbarinnen, und da waren zwei Männer, die Douglas schon einmal gesehen hatte, Elinors Brüder, und da war Mr. Cullen aus Wicklow, blaß und mit roten Augen. Es stank. Es stank erbärmlich in Elinors ordentlichem Zimmer. Die Leute hielten sich Tücher vor die Nasen. «Gott, Fortescue, gut, daß Sie da sind», sagte Cullen. Douglas begriff nicht, was hier los war.

«Wo ist Elinor», fragte Douglas. Dann sah er sie. Elinor lag im Bett, auf dem Rücken, die Hände über der Decke. All diese Leute drängten sich um das Bett, und jetzt sah Douglas, daß da auch ein Arzt war, eine jener schmuddeligen Gestalten, die sich kümmerten um die Kranken von Oldham Street, und dieser unangenehme Arzt hatte Elinor gerade zur Ader gelassen, und eine der Nachbarinnen trug die Schale mit Blut aus dem Zimmer.

«Wie schön, daß du da bist», sagte Elinor, als sie Douglas sah, «jetzt könnt ihr alle gehen.» Sie war grau im Gesicht, wie eine alte Frau.

Niemand rührte sich. Douglas merkte, auch er hatte das Schnupftuch vor der Nase. Er genierte sich. Er steckte es zurück in die Tasche.

«Hört ihr», wiederholte Elinor streng, «ihr geht jetzt alle nach Hause, denn Douglas ist da, und Douglas kümmert sich um mich.»

Die Leute schwiegen. Mr. Cullen zog die Nase hoch, eine dicke irische Nase, verborgen hinter einem bunten Tuch.

«Douglas hält das aus», sagte Elinor, «nicht wahr, Douglas?»

Douglas nickte.

«Haut ab», sagte Elinor. «Douglas, komm her.»

Der Arzt drängelte sich durch die Menge und ging aus der Tür. Cullen folgte ihm. Douglas hörte, wie Cullen im Hof mit dem Arzt sprach und wie er dann wieder die Nase hochzog. Douglas setzte sich auf Elinors Bettkante. Elinor faßte ihn an der Hand und zog ihn zu sich herunter.

«Ich mach' ins Bett», flüsterte sie ihm zu, «das ist ekelhaft, aber ich kann es nicht ändern. Ich schaff's nicht bis nach draußen.»

Elinors Brüder und die Nachbarinnen drängten plötzlich auch zur Tür, rückwärts, die Tücher vor den Nasen. Die Brüder schlugen Kreuze. Plötzlich waren alle fort. Die Tür fiel ins Schloß. Douglas hörte, wie Cullen schrie, er wolle wieder hinein zu seiner Verlobten, und er hörte, wie sie ihn beruhigten und wegführten. Man hatte Respekt vor Elinor O'Donoghue. Wenn Elinor O'Donoghue befahl, daß man verschwinden sollte, so hatte man zu verschwinden.

«Du hältst das aus, oder?» fragte Elinor.

«Ich weiß nicht», sagte Douglas. Er hielt ihre Hand. Kalt, trocken, die Haut wie Papier. Er sah ihr in die Augen. Auch die Augen waren trocken, die Lider ein wenig eingezogen. Die trockenen Augen sahen Douglas bittend an.

«Doch», murmelte Douglas, «ich halte das sicher aus.»

«Sie nennen es die Cholera», sagte Elinor.

«Aha?»

«Holst du mir den Priester, wenn ich's dir sage?»

«Ja.»

«Ekelhaft, oder, wenn man ins Bett macht wie ein kleines Kind?»

«Ja», sagte Douglas, «das ist ekelhaft.»

Elinor kniff die Augen zusammen, immer wieder. Douglas brauchte eine Weile, bis er verstand, was sie wollte. Elinor versuchte, ihre Augen zu schließen, aber die eingezogenen Lider waren zu kurz, um sie ganz zu bedecken. Douglas legte beide Hände über Elinors Augen. Elinor murmelte etwas, das wie danke schön klang. Sie zitterte.

«Die Leute sagen, das überträgt sich», sagte sie nach einer Weile, «du solltest nicht so nah bei mir sitzen.»

Douglas ließ die Hände auf Elinors Gesicht. Es schien ihr zu gefallen. Es gefiel auch Douglas. Elinor sah fast so aus wie sonst, wenn man ihre Augen nicht sah.

«Mach dir keine Sorgen», sagte Douglas, «ich bin unsterblich.»

Zwei Stunden später verlangte Elinor nach dem Priester. Er wartete schon längst vor der Tür, herbeigerufen von den Nachbarinnen und den Brüdern. Er sah aus wie der Arzt, schmuddelig und müde.

«Kannst du beichten, meine Tochter?» fragte der Priester.

Elinor schüttelte den Kopf.

Der Priester gab ihr die Letzte Ölung. Er forderte Douglas auf, mit ihm zu beten.

«Lassen Sie den Jungen in Ruhe, Vater», bat Elinor, «er ist nicht katholisch.»

Der Priester betete. Der Priester verschwand. Douglas legte wieder die Hände über Elinors Augen.

«Ich will nicht», sagte Elinor eine halbe Stunde später.

Douglas schwieg.

«Süßer Jesus», sagte Elinor nach einer weiteren halben Stunde. Es klang erstaunt. Douglas nahm seine tauben Hände von Elinors Gesicht. Sie sah ihn verwundert an. Douglas wußte nicht, ob sie ihn erkannte.

Elinor O'Donoghue starb still, am 27. Mai 1831 um fünf Uhr morgens. Douglas sah ihr wortlos dabei zu. Als es vorüber war, stand er auf und blickte sich um. Das Zimmer, ordentlich, wohlbekannt, nur ein paar Fußspuren von den schmutzigen Schuhen der ungewohnten Gäste. Douglas ging zum Fenster, und er blickte hinauf in den dunklen Hof, und er sagte dann ruhig, jedes Wort gut betont: «Ich habe nichts mit euch zu schaffen.»

Er setzte sich vor den Kamin. «Ich habe nichts mit euch zu schaffen», wiederholte Douglas. Er hatte keine Lust, die Nachbarinnen und die Brüder und Mr. Cullen zu holen. «Ich habe nichts mit euch zu schaffen», sagte Douglas noch einmal. Er wußte nicht recht, wen er eigentlich damit meinte. Er wiederholte es wieder und wieder, Stunde um Stunde. Er fand Elinors Rosenkranz in seiner Rocktasche, und er nahm den Rosenkranz zu Hilfe, und er betete diesen Satz, für jede der blauen Kugeln einmal: «Ich habe nichts mit euch zu schaffen», und als der Rosenkranz zu Ende war, begann Douglas von vorne, und als dann die Leute kamen, der weinende Mr. Cullen und die weinenden Brüder, die Nachbarinnen, die Kreuze schlugen, und dann auch die Leute von der Stadt mit ihren Räuchermaschinen und Kalkeimern, als Douglas plötzlich merkte, daß da ein großes Geschrei war in Elinors stillem Zimmer, da stand er auf, der unsterbliche Douglas Fortescue mit seinem Rosenkranz, und er ging davon, ohne daß ihn jemand aufgehalten hätte. «Ich habe nichts mit euch zu schaffen», betete Douglas noch einmal, und noch einmal, und dann steckte er den Rosenkranz in die Tasche.

Er blickte sich um. Oldham Street, wie immer. Douglas schüttelte den Kopf. Er merkte nun gar nichts mehr. Douglas merkte nichts, keine Trauer, kein Entsetzen, nicht einmal Verwunderung. «Nie mehr», sagte Douglas. Er lächelte Oldham Street an, ein Stück bemaltes Glas aus einer schlimm verrußten magischen Laterne.

IV

Vier Tage nach Elinors Tod begann Douglas Fortescue mit der Niederschrift seines siebzehnten Chapbooks. Es wurde Zeit. Douglas hatte seine Anstellung bei Gericht verloren, denn es ging schließlich nicht an, daß ein anständiger Schreiber vor jedermanns Augen mit Eddie Boyd auf den Galgen stieg; Douglas war deshalb angewiesen auf Frederick Chapmans Honorare. Und weil Chapman seinerseits drohte, den neuerdings so unzuverlässigen Autor hinauszuwerfen, mußte Douglas nun zusehen, daß er *The Vampyre of Huddersfield* bald in Worte faßte.

Er saß in seinem Dachzimmer Market Ecke High Street, neben sich ein Glas Milch gegen das Sodbrennen, das ihn nicht mehr verlassen hatte seit den letzten Geständnissen des Eddie Boyd. Er hatte sorgfältig die Feder geschnitten und begann nun mit der Reinschrift seiner Notizen. Douglas beschrieb zunächst in kargen Worten den Fall, wie er berichtet worden war in Manchester, die Geschichte des lächelnden Mannes mit den blutigen Lippen, der *Thirst* gesagt hatte und sonst gar nichts, und er fügte hinzu, daß sich der Kommissar von Huddersfield übergeben hätte angesichts der Leiche. Dieser Absatz war schnell geschrieben. Douglas nahm ein neues Blatt Papier, und er schlug dann seinen Protokollblock auf und studierte die Mitschrift von Eddie Boyds großer Beichte. *A blue lake to swim in, a red lake to drink, and the splinters of the shell on our polished counter …*

«Gott im Himmel», murmelte Douglas verwundert, «der arme Mann war wirklich ein Dichter!» Und er machte sich daran, die eigentümlichen Sätze des Eddie Boyd gewissenhaft ins reine zu schreiben. Erst als er die erste Seite ganz gefüllt hatte, merkte Douglas, daß er die Zeilen brach, als sei das ein Lied.

Claire's blood
no man ever tasted
Claire's blood
for me.
A girl from Paris with feet of pearl
she gave me all and I drank
for we were married before God and men
at last I knew how she tasted

«La, la, la», machte Douglas unwillig. Er schrieb die Seite neu. Er füllte die Zeilen jetzt gewissenhaft bis zum Ende. Er hatte Eddie Boyds Singsang noch immer im Ohr, diese schlimme

Hymne an die kleine tote Claire. Douglas schauderte, dann begann er zu lachen. Das war ja schlimmer als Blake und Byron zusammen, was der Gastwirt Boyd da gefaselt hatte in seinem feinen Englisch aus Oxfordshire! Kam das vom Laudanum? Machte diese Droge denn aus jedem Kneipier einen Ewig Bewegten Dichter? Douglas lachte, ein sprödes, kühles Lachen. Boyd hatte Durst gehabt und war tot. Elinor hatte Durst gehabt und war tot. Douglas war unsterblich, und ihn ging das alles nichts an. Douglas trank Milch. Er lachte wieder. Es klang nicht schön, dieses kleine klirrende Lachen des Douglas W. Fortescue. Er schrieb weiter, und er brach doch wieder die Zeilen, und er dachte, nun ja, was unterscheidet Claire Boyds zersprungenen Schädel von Lisa Stubbings' Petticoats? Sehr angenehm, nicht wahr, daß man das Zeug nicht in lateinische Jamben bringen muß. Douglas pfiff vor sich hin, während er schrieb. Sein Pfeifen klang nicht schöner als sein Lachen.

And the shell for the others
and the yolk for the lawful spouse
a taste of fluid iron
the soul, the yolk, the blood

«Meine Güte», murmelte Douglas und schnitt seine Feder nach, «ist das vielleicht ein hübsches Gedicht!»

Our wedding on the polished counter
Claire and me
and I should have folded her shell like a wedding-dress
but it burst in my hands
a little doll's head
and it was egg-shell china

«Chapman bringt mich um», kicherte Douglas. Er bekam allmählich Spaß an der Sache. Er schrieb jetzt schnell, Seite um Seite.

And the heart is a lusty organ
and the heart is small in a small girl's chest
and I squeezed it out like grapes in autumn
'tis fluid iron in grapes
'tis Claire's blood
at last, for me, at last

Als er die zehnte Seite vollgeschrieben hatte, verstand Douglas, daß dies kein Chapbook werden würde für die allseits beliebte Reihe *Crimes of Our Time*.

I tore it with my hands
Claire's heart
cooled down in dying
but warmed again with a lover's hands and lips

«Gott, wie hübsch!» murmelte Douglas noch einmal. Er hatte gar nicht gewußt, daß es englische Gedichte ohne Reime gab. Er schnitt eine neue Feder und trank seine Milch aus.

church lies
the soul is flesh
the soul is red and veined

«Wie nennen sie das? Romantik? Das ist ja gar kein Ausdruck!» Douglas schüttelte den Kopf. Es war eine seltsame Vorstellung, daß der verrückte Gastwirt von Huddersfield ein sogenannter romantischer Dichter wäre. Douglas wußte nicht, wo er hin sollte mit Eddie Boyds wohltönender Beichte. Er würde alles neu schreiben müssen für Mr. Chapman. Aber zunächst brach Douglas weiter die Zeilen, und er klopfte den Takt, während er schrieb.

Thirst for a lifetime
while Claire lay with strangers
my little girl from Paris

with her little hats and little shoes
with her brittle shell of chalk
and I broke the shell and I fed,
I fed well
upon salt and iron in Claire's shell
thirst and hunger
'tis over.

«Ja, ja», sagte Douglas. Er versuchte sich noch einmal an diesem neuen Lachen, aber es gelang eben nicht recht. Er legte die fünfzehnte Seite auf die vierzehnte, dann ordnete er alles in die richtige Reihenfolge, legte ein leeres Blatt Papier obenauf und schrieb mit großen Buchstaben:

Douglas W. Fortescue
«Thirst»

Und dann packte er die sechzehn Seiten ohne Begleitschreiben in ein Stück Packpapier, und er schrieb darauf die Adresse eines der vornehmsten Verlagshäuser in London, Micklewright & Summers, Regent Street, wie sie abgedruckt war in einem seiner Gedichtbände. Er schrieb den Absender dazu. Dann ging Douglas zu Frederick Chapman, und er sagte: «Guter Mann, schreiben Sie Ihren Mist in Zukunft bitte selbst, denn ich habe keinen Spaß mehr daran.»

Als Douglas nach Hause zurückkam und das Päckchen mit *Thirst* auf dem Tisch liegen sah, öffnete er es noch einmal, und er legte Elinors Rosenkranz hinein. Der Trick hatte einmal Erfolg gehabt, vielleicht würde er ja immer wirken. Douglas Fortescue brauchte kein Andenken an Elinor O'Donoghue. Er hatte nichts mit ihr zu schaffen. Douglas verschloß das Päckchen zum zweitenmal, und er trug es zur Post, pfeifend, den Stock unterm Arm.

Douglas' Ersparnisse waren bald aufgebraucht. Einen Moment lang spielte er mit dem Gedanken, sein gewesenes Stekkenpferd zum Beruf zu machen und anzufragen bei einem Friseur, aber er gab diese Idee schnell wieder auf. Es waren schlimme Zeiten für die Friseure von Manchester: die Cholera herrschte, und weil man vermutete, daß sich das übertrug, teilte man nicht gerne Scheren und Bürsten. Douglas brachte sein Akkomodierbesteck und die schönen Schildpattkämme zum Trödler, aber er bekam nicht viel Geld dafür. Überall starben die Leute. Überall gingen die Männer von der Stadt umher und kalkten und räucherten nach Kräften. Man malte Kreuze an Türen, wie zu Zeiten der Pest. Ein paar neue Schiffsladungen aus Irland ersetzten die gestorbenen Arbeiter. Die Cholera fand ihren Weg in die Provinz. Die Cholera fand Jane Fortescue in Settle und brachte sie um.

«Lieber Gott», sagte Douglas, als er den Brief bekam, «nur Handschuhe, und ein Witwer mit vier Kindern!»

Er schickte Jeremy ein paar Zeilen mit der Expresspost. Er kondolierte, so warm er es vermochte. Es klang durchaus höflich.

Unsterblich und zunehmend mittellos spazierte Douglas Fortescue durch Manchester und zählte die Kreidekreuze an den Haustüren. Er hatte nichts zu tun. Seine Miete war überfällig. Er langweilte sich sehr. Er fuhr nach Irk Valley Gardens, um sich die verschiedenen *Follies* noch einmal anzusehen. Die Cholera hatte den Mann mit den Mäusen erwischt. Douglas mußte darüber lachen. Er sah sich auch die Laterna magica wieder an, aber er hatte niemanden, dessen Hand er halten konnte, und ihn graute so sehr vor den Bildern, daß er die Bude vor Ende der Vorstellung verlassen mußte. Er sah eine Weile den Tänzern zu. Dann fuhr er zurück nach Manchester, und er brüllte seiner Wirtin in die tauben Ohren, daß er bald eine Arbeit suchen und die Miete bezahlen werde. Er ging zu Bett. Er las ein paar Zeilen Byron und lachte.

Douglas fand eine Stelle in einem Baumwollkontor bei Irwell Bridge, und es gelang ihm, dort sein Brot zu verdienen, obwohl er nicht rechnen konnte. Mit einem verlegenen Lächeln und ein paar langen grünen Blicken betörte er einen Kollegen, der fortan den buchhalterischen Teil seiner Arbeit für ihn erledigte. Douglas kopierte Listen und trug Akten umher. Es gab keinen Publikumsverkehr. Niemand zwang Douglas ein Zopfband auf. Er färbte seinen Scheitel nach und bürstete seine Haare, bis sie knisterten. Sie fielen bis weit auf den Rücken. Douglas ließ seine Haare durch die Finger gleiten, während er Posten um Posten die Listen abschrieb, Listen von Waren und Schiffen und Gewichten. Douglas langweilte sich. Douglas wartete.

Eines Morgens, als Douglas gerade aufbrechen wollte zu seinem Kontor, kam ihm die Wirtin auf der Treppe entgegen und schrie ihn an, ein fremder Mann sei dagewesen und habe nach ihm gefragt, und er habe ausgesehen wie ein reicher Fremder. «Aha», brüllte Douglas, «und wo ist er jetzt?» Die Wirtin wußte keine Antwort. Sie hatte ihn fortgeschickt in ihrer Aufregung, und sie bereute das nun lautstark. Sie zerrte Douglas aus der Haustür. Da stand noch der Wagen des Fremden, ein leichter Vierspänner, lehmbespritzt und sehr elegant. Auf dem Bock saß ein Mann und schlief. Douglas betrachtete den Wagen eine Weile, und er überlegte, ob er den Kutscher aufwecken und nach seinem Herrn fragen sollte, aber er entschied sich dagegen. Douglas Fortescue hatte keine Eile. Douglas Fortescue machte keine Umstände wegen irgendeines unangekündigten Besuches. Er ließ den Kutscher schlafen und die Wirtin stehen und ging zurück in sein Zimmer. Das Kontor, fand Douglas, mußte heute auf ihn verzichten.

Eine halbe Stunde später klopfte der Besuch an Douglas' Tür. «Bitte?» fragte Douglas belästigt. Der Besuch drückte die Klinke. Der Besuch trat ein, mit eiligem Schritt, und doch auch ein wenig zaghaft. Douglas wandte sich um. Der Besuch starrte ihn an.

Es war ein untersetzter Mann um die Vierzig, elastisch, rotwangig, wohlgenährt. Er hatte dunkelblonde Haare, über der Stirn zu einem Pinsel frisiert, und er trug lange spitze Koteletten, die seinen ländlichen Wangen vielleicht ein wenig städtische Kultur verleihen sollten. Der Mann tat auch sonst viel für seine Kultur. Er war ziemlich auffallend gekleidet. Er trug eine lachsrote Weste unter dem Gehrock, darauf ein mäanderndes

Muster. In seinem Knopfloch steckte eine künstliche Blüte. Der Zylinder in seiner Hand glänzte, als sei er gefettet, und in derselben Hand hielt der Mann einen Stock aus Ebenholz, dessen Knauf eine Sphinx war. Der Mann war nicht aus Manchester. In ganz Manchester gab es keinen solchen Mann.

«Mr. Fortescue», schrie der Mann und starrte Douglas dabei weiter ins Gesicht, «Mr. Fortescue, warum antworten Sie nicht auf meine Post?»

«Mit wem habe ich die Ehre?» erkundigte sich Douglas ohne aufzustehen. Er drehte eine Haarsträhne um den Finger.

«Percy Micklewright», seufzte der Mann, «heiliger Jupiter, bin ich froh, daß ich Sie gefunden habe.» Er hielt Douglas die Hand hin. Douglas blieb sitzen.

«Jupiter?» fragte Douglas interessiert. «Kommen Sie aus Rom?» Er warf der silbernen Sphinx einen Blick zu und lächelte. Percy Micklewright ließ seine Hand sinken und trat zurück.

«Lesen Sie keine Zeitung?» fragte Micklewright.

Douglas überlegte. «O doch», sagte er nach einer Weile, «ich riß mir bisweilen Papilloten aus dem *Manchester Herald.*«

«Warum beantworten Sie keine Briefe?»

Douglas hatte keinen Brief bekommen. Die Post war langsam. Die Post fürchtete sich vor der Cholera.

«Ach», sagte Douglas sanft, «ich mag meine Briefe bisweilen nicht öffnen. Es tut mir aufrichtig leid, Mr. Micklewright. Darf ich Ihnen ein Glas Milch anbieten?»

Percy Micklewright nickte verwundert. Er litt es, daß ihm Douglas ein Glas Milch eingoß aus einem Krug auf dem Tisch. Er setzte sich auf einen Schemel ohne Lehne, als Douglas darauf zeigte. Er legte Stock und Zylinder neben sich auf den Boden.

«Ach so», rief Douglas plötzlich erstaunt, «Sie sind die eine Hälfte von Micklewright und Summers!»

Und auf einmal hielt er seinem Gast die Hand hin, und Mr. Micklewright durfte vier leblose Finger drücken.

«Douglas W. Fortescue», murmelte der Verleger, «so habe

ich Sie mir nicht vorgestellt in meinen schönsten und übelsten Träumen.»

Er betrachtete Douglas aufmerksam, fast unverschämt. Er lächelte. Er lächelte immer breiter. Er schüttelte den Kopf.

«Douglas W. Fortescue», wiederholte er, jetzt fast lachend, «wie *fürchterlich* gut passen Sie zu Ihrem Buch.»

«Danke», sagte Douglas kühl.

«Sie verstehen mich recht ...»

«Oh, ich verstehe Sie recht. Oh, sicher.»

Douglas schlug die Beine übereinander. Er dachte an den dicken Tanzbären Boyd. Er dachte an sich selbst. Wer paßte zu was? Wovon sprach dieser Mann? Was stand in der Zeitung? Warum kam dieser Kerl nach Manchester? Douglas wippte mit der Fußspitze. Er schwieg.

Auch Percy Micklewright schwieg nun eisern. Vielleicht wartete er auf Douglas' Fragen. Vielleicht ließ er diese Entdeckung auch einfach auf sich wirken: Percy Micklewright war sehr froh, daß er Douglas W. Fortescue gefunden hatte, und er hatte jetzt keine Eile. Er musterte ihn eingehend. Wirklich, dieser langhaarige Jüngling übertraf Mr. Micklewrights schönste Erwartungen.

«Drei Dinge wüßte ich gern», sagte er nach einer Weile, «erstens: Warum schicken Sie uns ein Manuskript und kümmern sich dann nicht weiter darum? Zweitens: Warum legen Sie einen Rosenkranz bei statt eines Briefes? Drittens: Wer ist Claire?»

«Ich wüßte manches auch gern», meinte Douglas. «Warum zum Beispiel trinken Sie Ihre Milch nicht?»

Er blickte Mr. Micklewright tief in die Augen, und er stellte erleichtert fest, daß er seinem Blick nicht standhielt. Micklewright war ungefährlich. Micklewright trug eine lachsfarbene Weste. So sieht also der Ruhm aus, dachte Douglas, wenn er einen holen kommt. Es ist nicht besonders poetisch. Keine Eile, dachte Douglas, keine Eile mit dieser Fortuna in der lachsfarbenen Weste, sie wird ihr Füllhorn schon auspacken, es ist ein gutes Zeichen, daß sie hier sitzt.

«Erstens», sagte Douglas, «habe ich Ihrem Haus durchaus zugetraut, daß es das Richtige tut mit meinen Notizen. Zweitens: Ich wollte nicht, daß Sie schlecht über mich denken. Daher der Rosenkranz. Ich bin ein frommer Mann, Mr. Micklewright. Das sollten Sie wissen. Drittens: Claire war eine Bekannte.»

Percy Micklewright grinste. Er hatte seinen Stock aufgehoben und spielte nun mit der Sphinx. Douglas sah, daß man ihre Pfote bewegen konnte mit einem kleinen Scharnier. Micklewright grinste noch immer, und er ließ die silberne Sphinx mit der Pfote winken.

«Das sind schlimme Dinge, Mr. Fortescue.»

«Bitte?»

«*Thirst*. Das sind schlimme Dinge.»

«Finden Sie?»

«Das finden alle, Mr. Fortescue», sagte Micklewright lächelnd, «ich, mein Kompagnon, unsere Leser, die Zensur, die Polizei, die Zeitungen ...»

«Aha?»

«Ich glaube Ihrer Ruhe nicht, Mr. Fortescue.»

«Aha?»

«Sie möchten mich allerlei fragen, nicht wahr?»

«Aber natürlich», sagte Douglas sanft, «selbstverständlich, mein Freund, wie gut Sie Gedanken lesen! Trinken Sie Ihre Milch. Das ist sehr gesund.»

«Schlimme Dinge», wiederholte Micklewright. Er trank seine Milch nicht. Er sah sie mißtrauisch an.

«Milch», sagte Douglas, «Milch von der Kuh.»

«Wie sind Sie darauf gekommen?» fragte Micklewright.

«Als Säugling schon, wenn ich mich recht entsinne.»

«Kommen Sie, Mr. Fortescue!»

«Ach, *Thirst*», antwortete Douglas, «ach das. Die kleine Claire ... Sagen Sie, *muß* ich Ihnen Rechenschaft ablegen?»

Micklewright nickte.

«Nur ein Traum», sagte Douglas milde, «ein süßer Traum vom süßen, süßen Leben.» Und er strich seine Haare hinter die Ohren, und er ließ sich weiter von Percy Micklewright begaffen.

Irgendwann erbarmte sich der Verleger, und er erzählte Douglas die ganze Geschichte. Douglas hatte Mühe, ihn zu verstehen. Er hörte nur Wörter, und er vermochte diese Wörter nicht recht zu ordnen. Douglas hätte gerne mitgeschrieben, um nachher seine Notizen noch einmal lesen und vielleicht besser enträtseln zu können, aber das konnte man schließlich nicht tun, und so mußte Douglas denn die ganze Zeit ein gelangweiltes Gesicht machen und aha sagen, denn er wollte sich schließlich keine Blöße geben. Er reimte sich die Angelegenheit zusammen, so gut er es eben vermochte.

Micklewright & Summers hatten *Thirst* drucken lassen, drei Tage nach Posteingang, denn Micklewright & Summers waren der Ansicht gewesen, daß England nur gewartet habe auf dieses schlimme Gedicht. Das schlimme Gedicht war nun ein kleines blutrotes Bändchen. Micklewright hielt Douglas ein Exemplar vor die Nase. Douglas wiegte den Kopf. Er hörte weiter, daß *Thirst* beschlagnahmt wurde, sobald es im Handel war, und daß es vergriffen war, kaum war es unter den Ladentischen angelangt. Er erfuhr, daß Micklewright & Summers eine neue Auflage druckten, noch bevor *Thirst* wieder freigegeben war, und daß es dann wirklich freigegeben wurde. Ein Mann, der mit Micklewright & Summers befreundet und Mitglied der Royal Academy war, habe nämlich ein Gutachten erstellt über *Thirst*, in dem er das Gedicht allegorisch nannte und poetisch bedeutsam. Die Zeitungen waren voll von *Thirst* und seinem geheimnisvollen Autor. Die Leute lasen *Thirst* und rätselten und sprachen darüber in den Salons. Das saftige Herz der kleinen Claire unterhielt derzeit halb London. Der schönste Über-Nacht-Erfolg seit *Childe Harold*. Micklewright & Summers druckten eben die dritte Auflage. Es war eine große Auflage. Mr. Fortescue war eine große Berühmtheit.

«Sie und Ihre verdammte Milch, Lord Ruthven», lachte Micklewright plötzlich, «das ist ja nicht möglich! Das ist zu schön, um wahr zu sein! Man wird Sie lieben in London!»

«Lord Bitteschön?» fragte Douglas mißmutig.

«Ruthven», wiederholte Micklewright. «Ich erlaubte mir einen Scherz.»

«Aha?»

«Ruthven. Byrons Vampir.»

«Oh», sagte Douglas, «ich wußte gar nicht, daß Byron einen Vampir hielt. Sagen Sie, Mr. Micklewright: Sind das alles ideelle Werte?»

Micklewright lachte. Er gab keine Antwort. Er lachte und schüttelte den Kopf. Noch nie in seiner Laufbahn hatte sich der Verleger Micklewright so sehr gefreut über einen Dichter.

«Sind das ideelle Werte?» wiederholte Douglas.

«Natürlich nicht», lachte Micklewright, und er erklärte dem Dichter Fortescue die finanzielle Seite des Ruhms. Der Dichter Fortescue verstand gar nichts. Der Dichter Fortescue hatte einfach keinen Sinn für Zahlen. Er verstand, daß ihm Micklewright Bargeld in die Hand drückte und daß ihn Micklewright dann bat, seine Sachen zu packen. Er sprach plötzlich wie zu einem Kind. Douglas müsse mitkommen nach London. Douglas solle sich nicht zieren. Douglas würde alles verstehen, wenn er erst in Percy Micklewrights Kutsche säße, und er solle sich bitte beeilen. Irgendwann merkte Douglas, daß er nur mehr nickte. Er sagte «Ja, Sir», wie ein Schuljunge. Percy Micklewright würde es schon wissen. Douglas Fortescue war eben so ratlos. Er legte alles in die erfahrenen Hände der lachsroten Fortuna mit der Silbersphinx, und er nickte artig, und er packte seine Habseligkeiten, wie Micklewright das befahl. Micklewright hatte Angst vor der Cholera. Micklewright wollte fort aus Manchester.

«Selbstverständlich, Sir», sagte Douglas. Er stopfte geniert ein paar Hemden und Strümpfe in seinen Mantelsack. Er bekam die Schließe nicht zu. Er hielt den offenen Mantelsack Percy Micklewright hin.

«Bitte, Sir, ich kann das nicht», sagte Douglas verlegen, fast flehend.

Micklewright hakte die Schließe ein. Er verbiß sich ein Lachen. *I tore it with my hands, Claire's heart, cooled down in dying ...* Percy Micklewright wurde nicht schlau aus diesem Jungen. Der Junge stieß seine Milch um. Der Junge genierte sich schrecklich, und er klagte: «Lieber Gott, jetzt ist das alles klebrig!» Und er gab keine Ruhe, bis ihm Micklewright sein Schnupftuch gab. Als Douglas endlich fertig war, hielt ihm Micklewright die Tür auf, und er faßte den Jungen an der Schulter, um ihn hindurchzuschieben. Der Junge wandte sich um. Er warf Micklewright einen Blick zu. «Pardon», murmelte Micklewright erschrocken. Er ließ Douglas' Schulter schnell wieder los.

Nein, Percy Micklewright wurde nicht schlau aus dem Dichter Fortescue.

Douglas verabschiedete sich von seiner Wirtin und wies auf seinen Begleiter, als sie die letzte Miete verlangte. Der Begleiter zahlte. «Leben Sie wohl, gute Frau», brüllte Douglas, aber die Wirtin starrte nur wortlos auf Percy Micklewrights Weste und gab keine Antwort. Sie weckten den Kutscher und stiegen in den Wagen.

«Brauchen Sie noch etwas für die Reise?» fragte Micklewright. Er hoffte sehr, Douglas würde das verneinen. Micklewright mochte die Kreuze nicht, die hier die Türen schmückten.

«Oh, wie nett Sie das fragen», rief Douglas, «heißt das, Sie wollen mit mir einkaufen gehen?»

Da kamen schon wieder diese Männer mit den Räuchermaschinen die Straße entlang. Douglas folgte Micklewrights Blick. Er lächelte.

«Also wenn Sie darauf bestehen», sagte Douglas, «ich hätte schon einen Wunsch. Es ist ein alter Wunsch. Ich konnte ihn mir nie erfüllen, denn ich bin furchtbar arm, und ich mußte sogar mein Akkomodierbesteck verkaufen.»

Douglas beugte sich aus dem Wagenfenster und beschrieb dem Kutscher den Weg in ein besseres Viertel von Manchester. «Da freu' ich mich darauf», sagte Douglas, «da freu' ich mich wirklich darauf. Wie überaus zuvorkommend von Ihnen, daß Sie mir etwas kaufen wollen.»

Micklewright unterdrückte ein Seufzen.

Douglas' Wunsch lag im Schaufenster des besten Optikers von Manchester. Es war eine Brille ohne Linsenschliff und mit dunkelbraun getönten Gläsern. Douglas zwang seinen Begleiter, mit ihm in den Laden zu kommen und zu begutachten, wie ihm dieses Accessoire zu Gesicht stand.

«Es sieht abscheulich aus», sagte Micklewright ehrlich, «aber es paßt zu Ihnen.» Douglas freute sich. Er betrachtete sich im Spiegel. Er strich seine Haare ins Gesicht, bis sie glatt über den Brillenbügeln lagen.

«Ich bin nicht schön», sagte Douglas, «aber eitel. Kaufen Sie mir das bitte, Mr. Micklewright?»

Micklewright kaufte die Brille. Douglas ließ sie gleich auf der Nase. Der Optiker starrte ihnen hinterher. Auch auf der Straße blieben die Leute stehen. Sie waren ein seltsames Paar, Percy Micklewright und Douglas Fortescue. Die dunkle Brille gab dem Dichter den letzten Schliff.

«So», sagte Douglas, als sie im Wagen saßen, «jetzt kann mir keiner mehr in die Augen sehen, und ich muß mich nicht dauernd fürchten, und das Licht tut mir auch nicht mehr weh. Mr. Micklewright, Sie sind ein reizender Mensch. Apropos reizend: Kennen Sie die Geschichte, wie Frankensteins Monster nach London kam?»

Sie fuhren ab. Douglas sah aus dem Fenster. Er betrachtete Manchester durch seine Rauchglasbrille. Eine interessante Tönung. Douglas sagte Manchester kein Abschiedswort. Er fühlte sich schon wie ein Fremder. Nichts hatte Douglas W. Fortescue mit dieser Stadt zu schaffen. «Aha», sagte Douglas. Er meinte seine Brille. Er mochte diese Brille, und sie unterhielt ihn bis zum Sonnenuntergang. Fast bis nach Newcastle ließ er sich nicht herab, auch nur ein einziges weiteres Wort mit Percy Micklewright zu sprechen, und er verriet ihm auch nicht die angekündigte Geschichte vom Monster.

Douglas sah Manchester nicht wieder. Auch hier, an der Fassade des Hauses Market Ecke Highstreet, in dessen Dachgeschoß Douglas W. Fortescue die Bekenntnisse des Eddie Boyd ins reine schrieb und *Thirst* nannte, ist heute eine Messingtafel, die an ihn erinnert. Sie ist ein wenig angelaufen, und sie wirkt bescheiden, halb verborgen hinter den großen Buchstaben über dem Schaufenster einer Drogerie.

V

Im März 1832, ein gutes halbes Jahr nachdem Percy Micklewright Douglas nach London geholt hatte, bekam Jeremy Fortescue in Settle einen Brief. Er riß den Umschlag auf, und wenn er nicht auf den ersten Blick gesehen hätte, daß das wirklich die unverkennbare steile und große Handschrift seines verschollenen Bruders war, hätte er dem Absender womöglich nicht geglaubt; denn es schien Jeremy so unwahrscheinlich oder nachgerade unmöglich, daß Douglas W. Fortescue einen mehrseitigen Brief schrieb, daß er zunächst versucht war, an eine Fälschung zu glauben oder an einen bösen Scherz. *Was unterscheidet einen Handschuh von einem Mörder?* Seit jenen frechen Notizen, die die verhaßten Chapbooks begleitet hatten, war Jeremy kein Brief mehr zugestellt worden von seinem Bruder, abgesehen von der Kondolenz zu Janes Tod.

Jeremy konnte sich das einfach nicht vorstellen, einen Douglas Fortescue, der einen Bericht oder gar eine Beschreibung seiner Befindlichkeit in Worte faßt und auf die Post gibt. Er erschrak. Was war Douglas geschehen? Warum, um Himmels willen, schrieb er aus London? Jeremy hatte sich sehr gesorgt um Douglas, und wenn er gewußt hätte, wie das zu bewerkstelligen wäre mit vier mutterlosen Kindern, vielleicht hätte er längst die Reise nach Manchester angetreten, um nach ihm zu suchen. Aber Manchester hatte sich anscheinend erübrigt. Der Absender nannte London. Jeremy starrte dieses Wort an, und er konnte sich eine Weile gar nicht mehr davon losreißen. Schreckliches war Douglas zugestoßen in der großen Stadt. Er schrieb einen Brief!

Jeremy sorgte sich um Douglas. Er sorgte sich um ihn, seit ihm vor so vielen Jahren die Amme zugeflüstert hatte, er müsse aufpassen auf dieses Wesen, das unter einem schlechten Stern stand. Je länger er Douglas nicht zu Gesicht bekam, desto ferner rückte ihm der junge Mann mit den gefärbten Haaren und desto näher der gewesene Säugling, wie er ohne Arme und Beine und mit großen blauen Augen in Mutters Armen gelegen und den leeren Rüstungen von Bleamoor Hall zweifelnde Blicke zugeworfen hatte. So sah Jeremy Fortescue seinen Bruder: schutzlos, vielleicht amputiert, geboren im Gewitter, geschlagen mit dem bösen Blick. *Und der Teufel wohnt in Apperset. Und der Teufel wohnt in Caperby.* Jeremy schauderte, als er Douglas' Brief in den Händen hielt und es noch immer nicht fertigbrachte, ihn zu lesen. Wie hatte er den Bruder nur alleine lassen können? In Manchester, bei der Cholera, und jetzt, Gott schütze seine Seele, in Babylon, in London? Jeremy Fortescue hatte seiner Pflicht nicht genügt. Dieser Brief würde seine Sünde an den Tag bringen. Er würde beschreiben, was Douglas zugestoßen war, verlassen von seinem großen Bruder. Jeremy hatte es nicht anders verdient. Er mußte es lesen. Und Jeremy Fortescue entschuldigte sich bei seinem Schwiegervater, legte einen gerade begonnenen Handschuh beiseite und zog sich mit Douglas' Brief zurück. Er las. Seine grauen Augen weiteten sich von Zeile zu Zeile, denn das waren wirkliche Neuigkeiten, die Jeremy Fortescue hier erfuhr, denn Jeremy Fortescue las in der Zeitung nur den Wirtschaftsteil und ein wenig über Politik. Oft hatte er den Kamin geheizt mit ungelesenen Klatschseiten. Er hatte den Ruhm seines Bruders verpaßt.

Lieber Jeremy, schrieb Douglas, *ich bin nun seit ein paar Monaten in London, und wenn Du mir vielleicht schreiben möchtest, so nimm bitte die Adresse Stretton House, Regent's Park, denn dort wohne ich seit einer Weile. Das Haus hat eine hübsche Aussicht. Es gehört dem Vater eines Bekannten, dem alten Lord Stretton. Ich brauche zehn Leute, um es in Ordnung zu halten. Wenn jemand fehlt, staubt alles ein, denn Lord Stretton liebt hellen Marmor, und das ist unpraktisch. Die zehn Leute gehören zum Haus, ich verwechsle sie immer, außer dem Neger, denn den erkennt man ja sofort. Der Neger trägt Visitenkarten umher, es ist unmöglich, ihm das abzugewöhnen, denn es ist das einzige, was er kann, der arme Junge. Ich schäme mich ziemlich für den Neger, aber die Leute sagen, das sei* en vogue, *und sie werden es schon wissen.*

Jeremy las diesen Absatz dreimal. Wollte ihn Douglas verspotten? Jeremy las den Absender. Stretton House, Regent's Park. War der Bruder verrückt geworden? Jeremys Gewissensbisse wurden wirklich schmerzhaft.

Ich weiß nicht, ob Du überhaupt die Zeitung liest, schrieb Douglas weiter, *und weil ich sicher nicht glaube, daß Du etwas anderes darin liest als die allerpraktischsten Dinge, sollte ich Dir vielleicht erzählen, wie ich an Stretton House mitsamt dem peinlichen Neger geraten bin. Mein erstes Gedicht*, Thirst, *eine Art Elegie von fünfzehn Seiten, machte den Leuten in London eine große Freude, und weil sie gerne wissen wollten, was der Verfasser für ein Mensch sei, kam damals Mr. Micklewright, mein Verleger, nach Manchester und holte mich ab. Er ist ein netter Mann, klein und dick, er kaufte mir eine Rauchglasbrille und fuhr mich in die Hauptstadt. Zunächst behielten sie mich in ihrem gemeinsamen Haushalt, Percy Micklewright und sein Kompagnon, Ernest Summers, und von dort aus zeigten sie mich vor nach einem ziemlich ordentlichen und sehr engen Terminplan.*

Mr. Summers ist auch nett, er ist lang und dünn und hat ein trauriges Gesicht. Mr. Micklewright trägt bunte Sachen, Mr. Summers ging immer in Schwarz, und das stand ihm sehr gut, denn er leidet an der Galle und vielleicht auch an anderen Organen, aber Mr. Micklewright zwang ihn dann, die schwarzen Sachen in den Schrank zu sperren, denn er sagte, nur ich, Fortescue, dürfe im Augenblick Schwarz tragen, und Mr. Summers müsse wenigstens so lange in Hellgrau gehen, bis ich nicht mehr in Mode sei. Das hörte ich mit, und ich war ein bißchen beleidigt, denn das war schließlich unverschämt, und was wußte Mr. Micklewright schon über meine Zukunft, ob ich in Mode sei, und wie lange noch und so weiter. Es war aber lustig, wie sich Micklewright und Summers stritten über Summers' Garderobe. Es ist überhaupt ziemlich lustig, wenn sie sich streiten, ich sah das immer gerne, als ich noch bei ihnen wohnte. Sie teilen sich ein großes Haus in Belgravia, und es heißt immer, Mr. Micklewrights Frau sei mit den Kindern in Bath, aber wer weiß, ob das stimmt. Niemand in London kennt Mrs. Micklewright, vielleicht gibt es sie gar nicht, oder sie ist Mr. Micklewright fortgelaufen wegen Mr. Summers. Das könnte ich verstehen. Sie streiten sich dauernd. Manchmal sind sie kurz davor, sich zu schlagen. Mr. Summers bekommt dann Schmerzen in der Galle, und Mr. Micklewright sorgt sich um ihn, und er versucht, sich das nicht anmerken zu lassen. Sie sind wirklich nett. Ich wohnte gerne bei ihnen, aber jetzt bin ich doch froh, daß ich weg bin, denn es wurde dann auch langweilig. Sie waren aber ganz reizend zu mir, und Mr. Summers sagte, ich würde die Auflage steigern, wenn ich erst vorgestellt wäre, denn ich sähe krank und lichtscheu aus und irgendwie durstig.

Mr. Micklewright sagte, ich sei eigentlich ein hübscher Junge, wenn man sich nur die Haare wegdenken würde, und daraufhin litt Mr. Summers drei Tage lang sehr an der Galle. Sie haben einen Papagei, der reden kann. Sie bringen ihm immer die bestverkauften Titel der Saison bei. Diese Saison mußte er Thirst *sagen, das war aber schwierig, es klang wie* first. *Ich glaube, man braucht Zähne, um das englische TH zu sprechen. Es war ziemlich anstrengend, als sie mich dann vorstellten. Es hörte gar nicht mehr auf. Es war wirklich ein enger Terminplan. Du machst Dir keine Vorstellung, wie viele Leute sich in London für Gedichte interessieren, und besonders für deren Dichter.*

Micklewright und Summers loben mich täglich für alles, was ich tue. Endlich weiß das einmal jemand zu würdigen. O ja, Jeremy, daran hättest Du Dir ein Beispiel nehmen sollen, an den freundlichen Worten der Eheleute Micklewright und Summers! Ich mußte oft an Dich denken. Oh, dachte ich, wenn Jeremy das ahnen würde, daß ich gelobt werde fürs Nichtessen und fürs Ahasagen und daß man das sogar für einen wirtschaftlichen Faktor hält, oh, da würde sich Jeremy schämen, daß er mich immer so viel schimpfte. Sie zeigten mich vor bei sämtlichen Soireen in London. Ich ließ meine dunkle Brille auf, und es gab ein Raunen, als sei ich ein Nachtgespenst, wenn ich irgendwo hinkam, frag mich nicht wo, denn ich kann mir das alles nicht merken. Es gibt Unmengen von Gesellschaften in London, und was das Nette daran ist, es sind lauter Leute von Stand, aber das merkt man erst nach einer Weile, denn sie nennen sich mit abgekürzten Vornamen, und nachher erfährt man, daß es der Marquess Soundso ist, den sie Charlie oder Pip nennen, es ist sehr töricht.

Die Leute reden meistens von Politik, aber wenn ich dann komme, ziehen sie Gesichter und reden über Kunst und Poesie und manchmal über Vampire. Die meisten Leute hier schreiben Gedichte oder Romane, besonders die Weiber, aber nicht alle sind so berühmt wie ich. Ich glaube, Du hast es jetzt längst verstanden, daß ich ein Dichter geworden bin, nicht wahr, es geschehen seltsame Dinge, mit denen man eigentlich nicht rechnen würde. Ich schreibe allerdings keine Gedichte, und Mr. Micklewright geht mir derzeit ziemlich auf die Nerven, weil er sagt, ich solle das doch tun, wenn ich schon ein Dichter sei, aber mir fällt nichts ein. Eines Tages erzähle ich Dir, wie Thirst *zustande gekommen ist, dann wirst Du mich besser verstehen.*

Ich hätte gerne einen Kaschmirschal, aber Mr. Micklewright erlaubt mir das nicht, er sagt, ich müsse weiter in Schwarz gehen. Mein Bekannter, der Sohn von Lord Stretton, in dessen Haus ich wohne, hat Jalousien anbringen lassen an meinem sogenannten Arbeitszimmer, denn die Leute sagen, ich vertrüge kein Licht, und vielleicht stimmt das ja auch. Ich weiß kein Gedicht. Ich hoffe, Mr. Micklewright läßt mich in Ruhe. Es gibt sehr nette junge Männer in London, das sind meistens die jüngeren Brüder von künftigen Erben großartiger Titel, und sie langweilen sich fürchterlich und leisten mir gerne Gesellschaft. Sie finden, ich sei eine gute Abwechslung zu einer Tätigkeit im Unterhaus, besonders weil es peinlich ist, wenn der eigene Bruder im Oberhaus sitzt und man selber im Unterhaus, nicht wahr, da leistet man lieber einem Dichter Gesellschaft, das kann ich gut verstehen. Es ist auch nett, daß sie sich jetzt alle die Haare wachsen lassen.

Ich verbringe meine Zeit ganz angenehm, lieber Jeremy, es gibt viel zu sehen, die Leute haben gefärbte Pudel, manche tragen Turbane, das sind die Anhänger vom seligen Byron, zwei Mädchen sind gleichzeitig in Ohnmacht gefallen, als ich sie scharf ansah, und man tanzt dauernd Walzer und fällt auch dabei in Ohnmacht. Es ist eine lustige Stadt, lieber Jeremy, es würde Dir hier sicher gefallen. Wenn ich jetzt auch noch ein Gedicht wüßte, damit ich nicht aus der Mode komme, wäre alles perfekt, aber mir fällt keines ein.

Ich habe wirklich einen schönen Blick auf Regent's Park. Es gibt eine Menagerie dort, die wissenschaftlichen Zwecken dient, und gestern haben die Leute von der Zoological Society asiatische Schweine in Käfigen an Stretton House vorbeigetragen, und wir haben sehr gelacht. Vorgestern war die Polizei da. Sie kommt manchmal, ich weiß nicht recht, warum, ich glaube, es gibt Gerüchte, daß wir hier schlimme Sachen tun. Die Polizisten rannten im ganzen Haus umher, und sie machten dann einen Umstand um ein Stubenmädchen, weil sie dachten, es sei eine entführte Unschuld, und das Mädchen schrie dauernd, sie sei hier angestellt, und unschuldig sei sie auch nicht, und es gab ein großes Gelächter.

Die Leute bringen mir oft Geschenke, ich werde immer reicher, schade, daß ich sowenig Sinn für Zahlen habe. Manchmal bekomme ich auch Blödsinn, zum Beispiel einen Totenkopf mit einem silbernen Henkel, der aussieht wie eine Teekanne, ich war ein bißchen beleidigt, denn ich mag es nicht, wenn sie mir mit diesem Byron-Kram kommen, denn Byron ist von gestern, und tot ist er auch, und seine Gedichte sind gereimt wie die Kinderlieder, nein, Jeremy, mit dem habe ich nichts zu tun. Jetzt weiß ich nichts mehr zu schreiben. Wünsch mir Glück, lieber Jeremy, und daß mir bald ein Gedicht einfällt.

Grüße deine Kinder und auch die lieben Eltern, wenn du sie siehst, und gehab Dich wohl, und laß es Dich nicht verdrießen mit Deinen Handschuhen. Glück und Segen, Douglas W. Fortescue.

Jeremy hielt seinen Kopf. Was hatte das zu bedeuten? Jeremy hörte erst jetzt, daß der Schwiegervater nach ihm rief, er solle den Handschuh fertig machen. Bald würde Jeremy dreißig Jahre alt sein, und er würde weiter Handschuhe nähen für diesen widerwärtigen Mann, bis der widerwärtige Mann eines Tages stürbe, und dann würde Jeremy das Geschäft übernehmen und Handschuhe nähen bis zu seinem Tod. «Jeremy!» brüllte der Schwiegervater. «Papa!» brüllten Emma und Simon im Chor.

Jeremy gab keine Antwort. Asiatische Schweine in Käfigen? «Gütiger Gott», murmelte Jeremy. Dann genügte er seiner Pflicht. Er ging zu Emma und Simon und schlichtete ihren Streit, dann ging er in die Schneiderei und machte den Handschuh fertig, dann trug er der Schwiegermutter die Milchflaschen in die Küche, und dann suchte er Robert und Annie, damit sie rechtzeitig zum Abendessen kämen.

Asiatische Schweine? Jeremy träumte davon. Er träumte von einer Horde asiatischer Wildschweine, die seinen kleinen Bruder durch London jagten, und die Schweine verwandelten sich dann in zwei Verleger, einen langen und einen kurzen, die ein Ehepaar waren und ihrerseits den kleinen Bruder jagten, um ihn einzufangen für ihre Menagerie von Sodom. Jeremy erwachte schweißgebadet. Er las Douglas' Brief wieder und wieder. Er verstand ihn weniger und weniger. Erfolglos grübelte Jeremy über das Schicksal seines abhanden gekommenen Bruders, und er entdeckte jetzt bisweilen einen Handschuh, dessen Finger säuberlich zugenäht waren, und er mußte alles wieder auftrennen.

Drei Monate später bekam Jeremy den nächsten Brief. Er öffnete ihn mit bebenden Fingern. Die nämliche Handschrift, die nämliche herrschaftliche Adresse. Jeremy wollte den Brief nicht lesen. Er fürchtete sich, daß er ihn wieder nicht verstehen würde, und er las ihn dann trotzdem, in der Hoffnung, ihn doch zu verstehen, aber er verstand ihn nicht besser als den ersten.

Lieber Jeremy, schrieb Douglas auf einem sehr feinen Briefbogen, dessen rechte obere Ecke seine Initialen schmückten, *ich hoffe, es geht Dir gut. Ich muß schließlich etwas schreiben, wenn das nun einmal mein Beruf ist, und wenn der künftige Lord Stretton schon Jalousien hat anbringen lassen, damit es schön dunkel ist in diesem Zimmer. Ich weiß noch immer kein Gedicht, aber es wird schon eines kommen, wenn ich nur nicht die Geduld verliere. Ich habe eine recht eigene Methode beim Dichten, ich möchte das allerdings nicht der Post anvertrauen, denn wer weiß, wenn das bekannt wird, wer weiß, wer weiß.*

Im Augenblick laufe ich unter Schaffenskrise, und die Leute finden das sehr interessant. Ich nehme jetzt öfter die Brille ab, und Du wirst es nicht glauben, wir hatten einen Skandal, als sich die Tochter von Lady Catterick danebenbenahm, weil sie meinte, ich hätte sie magnetisiert. Sie machte mir wirklich angst. Ich hatte eigentlich nur ihren Kaschmirschal bewundert, da riß sie sich den schönen Schal vom Hals vor aller Augen, mitten in Holland House bei einem Ball für die East End Charity, und sie hielt mir ihren Hals hin, auf Zehenspitzen, mit irrem Blick, sie war ziemlich betrunken, ich habe mich vielleicht geschämt! Ich weiß nicht genau, was sie wollte, ich hoffe einen Kuß, das ist ja schlimm genug, aber immer noch besser als dieses Theater, was sie noch immer anstellen wegen Thirst, *als hätte ich ein Faible für Mädchenhälse, pfui, Jeremy, so wahr mir Gott helfe! Ich wußte gar nicht recht viel anzufangen mit dem Hals von Lady Cattericks Tochter, aber es gab ein großes Hallo, und es stand dann auch in* Fashionable Life. *Wir haben jetzt eine Lady-Cattericks-Tochter-Wache in Stretton House, denn wer weiß, vielleicht kommt sie ja eines Tages und tut mir etwas an. Sie schreibt mir Briefe und bietet mir lauter Dinge und Dienste an, die ich nicht haben möchte, aber sie schickte mir auch ihren schönen Schal, und ich glaube, wenn ich das dürfte, ich würde ihn tragen, vielleicht könnte ich ja vergessen, woher er stammt. Lady Catterick hat ihre Tochter jetzt irgendwo eingesperrt, ich hoffe, sie bricht nicht aus.*

Weißt du, wie sie mich nennen in der Zeitung? Fatal Fortescue. Wir haben darüber ziemlich gelacht, es klingt hübsch. Vielleicht wunderst Du Dich, warum ich immer Wir schreibe, es ist nämlich so, ich habe eine Art Salon in Stretton House, und das ist auch eine Art Familie, und ich bin eigentlich nie allein, außer wenn ich schlafe, und das ist beides sehr angenehm, Gesellschaft am Tag, meine ich, und Ruhe in der Nacht, wenn man nicht gerade ausgehen muß und den Leuten beim Tanzen zusehen. Es ist komisch, die Leute behaupten, ich hinke. Ich habe noch nie gehinkt, nicht wahr, Jeremy, das kannst Du bezeugen, ich bin ja nicht Welly, Gott sei Dank.

Apropos Welly: Er tritt hier auf mit Ghosts and Girls *in den Vauxhall Gardens. Wir gingen hin, ihn zu sehen, er erschrak vor mir. Ich schickte ihm Geld. Das nahm er vermutlich an, er schickte es jedenfalls nicht zurück. Apropos Geld: Ich würde Dir gerne etwas für die Eltern schicken. Darf ich das? Warum antwortest Du mir eigentlich nicht? Bist Du mir böse? Ich frage Dich nicht, ob Du Deinerseits Geld brauchst, denn ich möchte nicht wissen, wie Du darauf reagierst. Wo war ich? Hinken. Ja, sie sagen ich hinke, nur weil ich nicht tanze, obwohl jeder sieht, daß ich überhaupt nicht hinke. Wenn ich wüßte, wo das ist, ich würde zu Byrons Grab fahren und den Kerl exorzieren. Die Sache mit meinem Salon ist eine gute Idee gewesen. Es sind lauter jüngere Brüder, eine Familie jüngerer Brüder, meine Güte, altes Blut ist das, da ist unser Freund E.A. aus New Plymouth – verzeih mir, wenn ich seinen Namen nicht ausschreiben mag –, da ist das ein besserer Witz dagegen.*

Es amüsiert mich, die jungen Kerle mit dem alten Blut und den trüben Augen. Wir verbrauchen hier mehr Opium als die sogenannten Höhlen, nur die Jungs natürlich, nicht ich, ich muß ständig aufpassen, daß sie mir nichts in die Milch schütten aus purem Übermut. Wir haben auch Mädchen, aber wenige. Die Mädchen sind oft ein bißchen unangenehm, sie machen mir angst, aber man kann das schließlich nicht ändern, denn was wäre ein Salon ohne Frauen. Es ist hier sehr gemütlich. Irgendwann kommt sicher ein Gedicht, es ist nur eine Frage der Zeit und der Gäste, und ein wenig Glück und Menschenkenntnis gehört auch dazu. Man kann sich sehr irren. Es gibt Leute, die macht das Laudanum nur stumm und blöd. Man weiß das nie vorher.

Ich bin aber zuversichtlich, und ich lasse mir Zeit, freu Dich für mich, es geht mir gut, und ich hoffe auch dasselbe von Dir und Deinen Handschuhen. Grüße die Kinder, und grüße die lieben Eltern, wenn Du sie siehst. Glück und Segen, Douglas W. Fortescue.

Jeremy starrte das Papier an. Steile große Buchstaben, eindeutig Douglas' Schrift. Es schien Jeremy allerdings, als habe sie sich ein wenig gewandelt. Sie sah fast aus wie Fraktur, wie jene enggestellten hohen Lettern auf Grabsteinen langverstorbener Ritter. «Der Hals von Lady Cattericks Tochter», flüsterte Jeremy. Es klang wie der Titel eines schlechten Romans.

«Du lügst», flüsterte Jeremy, «du lügst mich an, ich versteh' dich nicht, Gott beschütze dich, warum habe ich dich nur fortgehen lassen, gnädiger Gott, womit verdienst du dein Geld?»

Freu Dich für mich ... Jeremy hielt sich die Augen zu.

Als ein paar Tage später eine Geldsendung eintraf mit der Expreßpost, adressiert an Tobias und Sara Fortescue, zu Händen des Sohnes, mochte Jeremy das zunächst gar nicht öffnen. Die Adresse war nicht in Douglas' Handschrift geschrieben. Der Absender war Fortescue, Stretton House. Der Inhalt war gutes Gold, und reichlich. Jeremy starrte die Adresse an, die fremde Schrift. Das hat der Neger geschrieben, dachte Jeremy plötzlich, das hat Douglas' Neger adressiert, und Douglas dichtet, und er lebt mit einem Neger, und es ist alles *sehr gemütlich* ...

Jeremy schauderte. Er brachte das Geld den Eltern und behauptete, es komme von Lord Ainsgill. Jeremy haßte diese Lüge. Jeremy wollte den Eltern nicht erklären, wie dieses Geld verdient war. Er wußte es schließlich selbst nicht, nein, und er wollte es gar nicht wissen!

Der Neger.

Der Hals von Lady Cattericks Tochter.

Ich hätt' so gern einen Kaschmirschal.

Wieder kaute Jeremy Woche um Woche auf diesen Nachrichten, und er konnte sie doch nicht schlucken. Er konnte Douglas auch nicht antworten. Was hätte er antworten sollen? Iß genug, kleiner Bruder? Geh an die frische Luft? Sei nicht zu frech, kleiner Bruder, sonst bekommst du Ärger? Jeremy ahnte, daß solche Ratschläge an Douglas verschwendet wären.

Zwei weitere Monate später schrieb Douglas wieder:

Lieber Jeremy, Du bist gemein, Du antwortest mir nicht, sag, bist Du gestorben? Mir geht es gut. Ich habe eben mein zweites Buch veröffentlicht, es liegt bei, damit Du siehst, was es für einen schönen Einband hat, viel solider als die Scharteken vom alten Chapman, nicht wahr? Weil Du es bist, bekommst Du die unzensierte Fassung.

Jeremy öffnete den Umschlag ganz, und er fand ein schmales Bändchen, der Deckel bezogen mit zartem nachtschwarzem Leder, Zeichenband und Schnitt dagegen grellrot, und rot auch die Buchstaben des Titels, *Douglas W. Fortescue, Art & Nature.*

Jeremy legte das kleine Kunstwerk vorsichtig beiseite. Er warf ihm einen furchtsamen Blick zu. Er las weiter.

Art & Nature *ist ein schöner Erfolg, und die Leute schreiben mit der Hand die zensierten Stellen dazu, damit es auch vollständig ist. Du kannst Dir nicht vorstellen, was die Leute alles sagen über* Art & Nature, *und wie gut es sich verkauft. Micklewright und Summers fielen mir um den Hals, obwohl sie ja wissen, daß ich das nicht so gerne habe. Die Leute diskutieren viel über die Allegorie, denn sie denken natürlich, es geht um Kunst und Natur, denn wie sollten sie anders, wenn das so im Titel steht, ich gebe zu, es ist schon ein bißchen Berechnung dabei. Wenn wir uns einmal wiedersehen, dann erzähle ich Dir die Wahrheit über Art & Nature, Du wirst Dich sicherlich amüsieren.*

Ich habe jetzt neuerdings einen Feind, der Wordsworth heißt und eigens nach London kam, nur um mich zu beschimpfen. Er wohnt sonst in Westmorland und bedichtet Landschaften, und er findet, ich hätte die Natur verraten und die Poesie gleich dazu. Mr. Micklewright sagte, ich wäre sehr schön umgegangen mit Mr. Wordsworth, und das habe allen einen großen Eindruck gemacht. Ich weiß nicht mehr, was ich zu ihm sagte, ich war sehr verlegen und nahm die Brille nicht ab, aber vielleicht sagte ich ja auch etwas sehr Treffendes, Mr. Micklewright war jedenfalls zufrieden mit mir.

Jeremy ließ das Blatt sinken. Er merkte, daß er die Zähne zusammengebissen hatte, und er merkte, wie sich diese Zähne plötzlich voneinander trennten: denn da wuchs ein Wutschrei in Jeremy, und der wollte ins Freie. Jeremy konnte ihn nicht mehr zurückhalten.

«Stell dich nicht blöd, Douglas Fortescue!» brüllte Jeremy aus vollem Hals. «Hör auf, dich derartig blöd zu stellen, denn ich glaube dir das nicht!»

Jeremy verstummte erschrocken. Er war allein. Die ordentlich beschriebenen Briefbogen lagen auf dem Tisch und sahen ihn unschuldig an.

«Was ist denn los?» rief die Schwiegermutter von unten.

Jeremy gab keine Antwort. Er knirschte mit den Zähnen, denn er wollte nicht noch einmal schreien.

Sie diskutieren jetzt über die Zukunft der Poesie, sagte der unschuldige Brief weiter, *und viele mögen die Gedichte von Mr. Wordsworth gar nicht mehr kaufen, nur weil bei mir die Natur so dumm ist. Du wirst es ja lesen, lieber Jeremy, ich hoffe, es gefällt Dir. Jetzt schreiben sie schon über mich in* Chaney's Monthly, *das ist ein sehr gebildetes Journal, das ich überhaupt nicht verstehe, und sie zanken sich darin über die Frage, ob die Natur dumm oder gar eine Hure sei, weil sie behaupten, ich behaupte das in meinem Gedicht. Die Jungs sammeln für mich die Zeitungsausschnitte, und wer weiß, vielleicht verstehe ich sie ja eines Tages doch. Sie finden es auch alle unglaublich eigenwillig, daß sich meine Gedichte nicht reimen, das ist seltsam, denn sonst reimt sich schließlich auch kaum etwas im Leben, nicht wahr? Geht es Dir gut, lieber Bruder? Hast Du das Geld für die Eltern bekommen? Ich weiß, Du bist böse mit mir, aber das macht nichts. Ich vermisse Dich. Ich bin sehr allein, und ich denke an Dich, und ich vermisse Dich. Mr. Micklewright hat mir einen Kaschmirschal besorgt, der das typische Muster hat und trotzdem schwarz genug für mich ist. Das ist sehr nett von ihm. Trotzdem möchte ich mich von ihm und Mr. Summers bald trennen, ich spiele mit dem Gedanken …*

Hier waren zwei Zeilen ausgestrichen. Jeremy hielt den Bogen gegen das Licht. Die Zeilen blieben verschwunden.

... bekomme eindeutig zu viel Besuch, lautete der Brief weiter. *Es ist sehr anstrengend. Ich sollte vielleicht Eintritt nehmen, oder ich sollte in bestimmten Räumen das Sprechen verbieten, wie in diesen Clubs für die Herren. Manchmal sausen mir die Ohren, und ich habe viel Sodbrennen, kurz, ich habe mich ein wenig überfressen. Ich sagte das letztens in Gesellschaft, Gott, sagte ich, ich bin ehrlich viel zu satt im Augenblick, und das gab dann wieder ein großes Hallo, denn Du wirst es nicht glauben, sie haben mir* Thirst *noch immer nicht nachgesehen. Es ist anstrengend, wie gesagt. Es wird aber schon richtig sein, es ist ein arbeitsames Jahrhundert, und Arbeit strengt eben an. Meine Freunde haben übrigens ein paar neue Mittel gegen die Langeweile entdeckt, denn das Opium wirkt längst nicht mehr, und wer weiß, vielleicht haben wir ja bald auch wieder ein Gedicht.*

Ich vermisse Dich, Jeremy. Ich grüße Dich. Douglas W. Fortescue.

Jeremy faltete den Brief langsam zusammen. Jetzt war Douglas in der Tat etwas zugestoßen. Jeremy kannte seinen Bruder. Er drehte den Brief zwischen den Fingern. *Ich vermisse Dich, Jeremy*. Das war nun wirklich ein schlimmes Zeichen.

Jeremy betrachtete lange den feinen nachtschwarzen Dekkel, bis er *Art & Nature* in die Hand nahm. Es fühlte sich fremd an in Jeremys großer Hand, fremd wie ein Damenhandschuh. Plötzlich erinnerte sich Jeremy an den kleinen Douglas, wie er ohne Sattel geritten war bis Long Langshaw, ein kräftiger blonder Knabe mit breitem Kiefer und starken Händen. Er hatte sich schon damals gesorgt um Douglas, aber es hatte gar keinen Grund gegeben. Ein gesundes Kind mit gutem Appetit. Was war geworden aus Douglas, und warum? Dieses feine schwarze Buch. *Die unzensierte Fassung, weil Du es bist ...* War das der schlechte Stern? Jeremy verstand das alles nicht. Er schlug die Titelseite auf. Da stand es noch einmal, *Douglas W. Fortescue, Art & Nature*, und darunter *Micklewright & Summers Publ., London 1832.* Jeremy fröstelte. Er schlug die Seiten um, ohne etwas zu lesen. Es waren nicht viele Seiten und pro Seite nur ein paar Zeilen, unregelmäßige kurze Zeilen. Viel Platz verschwendet. Es sah aus wie ein Einkaufszettel. Es sah nicht aus wie ein Gedicht. Jeremy holte tief Luft, und er begann irgendwo zu lesen.

Your chest, says Art, is like a boy's chest,
flat and useless,
so listen, sweet Nature,
you should reduce your fee.
Oh, says Nature, I charge you much less
than the Whitechapel customers' standard
'cause I love you, Art. I do.

Jeremy rieb sich die Augen. Er las das noch einmal. Er las es noch zweimal. Was sollte das bedeuten? Sah so ein Gedicht aus?

I like, says Art,
the stale fragrance of your petals,
they open wide, your petals,
torn and worn
for merciless are the assaults of our cruel times.
You make me shy indeed, says Nature,
and yon man should not look at us.

«Gnädiger Herr im Himmel.» Etwas anderes fiel Jeremy nicht ein. Er zwang sich, eine weitere Seite zu lesen.

You blush, says Art to Nature, or are you rouged?
I learned it, says Nature, I can do it on purpose.
Love me, says Nature.
Love me.
But yon man, says Nature, should not write that down.

«Das reicht, Douglas», murmelte Jeremy. Er schlug das Buch zu. Er strich sachte über den eleganten Einband. Er wünschte sich sehr, Douglas wäre bei ihm, und er könnte ihn verprügeln.

Jeremy verstand nicht, warum er das noch nie getan hatte. Warum hatte er nie die Hand erhoben gegen diesen Bengel? Hatte je einer Douglas Fortescue geschlagen? Jeremy war sich sicher, daß das nie einer getan hatte. Warum nicht? Warum hatten das alle versäumt? *Ich vermisse Dich, Jeremy ...* Jeremy wußte einfach nicht weiter.

Zwei Wochen später kam der nächste Brief. Er war kürzer als die anderen, die Schrift ein wenig kleiner, der Briefbogen ebenso vornehm wie sonst.

Lieber Jeremy, ich muß bald etwas unternehmen gegen diese Zustände in Stretton House und in meinem Leben, aber ich weiß noch nicht recht, was. Ein Bekannter hat gesagt, daß er mir ein Haus kaufen möchte, und ich muß zusehen, daß ich das Beste mache aus diesem Angebot. Ich habe Angst. Die Vorsitzende der Whitechapel Girls' Charity hat um meine Hand angehalten. Sie will mich retten. Wir haben sehr gelacht. Ich fand es auch gruselig, aber wir haben doch gelacht, denn das ist manchmal das einfachste, nicht wahr. Es ist warm, und wir lassen die Fenster und Türen offen. Eine Bekannte, die die Botanik studiert, probiert mit den Jungs die neuen Mittel gegen die Langeweile aus, ich weiß noch nicht, ob das ein gutes Ende nimmt. Ich habe wirklich oft Angst. Ich komme nicht zurecht mit meinen Finanzen. Ich habe schon bei Stubbings nicht rechnen können, und ich kann es noch immer nicht.

Wie geht es Dir, lieber Jeremy? Wie geht es den Kindern? Bist Du so gut, hierherzukommen und mir zu helfen? Die Kinder kannst Du mitbringen. Bitte. Vielleicht findest Du eine Eisenbahn. Ich weiß nicht, ob es schon eine gibt, vielleicht von Manchester nach London? Wenn ja, fahr doch damit, die Leute sagen, es ist sehr spannend und modern, und man wird ein wenig betrunken davon, weil es so schnell geht. Wenn es noch keine Eisenbahn gibt, nimm die Post oder nimm die Expreßpost, oder kauf Dir einen Wagen. Ich würde Dir gerne Geld schicken, aber ich trau' mich nicht. Du kommst bald, ja? Du hast doch geschworen, daß Du Dich um mich kümmern wirst, und es wäre nett von Dir, wenn Du es jetzt tätest. Bis bald, lieber Jeremy, ich warte auf Dich. Glück und Segen, D. W. F.

«Ach», machte Jeremy. Es klang fast erleichtert. Endlich ein Brief, den man verstehen konnte! So würde man denn nach London fahren müssen und dort nach dem Rechten sehen. Jeremy wunderte sich, wie selbstverständlich er bereit war, dem Wunsch des Bruders nachzukommen. Aber was blieb ihm auch anderes übrig? Man hatte Jeremy Fortescue einst das Versprechen abgenommen, sich um den heiklen Knaben zu kümmern, und Jeremy Fortescue hielt, was er versprach. Er würde sich bald auf den Weg machen. Er würde die Handschuhe verlassen, und er würde seine Kinder verlassen: denn Jeremy hatte nicht vor, die unschuldigen Wesen in diese Gesellschaft zu bringen. Ein Neger, asiatische Schweine, manchmal die Polizei – das war kein Umgang für Robert und Annie und Emma und Simon. Auch wußte Jeremy nicht, was er von diesen Leuten zu halten hatte, die Douglas *seine Jungs* nannte. Robert und Annie und Emma und Simon sollten Douglas' *Jungs* nicht kennenlernen. Jeremy faltete den Brief und ging zu seinem Schwiegervater.

Er eröffnete ihm in knappen Worten seinen Plan. Er werde nach London fahren, sagte Jeremy, und dort Douglas besuchen, denn Douglas brauche ihn für ein paar Ratschläge in finanziellen Dingen, und dann würde Jeremy zurückkommen und weiter Handschuhe nähen und sich weiter um seine Kinder kümmern, wie es sich gehörte für einen braven Witwer. Der Schwiegervater schnaubte. Er war ein widerwärtiger Charakter, Jeremy wußte das ja schon lange, aber heute hätte er doch beinahe Streit angefangen mit diesem uneinsichtigen Kerl. Er hielt sich jedoch zurück, und er wiederholte ruhig: «Es wird nicht lange dauern, und wahrscheinlich bringe ich Douglas mit zurück, und dann wird Douglas auch bei uns arbeiten, und es wird einfacher für alle.»

Die Aussicht, Douglas Fortescue in seiner Schneiderei zu beschäftigen, war allerdings nicht dazu angetan, den Schwiegervater zu besänftigen. Jeremy hatte völlig vergessen, daß der Schwiegervater Douglas kannte. «Bleib mir bloß vom Leibe mit deinem verrückten Bruder!» schrie der Schwiegervater. Jeremy versprach das. Er versprach alles. Er versprach, sich zu beeilen, er versprach, dem Schwiegervater den verrückten Douglas zu ersparen, alles, was er wollte: Nur bitte, bitte zwing mich nicht, die Kinder mitzunehmen nach London.

Der Schwiegervater schnaubte wortlos und ließ Jeremy stehen. Die Schwiegermutter teilte die Meinung ihres Mannes. Und so mußte denn Jeremy Fortescue zur Post von Settle gehen und dort fünf Plätze bestellen für die Reise nach London. Die Kinder freuten sich, als sie das erfuhren. Jeremy schauderte. Die Kinder hatten keine Ahnung, was sie erwartete in Stretton House. Auch Jeremy hatte keine Ahnung. Er schauderte auch um seinetwegen. Aber Jeremy war kein Tropf, und Jeremy würde tun, was er tun mußte.

Am 28. September 1832, um fünf Uhr morgens, gingen sie hinüber zur Poststation und warteten auf die Chaise. Sie hatten nicht viel Gepäck. Jeremy befahl seinen Kindern, einander an den Händen zu halten, damit sie nicht verlorengingen, und er betrachtete sie besorgt und zählte langsam bis vier: Eins war Robert, ein aschblonder Knabe, ganz nach dem Vater geraten, stark und bieder und schon neun Jahre alt. Zwei war die siebenjährige Annie, recht zierlich, das dunkelste der Kinder und das hübscheste, groß für ihr Alter und von etwas unruhigem Temperament. Nummer drei war Emma, knapp sechs, blond wie Robert und Vater, die Augen zunehmend grünstichig, eine Entwicklung, die Jeremy mit Besorgnis sah. Der kleine Simon, Nummer vier in der Reihe, würde in ein paar Tagen drei werden, und er schlief fast noch und hielt sich an seiner Puppe.

Jeremy betrachtete die Kinder lange. Es wußte, er würde sie nun hineinführen müssen in den Rachen des Leviathan, und das war schrecklich genug: Aber Jeremy wußte auch, er würde sie heil wieder hinausführen, höchstens ein wenig beleckt und berußt von den Flammen der Londoner Hölle, denn Jeremy hatte Jane auf dem Totenbett versprochen, daß er sich um die Kleinen kümmern werde, und Jeremy hielt bekanntlich seine Versprechen.

«Wir kommen bald wieder», flüsterte Jeremy, «es kann nicht lange dauern.» Dann nahm er Robert an der Hand und stieg in die Chaise, und er sah beruhigt, daß die drei Geschwister artig folgten, Hand in Hand, wie eine festgefädelte Perlenkette.

VI

Jeremy Fortescue stand vor der Kirche von Marylebone, in der einen Hand seine Reisetasche, in der anderen Hand die Hand seines ältesten Sohnes, vor sich York Gate und dahinter Regent's Park. Es war ein warmer Tag. Die Kinder waren still und müde von der Reise, und still und müde war auch der Vater, und er konnte sich nicht recht entschließen weiterzugehen. Der Kopf schwirrte ihm vom Lärm der Hauptstadt, von all den Leuten und Fuhrwerken und Baustellen, und dieser Platz vor der Kirche schien ihm ein Ort des Friedens, wo er sich gerne hingesetzt und verweilt hätte bis auf weiteres; denn Jeremy wollte sein Ziel eben gar nicht erreichen. Er ließ mehrere Passanten vorübergehen, ohne ihnen die nötige Frage zu stellen. Er blinzelte in die Sonne. Erst als Robert «Ja, Vater?» sagte, merkte Jeremy, daß er die Hand seines Sohnes gedrückt hatte, mehrfach und fest, wie um sich seiner zu versichern. «Wo sind wir hier?» fragte Annie. Sie fragte das seit einer Weile dauernd, mit schlaftrunkener Stimme, und jedesmal antwortete Jeremy «in London», und Annie nickte und fragte nach fünf Minuten schon wieder.

Jeremy zwang sich, nicht an seine Kinder zu denken. Er nahm sich ein Herz und erkundigte sich bei einem Mann, der auf York Gate zusteuerte, wo Stretton House zu finden sei. Der Mann sah ihn schweigend an. Er warf einen langen Blick auf die vier Kinder.

«Stretton House?» wiederholte der Mann langsam, als könne er das nicht recht glauben. Er betrachtete weiter die Kinder. Auch darüber mochte Jeremy nicht nachdenken. Er wiederholte seine Frage, fast ein wenig heftig, und der Mann zeigte nun hinein in den Park und sagte langsam: «Gerade hindurch, Sir, links am See vorbei und vorbei an Hannover Terrace fast bis zur Menagerie, und dann sehen Sie Stretton House, es ist das hellste Gebäude.» Jeremy dankte. Der Mann sah ihn wieder an, die Gedanken sorgfältig verborgen hinter einer ausdruckslosen Miene. Jeremy dankte noch einmal. «Keine Ursache», sagte der Mann. Jeremy faßte Roberts Hand fester, und sie gingen davon in die angezeigte Richtung.

Stretton House war nicht zu verfehlen. Es war ein schneeweißes Gebäude, Parterre und zwei Stockwerke, mit einem Giebel und Säulen wie ein griechischer Tempel. Es sah sehr neu aus. Jeremy dachte an Vaters Vitruv. Sämtliche Proportionen der Schönheit waren hier eingehalten, und der Giebel hatte sogar einen Fries, und auf dem Fries waren ein paar Frauen im Halbrelief, in den Händen Kränze, über den muskulösen Körpern schlicht gegürtete Gewänder. Jeremy hielt zunächst Abstand. Er betrachtete Stretton House lange, und er fühlte sich fast verspottet durch diese sehr weiße und sehr klar gegliederte Fassade. Viele Fenster standen offen, und Jeremy sah, daß auch die Haustür offen war. Man hatte einen Blumentopf hineingestellt, daß sie nicht wieder zufiele, einen schneeweißen Blumentopf in Form einer bauchigen Urne, in dem etwas wuchs, das aber eindeutig vertrocknet war. Jeremy beäugte diese Pflanze mißtrauisch und ging langsam näher, die Kinder hinter sich. Beinahe wäre er über eine Frau gestolpert, die in einiger Entfernung von der Haustür auf dem Boden saß. Jeremy fuhr zurück und starrte sie an. Es war eine unscheinbare junge Person in Reitstiefeln, die Röcke geschürzt, um die Schultern ein schottisches Plaid, die mit untergeschlagenen Beinen im Gras hockte. Sie blickte kurz auf, als Jeremy vor ihr stand, dann fuhr sie ungerührt fort mit ihrer Beschäftigung, ohne sich von ihm oder den Kindern stören zu lassen. Sie hatte einen kleinen Erdhügel vor sich, umzäunt mit einem zierlichen Gitter, und sie beschnitt mit einer winzigen Schere die Wurzeln blasser Setzlinge, die sie einzeln aus der Erde zog und nach geschehener Begutachtung und Beschneidung wieder einpflanzte. Bisweilen nahm sie eine Lupe zur Hand, und bisweilen schrieb sie etwas in eine erdbeschmierte Kladde, die sie auf ihren Knien hielt. Die Setzlinge waren sehr jung, winzige weiße Pflänzchen ohne Blätter, die fast aussahen wie Pilze oder wie die Triebe an Kartoffeln. Die junge Frau schien sich nicht für Jeremy oder die Kinder zu interessieren. Sie hatte ein Tuch um die Haare geknotet, und sie hatte braune Flecken im Gesicht, denn sie faßte sich manchmal mit den erdigen Fingern nachdenklich an Stirn oder Nase, während sie ihre Notizen machte oder eine Wurzel studierte. Jeremy gaffte sie an, unfähig, sich zu bewegen. Es war sonnig, ganz windstill, sehr friedlich.

In der Ferne kreischten die Pfauen der Zoological Society, die man wegen des schönen Wetters auf die Wiese gelassen hatte. Nichts regte sich in Stretton House. Die Pfauenschreie und das Klicken der kleinen Schere waren die einzigen Geräusche. Simon begann leise zu weinen, schluckte dann und war wieder still. Jeremy verbeugte sich ins Leere. Er wollte die Frau nach seinem Bruder fragen. Er brachte es nicht fertig. Er machte einen großen Bogen um die Frau und den Erdhügel, und er ging dann endlich zur Haustür, die Kinder hinter sich, Hand in Hand.

Die Tür stand weit offen. Jeremy zog trotzdem an der Klingelschnur, aber nichts geschah, es schien keine Glocke zu geben. Da stand diese Urne mit der vertrockneten Pflanze, sie ersetzte wohl den Türhüter. Jeremy trat zögernd ein. Die Kinder folgten ihm still, mit müden großen Augen. Niemand kam. Jeremy rief ein zaghaftes Hallo. Niemand antwortete. Jeremy trat in die Halle, einen sehr antiken und sehr weißen Saal, viel Marmor, ein wenig Messing, ein großzügiges Treppenhaus mit hellen Stufen. Auf der untersten Stufe saß ein Mann in Hemdsärmeln und faltete Papierhüte aus der *Westminster Review*. Er blickte kurz auf, dann widmete er sich weiter seinen Hüten. Er schien das schon länger zu tun. Die vollendeten Hüte bedeckten drei Treppenstufen, ordentlich nebeneinandergestellt. «Guten Tag», sagte Jeremy. Er bekam keine Antwort. Der Mann kniffte sorgfältig und etwas ungeschickt die Ecken an dem letzten Hut, und dann stellte er ihn zu den anderen und riß eine weitere Seite aus der *Westminster Review*. Es war ein junger Mann, fast noch halbwüchsig. Er trug enge gelbe Hosen und ein feines Seidenhemd, die Ärmel hier und da voller Druckerschwärze. Er schien sich nicht für Jeremy zu interessieren. «Guten Tag», sagte Jeremy noch einmal. Der Mann blickte auf, verzog ein wenig den Mund, dann wandte er sich um, rief leise und gelangweilt ins Ungewisse: «Das ist nicht die Tochter von Lady Catterick», und kniffte dann umsichtig das neue Zeitungsblatt.

«Ich suche Douglas Fortescue», sagte Jeremy. Der Jüngling nickte und schwieg.

«Ich suche Douglas Fortescue, bitte», wiederholte Jeremy.

«Na so was», meinte der Jüngling müde. Er machte eine vage Kopfbewegung. Er faltete weiter. In der Ferne schrien die Pfauen. Jeremy wandte sich ab und begab sich auf die Suche.

Nach einem Irrweg in eine geräumige und ungepflegte Küche gelangte er in einen großen Salon mit vielen Leuten. Er blieb stehen. Niemand beachtete ihn. Jeremy sagte noch einmal guten Tag, aber er bekam keine Antwort. Der Salon war weiß wie alles hier, die Sonne schien durch die offenen Fenster, das Mobiliar war hell und modern, Stühle, Sessel, ein paar Tischchen und ein Sofa, verziert mit Löwenfüßen und Lyren, standen umher ohne erkennbare Ordnung wie in einem Möbellager kurz vor der Inventur. Ein Stuhl lag auf dem Boden, und niemand hob ihn auf. Eine verdrehte Gardine hing aus dem offenen Fenster, schlapp in der unbewegten Luft. Neben dem umgestürzten Stuhl lag ein junger Mann auf dem Rücken und spielte geduldig mit einem Pudel, den er an den Vorderpfoten hielt und über seinen Bauch gehen ließ, aufrecht wie ein kleiner Mensch. Bisweilen ließ er die Pfoten los, aber der Pudel konnte das Gleichgewicht nicht halten, und er kugelte auf den Boden, dann hob ihn der Mann wieder auf seinen Bauch, nahm ihn an den Pfoten, und alles begann von vorne.

Auf dem Sofa saßen eng beieinander zwei elegante Damen in vollem Putz, gekleidet wie zu einer Spazierfahrt, in Hut und Schal. Sie tranken Tee aus Tassen ohne Untertassen, blickten sich bisweilen ein wenig furchtsam um und begannen in regelmäßigen Abständen zu kichern. An einem Tisch spielte ein junger Stutzer Patience, und ein anderer Mann, von der halbwüchsig hemdsärmeligen Sorte wie der Papierfalter und der Pudeldompteur, stand hinter ihm und redete leise und ohne Unterlaß auf ihn ein. Der Patiencespieler sagte kein Wort, aber das schien den plappernden Jungen nicht weiter zu stören. Irgendwo lasen Männer in Zeitungen. Ein junges Paar stand engumschlungen an einem offenen Fenster. Manche blickten auf, wenn Jeremy mit seinen vier Kindern vorüberkam, manche blickten nicht auf, niemand sprach ihn an, niemand antwortete auf einen Gruß anders als durch die Spur eines Nickens, und die meisten gönnten ihm nicht einmal das. Jeremy zählte mindestens zwanzig Leute. Irgendwann schrie der Junge mit dem Pudel laut auf, vielleicht war er gebissen worden. Ein mattes Gelächter ging durch den Raum, das die Leute für einen Moment lang miteinander verband, aber es dauerte nicht lange, und sie fielen zurück in ihre eigenartig vereinzelte Stimmung. Jeremy hätte diese Stimmung nicht beschreiben können. Es war sehr friedlich. Es war sehr ungemütlich. Es war vollkommen sinnlos.

«Das ist nicht die Tochter von Lady Catterick!» rief der Zeitungsfalter irgendwann aus der Halle, und zwei junge Männer in Reitkleidung betraten den Salon, grüßten nicht, legten ihre Zylinder auf einen Tisch, setzten sich in eine Ecke und zogen dort die Stiefel aus. Die Damen mit den Teetassen kicherten verlegen und fast begeistert über diese Dreistigkeit. Die Reiter blickten nicht auf. Einer half dem anderen freundlich beim Stiefelausziehen. «Ich möchte was zu trinken!» rief einer nach einer Weile. Nichts geschah. Der Patiencespieler sagte matt und ohne aufzublicken: «Ist keiner da.» Der Reiter sagte «verdammt». Die Damen kicherten wieder.

Jeremy durchmaß den Raum jetzt ganz. Hinter einem japanischen Wandschirm saß ein junger Mann und kritzelte stöhnend Zahlen auf eine kleine Tafel. Er schien irgend etwas zu berechnen. Er stöhnte hilfeheischend, aber niemand half ihm. Der Griffel kratzte über die Tafel. In der Ferne schrien die Pfauen. Am offenen Fenster, mit dem Rücken zu Jeremy, die langen Haare ordentlich über der Lehne, saß Douglas Fortescue in einem Sessel. Seine Arme hingen über die Armpolster, unbewegt, entspannt wie im Schlaf. Die Haare waren nicht mehr stumpf und rotstichig wie früher, sondern prächtig blauschwarz, eine glatte, glänzende Fläche. Er sah aus wie Pharao auf seinem Thron, abgebildet in Reverend Stubbings' Buch über die Herrscher der Alten Welt. Jeremy starrte ihn an. Er räusperte sich. Pharao bewegte sich nicht. War er schon einbalsamiert? Jeremy umrundete den Sessel und sah seinem Bruder ins Gesicht.

Douglas war lebendig und hellwach. Er blickte ins Leere, mit einer vage beglückten Miene. Er lächelte, als er Jeremy sah, und er hob langsam die Hand und faßte Jeremy am Arm. Jeremy öffnete den Mund. Douglas schüttelte lächelnd den Kopf, und er flüsterte dann: «Sofort, warte, sei einen Augenblick still und hör dir das an.» Er zog Jeremy zu sich herunter. «Hör dir das an», wiederholte Douglas leise, «es ist heute besonders schön.» Jeremy horchte. Die Pfauen. Das Kratzen des Griffels. Das Stöhnen des Rechnenden. In der Ferne das Geräusch der Patiencekarten, das unablässige Geplapper des redseligen Jungen, das verlegene Kichern der feingemachten Damen, dazu irgendein sachtes Geknister von Röcken oder Zeitungsseiten.

«Hörst du das?» fragte Douglas. Jeremy schüttelte den Kopf.

«Hör hin. Gib dir Mühe. Das ist meine Symphonie.»

Jeremy machte seinen Arm frei. Er griff nach seinen Kindern.

«Du hast keinen Sinn dafür, oder?» Douglas schloß die Augen und wiegte den Kopf.

«Ich kann mir das ewig anhören. Es klingt charmant. Es ist

allerdings gewöhnungsbedürftig. Man darf sich nicht zu viel erwarten. Man muß lernen, das zu mögen. Es mischt sich so schön. Dir gefällt das gar nicht?»

«Nein», flüsterte Jeremy.

«Schade.» Douglas stand jetzt auf. Er strich seine Haare zurück.

«Jeremy», sagte Douglas. Er seufzte. Er lächelte Jeremy an, und dann fiel er ihm um den Hals, und er mochte ihn gar nicht mehr loslassen.

Jeremy stand starr, bevor er den Bruder seinerseits umarmte. Es war ein eigenartiges Gefühl. Er hatte Douglas nicht mehr umarmt, seit er zwölf und der Bruder sechs gewesen war. Douglas fühlte sich seltsam an, mager und kühl und mit harten Knochen. Er roch nach irgendeinem exotischen Gewürz, wahrscheinlich dem Öl in seinen Haaren.

«He», schrie plötzlich jemand, «Douglas umarmt da einen, wer ist denn das?» Andere riefen «wo» und «wer» und «wem gehören die Kinder». Douglas verbarg sein Gesicht an Jeremys Schulter.

«Wen umarmst du da bitte, wer ist denn das?» schrie derjenige, der das interessante Ereignis als erster entdeckt hatte, und er kam jetzt gelaufen und schrie weiter: «Wer ist das, wer wird da umarmt?» Jeremy sah über Douglas' Schulter. Das war der redselige Junge vom Kartentisch. Er machte ein empörtes Gesicht und hob die Hand, als wolle er Douglas an der Schulter fassen, aber dann überlegte er es sich anders und holte Luft, um von neuem seine Fragen zu schreien. Es war ein schmaler Jüngling mit krausem Haar und Sommersprossen, ein wenig zerzaust, recht blaß, mit großen blauen Augen, die glänzten und gerötet waren, als habe er geweint oder schlecht geschlafen. Er war vielleicht siebzehn oder achtzehn Jahre alt, mit weichen Zügen, fast noch ein Kind. Douglas ließ jetzt langsam seinen Bruder los und sagte belästigt: «Sei so gut, Donny, halt den Mund, das ist mein Bruder Jeremy, und das sind meine Neffen und Nichten, und ich wette, wenn du so weiterbrüllst in deiner krankhaften Neugier, bist du morgen heiser.»

«Da ist Douglas' Bruder gekommen», brüllte der Jüngling namens Donny, «und Douglas' Neffen und Nichten, ehrlich, Douglas' Bruder Jeremy!»

«Gott, Donny, tu mir das nicht an», stöhnte Douglas. Er hielt Jeremy an der Hand und tätschelte Robert verlegen den Kopf.

«Gehen wir nach oben», flüsterte er seinem Bruder zu, «bevor sie alle zu schreien beginnen.» Aber es war längst zu spät. Der Stutzer kam vom Kartentisch, der Mann mit dem Pudel kam mitsamt dem Pudel, die Zeitungsleser und das Liebespaar kamen, auch die eleganten Damen, die sich allerdings schüchtern im Hintergrund hielten, und sogar der Mensch mit den Papierhüten kam aus der Halle, und er scherte sich überhaupt nicht darum, daß ihm der Junge namens Donny, der sich hier anscheinend für allerlei zuständig fühlte, entrüstet zuzischte, er möge verschwinden und seines Amtes walten, draußen bei der Haustür. Alle umringten sie die Brüder und die Kinder. Alle sprachen durcheinander.

Douglas hob bittend die Hände, aber seine Autorität in diesem Haus schien begrenzt. Die Leute wollten unterrichtet werden über Jeremy und die Kinder, und sie gaben keine Ruhe. Sie nannten Douglas beim Vornamen, als seien sie alle verwandt. Am schlimmsten war dieser Donny.

«Donny, oh, Donny», sagte Douglas immer wieder, aber Donny schimpfte bald laut und beschwerte sich, daß er nicht einmal gewußt habe, daß Douglas einen Bruder hatte.

«Bruder, wirklich?» wiederholten andere, und wieder andere lachten, und nur die feinen Damen bewahrten ein wenig Anstand und bemühten sich höflich, ihre Neugier hinter ihren Fächern zu verbergen.

«Ich möchte dich mit nach oben nehmen», sagte Douglas leise zu Jeremy, «wir gehen jetzt einfach, sie werden sich schon wieder beruhigen. Sag ihnen guten Tag, dann komm mit.»

«Ich habe bereits guten Tag gesagt», murmelte Jeremy, «ich bekam keine Antwort.»

«Das ist nicht böse gemeint. Sag's noch mal. Mach ein freundliches Gesicht, und sag, ich bin Jeremy Fortescue, schön, euch kennenzulernen, ich gehe jetzt mit Douglas nach oben.»

«Den Teufel werd' ich tun», zischte Jeremy.

«Sind die Kinder sehr müde», fragte Douglas, «möchtest du sie zu Bett bringen, oder dürfen sie die Tiere angucken gehen, während wir sprechen?»

«Sie sind müde genug», sagte Jeremy.

«Tiere», brüllten die Kinder.

«Komm, Donny, geh mit den Kleinen in die Menagerie», bat Douglas, «zeig ihnen die Schweine. Erzähl ihnen etwas. Kauf ihnen etwas Süßes. Nimm die Kinder und verschwinde.»

«Niemand geht hier in eine Menagerie», zischte Jeremy. Er starrte Donny an, als sei das die Hexe aus dem Märchen. Donny lachte. Die Kinder schrien weiter «Tiere, Tiere».

«Donny ist artig», sagte Douglas, «ich schwör es dir, Donny hütet deine Kinder gut.»

Plötzlich wollten alle mit Jeremys Kindern in die Menagerie gehen. Sie suchten ihre Jacken und Hüte. Die Reiter zogen die Stiefel an, der Mann mit dem Pudel legte den Pudel an die Leine und gab die Leine der kleinen Emma.

«Paßt du auf, Donny?» fragte Douglas streng. Donny gab keine Antwort. Er war als einziger noch immer im Hemd, und er blieb auch so.

«Zieh dir was an, Earl of Rochester», bat Douglas. Donny schüttelte störrisch den Kopf. Jeremy starrte ihn an.

«Das ist nur ein Scherz», erklärte Douglas ein wenig erschöpft, «der arme Donny, er müßte den Vater und vier Brüder vergiften, bevor er Earl of Rochester würde. Nicht wahr, Donny?» Donny lachte, Jeremy wußte nicht, ob er überhaupt verstand, wovon Douglas eben sprach. Donnys Augen glänzten hell. Er trat nervös auf der Stelle und kratzte seinen Handrücken.

«Aber Donny», sagte Douglas milde, «Donny vergiftet sich lieber selbst, nicht wahr, Donny läßt seine Verwandten am Leben und vergiftet sein altes Blut mit immer neuem Gift. Nicht wahr, Donny Darling?»

«Was?» fragte Donny.

«Geh zu, Donny. Menagerie. Halt mir die Kinder von Miss van den Hove fern. Kauf ihnen was Süßes. Lauf, Donny. Die Leute sind schon draußen.»

Donny verbeugte sich spielerisch vor Robert, und er nahm ihn dann an der Hand. Die Kinder reihten sich auf, Hand in Hand, wie sie es gelernt hatten.

«Oh», sagte Donny, «ihr seid aber geschickt.» Er lächelte träge. Douglas sah ihm mit ein wenig fader Begeisterung dabei zu.

«Hat ein hübsches Lächeln, der Earl of Rochester, nicht wahr?» fragte Douglas seinen Bruder. Er bekam keine Antwort. Donny führte die Kinder durch den Salon. Der Rest der Gesellschaft wartete schon in der Halle. Der Mann mit den Hüten fragte, ob er mitkommen dürfe, Donny verbot ihm das.

«Du hast hier eine Aufgabe, verdammt», schrie Donny, «walte deines Amtes!» Und der Mann setzte sich folgsam auf die Treppe und zerriß eine neue Nummer der *Westminster Review*, während sich der Rest der Gesellschaft auf den Weg zur Menagerie der Zoological Society machte. Douglas sah aus dem Fenster. Erst als sie alle die bestiefelte Frau vor ihrem Erdhügel passiert hatten, ohne sie weiter zu beachten oder von ihr beachtet zu werden, atmete er auf und trat zurück.

«Es gibt hier eine einzige Gefahr», sagte Douglas zu Jeremy, «das ist Marie van den Hove. Verbiete den Kindern die Frau mit den Pflanzen. Sonst ist hier nichts Schlimmes. Ich schwöre es dir. Miss van den Hove ist eine Hexe. Sie würde deine Kinder kochen und pürieren, wenn sie einen neuen Dünger braucht. Miss van den Hove ist verrückt. Sag das den Kindern. Mach ihnen Angst. Sie hat zwar Donny zum Umbringen, aber sie brächte auch jeden anderen um. Hüte dich selbst vor ihr. Wenn sie dir Tee anbietet, trink ihn nicht.»

Douglas zögerte einen Augenblick, dann legte er Jeremy die Hand auf den Arm und hielt ihn fest.

«Ich bin froh, daß du da bist», sagte Douglas, «und ich verspreche dir, den Kindern geschieht nichts, dafür stehe ich ein mit meiner Ehre.»

«Ich gebe nichts auf deine Ehre, Douglas Fortescue», sagte Jeremy.

Douglas schwieg. Das war ein schlimmer Satz gewesen. Douglas verdaute diesen Satz langsam. Er hielt Jeremy noch immer am Arm.

«Du wirst mich hassen für alles, was ich tue», sagte Douglas nach einer Weile leise, «nicht wahr, Jeremy, denn es ist ehrlos, und du wirst mir doch helfen, bitte, nicht wahr?»

«Komm mit nach Hause», sagte Jeremy.

«Nach Hause? Wo ist das?»

Jeremy schwieg. Douglas griff seinen Arm fester und führte ihn dann durch den Salon in die Halle und die Treppe hinauf. Er rief unterwegs matt nach Bedienung, aber nichts geschah.

«Sie sind alle fort», sagte Douglas traurig, «ich bekomme keine Ordnung in dieses Haus.» Er ließ Jeremy auf der Treppe stehen und ging in die Küche, und er kam wieder mit einer Teekanne und einer Tasse und einem Glas Milch. Beim Vorbeigehen stieß er einen Papierhut um und entschuldigte sich artig. Der Mann auf der Treppe stellte den Hut wieder auf.

«Bist du böse, Thomas?» fragte Douglas. Der Mann warf ihm einen beleidigten Blick zu.

«Pardon», sagte Douglas, «Quentin. Bist du böse, Quentin Thornley?»

«Ich langweile mich zu Tode», erklärte der Mann.

«Komm, Quentin. Geh zu den anderen. Geh zu den Tieren. Hör nicht auf Donny. Ich werde schon fertig mit Lady Cattericks Tochter.»

Der Mann namens Thomas oder Quentin stand auf und lief grußlos aus dem Haus. Douglas stieg die Treppe hinauf.

«Der Tee ist noch warm.» Douglas reichte Jeremy Kanne und Tasse. Er führte ihn in den ersten Stock und dort in ein verdunkeltes Zimmer. Es war weiß wie die anderen, Marmor und Säulen, aber weil die Fenster verhängt waren, sah es wenig behaglich aus, kalt, düster, fast unbewohnt.

«Arthur sagt, das paßt zu mir», erklärte Douglas. «Hier soll ich arbeiten.»

Er zeigte auf einen Sessel. Jeremy setzte sich. Er goß Tee ein und trank. Der Tee war nicht warm. Jeremy trank die Tasse leer und stellte sie neben sich auf den Boden. Er sah Douglas an. Schlank, blaß, ganz in Schwarz, die Garderobe schmucklos und aus teuerstem Stoff, Samt und Seide. Die Haare glatt und glänzend, nachtschwarz, in der Mitte gescheitelt. Sie fielen ihm über die Schultern und bis auf die Oberarme. Grüne Augen. Ein müdes Gesicht. Douglas hatte nun auch seine Brauen gefärbt, und er hatte sie zurechtgezupft zu zwei schmalen erstaunten Bogen, wie mit dem Kohlestift gezeichnet auf seiner glatten, bleichen Stirn. Die breiten Kiefer und Jochbeine der Familie Fortescue. Die nette kurze Nase einer Dynastie von Bäckern aus Carlisle. Jeremy studierte seinen Bruder eingehend. Er sah jung aus, als sei kein Tag vergangen, seit ihn Jeremy zum letztenmal gesehen hatte. Douglas würde bald dreiundzwanzig werden, aber er sah aus wie ein Junge, zurechtgemacht für einen Maskenball. Jeremy wußte nicht, wie diese Maske hieß. Jeremy wußte überhaupt nichts.

«Was tust du hier, Douglas», fragte er leise, «und warum sollte ich kommen?»

Douglas nippte an seiner Milch und betrachtete seinerseits den Bruder. Der starke Jeremy. Douglas war so froh, daß er gekommen war. Ein Familienvater aus Yorkshire. Er war blond, wie auch Douglas blond gewesen wäre, hätte er das zugelassen. Er war kräftig. Vielleicht hätte auch Douglas so ausgesehen, hätte er nicht so sehr gefastet. Große Hände. Douglas konnte sich keine Handschuhe vorstellen in diesen Händen. Er lächelte.

«Wenn du jetzt eine Höflichkeit sagst, gehe ich», murmelte Jeremy.

«Ich sage dir keine Höflichkeit», versprach Douglas, «ich beantworte dir deine Frage. Sofort. Ich möchte mich nur ein wenig an dich gewöhnen.» Und er betrachtete Jeremy weiter, ruhig und aufmerksam, und er kräuselte bedauernd die Lippen, als Jeremy die Augen niederschlug. Auch Jeremy. Niemand ertrug diesen Blick. Douglas spielte mit seiner Rauchglasbrille, die auf einem Tisch zu seiner Rechten lag, auf ein paar Blatt Papier, neben einem eingetrockneten Tintenfaß.

«Hör zu», sagte Douglas dann und schlug die Beine übereinander, «es ist folgendes. Ich bin ein Dichter, die Leute glauben das, die Leute kaufen meine Bücher und geben mir auch sonst Geld, wie du siehst, denn du meinst wohl kaum, daß das hier bezahlt ist vom Lohn eines Dichters. Es ist überhaupt nicht bezahlt, dieses Haus. Es ist geliehen, wie Bleamoor Hall. Es gehört dem alten Lord Stretton, der gab es seinem Sohn, Arthur Norcombe, der gab es mir. Arthur ist der mit dem Pudel. Wir nennen ihn Art. Erinner mich daran, Art, das ist die lustige Geschichte, die ich dir versprach in meinem Brief. Weiter. Ich nenne mich Dichter, oder die Leute nennen mich so, dabei schwöre ich bei meiner Ehre, auch wenn du nichts darauf gibst, Jeremy, ich schwöre, ich habe keine Zeile gedichtet in meinem Leben. Ich schreibe auf, was andere sagen, sofern ich finde, es lohnt das Papier. Das ist meine Methode. Meine Jungs vermuten es oder wissen es, sie behalten es für sich, frag mich nicht, warum, vielleicht werden sie mich eines Tages erpressen. *Thirst* ist die Beichte eines ...» – Douglas stockte – «eines Freundes in Manchester. Es hatte Erfolg. *Art & Nature* ist ein dummer Scherz, und es hat auch Erfolg. *Art* ist Arthur Norcombe und *Nature* ist Netty Pyke. *Yon Man*, was die Kritik für eine Allegorie des schöpfenden Gottes hielt, bin ich, Douglas, mit dem Stenographieblock. Alle nennen Arthur Art. Eines Tages brachte er diese Netty mit, eine kleine Hure aus Whitechapel, entsetzlich jung und recht hübsch, er hatte sich sehr in sie verliebt und sie sich in ihn, wie es bisweilen durchaus geschehen kann in diesem Geschäft, und jemand rief dann, Thomas oder Quentin oder auch Donny, jemand rief, ‹oh, schaut mal her, da kommen *Art and Nature*›. Das war alles. Wir lachten. Wir nannten Netty jetzt nur noch Nature, es paßte auch zu ihr, ein Landkind, frag mich nicht, wie sie nach Whitechapel kam. Art Norcombe ist ein passabler Sprecher. Ich teile die Jungs längst so ein. Art ist ein passabler Sprecher, Quentin ist gar kein Sprecher, der gute Donny ist ein Weltwunder an Sprecher. Donny Hughes wird mein nächstes Gedicht. Zurück zu *Art & Nature*. Art tat bald nichts anderes mehr, als sich mit seiner Nature zu vergnügen. Im zweiten Stock oben, im großen Schlafzimmer. Arthur wohnt hier zwar nicht – das solltest du überhaupt wissen, niemand wohnt hier außer mir, es sind Gäste, sie gehen wieder, nur Donny bleibt manchmal bei mir, wenn er nicht mehr aufstehen kann, und Miss van den Hove bewacht oft nächtelang ihre Nachtschatten –, nein, Arthur wohnt hier nicht, aber es ist schließlich sein Haus, und er kann Mädchen mitnehmen soviel er will. Irgendwann nahm er auch mich mit in das große Schlafzimmer. Ich weiß, Jeremy, du wirst mich hassen, aber du hältst ja sowieso nichts von meiner Ehre, und deshalb bin ich ganz aufrichtig. Ich nahm meinen Stenographieblock und begleitete Art und Netty zu ihrem Nachmittagsplausch, und ich schrieb mit. Art fand das amüsant, und er bemühte sich um ein paar wohltönende Sätze. *The stale fragrance of your petals, they open wide* – doch, doch, er gab sich Mühe. Ich schrieb das alles artig nieder, und ich wandte mich ab, ja, Jeremy, denn ich bin ja ein Dichter und kein Maler, und außerdem war Nature so verlegen, das arme Ding, und ich war auch froh, daß ich nur hören mußte von ihren abgenutzten Blütenblättern und die nicht auch noch sehen. Es war bald fertig, *Art & Nature*. Ich mag zwar *Thirst* lieber, aber ich mag auch *Art & Nature*, denn …»

«Wo ist … Nature jetzt?» fiel ihm Jeremy ins Wort. Douglas sah ihn verwundert an, dann lächelte er.

«Oh», sagte Douglas, «die arme Nature ist längst wieder in Whitechapel, mach dir keine Sorgen. Sie ist nicht gesund, die arme Nature. Art kam ihr darauf. Wenn du mein Gedicht aufmerksam gelesen hättest, wüßtest du das schon. Es steht alles geschrieben.»

«You are not clean, Nature, but canker'd
blight eats your rosy bud,
you have been used, Nature,
used too often by too many men ...»

Douglas rezitierte das amüsiert, und er übersah Jeremys entsetzte Miene.

«Das war der schlimmste Vers für Mr. Wordsworth. Die Leute sagen, er traut sich jetzt gar nicht mehr an seine Landschaften, weil er Angst hat, er holt sich die Syphilis allein vom Besingen.»

Douglas lachte. Ein klares, klirrendes, wenig freundliches Lachen. Jeremy kannte dieses Lachen noch nicht. Es machte ihn frösteln. Einen Augenblick lang spielte er mit dem Gedanken, Douglas eine Ohrfeige zu geben, einen weiteren Augenblick überlegte er, ob er ihn nicht noch einmal umarmen sollte, damit er still wäre, aber dann blieb Jeremy einfach sitzen und wartete, daß Douglas aufhören möge mit diesem unguten Lachen.

Er hörte auf. Er strich sich die Haare hinter die Ohren und sprach ruhig weiter.

«Das ist die Geschichte von *Art & Nature*. Simpel, nicht wahr? Du hättest die Rezensionen lesen sollen. Sie schlagen sich die Köpfe ein in den Clubs. Gott betrachtet Kunst und Natur, und Natur ist krank und dumm, und Kunst schändet Natur, und Natur ist käuflich, Gott, Jeremy, das war ein Theater, und sie mochten Gott auch nicht in diesem Gedicht, frag mich nicht, wie sie auf Gott kamen. Die einen mochten nicht, daß Gott nur zuschaut in meinem Gedicht, und die anderen mochten das gerade, sie fanden es modern und verwegen, und sie sagten, ich sei metaphysisch geworden und verglichen mich mit dem armen Blake. Ich kaufte Nature eine Perlenkette. Ich schickte den Neger nach Whitechapel mit dieser Kette, aber Nature wollte meine Kette nicht haben, sie kann mich nicht leiden, sie kreuzt ihre Finger, wenn sie mich nur von ferne sieht. Nature hat das Spiel nie verstanden. Sie ist ein nettes

Kind, schade, daß sie so krank ist. Miss van den Hove wollte sie behandeln mit irgendeinem Gebräu, aber ich verbot das. Miss van den Hove behandelt jetzt Donny. Bald wollen wir versuchen, ob das neue Gedicht funktioniert. Donny freut sich schon. Donny ist mein Liebling.»

«Donny ist was?» flüsterte Jeremy.

Douglas lächelte.

«Das sind alles Lieblinge, Jeremy», erklärte Douglas tröstend, «einer wie der andere und eine wie die andere. Ich bin Demokrat geworden, was meine Lieblinge angeht. Donny ist so ein Wunder, und er ist hübsch, wie du gesehen hast, und vielleicht liebe ich ihn eben mehr als die anderen, aber das wird nicht lange dauern. Es kommen neue. Es kommen immer mehr. Ich liebe sie wirklich, die Jungs, und auch die Mädchen, sogar Marie van den Hove. Glaub mir. Ich verwechsle sie auch dauernd.»

«Du liebst ...», begann Jeremy.

«Hör zu», sagte Douglas mit Nachdruck, «und merk dir das. Ich fasse die Jungs nicht an. Ich fasse die Mädchen nicht an. Ich schlafe allein, Jeremy Fortescue. Ich sage dir das, weil du es wissen möchtest und dich nicht zu fragen traust. Jetzt weißt du es. Ich bin ehrlos, Jeremy Fortescue. Ich habe unkeusche Ohren. Vielleicht auch unkeusche Augen. Ich lebe keusch. Merkst du dir das bitte?»

«Jawohl», sagte Jeremy prompt, ohne es recht zu merken. Er schwieg. Douglas schwieg auch. Er blickte ins Leere, über Jeremys Schulter hinweg, ein kalter, stiller Blick.

«Ich möchte das Geschäft industriell organisieren», sagte Douglas nach einer Weile, «es läuft aus dem Ruder.»

«Was?» fragte Jeremy.

«Eine Fabrik.»

«Bitte?»

«Eine Fabrik», wiederholte Douglas fast heftig, «ich möchte eine Fabrik haben, seit ich zwölf bin, und jetzt werde ich mir eine einrichten, und du wirst mir helfen bei der Organisation.»

Jeremy schwieg. Er fror. Douglas sah das, und er griff hinter sich nach seinem schwarzen Kaschmirschal, stand dann auf und legte den Schal seinem Bruder um die Schultern. Jeremy ließ sich das reglos gefallen.

«Wer sind die Leute?» murmelte Jeremy.

«Fast nur Adel. Ich schrieb es dir, jetzt siehst du es, lauter Jungs von Stand. Sie langweilen sich. Sie wollen ihre Eltern ärgern. Sie arbeiten für mich. Der Bengel auf der Treppe, Quentin Thornley, wird eines Tages Earl of Devon, wenn Miss van den Hove ihn nicht vorher ins Jenseits befördert.»

«Warum Adel?» fragte Jeremy leise.

Douglas überlegte. «Oh», sagte er nach einer Weile, «ich mag blaues Blut. Es schmeckt besser.»

«Spar dir den Unfug», zischte Jeremy.

«Du hast recht. Pardon. Ich weiß es wirklich nicht. Es hat sich so ergeben. Sie haben nichts zu tun, die Jungs. Sie sind stolz, daß sie hier sein dürfen. Sie finden es apart. Sie finden mich apart. Sie mögen es, wenn ihnen einer zuhört. Sie haben gern ein Geheimnis. Sie benehmen sich gern ungezogen. Wir haben recht freie Sitten. Leute kommen uns anschauen wie die Tiere in der Menagerie. Bisweilen kommt auch die Polizei. Das ist spannend, für einen künftigen Earl of Devon, nicht wahr?»

«Ich weiß nicht», sagte Jeremy, «vielleicht.»

«Ich gebe es zu. Ich mag es, wenn die Aristokratie für mich arbeitet.»

Jeremy schwieg. Jeremy nickte. Das war der erste Satz seiner Bruders, den Jeremy wirklich verstand.

«Industriell», wiederholte Douglas nach einer Weile.

Jeremy schwieg. Unten in der Halle gab es plötzlich ein Geschrei und Gelächter. Vielleicht kamen sie zurück aus der Menagerie. Vielleicht kamen auch die Dienstboten zurück. Douglas wußte es nicht. Die Tür stand immer offen, wenn das Wetter gut war. Douglas wußte auch hierfür keine Erklärung. Es hatte sich so ergeben. Vieles hatte sich ergeben. Wie gut, daß Jeremy gekommen war. Eine Fabrik. Wie auch immer. Douglas wollte eine Fabrik haben, und er wollte, daß sie für ihn arbeiteten, die Jungs, die Mädchen, die Lieblinge, die Sprecher, austauschbar wie die Spinnerinnen von Fleensfield.

«Du hast den armen Maurice rechnen sehen», sagte Douglas, «er rechnet kaum besser als ich, aber ich mußte ihm das zumuten, weil es die anderen noch weniger können. Maurice Everett. Der ist ausnahmsweise bürgerlich. Auch Zuleika und Leila.»

«Bitte?» fragte Jeremy verstört.

Douglas lachte.

«Zuleika Child of Gentleness, und ihre Schwester Leila. Zwei Miss Prickett. Zuleika ‹Child of Gentleness› Prickett, Tochter des Eisenwerkbesitzers Prickett. Sie war heute da, glaube ich. Sie hat meistens einen Mann im Arm. Zuleika würde gerne heiraten.»

«Zuleika?» wiederholte Jeremy.

«Du kennst Byron nicht?»

Jeremy schüttelte heftig den Kopf.

«*Zuleika, Child of Gentleness, How dear this very day must tell …* Kennst du das nicht?»

«Sei still!» rief Jeremy.

«Ich sage doch, Lieber, wir sind hier eine durchaus poetische Gesellschaft», erklärte Douglas, «das Ehepaar Prickett war dem seligen Byron zugetan, Eisenwerk hin oder her, und man nannte die Mädchen Zuleika und Leila, und man hätte es gerne gesehen, daß der Lord Byron sie verdorben hätte, aber der Lord Byron starb zu früh, und deshalb muß nun Fatal Fortescue die undankbare Aufgabe übernehmen. Der alte Prickett will mir ein Haus kaufen. Ich schrieb dir davon. Der alte Prickett hat mehr Geld als all meine kleinen Lords und Earls zusammen. Ich glaube, ich werde versuchen …»

Das Geschrei im Treppenhaus war allmählich so laut geworden, daß sich Douglas unterbrach und Jeremy bat, mit ihm nach unten zu kommen. Sie fanden eine zeternde Gesellschaft in der Halle: der zurückgekehrte Menagerieausflug mitsamt Jeremys Kindern, dazu zwei Stubenmädchen und der Neger, die eben nach Hause kamen von einem Spaziergang, und in der

Mitte eine blasse junge Frau in Grau, anscheinend die Ursache des allgemeinen Gezeters.

«Das ist nicht Lady Cattericks Tochter», schrie der Mann mit den Papierhüten den Jungen namens Donny an, und Donny schimpfte, «das ist die Kuh von der Charity, die sollst du auch hinauswerfen, du verdammter Idiot, kannst du dir wirklich nicht zwei Weiber auf einmal merken?»

Die graue Dame, die sich Kuh nennen ließ, ohne mit der Wimper zu zucken, wiederholte dauernd: «Ich muß Mr. Fortescue sprechen, ich warte, ich muß Mr. Fortescue sprechen», während Donny immer lauter wurde und auch der Rest der Gesellschaft die Stimmen erhob, teils wütend, teils lachend, bis Zuleika Child of Gentleness schließlich auf den Einfall kam, den Pudel des künftigen Lord Stretton nach der Dame in Grau zu werfen, woraufhin der künftige Lord Stretton auf Zuleika losging und dabei über Simon Fortescue stolperte, der aus Leibeskräften zu brüllen begann.

Douglas sah sich das alles reglos an. Er hielt sich ein wenig hinter Jeremy, und er flüsterte ihm zu: «Das ist die Person, die mich retten will, furchtbar, nicht wahr, hoffentlich sieht sie mich nicht.»

Irgendwann wurde es Jeremy zu dumm. Er mochte es nicht, wenn Leute über seine Kinder stolperten und sich nicht einmal entschuldigten. Er ließ Douglas stehen und ging langsam die Treppe hinunter.

«Jetzt reicht's», sagte Jeremy leise. Niemand hörte ihn. Jeremy schob den Neger beiseite, und er stellte sich zwischen Donny und die graue Frau, und er brüllte: «Jetzt reicht's.»

Die Leute erschraken. Einer nach dem anderen verstummte, blickte auf und sah Jeremy an. Selbst Donny verstummte. Er hielt sich sogar sicherheitshalber den Mund zu. «Oh», machte der Neger. «Papa», flüsterte Annie andächtig. Dann war Stille in der Halle von Stretton House.

«Verschwinden Sie bitte», sagte Jeremy zu der Dame in Grau, «ich rette meinen Bruder selbst, und heiraten will er Sie auch nicht.»

Die Dame in Grau machte große Augen.

«Bitte», sagte Jeremy. Die Dame in Grau ging mit kleinen Schritten rückwärts zur Tür. «Sie brauchen nicht wiederkommen», sagte Jeremy. Die Dame grüßte. Die Dame verließ das Haus.

Jeremy sammelte seine Kinder ein. Er klopfte Simons Hose ab und putzte ihm die Nase.

Jemand flüsterte «bravo».

«Ich mag kein Geschrei», sagte Jeremy.

Er wartete einen Augenblick, ob das Geschrei wieder losgehen würde, aber es blieb ruhig. Niemand schrie. Niemand lachte. Sie waren sehr leise und sahen Jeremy an, wortlos, fast ehrfürchtig.

«Seht ihr, Kinder», sagte Douglas Fortescue oben auf seiner Treppenstufe, «so ist mein Bruder Jeremy, jetzt kommen andere Zeiten.»

VII

Jeremy war erstaunt, wie aufmerksam Douglas Sorge trug für das Wohlergehen seiner Neffen und Nichten. Er tat tagelang nichts anderes. Er ließ Seidentapeten kommen, bemalt mit Bäumen und Vögeln und kleinen Schmetterlingen, und er bestand darauf, daß man diese Tapeten über die Marmorpaneele in den beiden Zimmern im obersten Stockwerk klebte, die er vorgesehen hatte für die Kinder, denn er sagte, sie bräuchten ein wenig Natur, sonst würden sie melancholisch. Alle Möbel mußten ausgewechselt werden in den Kinderzimmern, denn auch hier fürchtete Onkel Douglas um das Seelenheil der Kleinen. Jeremy sah mit Erstaunen, wie man neues und kostbares Mobiliar hinunter in die Halle trug und abtransportierte und wie man dann anderes Mobiliar brachte, zierliche Dinge mit gemusterten Bezügen, die halbwegs zu den Tapeten paßten, und er wunderte sich auch, mit welcher Selbstverständlichkeit

Arthur Norcombe das alles bezahlte. Die Kinderzimmer waren sehr bunt, als sie fertig waren, eigenartige, stillose, freundliche Räume. Sie bekamen dicke Teppiche und dünne Gardinen, und als die Kinder dann einzogen, schenkte ihnen Donny einen kleinen Affen, den er entwendet hatte aus der Menagerie. Es gab einen großen Streit um den Affen. Jeremy nahm ihn in Gewahrsam.

«Du kannst nicht vier Kindern einen einzigen Affen schenken, Donny Darling», rügte Douglas sanft, und er ließ es zu, daß Jeremy das verstörte Tier in der Nacht zurückbrachte in den leeren Käfig der Zoological Society. Donny schmollte ebenso wie die Kinder. Douglas schickte Donny zu Miss van den Hove, und Miss van den Hove tröstete ihn mit irgendeiner neuen Mixtur.

Jeremy hatte längst begriffen, daß der Erdhügel vor dem Haus nur einen winzigen Teil von Miss van den Hoves Garten ausmachte. Der Rest ihrer Schätze lag hinter Stretton House, ebenso häßliche wie gepflegte Pflanzen, die Jeremy nicht zu benennen wußte. Miss van den Hove, hatte Jeremy gelernt, war die Tochter eines holländischen Exportkaufmannes, davongelaufen nach England auf der Suche nach Bildung, Freiheit und exotischen Samen. Sie war minderjährig, rechtlos und verrückt. Jeremy wußte nicht, wo Douglas sie aufgelesen hatte. Sie gehörte zum Haus. Douglas behauptete zwar, sie bewohne ein Zimmer am Haymarket, aber Jeremy hatte den Verdacht, daß das Mädchen in der Küche schlief oder unter der Treppe oder gar draußen bei ihren Pflanzen, wenn es warm genug war. Sie war sehr schweigsam. Wenn sie sprach, so mit einem heiseren holländischen Akzent. Jeremy sagte, das Mädchen gehöre zu einem Arzt, aber Douglas entgegnete jedesmal, das Mädchen gehöre zu ihm, er brauche sie dringend. Marie van den Hove liebte die Botanik, und sie liebte Donny Hughes. Mehr kannte sie nicht, und mehr wollte sie auch nicht kennen. Sie hatte ein kleines Laboratorium, in dem sie die Wirkstoffe ihrer unansehnlichen Pflanzen verkochte, veredelte, trennte und anreicherte und manchmal auch versuchte, die Essenzen miteinander zu kombinieren, damit das Ergebnis desto lustiger wäre. So nannte das Douglas. «Das wird sicher besonders lustig», sagte Douglas, wenn Marie mit bitterer Miene ein neues Giftfläschen vorbeitrug, Erdflecken auf den Wangen, Brandspuren an den Fingern. «Sehr lustig, danke Marie», sagte Douglas, wenn der vergiftete Donny wirres Zeug redete, «danke, damit können wir arbeiten.» Wenn Jeremy fragte, warum man nicht einfach Brandy trank wie andere Leute, wiegte Douglas nur den Kopf.

Donny mochte Miss van den Hoves Gifte, aber er mochte Miss van den Hove nicht. Bisweilen genoß er ihre Anbetung, von der jeder wußte und die jeder sah, sonnte sich darin, träge und kokett, dann wieder fiel sie ihm plötzlich auf die Nerven, und er schickte Marie fort mit barschen Worten. Donny war ein hübscher Junge. Marie war kein hübsches Mädchen. Das sah auch jeder, und deshalb lachte man Marie aus. «Traurig», sagte Douglas. Es klang nicht ehrlich. Douglas lachte zwar nicht, aber er lächelte. Es war komisch, wie Marie ihren Donny anhimmelte, unwillig, mit zusammengebissenen Zähnen, während sie ihn probieren ließ von einem neuen und besonders lustigen Mittel. Und Donny kam immer wieder. Donny Hughes war ebenso verrückt wie Marie van den Hove. «Er ist dumm», sagte Douglas, «er kennt keine Furcht, er wird sich umbringen», und dann lief er selbst in Maries Laboratorium und verfolgte mit eigenen Augen und Ohren, wie die lustigen Tränke den dummen Donny noch dümmer machten, als er schon war, und noch redseliger und noch viel verrückter.

Ein paar Tage nach Jeremys Ankunft fand Marie den Stein der Weisen. Es war ein einfaches Gemisch aus Stechapfel und Belladonna. Es machte Donny Hughes glücklich, glücklicher als alles zuvor. Er gönnte Marie ein Lächeln. Das war eine Weile die Sensation von Stretton House, Donnys Lächeln für Marie und Donnys Glückseligkeit nach Genuß des neuen Giftes. Jeremy hörte, wie Douglas der Botanikerin gratulierte, und er sah, wie sie die Achseln zuckte und dann wieder Ausschau hielt nach Donny Hughes. Jeremy hörte, daß man einen Arzt rief für Donny. Donny blieb über Nacht. Am nächsten Morgen war er wieder gesund. Jeremy hörte, daß Donny dem Wunder aus Stechapfel und Belladonna einen Namen gegeben hatte, einfach und schön wie die Mischung: *Colours*.

«Das wird ein Gedicht», sagte Douglas, «endlich. Ich bekam eine Probe, die Probe ist gut. Hoffentlich hält *Colours*, was es verspricht. Sollten wir Robert in die Schule schicken, oder möchtest du einen Hauslehrer, oder soll ich dem Jungen Latein beibringen?»

«Ich möchte, daß du mitkommst nach Yorkshire», sagte Jeremy.

«Zu den Handschuhen?» Jeremy schwieg.

Plötzlich feierte man Feste. «Gewöhn dich erst ein, Jeremy», sagte Douglas, «laß dir Zeit, und wenn du die Menagerie verstanden hast, dann darfst du sie organisieren.»

Man feierte ein Fest nach dem anderen. Es gab Musik in der großen Halle im ersten Stockwerk. Es gab keine Einladungen. Halb London, so schien es Jeremy, stand Schlange vor Stretton House, und Quentin Thornley, der künftige Earl of Devon, entschied, wer eingelassen wurde und wer nicht. Es gab kein System dabei, es gab keine Weisungen. Quentin sah sich die Leute an, und er ließ sie ein nach Gutdünken, ein mutwilliger Gott, der Böcke und Schafe schied in einem chinesischen Hausmantel, im Gesicht ein Grinsen, die Pupillen gefährlich geweitet. *Colours* hatte sich herumgesprochen, und bald mußte es Donny mit seinen Freunden teilen. Die fremden Gäste bekamen allerdings nichts davon. *Colours* blieb in der Familie.

Das Interesse an Fatal Fortescues Festen war groß. Die Künstler kamen, die Dandys, reiche Bürger und all jener Adel, der noch keine Söhne verloren hatte an den grünäugigen Pascha. Damen kamen, die Abenteuer suchten, Mädchen, die Donny suchten, Presse kam auf der Suche nach Skandalen und schließlich die Polizei, die selbst nicht recht wußte, was sie eigentlich zu finden hoffte und die auch überhaupt nichts fand. Marie van den Hove hatte sich versteckt. Belladonna war schließlich nicht verboten. Und Douglas Fortescue faßte seine Jungs nicht an, noch immer nicht, obwohl die Polizei schon so lange darauf wartete.

Zuleika spielte die Harfe, und Leila sang dazu. Mr. Prickett freute sich über die begabten Kinder. «Wie geht es der Kunst, Mr. Fortescue?» fragte Mr. Prickett den Dichter, und der Dichter schob seine getönte Brille in die Haare und entgegnete höflich: «Bestens, mein Freund, ich danke.»

Man wollte tanzen, aber es war schwierig, weil Quentin zu viele Gäste eingelassen hatte, die nun die Tanzfläche blockierten. Man versuchte es trotzdem, denn man hatte eigens Musik bestellt, und es ging schließlich doch, und man tanzte den Deutschen und nur den Deutschen, denn schon Byron hatte gewußt, daß dies der Tanz des Belial ist, und zudem verstärkte die stete Drehung die lustige Wirkung von *Colours*. Reizend sah Donny aus, schwindelig, die blauen Augen fast schwarz. «Bald ist er reif», flüsterte Douglas seinem Bruder zu und ließ ihn dann wieder allein, um sich seinen Gästen zu widmen, oder um das zu tun, was Douglas eben darunter verstand.

Er stand da, bewegungslos, die Brille im Gesicht. Man gaffte ihn an, und er ließ sich angaffen. Es machte ihn verlegen. Er tat nichts, um seine Verlegenheit zu verbergen. Er stand dort wie ein maskierter Schuljunge. Meistens hatte er den einen oder anderen seiner Jungs neben sich, Thomas oder Maurice oder Arthur, und er hob manchmal schutzsuchend die Hand, als wolle er sich festhalten an einer starken Schulter, aber er ließ es dann doch bleiben. Das Publikum machte es Douglas nicht schwer. Er mußte nicht viel tun. Es reichte, wenn er dastand und sich genierte. London war dankbar für die Attraktion, und man erschuf ihn sich selbst, den verwegensten Dichter der dreißiger Jahre, den Dichter, der Claires Herz verspeist und der Natur die Syphilis angehängt hatte. Douglas gab keine Antwort, wenn man ihn ansprach, oder murmelte sein übliches Aha. Er betrachtete die Tänzer. Er verbarg seine Augen hinter schwarzem Glas. Jeremy sah seinem Bruder zu, und er merkte, daß er ihn eben wirklich haßte, ohne recht zu wissen, wofür.

«Tanz dich müde, Darling», flüsterte Douglas im Vorbeigehen Donny zu, «und wenn du soweit bist, dann kommst du zu mir.» Donny hielt sich am Arm seiner Dame und lief davon.

Quentin machte sich einen Spaß daraus, Lady Cattericks Tochter einzulassen. So lange hatte er auf das Ungeheuer gewartet, und als es nun endlich kam, ein blutarmes Mädchen mit roten Haaren, brachte er es nicht über sich, diese nette Katastrophe zu verhindern. Es war lustig, fand Quentin, daß die Verrückte ausgebrochen war aus dem elterlichen Gewahrsam. Er verließ seinen Posten in der Halle und folgte Lady Cattericks Tochter in den Saal. Die Katastrophe wurde dann allerdings nur eine geringe. Douglas roch die Gefahr sofort, und er ergriff die Flucht durch eine Tapetentür. Lady Cattericks Tochter sah nur noch einen schwarzen Schatten. Sie fing Streit an mit Zuleika Prickett und nannte sie eine Hure. Zwei Herren von *Fashionable Life* schrieben das nieder, und dann kam schon Lady Catterick persönlich und nahm ihre Tochter am Arm. Es gab ein kurzes Gezeter. Lady Catterick schimpfte Donny den Schandfleck seiner Familie, denn Donny war eben in der Nähe, und dann zerrte sie ihre Tochter aus dem Saal und draußen in die Kutsche. Es war schnell vorüber. Douglas kam aus seiner Tapetentür, und er bat sanft, daß Quentin in Zukunft besser aufpassen solle.

«Mach kein Theater», sagte Quentin. Jeremy hörte sich das an. «Mach kein Theater, Douglas, stell dich nicht an wie eine Klosterschülerin», sagte Quentin Thornley und lachte Douglas ins Gesicht. Das war der Umgangston. So sprach man mit Douglas: spöttisch, frech, oft fast wie mit einem Kind. Alle taten das, sogar Marie van den Hove. «Hau ab, Douglas», sagte Marie bisweilen in ihrem heiseren Englisch, «geh mir aus dem Licht, sonst wird der Stechapfel sauer.» Jeremy verstand das nicht. Es war Douglas' Haus, auch wenn es ihm nicht gehörte. Douglas war der Dichter. Die Jungs waren Douglas' Jungs, und die Mädchen seine Mädchen, wie auch immer man dieses Verhältnis verstehen sollte. Sie standen in Douglas' Diensten. Sie hatten keinen Respekt vor ihm. Jeremy verstand das wirklich nicht. Er verstand Douglas' Rolle nicht. Er haßte ihn für seine Verlegenheit, für sein peinlich berührtes und doch so kaltes Lachen, für sein ständiges «Donny Darling» und für seine grauenhaften Feste. War das Douglas' Salon? War das Douglas' Familie? Warum nannten sie ihn alle beim Vornamen? Jeremy saß in einer Ecke und versuchte, nicht mit den Zähnen zu knirschen. Seine eigenen Kinder waren schon unverschämt zu Douglas wie zu einem Spielkameraden. «Hau ab, Onkel Doogie, du bist häßlich», hatte die kleine Emma gequakt, als ihr Fatal Fortescue zu nahe gekommen war beim Papierhütefalten, und sie hatte sich sehr gewundert über Jeremys scharfe Zurechtweisung.

Jeremys kleine Emma teilte sich die *Westminster Review* mit dem künftigen Earl of Devon, und sie saß mit ihm auf der Treppe und wartete auf Lady Cattericks Tochter, und Jeremy mußte sich das alles ansehen, und weil es nicht schlimm war, was hier geschah, durfte er es auch nicht schlimm finden, und Jeremy knirschte weiter mit den Zähnen, und er wartete bald ebenso ungeduldig auf Verbrechen wie die Polizei von London, aber nichts geschah, gar nichts.

«Was soll das hier?» fragte Jeremy seinen Bruder.

«Oh», sagte Douglas, «das süße Leben.»

«Bitte?» fragte Jeremy.

«Das süße Leben. Junge Leute. Sie tun mir nicht weh. Sie machen mich satt.»

«Bitte?» wiederholte Jeremy fast flehend.

«Ich lebe von ihnen. Das siehst du doch. Man müßte es nur endlich besser organisieren.»

Und so klangen Douglas' Erklärungen immer. Jeremy wünschte sich heim nach Yorkshire. Jeremy wußte, er würde bleiben müssen. Er mußte den Bruder behüten. Und Jeremy blieb, und er begann zaghaft, zumindest die verlotterten Dienstboten ein wenig Anstand zu lehren. Bald bekam man Tee in Stretton House, wenn man nach Tee verlangte. War das der Grund, weshalb Douglas seinen Bruder gerufen hatte?

«Lebst du von mir auch?» fragte Jeremy.

Statt einer Antwort bekam er nur ein bekümmertes Lächeln.

Als Douglas Fortescue die Arbeit aufnahm für sein neues Gedicht, merkte Jeremy das zunächst gar nicht, obwohl er in der Nähe saß. Es war weit nach Mitternacht, der Saal voll, die Musik müde. Je müder sie wurde, desto schneller spielte sie, und je müder die Tänzer waren, desto wilder drehten sie sich, um und um und um in diesem gnadenlosen Dreischritt des Teufels, denn es war eine Besonderheit von Fortescues Festen, daß kein anderer Tanz gestattet war als der wilde und ungesunde und kunstlose Walzer. Jeremy sah, wie Donny Hughes seiner Dame plötzlich in die Arme sank und dann in die Knie ging, weil ihn die Dame nicht halten konnte. «Das Riechsalz für Miss Rochester», rief jemand und lachte. Jeremy sah, wie sein Bruder auf die Tanzfläche zusteuerte, wie immer eskortiert von mehreren seiner Leute, und wie er die Hand ausstreckte, um dem schwindligen Jüngling hochzuhelfen, dann aber zurücktrat und Mr. Everett zu verstehen gab, dieser möge Donny in Gewahrsam nehmen an seiner Statt. Jeremy sah zu, wie Douglas dafür sorgte, daß man Donny sicher und unauffällig von der Tanzfläche führte. Es bedurfte nicht mehr als eines winzigen Nickens. Sie gehorchten, Douglas' Jungs. Sie waren frech, aber sie gehorchten dann doch. Douglas nickte noch einmal, und Arthur übernahm Donnys Tänzerin. Ein drittes Nicken, und Donny sank auf ein Sofa. Douglas und der Rest seiner Eskorte setzten sich zu ihm, und Jeremy sah, wie sein Bruder die Brille in die Haare schob und lächelte und etwas sagte und wie er dann Deckung bekam von seinen Jungs, Deckung gegen die Gäste. Jeremy sah nur noch ein paar gutgekleidete Herren von hinten. Douglas und Donny waren unsichtbar. Jeremy stand auf und suchte sich einen anderen Stuhl, von dem aus er sehen konnte, was dort geschah. Er schauderte. So viel mußte Jeremy Fortescue lernen in diesem Haushalt, so viele Dinge, die ihm fremd waren und abscheulich – sich ein Plätzchen zu suchen zum Zusehen, o Gott, war das wirklich

Jeremy Fortescue? Er saß still und schaute und haßte sich selbst.

Es gab nicht viel zu sehen. Donny war zurückgesunken auf das Sofa, jemand hatte seine Halsbinde gelöst, ein anderer brachte ihm ein Glas Wasser. Douglas saß steif auf der Sofakante, umsichtig darauf bedacht, den Jüngling nicht zu berühren. Noch immer spielte man den Deutschen, noch immer drehten sich die Tänzer, und Donny lag still, mit großen schwarzen Augen, und blickte durch Douglas hindurch. Douglas lächelte. Douglas hatte alle Zeit der Welt. Donny Hughes war reif. Douglas ließ sich Zeit mit der Ernte. Jeremy sah, daß Donny dann den Kopf bewegte, und er sah, wie sich Douglas zu ihm hinunterbeugte. Er saß zu weit entfernt, um etwas zu hören. Jeremy hörte nur den Walzer, immer weiter diesen verschliffenen Dreischlag, erbarmungslos dahingefiedelt auf inzwischen recht verstimmten Saiten.

Douglas sah aus wie ein Arzt, wie er sich aufmerksam über den bleichen Knaben beugte. Er griff in seine Rocktasche, und er hatte jetzt Block und Bleistift in der Hand. Er nickte den Männern zu, die ihm Deckung gaben gegen den Saal. Sie rückten ein wenig ab von ihm und Donny. Donny schien zu sprechen. Jeremy hörte nur die Musik. Er sah, wie sein Bruder den Bleistift kurz mit der Zungenspitze berührte und wie er dann zu schreiben begann. Er schrieb, ohne hinzusehen. Donny griff nach Douglas' Arm, aber Douglas machte sich frei. Er schrieb. Donny sprach. Douglas sah ihn an, er stenographierte schnell, und manchmal leckte er an der Bleistiftspitze und schrieb dann weiter, Seite um Seite auf seinem ordentlichen Block. Niemand außer Jeremy sah dieses Sofa. Niemand sah Douglas' Zungenspitze, wie sie wieder und wieder den Bleistift befeuchtete, damit er besser glitt. Jeremy schauderte. Diese kleine praktische Unappetitlichkeit des gewesenen Gerichtsprotokollanten war das Schrecklichste, was Jeremy zu Gesicht bekommen hatte seit seiner Ankunft in London. *Ich lebe von ihnen. Sie machen mich satt.* Hätte Douglas seinen Liebling mit Haut und Haaren verspeist, Jeremys Abscheu wäre kaum größer gewesen.

Donny sprach schneller. Er machte bisweilen eine fahrige Handbewegung, fast ängstlich, als wolle er Douglas etwas zeigen oder etwas abwehren, was ihm zu nahe kam. Douglas wich der Hand sachte aus, und er schrieb weiter, die Brille in den Haaren, die Beine gekreuzt. Jeremy saß steif auf seinem Stuhl und sah sich das an, unfähig, sich zu bewegen, unfähig wegzuschauen oder fortzugehen, unfähig, diese Abscheulichkeit zu begreifen. Er dachte an seine Kinder. Sie sollten nicht bleiben in Douglas Fortescues Haus. Donny sah aus, als würde er bald zu weinen beginnen, und gleichzeitig grinste er dumm ins Leere und faselte weiter und zeigte ins Ungewisse, und Douglas schrieb, und Donny faselte, und Douglas schrieb weiter. Es dauerte lange. Die Männer, die den beiden Deckung gaben, saßen unbewegt, Schulter an Schulter, eine Leibwache, Douglas Fortescues Armee. Sie nannten ihn beim Vornamen, sie lachten ihn aus, aber wenn es darauf ankam, gehorchten sie. Worauf kam es hier an? Was wurde hier getan? Jeremy fröstelte.

Dann rollte Donnys Kopf in den Nacken, und er verstummte. Sein Mund blieb offen, seine Augen auch. Douglas beugte sich über ihn, den Stift noch im Anschlag, und er wartete einen Augenblick ruhig, ob noch etwas übrig wäre von Donny Hughes' Kräften. Donny schwieg. Er schlief, oder er hatte das Bewußtsein verloren. Donny Hughes' jugendliche Kräfte waren aufgebraucht für heute. Douglas verstand das schnell. Er steckte Block und Bleistift ein, zögerte, dann fuhr er dem bewußtlosen Jungen kurz durch die Haare. Eine beiläufige Geste, väterlich, freundschaftlich, vielleicht auch ein wenig verächtlich. Douglas schob seine Brille zurück auf die Nase. Er sagte etwas. Die Eskorte stand auf. Douglas zeigte auf Donny. Donny wurde geschüttelt, Donny bekam Wasser ins Gesicht, Donny wachte auf, soweit ihm das möglich war, und sie nahmen ihn dann zwischen sich und führten ihn aus dem Tanzsaal. «Bringt ihn nach Hause», hörte Jeremy seinen Bruder rufen, sachlich und ein wenig belästigt, als werde ihm irgendein betrunkener Gast plötzlich zu anstrengend. Er sah, wie Douglas aufstand und davonging, ohne Donny eines weiteren Blickes zu würdigen. Douglas kam an Jeremy vorbei und lächelte ihm zu.

«Spion», sagte Douglas sanft, «du machst dich.» Dann ging er weiter, bat einen Bediensteten um ein Glas Milch und fragte Mr. Prickett nach Mr. Micklewright. Er sah müde aus, soweit das festzustellen war hinter dieser Brille. Seine Haare flogen ein wenig, und er strich sie hinter die Ohren. Douglas bekam seine Milch und trank sie in einem Zug, dann verzog er den Mund, als sei ihm übel. Jemand sprach ihn an, Douglas ließ ihn stehen. Er suchte nach Mr. Micklewright. Er fand Mr. Micklewright. Jeremy stand auf und folgte seinem Bruder. Douglas hatte sich zu dem Verleger gesetzt, der seinerseits müde in einem Sessel lehnte, und Jeremy hörte ihn sagen, leise und ein wenig erschöpft: «Sie können es einplanen, Percy, es ist fast fertig, es heißt *Colours*, einfach so, *Colours*.»

Percy Micklewright schien sich zu freuen. Er wollte wissen, was *Colours* beschrieb. «Ich weiß nicht», sagte Douglas, «es handelt von Farben in einem Ballsaal, von Blumen, die am Marmor wachsen, von Träumen, die einer träumt nach allzuviel Walzer, es ist freundlich, Percy, ziemlich freundlich, freundlich und verrückt.»

«Machen Sie es nicht zu freundlich», sagte Micklewright, «sonst glaubt Ihnen keiner, daß es von Ihnen ist.»

«Ich mache», entgegnete Douglas kühl, «was mir die Muse sagt, Sir.» Er stand auf und ließ den Verleger sitzen.

Ein paar Tage später, zur Mittagsstunde, hielt eine schwarze Kutsche vor Stretton House. «Das ist nicht Lady Cattericks ...», schrie Emma Fortescue auf der Treppe, denn Quentin war eben nicht da, aber der Mann, der aus dieser Kutsche gestiegen und mit langen Schritten und finsterer Miene ins Haus gekommen war, ließ die Wache nicht ausreden. Er schob Miss van den Hove beiseite, und er schob den Neger beiseite, und er fand seinen Weg in den rückwärtigen Salon. Die übliche Gesellschaft war dort versammelt. Der Besucher nahm keine

Notiz von den Leuten. Es war ein älterer Herr in dezentem Grau. Er nahm den Zylinder nicht ab. Arthur Norcombe starrte ihn an und unterdrückte einen Laut des Entsetzens. Der Besucher warf Arthur Norcombe einen verachtungsvollen Blick zu. Er ging gerade durch den Raum. Douglas saß auf seinem Sessel am Fenster, starrte ins Leere und horchte auf die wohlbekannten Geräusche. Donny hockte zu seinen Füßen, ein feuchtes Tuch auf dem Kopf. Er litt noch immer unter den Nachwirkungen des letzten Festes. Er war nicht ganz wach. Er hatte von Maries Schlafmohn gekostet, in der Hoffnung, das würde seine Kopfschmerzen lindern. Weder Douglas noch Donny blickten sich um, als der Herr in Grau auf sie zukam.

Der Herr sagte «Donald», leise und tonlos. Donny fuhr herum. Auch Douglas drehte sich jetzt um, mit vagem Interesse.

«Donald», wiederholte der Herr. Es klang schrecklich. Donny starrte ihn an wie ein Gespenst. Das feuchte Tuch glitt ihm übers Gesicht und in den offenen Kragen. Der Herr in Grau bückte sich und nahm Donny am Arm. Er zog ihn auf die Füße. Er hielt ihn fest. Donny begann zu schreien. Arthur Norcombe begann jetzt auch zu schreien, «Gott im Himmel, der alte Rochester», dann schlug er sich auf den Mund und lief aus dem Salon.

«Der Teufel soll Sie holen, Mr. Fortescue», sagte der Earl of Rochester leise. Dann griff er seinen Sohn fester am Arm und nahm ihn mit. Donny wehrte sich nicht. Donny schrie auch nicht mehr. Das Tuch gegen die Kopfschmerzen hing aus seinem Kragen wie ein Lätzchen für Kinder. Der Earl griff danach und warf es wütend auf den Boden. Er blickte noch einmal in die Runde. Es war ein schlimmer Blick, der Blick des Earl of Rochester. Er ging mit seinem Sohn nach draußen und schob ihn in die Kutsche. Der Schlag fiel zu. Die Leute im Salon waren zu den Fenstern gelaufen. Irgendwo schrie Marie van den Hove einen Schrei der Verzweiflung. Der Kutscher des Earl of Rochester gab dem Gespann die Peitsche.

«Aha», sagte Douglas.

Die Leute schwiegen.

«Aha», sagte Douglas noch einmal, erstaunt, fast amüsiert, «den sehen wir nicht wieder, den armen Donny.»

Die Leute begannen zu flüstern, dann wurden sie lauter. Wie er geschaut hatte, der alte Earl! Was würde er jetzt wohl machen mit seinem Sohn?

«Sorge bitte jemand dafür, daß sich Marie nicht vergiftet», bat Douglas. Dann setzte er sich wieder in seinen Sessel.

«Er hat ganze Arbeit geleistet, der gute Donny», sagte Douglas später zu seinem Bruder, «wie schön, daß der Vater nicht eine Woche früher kam.»

Jeremy sah ihn an. Jeremy schwieg.

«Ich weine um keinen», sagte Douglas.

Jeremy schwieg noch immer.

Eine Woche später stellte ihm Douglas einen jungen Mann vor, Decimus Rogers. Er kam aus der Provinz. Er würde einst der dritte Lord Threlkeld werden.

«Wir tun es auch unter Rochester», sagte Douglas, «nicht wahr, Mylord?»

Der Jüngling namens Decimus verstand nicht, wovon Douglas sprach. Er fühlte sich geschmeichelt, daß er aufgenommen war in den Salon eines Dichters. Er begann zu erzählen, ohne Punkt und Komma, über seine Heimat in Kent und über seine Erlebnisse in London. Douglas lächelte. Jeremy lief davon.

Jeremy kümmerte sich um Douglas' Finanzen. Es ging ganz allmählich, es ergab sich, wie sich vieles ergab in Stretton House. Eines Tages stellte Jeremy verwundert fest, daß alle Papiere und Unterlagen, die zu tun hatten mit Einkommen und Vermögen seines Bruders, in seinem Zimmer im dritten Stock gesammelt waren und dort allmählich eine schöne Ordnung bekamen. Er hatte hier und da ein wenig gerechnet, hier und da die Bediensteten angeleitet – plötzlich war Jeremy der Verwalter, so wie Marie die Giftköchin war, Quentin die Wache, der Neger der Neger und Decimus Rogers der Nachfolger von Donny im Amte des *Weltwunders von Sprecher*. Jeremy kümmerte sich um Douglas' Einnahmen aus den Geschäften von Micklewright & Summers, und er kümmerte sich um das Vermögen von Arthur Norcombe.

Der Sohn des Lord Stretton übertrug Jeremy dankbar diese Aufgabe, und eines Tages fand sich Jeremy in einer Kutsche, und er fuhr zu Arthurs Vormund, um mit diesem zu verhandeln über die künftigen Monatsrenten. Er verhandelte in Arthurs Sinne. Er verhandelte in Douglas' Sinne. Er sah sich selbst dabei zu und konnte sich nicht leiden. Jeremy verhandelte gut. Arthurs Vormund war entzückt über den wohlerzogenen und nüchternen Mann, der besser Bescheid wußte über Arthurs Belange als er selbst, und er erhöhte die Auszahlungen klaglos, denn der wohlerzogene Mann sagte, Arthur brauche das Geld und würde es sicherlich nicht verschwenden. Arthur fiel Jeremy um den Hals. Jeremy machte sich los mit einer steifen Verbeugung, und er begann dann, die reife Dame, die er eingestellt hatte als Hausfrau, zu belehren über die Beaufsichtigung des übrigen Personals. Die Stubenmädchen lernten Disziplin von Jeremy und der neuen Hausfrau, und bald lag kein Staub mehr auf dem weißen Marmor, und bald gab es heißen Tee aus Tassen mit Untertassen, und es gab Frühstück, und es gab manchmal auch Lunch für zwanzig Personen, ländliche, nahrhafte Gerichte, wie sie beliebt waren in Yorkshire.

«Dein Bruder macht es ungemütlich», beschwerte sich Arthur bei Douglas, aber Douglas meinte nur sanft, Arthur möge an seinen Vormund denken, und Arthur schwieg und trug folgsam alle Papiere, die Jeremy brauchte als Vermögensverwalter, hinauf in den dritten Stock.

Douglas schickte Jeremy zu Mr. Prickett, in ein Haus in Belgravia, das aussah wie eine Kathedrale. Mr. Prickett liebte den gotischen Stil, und er hatte auch Douglas eines Tages davon überzeugt, daß die Gotik genau das sei, was die Kunst der dreißiger Jahre brauche. Jeremy ließ sich erklären in Belgravia, was Mr. Prickett vorgesehen hatte für seinen Lieblingsdichter.

«Ein Haus», sagte Prickett, «gotisch, groß, elegant. Sie müssen es nur aussuchen. Ich kaufe es dem jungen Genie, denn ich mag Genies, und ich habe Geld genug, um mir dieses Steckenpferd zu erlauben.»

Es gab nichts zu verhandeln für Jeremy. Mr. Prickett sah aus, als warte er nur darauf, zu bezahlen. Er klopfte Jeremy auf die Schulter und lachte darüber, wie wenig er seinem Bruder glich. Er rief Zuleika und Leila und bat Jeremy, die Mädchen mitzunehmen nach Stretton House, damit sie dort Bildung bekämen.

«Ich weiß nicht, Mr. Prickett, ob Ihre Töchter Bildung bekommen bei uns», sagte Jeremy trocken. Er sagte längst *bei uns*, wenn er Stretton House meinte. Er verbeugte sich und stieg mit den Mädchen in den Wagen. Zuleika Child of Gentleness hatte sich einen Moment lang eingebildet, sie müsse Jeremy heiraten, und als sie begriffen hatte, daß dies kaum gelingen würde, war sie ihm böse gewesen, aber nun war das schon wieder vergessen, und Zuleika belauerte längst einen anderen.

«Ich weine um keinen», hatte Douglas gesagt. So waren die Sitten in diesem Haus. Man weinte um keinen, denn man kannte viele, und man liebte sie alle, verwechselte sie und nannte sie mit Vornamen, und wenn einer fortging, so trat ein anderer an seine Stelle. Douglas nannte jetzt Decimus Darling. Donny war längst Legende. Und die einzige, die weinte um Donny, war Marie van den Hove, und Marie van den Hove war bekanntlich verrückt. Sie hatte wirklich versucht, sich zu vergiften. Man hatte sie daran gehindert, wie Douglas das befahl. Sie weinte noch immer. Sie schluchzte wortlos, ein heiseres Geräusch, an das sich Douglas bald ebenso gewöhnt hatte wie an die Schreie der Pfauen, das Klatschen der Patiencekarten, das Knistern der Zeitungen und das ewige Gerede des Decimus Rogers. Maries Schluchzen fügte sich ein in jene sinnlose akustische Beglückung, die Douglas seine Symphonie nannte und die er täglich stundenlang genoß, reglos in seinem Sessel am Fenster.

Jeremys Kinder waren glücklich in Stretton House. Eine Kinderfrau kümmerte sich um ihr Wohlergehen, und jedes der

Kinder hatte bald einen Liebling und folgte ihm bei seinen täglichen nutzlosen Verrichtungen. Emma saß mit Quentin Thornley auf der Treppe, Annie schloß sich Leila Prickett an, und der kleine Simon ging zum Neger. Jeremy sah das zunächst mit Mißtrauen, aber als er den Neger näher kennenlernte, war er fast froh über Simons Wahl, denn der Neger, ein wortkarger junger Mann, den Arthur herausputzte mit Turban und spitzen Pantoffeln, schien Jeremy oft der vernünftigste Mensch in diesem Haus. Mit ernster Miene trug der Neger Simon auf den Armen. Er war froh, daß er etwas zu tun hatte. Der Neger lehrte Simon Fortescue, wie man einen Turban bindet und wie man Visitenkarten behandelt, denn etwas anderes konnte er nicht oder etwas anderes ließ man ihn nicht tun. Nur Robert hatte es schwerer. Er geriet sehr nach dem Vater, und er mochte das Haus so wenig wie jener. Robert wollte auf eine Schule gehen. Man gestattete das nicht. Jeremy hatte Angst, daß die Mitschüler fragen würden, woher er käme. «Ich komme aus Bleamoor Hall», würde Robert antworten, «ich komme aus der Handschuhschneiderei von Settle, ich komme aus Stretton House, dem Salon von Fatal Fortescue.» Jeremy wollte nicht, daß sein Sohn solches antwortete. Er behielt ihn im Haus. Er lehrte ihn die Arithmetik, und er litt es nach einigen Zankereien, daß ihn Douglas Latein und Griechisch lehrte. Douglas tat das mit Geduld und Geschick. Robert mochte seinen Onkel nicht, aber das schien den Onkel nicht weiter zu stören.

«Man mag Onkel nie», sagte Douglas lächelnd, «aber man gehorcht ihnen, nicht wahr?» Robert gab keine Antwort.

«Ein Onkel weiß», sagte Douglas, «was gut für seinen Neffen ist, glaube mir, mein Kind», und er lehrte Robert langsam und geduldig die Geheimnisse des Gallischen Krieges.

Douglas zwang seinen Bruder, ihm zuzuschauen bei der Niederschrift des neuen Gedichtes. Jeremy sträubte sich sehr. Er erinnerte sich noch zu gut daran, wie Douglas protokolliert hatte, damals auf Donnys Sofakante. Er hatte oft versucht, das zu vergessen, die Miene, den Stift, die flinke Zungenspitze des Stenographen. Es war ihm nicht gelungen. Er wollte nicht Zeuge sein bei irgend etwas, das zu tun hatte mit diesem Geschäft. Aber Douglas bestand darauf.

«Du sollst sehen», sagte Douglas, «daß ich fälsche. Das tue ich. Ich setze meinen Namen unter Donnys Geplapper. Ich will, daß du das siehst. Du sollst es wissen. Du sollst mich kennen, Jeremy Fortescue. Du sollst mich hassen, wenn du möchtest, und wenn du mich nun einmal haßt, so sollst du auch wissen, wofür. Du sollst alles sehen. Du sollst meine Finanzen kennen, mein Haus, meine Jungs und Mädchen und meine schwarze Seele.»

Douglas lächelte unglücklich. Jeremy schüttelte den Kopf. Er wollte nicht hören, was Douglas sagte, er wollte dieses Lächeln nicht sehen.

«Du bist traurig», sagte Jeremy plötzlich. Es klang bitter.

«Ich bin nicht traurig, Jeremy Darling, denn wenn ich das wäre, könnte ich es ja bedichten, und ich bräuchte keinen Donny und keinen Decimus und weder Art noch Netty noch Eddie Boyd. Ich bin nicht traurig, glaub mir. Ich weiß gar nicht, wie das geht.»

«Sag nicht Darling zu mir», murmelte Jeremy.

Douglas lächelte. Sein Lächeln war unglücklicher denn je.

Jeremy saß neben ihm, als er *Colours* niederschrieb. Er schnitt ihm sogar die Feder. Jeremy sah zu, wie sein Bruder die schönen Bogen zurechtlegte und wie er dann den Stenographieblock aufschlug und mit der Reinschrift begann. Bisweilen lachte Douglas auf, bisweilen schüttelte er den Kopf, und er blätterte vor und zurück in seinem kleinen Block, denn er wollte Donnys Perlen gut fädeln. Er ließ einiges fort, denn Donny hatte sich allzuoft wiederholt. Er tat nichts dazu, kein einziges Wort. Er brach die Sätze und arrangierte die Scherben mit Geschmack. Irgendwann las er Jeremy ein paar Zeilen vor.

«there are violets
on gilded marble

livid faces with freckles
tiny pink spots on the tiny faces
of violets gone astray»

«Herr im Himmel», sagte Douglas erfreut, als er das gelesen hatte, «das ist ja schöner, als ich dachte!»

«Was bedeutet das?» fragte Jeremy.

«Poesie», rief Douglas, «im Volksmund Delir genannt. Warte nur, was die Kritik alles darin findet. Möchtest du mehr hören?»

Jeremy schüttelte den Kopf.

«Bekomme ich bitte eine neue Feder?»

Jeremy schnitt ihm die Feder. Douglas las.

«they are toothed, Lord God,
azalea and roses
they creep, Lord God, these flowers.
And there is a river
a milky brown like coffee
eating the colours away.
And the flowers …»

Douglas unterbrach sich und begann zu lachen. «Nettes Gestotter, nicht wahr?» Er bekam keine Antwort. Er schrieb gemächlich weiter.

«Er hat sich schrecklich gefürchtet vor seinen bissigen Blumen», meinte er nach einer Weile, «der arme Donny. Die ganze Botanik hinauf und hinunter an unseren harmlosen Marmorwänden, und ein Fluß quer über die Tanzfläche, Gott, was vermag ein sterbliches Hirn nicht alles, wenn man es gut füttert mit den Wundern der Chemie. Und weißt du was, Jeremy? Decimus sieht jetzt Tiere. Donny sah Blumen mit Zähnen, Decimus sieht Tiere an Stengeln. Das nämliche Gift. Verschiedene Bilder. Aber sei doch so gut, Jeremy, mach mir die Federn nicht derart weich, ich schreibe wirklich lieber steil.»

Jeremy gab wieder keine Antwort. Er schnitt eine neue Feder, hart und spitz, wie Douglas das mochte. Douglas dankte. Er schrieb weiter, rasch, ohne aufzublicken, und plötzlich schlug er das letzte Blatt um.

«Schöner Schluß», sagte Douglas, «und fertig.»

Jeremy schwieg. «Du bist langweilig», maulte Douglas, «du könntest mich wirklich fragen nach dem schönen Schluß!»

Jeremy schwieg weiter.

«Weißt du eigentlich», fragte Douglas sanft, «daß du von mir lebst, mitsamt deinen lieben Kindern?»

Jeremy stand auf. Er wandte sich zur Tür.

«Gehst du?» fragte Douglas.

Jeremy griff nach der Klinke.

«Jeremy?»

Jeremy war schon auf der Schwelle.

«Sag, Jeremy», bat Douglas leise, «sag, Jeremy, sag ...»

Jeremy drehte sich nicht um.

«Sag», wiederholte Douglas, «sag ... ist das die Wahrheit?»

Jeremy war schon fort.

«Ist das, bitte, die Wahrheit?» fragte Douglas wieder. «Sag, wenn Donny spricht, sag – das ist doch die Wahrheit? Ich meine ... wenn ich hinschreibe, was er sagt, das ist doch ... sag, Jeremy ... das ist dann doch eigentlich die lautere Wahrheit, oder, das ist ...»

Douglas verstummte. Da war niemand, der ihm eine Antwort hätte geben können. Douglas begriff seine eigene Frage nicht. Er kaute auf der Feder. Er schlug noch einmal die letzte Seite auf.

«Das ist», sagte Douglas zu dem leeren Stuhl neben seinem Schreibtisch, «das ist die schöne letzte Strophe.»

Er las vor, langsam und leise –

«strange colours in a cold place
strange creeping colours
in a cold place of marble
in a river of coffee
in an icy waltz»

«Ich hab' den Kaffee gelassen», flüsterte Douglas. «Er hat Kaffee gesagt, ich habe Kaffee geschrieben. Das ist doch ehrlich, oder? Ich habe ihm, ich meine, ich habe ihm seinen dummen Kaffee gelassen, auch wenn das gar nicht poetisch ist, ich meine …»

«Jeremy, bitte», flüsterte Douglas.

«Es ist völlig wahr, Jeremy, Kaffee und alles», flüsterte Douglas, «oder, Jeremy, geschrieben wie geredet, ich hebe doch nur auf, was jemand sagt, das ist doch, das …»

Endlich verstand er wirklich, daß er alleine war. Er merkte, er konnte das nicht ertragen. Er lief in den Salon. Er lief zu den Leuten. Er war so froh, daß er sie hatte, Gott, war Douglas Fortescue plötzlich erleichtert, daß all diese Leute hier waren und ihm Gesellschaft leisteten und ihn beschützten vor seltsamen Stimmungen! Er setzte sich in seinen Sessel. Er erholte sich schnell. Er schickte dann einen Diener mit dem Manuskript zu Micklewright & Summers.

VIII

Eines Tages gratulierte Douglas seinem Bruder, lächelnd und mit einem annähernd kraftvollen Händedruck. Jeremy wußte nicht, was der Grund war. Douglas erklärte ihm, er sei nun genau ein Jahr in London. «Und du wirst nicht wieder fortgehen», sagte Douglas, in einem Tonfall, der die Mitte hielt zwischen Bitte und Befehl und Beschwörung, «du bleibst bei mir, in guten wie in schlechten Zeiten, wie man das verspricht, wenn man heiratet, nicht wahr?»

Jeremy erschrak über dieses Jubiläum. Er fragte seinen Bruder, wie er denn die jetzigen Zeiten bezeichne, als gute oder als schlechte?

«Gute, ja, gute Zeiten», antwortete Douglas, «natürlich gut, was sonst?» Und er wiederholte das so oft, gut gut gut, bis das Wort seinen Sinn verloren hatte.

Es war Frühling und das Jahr 1834, als Douglas sein neues Haus bekam. Man hatte lange gebraucht, um ein geeignetes Objekt zu finden. Viele Ausflüge mit vielen Gästen waren der Entscheidung vorausgegangen, ja es war eine Weile die Lieblingsbeschäftigung der Leute von Stretton House gewesen, umherzufahren in mehreren Kutschen und nach einem Gebäude zu suchen, das geeignet wäre, um es sich schenken zu lassen von dem Eisenwerkbesitzer Prickett. Durch die vornehmsten Viertel von London führten sie diese Lustpartien, eine lärmende Gesellschaft einschließlich Pudel und Neger und Kindern, und man rief hier und da «das ist es», wenn ein Gebäude angenehm aussah und groß genug schien für eine große Familie. Douglas schüttelte stets den Kopf. Er lachte, wenn man im Scherz auf Holland House deutete oder auf Hannover Terrace, sonst schwieg er still und betrachtete die Baustellen. Es wurde viel gebaut in London. Bald würde es hier aussehen wie im alten Rom, mit all den prächtigen Säulen und Friesen. Und London müsse dann auch untergehen wie jenes, murmelte Douglas bisweilen, oder die Natur würde es fressen wie Pompeji, mitsamt den heidnischen Tempeln der Herren Nash und Barry, und nur er, der Unsterbliche, würde dann umgehen zwischen den Ruinen, bekümmert und triumphierend wie der verfluchte Ahasver.

Douglas hatte seit langem eine Abneigung gegen die Bauweise der Antike. Douglas mochte seit einer Weile die Gotik. «Ich hätt' gern Westminster Abbey», seufzte der Dichter, und weil man ihm diesen Wunsch nun einmal nicht erfüllen konnte und weil man auch sonst nichts Brauchbares fand in London, erweiterte man bald den Radius und suchte in der Umgebung.

Auf irgendeiner dieser Landpartien entdeckte Douglas das Ziel seiner Wünsche. Alle lachten ihn aus. Aber Douglas war nicht bereit, auch nur ein einziges weiteres Gebäude zu besichtigen. Er fuhr sofort zu Mr. Prickett. Mr. Prickett traute seinen Ohren kaum. «Wie schrecklich», rief Prickett, «wie profan, wie ganz und gar nicht poetisch! Sie belieben zu scherzen, Mr. Fortescue?»

«Nein», sagte Douglas. Er mußte Mr. Prickett mehrfach erklären, was er dort gefunden hatte, auf einer abgegrasten Wiese neben einem schmutzigen Stück Themseufer, irgendwo zwischen Deptford und Greenwich. Prickett mochte es nicht glauben. Douglas erklärte es geduldig und immer wieder.

«Es war eine Fabrik», sagte Douglas. «Es ist jetzt eine Ruine. Sie hat drei schwarze Schornsteine bis in den Himmel. Man stellte einst Maschinen dort her. Man fabrizierte Maschinen, mit Hilfe von Maschinen, und weil das rauchte bis in die königlichen Gärten, wurde die Fabrik geschlossen. Sie ist wunderschön. Gras wächst in den Werkhallen. Man muß viel in Ordnung bringen. Es wird viel kosten. Das ist das Haus, Mr. Prickett, das ich möchte.»

«Sie sind ein Dichter», schrie Prickett vorwurfsvoll, «was wollen Sie mit einer kaputten Fabrik?»

«Darin dichten», entgegnete Douglas.

«Sie können ein Haus haben in London», rief Prickett, «ein Haus in Greenwich von mir aus, Sie können haben, was Sie wollen, Mr. Fortescue, Sie müssen sich nur entscheiden!»

«Ich will die Fabrik», sagte Douglas.

Mr. Prickett rang die Hände. Leila kicherte. Arthur und Decimus, die nahebei mit Zuleika scherzten, blickten sich um. Sie fanden Douglas' Idee amüsant. Alle fanden die Idee amüsant. Keiner verstand sie, und alle lachten darüber, stundenlang, geduldig und gelangweilt, wie es nun einmal Sitte war bei den Leuten von Stretton House.

«Ich will die Fabrik», wiederholte Douglas. «Ich will darin dichten. Ich will sie ausbauen im gotischen Stil. Ich will sie aus Eisen. Eisen ist modern. Ich will eine Fabrik voller eiserner Gotik. Ich will das. Bitte.»

«Hören Sie», begann Prickett wieder, «die Poesie ...»

«Soll ich nach Westmorland ziehen», fragte Douglas sanft, «soll ich die Seen besingen?»

«Die Poesie ...», wiederholte Prickett bittend, «die Poesie ...»

«Er hat das Haus schon getauft, Papa», kicherte Zuleika, «es ist zu spät.»

«Das stimmt», sagte Douglas. «Ich habe es getauft. Meine Fabrik. Sie heißt *Fortescue Follies.*»

«Follies?» fragte Prickett.

«Dinge auf Jahrmärkten nennt man so», erklärte Douglas. «Attraktionen. Lustige Dinge. Man nennt Tierschauen *Follies*, Tänzerinnen, chinesische Pavillons mit Musik und Bewirtung, und oft steht *Follies* an jenen Zelten, in denen man die Laterna magica zeigt. *Follies*. Wo Leute Spaß haben. Das nennt man *Follies*. Es ist poetisch, Mr. Prickett, nicht wahr?»

«Ich weiß nicht», murmelte Prickett.

«Verstehen Sie eigentlich», fragte Douglas ganz beiläufig, «verstehen Sie viel von der Poesie, Mr. Prickett? Ich meine – vielleicht könnten Sie mich ja darin beraten?»

Ein paar Tage später unterschrieben Jeremy und Douglas den Kaufvertrag. Douglas hatte darauf bestanden. «Bis daß der Tod uns scheidet», flüsterte er seinem Bruder zu, als er ihm die Feder weiterreichte. Jeremy zeichnete, und plötzlich besaßen die Gebrüder Fortescue eine ehemalige Maschinenfabrik zwischen Greenwich und Deptfort mitsamt dem dazugehörigen Grundstück. Der Kaufpreis war niedrig. Mr. Prickett bezahlte ihn enttäuscht. «Es wird teuer, wenn es an den Umbau geht», tröstete Douglas. Prickett schwieg. Prickett wollte nicht noch einmal gefragt werden nach seinem Wissen über die Geheimnisse der Dichtkunst. Er bat um die anfallenden Rechnungen für den Umbau. Er wünschte gutes Gelingen. Und als man die Ruine dann wirklich taufte – denn das tat man, mit knapp fünfzig Gästen und einer Flasche Champagner, die man zerschmiß an der Mauer, als sei das ein Schiff –, hielt sich der Eisenwerkbesitzer Prickett schüchtern im Hintergrund, und er rätselte ohne Ergebnis, ob er sich eben zum Narren gemacht hatte vor ganz London und Umgebung.

«Fortescue Follies», sagte Douglas liebevoll, als die Flasche zerbarst, «Glück und Segen für die Fortescue Follies, und Spaß für alle, und Arbeit, und Eisen, viel Eisen.»

Die Leute schrien und klatschten Beifall. Douglas kannte sie längst nicht mehr alle. Jeremy überblickte die Familie schon besser als er. Jeremy kümmerte sich, daß niemand frech wurde in der Familie. Sie nannten ihn Mr. Fortescue, nicht Jeremy, wie es die Sitte verlangt hätte. Sie mochten ihn nicht besonders. Sie hatten Respekt vor ihm.

«Unsere Fabrik, Jeremy», flüsterte Douglas, als der Champagner über die Mauer lief und im Gras versickerte, «schau, das ist unsere Fabrik.»

Arthur Norcombe übernahm Stretton House, und Douglas mietete eine Wohnung in Greenwich. Jeremy zog mit seinen Kindern in ein Haus nebenan. Marie van den Hove grub ihre Pflanzen aus und brachte sie zu den Fortescue Follies. Sie war die erste, die die Ruine in Besitz nahm. Sie mischte *Colours* in einem Verschlag, der schnell zusammengezimmert war in der noch grasbewachsenen Werkhalle, zwischen verrosteten Stangen, die einst die großen dampfgetriebenen Hämmer gehalten hatten. Douglas behauptete zwar noch immer, sie bewohne ein Zimmer am Haymarket, aber Marie blieb bei ihren Pflanzen und Phiolen. Sie war dort lange allein. Sie kochte *Colours* und zog Schlafmohn für die Familie, denn dies war ihr Amt, und sie sprach seit Monaten kaum ein Wort, denn Donny war nicht wiedergekommen, und anders als Douglas war Marie nicht bereit, ihre Liebe zu übertragen auf Decimus Rogers. Als der Architekt kam, der den Umbau leiten sollte, und dann bald auch die ersten Arbeiter, fanden sie Marie van den Hove, stumm, in ihr Plaid gewickelt, ein verstocktes Wesen mit verbrannten Fingern und erdbesudelten Wangen, der Geist der Follies, wie Douglas sie nannte, Miss Gambler, Miss Frankenstein, ein zerzaustes Gespenst, das sich, so Douglas, sehr gut machen würde in der eisernen Gotik.

Douglas blieb bei diesem Plan. Er wollte Gotik, und er wollte Eisen. Er wollte eine Kathedrale, und er wollte eine Fabrik. Die Eisenmühle des Mr. Prickett lieferte den Werkstoff. Die unerschöpfliche Börse des Mr. Prickett bezahlte den Architekten und die Arbeiter. Douglas saß in Greenwich und wartete, und er las ruhig den Plutarch mit Robert, übersah dessen verkniffene Miene, und er ließ es zu, daß es still wurde um Fatal Fortescue; denn die Dichtkunst mußte ruhen bis zur Fertigstellung der Fabrik, und ruhen mußten auch die Skandale. Bisweilen fuhr Douglas nach London und sorgte dafür, daß man ihn nicht vergaß, daß die Familie sich nicht zerstreute. Er ging auf den einen oder anderen Empfang, begleitet von Jeremy, Decimus und einem Dutzend weiterer Freunde, sagte aha und genierte sich, und er machte die nötigen Andeutungen über sein Geheimnis zwischen Deptfort und Greenwich, um die Neugier von Gesellschaft und Presse zu wecken und aufrechtzuerhalten bis zum nächstenmal. Er dosierte seine Ausflüge knapp. Er hatte keinen Spaß daran. Douglas übte lieber eine Kunst, die er von Kind auf bestens beherrschte: das Warten. Unbewegt, die Beine gekreuzt, das Gesicht leer wie ein Blatt Papier, saß er am Fenster seiner bescheidenen Wohnung in Greenwich und starrte ins Nichts.

Man entfernte das Gras in der Werkhalle, jätete Efeu und Klee, und man brachte schon die Platten für den Boden. Douglas saß in Greenwich. Er rührte sich nicht. Er wartete. Wenn er aufstand, wurde ihm oft schwarz vor Augen, und er mußte sich gleich wieder setzen. Douglas fastete gnadenlos. Bisweilen schien es Jeremy, als atme er auch nicht mehr recht, als sei er dabei zu versteinern. «Winterschlaf», murmelte Douglas. Dann sagte er Jeremy seine Wünsche. Einen Saal im Parterre, für die Feste. Eine Küche und Zimmer für Dienstboten. Ein Laboratorium für Marie. Kleine Räume unter dem Dach, für die Gäste, die unter sich sein wollten. Einen offenen Gang über dem Saal für die Feste, wie der Rang in einem Theater, wie der Chor in einer Kirche, wie die Umläufe für die Vorarbeiter in einer Fabrik. Der Saal sichtbar von oben. Die privaten Räume nicht allzu privat. Einsehbare Séparées. Die Wände ersetzen durch eisernes Flechtwerk, wo immer das möglich ist. Gotische Käfige für die Leute. Ein paar Gardinen für ihre Gemütlichkeit. Gußeiserne Streben und Pfeiler, flamboyant, mit Zapfen und gesenkten Spitzen wie die Gotik kurz vor ihrem Ende. Eisernes Mobiliar. Eiserne Lampen. Dampfkraft und Gas. Und eine Werkstatt, sichtbar vom Festsaal, eine Werkstatt zum Setzen und Drucken und Binden: denn der Fabrikherr wollte produzieren bis hin zur fertigen Ware. Er brauchte weder Micklewright noch Summers. Er brauchte sich nicht zu verstecken. Man würde die Druckmaschinen sehen, während man Spaß hatte im Festsaal, die dampfgetriebenen Pressen, modernste Technik für die modernste Poesie. Man würde Spaß haben und arbeiten, unmerklich, bequem, unaufhörlich. Viel Spaß in den Fortescue Follies. Eine Maschine aus Leuten, in Gang gesetzt und in Bewegung gehalten durch Walzer, Wein und *Colours*. Eine Maschine für Douglas, eine magische mechanische Laterne, genügend Attraktionen für ein Lebenswerk, gedruckt und gebunden im eigenen Haus.

Douglas flüsterte manchmal vor sich hin, während er am Fenster saß und ins Leere blickte, einzelne Wörter, «Gotik», «Eisen», «Arbeit», «Fabrik»; aber meistens schwieg er, und er atmete flacher und flacher, denn er wollte seine Kräfte schonen bis zur Aufnahme der Produktion. Douglas wußte, Jeremy sah nach dem Rechten. Douglas wußte, London würde ihn so schnell nicht vergessen. Und so saß er denn an seinem Fenster, Woche um Woche, Monat um Monat, und er wartete. Er wartete beinahe ein dreiviertel Jahr. Und dann stand Douglas eines Nachmittags aus seinem Sessel auf, und er ließ anspannen und fuhr los, um die Baustelle zu besichtigen.

Noch immer wuchs Gras um die Follies, und noch immer stank die Themse wie eine Kloake. Man würde das nicht ändern können, sagte der Architekt. Man würde leben müssen mit den schlimmen Gerüchen.

«Leben», sagte Douglas, als er aus der Chaise stieg. Er wußte nicht recht, was er damit meinte. Das Gebäude lag schwer und geduckt in der Abenddämmerung, und nur die drei Schornsteine, die Douglas nicht abreißen lassen wollte, staken fast vorwurfsvoll in einem niedrigen Himmel. Alles war in Gerüsten, das Grundstück voll von gestapeltem Eisen, das noch wartete auf seinen Einbau. Douglas hieß den Kutscher warten und ging langsam zu jenem Tor, das einst die Maschinenarbeiter eingelassen hatte zu ihren langen Schichten und das nun umkleidet war mit einem schmiedeeisernen Spitzbogen, geformt nach dem Vorbild von Westminster Abbey.

Douglas trat ein. Er stolperte über ein paar Backsteine. Er ging unsicher, denn er war so wenig gegangen in letzter Zeit, und er hatte so wenig gegessen. Schwach war Douglas in seinem Winterschlaf, und schwach war seine Freude über die Werkhalle, die schon fast ein Festsaal war, aber er freute sich, ja, und wenn sich das allzu matt anfühlte in seinem Herzen, lag das wohl nur an seinem leeren Magen. «Ich freu mich», flüsterte Douglas trotzig. Er stand auf der Schwelle und hielt sich an einer Eisenstrebe. Er blickte hinein in die dämmrige Fabrik. Es würde schön werden, wußte Douglas. Es war prächtig und praktisch, mit seinen Säulen und Umläufen, und es gab sogar Wasserspeier, eiserne Fratzen mit offenen Mäulern, die nie etwas würden speien dürfen, sondern nur der Zierde dienten, hoch oben unter den Geländern des Umlaufes. Die Druckerei war sichtbar in der Ferne, abgeschirmt nur durch ein doppeltes Gitter. Die Treppe hinauf in den oberen Stock lag offen, die eisernen Stufen noch überklebt mit Packpapier. Douglas ging weiter, bis er in der Mitte der Halle stand. Es war kühl und düster. Es war sehr still. Der Boden war bereits gedeckt, mit schwarzen und weißen Platten wie ein Schachbrett. In einer fernen Ecke nah bei der künftigen Druckerei stand die tragbare Gasmaschine, die diese Baustelle provisorisch beleuchtete, denn man baute bisweilen auch nachts.

Douglas sah Licht. Er ging langsam näher, Schritt für Schritt. Seine Absätze klickten schwach auf den Steinplatten. Er fand Marie. Sie kauerte in einer Ecke, zusammengerollt und in ihr Plaid gewickelt. Sie bewegte sich nicht. Sie hörte Douglas nicht kommen. Douglas stand eine Weile vor ihr und sah sie an. Marie war zerzaust wie eine Einsiedlerin, ein verlottertes Häufchen in schottischen Karos, das Kinn zwischen den Knien.

«Marie», sagte Douglas leise. Marie rührte sich nicht.

«Marie», wiederholte Douglas, «bist du gestorben?»

Marie blickte jetzt langsam auf. Sie war spitz und mager geworden, allein in den Fortescue Follies. Keiner wußte, wovon sie sich ernährte. Sie runzelte die Stirn, als sie Douglas sah. Sie gab ihm keine Antwort.

«Komm, Marie», flüsterte Douglas, «steh auf und zeig mir die Baustelle.»

Marie stand auf. Sie war barfuß. Sie zog die Stiefel an und wickelte sich fester in ihr Plaid.

«Komm, Marie», wiederholte Douglas.

Marie van den Hove folgte ihm wortlos in die Halle. Das kleine Gaslicht reichte bei weitem nicht aus, um die Baustelle zu erleuchten. Die Streben warfen flackernde Schatten. Sie gingen beide lautlos, Marie und Douglas, und sie stiegen nun die papierverklebte Treppe hinauf, bis sie auf dem Umlauf standen, und sie blickten dann hinunter in die Halle, in der man Feste feiern und Spaß haben würde, wenn die Follies erst vollendet wären. Douglas hielt sich am Geländer, aber das Geländer gab nach. Es war nur angelehnt, noch nicht verschraubt, und es fehlte nicht viel, der Bauherr wäre hinabgestürzt und tief unten auf dem steinernen Schachbrett gelandet. Douglas stellte sich das einen Augenblick lang vor, während er schnell zurücktrat und sich an Maries Arm hielt: wie es wäre, dort unten zu landen. Das Geräusch von Mensch auf Stein, in einem großen und stillen Saal. Das Geräusch von berstenden Knochen. Douglas Fortescue, zerschlagen und zerbrochen, ein unsterblicher Krüppel auf seinem Weg in die Ewigkeit. Douglas schauderte. Er griff Marie fester. Marie machte sich los.

«Ich tu dir nichts», murmelte Douglas, «du bist doch Gifte gewöhnt.»

Marie schwieg, und sie wickelte ihren Arm ins Plaid, als wolle sie ihn wärmen nach Douglas' Berührung.

Douglas blickte weiter hinab in den Saal. Ein Kunstwerk, die Follies. Niemand sonst hatte ein solches Haus. Douglas sah die düstere Halle bevölkert mit Gästen, die den Deutschen tanzten, die Augen schwarz von Belladonna. Er sah sich selbst, die Brille im Gesicht, den Stenographieblock verborgen in der Rocktasche, geduldig, sehr geduldig, beiläufig lauernd, ob bald einer reif wäre von den Jungs oder Mädchen. Er sah die Dampfpressen arbeiten. Er sah die Bücher. Es würde ein Buch geben namens *Iron*, und ein Buch namens *Dreams*, und wenn es denn geschähe, daß einer der Gäste Schmerzen hätte, gefühlvolle poetische Schmerzen, so würde auch ein Buch namens *Pain* durch die Presse laufen. *Pain*. Douglas mochte den Titel. Er hoffte sehr, daß ihm der Zufall einen schmerzensreichen Sprecher bescheren würde, der in der Lage wäre, diesen schönen Titel zu füllen. Eines Tages. Douglas hatte Zeit. Douglas konnte warten. Eines Tages würde einer *Iron* für ihn dichten, und ein anderer *Dreams* und wieder ein anderer *Pain*, und Douglas würde das alles ins reine schreiben und mit Geschmack arrangieren, wie die liebevoll gebrannten Locken einer früheren Bekannten.

Locken …

Plötzlich sah Douglas die Gespenster. Sie standen still, unten in der Halle. Sie lehnten an den eisernen Streben. Sie sahen aus wie die Statuen der Heiligen in einer Kathedrale, und in ihren Gesichtern war das verklärte und versteinerte Lächeln der seligen Gotik. Sie standen dort, reglos, ein wenig durchsichtig, ein wenig flackernd im Gaslicht. Celery Winton in dem Steppjäckchen aus Halifax, verfroren nach seinem Ausflug ins Eis, aber längst schon getröstet über sein unzeitiges Sterben. Elinor O'Donoghue, noch blaß von der Cholera, ein grobknochiges Mädchen im Kittel der Schwingerinnen, das bald heiraten und Kinder haben würde mit dem dafür geeigneten Mann. Eddie Boyd, freundlich wie immer, die Ketten des Tollhauses ordentlich über den dicken Unterarm gehängt, als sei das eine Serviette. Sie gaben nicht acht auf Douglas. Sie gaben acht auf gar nichts. Sie waren tot, und sie hatten kein Interesse.

Erst nach einer Weile verstand Douglas, daß auch die noch Lebenden hier standen als Gespenster. Onkel Welly, auf sein Stöckchen gestützt, den Rucksack geschultert, wie er einst davongegangen war aus Bleamoor Hall ohne Gruß für den Neffen. Vater stand bei ihm, und Mutter auch, fremde Leute, befaßt mit Jonquillen und mit Walter Scotts Romanen. Der muntere Stubbings lehnte mit Lisa an einem Pilaster, die eine Hand an ihrem Handarbeitsbeutel, die andere in ihrem Mieder, eine unkeusche Charade. Ein wenig abseits stand ein Jüngling, hochgewachsen, mit schönen Lippen und Locken, die Hand erhoben zum Schlag: Eugenius Ainsgill, der Eisenguß eines gutaussehenden und wütenden Mannes, im Recht mit seiner Wut, im Recht mit seiner pockennarbigen Posttochter aus Settle.

Douglas sah sich das an, bis sie alle verschwanden. Sie ließen sich Zeit damit. Sie lösten sich auf, einer nach dem anderen, Celery und Eddie und Elinor, Vater und Mutter, Welly und Stubbings, und endlich löste sich auch Eugenius auf, der am längsten ausharrte, weil er so wütend war und so derart im Recht.

«Adieu», sagte Douglas leise, «adieu und nie wieder.»

«Mit wem sprichst du?» fragte Marie. Douglas merkte erst jetzt, daß sie ihn ansah. «Mit wem sprichst du», wiederholte Marie, «was ist los?»

Douglas gab keine Antwort. Er wischte sich mit dem Handrücken übers Gesicht. Seine Wangen waren feucht. Douglas hatte geschwitzt, oder geweint, oder von irgendwoher tropfte Wasser. Es war die Mühe nicht wert, über die Ursache für diese Befeuchtung nachzudenken. Douglas wischte sie fort.

«Es wird lustig», sagte Douglas, «es wird Spaß machen.»

«Es wird keinen Spaß machen», sagte Marie.

Douglas schwieg. Er überlegte. Er blickte hinab in die düstere Halle. Sie war leer. Douglas war allein mit Marie, allein in seiner Fabrik.

«Nein», sagte Douglas nach einer Weile ruhig, «es wird keinen Spaß machen, Marie, du hast recht, aber es wird auch nicht weh tun, nein, das wird es auch nicht.»

«Bist du dir sicher?»

Douglas nickte. Er nickte mit Nachdruck.

«Ist es so schlimm», fragte Marie, «wenn etwas weh tut?»

Douglas nickte weiter. Marie wußte nicht, ob er sie gehört hatte. Sie stand nahe bei ihm. Sie hörte ihn atmen. Er atmete langsam und flach. Er nickte weiter mit dem Kopf, auf und ab, auf und ab. Die Haare glitten über seine Schultern. Kein Haar kam aus der Ordnung. Sie sahen aus wie Eisen, Douglas' blauschwarze Haare, gefärbt vom vornehmsten Londoner Friseur.

«Du bist zimperlich, Douglas Fortescue.»

Douglas bewegte weiter den Kopf, mechanisch, wie ein Automat. Ganz allmählich lief das Uhrwerk ab. Douglas nickte langsamer. Bald nickte er nicht mehr. Er wandte sich um zu Marie, blickte ihr in die Augen und sagte: «Ja, ich bin zimperlich, ich bin es leid, ich bin es längst leid, Marie, aber ich will die Fabrik, und ich will mit dir nicht darüber sprechen.»

«Es wird nicht gutgehen, Douglas.»

«Ich weiß, Marie.»

«Du solltest das bleibenlassen.»

«Ich weiß.»

«Es wird dir doch weh tun, Douglas Fortescue», sagte Marie, «und weil du keine Übung darin hast, wird es schlimm sein.»

Douglas griff wieder nach Maries Arm. Diesmal ließ sie ihn gewähren.

«Verfluch mich nicht, du Hexe», bat Douglas sanft, «ich bin verflucht seit zwanzig Jahren.»

«Du bist lächerlich», sagte Marie. Es klang fast liebevoll.

«Du auch», erwiderte Douglas. Er hakte Marie jetzt aufmerksam unter und führte sie zurück zur Treppe.

«Ich weiß», sagte Marie, «aber was soll man tun?»

«Tja, Marie. Was soll man da tun.» Douglas lächelte. Marie versuchte, ihn nachzuahmen. Es wurde eine Grimasse. Sie stiegen die Treppe hinab. Douglas brachte Marie zurück in ihre Ecke, und er sah ihr zu, wie sie die Stiefel auszog und sich in ihr Plaid wickelte und wie sie dann das Kinn zwischen die Knie klemmte und die Augen schloß.

«Viel Glück, Marie», sagte Douglas.

Marie rührte sich nicht.
«Du bleibst bei mir?»
Marie saß wie versteinert.
«Du bleibst bei mir, nicht wahr, du kochst das Gift für meine Jungs und wartest, bis alles schiefgeht?»
Douglas bekam keine Antwort. Er ging davon. Seine Absätze klickten auf dem Steinboden.
«Viel Glück, Douglas», flüsterte Marie. Aber Douglas konnte sie längst nicht mehr hören.

Es dauerte, gerechnet vom Datum des Kaufvertrags, gut anderthalb Jahre, bis die gewesene Maschinenfabrik am stinkenden Themseufer umgebaut war zu den Fortescue Follies. Die Familie aus Stretton House war längst zerstreut. Arthur Norcombe, Zuleika und Leila waren die einzigen, die Douglas die Treue hielten. Decimus Rogers war zurückgekehrt nach Kent. Quentin Thornley hatte das nämliche Schicksal ereilt wie den armen Donny, und man verwahrte ihn auf einem Landsitz der Familie Devon. Als absehbar war, wann die Follies ihre Tore öffnen würden, begann Arthur, fleißig Nachwuchs zu werben für den Salon des Dichters. Er tat, was er konnte. Er spähte nach frischem Blut für seinen berühmten Freund. Denn berühmt war Douglas wirklich. Micklewright & Summers hatten die Zeit seines Winterschlafes nicht ungenutzt verstreichen lassen. Sie hatten neu aufgelegt, und sie hatten exportiert. Vom Mai 1834 datiert die erste Rezension von *Thirst* in einer Pariser Zeitung. 1835 diskutierte New York über die Vorteile reimloser Lyrik. Ein kleiner Verlag in Dresden, Petzow & Söhne, riskierte bereits 33 ein Fortescue-Florilegium in Übersetzung, das die Zensur fortnahm, noch lange bevor es den Buchhandel erreichte, obwohl es den harmlosen Titel *Natur und Farben* trug. Petzow & Söhne ruinierten sich mit ihrem Wagemut. Micklewright & Summers lachten, als sie davon erfuhren. Sie exportierten, und sie warteten gespannt und bald auch ein wenig ungeduldig auf neue Werke – denn Micklewright & Summers ahnten nichts von Douglas' dampfgetriebener Druckerei.

Art Norcombe lockte die Jugend von Stand mit Versprechungen wilder Feste. Er machte den Leuten den Weg nach Greenwich schmackhaft. Er tat, was er konnte, um eine neue Familie zu gründen für Douglas, obschon es ihm nicht gutging. Art hatte sich angesteckt bei seiner Nature, und allmählich machte ihm die Krankheit zu schaffen. Er klagte nie. Er zog sich mit zwei Ärzten eine Weile zurück, und als er wieder auftauchte, war sein Zahnfleisch grau vom Quecksilber und seine Wangen fahl wie die eines alten Mannes. Er trug eine Perücke, schwarze glatte Haare bis zum Kinn. «Ach, nur ein Scherz», sagte Arthur lachend, wenn man ihn nach dem Grund fragte für diese Verkleidung, und wenn man sich erkundigte, ob er nun gesundet sei nach seiner Roßkur hinter den verschlossenen Fensterläden von Stretton House, nickte er mit dem Kopf. Arthurs Vater starb. Arthur wurde Lord Stretton. Er wurde volljährig. Ein paar Tage nach seinem Geburtstag fuhr er mit Jeremy und Douglas zum Notar.

«Du überlebst uns alle, Art Darling», sagte Douglas, als sie den Notar verließen mit einer Abschrift des Testaments.

«Ich reise ab», sagte Jeremy.

«Ehrlich?» fragte Douglas.

«Ach nein», bat Arthur, «Douglas braucht Sie doch.»

«Ich reise», wiederholte Jeremy, «ich ertrage das keinen Tag länger.»

Ein paar Wochen später verließen Jeremys Kinder London. Sie zogen aufs Land bei Bradford, in ein schönes Haus, gemietet von Lord Strettons Geld. Sie bekamen zwei Damen zur Gesellschaft, Bedienung dazu und einen Lehrer. Robert würde nach Harrow gehen, sobald er alt genug wäre. Sie bekamen Ponys in dem Haus bei Bradford, Bücher zum Lernen und Spielzeug zum Spielen, sie bekamen Tapeten mit Vögeln und Schmetterlingen, und nichts davon hatte Jeremy Fortescue bezahlt.

«Ich komme bald nach», sagte Jeremy, als er die Kinder und ihre Erzieherinnen in die Kutsche setzte. Die Kinder weinten. Simon weinte um den Neger, der ihn begleitet hatte nach

Greenwich. Annie weinte um Zuleika. Die kleine Emma weinte einfach so, denn sie geriet ein wenig nach dem Onkel und wechselte ihre Lieblinge täglich, heute Lord Stretton, morgen der Gemüsemann. Robert weinte um Vater. Er war als erster getröstet. Robert war ein großer Junge. Robert war froh, Greenwich zu verlassen. «Kümmer dich um die Kleinen», hatte Vater gesagt, «sei ein Mann, tu deine Pflicht.» Robert würde gehorchen. Robert war Jeremys Sohn. Er würde wiederkommen aus Harrow, wenn er genügend gelernt hätte, und dann würde er sich kümmern um die Geschwister und später heiraten und selbst Kinder haben, mindestens vier, und er würde sich um alle kümmern, um alle, ganz wie Vater.

Jeremy sah die Kutsche abfahren. Er stand unbewegt, mit trockenen Augen. Er ging nach Hause. Er ordnete die Abschrift von Lord Strettons Letztem Willen ein in die Mappe «Finanzen – noch offen». In ein paar Tagen würden die Fortescue Follies eröffnet werden mit einem großen Fest. Es blieb noch viel zu tun. Jeremy saß am Schreibtisch, die Fäuste gegen die Schläfen gepreßt, und er versuchte zu beten, und er fand doch keinen Gott, weder in seinem schmerzenden Kopf oder Herzen, noch droben in jenem Himmel, der niedrig hing über der Fabrik namens Follies, aufgespießt von drei schwarzen und nutzlosen Schornsteinen.

Der junge Lord Stretton hatte ganze Arbeit geleistet. Ein langer Konvoi von Kutschen fuhr von London nach Deptfort und weiter bis zu jenem stinkenden Uferstück, an welchem die Fortescue Follies einluden zu Diner und Tanz zur Eröffnung.

Die Leute staunten. Es war wirklich eine Fabrik, noch immer, und vielleicht mehr denn je. Zwei der drei Schornsteine waren unverändert, der dritte aber umkleidet mit gotischer Zierde wie der Turm eines eisernen Domes. Man trat ein. Kirche und Fabrik, auch hier. Es war hell und ungemütlich beleuchtet mit Gas. Es war geräumig, ohne Teppich oder Draperie, das Mobiliar zum Großteil metallen. Eine eiserne Tafel, Geschirr aus Silber, Bedienstete in schlichtem Kammgarn. Die Musik hatte eine Art Pavillon, als sei das hier Vauxhall. Jeder konnte die Druckerei sehen, die Pressen und Dampfmaschinen, noch nicht in Betrieb genommen, aber bereit zu ausdauernder Arbeit hinter fein geschmiedeten Chorschranken jenseits des Pavillons.

Hier und da hatte man Reste der ehemaligen Maschinenfabrik sorgsam eingebaut in die neue Dekoration, Gestänge, kleine Kräne, die Kühlwasserrinnen der gewesenen Löterei, und der offene Rachen eines Gebläses war geschickt verwandelt in eine bizarre gotische Teufelei.

Der Architekt nahm Glückwünsche entgegen. Jeremy Fortescue sorgte für den geordneten Zustrom der Gäste. Douglas W. Fortescue stand oben auf dem Umlauf, unverkennbar, schwarz und bebrillt, und er lehnte sich fest gegen das inzwischen sicher verschraubte Geländer und blickte hinab in den Saal, hinab zu den Leuten, zu all den lustigen Leuten. Keiner sah ihn. Jeder suchte nach ihm. Sie blickten nach oben und durch ihn hindurch. Allmählich begann sich der Hausherr doch zu wundern. War ihm etwas geschehen, in seinem Winterschlaf? War er unsichtbar geworden? Douglas überlegte, ob ihm diese Vorstellung behagte, aber er kam zu keinem Ergebnis. Endlich stieg er die Treppe hinunter. Die Leute applaudierten. Die Leute umringten ihn, gratulierten, starrten ihn an, die einen erfreut, ihn so unverändert wiederzusehen, die anderen erfreut über eine neue Sensation. Fatal Fortescue. Er unterhielt London noch immer. Er tat noch immer nichts dazu. Er sprach den ganzen Abend kaum ein einziges Wort. Er schwieg weiter, die Nacht hindurch, bis in den Morgen.

Als dann die trübe Sonne durch das eiserne Maßwerk der großen Milchglasfenster schien, bat Douglas um Hut und Mantel. Das war sein erster Satz seit vielen Stunden. Jemand fragte, warum er schon gehe. «Ich mag den Morgen nicht», sagte Douglas. Das war sein zweiter und letzter Satz. Er stieg in die Kutsche und fuhr zurück nach Greenwich, während die letzten Gäste noch lange auf den metallenen Bänken lehnten, betrunken, übermüdet, gelangweilt und unfähig, nach Hause zu fahren. Die Fangarme der Follies hielten sie fest in einer kühlen und unbarmherzigen Umarmung. Viele Jungs. Ein paar Mädchen. Zuleika Prickett in einem der Séparées, in den Armen eines Mannes, dessen Namen sie nicht kannte. Arthur Norcombe, stolz über die große Menge und das blaue Blut seiner Rekruten, zusammengekauert auf einem gotischen Sessel, mit wehem Zahnfleisch, die schwarze Perücke fest auf dem juckenden kahlen Kopf. Jeremy, der über die Ordnung wachte und wartete, bis er endlich würde abschließen können. Ein letzter Geiger, den die Kapelle vergessen hatte und der nun erschöpft einen schleppenden Tanz fiedelte, um etwas zu tun zu haben. Marie van den Hove, fest schlafend unter der stillstehenden Druckmaschine. Die Reste des Festes. Die Reste einer Eröffnung. Still schien die Morgensonne durch die gotischen Fenster, ein wenig verwundert vielleicht über diesen lustigen oder traurigen Haushalt.

Douglas war längst in Greenwich. Er zog sich aus und rasierte sorgfältig Wangen und Brust und Achseln. «Hübsch», sagte Douglas zu seinem müden Spiegelbild. Er erinnerte sich plötzlich an Ardwick Green. Er erinnerte sich an die Knopffabrik in Dr. Simeys Tollhaus. Er lächelte, und er wiederholte das noch einmal, «hübsch, sehr hübsch», und dann ging er zu Bett. Er schlief gut, Douglas W. Fortescue, der Dichter und stolze Fabrikbesitzer. Er schlief tief und traumlos, zum erstenmal seit Wochen. Als er erwachte, dämmerte es schon. Er stand auf und rasierte sich noch einmal. «Hübsch», sagte Douglas wieder, und er lächelte, so gut er es eben vermochte.

Und so nahm denn die Fabrik ihre Arbeit auf. Es lief alles nach Wunsch, und weit besser noch als erwartet. Fatal Fortescue war noch immer eine Attraktion, und bald tat Jeremy kaum etwas anderes mehr, als Leute wieder auszuladen, die Arthur eingeladen hatte. Es kamen viele, sie blieben lange, sie arbeiteten gut. Sie bekamen Brandy und Walzer, Laudanum und *Colours*. Sie lachten und tanzten, und wenn der Abend weiter fortschritt, redeten sie manchmal irr. Sie fanden sich zusammen in den Séparées, für eine Stunde oder für eine Nacht. Sie wußten am Morgen oft nicht mehr, was gewesen war. Douglas stenographierte leise, fast unsichtbar, meist nur ein paar Sätze. Er wechselte seine Lieblinge bald täglich, manchmal stündlich, manchmal nach einem einzigen wohltönenden Satz. Er kannte längst ihre Namen nicht mehr. Er würde zehn Sprecher brauchen für sein nächstes Buch, oder zwanzig. Es war gleichgültig. Es gab genügend. Es kamen immer mehr. London tuschelte über Fortescues Harem, über ein eisernes Bordell mit offenen Alkoven, die aussahen wie die Beichtstühle von Westminster Abbey.

Immer wieder machte die Polizei die Reise nach Deptford. Sie fand müde Leute, Musik und Belladonna. Bisweilen fand sie ein ausgerücktes Mädchen. Sie brachte das Mädchen zurück nach London, und sie entschuldigte sich wütend für die Störung. «Lustig», sagte Douglas. Er machte seine Runde. Er spähte nach Leuten mit Talent. Er stieg hinauf in den obersten Stock, und er sah hinein in die Séparées, ob es dort Gefühle gäbe, die zu verwenden wären in dem einen oder anderen Gedicht. Das wollte Douglas: Gefühle. Die schönen Wörter reichten ihm längst nicht mehr.

«Die Poesie», sagte Douglas, «kommt vom Herzen, das weiß jeder, nicht wahr?» Und er lauerte weiter auf die Gefühle seiner kleinen Lords und Earls, auf die berauschten und flüchtigen und möglichst poetischen Gefühle der ahnungslosen Gäste in ihren gußeisernen Käfigen, auf ihren gußeisernen Sesseln, auf der Tanzfläche aus schwarzem und weißem Stein.

«Du sagst mir die Wahrheit, oder?» murmelte Douglas bisweilen, wenn er wieder einen Satz gestohlen hatte von dem oder jenem Gast. «Du lügst mir nichts vor?» Natürlich bekam er keine Antwort. Er fragte nicht wirklich, denn keiner hörte ihn. Er wußte auch selbst nicht, ob er es ernst meinte. Was ist schon die Wahrheit, wenn man ein Buch füllen möchte? Was ist schon ein Gefühl? Douglas wählte den einfachsten Weg, den Weg der Menge. Er sammelte Sätze wie Schmetterlinge und spießte sie auf mit seinem sorgsam angeleckten Bleistift, Satz um Satz. Längst waren die Zeiten vorbei, da man einen einzigen Eddie, einen einzigen Donny strapazieren mußte bis zum äußersten. «Das Jahrhundert schreitet voran», sagte Douglas zu Jeremy, «die Produktion ist arbeitsteilig», und er schlich von Sessel zu Sessel, von Séparée zu Séparée, und er füllte seinen Block mit der Rohschrift für das Buch namens *Iron.* Iron würde viele Gedichte enthalten, lange und kurze, komplizierte und einfache, je nachdem, wie sich die Sätze fügten. Längst hatte Douglas genügend gesammelt. Er schrieb trotzdem weiter.

«Du wirst krank, Douglas», sagte Marie, «du brauchst immer mehr, ich kenn' das, es ist wie beim Schlafmohn, bald wirkt gar nichts mehr.»

Douglas schwieg. Er war müde. Längst rettete ihn keine Milch mehr vor dem Sodbrennen.

«Es geht schief, Douglas», sagte Marie.

Douglas nickte.

«Tut es endlich weh?»

«Es tut nicht weh», sagte Douglas, «noch nicht.»

Sie schauten sich an. Marie war die einzige, die Douglas' Blick ertrug, wenn sie das wollte. Douglas war der einzige, der Marie van den Hove manchmal in die Augen sah.

«Ich mag dich nicht, Douglas», sagte Marie.

«Ich dich auch nicht», entgegnete Douglas. Es klang, als ob sie sich grüßten, wie ein höflicher Austausch von Floskeln. Marie ging zurück zu ihren Pflanzen. Douglas ging zurück in den Ballsaal.

Als Douglas dann mit der Reinschrift begann, tat er es nur, weil er die Pressen arbeiten sehen wollte. Er tat es unwillig und routiniert. Er schrieb *Iron* in wenigen Tagen, und er sammelte bereits neue Sätze für das Buch namens *Dreams*. *Iron* wurde ein wenig dicker als Douglas' bisherige Werke. Der Dichter wußte längst nicht mehr zu sagen, wie viele Sprecher für ihn gesprochen hatten, bis *Iron* gefüllt war. Der Titel hatte wenig zu tun mit dem Inhalt. Ein einziges Gedicht handelte von Eisen, das waren Sätze, die bezogen waren auf den Bau der Follies, aufgeschnappt in der Halle nah beim Eingang.

there is a choir for angels of iron
there is a choir for demons spitting gas
'tis a factory of high life
'tis a church of iron with an ugly laugh

Die Welt drehte sich weiter um ihre Achse, und in den Fortescue Follies drehten sich die Schwungräder der Druckmaschinen. Woche folgte auf Woche, Monat auf Monat. Man schrieb schon das Jahr 1838. Es gab längst eine Eisenbahn von London nach Deptfort, zur Freude von Fortescues Gästen. *Iron* wurde gesetzt und gedruckt und gebunden. Das Buch bekam metallene Ecken. Es wurde verkauft, rezensiert, exportiert. Man las es in London, Paris und New York. Jeremys Akten wurden dicker und dicker. Auf *Iron* folgte *Dreams*. Douglas schrieb weiter. Douglas wurde blasser und blasser. Jeremy fand das erste graue Haar auf seinem blonden Kopf. Robert war längst in Harrow. Mr. Wordsworth suchte noch immer nach dem Göttlichen in der gesunden Natur von Westmorland. Art Norcombe starb. Die Gebrüder Fortescue erbten das Vermögen der Strettons.

«Es geht länger gut, als ich dachte», sagte Marie zu Douglas und warf mißmutig ein paar Tollkirschen in ihre kleine Presse, «es ist so langweilig, und es macht dich trotzdem satt.»

«Es macht mich nicht satt, Marie.»

Marie lächelte. Eines Tages hatte sie das gelernt. Douglas besuchte sie jetzt oft, in ihrem verkommenen Laboratorium neben der Druckerei. Marie lächelte, wenn er kam. Marie wartete. Sie belauerte den Fabrikherrn, wie der Fabrikherr seine Gäste belauerte. Sie lauerte auf den Untergang. Sie lauerte auf die Verzweiflung.

«Denkst du noch an Donny?» fragte Douglas, wenn er Maries Lächeln nicht mehr sehen mochte, und das Lächeln verschwand, und Marie nickte.

«Du bist treu, Marie», sagte Douglas, «du bist verrückt, dir ist nicht zu helfen.»

Marie extrahierte Belladonna und verkochte es mit ein wenig Stechapfel zu *Colours*. Sie füllte ein Fläschchen.

«Sie haben uns längst überholt, Douglas Fortescue», sagte Marie und tippte mit ihrem schmutzigen Daumennagel gegen das Fläschchen.

«Überholt?»

«Wir sind aus der Mode. Belladonna, Dichter, Vampire ... von gestern. Wir sollten abtreten, Douglas Fortescue, bevor es wirklich weh tut. Hast du gesehen, was sie auf ihre Taschentücher tun?»

Douglas schüttelte den Kopf.

«Chloroform. Sie tun Chloroform auf ihre Taschentücher. Ich mag kein *Colours* mehr machen.»

«Dann laß es. Aber bleib da. Du bleibst bei mir, Marie, nicht wahr?»

«O ja», flüsterte Marie, «ich bleibe bis zum Ende.»

IX

«Wir arbeiten zuviel», sagte Douglas eines Sonntags im September 1838 zu Jeremy, «wir sollten aufs Land fahren, wie andere Leute auch.»

Jeremy gab keine Antwort. Er rechnete. Es war eine anspruchsvolle Aufgabe für einen einzigen Mann, Douglas' Finanzen zu verwalten.

«Landpartie, Darling!» flötete Douglas.

Jeremy schnaubte. Er haßte nichts so sehr, als wenn ihn Douglas Darling nannte, in diesem albernen Tonfall wie ein Verliebter.

Douglas setzte den Plan in die Tat um. Er wählte ein paar blaublütige Jungs aus, dazu die Prickett-Töchter, Jeremy und mehrere Diener. Er sorgte für drei schöne Kutschen. Er sorgte dafür, daß die Follies weiterarbeiteten in seiner Abwesenheit. Es gab eine Neuerung, die dies möglich machte: Seit einer Weile verfügte Douglas über zwei Stenographen. Es waren junge Männer, die ihr Geschäft gelernt hatten in Old Bailey.

Sie wurden hoch bezahlt, damit sie nicht auf die Idee kämen, den Dichter zu erpressen. Sie hatten lange gebraucht, um ihre Aufgabe zu begreifen. Wieder und wieder mußte Douglas erklären, was sie zu tun hätten: Aufschreiben, was Leute reden. Festhalten, wenn einer faselt. Niederlegen, was einer fühlt. Es war schwer für die Schreiber von Old Bailey, dieses Geschäft zu verstehen. «Fühlt?» hatten sie gefragt, im Chor, verständnislos, mit steigender Verzweiflung; denn das Gehalt war so großzügig, daß sie sich gerne brauchbar gezeigt hätten für diesen Beruf. «Fühlen», hatte Douglas geduldig wiederholt, «fühlen ist, wenn einer traurig ist oder froh, verliebt oder böse und wenn er das in Worte faßt. Fühlen ist, wenn jemandem etwas weh tut. Horchen Sie hinein in die Séparées, meine Herren. Halten Sie die Ohren offen und den Stift bereit. Schreiben Sie lieber zuviel als zuwenig. Ich wähle dann aus. Und lassen Sie sich nicht erwischen. Sie möchten nicht zurück nach Old Bailey, meine Herren? Geben Sie sich Mühe. Seien Sie unsichtbar.»

Eines Tages hatten die Stenographen begriffen, was der Dichter von ihnen verlangte. Sie taten ihre Arbeit nicht so gut wie jener, aber sie brachten bisweilen den einen oder anderen brauchbaren Satz. Wieder setzte Douglas auf die Menge. Zwei Stenographen sind besser als einer, und von tausend Wörtern ist vielleicht eines nicht gelogen oder klingt wenigstens hübsch. Douglas wollte sich nicht weiter befassen mit dem Unfug namens Wahrheit, der ihm nicht aus dem Kopf ging. Er wollte verreisen. Er wollte hinauf gen Norden, nach Yorkshire, auf die abgeblühte graue Heide. «Natur», sagte Douglas und zog ein Gesicht, «warum darf ich nicht auch einmal die Landschaft sehen?» Und dann stieg die Gesellschaft in die Kutschen und machte sich auf den Weg.

Douglas teilte die Chaise mit Jeremy und einem Jüngling namens Thomas Bateson, künftiger Lord Warrington. Thomas Bateson war seit ein paar Wochen so etwas wie ein Liebling. Sie nannten ihn Moodie, weil er traurige Augen hatte und oft von den Vorteilen des Freitodes sprach. Er hatte kastanienbraunes Haar und braune Augen. Er war ein großer Freund von Chloroform. Er war nett anzusehen, der Jüngling namens Moodie, und Douglas betonte das gerne. «Du bist eine Schönheit, Moodie Darling», sagte Douglas, «jemand sollte dich küssen, du siehst küßbar aus, du bist auch viel zu schade für Zuleika.» Der künftige Lord Warrington grinste. Er war ein wenig dumm. Er erinnerte Douglas von ferne an Donny. Er faselte so viel vom Selbstmord, daß ihn der Dichter vage ins Auge faßte als Sprecher für das geplante Buch namens *Pain*. Zunächst wollte er jedoch aufs Land fahren mit Moodie und all den anderen. Er fragte Jeremy leise, wer nun eigentlich säße in den hinteren Kutschen, aber er vergaß die Namen, sobald sie ihm Jeremy aufgezählt hatte.

Sie fuhren nach Norden, Chaise hinter Chaise. Sie fuhren sechsspännig und erregten viel Aufsehen. Sie reisten über Northampton nach Nottingham und mieteten dann in der Nähe von Mansfield für ein paar Tage ein Haus, mitten in einer durchaus unansehnlichen Landschaft. In der Nähe rauchten die Fabrikschornsteine.

«Kollegen», sagte Douglas, «sie verderben die englische Scholle.»

Man bekam den Husten in jenem Haus bei Mansfield. Man reiste ab. Man fuhr über Sheffield nach Leeds. Douglas wollte Jeremys Kinder besuchen, aber Jeremy erlaubte das nicht. Die Luft wurde immer schlechter.

«Es ist doch die Wahrheit», sagte Douglas, «die Natur ist krank, sie stinkt, sie wird sterben wie Art.» Bisweilen stieg er aus der Kutsche und hielt die ganze Gesellschaft auf, weil er auf der Heide stehen und auf irgendwelche Schornsteine starren wollte, halbe Stunden lang.

«Wie was sieht das aus?» fragte er Jeremy, und weil Jeremy eben seine freundlichen Minuten hatte, spielte er mit und gab die Antwort aus Thorsby. «Wie die Obelisken der Alten.» Douglas lachte. Er verstummte wieder. Er stand in der Heide und blickte in den dunstigen Himmel.

Sie fuhren von Leeds nach Keighley und bis nach Skipton.

«Nicht weiter», flüsterte Jeremy.

«Doch», flüsterte Douglas.

«Man möchte sich aufhängen, in einer solchen Landschaft», seufzte Moodie Bateson, «aber es gibt keine Bäume.»

«Ich will heim», sagte Douglas, «ich will euch mein Schloß zeigen.»

Und er lenkte den Konvoi auf die Straße nach Settle, Jeremy mochte schimpfen, soviel er wollte.

Die Gebrüder Fortescue schlossen die Blenden an den Kutschenfenstern, sobald man nach Settle kam. Sie fuhren die Hauptstraße entlang und bis auf den Markt. Sie fuhren zur Poststation. Douglas ließ halten. Er zog den Hut in die Stirn und rückte seine Brille zurecht, dann stieg er aus. Er kam schnell zurück. Er hielt die gewesene Posttochter am Arm, die längst die Frau des neuen Postmeisters war. Sie wehrte sich. Douglas zerrte sie wortlos in die Kutsche. «Douglas hat ein Mädchen geraubt!» schrie einer erfreut aus dem zweiten Wagen. Douglas' Kutscher gab dem Gespann die Peitsche. Sie durchquerten Settle und fuhren auf die schlammige Straße nach Norden.

«Jeremy Fortescue», schrie die Posttochter, «Jeremy, Hilfe, was soll das?»

«Mich kennen Sie auch, Madam», sagte Douglas beleidigt und nahm die Brille ab. Er ließ sich begaffen von einer alten Bekannten, deren Namen er längst vergessen hatte. Er betrachtete sie mit vagem Interesse. Pockennarben. Älter geworden. Noch immer nicht hübscher als damals. Ein belangloses Gesicht, verwirrt und erschrocken.

«Yorkshire», sagte Douglas zu Moodie, «du hast recht, man möchte sich erhängen.»

Er ließ halten, mitten auf der Straße. Er wandte sich zur Postmeisterin.

«Verzeihen Sie die Entführung, Madam», sagte Douglas steif, «ich möchte Sie um eine Auskunft bitten. Ich habe zu tun in der Industrie. Ich mache Statistiken von Englands Fabriken. Ich möchte wissen, was geworden ist aus der Papiermühle in

Hatley. Bei Bleamoor Hall, Sie wissen? Bei unserem Schloß. Die Mühle. Was ist daraus geworden?»

Die Postmeisterin schnaubte.

«Sprechen Sie zu mir, Madam, dann dürfen Sie gehen.»

«Die Mühle dreht sich», sagte die Postmeisterin.

«Und weiter?»

«Mylord ist ein guter Herr. Er beschäftigt nur Leute ab sechzehn. Er macht kurze Schichten und läßt sie das Lesen lernen. Seine Frau ...»

«Wer?» fragte Douglas.

«Lady Ainsgill kümmert sich um die Arbeiterinnen.»

«Lady Ainsgill?»

«Die Baroness aus Grassington. Sie sind seit Jahren verheiratet.»

«Kinder?»

«Zwei. Mädchen und Junge.»

«Brav», sagte Douglas, «und weiter?»

«Fahren Sie doch hin, Mr. Fortescue», schnappte die Postmeisterin, «schauen Sie es sich an! Sie kennen den Weg, nicht wahr? Es gibt heute ein Fest in Hatley. Mylord macht oft solche Feste. Es gibt Tanz für die Arbeiter, wie an Pfingsten. Ganz Settle kommt. Die Familie von Mylady kommt. Mylord eröffnet den Tanz. Er tanzt mit den Arbeiterinnen. Er ist ein guter Herr.»

«Aha», sagte Douglas. Er öffnete den Schlag. Er schob die Postmeisterin hinaus, ohne Dank oder Gruß. Er pfiff dem Kutscher. Sie fuhren ab. Die Postmeisterin von Settle ging wütend nach Hause, um sich umzuziehen für das Fest in Hatley.

Die Kutschen quälten sich durch den Schlamm gen Norden Douglas lächelte vor sich hin. Nach einer Weile ließ er anhalten, und er dirigierte den Konvoi weg von der Straße und auf einen Wendeplatz, den er kannte, wie er alles hier kannte, jede Biegung des Weges, jeden verblühten Ginsterstrauch. Die Leute schrien, was das zu bedeuten habe. «Warten», rief Douglas aus dem Wagenfenster, «es tut mir leid, wir müssen hier ein paar Stunden warten.» Er lachte über das Gezeter. Man klagte über Kälte, über Hunger und Durst, über Langeweile. «Es gibt ein Fest», sagte Douglas, «aber das dauert noch», und er lehnte sich zurück und schloß die Augen, nicht bereit, seinen Begleitern weitere Auskünfte zu geben.

Moodie hantierte mit seinem Chloroformfläschchen. Douglas schickte ihn nach draußen. Er brauche, sagte Douglas, heute nacht einen klaren Kopf, und er könne den betäubenden Duft nicht ertragen. Moodie und ein paar Leute aus den anderen Kutschen stapften unglücklich in der Heide umher, Taschentücher vor den Nasen. Sie nahmen sich seltsam aus, hier in den Dales, falsch gekleidet in städtischen Schuhen und Strümpfen, die bald schlammig waren, braun und voller Disteln. Douglas sah auf die Uhr. Er wollte nicht zu früh kommen zu dem Fest. Er wollte spät kommen, wie es sich schickt für einen Ehrengast. Er wartete reglos. Er lächelte.

«Hast du etwas Schreckliches vor?» fragte Jeremy, als die erste Stunde verstrichen war.

«Jawohl. So schrecklich wie irgend möglich.» Douglas strich seine Haare glatt, immer wieder, mit allen zehn Fingern hinab über seine blassen Schläfen.

Jeremy schwieg. Douglas schwieg auch. Draußen jammerten Zuleika und Leila über ihre nassen Füße. Moodie erzählte, wie angenehm es sei zu sterben nach Senecas Vorbild, mit geöffneten Pulsadern im warmen Badewasser, umgeben von schönen Sklavinnen. Man hätte das möglicherweise stenographieren sollen. Es war möglicherweise brauchbar. Aber Douglas hatte keine Lust dazu, Douglas machte eine Landpartie, und er freute sich still und geduldig auf seinen Besuch in der Papiermühle zu Hatley.

«Wir sind hier geritten, Jeremy», sagte Douglas nach einer weiteren Stunde, «bis hinauf nach Long Langshaw und bis nach Blea Moor.»

Jeremy würdigte ihn keiner Antwort.

Es war längst dunkel, als Douglas zum Aufbruch rief. Man hatte Fuhrwerke passieren sehen, Leute zu Pferd, Leute zu Fuß, herausgeputztes Landvolk auf dem Weg zu einem Fest.

Jeremy und Douglas erkannten die Kutsche der Barone von Grassington, als sie vorbeifuhr. Sie kannten alle hier, noch immer, denn man war in den Dales, und man kannte eben jeden. Sie sprachen nicht miteinander. Douglas wunderte sich, daß Jeremy ihn nicht vorsorglich schimpfte, wegen des Schrecklichen, das er vorhatte in Hatley. Freute sich Jeremy denn auch? Douglas wußte es nicht. Er wußte nicht einmal, ob er selbst sich freute. Ein wenig schon, sicher. Douglas hoffte auf viele Gäste.

Sie fuhren die letzten Meilen. Sie ahnten Bleamoor Hall in der Ferne. «Da drüben ist unser Schloß», sagte Douglas zu Moodie, «da, diese Zinnen. Es ist hübsch, wenn der Mond scheint. Es ist alles aus Pappe.» Aber es schien kein Mond heute nacht, und Moodie schlief fast nach all dem Chloroform, und Douglas bekam keine Antwort.

Sie fuhren hinunter nach Hatley. Die Kutscher fluchten. Man hatte hier zwar ein Stück Straße pflastern lassen, aber die Steine waren längst im Brackwasser verschwunden. Die Straße sah aus wie ein Bach. Die Pferde glitten aus. Leila Prickett betete laut, um einen Unfall abzuwenden. Es wirkte. Sie gelangten sicher nach Hatley.

Ainsgills Fabrik lag unten am River Dee, ein flaches, helles Gebäude. Sie arbeitete mit Wasserkraft und hatte nur einen einzigen Schornstein. Die Mühle sah aus wie eine größere Farm. Sie war hell erleuchtet für die Feier. Ordentliche Hütten standen Seite an Seite, Wohnungen für die Arbeiter. Eine Girlande hing über dem Werktor. Fuhrwerke standen im Hof. «Gott», stöhnte Douglas, «und so etwas nennt sich Fabrik!»

Die Kutschen der Follies fuhren ihrerseits in den Hof und hielten. Alle stiegen aus. Alle sprachen durcheinander. Douglas wollte sich Gehör verschaffen, aber es gelang ihm nicht. Er bat Jeremy um Hilfe. Jeremy sagte etwas. Die Leute verstummten.

«Hört zu», erklärte Douglas, «es tut mir sehr leid, aber ich kann euch nicht alle mitnehmen. Ich bin gleich wieder da. Ich möchte nur jemanden begrüßen. Ich komme wieder, und wir fahren nach Settle und suchen ein Nachtquartier.»

Die Leute beschwerten sich. Sie froren. Sie wollten ein Fest und etwas zu essen, und keiner wollte draußen warten. Jeremy beendete das Geschrei mit ein paar scharfen Worten.

«Ich nehme Moodie mit», sagte Douglas, «und dich, und dich.»

Er zeigte auf zwei Jünglinge aus der hintersten Kutsche, deren Namen er noch nie hatte behalten können.

«Kommt», sagte Douglas, «wir machen einen kleinen Ausflug, und dann sind wir gleich wieder da. Jeremy bleibt bei euch. Jeremy paßt auf euch auf.» Und damit machte Douglas kehrt, und er nahm Moodie am Arm und ging mit ihm voran zu dem Eingangstor der Papiermühle zu Hatley, gefolgt von den namenlosen jungen Männern, die er ausgewählt hatte als zusätzliche Eskorte.

Jeremy machte einen Schritt. Douglas wandte sich um. «Du bleibst draußen», zischte er seinem Bruder zu, «wehe, du läufst uns nach.»

Jeremy gehorchte. Er stieg in die Kutsche und hielt sich die Augen zu.

«Da möcht' man sich aufhängen!» stöhnte Moodie, als er mit Douglas über die Schwelle trat, «das sieht ja aus wie im Mittelalter!»

Es war ein bäuerliches Fest. Die Papiermaschinen waren versteckt unter Girlanden aus Heidekraut. Eine Kapelle spielte die Musik, die man spielte in Yorkshire seit Jahrhunderten, die Musik für den Mai- oder Pfingsttanz. Die ganzen Dales waren geladen, Bauern und Herrschaft, kaum voneinander zu unterscheiden, dazu die Arbeiterinnen und Arbeiter der Mühle, herausgeputzt für den Abend, wohlgenährte Menschen mit roten Wangen. Die Barone aus Grassington saßen auf Holzbänken und scherzten mit den Pächtern.

«Muß das sein?» maulte Moodie.

Douglas nahm die Brille ab. Er bahnte sich langsam seinen Weg durch die Menge, Moodie am Arm, die beiden anderen hinter sich. Da waren die Barone von Grassington. Da waren die versoffenen Lords von Harkerside. Bekannte Gesichter, älter geworden, kaum verändert. Douglas griff Moodie fester. Moodie wunderte sich. Noch nie hatte ihn Douglas so nachdrücklich berührt. Und er mußte sich bald noch mehr wundern. Sie standen schon fast bei der Kapelle, als Douglas den künftigen Lord Warrington plötzlich in den Arm nahm. Er hielt ihn mit der Rechten, wie man ein Mädchen hält, das man gerne anfaßt und nicht allzusehr achtet. Douglas war einen halben Kopf größer. Das Bild stimmte. Er griff nach Moodies Hand und hielt nun auch diese, den Arm um seine Schultern gelegt. Moodie wunderte sich. Moodie wehrte sich nicht. Ein paar Leute sahen sich um und begannen zu kichern.

«Halt schön den Mund, umbringen kannst du dich später», zischte Douglas. Sein Tonfall paßte schlecht zu der Umarmung. Mit der freien Hand winkte er den beiden anderen. Er ging zielstrebig, Moodie an sich gedrückt. Er trat auf die Tanzfläche. Leute kicherten, Leute begannen zu tuscheln. Douglas hörte seinen Namen. Er hielt nicht inne. Er ging gerade, hin zur Musik, vorbei an den Tänzern. Douglas Fortescue hatte Eugenius Ainsgill längst gesehen.

Er tanzte mit einer Arbeiterin, mit hopsenden Schritten, einen ländlichen Tanz. Mylady stand in der Nähe, auf dem Arm ein kleines Mädchen. Sie sahen alle aus wie die Bauern. Gute Herren, wie die Postmeisterin es gesagt hatte. Sie mischten sich unters Volk. Brave Leute, ohne Dünkel, ländlich gekleidet, und sie hatten zwei Kinder, ein Mädchen und einen Jungen, wie es sich gehörte. Douglas schlich sich an mit seinem verwunderten Moodie. Er hielt ihn, wie einst Art seine Netty gehalten hatte, verliebt und respektlos, als sei das ein Mädchen aus Whitechapel. Die Tänzer wichen ihnen aus. Paare trennten sich und sahen sie verblüfft an. Douglas machte die letzten Schritte. Er lehnte sein Kinn einen Augenblick lang gegen Moodies Schläfe. Lady Ainsgill und ihre Familie machten dumme Gesichter. Die Leute aus Harkerside gafften verständnislos. Nur Eugenius Ainsgill hopste noch immer seinen Bauerntanz, und er merkte gar nicht, daß seine Tänzerin längst aus dem Takt gekommen war.

Douglas streckte die freie Hand aus. Er legte sie Eugenius Ainsgill auf die Schulter. «Darf ich, Mylord», fragte Douglas, gut hörbar für alle Umstehenden, «darf ich Sie um den nächsten Tanz bitten?»

Eugenius ließ sein Mädchen los. Er fuhr herum. Die Kapelle spielte noch ein paar Takte, dann schwieg sie still. Alle schwiegen. Alle schauten. «Lange nicht gesehen», sagte Douglas sanft. Er nahm die Hand von Eugenius' Schulter, und er griff sich eine Strähne von Moodies kastanienbraunen Haaren und drehte sie nachlässig um den Zeigefinger.

Eugenius' Miene. Douglas lächelte milde. Allein für diese Miene hatte es den Weg gelohnt von London bis Hatley.

«Wer ist das?» fragte einer von Douglas' Eskorte. «Warum schaut der so?»

«Oh», meinte Douglas, «das ist der Lord Ainsgill, und er hat etwas gegen die Gespenster der Vergangenheit.»

Eugenius starrte Douglas wirklich an, als sei er ein solches. Er errötete heftig. Er hatte noch immer diese schönen hohen Jochbeine, und es stand ihm gut, wie er errötete, Eugenius Ainsgill, hübsch wie eh und je.

«Sei mir nicht böse, Darling, das ist ein alter Freund», sagte Douglas zu Moodie. Er ließ ihn los. Er machte einen Schritt vorwärts. Seltsam klang das Schweigen in der Papiermühle zu Hatley.

«Nett, dich zu sehen», sagte Douglas. Eugenius starrte ihn an mit offenem Mund.

«Mach den Mund zu, Eugenius, wir sind nicht allein», bat Douglas liebevoll.

Eugenius gehorchte nicht. Er stand wie versteinert.

«Bitte», sagte Douglas, «wie du meinst», und er beugte sich vor und küßte den versteinerten Lord auf die noch immer geöffneten Lippen.

«Potz Teufel», sagte der betrunkene Lord aus Harkerside.

Eugenius brauchte lange, bis er erwachte aus seiner Lähmung. Douglas konnte sich Zeit lassen mit seinem Kuß.

«Holla», sagte Moodie, «sieh einer an.»

«Potz Teufel», wiederholte der Lord aus Harkerside.

Douglas trat langsam zurück. Er sah Eugenius erwachen. Er sah, wie Eugenius die Hand hob. Douglas ergriff sie, noch bevor sie Schwung bekam, und er hielt sie fest. «Heute nicht», flüsterte Douglas. Er beugte Eugenius' Arm. Douglas war stark, wenn er wollte. Bald war Eugenius' Hand gebändigt.

«Bekomme ich den Tanz», fragte Douglas, und das war wieder bestimmt für jedermanns Ohren, «einen Tanz zur Erinnerung an damals?»

«Hau ab, Fortescue», zischte Eugenius. Er hielt jetzt die Hand vor den Mund.

Douglas wandte sich um zu den Gästen. Er blickte gemächlich in die Runde. Er sah die Bauern an und die Arbeiter, die Leute aus Harkerside und Grassington, er sah Mylady an und das Kind auf ihrem Arm.

«Sagen Sie bloß, das ist seines», sagte Douglas und zeigte mit dem Daumen auf den stummen Eugenius.

Irgend jemand begann zu kichern. Dann kicherten mehr. Der Betrunkene wiederholte noch einmal «Potz Teufel», und er brach in lautes Gelächter aus.

«Ich gratuliere, Mylady», sagte Douglas, «erstaunlich, nicht wahr, was die Weiber vermögen!»

Er drehte sich mit einer halben Verbeugung, elegant, fast tänzerisch. «Holla», flüsterte Moodie noch einmal. Er entdeckte wirklich neue Seiten an Douglas. Er freute sich darauf, in London davon zu berichten.

Eugenius schwieg. Er war blaß geworden. Er machte einen Schritt zu seiner Frau. Mylady wich ihm aus.

«Es ist doch lange her», meinte Douglas tröstend, «und ich bin auch schon fast wieder fort.» Mylady wich weiter zurück. Sie tastete nach dem Arm ihrer Schwester. Eugenius stand allein. Er öffnete den Mund und schloß ihn wieder. Er wischte seine Lippen mit dem Handrücken.

«Kein Tanz, alter Freund?» fragte Douglas.

Das Gelächter der Lords aus Harkerside. Eugenius' schwerer Atem. Mylady gab der Schwester die Tochter und lief davon.

«Kommt, Jungs, wir stören!» rief Douglas forsch. Er griff Moodie. Er winkte den anderen. Und er verließ die Papiermühle zu Hatley, mit langen Schritten, erhobenen Hauptes, ohne ein weiteres Wort.

Douglas lachte bis Settle. Er gab keine Antwort auf Jeremys Fragen. Er lachte laut, sein unschönes, klirrendes Lachen. Er lachte noch immer, als man ein Nachtquartier fand in der Poststation. Er gab noch immer keine Antwort. Am Morgen lachte Douglas weiter, und er drängte auf einen raschen Aufbruch. Er lachte fast bis nach Long Preston. Dann verstummte er.

«Ich habe ihnen», sagte er zu Jeremy, «nur etwas gegeben zum Grübeln, damit ihnen nicht langweilig wird in den Dales.» Er begann erneut zu kichern. Es klang müde. Es dauerte nicht lange.

«Heim nach Greenwich», sagte Douglas, «und Warrington raus und in die andere Chaise.»

Man hielt. Moodie stieg beleidigt um in den hinteren Wagen. Man fuhr weiter. Douglas setzte die Brille auf und schwieg. Er schwieg standhaft. Man konnte tun, was man wollte, Douglas Fortescue sagte kein Wort. Er saß wie eine Statue, bewegt nur vom Schaukeln der Kutsche. Er sprach nicht, er aß nicht, er verzog keine Miene. Nachts saß er an irgendwelchen Fenstern und starrte auf die Scheiben. Eine Tagereise vor London legte Douglas seinen Kaschmirschal übers Gesicht, und er ließ ihn dort, Stunde um Stunde. Niemand bekam eine Antwort von Douglas. Niemand bekam einen Blick. Douglas saß reglos, den Schal überm Kopf.

Kurz vor Greenwich wurde es Jeremy zuviel. Er griff nach dem Stoff und deckte das Gesicht seines Bruders auf. Er sah ihn an.

«Heulst du?» fragte Jeremy.

«Ich schlafe», sagte Douglas, «ich will zu Marie.»

Dann nahm er Jeremy den Schal aus der Hand und deckte sich wieder zu.

Douglas fuhr in die Follies, ohne sich umzuziehen. Man feierte wie immer. Douglas lief durch den Saal. Er fand einen Stenographen und nahm von ihm wortlos Block und Stift. Er hielt sich daran wie an einer Waffe. Douglas lief in die Druckerei und von dort ins Laboratorium. Er fand Marie, die auf dem Boden vor ihrem Gasbrenner hockte. Er ging neben ihr in die Knie. «Marie», sagte Douglas, «Marie.»

Marie van den Hove blickte auf. Sie streckte die Hand aus, als wolle sie Douglas berühren, dann ließ sie sie wieder sinken.

«Und», fragte Marie, «war's schön?»

«Marie», wiederholte Douglas.

«Es ist soweit, oder?»

Douglas nickte.

«Sehr schlimm?»

Douglas nickte.

«Und jetzt», fragte Marie, «was tust du jetzt?»

«Schreiben.» Douglas zeigte auf seinen Block. «Ich muß schreiben, Marie. Ich muß ...»

«Du bekommst sowieso nicht, was du brauchst.»

«Ich versuch's weiter.»

Douglas stand auf. Er schwankte. Er hielt sich an seinem Block.

«Man sollte», sagte Douglas, «nie einen küssen aus Gemeinheit.»

«Aha?»

«Es tut weh.»

«Ach wirklich?»

«Ich geh schreiben, Marie, verzeih mir.» Und Douglas lief davon. Er lief in den Saal. Er suchte nach Leuten. Er fand viele, und er wollte sie doch nicht haben. Er lief in den oberen Stock, zu den offenen Séparées. Er suchte. Er fand nichts. Er schrieb, Seite um Seite, einzelne Wörter, «ach» und «aber» und «trotzdem», er schrieb, was er hörte, fast ohne Besinnung, die Kurzschrift verkrakelt, und er leckte den Stift an, immer wieder, und er schrieb weiter. Er vergaß die Vorsicht. Die Leute blickten auf, verwundert über diesen verwirrten Protokollanten. Fatal Fortescue? Was war mit ihm geschehen? Douglas trat nahe zu den namenlosen Leuten. Er schrieb offen. Er schwankte sehr, nüchtern seit mehreren Tagen. Er füllte Seite um Seite mit Adverbien und Präpositionen. Er konnte nicht damit aufhören. Es half ihm gar nichts. Er lief die Treppe hinab in den Saal, quer durch die Menge, vorbei an all den beliebigen Earls und Lords, hindurch durch den unbarmherzigen Walzer. Er lief zurück zu Marie. Stunden waren vergangen. Marie hockte noch immer vor ihrem Kocher, die Beine gekreuzt, das Plaid um die Schultern.

«Komm her», sagte Marie, «setz dich zu mir.»

Douglas gehorchte.

«Gib mir die Hand.»

Douglas gehorchte.

«Du hast eine ziemlich warme Hand», sagte Marie und drückte Douglas' Finger, «eine warme Hand für so ein kaltes Biest.»

«Mir ist schlecht», sagte Douglas. Er blinzelte und verlor das Bewußtsein.

Als er erwachte, hielt Marie noch immer seine Hand. Sie schaute ihn an und ließ die Hand los.

«Eine große Vorstellung, Douglas, nicht wahr?» fragte Marie freundlich, «eine große Schau der Verzweiflung für den großen Dichter Fortescue.»

Douglas schwieg. Marie gab ihm ein Stück Shortbread aus einer Blechbüchse. Sie hatte Tee gekocht auf ihrem Brenner, und sie gab ihm auch Tee. Douglas wollte das alles nicht haben. Er gehorchte Marie dann doch. Er würgte. Er weichte das Shortbread im Tee auf und aß es mit dem Löffel. Er würgte noch einmal, aber er schluckte.

«Ich habe geträumt», sagte Douglas, «daß ich ihre Haut abziehe und aufziehe auf Bütten. Ich habe geträumt, ich machte ein Album daraus, einen Katalog aus der Haut der Leute. Ich will sie haben. Verstehst du? Ich will sie haben und behalten.»

«Wen denn?» fragte Marie.

«Alle. Die Leute. Ich will ...»

«Was willst du?»

«Ich will auch ... ich will ...»

«Was willst du *auch*, Douglas?»

Douglas bewegte sein aufgeweichtes Shortbread im Mund, dann begann er zu weinen. Marie sah ihm zu. Sie verzog keine Miene. Es war ein seltsamer Anblick, Fortescue in Tränen. Er wußte gar nichts damit anzufangen. Er verbarg sein Gesicht nicht. Er wischte seine Wangen mit den geballten Fäusten wie ein Kind. Dumm sah Douglas aus, wie er weinte, dumm und ungeübt, ein Neuling in der Kunst der Verzweiflung. Die ganze Zeit starrte er Marie an, vorwurfsvoll, weil sie nichts unternahm. Marie ließ ihn weinen, bis er nicht mehr weinen konnte.

«Ich möchte zeichnen», sagte Douglas, als er wieder zu Atem kam, «warum kann ich nicht zeichnen?»

«Ich bin deine Ausflüchte leid, Douglas Fortescue.»

«Wenn ich sie abzeichnen könnte», beharrte Douglas, «ich meine, nicht schreiben, nicht die Wörter, wenn ich sie zeichnen könnte, ganz wie sie sind, das wäre, ich meine, dann hätte ich ...»

«Dann hättest du sie noch immer nicht, oder?»

«Doch», sagte Douglas, «doch doch doch.» Er schluchzte. Er hielt sich den Mund zu.

«Ich will sie haben, die Leute, verdammt», flüsterte Douglas, «die verdammte Wahrheit, das Ganze, ich will, verdammt, ich will ...»

«And I squeezed it out like grapes in autumn», rezitierte Marie spöttisch, und sie fügte hinzu: «Douglas, mach dir keine Sorgen, deine schlechten Gedichte sind wahrer, als du glaubst.»

«Ich will sie haben», wiederholte Douglas. Vielleicht hatte er Marie gar nicht gehört. «Ich will sie haben», sagte Douglas, und er sagte «ich will jemanden haben», und dann sagte er «ich will auch», immer wieder, und dabei liefen ihm die Tränen übers Gesicht, und er wischte sich dauernd über die Wangen und wiederholte seine Wünsche, die er selbst nicht verstand, haben haben haben.

«Sag mir ein anderes Wort», bat Marie endlich, «ich bin dein Gestammel leid.»

«Ich will zeichnen können», sagte Douglas.

Marie grinste.

«Das Leben», sagte Douglas, «das Leben, wie es ist. Jemanden zeichnen. Alles. Jemandes Haut ...»

«Du bist arg bescheiden. Eddie Boyd wollte das Herz.»

«Leben», sagte Douglas.

«O Gott», lachte Marie, «Leben, jetzt sagt er *Leben*, und gleich sagt er *Liebe*, und dann ist der Katalog perfekt.»

«Leben», wiederholte Douglas störrisch.

«Komm. Der liebe Gott hat dir das Leben gegeben. Es ist banal.»

«Mir?»

«Ja, dir. Frag mich nicht, warum er das tat.»

«Gar nichts hat er mir gegeben», rief Douglas, «überhaupt nichts, ich, ich will ...»

«Hör auf zu jammern!»

«Ich will auch!» schrie Douglas. Er schluchzte.

«Du bist widerwärtig.» Marie nahm wieder Douglas' Hand, naß von seinen Tränen. Sie wischte die Finger mit ihrem Plaid trocken. Sie rümpfte ein wenig die Nase. «Widerwärtig», wiederholte Marie, «wehleidig, gierig, ängstlich, frech, und so ein großer Auftritt.» Sie tätschelte Douglas' Hand, bis er aufhörte zu weinen. «Und untreu», fügte Marie hinzu. «Ganz gleichgültig, wer. Douglas nimmt jeden. Die Idee mit dem Album war gut. Du solltest das niederschreiben. Häute von Leuten, aufgezogen auf Bütten, genannt das süße Leben. Irgend jemandes Haut. Warum schreibst du das nicht einfach hin und taufst es *Pain*?»

«Marie ...»

«Ja, Douglas?»

«Würdest du mitkommen, fort von hier, ich meine ...»

«Ist das ein Antrag?» Marie lachte. Es klang nicht freundlich.

«Marie ...»

«Du meinst mich nicht», sagte Marie, «du lügst.»

Douglas schwieg. Er machte seine Hand frei. Er sah Marie lange an, und dann sagte er: «Ja, das war gelogen, du hast recht.»

«Hast du je», fragte Marie, «hast du jemals bei jemandem gelegen?»

«Was?»

«Du faselst von Haut. Hast du je bei einem gelegen, bei einem deiner handverlesenen kleinen Lords? Die Leute sagen, das hilft gegen die Gier. Hast du es je versucht?»

Douglas schüttelte heftig den Kopf, dann sachter, dann hielt er ihn still.

«Ich habe bei einem Mädchen geschlafen, du wirst es nicht glauben», murmelte Douglas.

«Aha? Und?»

«Sie starb an der Cholera.»

«Eine Tragödie!»

«Ich wollte sie heiraten. Das ging nicht.»

«Gewiß.»

Douglas nickte. Er wiederholte das, «gewiß». Er sah Marie ins Gesicht.

«Ich weiß nicht mehr weiter», sagte Douglas.

«Aha?»

«Wenn ich zeichnen könnte, ich meine, vielleicht ...»

«Fahr heim nach Greenwich. Geh schlafen.»

«Und du, Marie?»

«Hör auf.»

«Was machst du, Marie van den Hove?» beharrte Douglas. Marie schüttelte den Kopf. Sie gab Douglas einen leichten Stoß. Er stand auf.

«Ich», sagte Marie, «ich koche *Colours*, ich träume von Donny, ich habe kein Mitleid mit dir. Ich mag dich nicht, Douglas. Ich mag dich einfach nicht. Komm wieder, wenn du sprechen möchtest. Du magst mich auch nicht. Wir sind ein gutes Paar.»

«Wenn ich zeichnen könnte, ganz nach der Natur ...»

« ...dann wärest du sicher erlöst.» Marie lachte wieder ihr unfreundliches Lachen. «Gestern hast du geschrieben. Heute möchtest du zeichnen. Morgen filetierst du die Knaben und ißt sie mit Pfeffer und Salz. Und satt wirst du doch nicht, Douglas, glaub mir, satt wirst du nie, solange du nicht einmal ihre Namen behältst.»

«Namen?» fragte Douglas. «Meinst du, wenn ich die Namen wüßte …»

«Sei still», sagte Marie, «hau ab.»

Sie wandte Douglas den Rücken zu. Sie wärmte ihre Hände über dem Brenner. Sie gab keine Antwort mehr.

Douglas ging davon, verfroren, verwirrt, verheult. Die letzten Gäste vergnügten sich mit dem letzten Chloroform. Sie sahen den Hausherrn nicht. Er ging nach draußen. Er fand seine Kutsche. Er fuhr zurück nach Greenwich, übergab sich und ging zu Bett.

X

Marie war verwundert und vielleicht auch ein wenig enttäuscht, wie schnell sich Douglas erholte nach jener tränenreichen Nacht. «Ein dramatisches Intermezzo, eigens für dich», sagte Douglas, als er sie ein paar Tage später wiedersah, «nicht wahr, du hast mich unterschätzt.»

Marie gab keine Antwort. Sie schnitt die Tollkirschen hinter den Follies, und sie kochte *Colours*, obwohl das längst keiner mehr haben wollte.

«Ich bin nutzlos», sagte Marie.

«Ich auch», entgegnete Douglas. Er ging und widmete sich seinen Gästen.

Eine Weile war der Auftritt in der Papiermühle zu Hatley das liebste Gesprächsthema von London. Das Gerücht hatte Fortescues Kuß schnell in etwas weit Schlimmeres verwandelt, es gab eine Karikatur in *Fashionable Life* und viel Polizei auf den Festen der Follies. Ein paar weitere Väter ermannten sich und nahmen ihre Söhne in Gewahrsam. Man gab Douglas Namen, die Jeremy die Schamesröte ins Gesicht trieben. Douglas lächelte.

«Ich will zeichnen», sagte Douglas zu seinem Bruder, «zeichnen nach der Natur. Bilder auf Glas, umklebt mit Kaliko. Bilder für eine magische Laterne. Ich will sie heimtragen, verstehst du? Die ganzen Follies, alle Leute, festgehalten auf handlichen Platten. Ich will sie in eine Schatulle legen und neben mein Bett stellen. Ich will sie beleuchten mit einer Gaslampe, wenn ich Lust dazu habe, jederzeit, wenn ich möchte, und dann sind sie bei mir und leisten mir Gesellschaft. Verstehst du, Jeremy?»

«Du bist jetzt verrückt geworden, nicht wahr?» fragte Jeremy erschöpft.

«Wie macht man das: zeichnen nach der Natur? Sag mir das. Wie machen sie das, die Künstler? Kann man das lernen? Kann man das vielleicht kaufen? Sag mir, Jeremy: Bist du so gut, einen Mann zu suchen, der mir Bilder macht von den Leuten?»

Jeremy wandte sich ab.

«Geh nicht weg», bat Douglas, «hilf mir.»

«Ich bin's leid», sagte Jeremy.

«Hilf mir», wiederholte Douglas, «ich bin's auch leid. Das Gerede. Ich mag nicht mehr hören. Ich will sehen. Ich mag nicht mehr schreiben. Ich will Bilder. Bitte. Jeremy. Hilf mir dabei, sag, wie geht das denn, zeichnen nach der Natur?»

Jeremy schnaubte und ließ seinen Bruder stehen.

Allmählich wurde diese Laune ein wirklicher Spleen. Douglas nahm die Brille ab. Douglas schaute. Er schlich durch seine Follies, durch die immer gleichen Feste, die immer gleichen Klänge der Walzer, und er starrte die Leute an, als seien seine Augen wirklich zwei Skalpelle, mit denen er ihre Häute abschälen könnte, um sie dann aufzuspannen und zu durchleuchten mit einer magischen Lampe. Selbst jene, die das Chloroform bereits mehr als willfährig gemacht hatte, die nämlichen, die Douglas' Stenographen ahnungslos ihre Wörter überantworteten zur weiteren Verwendung, erschraken und wandten sich ab, wenn der Fabrikbesitzer sie anschaute mit diesem Blick. Als könne er sie spiegeln auf seiner Netzhaut und heimtragen in sein stilles Zimmer – Douglas starrte sie an, mit gerunzelten Brauen, die Augen weit offen, zwei gierige grüne Mäuler in einem bleichen Gesicht. Es war, als sei plötzlich alles vom Gehör übergegangen auf den Gesichtssinn – alle Aufmerksamkeit, alle Gier. Douglas' Blick war kaum zu ertragen. Er machte die Feste der Follies ungemütlich. Zum erstenmal fühlten sich Leute belästigt in ihren vergitterten Alkoven, ertappt und fast entkräftet durch diesen hungrigen und ewig unbefriedigten Blick.

Douglas fuhr nach London. Er besuchte die Ausstellungen der Royal Academy, die jährliche Präsentation der School of Design, die National Gallery mit ihren alten und neuen Schätzen. Er fand Leinwand mit Farbe darauf. Er fand weder die Wahrheit noch aufgezogene Häute. Leinwand, Öl, bisweilen das eine oder andere Aquarell – das machte Douglas Fortescue nicht glücklich. Er fuhr zu den Vauxhall Gardens und suchte nach *Ghosts, Ghouls and Girls*. Onkel Welly war fort. Man hatte ihn öffentlich verprügelt, weil er sich hatte erwischen lassen bei der Betastung eines Gymnasiasten. Er war fort, und er hatte seine Laterna mitgenommen. Auch Onkel Welly würde Douglas nicht helfen können, und es half ihm ebenfalls wenig, wenn er täglich seinem Bruder in den Ohren lag, dieser möge ihm einen Zeichner besorgen, einen kunstreichen Protokollanten der lautlosen Bestandteile des Lebens.

Douglas war die Wörter so leid. Er konnte minutenlang eine einzige Locke anstarren, die einem beliebigen Jüngling in die Stirn wehte. Er träumte weiter von Bildern. Er träumte von seinem Album mit Häuten. Einst war Douglas so geschickt darin gewesen, einen Spleen in die Tat umzusetzen. Er hatte seine Fabrik bekommen. Er hatte auch Stretton House bekommen, mitten im Regent's Park. Er hatte Earls und Lords, die dichteten, ohne es zu merken, er hatte die Follies, die Dampfpressen, er hatte die Stenographen und den Ruhm. Eben war sein neues Buch in der Binderei, *The Waltz*, und die Listen der Subskribenten füllten schon Jeremys Akten. Sogar Jeremy hatte Douglas bekommen, den braven Bruder, den Handschuhschneider Jeremy, der haßte und doch gehorchte.

Sogar die Rache hatte Douglas bekommen, die gar nicht so süße Rache in Hatley. Alles. Nur nicht die Bilder. Er hatte weder Kraft noch Ideen für diesen Plan.

Douglas jammerte. Er jammerte bei Jeremy, und er jammerte bei Marie. Jeremy wandte sich ab, Marie lachte ihn aus. Douglas wollte seine Bilder. Er wollte seine gezeichneten Leute, verfügbar, lautlos, verwahrt in einem netten Etui, vom Leben kopiert und fixiert auf Streifen in Kaliko, wie sie der Onkel einst durch die Laterne geschoben hatte in dem Verwalterhaus, damals, als Douglas lernte, nichts zu merken. Vielleicht war es das. Douglas war dabei, diese Kunst zu vergessen. Er merkte viel, in jenen Tagen, die auf die Reise nach Hatley folgten. Er mochte das nicht. Es half ihm auch nichts. Er strich jetzt manchmal über Weingläser und ließ sie singen, aber Wellesleys Trick hatte keine Wirkung. «Du merkst nichts», sagte Douglas, «du merkst nichts, nichts, gar nichts», und er merkte doch etwas, und es tat weh, und er wußte nicht einmal, was es eigentlich war.

Douglas fuhr nach London und folgte wildfremden Leuten. Er sah ihnen zu auf dem Weg in die Arbeit, bei Spaziergängen und Besuchen im Wirtshaus, er sah in die Fenster ihrer Wohnungen, und er fand doch nichts, was ihn tröstete. Niemand legte sich in Douglas' Etui. Niemand ließ sich heimtragen und verwahren neben dem Bett. Die Laterne des Douglas Fortescue war kaputtgegangen, und er jammerte nach Zeichnern und nach dem süßen Leben, bis Jeremy ihn mied und Marie nur noch lachte.

«O Douglas», seufzte Marie, «du solltest es endlich verstehen. Es ist vorbei. Die Zeit ist davongelaufen. Wir sollten uns ein Loch graben in Mutter Erde, alle beide, und Abschied nehmen von dieser Welt. Die Stenographen schreiben längst besser als du. Die Leute wollen längst nicht mehr Belladonna. Es ist vorbei, Douglas Fortescue. England hat eine neue Königin. Das, was du suchst, ist längst erfunden. Liest du eigentlich nie die Zeitung?»

«Was?» fragte Douglas weinerlich. «Königin? Erfunden?»

«Wir haben eine Königin Victoria seit bald zwei Jahren», sagte Marie und wärmte ihre Hände über dem Brenner, «und man hat längst erfunden, wie man Leute auf Platten bannt und heimträgt in Schatullen. Es ist schon vorgemerkt zum Patent.»

«Was?» wiederholte Douglas, aber Marie war nicht bereit, ihre Rätselworte zu erklären. Sie lachte Douglas aus. Sie empfahl ihm immer wieder, ein Loch zu graben und hineinzuschlüpfen, um die moderne Welt endlich von sich zu erlösen.

«Ich bring' mich nicht um», sagte Douglas, «ich schwör's dir, Marie, das tue ich niemals, und es ginge auch gar nicht, denn ich bin ...»

« ...unsterblich, ich weiß.» Marie lachte.

«Was haben sie erfunden?»

Marie schüttelte stumm den Kopf.

The Waltz kam in den Handel. Es waren wieder einzelne Gedichte, längere und kürzere, wirre und weniger wirre, meist wohltönend, bisweilen düster, mit Geschick arrangiert vom Dichter Fortescue. Presse und Gesellschaft sprachen über *The Waltz*, stritten und beurteilten, deuteten und deuteten neu. Douglas war noch immer in Mode, Marie konnte sagen, was sie wollte. Die Geschichte aus Hatley half dem Gedichtband auch, und man suchte nun überall nach Hinweisen auf die widernatürliche Liebe. Natürlich wurde man fündig. Man konnte alles finden in Fortescues Büchern, denn Chloroform gebiert Rätsel, und Rätsel gebären des Rätsels Lösung. Es gab einen kleineren Skandal über ein paar Verse, die man deutete im Sinne des griechischen Lasters, obwohl Moodie, dessen Worte das waren, nichts anderes gemeint hatte als eine Tanzfigur. *The Waltz* verkaufte sich gut. Follies Press & Publishers, denn so nannte sich das Unternehmen, hatte Micklewright & Summers schon fast überholt.

Sie hatten dann einen Toten zu beklagen in den Fortescue Follies, einen jungen Mann namens Alexander Mackenzie, der einem Atemstillstand zum Opfer fiel nach dem überreichen

Genuß vermischter Gifte. Mr. Mackenzie hatte den Brüdern ein schönes Geschenk gemacht, ein Haus in Edinburgh oder anderswo im Norden; Douglas konnte das nie behalten. Er behielt auch den Namen Mackenzie nicht. Er kondolierte den falschen Leuten. Er verschlief die Beerdigung, und die Presse nannte ihn grausam. Jeremy nahm das schottische Haus zu den Akten.

«Ich muß *Pain* schreiben», sagte Douglas, «es ist eine schmerzvolle Zeit.» Er befahl den Stenographen, gut acht zu haben auf alles Bekümmerte, und er schickte sie zu Moodie, denn Moodie war bekanntlich melancholisch. Die Schreiber taten ihr Bestes. Douglas prüfte ihre Blöcke und sagte nein. Er wollte das Geplapper nicht. Er fuhr in die National Gallery und betrachtete die alten Meister. Er betrachtete Licht und Schatten auf den Gesichtern flämischer Bauern. Er sah Pinselstriche, und er sah das Gewebe der Leinwand. Douglas wandte sich ab. Er verfluchte seine guten Augen. Wäre er kurzsichtig gewesen, vielleicht hätte er die Lügen geglaubt, die ihm hier aufgetischt wurden unter dem Namen Kunst. Douglas war nicht kurzsichtig. Zwangsläufig unterschied er die Leinwand vom Leben. Leben? *Jetzt sagt er Leben und gleich sagt er Liebe und dann ist der Katalog perfekt.* Die Unkenrufe der Marie van den Hove. Douglas schauderte. Er fuhr zurück nach Greenwich. Er wollte *Pain* schreiben, wie geplant. *Pain.* Das letzte Buch. Marie hatte recht, es würde nicht ewig so weitergehen können.

Douglas entließ die Stenographen mit einer guten Abfindung, und er begann wieder selbst zu schreiben. Ein paar Tage hatten die Follies geruht – denn Jeremy bestand darauf, daß man der Form halber das gotische Werktor ein wenig geschlossen hielt nach dem Tod des Mr. Mackenzie –, aber nun drehten sich die Schwungräder der Druckerei und des Walzers erneut. Man besorgte eine neue Auflage von *Iron.* Man redete, man tanzte, man fühlte. Douglas ging hin mit Block und Stift, und er leckte das trockene Blei in der Hoffung auf schmerzliche Empfindungen. Er verfolgte Moodie. Er bekam nichts von ihm. Er verfolgte andere. Nichts. War es vorbei mit dem Dichter Fortescue und seiner Beute? Warum kam da nichts? Nichts kam. Nur Wörter. Kein Wohlklang, kein Sinn, kein Schmerz, keine Freude, am allerwenigsten Poesie oder das sogenannte Leben. Das Chloroform machte sie schlapp statt gesprächig. Der Walzer nahm ihnen den Atem. Unbeirrt die Druckerei hinter den schmiedeeisernen Chorschranken, und die Fratzen der Wasserspeier starrten hinab in die Fabrik, die Mäuler offen und trocken und stumm. Douglas versuchte es dreimal, drei Nächte, drei Feste lang. Er hatte sich *Pain* versprochen. Man subskribierte längst für *Pain*. Douglas leckte an seinem Bleistift und schrieb kein einziges Wort.

«Es geht nicht», sagte Douglas zu Marie, die still in ihrer Ecke kauerte, «es geht nicht, es geht nicht, es geht nicht.»

«Aha?»

«Ich will *Pain* schreiben», murmelte Douglas, «ich habe es geschworen, ich mag den Titel, und es ist schon angekündigt.»

«Warum schreibst du's nicht?» fragte Marie.

«Weil ich nichts finde im Saal. Sie sind still geworden.»

«Warum schreibst du's nicht einfach», wiederholte Marie, «warum machst du dir so eine Mühe?»

«Wie – schreiben?»

«Setz dich hin und schreib's, gütiger Gott!» stöhnte Marie.

«Ich?»

«Ja, du! Du bist doch der Dichter! Du solltest wirklich die Zeitung lesen. Du verpaßt viel, Douglas Fortescue. Sie bestätigen dein Talent. Sie schreiben über die neue Königin, über Erfindungen und über dich. Du bist empfindsam und ein Poet. Du bist düster und verwegen. Du bist schlimmer und besser als Byron. Gott, Douglas, warum schreibst du's nicht einfach!»

Douglas sah sie entgeistert an.

Marie lächelte. «Du weißt hier mehr über *Pain* als alle anderen», sagte Marie, «schreib's hin und gib's in die Presse.»

«Ich?» fragte Douglas, «*was* soll ich wissen?»

Marie lächelte noch immer. «Schade. Ich hätte es gerne

gelesen. Dein Gedicht. Dein Gedicht über *Pain*. Du bist langweilig, Douglas. Du bist feige und bequem. Komm, nimm den Block. Ich mach's für dich.»

Douglas verstand nicht. Er kaute auf seinem Bleistift. Er wünschte sich, daß ihm Marie ein Shortbread gäbe, aber er wollte nicht darum bitten. Er wollte sie auch nicht fragen, was ihre Rede bedeutete. Er betrachtete ihre zerzausten Haare, in denen das eine oder andere Blättchen hing, und er dachte an Bürste und Brennschere. Wie sähe Marie wohl aus, frisiert à la grecque? Douglas schwieg.

«Ich mach's für dich», wiederholte Marie, «ich singe dir das Lied von deinen malerischen Schmerzen.»

Douglas verstand sie noch immer nicht. Marie lehnte sich gegen die Wand und zog die nackten Füße unter ihre Röcke.

«Nimm den Stift», sagte Marie.

«Bitte?»

«Ich spreche, du schreibst, und dann ist das endlich erledigt.»

«So geht das doch nicht!» rief Douglas entsetzt.

«Was geht nicht?»

«Das darf … das muß … das darf nicht …»

«Das darf nicht freiwillig sein, willst du sagen, das muß heimlich geschehen?»

Douglas nickte.

«Warum?»

Douglas gab keine Antwort.

«Warum», wiederholte Marie.

«Nie hat es einer gewußt», flüsterte Douglas, «nie hat es einer wissen dürfen, nie, nie hat es einer freiwillig getan …»

«Sei still», sagte Marie, «bringen wir es hinter uns.»

Sie schloß die Augen. Douglas nahm den Stift.

Und so entstand das Buch namens *Pain*. Marie van den Hove diktierte es Douglas in die Feder. In barschem Tonfall, die Augen geschlossen, sagte Marie ihre Sätze. Douglas hörte ihr nicht zu. Douglas schrieb, wie er es gelernt hatte bei Gericht, Worte vom Ohr in die Finger. Marie saß unbewegt, die Mundwinkel ein wenig herabgezogen, die Arme um die Knie gelegt, und sie sprach streng und ein wenig angewidert, als erstatte sie gezwungenermaßen Bericht über allerlei ungute Vorfälle. Douglas schrieb. Marie hatte das befohlen. Marie hatte gesagt, man müsse es hinter sich bringen, und Douglas gehorchte. Er schrieb, ohne zu hören, geschweige denn zu verstehen. Er wollte nicht wissen, was Marie ihm sagte. Es war Arbeit, die getan werden mußte. Irgendwann verstummte Marie mitten im Satz, und Douglas ließ den Stift sinken. Er war trocken und spröde. Douglas hatte ihn nicht befeuchtet, denn sein Mund war trockener als das Blei.

«Tee?» fragte Marie.

Douglas nickte. Er bekam seinen Tee. Marie trank den ihren.

«Ich bin längst volljährig», sagte Marie, «ich bin frei und werde gehen.»

Douglas gab keine Antwort. Er wollte sich bedanken für *Pain*, aber er schwieg. Er wollte sagen «geh nicht», aber er schwieg weiter. Er trank seinen Tee aus und stand auf.

«Viel Glück, Douglas», sagte Marie. Douglas nickte. Er ging davon mit seinem Protokollblock, ohne sich noch einmal umzuwenden.

Am nächsten Tag war Marie van den Hove verschwunden. Sie hatte ihre Pflanzen zerhackt und zusammengekehrt zu einem Haufen Kompost. Das Laboratorium war aufgeräumt, Brenner und Kocher zugedeckt, die Glasflaschen leer und gesäubert. Keinen Tropfen Gift hatte die Holländerin hinterlassen, keine Spur, keinen Gruß. Douglas ließ die Follies schließen und machte sich an die Reinschrift von *Pain*.

Er schrieb ab, was Marie gesagt hatte, Seite um Seite. Er brach die Zeilen, sonst tat er nichts. Er arrangierte nicht und er akkomodierte nicht. Keine Brennschere für *Pain*. Douglas merkte erst nach einer Weile, daß das alles ihn selbst meinte –

you are like a puppy
lapping up the words

someone spilt in his drunkenness
lapping up spilt life
lamenting your destiny

Douglas schrieb, und er versuchte, nicht zu lesen. Er wollte nicht. Irgendwann mußte er. Er hörte Maries Stimme, heiser und verächtlich –

dig down, deep into the barren earth,
for the sun is loath to look on your face.
Life, Love, your words are trite and worn
seek shelter
take leave
you are useless.

«Ein Brief», murmelte Douglas, während er schrieb, «sie hat mir einen Brief diktiert, und ich habe das gar nicht gemerkt.» Er kopierte die letzten zwei Zeilen.

That is pain.
It might be peaceful.

Jeremy klopfte. Sie hatten Marie van den Hove aus der Themse gefischt. Douglas sah seinen Bruder wortlos an. «Sie werden ermitteln», sagte Jeremy, «keiner kannte sie außer uns, sie stand in unseren Diensten. Weißt du …»

«Marie stand in niemandes Diensten», sagte Douglas.

«Weißt du, warum sie …»

«Wundert dich das wirklich?»

«Natürlich wundert mich das», rief Jeremy empört, «ein junges Mädchen, Himmel, sie hat sich ertränkt, hörst du mir eigentlich zu?»

«Marie», wiederholte Douglas, «stand in niemandes Diensten.»

Er wies zur Tür. Jeremy blieb stehen. Jeremy starrte seinen Bruder an, suchte in seinem Gesicht nach Kummer, nach

Schreck, Betretenheit oder schlechtem Gewissen. Nichts fand Jeremy in Douglas' Gesicht. Wieder zeigte Douglas zur Tür. Jeremy ging davon.

Eine Weile saß Douglas reglos. Dann nahm er die Feder, und er schrieb unter die Reinschrift –

when the last one leaves
that is pain at its utmost
it might be peaceful
it should be the end.

Das waren die ersten und letzten Zeilen, die Douglas W. Fortescue in seinem Leben dichtete.

Wenige Tage nach Maries Tod ließ der Fabrikherr ein Fest ausrichten in den Fortescue Follies, zu dem er alles einlud, was in London Rang und Namen hatte. Er ließ Einladungen drukken und sie einzeln zustellen, eine Neuerung in der Geschichte der Follies. Er schrieb persönlich an Micklewright & Summers. Er schrieb an alle Zeitungen. Er schrieb an die Royal Academy und an die Herren vom Athenaeum und vom Reformclub. Ein Fest zu Ehren der englischen Muse. Er schrieb sogar an die Polizei von London und an die Zensurbehörde. Er bat um zahlreiches Erscheinen. Und als die Follies dann ihre gotischen Tore öffneten, stand Douglas am Eingang und machte die Honneurs, und auch das war eine Neuerung. Es kamen viele, trotz oder wegen der Skandale. Es kam die Presse, die Herren der Academy, das halbe Athenaeum, fast der ganze Reformclub. Douglas bedankte sich artig bei jedem. Er hatte seine Brille in die Haare geschoben und schüttelte Leuten die Hände. Mehrere Tafeln waren gedeckt in der Werkhalle, Silber auf Eisen, und es gab Tischkarten für die Ehrengäste und eine besondere Ecke für die Herren von der Presse. Lady Catterick kam mit ihrer inzwischen verheirateten Tochter, und sogar die Lords Warrington, Moodies Verwandte, und es kamen auch Micklewright & Summers, obwohl sie böse waren auf Douglas und seine Dampfpresse. Es war eine große Gesellschaft, die größte seit langem. Douglas wartete, bis sie alle saßen, und er setzte sich dann auf den Platz des Hausherrn, neben Jeremy, der ihn keines Wortes gewürdigt hatte seit Maries Tod, und er sah den Leuten ruhig beim Essen zu. Bedienstete in Kammgarn servierten, und die Gäste aßen, ein wenig verwundert vielleicht, wie gut die Follies neuerdings bewirteten. Douglas wartete, bis man den Braten verzehrt hatte, dann stand er auf.

«Ich möchte, meine Freunde», sprach Douglas, «das Glas erheben auf mich und meine Fabrik.»

Er tat das. Die Gäste taten es ihm nach. Es war zwar ein seltsamer Trinkspruch, aber man wußte ja, der Dichter war exzentrisch. Folgsam tranken sie auf Fortescue und seine Fabrik.

«Erlauben Sie mir, meine Damen und Herren», sagte Douglas weiter, «Ihnen eine kleine Geschichte zu erzählen am heutigen Abend, damit Sie etwas haben, über das Sie sich freuen können beim Dessert. Es ist die Geschichte von mir und der Poesie. Ich weiß, meine Freunde, es wird Sie interessieren.»

Irgend jemand applaudierte. Viele wunderten sich, wie flüssig Douglas sprach, feierlich und gar nicht verlegen.

«Ich habe», sagte er, noch immer stehend, das Glas in der Hand, «keine einzige Zeile gedichtet in meinem Leben. Ich habe die Geständnisse eines geisteskranken Mörders protokolliert in Manchester. Das nannte ich *Thirst*. Ich habe festgehalten, wie Art Norcombe scherzte mit einer Hure, Netty Pyke aus Whitechapel, und das nannte ich *Art & Nature*. Art Norcombe starb an der Syphilis, deshalb erbte ich Stretton House. Ich schrieb nieder, was Donny Hughes, der kleine Rochester, alles sah im Delir und mir sagte, das war dann das Buch namens *Colours*. Ich stenographierte, was meine Gäste faselten, wenn sie berauscht waren von Belladonna und Chloroform, das sind die Gedichte in *Iron* und *Dreams* und *The Waltz*. Die Frau, die die Gifte mischte, die wir verwendeten, um die Zungen zu lösen, Marie van den Hove, eine Holländerin, ertränkte sich vor kurzem in der Themse. Alexander Mackenzie starb dito, nachdem er mir ein Haus schenkte. Ich bin ein reicher Mann, meine Damen und Herren, und ein berühmter Dichter. Man liest mich in Paris und New York. Ich möchte die Gelegenheit ergreifen und Dank sagen, Dank allen, die meine Gedichte machten für mich und mir Geld gaben, die Lebenden und die Toten, und ich feiere ein Fest zu dieser Gelegenheit, und ich bitte nun um einen zweiten Toast, auf mich und die Fortescue Follies, auf den Dichter, der nicht dichtet, und all seine Freunde, die das stets so freundlich für ihn taten, und einen Toast auf Lord Stretton, Mr. Mackenzie und Marie, die starben, und einen Toast auf Mr. Prickett und all die anderen, die noch leben und dieses Unternehmen finanzieren. Darf ich bitten, meine Damen und Herren?»

Douglas hob das Glas und trank.

Es war sehr still in den Fortescue Follies. Douglas stellte sein Glas umsichtig zurück auf den Tisch.

Er beugte sich zu Jeremy. «Es tut mir leid, Darling», flüsterte Douglas, «du mußt das jetzt ganz alleine ertragen», und dann schob er seinen Stuhl zurück und ging davon. Er ging durch die Halle und den ganzen Weg bis zum Vorraum, ohne daß einer etwas gesagt hätte. Erst als er über die Schwelle ins Freie trat, begann drinnen das Geschrei. Douglas seufzte erleichtert. Es war vorbei, endlich, endlich war diese Geschichte beendet.

Nur *Pain* würde noch in die Presse müssen. *Pain*. Das Gedicht von Marie und Douglas.

Er stieg in die Kutsche und fuhr heim nach Greenwich. Er ging in seine Wohnung und schickte den Diener fort. Douglas wollte zu Bett gehen. Er war müde, und er vermutete, die nächsten Tage würden anstrengend werden, schlimm, ja, aber auch lustig. Douglas seufzte noch einmal, und er merkte, er freute sich wirklich ein wenig auf das, was kommen würde in den nächsten Tagen, das Gezeter, die Entrüstung, der Skandal. Douglas lächelte und begann sich auszuziehen.

Als er schon im Hemd war, sah er, daß ein Brief auf seinem Nachttisch lag. Er wußte nicht, woher dieser Brief kam. Er war an ihn adressiert, zugestellt wohl durch einen Boten, denn er trug keinen Vermerk von der Post. Douglas setzte sich auf die Bettkante und riß den Umschlag auf. Er fand eine Zeitungsseite aus *Chaney's Monthly*. Dabei lag ein Zettel, und auf diesem stand geschrieben:

Hier hast du, was du suchst, aber ich schwöre dir, es macht dich auch nicht froh. Viel Glück, Douglas, und Grüße, Marie.

Douglas hielt diesen Zettel lange in der Hand. Er fühlte sich sonderbar an, glatt und ein wenig klamm. Einen Moment lang war ihm, als spüre er das Wasser der Themse. Die Hexe Marie. Das Gespenst der Follies. Was hatte sie ihm noch zu sagen? Nach einer Weile faltete er das Zeitungsblatt auseinander. Es war ein Artikel aus der Rubrik *Schöne Künste*, und die Überschrift lautete *Bilder der Sonne.*

Douglas setzte sich auf die Bettkante und las –

Am 8. Januar dieses Jahres hat die Académie des Sciences zu Paris Nachricht erhalten von einer außergewöhnlichen Entdeckung auf dem Gebiete der Chemie und optischen Physik, welche es erlaubt, Objekte jeder Art auf die einfachste Weise und im kleinsten Detail dauerhaft abzubilden, ohne daß es eines Künstlers bedürfte. Es ist der folgende Prozeß: Eine Kupferplatte, mit Silber beschichtet und gewaschen in verdünnter Salpetersäure, wird in Joddampf gegeben, welcher das Silber mit einer dünnen Schicht überzieht. Die derart vorbereitete Platte wird sodann in eine Camera obscura gestellt und die Öffnung derselben auf ein beliebiges Objekt gerichtet. Nach einer kurzen Zeit, zehn bis zwanzig Minuten je nach dem Lichte, nimmt man die Platte heraus, und selbst das geübteste Auge kann nichts darauf entdecken. Sobald man sie jedoch dem Einfluß von Quecksilber aussetzt, das verdampft wird bei einhundertsiebenundsechzig Grad Fahrenheit, erscheint wie durch Zauberei das Abbild des Objektes, nach der Natur und kraft der Sonne gezeichnet, und es stimmt überein in jedem Zug und Merkmal. Wohlan, ihr Stahlstecher, Kupferstecher und Radierer – trinkt euer Scheidewasser und sterbt! Das findige Frankreich hat eurer schwarzen Kunst den Garaus gemacht. In Zukunft wird die Schöpfung, belebt oder unbelebt, ihr eigener Maler, Stecher und Drucker sein, und jede ihrer Äußerungen, so beiläufig und verstohlen sie auch sein mag, kann festgehalten werden auf unbestechlichen Platten. Nichts an dem Bildnis ist nicht die Natur selbst; nichts hat die Kunst hinzugetan oder vergessen: Es ist die gesunde, bittere, unverfälschte Wahrheit. Übermittelt wurde diese bewundernswerte Erfindung durch M. Arago. Ihr Urheber ist M. Daguerre.

«Gütiger Gott», murmelte Douglas, als er zu Ende gelesen hatte, «Gott im Himmel, das ist *wirklich* hübsch!»

Zweites Zwischenspiel

A*ls Joshua Jenkyns lesen* gelernt hatte, brachte er den Schulmeister von Decatur zurück in seine Schule und überfiel sodann die Northern Cross Railway, nicht weit von Meredosia.

Er konnte das schnaufende Metallhaus nicht leiden, das zehn Meilen weit über die Prärie rollte, hin und her, ohne ersichtlichen Grund; deshalb ritt er auf die Schienen und wartete.

Zwei Männer hingen mit Vater am Galgen. Drei waren übrig und folgten dem Sohn. Josh ließ die Toten klaglos den Krähen, denn er war nicht erzogen zur Empfindsamkeit.

Es war ein besonderer Tag für Northern Cross. Die Gebrüder Gregory hatten das Unternehmen gekauft von Mr. Higgins, und sie fuhren zur Feier des Tages die Strecke ab, begleitet von Damen, einem Journalisten aus St. Louis und dem Sheriff von Jacksonville, allesamt in der Lokomotive, denn es gab noch keine Waggons.

Die Gregorys übertönten die Kessel. Sie schrien ihren Gästen zu, was geplant sei für die Zukunft, Schienen von Quincy bis hinüber zum Eriesee und die besten Maschinen von Rogers & Ketchum. Es gab Champagner. Man brüllte ein Prosit, ein Hoch auf Illinois und die neue Zeit, während der Schaumwein auf die Pelzkrägen tropfte und die Damen ein wenig zitterten, um ihren Respekt kundzutun vor der rasanten Fahrt.

Little Josh wartete still auf den Schienen, das Pferd zum Standbild erstarrt wie er selbst. Vielleicht war das ein Erbe der Mutter: Der junge Joshua konnte reglos verharren wie ein alter Häuptling, Stunde um Stunde, ein Monument der Ruhe, kaum daß der Wind seine Haare bewegte. Als der Heizer ihn sah, hielt er ihn zunächst für ein lebloses Hindernis. Der Sheriff scherzte mit den Damen. Der Heizer runzelte die Stirn. Und als er dann begriff, wer das war, dieser steinerne Junge auf seinem steinernen Pferd, ließ er die Schaufel fallen und schrie: «Gott schütze uns, da steht der Sohn von Cyrus Jenkyns' Squaw!»

Joshua war berühmt bis hinab nach St. Louis, fast berühmter schon als sein Vater. Man erzählte schlimme Dinge über den minderjährigen Scharfschützen, den noch schrecklicheren Sohn des schrecklichen Cyrus. Das Metallhaus bremste, der Heizer suchte Deckung hinter dem Kessel, dann ging alles sehr schnell. Bevor er überhaupt den Abzug fand, hatte der Sheriff von Jacksonville keine Pistole mehr, denn der Junge schoß und traf und entwaffnete ihn, ohne jemandem ein Haar zu krümmen.

Es war leichte Beute für Joshua Jenkyns, das schnaufende Haus mit den albernen Leuten. Es machte nicht viel Spaß. Er pfiff seinen Männern und sah dann zu, wie man die Lokomotive räumte, wie man den Heizer hinter dem Kessel hervorholte und einen feigen Mr. Gregory hinter einer weniger feigen Dame, und wie man dann alle aufstellte vor dem Haus aus Metall und ihnen fortnahm, was sie bei sich hatten. Joshua schwieg, dann sagte er ein einziges Wort: «Bücher.» Aber niemand hatte ein Buch bei sich, und es gab nur ein wenig Silber und ein Perlenkettchen, nicht der Rede wert. Joshua winkte ab, als man den Damen an die Biberkrägen wollte. Er ließ sich die Beute zeigen. Er begutachtete schnell die Pistole des Sheriffs, aber sie gefiel ihm nicht, und er schlug das Schloß kaputt und warf sie dem Sheriff zurück. Der Sheriff fing sie nicht. Sie fiel auf die Schienen.

Joshua war abgesessen, als er die Beute bekam, nun lud er nach und saß wieder auf, das Gewehr in der Armbeuge. Er nickte den Fahrgästen zu, vielleicht ein Gruß, vielleicht ein Dankeschön. Er warf der Lokomotive einen zweifelnden Blick zu. Er wandte sein Pferd. Und hätte der Journalist aus St. Louis geschwiegen, so hätten die Annalen diesen Überfall nicht nur verzeichnet als den ersten, sondern vielleicht auch als den unblutigsten Eisenbahnraub westlich der Allegenies. Doch der Journalist verdarb alles. Er beugte sich zu der Dame neben ihm, und er flüsterte wichtig: «Sehen Sie, Madam, ein Halbblut.»

Und so mußte sich denn Little Josh doch noch einmal umdrehen, und er zielte und schoß, und der Journalist fiel um. So hatte er es gelernt, der Sohn von Cyrus Jenkyns' Squaw: Man läßt sich kein Halbblut nennen. Der Journalist aus St. Louis war weder der erste noch der letzte, den seine Weisheit über Joshuas Rasse das Leben kostete. Und es war keine Kunst, das zu raten, denn Cyrus' schottisches Blut hatte nicht viel vermocht gegen die schrägen Augen und die schöne Nase des Omaha-Mädchens, das Vater einst gekauft hatte für zwei Gallonen Schnaps, weil er einen Erben wollte für sein Unternehmen. Nur die Locken hatte Josh vom Vater, und vielleicht auch die Läuse, die sich so gut darin hielten, und er hatte Vaters Männer und Vaters bestes Gewehr. Das war sein Erbe. Dazu Amerika. Auch Amerika hatte Josh bekommen vom Vater, oder zumindest ein Stück davon. Joshua würde das alles gut verwalten, Locken, Läuse, Gewehr und Land. Die Männer gehorchten ihm. Sie waren es so gewohnt. Josh war noch keine fünfzehn, aber Josh war der Erbe, ein früh gekrönter Prinz, weil der König allzu jung starb. So war das. Die Männer nahmen es hin als Wille Gottes.

Joshua ritt nach Springfield. Vater hatte Springfield gemieden, aber Vater fraßen die Krähen. Josh hieß seine Männer warten, und er passierte Kapitol und Kirche hoch zu Roß, erstaunt über all die Leute in der großen Stadt. Er fand, was er suchte. Er saß ab. Verlegen, den Hut in der Hand, betrat Joshua Jenkyns den Buchladen von Springfield. Er schob den einzigen Kunden beiseite, einen Juristen namens Lincoln, der eben einen Roman erstehen wollte für seine Freundin Mary. Joshua verlangte Byron, alles, und bitte sofort. Er wurde bedient. Er zahlte mit dem Silber der Gregorys. Der Jurist namens Lincoln beklagte sich heftig, denn er ließ sich nicht gerne anrempeln von hergelaufenen Bengeln. Er schimpfte Josh einen Flegel und Frechling, dann sah er ihn genauer an und hieß ihn Indianerbastard, mehrfach und ziemlich laut. Joshua hielt seinen Byron. Er hielt ihn vorsichtig, wie ein zerbrechliches Tier. Eben war Joshua taub und blind für die Welt. Er hörte nicht, was der aufgebrachte Kunde zu ihm sagte. Er hörte auch nicht, daß draußen der Sheriff seine Leute sammelte. Man räumte die Straße, verscheuchte Frauen und Kinder. Josh stand reglos, so verliebt in seine neuen Bücher, *Childe Harold* und *Hours of Idleness*. Er war sehr unvorsichtig. Er mußte sich den Weg dann freischießen. Es war ein schwarzer Tag in der Geschichte von Springfield. Abe Lincoln dankte wochenlang dem lieben Gott, nachdem er erfahren hatte von Joshuas Gewohnheiten.

Joshua machte sich auf gen Südwesten, gefolgt von seinen Leuten, und er begriff erst allmählich, daß das wirklich stimmte: Er konnte ein Buch nehmen und lesen, Buchstabe um Buchstabe, Zeile um Zeile. Er schrie, als er das begriff. Er erschreckte die Männer. Er schrie diesen merkwürdigen Schrei, den er sich so recht erst zu schreien traute, seit Vater tot war, den Schrei für viele Gelegenheiten, für die Freude, für das Überfragtsein, für die Verwunderung, den Schrei für die Prärie, für die wütenden Leute aus Springfield und die geliebten *Hours of Idleness*. Josh erschreckte jeden mit diesem seltsamen Laster. Er erschreckte sogar sich selbst. Er wußte nicht, warum er das tat, wie ein Tier klang das, wie ein Geschöpf ohne Worte – aber manchmal, er konnte tun, was er wollte: Manchmal mußte Josh plötzlich schreien.

Ein Jahr lang blieb Joshua in Illinois und erntete, was es dort zu ernten gab. Es war nicht viel, aber Josh war bescheiden. Er träumte nicht von einer kleinen Farm, wie Vater das getan, wenn auch nicht zugegeben hatte. Er brauchte keinen Biberhut und auch keine Squaw. Ein paar Taschenuhren und Silber, das war Joshs Beute, denn das Gold lag noch unbehelligt am Sacramento, und die Banken bedruckten oft arg viel Papier. Oft war es kaum mehr als ein Spiel. Joshua liebte diese kleinen Armeen, die ihn bisweilen verfolgten, aufgestellt von dem einen oder anderen Sheriff und den Veteranen des Krieges von 12, die sich langweilten auf ihrem staatlich verliehenen Grund; er mochte das, wenn sie ihn jagten, und er mochte den leichten oder schweren Sieg. Er kannte das Land so gut. Es machte Spaß, hier zu spielen. Und Josh schrie und schoß, und Leute starben, und Josh ritt weiter, verlaust und verwildert und nicht zu erschießen, und auch die Galgen von Illinois warteten vergebens.

Bisweilen ritt Joshua in eine Stadt, und er sah zu, wie sich die Straße leerte, wenn er kam. Er suchte nach Büchern und wurde selten fündig. Er nahm sich manchmal ein Mädchen mit, möglichst blond und blaß, aus einem jener Häuser für das Vergnügen der Männer, und er bezahlte die Vorsteherin doppelt für diese Entführung, denn Little Josh wußte, was sich gehört. Es war die Pflicht eines Mannes, sich ein Mädchen zu holen von Zeit zu Zeit. Es gehörte dazu wie der Schnaps. Joshua hielt sich an diese Gesetze. Nach einer kurzen Dienstzeit irgendwo im offenen Land brachte er das Mädchen zurück, und ihr Preis war plötzlich gestiegen, denn man sang längst Balladen über Little Josh Jenkyns, und seine Wahl erhöhte den Wert einer Frau. Der Sheriff wartete schon, wenn Josh eine heimbrachte in ihr Etablissement, der Sheriff und ein paar Veteranen. Grimmig standen sie vor der Eingangstür, und sie erwischten Joshua doch nicht, und sie zahlten dann Wucherpreise für sein blondes Mädchen und gingen grob mit ihm um.

Josh war froh, wenn das erledigt war, die Sache mit den Weibern. Er ritt hinaus in die Ebene und blieb dort oft tagelang, und es schien seinen Männern bisweilen, als habe er seinen Beruf ganz vergessen. Er lag im Gras und beschaute die Blumen, Schmetterlingskraut, Hundszahnveilchen und Rauch der Prärie, die großen und kleinen Blausterne und die hübsche Blüte namens Black-eyed Susan, und er sagte leise her, was er längst auswendig konnte – *The roses of love glad the garden of life, though nurtured 'mid weeds dropping pestilent dew* – und er bewegte sich lange nicht.

Joshua unterhielt sich tagelang mit Lord Byron. Er erzählte

ihm von Black-eyed Susan, von den Toten, von dem Silber und von seiner neuen Waffe. Joshua war sehr stolz darauf. Er mochte bald mit nichts anderem mehr schießen, und er goß Kugeln, passend für diesen ungewöhnlichen Lauf. Er hatte die Waffe einem Reisenden abgenommen, irgendwo bei Peoria City. Es war eine zierliche Faustwaffe mit fünf Schuß und nur einem einzigen Lauf. Bislang hatte Josh alles gemieden, was mehr als einen Schuß abgab ohne Nachladen. Er haßte nichts so sehr wie jene klobigen und kopflastigen Pfefferbüchsen, die Waffe für Weiber und Idioten, die nicht umzugehen wissen mit einem Gewehr und nicht einmal mit einer Pistole. Ein Fehler der Zündung, und das Ding feuerte aus vier Läufen zugleich, nein, mit so etwas mochte sich Josh nicht befassen. Der Schatz des Reisenden aus Peoria war ganz etwas anderes. Josh kam ins Schwärmen. Er erzählte Lord Byron, wie schlank die Waffe war, wie sie die Kugeln in einer Trommel bewahrte, wie genau sie schoß und wie leicht sie sich hielt. Er zeigte Lord Byron seine Hände, denn Byron war ein Freund und durfte das wissen: Joshua hatte wirklich kleine Hände, noch immer, obwohl er wahrscheinlich längst fünfzehn war. Das Ding mit der Trommel war gut für kleine Hände. Joshua streichelte lange das schmucklose Eisen, und er las Lord Byron die Gravierung vor, *Samuel Colt, Paterson, New Jersey*.

«Ich will nach Westen», sagte Josh zu Byron, «ich will zum Mississippi und weiter, denn ich bin Illinois leid.»

Byron gab keine Antwort. Josh streichelte seinen Revolver. Er spannte den Hahn und entspannte ihn wieder und steckte die Waffe dann in den Hosenbund. Er würde sich ein Halfter besorgen für das Kunstwerk des Mr. Colt, damit es gut aufbewahrt sei und griffbereit.

Josh machte sich auf den Weg, die Männer hinter sich, Lord Byron neben sich, ein unsichtbarer Begleiter. Joshua liebte ihn sehr. Nur manchmal beschlich ihn ein leises Mißvergnügen, denn eines störte ihn an seinem Freund: die dauernde Reimerei. Wenn er nur einmal gesprochen hätte wie andere Leute, nur ein einziges Mal ohne Reime! Josh wußte das selbst nicht, aber er war schon kurz davor, Lord Byron die Treue zu brechen.

Sie erreichten den Mississippi bei der Mündung des Fox River und trafen dort eine Gruppe von Engländern, die flußaufwärts kamen, um die Landschaft zu genießen, nach Indianern zu spähen und Skizzen anzufertigen für einen Erlebnisbericht. Sie hatten die Anlegestelle verlassen und ritten ins Land mit einem bewaffneten Führer. Die Touristen kehrten heil zurück zum Mississippi, allerdings ohne Geld, ohne Uhren und auch ohne Geleit. Die Gentlemen waren unbewaffnet, ihre Pistolen lagen in satingefütterten Kästen auf dem Schiff. Sie machten auch keine Bemerkungen über Joshuas vermutliche Ahnen, denn die Briten sind höflich, und sie hatten ohnehin keinen Blick dafür. Sie erwarteten Krieger mit Pfeil und Bogen, die Gesichter bemalt und die Köpfe gefiedert, und keinen Jungen mit einem Revolver. Sie schwiegen, kehrten die Taschen um und überstanden die Landpartie unbeschadet. Sie bekamen sogar ein Dankeschön von dem Wilden; denn es gab einen einzigen Anlaß, zu dem Joshua dankte, und das war der Fund eines Buches.

Er nahm seine Beute mit und suchte ein Lager für die Nacht. Er aß mit den Männern und stellte die Wache auf, dann wischte er sich die Hände am Hosenboden ab, wie er es immer tat, bevor er ein Buch aufschlug, und er schaute sich an, was er da bekommen hatte. Es war ein schmales Bändchen in schwarzem Leder, *Douglas W. Fortescue*, *Colours*.

Es waren Gedichte, oder auch nur ein einziges, das war schwer zu sagen. Es ging so dahin, Seite um Seite, wenige Wörter, kaputte Sätze, und es gab keinen einzigen Reim. Joshua las *Colours* von der ersten bis zur letzten Seite, erstarrt, ein Stück Fels im Präriegras. Er merkte kaum, daß ihm das Lagerfeuer fast den Ärmel versengte. Als er das Buch fertiggelesen hatte, begann er wieder von vorne.

violets on gilded marble
livid faces with freckles

tiny pink spots on the tiny faces
of violets gone astray

Joshua verzog keine Miene. Er las das Buch dreimal. Er betrachtete lange die Titelseite. Irgendwann rollte er seine Dekke auf und legte sich zum Schlafen, den Kopf auf dem Sattel, den Revolver neben sich. Er nahm das Buch mit unter die Decke. Es war leicht und schlank, wie die Waffe des Mr. Colt. Es paßte gut in Joshuas kleine Hand. Er träumte von etwas Fremdartigem, das vielleicht vergoldeter Marmor war. Er griff gleich nach dem Buch, als er erwachte, noch vor dem Revolver. Er machte sich auf den Weg, Fortescue in der Jackentasche. *Violets gone astray.* Joshua wußte nicht, was das heißen sollte. Er nahm es persönlich, ohne zu wissen, wie und warum.

Sie überquerten dann den Mississippi, ein schwieriges Unterfangen. Es gab keinen Buchladen in Dubuque. Joshua richtete ein Blutbad an, vielleicht aus Übermut, vielleicht aus Enttäuschung. Einer seiner Männer wurde angeschossen, und Joshua tat Schwarzpulver in die Wunde und zündete das an, Cyrus' Trick gegen den Eiter. *Violets gone astray.* Joshua wußte noch nicht recht, ob er diesen Fortescue mochte. Sie ritten weiter, gefolgt von ein paar unentschlossenen Helden aus Dubuque, die dann bald abhanden kamen. Es gab keinen Buchladen am Red Cedar River und auch nicht in Warsaw oder Antwerp. Sie ritten weiter nach Muscatine. *Violets gone astray.* Eines Morgens merkte Joshua, daß Byron fort war. Ein anderer ritt an seiner Stelle, unsichtbar und treu und tröstlich, Fortescue. Er sprach in Rätseln, aber nicht in Reimen. Joshua merkte, er mochte ihn doch. Er traute sich lange nicht, mit Fortescue zu sprechen. Irgendwann fragte er ihn schüchtern, ob er mit ihm nach Westen wolle, und Fortescue antwortete, freundlich und reimlos, die Rätselworte eines Dichters, *there is a river, a milky brown like coffee.* Joshua nickte. Die Männer wußten längst, daß er mit Gespenstern redete, aber sie hatten keine Meinung dazu. Man sprach nicht mit Josh. Er mochte das nicht. Und es gab ja auch gar nichts zu sagen.

Joshua machte kehrt und ritt gen Westen, immer weiter, tage- und wochenlang. Fortescue war bei ihm. Fortescue schützte ihn. Joshua brauchte das dringend: denn er fürchtete diesen Weg.

Es gab nicht viel auf Erden, vor dem sich Joshua Jenkyns fürchtete. Auch Gott und der Teufel machten ihm wenig Sorgen. Es gab im Grunde nur eines, vor dem ihn wirklich graute, und das waren Indianer. Er hätte diesen Weg nicht gewagt ohne Fortescue. Er las *Colours* täglich, um sich Mut zu machen. Er sagte es vor sich hin. Er schrie es bisweilen in die Luft, *gilded marble*, ein Amulett. Er ritt weiter, und er sah sie dann wirklich, Ioways, Mesquakies, ein paar Familien unterwegs. Joshua biß sich auf die Unterlippe und gab dem Pferd die Sporen. *They creep, Lord God, these flowers* ... Er betete Fortescue, jetzt lautlos, und er merkte, wie die Zügel feucht wurden in seiner Hand. Er ritt weiter. Sie hatten magere Pferde, die Leute unterwegs, sie hatten Frauen und Kinder, Felle und gefaltete Zelte. Sie sahen Joshua kommen und ließen ihn unbehelligt passieren. Er senkte den Kopf. Es war überstanden. Als sie außer Hörweite waren, schrie Joshua seinen Schrei, und er schrie ihn so lange, bis er heiser wurde. Er hatte eine furchtbare Angst vor Indianern. Was sollte man tun mit Indianern? Denn Joshua Jenkyns hatte ein Geheimnis: Er durfte auf Indianer nicht schießen.

Er wußte das, seit er denken konnte. Man durfte auf alle schießen, auf die eigenen Männer, wenn sie frech würden eines Tages, zur Not auch auf Frauen und Kinder, die im Weg standen bei irgendeinem Gefecht – auf alle durfte Joshua schießen, aber nicht auf Indianer. Das war so. Er wußte nicht, warum. Niemand hatte es ihn gelehrt. Niemand durfte wissen von dieser Regel. Sie war da, und Josh mußte folgen. Nicht schießen auf die Rothäute. Und was, um Himmels willen, was soll man anfangen mit einem, auf den man nicht schießen darf, oder kann, oder will? Das hatte Josh auch keiner gelehrt, und deshalb fürchtete er sich. Winken? Gar reden? Eines dieser Handzeichen, das *Freund* oder *Friede* oder *Tauschen* bedeutet? Joshua kannte keine Handzeichen. Er wollte keine Handzeichen lernen. Das Sprechen mit dem Mund war schwierig genug – und sprechen mit einem, auf den man nicht schießen darf, wie sollte das wohl gelingen? Er hätte genausogut die Waffen ablegen können – denn die Regel war die Regel.

Joshua schauderte, als er die Familien kreuzte. Sie waren so friedlich. Das war schlimmer als alles. Wollten denn auch die Indianer nicht schießen auf Joshua Jenkyns? Das machte ihm fast noch mehr angst als das eigene Verbot. Er war sehr froh, als sie fort waren. Er traf andere auf dem weiten Weg. Und jedesmal, wenn er sich fürchtete, sagte ihm Fortescue seinen reimlosen Trost, und jedesmal vertrieb er die Indianer. Und als Joshua dann an den Fluß kam, an diese gewaltigen braunen Wasser, die sich träge dahinschleppten über zerborstene Bäume auf einem ungewissen und geheimnisvollen Weg, als er das sah und verstand, daß die Prophezeiung erfüllt war, da wunderte er sich überhaupt nicht. Joshua hatte den Dichter längst heiliggesprochen. Fortescue vertrieb die Indianer – natürlich wußte er auch um den Fluß. *There is a river, a milky brown like coffee* – Josh saß ab und grub ein Loch am Ufer, und er verscharrte dort seinen Byron, ohne Segen und ohne Gruß.

Zwei Göttern hielt Joshua Jenkyns fortan die Treue, mit all dem Starrsinn seiner fünfzehn Jahre: dem Dichter und dem Fluß, Fortescue und dem Missouri.

Ein Jahr verging, und Joshua lebte noch immer. Die Männer waren andere, wortlos und gehorsam, aber Josh war Josh, und sein Kopfgeld brachte schon Zinsen. Sie fingen ihn in St. Charles, und er schoß sich frei. Sie fingen ihn noch einmal, zwischen Liberty und Independence, eine kleine Armee des Hauses Chouteau & Sons, das auf Verbrecherjagd ging, seit sich die Biber nicht mehr lohnten; aber auch hier war nichts zu machen. Viele mußten sterben. Keine Kugel berührte Joshua Jenkyns. Er stand in der Landschaft und wartete tagelang auf die Trecks aus Santa Fe. Es gab Silber für Josh. Es gab Tote. Es gab bisweilen ein Mädchen zur Gesellschaft, bisweilen Schnaps. Es gab sehr viel Schweigen. Es gab den Missouri. Es gab den Gott namens Fortescue. Die Lager der Puncahs und Shawnees waren nah, aber das Verbot machte kaum mehr angst, seit Fortescue mit Joshua ritt.

Eines Tages wagte Josh zu tauschen. Er hatte einen heimkehrenden Fallensteller gefangen, und er lernte von ihm die Zeichen. Mit unbewegter Miene stand er dann vor einem dieser Männer, einem wortlosen Häuptling mit Ringen in den Ohren und geschorenem Kopf, und er sagte ihm stumm sein Begehr. Er legte den rechten Zeigefinger an die Spitze des linken. Er schloß die Finger gegen den Daumen, hob die Hand und öffnete sie wieder. Dann spreizte er Zeige- und Mittelfinger. Der Häuptling legte die Rechte vor die Brust und zeigte drei Finger der Linken. Der Tausch wurde dann schnell vollzogen: drei Gewehre gegen ein Pferd.

Josh brauchte Tage, bis er das Tier an den Sattel gewöhnte, aber dann gehorchte es doch. Es war gefleckt wie der Teufel, zierlich, mit langer Mähne, fast ein Indianerpony und doch keines. Es war schlau. Es verstand zu verharren. Es verstand, was Joshua von ihm wollte. Es war sehr sichtbar im offenen Land, eine Zielscheibe fast wie ein Schimmel. Josh kümmerte das wenig: Er hatte ohnehin keinen Spaß am Verstecken. Er mochte das Pferd des Puncah. Er hatte, was er wollte. Nie wieder ging Joshua zu diesen Leuten.

Er hatte den Weg gewagt nach St. Louis, zu Fuß und ohne Begleitung. Er war in den Buchladen gegangen und hatte bestellt, was der Grossist in New York bekam aus London. Josh kam wieder und holte die Ware. Er bekam *Thirst* und *The Waltz* und *Dreams*, *Art & Nature* und *Iron*, und dann auch *Pain*, dünne Bände, wie gemacht für die Satteltasche. Mehr als einmal kam Josh nach St. Louis, und er bezahlte den Preis stets doppelt und dreifach, denn die Bücher waren ihm das wert. Er warf Silber auf die Theke, wortlos, mit gesenktem Blick, händevoll Silber aus Santa Fe. Der Buchhändler wußte, wen er vor sich hatte. Er bediente ihn höflich und schweigend. Er behielt es für sich, wer da kam und «Fortescue» sagte, barsch und geniert, Geld in der Linken, den Revolver in der Rechten.

Der Buchhändler kam nie auf den Einfall, Joshua zu verraten. Er wollte kein Blut auf den Büchern. Er mochte das reichliche Silber. Und vielleicht mochte er auch wirklich diesen Kunden, obwohl das unchristlich war und verrückt: denn der Buchhändler von St. Louis hatte in seinem Leben noch keinen gesehen, der so froh war über Gedichte wie dieser Bandit. Er gab ihm seinen Fortescue. Er sah ihm zu, wie er davonging, rückwärts zur Tür, den Revolver noch immer im Anschlag. Ungefähr sechzehn war Joshua jetzt, und er sah auch nicht älter aus. Wie viele hatte er wohl getötet? Der Buchhändler hätte ihn nicht fragen mögen. Er legte das mexikanische Silber in die Schublade und tauschte es dann nach und nach in gute geprägte Dollars.

Und so ritten denn Josh und sein Gott hinauf und hinab den Missouri und nur selten noch gen Osten nach Illinois. Er war körperlos, Fortescue. Er war freundlich. Er sprach mit Josh. Josh verstand ihn nicht. Er war aber froh um die Wörter. Fortescue sagte die Wahrheit. Seine Bücher waren in Joshuas Satteltasche, und die Wörter in Joshuas Kopf. Er liebte Fortescue sehr, der Sohn von Cyrus Jenkyns' Squaw. Er brauchte diese Gesellschaft.

Dritter Teil

I

Aha», sagte Douglas, «und ist denn das Licht gut in Amerika?»
Er rührte weiter in der Kochsalzlösung, ohne seinen Bruder eines Blickes zu würdigen. Jeremy seufzte. Er versuchte nun seit bald einer Stunde, Douglas zu erklären, daß es an der Zeit sei, England den Rücken zu kehren. Es war ungemütlich geworden in London für die Gebrüder Fortescue. Jeremy plante die Flucht.

«Ist das Licht da gut?» fragte Douglas noch einmal.

«Das Licht ist wie überall! Warum sollte es denn besser sein als hier?»

Douglas versenkte vorsichtig einen Tauchhaken in der Küvette. «Man sagt, alles sei besser in der Neuen Welt. Das sagst du doch auch, Jeremy. Ist es hell dort? Wenn es nicht hell ist, mag ich nicht hin.»

Jeremy hatte fast schon den Überblick verloren über die Prozesse. Die Vorladungen überschnitten sich. Während Jeremy durch London fuhr in einer Kutsche mit geschlossenen Blenden, von einem Termin zum nächsten, nahm sein Bruder Lichtbilder auf im Garten vor jenem Häuschen in Hampstead, wo die Fortescues ihre Schande vor dem Auge der Welt verbargen. Der gewesene Dichter kümmerte sich nicht um die Prozesse, in denen ihn das Haus Stretton belangte, das Haus Warrington, die Mackenzies, Mr. Prickett sowie Micklewright & Summers. Er kümmerte sich nicht um Jeremys Berichte. Ein Aha war das einzige, was der Bruder zur Antwort bekam, wenn er erzählte von sich zuziehenden Schlingen. Douglas bestaunte seine Platten, die Sonnenbilder, die Bilder der Natur, und es scherte ihn wenig, was Old Bailey über ihn sagte.

Douglas war ein erstaunlich praktischer Mann geworden in jenen anderthalb Jahren, die vergangen waren seit dem Ende der Follies und dem Bericht über Monsieur Daguerres Erfindung. Er besaß eine Camera, noch bevor man sie patentierte; wahrscheinlich die erste des Vereinten Königreichs. Douglas überwand sein Grauen vor Zahlen, und er lernte sogar genügend Chemie und Physik, um den Apparat bedienen, die Platten beschichten, belichten und entwickeln zu können. Wenn Douglas lächelte, und das tat er bei jedem scharfen Bild, war sein Zahnfleisch grau wie das des seligen Arthur: denn das Quecksilber kannte keine Gnade. «Die Seuchen aus Frankreich», sagte Douglas zu Jeremy, «ja ja, so ist das, die Natur ist eben gefährlich, wenn man sie allzusehr liebt.» Er stellte trotzig den Brenner unter die Schale, und er übersah Jeremys besorgtes Gesicht.

Der Bruder beschaffte ihm das nötige Zubehör. Er kaufte Kupfer und ließ es mit Silber belegen, er kaufte Jod und den schrecklichen Merkur. Er ließ eine Linse schleifen nach den Maßen, die Douglas einem physikalischen Journal entnommen hatte, und er trug sie heim in jenes Häuschen, in dem sein Bruder saß und wartete, still, folgsam, freundlich, ganz anders als früher. Er hatte nur einen Wunsch: Platten zu machen, Platten, Platten, Platten. Jeremy brachte ihm die Linse, die Douglas Meniskus taufte und glücklich vor die Öffnung der Camera montierte. Einen Augenblick lang dachte Jeremy an Yorkshire, wie er das öfter tat seit einer Weile. Douglas erinnerte ihn so sehr an jenes Kind von damals, das sich freute, wenn man ihm Blumen pflückte oder den Pfingsttanz zeigte zu Hatley, Jeremys Bruder und Kind und Schützling. Es schien Jeremy manchmal, als sei nichts geschehen seit damals, als sei Douglas' schlechter Stern nicht mehr als eine ferne Bedrohung. Er liebte den Bruder. Er hatte ihm alles verziehen. Er brachte ihm das Quecksilber wie einst den Ginster, und er wußte, er würde aufpassen, daß ihm nichts zustoße, nichts, nie mehr. Jeremy schimpfte mit Douglas wie immer, und er rümpfte die Nase über seine Sonnenbilder – aber er war doch herzlich froh. Jeremy hatte ihn wieder, den kleinen Bruder, schutzlos und verrückt in seiner stinkenden Dunkelkammer – und obschon er das nicht zugab und wahrscheinlich nicht einmal wußte: Er hätte diesen friedlichen Zustand auch erkauft mit noch einmal so vielen Prozessen, mit noch mehr Schande und Verachtung. Und es war schon richtig, wenn Jeremy die Einkäufe tätigte in London: Douglas W. Fortescue konnte sich dort nicht mehr blicken lassen.

Jeremy träumte von der Neuen Welt. Er träumte vom Land, von jungfräulichem Boden. Er träumte von einem Leben mit Douglas und den Kindern, fernab von Lords und Presse und Old Bailey, und er sah sich eigenhändig das Präriegras niederhauen, um Ackerland zu bekommen für Generationen.

«Wie du meinst, Darling», sagte Douglas, «solange es hell genug ist.»

Jeremy nickte. Er ließ sich klaglos Darling nennen, seit er das Kosewort nicht mehr teilen mußte mit einem Dutzend chloroformierter Bengel. Er las die Zeitung und machte sich kundig, und dazwischen fuhr er zu den Vorladungen, und er sagte: «Ich vertrete meinen Bruder, er ist krank.»

Das Vermögen der Fortescues schmolz dahin. Stretton House gehörte längst wieder den Strettons, und die Familie Mackenzie machte ihrerseits Ansprüche geltend auf das Geschenk ihres verwirrten Sohnes. Die Fabrik namens Follies war geschlossen, und längst wuchs wieder Gras in der Werkhalle wie einst. Jeremy kämpfte halbherzig um die Ansprüche des gewesenen Dichters. Er wußte, es würde noch immer reichen für die Reise und für sehr viel Land, denn die Neue Welt, hatte Jeremy gelernt, war billig zu haben. Er versuchte zu vergessen, wie das Geld verdient war. Er studierte die Fahrpläne der Dampfer.

«Es ist hell dort», sagte Jeremy und lieh seinem Bruder eine helfende Hand beim Beschichten, «so hell, daß du auskommst mit zwanzig Sekunden.» Denn das hatte Jeremy auch gelernt: Es gab nichts auf Erden, was Douglas so sehr zu locken vermochte wie die Aussicht auf eine verringerte Belichtungszeit.

Jeremy verstand ihn nicht. Jeremy hatte ihn noch nie verstanden, und er wünschte sich auch nichts weniger. Wer weiß, dachte Jeremy: Wenn wir erst in Amerika sind, vielleicht lernt er zu essen, zu reiten und zu leben mit blonden Haaren, und er wirft die schreckliche Kiste fort, und alles wird gut. *Alles wird gut.* Jeremy Fortescue war ein hoffnungsfreudiger Mensch.

Douglas hatte Besuch von einer Dame. Sie kam nicht zum erstenmal. An sonnigen Tagen fuhr manchmal diese verdunkelte Chaise vor in Hampstead, und die Dame stieg aus, tief verschleiert wie eine, die nicht erkannt werden möchte auf dem Weg zu einem schlimmen Stelldichein. Und sie tat gut daran, sich zu verstecken. Sie handelte gegen jeden töchterlichen Gehorsam. Zuleika Child of Gentleness besuchte Fatal Fortescue, den Betrüger und Erbschleicher und Schänder der englischen Muse, Papas Erzfeind und Gegner vor Gericht. Sie tat es immer wieder. Sie konnte nicht anders. Zuleika Prickett hatte sich verliebt in die Lichtbildcamera.

Douglas ersparte ihr die Konversation. Er bat sie sofort in den Garten. Er war froh, sie zu sehen, denn seit er keine Fabrik mehr hatte, mußte er achtgeben, daß er genügend Fleisch bekam, um es seiner Camera zum Fraß vorzuwerfen. Er nahm jeden. Er hatte keinen Spaß an Bäumen. Douglas klemmte die Kinder und Greise der Nachbarschaft in seine Zwingen, wenn er sonst niemanden fand; denn die Kinder und Greise wußten nicht, wer Douglas W. Fortescue war.

«Leute sind Leute», murmelte Douglas, wenn ihn Jeremy fragte, was er anfangen wolle mit all diesen Konterfeis, und er legte weiter die Platten ein, glücklich über seine neue Linse: denn sie erlaubte an hellen Tagen eine Belichtungszeit von nur fünfunddreißig Sekunden.

Douglas bat Zuleika auf jene Bank unter dem Apfelbaum, die er eingerichtet hatte für seine Modelle. Er nickte anerkennend zu ihrer Garderobe – Schwarz und Weiß in schönen Kontrasten, hier und da besetzt mit feinen Spitzen und anderem zierlichen Putz, um Monsieur Daguerres Erfindung auch recht auf die Probe zu stellen. Zuleika sprach kein Wort. Sie litt es, daß Douglas ihren Nacken in die Zwinge spannte, ein eisernes U, gepolstert mit Samt für die Bequemlichkeit, und sie gab ihm auch willig ihren rechten Arm, der seinerseits zu befestigen war in einer sehr natürlichen Haltung, halb abgewinkelt, ein wenig angehoben, das Gestell verborgen hinter einem Arrangement aus Efeu. Zuleika biß sich wild auf die Lippen, damit sie rot würden und somit schwarz auf der Platte, und sie kniff sich auch in die Wangen für ein wenig Durchblutung, denn der Lichtbildner mochte keine Schminke.

«Die Sonne malt und ich, aber nicht du, Zuleika», sagte Douglas, wenn sie geschminkt kam, und er weigerte sich zu belichten, bevor sie nicht abgewaschen war. Zuleika verlegte sich darum aufs Beißen und Kneifen, das Rouge der Natur, das einzige, das Douglas gestattete. Er war ein großer Anhänger der Natur geworden, strenggläubiger fast als sein alter Feind Wordsworth, der nun frohlockte in Westmorland über Fortescues Schande; Douglas wollte Zuleika, so wie sie war, auf die Gefahr hin, daß ihr Gesicht nichts hinterließ auf der Platte als einen weißen Fleck.

Douglas ging in die Knie und richtete die Falten ihrer Röcke, und er nahm sich die Freiheit, auch ihr Mieder zu richten, Krausen und Wellen der feinen flämischen Spitze, bis alles geordnet war und bereit für die Aufnahme. Sie schwiegen beide. Es gab nichts zu sagen. Zuleika war nicht gut zu sprechen auf Douglas, und Douglas war die Worte längst leid.

Marie van den Hove hatte sich getäuscht: Die Lichtbildnerei machte Douglas froh, so froh wie nichts zuvor. Es war die schickliche Art, umzugehen mit Leuten. Es war sein Weg und seine Waffe. Längst brauchte er keine Rauchglasbrille mehr, um sich zu schützen vor den Gefahren der Welt, denn die Camera und die Linse beschirmten ihn zur Genüge, und sie beschirmten ihn endlich ganz. Wäre das möglich gewesen, Douglas hätte die Welt nur mehr durch diesen Apparat betrachtet, denn er mochte sie sehr aus dieser Perspektive. Nichts tat weh, wenn man es ansah durch einen Meniskus. Folgsam war die Schöpfung, wenn man sie badete in Quecksilber und Salz: das süße Leben, chemisch gezähmt. Endlich hatte Douglas sein Glück gefunden, und es war ihm gleichgültig, ob es die Kinder von Hampstead waren, Zuleika Prickett oder die Wilden in Jeremys Neuer Welt, die Platz nahmen vor seiner Camera. «Hauptsache lebendig», sagte Douglas zu Jeremy und zeigte sein graues Zahnfleisch. Er war jetzt dreißig Jahre alt. Seit er bekannt war mit der Daguerrotypie, hatte er nie mehr gezweifelt an seiner Unsterblichkeit. Er hielt sich an zur Geduld. Der Tag würde kommen, an dem die Nackenstütze überflüssig wäre und das Leben dann wirklich bezwungen, eingefangen im Augenblick, beiläufig und verstohlen: der glorreiche Tag, an dem die findige Wissenschaft die Belichtung verkürzt hätte auf den Bruchteil einer Sekunde.

Douglas schüttelte den Efeu zurecht, der die Stange der Armstütze verbarg, und er schob auch ein paar Blättchen zwischen Zuleikas Finger, um die Kaskade aus Grünzeug ein wenig zu rechtfertigen. Die Platten waren schon beschichtet, und sie warteten in einem lichtgeschützten Etui.

«*Zuleika child of gentleness, how dear this very day must tell*», skandierte Douglas sanft, und er amüsierte sich darüber, daß Zuleika schon jetzt ihre rotgebissenen Lippen zur Knospe schürzte und in die Ferne starrte, obwohl die Platte noch gar nicht justiert war. Zuleika stak in den Zwingen. Sie wartete auf die Belichtung.

Schnell hatte Douglas die nötigen Handgriffe verrichtet, ganz eingehüllt in ein schwarzes Laken, unter dem er sich und die empfindliche Platte verbarg. Er legte ein. Er richtete den Meniskus. Er prüfte die Spiegelung. «Still jetzt», flüsterte Douglas, und er öffnete das gläserne Auge.

Eine gute halbe Minute dauerte die Einverleibung der Zuleika Prickett. Sie war schon geübt in der Kunst des Posierens, und sie gestattete ein zweites Bild, ohne zuvor ihre Gliedmaßen auszuschütteln. Nur der Knospenmund wurde geweitet und entspannt, bevor er wieder erstarrte zur Natura morta. Zwei Platten. So war die Abmachung. Eine Platte für Zuleika und eine für Douglas' Sammlung.

Zuleika blieb im Garten, während Douglas entwickelte und fixierte. Sie saß still auf der Bank vor der gelösten Zwinge, schämte sich ihrer Eitelkeit und des Verrats an Papa und wartete doch gierig auf das Bild. Er dauerte Stunden, bis ihr Douglas die Platte brachte, poliert und gefaßt in schwarzem Kaliko. Zuleika nahm sie. Zuleika bewunderte Zuleika. Sie stieg ohne Gruß in die Kutsche, und erst als die Blenden und der Schleier herabgelassen waren, begann Zuleika zu lächeln. Ein Lichtbild. Das achte. Die achte Daguerrotypie der wunderschönen Miss Prickett. Daheim verbarg sie das Wunder in ihrer Chiffoniere, in einem Kistchen aus lackiertem Ebenholz, und sie sagte zu Papa, sie sei nach Kensington gefahren und habe dort die Zeit vergessen über Byrons gesammelten Werken.

Es war schwer für Douglas, die Geduld des Unsterblichen zu bewahren. Er haßte diese fünfunddreißig Sekunden. Er schrieb an Monsieur Daguerre und bekam keine Antwort. Er schrieb an Herrn Steinheil in Deutschland und erhielt einen deutschen Brief, der auch in Übersetzung seine Geheimnisse nicht preisgab. Eines Tages nahm sich Douglas ein Herz und fuhr ins feindliche London, um dort Mr. Talbot von der Royal Society zu befragen über die Wunder der Kalotypie. Mr. Talbot warf ihn hinaus. Mr. Talbot wußte genau, wer dieser Mensch war, der ihn belästigen kam mit Fragen und Gebettel, und er wollte nichts zu tun haben mit dem größten Skandal des Jahres neunundreißig. Zudem sprach Mr. Talbot nicht mit Anhängern des Monsieur Daguerre, und so mußte Douglas zurückfahren nach Hampstead und weiterhin Leute in Zwingen spannen, und auch an den hellsten Tagen gelang ihm kein Bild unter einer halben Minute.

Immer bescheidener wurde Douglas, immer gleichgültiger wurde ihm die Schärfe. Er entließ die Kinder aus den Klemmen, und er sagte «bewegt euch, seid ganz natürlich», und er öffnete die Linse und hoffte auf ein Wunder. Das Wunder geschah nicht. Das Quecksilber entwickelte Platte um Platte, bemalt mit nichts als einem scharfen Apfelbaum, davor bestenfalls ein oder zwei bräunliche Wölkchen.

«Sag, Jeremy», maulte Douglas, «wie ist das, warum erfindet das keiner? Man erfand doch längst Waffen, die schießen, ohne daß man neu laden muß, Schuß um Schuß, Treffer um Treffer. So eine Camera will ich haben. Jede Minute ein Bild. Jede Sekunde. Stell dir das vor, Darling: Man könnte die fertigen Platten hintereinanderlegen, und wenn man darüberblickte, schnell von links nach rechts, sähe das aus wie bewegt. Verstehst du mich? Sechzig Bilder in einer Minute. Sechzig geschluckte Augenblicke. So viele Platten. So viele Schüsse auf die liebe Natur. Man legt sie hintereinander und hat das ganze Leben. Wäre das nicht schön, Jeremy? Sag: Warum geht das nicht?»

«In Amerika geht das sicher», log Jeremy, ohne aufzublicken von der Immobilienseite einer Zeitung aus Philadelphia.

«Wirklich?» Douglas studierte verwundert ein schlimm verschattetes Bild.

«Ja, Douglas», sagte Jeremy, «ja, ich schwör's dir, ja.»

Im Februar 41 verloren die Fortescues den Prozeß gegen Prickett, und Douglas gelang die erste Platte unter zwanzig Sekunden Belichtung. Im März verloren sie den letzten Prozeß gegen Micklewright & Summers. Douglas experimentierte mit Kaliumjodid, aber es hielt nicht auf dem glatten Silber. Im April brachen Donny Hughes und Quentin Thornley ihr Schweigen. Im Mai unterstützte Moodie Bateson ihre Aussage. Das Gericht schien ihnen zu glauben. Jeremy wußte nicht, was er glauben sollte. «Was hast du gemacht mit den Jungs?» fragte er seinen Bruder in Hampstead, und Douglas entgegnete: «Silberbromid.»

London tuschelte von einem Haftbefehl.

Old Bailey ordnete seine Sodomieparagraphen und schliff die Waffen für den Prozeß. Douglas W. Fortescue machte unscharfe Lichtbilder, immer weniger bereit, sich zu fügen in die Beschränkungen der Technik. Er gewöhnte sich an die braunen Wölkchen, und er sagte zu Jeremy: «Nun, so ist das Leben, es ist eben verwackelt, ich kann nichts dafür.» Die Familien Rochester, Devon und Warrington dressierten ihre charakterschwachen Söhne. *Fashionable Life* frohlockte. Douglas erstand eine Ganzmetall-Zwergcamera der Herren Steinheil und Kobell aus München, mit einem achromatischen Objektiv der Brennweite von sieben Achtel Inches. Donny Hughes widerrief. Douglas ließ kleinere Platten schneiden für seine handliche Camera. Donny Hughes widerrief seinen Widerruf. Die Anklageschrift wurde fertiggestellt. Im August buchte Jeremy die Überfahrt.

Douglas W. Fortescue verließ London still, und die Polizei ließ ihn eben noch gehen. Er bekam hier keine Gedenktafel, denn obwohl ihn die Geschichte eines Tages freisprach von seinen Sünden, blieb sein Ruf doch zumindest in London bis heute sachte befleckt.

Sie reisten mit der Extrapost, mit sperrigem Gepäck. Die Steinheilcamera, eine tragbare Dunkelkammer, Platten und Jod und Quecksilber, die ganze Ausstattung eines sehr modernen Touristen. Jeremy gestattete seinem Bruder alles. Er sollte zufrieden sein. Wenn er zufrieden wäre, dachte Jeremy, würde er gehorchen und sich nicht beschweren über den weiten Weg.

Er beschwerte sich nie. Er belichtete Platten. Nicht einmal über unscharfe Bilder murrte er, denn er war geduldig und schweigsam. *Das süße Leben ist verwackelt.* Das war wohl der längste Satz, den Douglas auf dieser Reise sagte.

Sie erreichten Liverpool und bezogen Quartier in Castle Street, nicht weit vom Hafen. Jeremy verhandelte mit der Bank, denn er wollte das Geld nicht in der Tasche tragen. Da gab es Wege, von Liverpool nach New Orleans. Es war recht kompliziert. Douglas ging währenddessen durch die Straßen, und er nahm Platten auf von Arbeiterinnen, die er hinstellte an hellen Flecken, die Fabrikschornsteine als Hintergrund. Wie einfach wäre das Leben gewesen, damals in Manchester, mit Camera! Ein Lichtbild von Eddie Boyd. Ein Lichtbild von Elinor O'Donoghue. Vielleicht wäre man ja nie Dichter geworden, hätte Daguerre sich ein wenig beeilt. Aber Douglas mochte nicht grübeln. Douglas belichtete Platten, und fast hätten sie umziehen müssen, weil die Hausfrau sich fürchtete vor Quecksilber.

«Hübsch», sagte Douglas, als ihm Jeremy dann erklärte, daß das Ziel ihrer Reise das Land der Baumwolle war. Hübsch fand er auch den Namen New Orleans. Und als sie sich dann einschifften auf einem Dampfer namens Victoria, und als England am Horizont verschwand mitsamt Polizei und Old Bailey, da dankte Jeremy dem lieben Gott, und Douglas sagte noch einmal «hübsch», und er winkte ein paar Passagiere vor seine Linse.

Das Licht war gut auf dem Ozean. Douglas machte Platten von Matrosen. Die Wellen gingen hoch, und die Leute übergaben sich, nur Douglas fühlte sich wohl auf Deck, denn sein Magen war leer und die Camera schützte ihn vor allem Unheil. Man harpunierte vom Bugspriet aus ein paar Delphine. Douglas machte ein Bild vom Maat, der den Fuß auf ein zerfetztes Meertier setzte, als sei das mindestens ein Löwe. Es wurde eine schöne Platte, fast scharf, sehr heroisch. Douglas schenkte sie dem Maat. Längst legte er kaum Wert mehr aufs Sammeln, die Aufnahme selbst war das Ziel. Sie erreichten den nördlichen Wendekreis, und Douglas versuchte ein Nachtbild, doch der volle Mond über dem Ozean wollte die Platte nicht belichten. Er war aus Pappe, wie überall, der dumme alte Mond, über Yorkshire wie überm Golf von Mexiko. «Aha», sagte Douglas, «aha.»

Sie erreichten den Mississippi und fuhren flußaufwärts. Am ersten November betraten sie in New Orleans festen Boden.

Die Stadt ertrank in Nebel und Blumen. Man bekam kaum Luft in New Orleans, aber man tat etwas für sich und die Verstorbenen. Als Douglas verstand, daß es hier hoch herging zu Allerheiligen, ließ er Jeremy stehen und brach auf mit der Camera, um diese Attraktion nicht zu versäumen. Er machte Platten von Leuten und Magnolien. Er machte Platten von dem Fest für die Toten. Das Licht war schrecklich, und der schöne Holzgriff der Steinheilcamera quoll auf in Douglas' Händen. Man atmete mehr Wasser als Luft. Die Leute feierten trotzdem. Eine wilde Gesellschaft auf Douglas' Platten, Weiße und Schwarze und Braune, fast zuviel der Schattierung für das träge Jod, und die Platten wurden feucht, noch bevor sie justiert waren hinter der Linse. Die Blumen gelangen am besten, auch der eine oder andere Grabstein; nur das süße Leben neigte auch hier leider sehr zum Verwackeln. Aber Douglas fühlte sich wohl hinter seinem achromatischen Objektiv, und er merkte nicht einmal, daß die Leute erschraken und Kreuze schlugen, oder andere Zeichen machten, je nachdem, welchem Gott sie dienten. Der Mann mit dem Metallrohr jagte ihnen Angst ein, denn man wußte schließlich nie, wer einem begegnete zu Allerheiligen. War das Ti-Jean-Jé-Verts, der Teufel mit den grünen Augen, oder gar Papa Leg persönlich, das schlimme Biest des Mau-Mau, eifersüchtig auf die katholischen Gräber?

Douglas lächelte. Douglas belichtete. Er war so ruhig und beharrlich, daß ihm dann doch viele willig Modell standen, Blumen im Arm für die Jungfrau Maria, die Finger gekreuzt für Papa Leg. Douglas konnte es noch immer: Er verstand es, Leute in seine Dienste zu nehmen, in der neuen Welt wie in der alten.

Jeremy wollte in New Orleans den Winter abwarten. Er machte sich kundig über die Baumwolle. Aber er merkte, er wollte keine Plantage, er wollte keine Leute kaufen, denn das gehörte sich nicht, und auch Douglas sagte: «Nein, keine Neger, sie haben alle keine Köpfe auf meinen Platten.»

Sie überstanden den Winter in einem vornehmen Hotel in der Rue Chartres. Es war nie richtig warm und es war nie richtig kalt, denn da kamen Dämpfe aus den Sümpfen, unbeschreibliche Dämpfe, die bisweilen Douglas' Bilder entwickelten, bevor er das Quecksilber überhaupt erhitzte. Die Luft war giftig. Das Licht war abscheulich. Sie wollten hier fort, alle beide.

Douglas ließ sich die Haare nachfärben bei einem Friseur in

der Rue Burgundy, und die Farbe wurde grünlich in dieser fauligen Atmosphäre. Es gab viel zu sehen in New Orleans. Es gab viele schöne Motive. Douglas folgte Leuten, wortlos, mit starrem Blick, und er richtete die Camera auf alle. Er folgte den Kreolen in die Oper und den Iren hinab zu den Baumwolllagern. Er machte Bilder von kopflosen Schwarzen, nichts als Leere zwischen Kragen und Hut, denn die Camera brauchte blasse Gesichter, zumal bei diesem Licht.

Kurz nach Weihnachten entschied sich Jeremy für Illinois, dort gab es neues Land im Angebot. In Illinois waren keine Sümpfe, keine Oper, keine Franzosen und auch weniger käufliche Liebe, da waren keine Kreolen mit Duellpistolen und schlechter Moral, und sicher auch kein Papa Leg. Jeremy haßte New Orleans von Herzen. Es war schlimmer als London in seiner Dekadenz. Es wäre nur eine Frage der Zeit, dachte Jeremy, bis der Bruder hier auf dumme Gedanken käme. Hinauf den Mississippi nach Norden. Wieder studierte Jeremy Fahrpläne.

Kurz nach Epiphanias verirrten sich Douglas und seine Camera nach Lafayette City und gerieten dort in einen Vergnügungspark, Zelte und Pavillons auf einer notdürftig trockengelegten Wiese. Es war wie Vauxhall hier, wie Irk Valley Gardens, und es gab auch fast dasselbe zu sehen. Der Mann mit den Mäusen schluckte hier eben Frösche, und statt ein Pferd als Einhorn zu verkleiden, zeigte man einen Alligator als Drachen. Douglas machte Platten von allem. Er sah den Leuten beim Tanzen zu. Er machte Bilder von den Tänzern, obwohl er genau wußte, es würden nichts als gequirlte Wölkchen sein, was die Platte von ihnen bewahrte.

Er sprach mit keinem. Er ließ sich begaffen. Er gaffte zurück, durch die Linse. Douglas Fortescue brauchte keine Lieblinge mehr, keine Earls oder Lords oder Sprecher. Er machte ein Bild. Er machte noch ein Bild. «Wie glücklich ich bin», sagte Douglas vor sich hin, und er meinte das ernst.

Er fand dann ein Zelt auf diesem Jahrmarkt, mit einem bunten Schild daran: *Les Folies de Bayou*. Er wußte, Zelte sind dunkel, aber er betrat es trotzdem, denn er fühlte sich fast dazu verpflichtet. *Les Folies de Bayou?* Douglas wollte wissen, was es gab in dieser Fabrik. Er zahlte den Eintritt. Er ging hinein.

Ein zerlumpter Kreole, die Fetzen mit Geschmack arrangiert zu einem Napoleonskostüm, stand gestikulierend auf einem Podest und zeigte dem Publikum eine Maschine. Es war eine große Trommel aus Pappe, oben offen, der Boden montiert auf einen rotierenden Fuß. Die Pappe war längs geschlitzt, wie Schießscharten, im Abstand von ein paar Inches. Die Leute mußten Schlange stehen, denn die Maschine gab ihr Geheimnis nur preis, wenn man von nahem durch diese Schlitze sah. Der Kreole drehte die Trommel, immer weiter, er ließ die Leute hineinblicken und schrie dazu immer wieder den nämlichen Satz, mit Grandezza, fast kriegerisch, fast wie Bonaparte: «*Laissez les temps rouler!*»

Douglas stellte sich artig an. «*Laissez les temps rouler!*» schrie der Mann und gab der Trommel Schwung, und schließlich kam Douglas an die Reihe. Er klemmte die Camera unter den Arm, und er beugte sich vor und schaute durch die Schlitze, die an seinen Augen schnell vorüberglitten und sich vereinten zu einer einzigen flackernden Öffnung. Da war ein Mann in der Trommel, der ritt. Ein kleiner Mann, schlecht gezeichnet, auf einem schlecht gezeichneten Pferd, und er ritt und ritt, ohne anzukommen, ein Bild, ein bewegtes Bild. Douglas erstarrte. Der kleine Mann galoppierte auf der Stelle, und man sah, wie das Pferd die Beine setzte, wie der Reiter elastisch die Zügel hielt, bewegt von der Bewegung des Pferdes. Ein Bild. Es lebte. Das war nicht die Überblendung der Laterna magica. Es war Bewegung. Es war Leben. Douglas stockte der Atem. «*Laissez les temps rouler!*» rief der Kreole und stieß die Trommel an, und er wußte vielleicht gar nicht, welches Wunder er da bediente.

«*Qu'est-ce que c'est?*» schrie Douglas. Er erkannte seine eigene Stimme kaum. Der Kreole warf ihm einen verwunderten Blick zu, und er drehte die Trommel weiter, und der kleine Mann ritt weiter, unaufhaltsam, ein eiliges lebendes Bild.

«Qu'est-ce que c'est?» brüllte Douglas noch einmal, und jetzt bekam er eine Antwort.

«La roue de la vie», sagte der Kreole lachend, «das Lebensrad, aber nun gehen Sie weiter, Monsieur, Sie sind hier nicht allein.»

Douglas wollte nicht weitergehen. Er wollte bleiben bei dem kleinen Reiter. Er klammerte sich an seine Camera, und die Leute murrten schon, aber Douglas wollte das Lebensrad nicht verlassen. Er versuchte es nachher zu kaufen. Der Kreole lachte ihn aus. Er zeigte das Lebensrad seit langer Zeit, und er wollte es nicht verlieren. Douglas ging nach Hause. Als Jeremy zurückkam von seinen Erledigungen, fand er den Bruder erstarrt, erblaßt, fast in Tränen. Er hatte all seine fertigen Platten auf dem Boden des Hotelzimmers ausgebreitet, und er blickte darüber hin, immer wieder, und murmelte dabei französische Wörter.

«Jeremy», schrie Douglas, als er den Bruder sah, «ich will, daß sich die Bilder bewegen!»

«Illinois», sagte Jeremy begütigend, «County Perry oder Jasper oder Jefferson. Es wird dir dort gefallen.»

«*La roue de la vie*, aber belichtet, nicht gezeichnet, und auch viel schneller gedreht, bis es nicht mehr flackert, bis es echt ist ...»

«Wir können die Kinder nachholen. Es gibt alles dort. Weizen.»

«Warum geht das nicht», murmelte Douglas, «warum kann das denn keiner erfinden?»

«Das Licht ist gut in Illinois», sagte Jeremy leise, und er hockte sich dann auf die Fersen und begann, Douglas' Platten einzusammeln. Er ging vorsichtig mit ihnen um. Er ordnete sie ein in ihre Schatullen. Douglas war jetzt still.

Tut's weh, Douglas Fortescue? Er hörte Maries Stimme. *Es macht dich nicht froh, das schwör ich dir.* Douglas sah zu, wie Jeremy die Platten versorgte. Das ist besser als gar nichts, sagte Douglas zu Marie, und warte nur, ich werde den Karneval aufnehmen im Februar, den berühmten Karneval von New Orleans, und das macht mich froh, jawohl, das macht mich wirklich froh. Marie lachte. Es klang nicht freundlich. Douglas hielt sich die Stirn.

«Jeremy?»

«Ja?»

«Ich bin nutzlos, Jeremy, nicht wahr?»

Jeremy konnte das nicht verneinen. Und weil er es auch nicht bejahen wollte, gab er Douglas keine Antwort.

«Jeremy?»

«Ja, Douglas?»

«Ich tu, was du willst, Jeremy. Du bleibst bei mir, ja?»

«Ja», sagte Jeremy, «ja, ich schwör's dir, wir fahren weiter, und alles ist gut.»

«Danke», sagte Douglas.

Jeremy schloß die Etuis mit den Platten und stellte sie ordentlich in Douglas' Schrank.

«Danke», wiederholte Douglas.

«Schon gut», sagte Jeremy, «es gibt nichts zu danken.»

Sie verließen New Orleans noch im Januar, lange vor Mardi Gras. Sie schifften sich ein auf einem großen Dampfer, der den Mississippi hinauffuhr gen Norden, bis Memphis und weiter nach St. Louis. Die Baumwolle kam ihnen entgegen, schmutzige Wolken, wie vom Himmel gepflückt, hineingestopft in die Schiffe. Sie war noch körnig und unrein. Weit war der Weg bis zum Kammgarn. Ein Schiff nach dem anderen passierte den Raddampfer, das weiße Gold der Plantagen, das nicht weiß war, sondern grau, hoch aufgetürmt und staubig, vielleicht unterwegs nach Manchester. Schwarze Männer zwischen den nicht weißen Wolken. Douglas belichtete eine Platte. Er hatte sich damit abgefunden, daß die Bilder nicht lebten. Er fand seit einer Weile fast Vergnügen am Töten. Er schoß scharf auf die flüchtigen Augenblicke, auf den Lippen ein bitteres Lächeln, und er begrub seine Opfer dann eigenhändig in satingefütterten Särgen, Platte zu Platte, Staub zu Staub. *Laissez les temps mourir*, flüsterte Douglas, als die Vororte von New Orleans allmählich übergingen in verwaschene Piers und Plantagen, denn er bemühte sich, seinen Kummer zumindest stilvoll zu feiern.

Jeremy war froh, daß sie dieses Land verließen. Er konnte kein Französisch. Er wollte keines lernen. Er haßte es, wenn sein Bruder solche Sätze murmelte. Alles steckte Douglas Fortescue an. Er fraß Bilder und Wörter. Er würde krank werden in diesem dunstigen Land. Es war Zeit, fand Jeremy, höchste Zeit für Illinois und den Weizen. Er zählte die Tage.

Viele Tage mußte Jeremy zählen, bis sie St. Louis erreichten. Es war eine anstrengende Reise. Tag und Nacht das Geräusch der Räder, mit denen der Dampfer das träge Wasser umgrub, Tag und Nacht die Mücken und die feuchte Luft. Jeremy hatte Kopfschmerzen. Douglas machte Platten. Er hatte sich gut ausgerüstet mit silberbeschichtetem Kupfer, es würde reichen bis zum Ziel ihrer Reise. Als sie in St. Louis an Land gingen, schwankten sie beide ein wenig, allzusehr schon gewöhnt an den Fluß, und sie waren froh um festen Boden.

Sie mieteten eine Wohnung, möglichst weit entfernt vom Mississippi. Jeremy kaufte Zeitungen, und er verbrachte nun wieder die Tage mit den Immobilienseiten. Die Leute rieten ihm ab von neuem Land. Jeremy wollte es trotzdem. Kein Pflug, so die Leute, bändigte die Prärie. Jeremy blieb beharrlich. Die jungfräuliche Scholle war für Jeremy das, was die Belichtungszeit für seinen Bruder war, eine Tollheit, eine erhoffte Erlösung. Douglas fand einen Friseur und ließ seine Haare in Ordnung bringen, blauschwarz, nicht mehr grünlich wie im Süden. Er rasierte seinen Körper an allen haarigen Stellen, bis er nackt war wie ein kleines Kind. Er sah sich die Stadt an. Er besuchte die Kneipen der Bootsleute unten am Fluß, und er stieg hinauf zu den Villen der Reichen, griechische Tempel aus rosafarbenem Missouri-Granit, viel alberner noch als Stretton House. Es gab Neger und Pudel, Tanz und Musik, wie in der alten Welt, nur noch lauter. Sie waren zwar längst bankrott, die Messieurs Chouteau und ihre Kollegen, doch sie verstanden es, das Ende zu feiern. Der Herr von heute trug Seide statt Biber, und die Fallen blieben leer in den Bergen; aber man tanzte doch standhaft den Walzer in diesen Tempeln mit Walnußparkett, und man tat, als sei nichts geschehen.

Douglas machte brav seine Bilder. Mit mattem Lächeln und grünem Blick zwang er die Pelzbarone vor ihre rosa Portale, und sie posierten stolz, erstarrt zu Stilleben, ganz ohne Klemmen und Zwingen. Nur vierzehn Sekunden brauchte Steinheils Camera. Darunter war aber nichts zu machen. Auch am Fluß fand Douglas seine Beute, Huren und Ganoven, folgsame Charaden. Ein alter Mann im Kosakenkittel nahm den Hut ab für den Briten, und er bekam ein Lichtbild von seinem skalpierten Kopf.

«Hübsch», sagte Douglas. Die Bilder waren selten scharf. Sie waren bräunlich und tot, kleine runde Platten. *La roue de la vie* – Douglas konnte das doch nicht vergessen. Er fand einen Buchladen und erkundigte sich dort nach den neuesten Erfindungen.

Der Buchhändler war hilfsbereit. Er hatte nichts vorrätig über Optik und Chemie, aber er holte für Douglas die Kataloge der Grossisten. Douglas war nicht wählerisch. Er wollte das alles haben. Es gab sicher keinen Laden auf Jeremys keuschem Land, und man mußte zugreifen, solange man unter Menschen war. Douglas nickte zu allem, was ihm der Buchhändler anbot, wissenschaftliche Werke, sicherlich voller Zahlen. Jeremy würde ihm helfen müssen mit diesen Büchern, wenn sie erst angekommen wären in Illinois. Der Händler schrieb die Bestellung. Er bat den Kunden um seinen Namen. Die Feder fiel ihm aus der Hand, sobald er den Namen hörte.

«Douglas W. Fortescue?»

Douglas nickte.

«Der Dichter?»

Douglas wiegte den Kopf.

«Ich verkaufe Ihre Bücher, Sir», sagte der Händler, als er seine Fassung wiedergefunden hatte, «deshalb habe ich mich eben erschreckt.»

«Aha», sagte Douglas. Er kräuselte die Lippen. Er wollte die

Bestellung tätigen und dann schnellstens verschwinden. Der Händler schrieb. Er sah Douglas dauernd an. Er rieb seine Nase.

«Darf ich Sie fragen, Mr. Fortescue, was Sie hier wollen?»

«Einwandern, wenn ich darf», sagte Douglas kühl.

«Es ist ein rauhes Land, Sir, für einen Dichter.»

«Ich bin kein Dichter mehr», murmelte Douglas, «ich danke.»

Der Buchhändler schrieb die dritte Bestellung. Plötzlich runzelte er die Stirn.

«Sagen Sie, Sir: Sie wollen gar nichts mehr dichten?»

Douglas schüttelte heftig den Kopf.

Der Buchhändler schwieg. Er kratzte unfroh sein Kinn.

«Ich muß mir ernsthaft überlegen», sagte er dann langsam, «ob ich den Laden nicht schließe, wenn Sie das wirklich wahrmachen, Sir. Es ist eine lange Geschichte. Ich fühle mich nicht wohl hier, ohne neue Bücher von Ihnen. Ich muß mich verlassen können auf Ihre Arbeit. Es ist eine schlimme Aussicht, Sir, wenn einer fragt nach Ihrem neuesten Werk und ich dann sagen muß, nein, es gibt kein neuestes Werk. Ich möchte das nicht gerne erleben. Ich möchte fast lieber schließen. Sagen Sie, Sir: vielleicht noch ein oder zwei kleine Bücher?»

«Lassen Sie mich bitte in Ruhe?» fragte Douglas sanft.

«Nur noch eines? Sie sind doch so dünn!»

«Nein!» rief Douglas. Ihn schauderte.

Der Buchhändler machte die Bestellungen fertig, und plötzlich begann er zu grinsen. Er sah Douglas ins Gesicht. Er schüttelte den Kopf und lachte. Douglas verbeugte sich knapp und verließ den Laden. Der Buchhändler ging zur Post mit den Bestellungen, und er zählte dann sein geprägtes und ungeprägtes Silber: denn er überlegte sich ernsthaft, ob es nicht an der Zeit wäre, ein neues Leben anzufangen.

Jeremy hatte sein Land gefunden. Es war unbeackert. Es gehörte dem Staat. Man mußte nach Vandalia, um sich eintragen zu lassen. Jeremy zeigte Douglas die Karte. Douglas konnte sich nichts darunter vorstellen. Jeremy erzählte von Arbeit und Weizen, von gutem Wasser, guter Luft, fettem Boden. Eine Stadt war in der Nähe, oder zumindest etwas, was dafür galt. Man würde Bauern finden, so viele man wollte, freie Leute, Iren, für einen niedrigen Preis. Jeremy war achtunddreißig. Douglas war zweiunddreißig. Robert war siebzehn und der kleine Simon schon zwölf. Es war Zeit für einen neuen Anfang, für eine große Familie in einer neuen Welt.

Douglas hörte sich das an und nickte. Er wollte auf seine Bücher warten. Jeremy erlaubte das nicht, und Douglas gehorchte. Jeremy buchte Plätze in der Postkutsche, und er bezahlte einen Zuschlag für bewaffnete Reiter, denn die Straßen, sagten die Leute, seien nicht sicher. Er nahm Bargeld mit für den Landkauf. Er ließ auch Geld in St. Louis. Es gab Scheine und Wechsel, die er Douglas erklärte, aber Douglas begriff kein Wort.

Am 10. April 1842 brachen die Fortescues auf nach Vandalia. Sie fuhren von St. Louis zunächst nach Norden, denn man mußte der Straße folgen. Sie fuhren vierspännig. Drei Männer gaben den Geleitschutz. Douglas' Camera saß auf Douglas' Schoß, denn das Dach war ihm zu gefährlich. Beschichtete Platten warteten in einer lichtgeschützten Mappe. Man wußte ja nie, was einem unterwegs begegnete, Motive für Bilder, gutes Licht.

Die Fortescues teilten die Kutsche mit einer Familie, einem Mann, zwei Frauen, einem Kind. Sie hörten auf den Namen Stalmaker. Der Vater hieß Augustus, Priscilla die Mutter, der kleine Sohn Abinadi. Die zweite Frau namens Phebe trug ihr Kind noch unter dem Herzen. Mr. Stalmaker war auch hier der Vater. Die Fortescues erfuhren das alles, kaum daß St. Louis hinter ihnen lag. Der Bigamist Stalmaker war ein redseliger Mensch. Die Fortescues lernten, die Familie war heilig. Sie wollten nach Nauvoo, ihre verstorbenen Ahnen taufen, und dann gen Westen ins verheißene Land. Amulek war der Name des ungeborenen Kindes, denn es würde ein Junge sein, sagte der Vater, wie das der Wille Gottes sei und der des Propheten Joseph Smith.

Mr. Stalmaker redete dauernd. Mr. Stalmaker redete Unfug. Man hätte viele Stenographieblöcke füllen können mit dem Gefasel des heiligen Stalmaker, aber das war längst vorbei. Sollte der Buchhändler nur klagen – Douglas war kein Dichter mehr. «Ach wirklich?» fragte er höflich, als ihm Mr. Stalmaker seine und Gottes Geheimnisse anvertraute, und er streichelte still die Camera auf seinem Schoß.

Die Straße war schlecht. Abinadi weinte. Phebe übergab sich. Jeremy stöhnte, Douglas schwieg. Und so fuhren sie weiter gen Norden. Douglas legte ein dünnes weißes Tuch über sein Gesicht, denn er mochte den Staub nicht und sorgte sich um seinen Teint. Er saß verschleiert wie eine Dame, und er hörte sich schweigend an, was ihm Mr. Stalmaker und das Buch Mormon zu sagen hatten. Er machte ein Lichtbild von der heiligen Familie. Er ertrug ohne Klagen das miserable Nachtquartier. Am nächsten Morgen rasierte er sich, und er tat Öl in die Haare und bürstete seinen schwarzen Samtrock, und dann verschleierte er sich wieder und nahm Platz in der Kutsche. Er spürte kaum die Stöße der Straße. Er spürte gar nicht viel. Douglas Fortescue saß reglos, das Gesicht verborgen, die Camera auf dem Schoß.

«So mache dich nun auf», sprach Stalmaker feierlich, «und ziehe über diesen Jordan, du und dies ganze Volk, in das Land, das ich den Kindern Israel gegeben habe.»

II

Eine halbe Tagereise vor Carrolton kam die Kutsche plötzlich mit einem harten Stoß zum Stehen. Douglas hielt erschrocken seine Camera fest, denn er wollte nicht, daß sie zu Schaden käme. Das Tuch lag noch immer über seinem Gesicht, trotz der geschlossenen Blenden. Er hörte einen barschen Ruf, dann einen Schuß. Die Frauen kreischten. Jeremy machte ein unbestimmtes Geräusch. Stalmaker begann laut zu beten, und dann knallte es wieder, einmal und noch einmal und ein viertes Mal, schnell aufeinanderfolgende Schüsse. Etwas schlug auf den Boden. Etwas traf das Dach der Chaise. «Gott» rief Jeremy, «sie schießen uns den Wagen kaputt!» Douglas hielt seine Camera. Noch ein Schuß, dann war alles vorbei.

Schweigend saßen sie in der Kutsche. Priscilla hielt Abinadi den Mund zu. Niemand wagte, die Blenden zu öffnen. Douglas sagte ein mattes «Oh», ohne sein Gesicht zu enthüllen.

Jemand riß den Schlag auf, ein scheußlicher Kerl mit rotem Bart, gekleidet in zerfleddertes Leder. «Männer raus», befahl der Kerl und zerrte Jeremy und Mr. Stalmaker aus dem Wagen. Douglas saß in Fahrtrichtung, zwischen Priscilla und Phebe. Er rührte sich nicht. Er wollte sich nicht angesprochen fühlen durch diesen Befehl, und auch der Räuber hielt ihn wohl für eine Dame, denn er ließ den Verschleierten in Frieden. Douglas betrachtete die Szene aufmerksam. Der Stoff über seinen Augen war dünn genug. Wenn sich Douglas den Teufel aus Apperset ausgemalt hatte als Kind, er hatte ausgesehen wie dieses rotbärtige Scheusal. Douglas beugte sich sachte vor, und er sah nun, was draußen geschah. Das Scheusal stellte Jeremy und Stalmaker mit dem Gesicht zum Wagen, die Hände gehoben, die Beine gespreizt. So stand auch der Kutscher und zwei der Reiter, der eine mit blutiger Hand. Ihre Waffen waren ordentlich am Straßenrand gesammelt. Der dritte Mann vom Geleitschutz lag bäuchlings auf der Straße. Sein Pferd pflückte ein paar Blätter von einem Busch. Der rote Teufel hatte zwei Kumpane, genauso scheußlich wie er, blond der eine, grau der andere, alle eher alt als jung. Sie durchsuchten die Reisenden nach Waffen. Sie fanden eine Pfefferbüchse bei Stalmaker, bei Jeremy nichts.

«Ausziehen», befahl der Rote. Stalmaker betete. Jeremy schwieg. Douglas betrachtete den Mann auf der Straße. Er lag friedlich da, das Gesicht im Staub, die Beine Knie an Knie. Einer der Räuber stieg über ihn hinweg und griff nach Mr. Stalmaker. Der Heilige begann zu schreien. Der Räuber schlug ihn. Der Heilige schwieg und schlüpfte aus der Jacke. Auch Jeremy tat das. Er sah Douglas an. Er stand nahe bei ihm, knapp vor dem offenen Schlag. Douglas sah das Entsetzen in seinen Augen. Jeremy sah nur ein weißes Tuch.

Sie mußten sich ausziehen bis auf die Wäsche. Das Geld war in der Wäsche, die Räuber hatten recht. Douglas sah zu, wie man seinem Bruder den Beutel abnahm, englisches Gold für den Landkauf. Stalmaker hatte Silber. Auch dieses nahmen sie in Gewahrsam. Douglas beugte sich noch ein wenig weiter vor, und er sah dann den vierten Mann. Er war als einziger nicht abgesessen. Er verharrte reglos im Sattel, ein Gewehr vor sich, in der Rechten eine kleine Faustwaffe. Der Lauf war gesenkt auf den Sattelknauf. Das Pferd hielt sich still wie der Reiter, ein zierliches, wild geschecktes Tier. Die Sonne schien hell auf dieses Standbild. Der Reiter war bartlos und barhaupt, er hatte ein zusammengedrehtes Tuch um die Haare geknotet, zerzauste schwarze Locken, eingestaubt wie gepudert. Er saß wie erstarrt. Er verzog keine Miene. Er schien die Unternehmung zu überwachen.

Douglas merkte, daß ihn dieser Reiter ablenkte von Jeremy, der in seiner verschwitzten Wäsche vor der Kutsche stand, ein wehrloses Opfer, verstört und beleidigt. Douglas sah an Jeremy vorbei. Er merkte, daß ihn Jeremy eben nur mäßig interessierte. Er hob langsam den Schleier, ohne das eigentlich zu wollen, und er sah weiter hin auf diesen Reiter, auf seine Waffe, die staubigen Haare, das starre junge Gesicht. Das war fast noch ein Kind. Es hatte hier die Befehlsgewalt. Daran bestand wenig Zweifel.

Douglas saß da, die Hände über der Camera gefaltet, und betrachtete dieses Bild. Sonne. Schatten. Ein geschecktes Pferd und ein versteinerter Junge, gekleidet wie ein Viehhirt, ländlich, nicht sauber. Stalmaker betete und wurde wieder geschlagen. Der rotbärtige Mann brachte Jeremys Gold und Stalmakers Silber dem Jungen. Er sah sich das an und nickte, dann erstarrte er von neuem, die Waffe auf dem Sattelknauf. Der Rotbart verstaute die Beute. Der Junge wartete, ein Sinnbild der Ruhe, hineingemalt in die helle Landschaft. Erst als er das Metall in seinen Fingern spürte, verstand Douglas, was er im Begriff war zu tun. Er hatte eine Platte aus dem Etui genommen. Er justierte das Objektiv.

Jeremy hatte seinen Bruder nicht aus den Augen gelassen, all jene langen Minuten, in denen er sich ausziehen mußte vor zwei Weibern, zwischen einer frischen Leiche und einem jammernden Bigamisten. Er hatte dem Räuber das Gold gegeben, all das Gold für Vandalia, und dabei weiter nach Douglas gespäht, der in der Kutsche saß zwischen Phebe und Priscilla. Er sah ihn noch immer an. Er traute seinen Augen nicht. Douglas Fortescue hantierte mit seiner Camera, als sei das hier der Karneval von New Orleans. Jeremy stockte der Atem. Douglas schraubte umsichtig an seinem Objektiv, kaum drei Fuß vor einem Erschossenen. «Douglas, nicht», flüsterte Jeremy. Douglas schien ihn nicht zu hören. Er saß da, den Schleier zurückgeschlagen, und er nestelte an den Schrauben, die die Linse hielten. War er verrückt geworden? Noch einmal wollte Jeremy flüstern. Es mißriet zu einem Schrei. «Bist du des Teufels, Douglas Fortescue?» brüllte Jeremy, und er brüllte das so laut, daß Douglas vor Schreck seine Platte fallen ließ.

Ein Schuß. Priscilla schrie auf. Es war der Junge, der geschossen hatte, ein Schuß in den Staub. Douglas sah ihn an. Der Junge zog eine Miene, die Douglas nicht deuten konnte. Der Rotbart schlug Jeremy ins Gesicht. Der Junge saß ab. Er richtete seine Waffe auf Jeremy. Jeremy war gegen die Kutsche geprallt, und er stand nun da, benommen, wütend, mit blutender Nase. Der Reiter kam auf ihn zu. Er ging ein wenig steif, als sei er sehr lange geritten. Er warf einen Blick über Jeremys Schulter, hinein in die Kutsche, zu Douglas und den Weibern. Es war ein kurzer Blick. Der Junge räusperte sich. Er räusperte sich mehrmals. Noch immer verstand Douglas nicht, was seine Miene besagte. «Mister», sagte der Junge zu Jeremy, als er sich genügend geräuspert hatte, «was haben Sie da eben gerufen?»

Jeremy gab keine Antwort. Der Junge bewegte die Waffe. Er war kleiner als Jeremy. Er war auch schmaler. Sein Stiefel berührte den Toten.

«Ich habe gesagt», murmelte Jeremy, «Douglas Fortescue, bist du des Teufels.»

«Was?»

«Douglas Fortescue, bist du des Teufels!»

«Wo?» fragte der Junge.

Jeremy schwieg.

«Ich», sagte Douglas leise, «ich bin das, Douglas W. Fortescue, Engländer, Schriftsteller, unbewaffnet, bitte schieß uns nicht tot.»

Der Junge schob Jeremy beiseite und stand jetzt vor dem Schlag, den Revolver in der Hand.

«Fortescue», sagte der Junge tonlos.

«Ja, leider», entgegnete Douglas.

«Fortescue», wiederholte der Junge, als sei das ein Zauberspruch oder vielleicht auch ein Schimpfwort. Er sah Douglas kurz ins Gesicht, aber er schlug sofort die Augen nieder. Der Lauf seiner Waffe zeigte über Douglas' Nasenwurzel. So blieb das, eine lange Weile. Der Junge schwieg. Vielleicht dachte er nach. Vielleicht war er endgültig zu Stein geworden. Douglas sah in die Mündung des Revolvers. Er sah den Jungen an. Er begriff nicht, was hier geschah. Das Schweigen war unerträglich. Nur Abinadi schluchzte, halb erstickt in Priscillas mütterlichem Griff.

Plötzlich trat der Junge zurück, und er gab nun seine Kommandos. «Der Mann raus!» Der Rotbart zerrte Douglas aus dem Wagen. «Waffen.» Der Rotbart schubste Douglas gegen die Kutsche, durchsuchte ihn und fand nichts. «Rüber zu meinem Pferd.» Der Rotbart warf dem Jungen einen fragenden Blick zu. «Rüber zu meinem Pferd», wiederholte der Junge drohend. Der Räuber gehorchte.

Douglas leistete keinen Widerstand. Er warf Jeremy einen hilfesuchenden Blick zu. Aber Jeremy konnte auch nichts tun. Er sah, wie der Junge hinter Douglas herging. Er zeigte auf das Pferd. Douglas fragte «ich?». Der Junge nickte. Er hielt Douglas den Steigbügel. Und Douglas kletterte in den Sattel, ungeschickt, das Tuch noch immer über den Haaren.

Jeremy verstand erst allmählich. Man nahm ihm den Bruder fort, und er war machtlos dagegen. «Ich habe Geld in St. Louis», rief Jeremy, «bitte, meine Herren, englische Pfund ...» Niemand achtete auf ihn. Der Junge nahm einen Strick aus der Satteltasche des Schecken und fesselte damit Douglas die Hände, straff, gut verknotet, den Strick um die Knöchel und um den Sattelknauf. Douglas sah die ganze Zeit zu Jeremy hinüber, mit diesem vorwurfsvollen Blick. Er schwieg. Was sollte er sagen? Was sollte Jeremy sagen? Es war zu spät zum Verhandeln. Jemand hatte etwas beschlossen, und da halfen weder Bitten noch Versprechungen.

Der Junge stieg auf das Pferd des Erschossenen. Er nahm die Zügel des Schecken, Knie an Knie mit der Geisel.

«Warum?» flüsterte Douglas. Der Junge sah ihn nicht an.

Er hob die Hand. Der grauhaarige Mann sagte irgend etwas, der Junge fuhr ihm mit einem Zischen über den Mund. Die Räuber sattelten die Pferde der übrigen Wachleute ab, denn sie wollten sie mitnehmen.

«Ich will meine Camera», flüsterte Douglas. Er flüsterte sehr leise. Er bekam seine Camera nicht. Er warf seinem Bruder noch einen letzten Blick zu, überfragt, empört, verblüfft. Und so stand denn Jeremy Fortescue auf einer staubigen Straße in Illinois, ohne Gold, ohne Hosen, die Nase geschwollen, und er sah hilflos mit an, wie jemand seinen Bruder entführte, die Hände an einen Sattelknauf gebunden. Jeremy verstand das nicht. Warum Douglas? Was wollten sie mit Douglas Fortescue? Da ritt er hin, der kleine Bruder, mit steifem Rükken, die Beine ungeschickt gespreizt. Ein halbwüchsiger Wilder führte ihn, und Douglas hatte noch immer diesen weißen Schleier über den Haaren, wie eine junge Braut. Das sah Jeremy. Sie ritten davon, quer zur Straße, übers offene Land nach Nordwesten. Jeremy blickte ihnen nach, bis sie verschwunden waren.

«Der Herr straft seine Kinder», sprach Stalmaker feierlich. Jeremy gab ihm eine Ohrfeige. Dann begann er zu weinen.

Eine Farm sah Douglas, dann nichts mehr. Das war Jeremys jungfräulicher Boden. Gras, Gras, Gras, bis an den Horizont. Sie ritten eine gute Stunde, im Schritt, gemächlich, ein schweigender Zug. Es war sonnig. Es war windstill. Douglas wäre gerne den Schleier losgeworden, der ihm in die Augen hing, aber er hatte die Hände nicht frei. Der Strick tat ihm weh. Der Sattel tat ihm weh. Es dauerte eine weitere halbe Stunde, bis sich Douglas daran gewöhnte, auf einem Pferd zu sitzen. Es war so lange her. Irgendwann lernte er, der ruhigen Bewegung zu folgen, die Beine und den Rücken zu entspannen. Der Junge ritt dicht neben ihm, den Kopf gesenkt, die Waffe im Halfter. Er hielt Douglas' Zügel fester als die eigenen. Er schwieg beharrlich.

Plötzlich begann er zu schreien, ohne Vorwarnung, ohne ersichtlichen Grund. Zuerst schien es, als solle das ein Wort werden, doch dann wurde es nur ein Geräusch, ein lauter heller Schrei über die Graswüste, ein Freudenschrei, ein Hilfeschrei, ein Schrei des Entsetzens oder des Übermuts – Douglas konnte das nicht enträtseln. Der Junge schrie lange. Der Junge verstummte. Er atmete auf, eine Art Seufzen, dann senkte er wieder den Kopf, den er zum Schreien in den Nacken gelegt hatte, und er wickelte Douglas' Zügel noch fester um seine Hand.

Sie ritten fast Knie an Knie. Sie schwiegen eisern, die Geisel und der Bandit. Auch die Gefolgschaft schwieg. Das Gras reichte bis über die Steigbügel. Douglas war schwindelig. Er hatte nicht gefrühstückt. Er hatte sich auf das Shortbread verlassen, das Jeremy in seinem Mantelsack verwahrte. Es gab hier kein Shortbread. Es gab keinen Jeremy. Und auch die Camera war schon Meilen zurück.

Der Junge befahl eine Rast. Die Männer saßen ab. Der Junge saß ab. Er band Douglas los. Douglas besah seine Knöchel, die wundgescheuert waren von den Stricken. Der Junge sah sich das auch an. Er räusperte sich. Er reichte Douglas die Hand und half ihm vom Pferd. Er gab ihm Wasser. Douglas trank. Der Junge stand vor ihm, schweigend, den Kopf gesenkt. Noch immer war es Douglas nicht gelungen, diesem Wesen in die Augen zu blicken.

«Was soll das alles?» fragte Douglas. Der Junge schwieg.

«Was willst du von mir?» Der Junge schwieg. Die scheußlichen Männer zählten die Beute, mühsam, Münze für Münze. Sie sagten dem Jungen eine Zahl. Der Junge nickte. Er griff plötzlich nach Douglas' Händen, dann nahm er ihm den Schleier vom Kopf, zerriß ihn und machte daraus zwei Bandagen. Er wickelte die feine Seide umsichtig um Douglas' Handgelenke. Er strich mit den Fingern darüber, um zu prüfen, ob das auch hielt.

Er versuchte, Douglas ins Gesicht zu sehen, aber es gelang noch immer nicht. Er hielt ihm wieder die Wasserflasche hin. Douglas trank.

«Hast du einen Namen?» fragte Douglas plötzlich. Der Junge räusperte sich. Er sah seine Stiefelspitzen an. Er griff nach seiner Waffe.

«Pardon», sagte Douglas.

Der Junge räusperte sich noch einmal. Er murmelte «Joshua», fast unhörbar.

«Und weiter?» fragte Douglas, verwundert über sich selbst. Er sprach wie ein Schulmeister. «Joshua», wiederholte der Junge, mehr wollte er nicht verraten. Er schob Douglas zum Pferd. Er hielt ihm wieder den Steigbügel. Und er band ihn dann auch wieder fest, den Strick straff über den weißen Bandagen.

Sie ritten weiter, Joshua und seine Beute. Sie ritten bis in die Dämmerung, bis zu einem Fleck, wo das Gras nicht allzuhoch stand, wo es Holz gab und ein wenig Wasser, einen fast ausgetrockneten Bach, dazu ein paar schiefe Felsen. Das war das Nachtquartier für die Reiter. Joshua half Douglas vom Pferd – das tat er immer, den Kopf abgewandt, Douglas Hand fest in der seinen –, und er setzte ihn auf einen Stein und bedeutete ihm, dort zu bleiben. Douglas blieb. Was sollte er tun? Ihn schwindelte, er war froh zu sitzen. Er sah den Männern zu, wie sie absattelten, wie sie die Pferde zum Wasser führten, wie sie ihnen die Vorderbeine fesselten für die Nacht und dann Feuer machten. Die Sonne ging unter. Der Himmel war rot. Es war malerisch und unverständlich wie alles.

Joshua und seine Leute brieten etwas über dem Feuer. Douglas würgte, als er das roch. Er überlegte, ob er Angst hatte. Er wußte es nicht. Er blickte übers Land. Jeremys jungfräulicher Boden? Douglas verzog das Gesicht. Es wurde fast ein Lächeln, diese Grimasse der Geisel. Was Jeremy wohl tat? Ob er sich wohl sorgte? Douglas lächelte, würgte und lächelte wieder. Er hatte keine Angst. Er fühlte sich nur nicht wohl.

Als sie fertig waren mit dem Kochen, bat Joshua den Gefangenen zum Feuer. Douglas gehorchte. Er verstand die wortlosen Kommandos schon gut. Douglas bekam sein Abendessen, ein großes Stück von dem, was so stank. Douglas schüttelte den Kopf. Joshua machte ein Geräusch, das wie «hm» klang.

«Nein, danke», sagte Douglas, «das möchte ich nicht.» Das Gebratene roch nicht nur schlecht, es war auch fürchterlich fett. Douglas aß kein Fett. Douglas aß nie Fett. Auch der wüsten Prärie würde es nicht gelingen, Douglas Fortescue zum Fettessen zu bekehren.

Dem Jungen namens Joshua gelang es dann allerdings schnell. Er machte «hm», dann zog er den Revolver.

«O Gott», sagte Douglas. Er aß. Er aß zwei Portionen von dem fetten Zeug, dazu irgend etwas Hartes aus Mehl, ziemlich viel. Er sah in die Mündung des Revolvers. «Hm», machte Joshua, wenn Douglas das Gesicht verzog. Douglas aß artig. Douglas Fortescue aß das reichlichste Abendessen der letzten zehn Jahre, hier an diesem Feuer im Nirgendwo, weil Joshua das so wollte. Er war sehr froh, als Joshua fand, es reichte. Er verkniff sich ein Würgen. Erst jetzt aß Joshua selbst.

Douglas wischte sich den Mund ab. Er warf einen Blick auf die Männer. Große, dumme, ausdruckslose Gesichter. Sie hatten aufgegessen. Zwei rollten ihre Decken auf und legten sich schlafen. Der Blonde nahm sein Gewehr und bezog Stellung.

«Haben die auch Namen?» fragte Douglas.

Joshua aß. Er nickte.

«Und wie?» fragte Douglas.

Joshua kaute, schluckte, räusperte sich, dann hob er die Hand.

«Absolum», sagte Joshua, und wies auf den Wachposten.

«Zadock», sagte Joshua und wies auf den rotbärtigen Teufel.

«Paradise», sagte Joshua, und zeigte auf den Grauhaarigen. Dann verstummte er und biß grimmig in ein Stück Fleisch.

Douglas begann plötzlich zu lachen. Er konnte nicht anders. Er fühlte sich so viel besser. Das fette Zeug war ihm erstaunlich gut bekommen, und nun lachte er, aus Verzweiflung, aus Erschöpfung, aus Ratlosigkeit. Absolum, Zadock, Paradise – das war zu viel für Fortescues Fassung.

Auf einmal sah ihm Joshua ins Gesicht. Es war das erste Mal. Er blinzelte, aber er hielt stand. Douglas verstummte. Er blickte zurück. Er blickte dem Jungen in seine schwarzen Augen.

«Pardon», sagte Douglas, «diese Namen ...»

Joshua kämpfte sehr. Er wollte sich abwenden, aber er tat es nicht. Er starrte Douglas an, die Lippen zusammengepreßt, die Stirn gerunzelt.

«Joshua ...», begann Douglas.

Joshua fuhr zusammen. Er griff schon wieder nach der Waffe. Durfte man ihn nicht so nennen?

«Joshua», wiederholte Douglas trotzig. Er wunderte sich. Er merkte, er mochte diesen Namen.

Douglas bekam eine Decke und einen Platz am Feuer, und er bekam den Sattel des Schecken als Kopfkissen. Er mußte sich hinlegen und zudecken. Er durfte Joshua nichts mehr fragen. Joshua saß neben ihm und goß Kugeln. Er tat das geschickt. Er goß und feilte die Grate. Douglas lag da, reglos, sehr satt, und er sah ihm zu. Joshua sagte kein Wort. Als er seine Kugeln fertig hatte, begann er, Läuse zu suchen. Er tat das mit derselben Umsicht und Ruhe. Eine Stunde verstrich, dann holte sich Joshua eine Decke. Douglas sah ihm zu, wie er die Stiefel auszog und das Halfter ablegte und wie er dann wieder das Tuch um die Haare band, das er zum Läusesuchen abgenommen hatte. Er legte sich hin, den Revolver griffbereit, fast Schulter an Schulter mit Douglas. Der Mann namens Paradise schnarchte laut. Douglas griff nach dem Sattel. Er wollte abrücken von seinem Entführer. Er roch nicht gut. Er hatte Läuse. Joshua berührte die Waffe. Douglas blieb, wo er war.

«Wo sollte ich wohl hin, wenn ich fortliefe?» fragte Douglas nach langem Schweigen.

«Hm», machte Joshua. Er schlief nicht. Er starrte in den Himmel. Douglas studierte sein Profil, schwarz gegen den Schein der Glut. Eine gerade Stirn, ein weiches Kinn, eine sachte gebogene Nase. Auch Douglas mochte nicht schlafen. Er merkte, er fürchtete sich doch.

Sie fürchteten sich die ganze Nacht, Douglas Fortescue und Joshua Jenkyns. Sie waren froh, als der Morgen kam. Es gab eine Art Kaffee und Speck und Weizenfladen, ein reichliches Frühstück für den Dichter. Joshua spannte den Revolver. Douglas seufzte und aß.

«Hm», machte Joshua. Er rasierte sich, trocken, mit einem schrecklichen Messer. Douglas sah ihm zu. Douglas hätte sich auch gerne rasiert. Aber er konnte das nicht ohne Seife, und er hatte auch gar kein Messer.

«Machen Sie einen Zopf, Mister, das ist praktischer», murmelte Joshua und reichte Douglas ein Stück Schnur. Douglas gehorchte. Was für ein langer Satz! «Danke», sagte Douglas, «eine gute Idee.»

Joshua nahm Douglas' Hände. Er betrachtete die Knöchel. Sie waren noch wund, trotz der Bandagen. Joshua überlegte lange. Dann schob er Douglas ungefesselt zum Pferd.

«Hm», sagte Joshua. Douglas nickte. Joshua hatte ihm eben mitgeteilt, er würde auf ihn schießen, zur Not in den Rücken, wenn er auf dumme Gedanken käme mit seinen befreiten Händen. Douglas hatte das wohl verstanden. Er zog ein Gesicht und saß dann auf, noch bevor Joshua den Steigbügel griff. Es ging sehr einfach. Douglas verstand, man verlernt nicht zu reiten.

Er bekam keine Zügel. Er hielt sich nachlässig am Sattelknauf. Und Joshua führte ihn weiter, weiter gen Westen, gefolgt von Absolum, Zadock und Paradise.

Es war ein schwerer Weg für Joshua Jenkyns. Er mußte öfter schreien als sonst. Er führte seine Leute in eine Stadt namens Pleasance, eine Straße, ein paar Häuser, ein Sheriff, ein Galgen. Sie brauchten Mehl und Blei und Stiefel für Fortescue; es ging nicht an, daß er weiter in diesen Schuhen ritt. Die Straße von Pleasance leerte sich. Der Sheriff verkroch sich im Gefängnis. Absolum und Paradise kehrten ein, wo es Schnaps gab, ein paar Schüsse fielen, niemand kam zu Schaden. Es gab keinen Schuster in Pleasance. Joshua bat Douglas vom Pferd. Die Sheriffs, wußte Joshua, hatten oft die besten Stiefel. Douglas mußte mitkommen ins Gefängnis. Er mußte sagen, ob er die Stiefel mochte. Der Sheriff schoß wild mit einer fürchterlich streuenden Waffe. Er traf nicht, weder Josh noch seinen Gefangenen. Ein wenig Deckung bekam Douglas, nicht viel, und es war auch gar nicht nötig. Joshua entwaffnete den Sheriff schnell. Er stellte ihn auf vor Douglas, dann zeigte er mit dem Revolverlauf auf seine Stiefel und machte «hm».

«Von mir aus», sagte Douglas, «aber laß ihn bitte leben.»

Und so ritt Douglas Fortescue weiter, in den Stiefeln des Sheriffs von Pleasance. Paradise sang ein Lied, das klang abscheulich, nach der ersten Strophe verbot ihm Joshua den Mund. Er schrie wieder. Er schrie lange. Es war wirklich ein schwerer Weg.

Fortescue hatte jetzt Stiefel. Fortescues Zügel waren in Joshuas Hand. Fortescue hatte blonde Bartstoppel, obwohl seine Haare schwarz waren, das war Joshua ein Rätsel. Er aß zweimal am Tag, dafür sorgte er. Er blieb, denn Joshua hielt ihn fest. Es war trotzdem ein schwerer Weg für Joshua Jenkyns. Er war allein. Der Gott war fort, seit er den Mann gefangen hatte. Er war fort mitsamt seinen Versen. Joshua begriff das nicht. Joshua begriff überhaupt nichts. Er konnte nicht sprechen mit dem Mann. Einen Augenblick lang überlegte er, ob er ihn erschießen sollte, aber er brachte das nicht übers Herz.

Auch Douglas verstand überhaupt nichts. Was wollte dieser

Junge von ihm? Was konnte einer wollen von Douglas Fortescue? Warum besorgte er ihm Stiefel? Es war nicht die Rede von Lösegeld. Joshua gab keine Antwort auf Douglas' Fragen, und er schlug die Augen nieder, sobald er ihn ansah. Allerdings gewöhnte er sich irgendwann an den eigenen Namen. Douglas sagte das öfter, ganz grundlos: «Joshua.» Irgendwann zuckte Joshua nicht mehr zusammen. Douglas' Blick ertrug er noch immer nicht. Meile um Meile ritt Douglas auf Joshuas Pferd, seine gesammelten Werke in den Satteltaschen. Er ahnte das nicht. Joshua verriet es nicht. Er fand einfach keine Worte.

Joshuas Männer verstanden auch nicht, was das alles zu bedeuten hatte. Warum bekam dieser Mann dieses Pferd? Das war das Rätsel der Rätsel für Absolum, Zadock und Paradise: Warum saß der Mann auf dem Schecken? Nie hätte Josh sein Pferd verliehen. Warum gab er das Pferd der Geisel? Absolum, Zadock und Paradise versuchten, das zu besprechen, heimlich am Feuer, abgerückt von Douglas und Josh. Sie kamen zu keinem Ergebnis. Sie merkten schnell, sie mochten nicht reden. Josh würde es schon wissen.

Jeremy war nach Carrolton geritten, in gestrecktem Galopp auf einem Kutschenpferd. Er fand den Sheriff und brüllte ihn an. Der Sheriff begriff lange gar nichts.

«Ach so», sagte er dann, «ein Überfall, das tut mir leid, Sir.»

Jeremy berichtete von der Geiselnahme. Jeremy beschrieb die Räuber.

«Und warum», fragte der Sheriff nach langem Überlegen, «warum haben sie Ihren Bruder entführt?»

«Ich weiß nicht», schrie Jeremy, «ich will ihn wiederhaben!»

Noch einmal mußte Jeremy die Banditen beschreiben. Der Sheriff lächelte ein fast verklärtes Lächeln.

«Little Josh», sagte der Sheriff versonnen.

Jeremy tobte. Der Sheriff lächelte. Die Straße war nicht sein Revier.

«Warum tut der das?» schrie Jeremy. Der Sheriff hörte auf

zu lächeln. Er dachte nach. Er dachte lange nach. Er ging die Geschichten durch und die Balladen, dann verstand er, der Engländer log.

«Little Josh nimmt keine Geiseln», sagte der Sheriff streng, «halten Sie mich nicht zum besten.»

Jeremy kaufte sich ein Pferd in Carrolton. Er ritt zurück nach St. Louis. Joshua hatte schlecht Beute gemacht. Er hatte den Reisenden viel gelassen. Da war noch Gold und Silber in der Kutsche gewesen, Jeremys Gold und Stalmakers Silber. Es reichte für ein Pferd. Es reichte auch für die Reise nach Nauvoo. Abinadis Windel barg fast mehr als Vaters Wäsche, und die Heiligen setzten ihren Weg fort, ohne Jeremy, denn Jeremy hatte sie grußlos verlassen.

Einen eigenartigen Schatz brachten die Stalmakers nach Nauvoo. Der Prophet Joseph Smith wurde nicht klug daraus. Er schloß sich ein im Tempel, und er untersuchte das Ding gründlich. Ein Metallrohr, ein Holzgriff, eine Linse und ein Kästchen mit Tafeln. Der Prophet nahm die Tafeln heraus. Sie waren silbern, dann wurden sie schwarz. Das war geheimnisvoll. Der Prophet sah die Tafeln an, aber sie verrieten ihm keine Mysterien. Sie waren jetzt schwarz, sie wurden nicht schwärzer. Nichts stand geschrieben auf diesen Tafeln. Der Prophet betete, nichts geschah. Und so ließ Joseph Smith einen Schrein zimmern, und er legte den Schatz hinein. Er begrub ihn im Tempel neben dem Taufbecken für die Toten, den Apparat und die schwarzen Platten. Er sprach einen Segen darüber. Er behielt die Sache für sich.

Douglas hatte keine Camera mehr. Er hatte nicht einmal eine Rauchglasbrille. Er sah wohl oder übel durch die eigenen grünen Augen. Er sah Gras und Himmel, einen Jungen und drei Männer. Nachts sah er den Mond, vielleicht aus Pappe, aber vielleicht auch nicht. Er wußte nicht, ob er sich fürchtete. Er hätte sich gerne rasiert. Am dritten Tag seiner Gefangenschaft bat er Joshua um sein Messer und versuchte damit sein Glück. Er schnitt sich. Es war schwierig. Es ging dann irgendwie, die

Wangen, ja, aber nicht die Brust. Das tut man nicht, fand Douglas, mit einem fremden Messer. Er wischte es ab und gab es Joshua zurück.

«Hm», sagte Joshua. Er starrte das Messer an, als habe er es noch nie gesehen.

Am Morgen des sechsten Tages erreichten sie den Mississippi. Sie fanden eine Fähre und setzten über. Sie bezahlten wie ehrliche Leute. Stalmakers Münzen erinnerten Joshua an etwas. Am anderen Ufer nahm er Jeremys Beutel, das Gold für den Landkauf, und er drückte ihn Douglas in die Hand.

«Was soll ich damit?» fragte Douglas.

Joshua gab keine Antwort. Absolum entkam ein «Ach». Joshua drehte sich um, und er fauchte ihn an, wortlos, heftig, ein ungutes Geräusch. Absolum sagte nichts mehr. Douglas hielt den Beutel.

«Warum gibst du mir das, Joshua?» fragte Douglas fast flehend.

Joshua schwieg. Die Männer saßen auf.

«Joshua ...» Douglas wunderte sich über seine eigene Stimme. Es lag vielleicht an diesem Namen, der sich weich sprach wie ein Kosewort, aber vielleicht auch nicht. Joshua hatte den Kopf gesenkt und fingerte an seiner Waffe.

«Wenn ich dich sehr darum bitten würde», fragte Douglas, leise, denn er wollte nicht, daß die Männer das hörten, «wenn ich dich wirklich herzlich bäte: Würdest du mich gehen lassen?»

Joshua blickte nicht auf. Er schüttelte den Kopf. Douglas steckte Jeremys Gold ein. Er stellte diese Frage nicht wieder.

Sie ritten weiter, zu einer Stelle, wo der Mississippi die Konturen verloren hatte und wo es Tümpel gab und Bäume und sehr viele Mücken. Absolum und Paradise mußten Wache stehen, denn Joshua ging baden. Das erste Mal sah ihn Douglas ohne Revolver. Er gab Absolum seine Waffe, widerwillig, mit einem grimmigen Blick. Dann zog er sich aus und sprang ins Wasser, während die Männer am Ufer standen, die Gewehre wachsam in den Armbeugen. Kein Feind war in Sicht, aber

Josh hatte keine Waffe, und wenn Josh keine Waffe hatte, war die Welt nicht sicher. Douglas sah ihm zu, wie er schwamm, ein schlanker Junge mit vielen Mückenstichen. Er schwamm und tauchte, vielleicht wollte er seine Läuse ertränken. Bald kam er wieder an Land. Er griff sofort nach der Waffe. Douglas mußte lächeln, denn es sah komisch aus, der nackte Junge mit dem Revolver. Joshua setzte sich auf einen Stein und begann, seine Wäsche zu waschen. Kein Tropfen Wasser berührte die Waffe.

«Ich möchte auch baden», sagte Douglas.

Joshua schüttelte den Kopf.

«Darf ich Wäsche waschen?»

Joshua zögerte, dann nickte er.

Douglas zog sich aus. Er warf einen Blick auf seine Brust und stöhnte. Fahlblonde Stoppeln. Wenn das so weiterginge, sie würden sich kräuseln.

«Wenn du wüßtest, was du mir antust», seufzte Douglas und begann dann zu waschen. Friedlich hockten sie nebeneinander. Douglas rieb die Wäsche, dann sah er bei Joshua, daß man sie auf den Stein schlagen mußte, und er ahmte das nach. Sie teilten sich das Wasser, das der Mississippi ins Land schickte, und sie teilten sich die Mücken. Es war fast unerträglich. Douglas stöhnte. Joshua schwieg. In der Ferne schoß Zadock auf Enten.

Es gab Ente zu Abend. Douglas aß freiwillig. Er würde später fasten, wenn das hier überstanden wäre, jetzt mußte er essen, denn sonst würde Joshua wieder auf ihn zielen. Er schaute nicht gern in diese schwarze Mündung. Er aß zwei Portionen. Er würde zunehmen und aussehen wie ein Bäcker aus Carlisle, und wenn Jeremy dann käme, würde er ihn nicht erkennen. Jeremy? Doch, dachte Douglas, er kommt schon. Dann nagte er den Knochen ab und dachte nichts mehr.

Joshua stellte zwei Wachen auf in dieser Nacht, denn es war eine unübersichtliche Stelle. Paradise durfte schlafen. Joshua scheuchte ihn weit ins Land, fort vom Feuer, fort von der Geisel. Er gab Douglas Sattel und Decke. Er legte sich neben ihn, nah, wie er das immer tat.

«Keine Kugeln heute?» fragte Douglas.

Joshua schüttelte den Kopf.

«Die Läuse ersoffen?»

Joshua gab keine Antwort. Er schloß die Augen. Er lag auf dem Rücken wie aufgebahrt, die Waffe neben sich. Er atmete ruhig. Er schlief.

Douglas wartete lange. Dann streckte er die Hand aus, langsam und bedächtig, und er legte sie auf Joshuas Revolver. Joshua schlief nicht. Er packte Douglas' Hand. Er griff die Waffe, hielt sie fest und fauchte.

«Was ist das für ein Kunstwerk», fragte Douglas leise, «ich habe so etwas noch nie gesehen.»

Joshua zeigte die Zähne.

«Es hat eine Trommel, nicht wahr?»

Joshua hatte sich aufgesetzt, und er starrte Douglas an, irgendwo in Brusthöhe, bloß nicht ins Gesicht.

«Zeigst du mir das?» fragte Douglas.

Joshua schwieg. Plötzlich leerte er die Trommel und hielt Douglas den Revolver hin. Mit der anderen Hand griff er nach seinem Gewehr.

Douglas drehte die schlanke Waffe eine Weile in den Händen, bewegte die Trommel, den Abzug, das Schloß.

«Schön», sagte Douglas, «wie heißt das?»

Er gab Joshua den Revolver zurück. Joshua nahm ihn, sichtlich erleichtert. Er lud, beugte sich zum Feuer, betrachtete das Metall, dann sagte er leise: «Samuel Colt, Paterson, New Jersey. Das steht da drauf. Es schießt gut.»

«Das glaube ich», antwortete Douglas. Er betrachtete seinerseits die Gravur.

«Ich kann lesen, Mister», murmelte Joshua. Es klang erstaunt, fast ängstlich.

Douglas nickte. Er hob langsam die Hand. Er beugte sich vor. Er bewegte die Hand, langsam, langsam, langsam. Joshua war erstarrt. Er schluckte. Douglas' Hand war bei der seinen, und sie berührte den geladenen Revolver. Douglas schloß die Finger darum. Joshua schluckte wieder. Langsam nahm Douglas die Waffe aus Joshuas Hand. Er hielt sie am Lauf. Er drehte sie vorsichtig um. Er untersuchte noch einmal alles, die Gravur, den Lauf, die Trommel. Er sah Joshua an. Joshua rührte sich nicht. Douglas spannte den Hahn, wartete, entspannte wieder. Dann nahm er Joshuas Hand, legte den Revolver hinein und schloß Joshuas Finger darum.

«Danke», sagte Douglas, «das ist eine hübsche Erfindung.»

Er legte sich hin. Er rückte den Sattel zurecht. Er drehte Joshua den Rücken zu und zog sich die Decke über den Kopf.

In dieser Nacht begriff Joshua Jenkyns, daß die Sache gefährlich wurde. Er mußte etwas dagegen tun. Er richtete die Waffe auf Douglas' Rücken, ließ sie sinken und zielte wieder. Er tat das mehrmals. Irgendwann gab er es auf. Joshua würde sprechen müssen. Er wußte nicht, wie das ging. Er überlegte, Stunde um Stunde. Er fand keinen Satz, den er Fortescue hätte sagen können, kein Wort, keine Erklärung, gar nichts. Mitten in der Nacht stand Joshua auf und holte *Colours*. Es war immer noch sein liebstes Buch. Er hielt *Colours* in der Hand, ohne es aufzuschlagen, er konnte es auswendig. Er saß mit *Colours* neben dem verglimmenden Feuer. Er hätte gerne geschrien, aber er wollte Fortescue nicht wecken. Er brachte *Colours* zurück zu den anderen Büchern, und er grübelte dann weiter. Er überlegte sich Sätze. Er verwarf sie wieder. Er überlegte sich neue. Er fand plötzlich viele. Genügend Sätze hatte Joshua zur Auswahl, als der Morgen kam. Er mußte sich nur noch entscheiden.

Als Douglas erwachte, sah er in die Mündung des Revolvers. Joshua blickte ihm ins Gesicht, ruhig, die Lippen entspannt. Was er für schöne Lippen hatte, wenn er sie einmal nicht zusammenpreßte, volle, dunkle, scharf konturierte Lippen.

Joshua zielte zwischen Douglas' Augen. «Ich liebe Sie, Mister», sagte Joshua. Das war der Satz, der ihm am besten gefiel. Er war kurz. Er war deutlich. Er bannte vielleicht die Gefahr.

III

Bei diesem einen Satz ließ es Joshua bewenden. Er fand, das reichte aus. Douglas blieb allein mit seiner Ratlosigkeit. Joshua scheuchte ihn bald aufs Pferd. Es ging ihm jetzt sichtlich besser, er verzog den Mund, es wurde fast ein Grinsen. Er saß auf und pfiff seinen Leuten. «Fort Howard», sagte Joshua, dann griff er Douglas' Zügel, und sie machten sich auf den Weg.

Douglas kratzte seine Mückenstiche und überlegte. Warum hatte Joshua jetzt so gute Laune? Warum hatte er diesen Satz gesagt? Douglas wußte, er log nicht. Wie hätte er lügen können? Er konnte schließlich kaum sprechen! Douglas bewegte Joshuas sparsame Auskunft in seinem Kopf, diese vier grotesken Wörter. Er wiederholte sich das wieder und wieder. Nie hatte einer solchen Unfug gesagt zu Douglas Fortescue. Der Junge war verrückt. Er verwechselte ihn. Mit wem nur? Könnte man mich wohl, fragte sich Douglas und stöhnte, verwechseln mit einem, der geeignet wäre für einen solchen Satz? Nein, dachte Douglas, das geht nicht. Er erinnerte sich an Joshuas Waffe in seiner Hand, geladen und gespannt. Auch darüber dachte er lange und ergebnislos nach.

Sie erreichten zu Mittag eine Anhöhe über jener Siedlung, die Joshua Fort Howard nannte. Es war wirklich eine Art Festung, geduckte Häuser, viel Holz, wenig Stein, geschützt mit Palisaden. Hier wollte Joshua seine gute Laune feiern, und zwar allein und auf dem eigenen Pferd.

Douglas mußte absitzen. «Sie bekommen es wieder, Mister, wenn ich zurück bin», sagte Joshua und sprang auf den Schekken. Wie einfach es plötzlich war, die Sache mit dem Reden! Joshua wollte es noch einmal versuchen.

«Das ist Fort Howard», erklärte Joshua, «ich mag die Leute da nicht.» Er grinste jetzt wirklich.

Er nahm Douglas' Zügel und gab sie Absolum, zögerlich, sichtlich ungern. Er zischte den Männern etwas zu. Douglas verstand kein Wort. Joshua prüfte seine Waffe, wandte den Schecken und ritt hinunter nach Fort Howard.

Es war einer jener völlig nutzlosen Überfälle, ohne Beute und ohne Gewinn, die Joshua Jenkyns von Zeit zu Zeit unternahm, um seinen Ruf zu festigen, sich Respekt zu verschaffen oder um einen schönen Tag zu feiern. Er erschreckte sogar seine Männer mit solchen Taten, und sie waren froh, daß sie ihm nicht folgen mußten. Douglas sah sich reglos an, was in Fort Howard geschah, denn die Aussicht war gut und es blieb ihm nichts anderes übrig. *La roue de la vie?* Douglas dachte an den Kreolen. Es war ihm, als sehe er hinein in eine rotierende Trommel, als sei das alles gemalt. Bewegte Bilder. Kleine Leute. Es war so weit weg, Fort Howard, hineingezeichnet in die sonnige Mulde, eine Burg aus Licht vor einem trägen Fluß.

Joshua schoß zwei Wachposten über den Haufen und ritt hinein in den Hof. Es ging sehr schnell. Leute, Militär, in Dekkung. Joshua war sichtbar wie eine helle Zielscheibe, er schrie, und er schoß, und er schoß wieder. Er wandte das Pferd. Schüsse aus der Deckung. Joshua duckte sich, er riß das Pferd jetzt ganz herum, ein fleckiger Schatten, ein unscharfes Bild. Der letzte Schuß für den letzten Posten, und Joshua war verschwunden. Es hatte Spaß gemacht. Er hatte nicht nachgedacht. Erst als er die Böschung heraufkam zu Douglas und den Männern, verstand Joshua seinen Fehler. Sie würden nicht bleiben in Fort Howard und ihre Toten beweinen. Sie würden kommen, und zwar sofort. Joshua hatte seine Geisel vergessen, den Reiter ohne Zügel. Wie dumm war er gewesen in seinem Übermut! Jetzt blieb ihm keine Zeit zum Überlegen. Sie waren schon auf den Pferden, die wütenden Leute aus Fort Howard, und man mußte sehen, daß man davonkam.

Joshua nahm Absolum Douglas' Zügel fort und gab sie Douglas in die Hand. «Los, Mister», zischte Joshua. Die Leute aus Fort Howard waren schon unterwegs. Auch Douglas blieb keine Zeit zum Nachdenken, und er trieb sein Pferd zum Galopp.

Es wurde eine verbissene Jagd. Der Vorsprung war knapp,

und es gab lange kein Entkommen. Sie ritten quer übers Land, immer weiter, so schnell ihre Pferde liefen, die Leute aus Fort Howard hinter sich. Es waren ziemlich viele. Douglas sah sich nicht um. Er wußte, wie man ein Pferd antreibt. Er hatte das nicht verlernt. Er wollte nicht warten auf die Leute. Er stellte sich vor, was wohl geschähe, wenn er das Pferd parierte und sagte: «Meine Herren, ich bitte Sie, ich gehöre da nicht dazu.»

Bald fand Joshua seinen Weg. Ein Abhang, Bäume und steiniger Grund. Sie scheuchten Vögel auf, seltsame bunte Vögel. Es ging hinunter und wieder hinauf, über einen Bach und hindurch zwischen Felsen. Joshua kannte sein Land. Er kannte die Engpässe. Es war schade, daß die Männer aus Fort Howard ihm hierher nicht folgen mochten. Sie wären einzeln gekommen, fünf Schuß, fünf Treffer. Aber die Männer aus Fort Howard kannten das Land auch, und sie kehrten um und fluchten.

Eine halbe Meile noch mußten sie klettern, dann hielt Joshua an und saß ab. Sie saßen alle ab, verschwitzt und staubig.

«Oh, Mister», sagte Joshua, als Douglas vor ihm stand, «Sie reiten ja wie der Teufel!»

«Ich stamme vom Land», sagte Douglas. Er strich sich die Haare aus dem Gesicht, denn er hatte sein Zopfband verloren. Er streichelte dem Pferd die Stirn, abwesend und verwundert.

«Ich wußte das immer», sagte Joshua triumphierend.

«Hm?» Eben mochte Douglas nicht sprechen.

«Ich weiß das», beharrte Joshua, «seit ich Sie kenne, Sie reiten wie der Teufel, und, Mister, und ...»

«Und was?» fragte Douglas.

Joshua konnte seinen Satz nicht zu Ende bringen.

Jeremy Fortescue schrie den Bürgermeister von St. Louis an. Er tat das seit einer halben Stunde. «Gibt es kein Gesetz», schrie Jeremy, «in dieser verfluchten Wildnis? Gibt es hier keine Polizei?»

«Es gibt Polizei», sagte der Bürgermeister matt, «zwei oder drei, glaube ich.»

«Zwei oder drei *was*?»

«Zwei oder drei Unternehmen.»

Der Bürgermeister versuchte, dem Engländer zu erklären, wie die Polizei organisiert war zwischen Mississippi und Missouri. Es gäbe diese und jene, sagte der Bürgermeister, privat und staatlich und städtisch. Es gäbe reiche Leute mit ihrer eigenen Polizei, es gäbe Militär und gewählte Sheriffs, und es gäbe auch Sheriffs, die man abgewählt hätte und die trotzdem im Amt blieben zu jedermanns Verdruß. Jeremy wiederholte immer wieder diesen Namen, Joshua Jenkyns, wie er es gelernt hatte in Carrolton. Der Bürgermeister lächelte. Er lächelte fast verträumt. «Little Josh», sagte der Bürgermeister, «viel Glück, Sir.»

Der Bürgermeister blieb nicht der einzige, den Jeremy Fortescue in St. Louis anschrie. Es gab viele, mit denen er sprechen mußte, denn niemand war zuständig. Jeremy war Engländer, und er hatte Geld auf der Bank, das verschaffte ihm ein wenig Respekt, aber es brachte keine Hilfe. Ganz St. Louis sprach bald von diesem tobenden Fremden, dem Little Josh den Bruder fortgenommen hatte ohne ersichtlichen Grund. Man erhielt Nachricht von dem Überfall auf Fort Howard, Josh und vier Männer. Da sei keine Geisel dabeigewesen, kein verstörter gefesselter Brite. Josh sei nach Westen geritten mit vier Männern. Josh wolle zum Missouri.

Das war die einzige Auskunft, die Jeremy bekam, übereinstimmend von allen, mit denen er sprach: Josh Jenkyns will zum Missouri. Josh Jenkyns will immer zum Missouri. Der Missouri ist Little Joshs große Liebe.

«Es interessiert mich nicht», schrie Jeremy, «was Little Joshs große Liebe ist! Ich will meinen Bruder finden!»

Die Leute grinsten müde. Die Leute wünschten Glück. Sie rieten Jeremy, ein paar Männer anzuheuern, möglichst viele, gut bewaffnet, und dann die Sache selbst in die Hand zu nehmen. Portland, Jefferson, Booneville – dort würde Joshua sicher vorbeikommen. Zur Not Independence. Zur Not auch Leavenworth. Spätestens dort würde Jeremy ihn treffen.

«Wann?» fragte Jeremy.

«Eines Tages.»

«Ich heuere keinen an», schrie Jeremy, «ich will das verdammte Gesetz!»

Die Leute zuckten die Achseln.

Nach Fort Howard wurde das Leben ein wenig leichter für Douglas. Er durfte mit Zügeln reiten und nachts ein bißchen abgerückt schlafen. Es war einfacher mit Zügeln, und es war einfacher zu schlafen, wenn man Joshua nicht atmen hörte. Joshua blieb auf dem Schecken. Douglas ritt jetzt das Pferd des Erschossenen, aber er dachte darüber nicht nach.

Joshua schwieg wieder beharrlich. Er ritt nach Westen. Er rüstete sich aus mit dem Nötigsten in einem öden Dorf bei den Bleiminen, denn es ging nun ins unbesiedelte Land. Die Leute hatten recht: Joshua wollte zum Missouri.

Bisweilen warf ihm Douglas einen Blick zu, und er merkte, er hätte gerne diese vier Wörter noch einmal gehört, die grotesken Wörter, den verwechselten Satz. Er hätte fragen wollen, was er damals zu fragen versäumt hatte in seiner Entgeisterung: Warum? Warum sagst du das? Wen meinst du? Nicht mich, Joshua, nicht wahr? Vielleicht hätte Joshua geantwortet. Vielleicht hätte sich alles geklärt. Vielleicht hätte ihn Joshua freigelassen, vielleicht hätte er ihn erschossen. Doch Joshua sagte gar nichts, Douglas wartete vergebens.

Eines Abends saßen sie am Feuer, Joshua goß Kugeln, die Männer schliefen, Douglas kratzte seinen Kopf. Irgendwann blickte Joshua auf. Es war dunkel genug, um Douglas gerade anzusehen. Joshua konnte das ohnehin schon viel besser. Er übte es manchmal, wenn Douglas schlief. Er machte täglich Fortschritte. Jetzt sah er ihm zu beim Kratzen. Douglas kratzte und stöhnte und kratzte. Es war scheußlich, wahrscheinlich Mücken, dabei lag der Mississippi schon weit hinter ihnen. Joshua sah ihm lange zu. Dann begann er zu lachen.

Douglas nahm die Hand vom Kopf. Er starrte Joshua an. Seit wann konnte Joshua lachen? Es klang ungeübt, ein wenig heiser, grimmig und verlegen. Er lachte nicht lange. Er räusperte sich. Dann zog er sein Messer aus dem Stiefel.

«Das wird die Hölle, Mister», sagte Joshua. Er hielt Douglas das Messer hin.

«Bitte?» fragte Douglas. Er nahm das Messer nicht. Sein Kopf juckte sehr, aber er mochte sich nicht mehr kratzen.

«Mücken?» fragte Douglas zaghaft. Joshua bewegte das Messer.

«Los», sagte Joshua, «schneiden Sie die Haare ab, das sind Läuse, das wird die Hölle.»

«Das sind keine Läuse!» rief Douglas empört.

«Doch.» Joshua stand auf, das blanke Messer in der Hand.

«Nein!» schrie Douglas.

«Machen Sie's selber, Mister?»

«Nein!» schrie Douglas noch einmal.

Joshua kauerte sich neben ihn. Er hielt das Messer. «Ich schwöre Ihnen», sagte er, «es wird die Hölle, das halten Sie nicht aus», und dann griff er nach Douglas' Nacken und begann ihm die Haare zu schneiden.

Douglas schrie auf. Joshua schnitt. Er schnitt Strähne um Strähne ab, nicht allzu kurz und auch nicht besonders ordentlich. «O Gott», flüsterte Douglas. Er bewegte sich nicht. Er schrie auch nicht mehr, sondern ließ das alles geschehen. Joshua hielt ihn zwischen den Knien, als schere er ein Schaf. Es fühlte sich seltsam an, das Messer, Joshuas Schenkel und Hände. Der Kopf wurde leichter. Das fühlte sich auch seltsam an. Die Schur machte ein eigenartiges Geräusch, eine scharfe Klinge, die durch dicke Haarbüschel fuhr, flink und ohne Gnade. «O Gott», wiederholte Douglas. Joshua schnitt schweigend. Bald war er fertig damit. Er steckte das Messer zurück in den Stiefel, dann setzte er sich vor Douglas auf den Boden. Er sah ihn an, gerade ins Gesicht. Er nickte bedächtig.

«Das ist nicht schön geworden», sagte Joshua. Er legte Douglas plötzlich beide Hände auf den Kopf. Er kämmte seine Haare mit den Fingern, nach rechts und nach links. Er zog Douglas' Kopf zum Feuer.

«Warum», fragte Joshua fast feierlich, «warum hat Ihr Haar zwei Farben?»

Er ließ Douglas los und rückte ein wenig ab. Er kehrte die abgeschnittenen Strähnen gewissenhaft zusammen und warf sie dann ins Feuer. Es stank. Paradise schnaufte. Douglas kratzte verwundert seinen leichten Kopf.

«Oh», sagte Douglas, «das ist so bei uns aus Yorkshire. Das Geschlecht der Banshees zu Oxnop. Erdgebundene Geister. Wir sind unsterblich und haben zweifarbige Haare. Wenn man sie abschneidet, wachsen uns Flügel, und dann kann uns keiner mehr halten.»

Joshua starrte ihn an mit gerunzelten Brauen. Er überlegte.

«Sie erzählen mir Märchen, Mister, oder?»

Douglas lächelte. Douglas nickte. «Sie sind gefärbt, meine Haare», sagte er dann, «und wenn ich nicht bald ein Tütchen Kalk bekomme und Chlorwasser, hast du bald eine blonde Geisel.»

«Geisel?» Joshua schien das Wort nicht zu kennen.

«Wie heißt du mit Nachnamen?» fragte Douglas plötzlich.

«Jenkyns», sagte Joshua leise.

Douglas wiegte seinen struppigen Kopf.

«Deine Eltern sind doch niemals von englischer Abstammung!»

«Schottisch», murmelte Joshua.

«Ich glaube dir kein Wort.»

Joshua hatte sein Halfter abgenommen, und er machte einen Knoten in den Riemen. Er rieb das Leder mit dem Fingernagel, dann knotete er den Riemen wieder auf.

«Die Mutter Omaha», sagte Joshua schließlich, «deshalb sehe ich so aus.»

«Was für ein Ding?»

«Omaha.»

«Bitte?»

«Das kennen Sie nicht?»

«Nein», sagte Douglas, «das kenne ich nicht.»

Joshua schwieg. Er spielte mit seiner Waffe. Er drehte die Trommel und polierte sie dann mit dem Ärmel.

«Omahas sind Indianer», sagte Joshua nach einer Weile.

Douglas sah ihn lange an. Joshua hatte die Beine gekreuzt, die Hände auf den Knien. Unbewegt. Das Gesicht erstarrt. Seine Waffe lag auf dem Boden.

Douglas fragte ihn, wie alt er sei. Er bekam keine Antwort. Douglas fragte, ob er Schotten lieber möge als Indianer, und er fügte hinzu, die Schotten seien ein wildes Volk. Joshua gab auch hierauf keine Antwort.

«Es ist nett», sagte Douglas schließlich, «daß du mich nicht skalpiert hast, Joshua Jenkyns. Verrätst du mir, warum du behauptest, du liebst mich?»

«Weil es stimmt, Mister», entgegnete Joshua prompt. Er nahm seine Waffe, holte Sattel und Decke. Er legte sich zum Schlafen. Da lag er. Douglas kratzte seine entstellte Frisur.

Joshua geizte auch weiterhin mit den Worten. Er verriet Douglas nicht das Ziel dieser Reise. Es wurde wärmer, bald wurde es heiß. Douglas setzte einen Hut auf seine verschnittenen Haare, einen Filzstumpen, den Zadock im Gepäck hatte. Er wusch ihn an einer Wasserstelle, aber der Hut wurde dadurch nicht schöner. Douglas war froh, daß es keine Spiegel gab in der Prärie. Er kratzte weiter seinen Kopf. Es war besser mit kurzen Haaren, aber die Läuse gingen nicht fort. Douglas fing sie, mit angewiderter Miene, und zerdrückte sie zwischen den Fingern, nachts am Feuer, wie Joshua, schweigend, die Beine gekreuzt.

Es gab längst keine Dörfer mehr. Es gab vor allem Gras. Einmal versuchte Douglas, den Mann namens Paradise zu fragen, wohin die Reise ginge, aber Paradise starrte ihn an wie den Leibhaftigen und ließ ihn ohne Antwort stehen.

Douglas hatte aufgehört, die Tage zu zählen, und weil er vergessen hatte, sie aufzuziehen, war auch seine Taschenuhr keine Hilfe mehr. Alle außer Joshua hatten Uhren, Zadock sogar vier davon. Jede zeigte eine andere Stunde. Niemand sah jemals darauf. Das Salz ging aus, und es gab bald ungewürztes Fleisch, was ihnen eben unterwegs begegnete. Douglas kannte die Tiere nicht, aber er aß sie klaglos. Seine Hosen waren so ausgebeult vom Reiten, daß er nicht merkte, wie er zunahm. Eines Abends betrachtete Joshua Douglas' Haare, und er sagte ernst, er sähe aus wie ein Stinktier, zweifarbig, gut sichtbar im Gras. Das war die einzige Auskunft, die ihm Joshua gönnte. Er rückte wieder näher in der Nacht, wahrscheinlich ohne das zu merken, und Douglas gewöhnte sich allmählich an seinen Atem im Schlaf.

Eines Mittags sah Douglas ein Dorf oder ein Lager, irgendetwas, das rauchte. Er zeigte darauf. Joshua schüttelte den Kopf. Er hielt sein Pferd nah bei Douglas, fast berührte er ihn mit dem Knie.

«Möchtest du nicht», fragte Douglas, «dort hinüberreiten mit deinem hübschen Revolver und ein wenig Salz besorgen und eine Flasche Brandy, denn ich glaube, das hilft gegen Läuse.»

Joshua schüttelte wieder den Kopf. Er machte einen Bogen um dieses Dorf.

Douglas beharrte auf seinem Brandy. Er schämte sich ein wenig dafür, aber er merkte, er hätte einen Raubüberfall in Kauf genommen für ein Mittel gegen die Läuse.

Nach langem Schweigen murmelte Joshua ein Wort.

«Bitte?» fragte Douglas.

«Mesquakies», wiederholte Joshua.

«Sind das Indianer?»

Joshua nickte.

«Sag bloß, du hast Angst vor Indianern.»

Joshua sah ihn an. Er verzog das Gesicht. Plötzlich hielt er sein Pferd an.

«Kommen Sie mit, Mister?» fragte Joshua. «Ich kann auf die nicht schießen.»

«Mitkommen – wohin?»

«Zu den Leuten.»

«Ich», fragte Douglas, «warum denn?»

«Ich kann auf die nicht schießen.»

«Familienbande? Und was soll ich da tun?»

«Das ist nicht meine Familie», fauchte Joshua.

«Was soll ich tun?» wiederholte Douglas.

«Sie», begann Joshua, «Sie, Mister ...» Er brachte den Satz nicht zu Ende. Er nahm Zadock eine seiner vier Uhren ab. Er hieß die Männer warten. Er griff nach Douglas' Zügeln. Douglas murrte. Joshua kümmerte sich nicht darum. Er führte Douglas eng, im Schritt über das weite Land. Er verbot ihm den Mund mit einem Fauchen. Sie ritten hin zu den Feuern, zu den Leuten, auf die Joshua nicht schießen konnte. Douglas begriff das nicht. Er schwieg.

Sie saßen ab, bevor sie das Lager erreichten, Joshua band die Pferde an einen toten Baum. Er nahm Douglas unsanft am Arm und schob ihn vor sich her. Douglas wollte sich losmachen, aber Joshua fauchte. Er wollte etwas sagen, Joshua fauchte wieder. Und so begleitete denn Douglas Fortescue seinen Entführer in dieses Lager, zu Fuß, bewaffnet mit einer Taschenuhr; denn der Revolver hatte hier keinen Nutzen.

Es waren ein paar Zelte, zerlumpte Kinder und Frauen. Zwei junge Männer verluden Blei auf einen Karren. Sie hatten Gewehre, aber auch Bogen. Gewehre und Bogen waren zusammengestellt zu einer Pyramide, und daneben gab eine Frau ihrem Kind die Brust. Die jungen Männer mit dem Blei liefen davon und holten einen anderen, einen Alten in seltsamem Kostüm. Er schwankte ein wenig, er sah traurig aus und betrunken. Joshua drückte Douglas' Arm, bis er schmerzte. Er schlug die Augen nieder vor diesem bekümmerten Greis. Der Greis legte die Hand auf die Brust. Joshua tat ihm das nach. Er zögerte, dann ließ er Douglas los. Er legte die Spitzen der Zeigefinger zusammen, den Blick noch immer gesenkt. Er rieb die Daumen gegeneinander. Er kratzte sich bedeutungsvoll am Kopf. Dann formte er einen Becher aus seiner linken Hand, rührte mit dem rechten Zeigefinger darin um und blies dabei in die Handfläche. Schließlich hielt er dem Greis die Taschenuhr hin. Der Greis untersuchte sie. Douglas sah, es war Jeremys Uhr. Der alte Mann klappte sie auf, sah hinein, klappte sie wieder zu. Er steckte sie in eine Tasche. Er legte die Hand vor die Brust. Dann rief er nach einem der Jünglinge und sagte unverständliche Worte. Der Jüngling lief davon. Der Jüngling kam wieder. Er brachte Salz und einen Lederbeutel. Joshua nahm das, dann packte er Douglas' Hand und lief davon. Er lief, als jagten ihn die Geister seiner Ahnen. Douglas konnte kaum Schritt halten. Joshua rannte und rannte, bis sie zu den Pferden kamen. Er sprang in den Sattel. Er sah Douglas bittend an. Douglas saß auf, und sie ritten in gestrecktem Galopp davon.

Joshua hielt an, noch bevor sie die Männer erreichten. Er wischte sich den Schweiß von der Stirn.

«Danke, Mister», sagte Joshua. Er hielt Douglas den Lederbeutel hin.

«Das ist Medizin gegen Läuse, und da ist Salz, und, danke, danke, Mister ...»

«Warum bedankst du dich», fragte Douglas verwundert, «was habe ich denn getan?»

«Mitgekommen.»

«Was?»

Joshua gab seinem Pferd die Sporen.

Alle bekamen sie ihren Anteil am Läusemittel der Mesquakies. Joshua rührte die Medizin in Wasser an, und er behandelte damit seine ganze Gefolgschaft. Er nahm sie einzeln zwischen die Knie, zuerst Douglas, dann Absolum, Zadock und Paradise, und er verrieb das Zeug energisch in ihren Haaren. Sich selbst behandelte er zuletzt. Joshua Jenkyns war ein guter Hirte.

Es gab gesalzenes Fleisch zu Abend, ein hochbeiniges Tier, recht tranig. Das Salz tat dem hochbeinigen Tier gut, fand Douglas. Er aß friedlich und wortlos. Der Todeskampf der Läuse war unerträglich, aber dann wurde es plötzlich besser. Sie saßen alle fünf zusammen, verdauten und suchten tote Läuse. «Aaah», stöhnte der Mann namens Absolum, und er begann plötzlich laut zu singen. Joshua grinste. Er ließ ihn singen. Erst nach der dritten Strophe sagte er leise: «Der Häuptling war betrunken und schwieg, und du bist nüchtern und singst, das ist wirklich dumm.»

Absolum verstummte. Joshua lachte. Damit war das Tischgespräch beendet.

Als die Männer dann fort waren, zum Wachehalten und zum Schlafen, versuchte Douglas noch einmal sein Glück. Er wollte wissen, warum er hatte mitkommen müssen. Er wollte wissen, warum sich Joshua bedankte. Joshua schwieg und grinste, das tat er öfter an diesem Abend, ein schiefes Grinsen mit gebleckten Zähnen. Douglas seufzte und wickelte sich in die Decke, erleichtert über die Totenruhe in seinen gescheckten Haaren. Bald legte sich Joshua zu ihm, nahe und wachsam, den Revolver an der Wange. Er sah Douglas eine Weile an, ernst, fast feierlich, dann griff er nach seiner Hand. Er hielt sie vorsichtig in der seinen, zog dann resolut daran und nahm sie mit unter seine Decke.

«Was soll das?» fragte Douglas.

Joshua schloß die Augen. Er hielt Douglas' leblose Hand in der seinen, wie man etwas hält, ein Stück Stoff, einen Zipfel vom Kissen, um damit besser einschlafen zu können. Er ließ die Hand nicht mehr los. Er gab Douglas keine Antwort.

«Bin ich dein Talisman, du verrücktes Kind?» flüsterte Douglas nach einer Weile. Joshua schlief. Er schlief wirklich. Er schien das zu mögen, Douglas' lahme kühle Hand in der seinen.

«Das darf nicht wahr sein», murmelte Douglas. Er dachte plötzlich an Marie, an ihre bösen Worte, an das Buch namens *Pain*.

Seek shelter
Take leave
You are useless

«Nun ja, Marie», sagte Douglas lautlos zu der Toten, «jetzt hat Fatal Fortescue doch noch einen Nutzen, nur frag mich bitte nicht, welchen.»

Marie war nicht hier. Douglas schüttelte ratlos den Kopf.

Dann schloß er vorsichtig seine Finger um Joshuas warme Hand.

Es dauerte nun nicht mehr lange, bis Joshua sein Ziel erreichte. Er konnte es plötzlich riechen, lange vor seinen Männern, denn der Wind stand eben günstig. Joshua kannte diesen Geruch so gut, Wasser, Fäulnis und noch etwas, für das es kein Wort gab. Er trieb seine Leute zur Eile. Es war heiß, das Gras stand hoch, aber Joshua pfiff, und man hatte sich zu fügen.

Der Missouri lag verborgen hinter Gestrüpp und Gestein, träge, fast ein See, ohne Strömung. Es gab Bäume hier, Weiden und Pappeln, teils umgeknickt und halb versunken, Treibholz, das nicht trieb. Joshua hieß seine Männer absatteln, dann scheuchte er Douglas' Pferd ins Wasser. Er wollte auf einen bestimmten Felsen, zu einem bestimmten Bild. Douglas' Stiefel wurden naß, die schönen Stiefel des Sheriffs aus Pleasance, das einzige an seiner Garderobe, was die Reise unbeschadet überstanden hatte. Sie trieben die Pferde durchs Wasser, Mücken im Gesicht. Es war tief, dann wurde es seichter, endlich erreichten sie den Felsen. Man blickte hier weit über den Missouri, die ganze schlammige Pracht. Joshua wartete, bis sich Douglas das angesehen hatte, geduldig, Minute um Minute. Douglas wußte nicht, ob er diesen Fluß mochte. Er sah faulig aus und gefährlich, ein träges Tier auf der Lauer. Douglas betrachtete die Aussicht. Joshua wollte das so.

«Ihr Fluß, Mister», sagte Joshua schließlich. Er hob die Hand, dann ließ er sie wieder sinken. Er sah Fortescue an, ob Fortescue sein Fluß auch gefalle.

«Danke», sagte Douglas verwundert, «aber warum ist das meiner?»

Joshua schwieg. Er grinste. Er ließ Douglas noch warten, bis er ihm sein Geheimnis verriet. So viele Tage hatte er es bewahrt, jetzt wollte er nichts überstürzen.

Es klang dann fast wie ein kleines Lachen, als Joshua Luft holte für sein Geständnis. Er sprach ruhig, ganz beiläufig, eine Anmerkung zum Missouri, eben so dahingesagt ohne allzu großen Nachdruck. Er rezitierte flüssig und ohne Skandierung, und es waren nicht mehr als ein paar Zeilen.

There is a river
a milky brown like coffee
eating the colours away.
And there are flowers
roses and azalea
drunk and forlorn
half drowned in languid waters.

Joshua schwieg. Er betrachtete den Fluß. Wie schön er war, hier an der Mündung des Grand River!

«Ich glaub's nicht», hauchte Douglas, «ich glaub's nicht.»

Jeremy Fortescue hatte sich eingeschifft, per Dampfer hinauf den Missouri. Etwas anderes war ihm nicht eingefallen. Er stand auf dem Schiff, die Taschen voll britischen Goldes, und er sagte sich her, was die Amme ihm zugezischt hatte in Bleamoor Hall: Paß auf den Jungen auf, er steht unter einem schlechten Stern. Er war im Gewitter geboren, Douglas, das nutzlose Kind. Wahrscheinlich war er längst tot. Aber weil Jeremy das einfach nicht glauben mochte, fuhr er weiter, Stunde um Stunde, auf der Suche nach einem Gesetz, das es hier nicht gab. Jeremy sah die Pflaumenbäume blühen, schneeweiß unter dem blauen Himmel, er sah den Schachtelhalm und die bizarren Felsen, Schlingpflanzen, die zerborstene Stämme umarmten, eine malerische Wildnis, wie aus den verwegensten Träumen eines Lancelot Brown. Jeremy war die Aussicht einerlei. Er war hier nicht zum Vergnügen. Er verließ das Schiff in Jefferson City und ging dort zum Gouverneur.

«Oh, England, wie schön!» lobte der Gouverneur, und er erkundigte sich dann, ob Jeremy bewandert sei in der Kriegsführung, wie man das gewöhnt sei von den Briten, spätestens seit Admiral Nelson. Jeremy schnaubte. Er verlangte nach der Polizei.

«Es gibt viele Männer», sagte der Gouverneur, «die nichts lieber täten, als mit Ihnen zu kommen. Geben Sie ihnen Waffen, Sir, es sind tapfere Kerle. Nehmen Sie die, die aus den Bergen kommen. Nehmen Sie die Jungs der Chouteaux. Sie langweilen sich tödlich, seit es keine Pelze mehr gibt, und Sie täten ein gutes Werk, wenn Sie sie beschäftigten und bezahlten. Sie würden Ihre Freude an ihnen haben. Sie boxen zum Spaß mit den Bären.»

Der Gouverneur lachte freundlich, dann sah er Jeremys Gesicht und verstummte.

«Ich bin nicht Nelson», sagte Jeremy, «ich bin ...»

Er stockte. Was sollte er sagen? Was *war* er denn eigentlich, Jeremy Fortescue?

«Ich bin Farmer, verdammt», rief er wütend, «ich führe keine Armee!»

Der Gouverneur gönnte ihm einen mitleidigen Blick, dann entschuldigte er sich. Er hatte keine Polizei für den Briten, und er hatte noch anderes zu tun.

Jeremy fuhr weiter, über Rockport nach Booneville. Eine Straße, ein Bordell, zwei Schweizer Botaniker, viel mehr gab es nicht in Booneville. Es gab auch einen Sheriff, aber der Sheriff gefiel Jeremy nicht. Er fuhr weiter, nach New Philadelphia und Chariton. Inzwischen wußten alle Passagiere des Dampfers, was diesen grimmigen Ausländer gen Westen trieb, und sie empfahlen alle dasselbe: Leute anheuern, Waffen kaufen, eine schöne spannende Jagd. Jeremy schüttelte den Kopf. Das interessierte ihn alles nicht. Er wollte keine Armee, er wollte seinen Bruder. Nur eines interessierte Jeremy Fortescue, und es beruhigte ihn, bei all seinem Kummer: Alle, die er fragte, alle, die ihm ihre Ratschläge aufdrängten, waren sich einig, daß der Weg der richtige sei.

«Man hört von Little Josh», sagten die Leute. «Überholen Sie ihn. Fahren Sie nach Independence oder Leavenworth. Warten Sie dort auf Josh Jenkyns, er wird kommen, mit Ihrem Bruder oder ohne ihn. Warten Sie auf Josh, Sir, aber warten Sie nicht aufs Gesetz.»

Jeremy knirschte mit den Zähnen. Er fuhr weiter, begleitet von Krähen und Geiern. Er glaubte noch immer, daß Polizisten vom Himmel fielen, wenn man den Himmel nur recht darum bäte.

IV

Die Männer schossen Truthühner, obwohl das Pulver längst knapp war. Douglas saß mit Joshua im Gras und versuchte, ihm etwas zu erklären.

«Ich habe diese Gedichte nicht gemacht», sagte Douglas, «ich habe sie nur geschrieben.»

Er sagte das bestimmt schon zum zehntenmal, und Joshua schüttelte zum zehntenmal den Kopf.

«Ist das Ihr Name?» fragte Joshua geduldig, und er zeigte auf *Douglas W. Fortescue* auf der Titelseite von *Colours*. Er hatte *Colours* aus seiner Satteltasche geholt, *The Waltz*, *Iron* und *Thirst*, und sie saßen nun beide vor diesen schmalen Bänden und versuchten, das Rätsel zu lösen.

«Das ist mein Name», sagte Douglas, «und ich habe Geld verdient mit dem Zeug, aber es ist nicht von mir, das schwör' ich dir. Außerdem ist es schlecht. Es sind schlechte, gefälschte Gedichte. Ich mußte aus England fliehen, wegen dieser Bücher, weil sie schlecht sind, gefälscht und gelogen.»

«Das stimmt nicht, Mister», sagte Joshua.

«Nenn mich nicht Mister», schrie Douglas plötzlich, «meine Güte, ich habe einen Namen!»

«Ich nenne Sie Mister», sagte Joshua, «seit ich Sie kenne, aber wenn Sie möchten, nenne ich Sie auch anders.»

Douglas stöhnte. Er nahm *Colours* in die Hand und hielt es Joshua hin.

«Hör zu», sagte Douglas, «da war ein Junge ...»

Er stockte. Er hatte den Namen vergessen.

«Ein Junge», fuhr er fort, «dessen Namen ich nicht mehr weiß, er war berauscht und vergiftet mit Belladonna, und wir hatten ein Fest in meiner Fabrik, Fortescue Follies, und der namenlose Junge hatte zuviel Walzer getanzt, und er sah Blumen, wo gar keine waren, und ich stenographierte das mit, sein Gefasel, und dann schrieb ich es ins reine und nannte es *Colours*, es wurde gedruckt, da ist es, es ist nicht von mir.»

«Steno – was?» fragte Joshua.

«Stenographie!» schrie Douglas. «Kurzschrift!»

«Warum kurz?»

«Damit es schneller geht!»

«Warum schneller?»

Douglas stöhnte. Er begann von vorne. Er erzählte Joshua von Reverend Stubbings, von Wellesley, von Eddie, von den namenlosen Jungs, von Marie. Er erklärte die Stenographie. Er erklärte seine Methode. Er erklärte die Follies, die Feste, Belladonna und Walzer, die ganze Produktion. Douglas wußte nicht, warum er das tat. Er gab sich große Mühe. Er sagte alles mehrfach, in der Hoffnung, Joshua würde es dann besser verstehen. Er erklärte schließlich sogar das Daguerre-Verfahren, das die Kurzschrift eines Tages ersetzt hatte. Er erzählte, daß man Leute auf Platten bannen kann und ihr Gerede auf Buchseiten. Joshua hörte sich das alles an, ohne eine Miene zu verziehen. Als Douglas zu Ende war, und es dauerte lange, sah ihm Joshua ins Gesicht und fragte: «Warum?»

«Warum was?» stöhnte Douglas.

«Warum tun Sie das?»

«Was denn, gütiger Himmel!»

«Sie schreiben so schöne Gedichte», sagte Joshua, «warum machen Sie sich solche Sorgen?»

«Sie sind nicht von mir», rief Douglas, «und schön sind sie auch nicht!»

«O doch», sagte Joshua, «o doch.»

Joshuas Auskünfte waren weit sparsamer als jene des Dichters. Er berichtete knapp, wo er *Colours* damals gefunden hatte, versuchte auch, dieses Ereignis zu datieren, aber es gelang ihm nicht. Er erwähnte den Buchladen von St. Louis. Viel mehr erzählte er nicht. War das denn wichtig? Joshua fand es nicht wichtig. «Ich liebe Sie, Mister», sagte Joshua. Immer noch gefiel ihm dieser Satz am besten.

Sie sagten oft «warum», ein nutzloses Duett. «Warum», fragte Joshua, als Douglas von der Kurzschrift erzählte, «warum», fragte Douglas, als Joshua seinen Satz von der Liebe sagte. Sie gaben einander keine Antwort. Sie blieben störrisch beim Fragen.

«Wenn du mich verwechselt hättest», meinte Douglas schließlich, «wenn ich nicht der Dichter wäre, einmal angenommen, sogar der Name wäre falsch: Was wäre dann?»

«Ist das so?» fragte Joshua.

«Nein. Aber einmal angenommen ...»

Er mußte Joshua «angenommen» erklären, und irgendwann verstand Joshua, was er meinte. Er sah Douglas lange an, er konnte das längst, sah ernst und nachdenklich in diese ungeduldigen grünen Augen, dann warf er einen Blick auf den Fluß und fragte: «Glauben Sie, Fortescue, Sie fänden hier Ihren Weg?»

«Bitte?» fragte Douglas.

«Ob Sie hier Ihren Weg fänden. Einmal *angenommen* ...» Joshua grinste – «einmal *angenommen*, ich ließe Sie gehen?»

«Ich weiß nicht», murmelte Douglas.

Joshua grinste noch immer.

«Soll ich Sie gehen lassen?»

Douglas gab keine Antwort.

Zadock kam mit einem Truthuhn. Joshua schickte ihn weg. Er kreuzte die Beine, *Colours* in der Hand, und Douglas begann seine Geschichte von vorne. Er wurde ausführlich, ausführlicher als je zuvor. Er erzählte sein ganzes Leben. Er erzählte die Methode, durch ein solches Leben zu kommen, ohne unterwegs aus dem Sattel zu fallen. Er verbesserte sich dann, denn Joshua nahm den Sattel wörtlich, und er sprach statt dessen von Gefahr. Er wußte selbst nicht recht, was er damit meinte, aber er sagte es immer wieder. Gefährlich war das Leben in England, lernte Joshua von seinem Dichter, und man brauchte Waffen, um es heil zu überstehen. Man brauchte einen Stenographieblock, eine Fabrik, eine Camera, denn sonst geschähe Entsetzliches. Douglas erzählte Joshua von der Belichtungszeit, von dem Nutzen gut beschichteter Platten, auch von Laterna magica und *Roue de la vie*. Wenn man eine Platte, so Douglas, sehr kurz belichten könnte und das Bild dann vielleicht noch bewegen, wäre es möglich, die Gefahr zu bannen. Alles wäre dann auf den Platten, was zuvor im Freien war, und auf den Platten sei es nicht mehr gefährlich. Joshua hörte sich das alles an. Joshua verstand es nicht. Er kannte es bald auswendig, wie Fortescues Gedichte. «Warum?» fragte Joshua. «Ich weiß nicht», sagte Douglas. Er wußte es wirklich nicht.

Wieder begann Douglas von den Büchern. Er versuchte zu erklären, was eine Fälschung sei, aber er merkte, er konnte es nicht. Bald sagte er nur mehr, das Zeug sei schlecht, und er beharrte wütend darauf. Joshua schwieg und sah ihn an, verwundert und ein wenig müde. Dann sagte er *Colours* her, von der ersten bis zur letzten Zeile.

«Nicht schön?» fragte Joshua, als er fertig war.

Douglas schüttelte den Kopf, dann nickte er. Er wußte nicht, ob *Colours* schön war. Es klang fremd, hier neben dem Missouri, und wenn Joshua es sagte.

«Du verstehst doch kein Wort!» schrie Douglas plötzlich. «Was verstehst du denn von Gedichten!»

«Soll ich Ihnen ein anderes sagen», fragte Joshua, «ich kann die meisten.»

«Tu das», murmelte Douglas. Und Joshua begann. Er lag jetzt auf dem Rücken, ein Bein angewinkelt, das andere darübergeschlagen, und er rezitierte gelassen, ein bißchen von allem. Er wippte mit der Stiefelspitze, aber nicht im Takt. Er sagte ein paar Zeilen *Iron* und ein paar Zeilen *Dreams*, ein Stückchen *Art & Nature* und ein Stückchen *Thirst*. Danach hielt er inne und hob den Kopf.

«Da frißt einer eine Frau», sagte Joshua verblüfft, «aber das haben Sie sich ausgedacht, oder?»

«Da hat wirklich einer eine Frau gefressen», murmelte Douglas, «aber ich schwöre dir, ich war das nicht.»

Joshua setzte sich auf. Er schüttelte den Kopf. Douglas begann seine Geschichte von vorne.

Sie saßen da bis tief in die Nacht. Douglas gab nicht auf. Er wollte, daß Joshua ablasse von diesen Gedichten, daß er verstehe, wie sie entstanden seien. Er wußte nicht, warum ihm das so am Herzen lag, er merkte es zunächst nicht einmal. Joshua merkte das viel eher. Er merkte, Fortescue wollte ihm etwas begreiflich machen, und er gab sich Mühe, ihm den Gefallen zu tun. Er hörte ihm zu mit gerunzelter Stirn, und er strengte sich an; aber er konnte tun, was er wollte, Joshua verstand nicht, was Fortescue ihm sagte, er verstand es einfach nicht.

Douglas sprach und sprach, in diesen und jenen Worten. Er nahm Beispiele und Bilder, von denen er hoffte, Joshua würde sie besser verstehen. «Du hast auch eine Fabrik», sagte Douglas, «Absolum, Zadock, Paradise, deine Leute», und er wartete geduldig, bis Joshua das verdaut hätte. Joshua verdaute es. Dann begann er laut zu lachen. «Die dichten sicher nicht, meine Männer», lachte Joshua, dann verstummte er und sah Douglas ernst an.

Douglas sprach weiter, Stunde um Stunde. Er verstand sich längst selbst nicht mehr. Gar nichts verstand Douglas Fortescue, in jener mondhellen Nacht am Missouri. Er wußte nicht einmal, daß er seit bald einer Stunde Joshuas Hände hielt. Er hielt sie fest, alle beide, ein verzweifelter Griff, als könne er damit etwas erzwingen. Er erzählte dauernd dasselbe. Joshua saß reglos, seine Hände in denen des Dichters, und er hörte, was der Dichter ihm erklärte. Verstand er ihn? Er wußte es nicht. Er wußte nicht einmal, ob er ihn verstehen wollte. Er wußte auch nicht genau, was das hieß, «verstehen», wenn Fortescue dieses Wort zu ihm sagte. Warum war das so wichtig? Das verstand Joshua am allerwenigsten. Es war schwierig mit Fortescue. Er hatte anscheinend Sorgen. Ob es ihn störte, daß Joshua ihn liebte oder daß er ihn gefangenhielt, oder beides? Irgendwann machte Joshua seine Hände frei und stand auf. Er bedeutete Douglas mitzukommen zum Feuer, wo die Männer längst schnarchten, satt vom Truthuhn und nah an der Glut, die ihnen heute keiner verboten hatte.

Joshua holte zwei Gewehre und hielt eines davon Douglas hin.

«Nehmen Sie das», sagte er, «nehmen Sie meinen Schekken, reiten Sie nicht vor Sonnenaufgang, reiten Sie scharf gen Westen, nicht zu nah am Fluß, bis Sie einen Felsen sehen, wie ein großer Pilz, dort machen Sie einen Bogen nach Norden, zurück zum Missouri, dann kommen Sie zu Fort Osage, da sind Leute.»

«Was?» flüsterte Douglas.

Joshua schwieg. Er hielt Douglas das Gewehr vor die Brust, bis er es endlich nahm. Er gab ihm Kugeln und Pulver. Er wandte sich ab und ging davon. Joshua suchte sich einen Platz nah am Wasser, weil er den Geruch des Flusses mochte. Er setzte sich ins Gras, das Gewehr über den Knien. Joshua Jenkyns hielt Wache in jener Nacht. Er bewachte sich selbst und seine Männer. Er bewachte nicht Fortescue. Fortescue war frei.

Douglas gehorchte in allem. Er sattelte den Schecken, und er brach auf, sobald es dämmerte, das Gewehr hinter sich, Zadocks Hut in der Stirn. Er ritt davon. Es war vorbei, ein grotesker Traum.

Er ritt, wie geheißen, nach Westen. Lange dachte er nur einen Gedanken: Ich brauche einen Friseur. Etwas anderes fiel ihm nicht ein, etwas anderes mochte er nicht denken. Douglas ritt geradeaus, im Schritt, denn er wußte nicht, wie weit es war nach Fort Osage. Zum erstenmal ritt er den Schecken mit Zügeln. Er ritt sich gut. Douglas versuchte, den Namen seines Besitzers zu vergessen. Es gelang ihm nicht. Bald würde es gelingen. Er würde einen Friseur finden, dann Jeremy und die Camera, und er würde dieses Pferd freilassen, einfach freilassen, nicht verschenken oder verkaufen, denn es sah aus, als ob es leben könne ohne Menschen, allein in der Prärie. Wie hieß gleich der Junge? Ich weiß es nicht, dachte Douglas wütend, ich habe es längst vergessen.

Joshua Jenkyns frühstückte das kalte Truthuhn von gestern, reichlich, denn er hatte nicht zu Abend gegessen. Er war auf einen Felsen gestiegen und schaute auf den Fluß. «Fortescue ist weg», sagte Joshua zum Missouri. Joshua würde nach Independence müssen. Er brauchte Pulver, Hufeisen, allerlei. Die Männer waren brav gewesen, sie wollten Schnaps und Mädchen, und das hatten sie auch verdient. Joshua wollte ein neues Pferd, wieder einen solchen Schecken. Er würde zu den Puncahs müssen und tauschen. Er brauchte Waren zum Tauschen, am besten Gewehre, denn die Puncahs wollten Gewehre. In Independence würde es Gewehre geben, oder in Leavenworth. Joshua betrachtete den Missouri und polierte seinen Revolver. Er saß dort stundenlang. Die Männer warteten auf den Aufbruch. Sie mußten lange warten, aber sie waren das gewöhnt. Joshua ließ sich Zeit. Er saß und schaute und schwieg. Dann begann er zu schreien. Er stand auf, verstummte, dann schrie er wieder. Die Männer zogen die Köpfe ein. Joshua kam von seinem Felsen, ein Sprung, ein Schrei, dann nur noch ein Fauchen. Die Pferde. Sie waren schon gezäumt. Joshua warf den Sattel auf Absolums Pferd und zog die Riemen an. Er sprang in den Sattel. Er fauchte wieder und ritt.

Es war fast Abend, als ihn Douglas kommen hörte. Die Prärie war hier abgebrannt, schwarzes Land ohne Gras, eine Erleichterung für die Reiter. Douglas drehte sich nicht um. Er wußte, wer da kam. Er gab seinem Pferd die Sporen.

Douglas nutzte seinen Vorsprung nach Kräften. Es war vorbei, und es durfte nicht wieder beginnen, nein, dachte Douglas, du fängst mich nicht noch einmal. Douglas Fortescue ritt gut. Joshuas Pferd gehorchte ihm. Er warf keinen Blick zurück. Er hörte, daß Joshua näher kam. Er wollte das nicht hören. Douglas ritt, tief gebeugt, mit verhängten Zügeln. Er zögerte nicht. Er floh, wohin auch immer, geradeaus über den schwarzen Boden. Douglas hatte das bessere Pferd. Joshua kam trotzdem näher. Douglas sah sich nicht um.

Er sah ihn noch immer nicht an, als er neben ihm war. Er sah nur einen Schatten. Joshua konnte nicht überholen. Er blieb nah neben seiner Beute, einen Augenblick lang. Versuch du nur, dachte Douglas, mir in die Zügel zu greifen, dann ging alles sehr schnell. Dieses Kunststück war nicht üblich in Yorkshire. Douglas war darauf nicht gefaßt. Joshua stand ganz auf in den Steigbügeln, er zog ein Bein hoch, bis er halb auf dem Sattel kniete, im Galopp, nah neben Fortescue. Joshua fauchte. Es wurde ein Schrei. Joshua schrie und sprang.

Als Douglas zu sich kam, lag er auf dem Rücken, benommen, mit schmerzendem Kopf. Jemand sagte etwas zu ihm. Douglas verstand das nicht. Irgendwann begriff er, das war Joshua, und er fragte nach einem Taschentuch. Er fragte das geduldig und immer wieder, und weil ihm Douglas keine Antwort gab, griff er schließlich in seine Rocktaschen und suchte selbst. Douglas hatte kein Taschentuch, und Joshua hatte auch keines.

«Das wird die Hölle», sagte Joshua, «da kommen Fliegen rein.» Douglas verstand ihn nicht. Er wußte nicht recht, was geschehen war. Sein Kopf tat weh, ihm war übel. Er sah Joshua auf dem Boden sitzen, verschwitzt, zerzaust und schmutzig. Das Bild war unscharf. Douglas sah Himmel. Douglas sah keine Pferde. Douglas sah Joshua Jenkyns.

«Fliegen?» stöhnte Douglas. Joshua nickte. Er zeigte auf Douglas' Schläfe. «Da kommen Fliegen rein, und wir haben weder Schnaps noch ein Taschentuch, deshalb muß ich das anders machen.»

«Was?» stöhnte Douglas.

«Geschürft, sonst gar nichts, aber dreckig wie Tod und Teufel.»

Joshua kniete sich hin. Er nahm Douglas' Gesicht zwischen die Hände. Er drehte seinen Kopf zur Seite und strich die Haare zurück. Dann beugte er sich über ihn und begann sorgfältig, den Schmutz aus der Wunde zu lecken.

Es tat weh, denn es war eine große Wunde, vom Augenwinkel bis weit in die Haare. Douglas zuckte, dann hielt er still. Er ließ sich reglos gefallen, was Joshua mit ihm tat. Er prüfte die Empfindung genau. Er prüfte sie eingehend. Er spürte Joshuas Zunge, feucht und ein wenig rauh, er spürte ihre Bewegung, langsam, von Wundrand zu Wundrand und darüber hinaus. Es war schmerzhaft, dann weniger schmerzhaft. Es war eine sehr nachdrückliche Berührung. Sie machte Douglas angst. Er hielt still und prüfte die Angst. Sie war groß, dann wurde sie geringer. Irgendwann war sie fort, mitsamt der Übelkeit, mitsamt den Schmerzen. Douglas sah auch wieder klar, aber es gab nichts zu sehen, nur Joshuas Haare, und sie waren viel zu nah für ein scharfes Bild.

Joshua machte seine Sache gründlich. Er wollte nicht, daß die Fliegen kämen. Die Wunde war schmutzig, ganz schwarz von der Erde, und Joshua wollte sie sauber. Er ließ sich Zeit. Es dauerte lange, bis er zufrieden war mit seiner Arbeit. Erst als er nur noch Blut schmeckte, keinen Dreck, keine Erde, richtete er sich auf und sah sich die Wunde wieder an. Es sah gut aus. Da würden keine Fliegen kommen. Joshua strich jetzt über Douglas' Kopf, als wolle er auch hier etwas in Ordnung bringen. Mit fünf schmutzigen Fingern fuhr er immer wieder durch Douglas' verworrene und ebenso schmutzige Haare, beharrlich und hilflos. Er brachte gar nichts in Ordnung. Er gab es nicht auf. Douglas gewöhnte sich auch an diese Berührung. Er prüfte längst nichts mehr. Douglas war es leid, etwas zu prüfen, und bewegen mochte er sich auch nicht. Es dauerte lange, bis er Joshuas Hand dann abschüttelte und sich aufsetzte. Er sah Joshua ins Gesicht.

Joshua versuchte ein Grinsen. Es verunglückte sehr. Er schlug die Augen nieder. Douglas betrachtete ihn eine Weile ruhig, dann zog er den Rockärmel über seine Hand und wischte Joshua damit den Mund ab. Joshua wehrte sich nicht. Er half Douglas auch nicht. Douglas wischte Schmutz und Blut von Joshuas Lippen, so gut es eben ging.

«Warum hast du das getan?» fragte Douglas.

Joshua schwieg, dann murmelte er «Fliegen».

«Warum du mich anspringst wie ein verrücktes Tier, das möchte ich wissen!»

«Ich konnte Sie nicht überholen ...»

Joshua sah seine Knie an, dann kniff er die Augen zu.

«Was sollte ich denn tun?» fragte Joshua sehr leise. Er wiederholte das. Er bekam keine Antwort. Er konnte Douglas nicht mehr ansehen.

«Was soll ich denn tun?» flüsterte Joshua mit gesenktem Kopf, «was soll ich denn tun, Mister, bitte, was soll ich tun?»

Er hob die Hand und hielt sie Douglas hin, die Handfläche nach oben. Es sah nicht so aus, als wisse Joshua selbst, was er sagen wollte mit dieser Geste. Douglas verstand sie auch nicht. Er schwieg. Joshua ließ die Hand sinken und verschränkte sie fest mit der anderen. Er kämpfte mit den Tränen. Er faltete seine Hände, rechtsherum und linksherum, immer wieder. Er kämpfte sehr mit den Tränen, dann gewann er den Kampf. Er beugte sich tief, die Stirn auf den hochgezogenen Knien, und er faltete jetzt die Hände um die Stiefelspitzen. Er fragte nichts mehr. Joshua hielt seine Stiefel fest. Er bewegte sich nicht. Joshua Jenkyns wußte sich keinen Rat mehr.

Douglas sah ihn lange an, schweigend, Minute um Minute. Auch Douglas mochte nichts fragen. Er wollte Joshua auch nichts erklären, er wollte ihn nicht mehr belehren über Dichtkunst und Stenographie. Und wenn Douglas nichts einfiele, um ihn zu erlösen, würde Joshua hier kauern in seiner Ratlosigkeit, vielleicht bis das verbrannte Gras nachgewachsen wäre und höher stünde als er. Und Douglas würde ihm wohl Gesellschaft leisten müssen in seiner Versteinerung, denn das hatte er endlich verstanden: Douglas Fortescue konnte, scheint's, nicht mehr fort von diesem Jungen.

Er faßte Joshua um die Hüften, löste sein Halfter und nahm es ab. Joshua zuckte zusammen, dann beugte er sich noch ein wenig tiefer und erstarrte von neuem. Joshua wartete. Joshua wußte nicht, worauf. Douglas legte das Halfter hinter sich. Es störte ihn. Joshua brauchte es jetzt nicht. Das Kunstwerk des Mr. Colt aus Paterson war sinnlos wie eine Steinheilcamera in dieser besonderen Lage.

Douglas dachte an die Leute namens Mesquakie, die Zeichen benutzten statt Wörter, wenn sie handeln mußten mit einem fremden Stamm. Douglas kannte die Zeichen nicht, um zu handeln mit Joshua Jenkyns. Es war hoffnungslos. Es war wahrscheinlich auch gefährlich zu handeln mit dem wilden Joshua, selbst wenn er unbewaffnet war, erstarrt und fast noch in Tränen. Hoffnungslos und gefährlich. Douglas dachte das ein paarmal, und er versuchte, dabei den Kopf zu wiegen, wie er es zu tun pflegte seit zwanzig Jahren, wenn die Welt ihn verwunderte. Es gelang ihm nicht, den Kopf zu wiegen in dieser wohlgeübten Weise. Es gelang ihm auch nicht lange, die Wörter *hoffnungslos* und *gefährlich* herzubeten, denn sie waren weder richtig noch hilfreich. Auch Joshua war nicht hilfreich. Er rührte sich nicht, er blickte nicht auf, er wartete auf Fortescues Entscheidung.

Das erste Zeichen, mit dem Douglas den Handel beginnen wollte, war, wie nicht anders zu erwarten, das falsche. Er griff sehr vorsichtig nach Joshuas Schultern und zog ihn ein wenig zu sich heran, sanft und behutsam, als sei das ein zerbrechliches Wesen, das getröstet werden mußte mit einer sachten Berührung. Er konnte den steinernen Jungen kaum bewegen mit diesem zaghaften Griff. Der zaghafte Griff war eine Lüge. Douglas merkte das sofort. Er ließ Joshua los. Er wollte Joshua nicht anlügen. Es war gelogen, wenn er ihn behutsam berührte, um ihn schicklich zu trösten wie ein Kind. Douglas wollte Joshua nicht trösten. Douglas wollte auch nicht behutsam sein mit Joshua, und um Schicklichkeit ging es hier gar nicht. Douglas wußte längst, was er wollte mit Joshua Jenkyns. Er kämpfte tapfer gegen diese Erkenntnis. Er befahl sich Furcht und Vernunft. Er befahl sich neue Lügen, gefahrlose Kunststücke, Umwege, Auswege, noch mehr Lügen. Douglas tat sein Bestes, um die Sache weiter zu erschweren. Er saß auf seinen Fersen, die Hände noch immer halb erhoben, fast Stirn an Stirn mit Joshua, und er klammerte sich hingebungsvoll an Furcht und Regeln, Verbote und Vernunft. Joshua wartete. Joshua hatte keine Eile. Er vertraute seinem Dichter. Fortescue würde schon das Richtige beginnen.

Und Fortescue begann in der Tat das Richtige. Er fand plötzlich nicht einmal Zeit, sich zu wundern. Er griff jetzt wirklich zu. Joshua war nicht zerbrechlich, man konnte ihn greifen, wie man wollte, und Douglas tat das, ohne Furcht jetzt, ohne Vorsicht, nicht behutsam. Er würde tun, was er tun wollte mit Joshua, und Joshua würde es verstehen, und vielleicht wollte es Joshua ja auch. Joshua verstand wirklich, er verstand sofort. Er wußte nicht, was er wollte, ob er das auch wollte, und was das eigentlich war; aber das spielte eben gar keine Rolle. Fortescue begann etwas, Fortescue wollte das, Joshua war froh darüber. Joshua gab auf. Auch darüber war er froh. Joshua gab seine Verzweiflung auf, seine Versteinerung und sein Gleichgewicht, und er gab alles auf, was man ihm je beigebracht hatte über die Ehre eines Mannes. Joshua Jenkyns ergab sich, ohne Zögern, mit einem einzigen tiefen Atemzug, der ein wenig erschrocken klang und ziemlich erleichtert.

Fortescue führte das Regiment in dieser wortlosen Unterredung. Joshua übte die Unterwerfung. Beides war beiden neu. Es war schwierig. Es war fast schwieriger noch als zu sprechen, aber es war auch besser. Sie kannten die Zeichen nicht für diesen Handel. Sie würden sie lernen müssen, hier und jetzt, denn es war an der Zeit. Es fühlte sich fast an wie ein Kampf. Joshua hatte sich ergeben, aber sein Körper blieb störrisch. Er wußte nicht, wie das ging, sich in den Willen eines anderen zu fügen. Fortescue war so nah. Joshua kannte das nicht, wenn einer so nah war, ein Mann, und er selbst ohne Waffe. War das Fortescue? Joshua sah ihn noch vor sich, wie er ihn damals übers Land geführt hatte, den gefangengenommenen Dichter, bleich und beängstigend, die Hände an den Sattelknauf gebunden. Jetzt hielt er Joshua fest, der Dichter Fortescue. Er war kräftig. Er ging rüde um mit Joshua. Joshua wußte nicht, ob er sich hätte befreien können aus diesem Griff. Er probierte es nicht aus. Es scherte ihn nicht. Es scherte Joshua auch nicht, was ihnen zugestoßen war, Fortescue, oder ihm selbst, oder allen beiden, es scherte ihn gar nicht. Joshua holte noch einmal tief Luft, und dann wurde er plötzlich sehr weich, ohne Revolver, in Fortescues Armen, der schreckliche Joshua, Cyrus Jenkyns' gut erzogener Sohn.

Es war schmerzhaft, was Fortescue tat mit Joshua. Es war ein unbekannter Schmerz, als ob einer an etwas rührte, das ohne Schutz war und empfindlich, das man bewahren mußte vor Übergriffen, das nicht bloßgelegt werden durfte durch solches Tun. Aber Fortescue tat das. Er rührte Joshua an, auf diese besondere Weise, auf die sie sich still verständigt hatten, ganz plötzlich, oder vielleicht auch schon längst, ohne es noch recht zu begreifen. Fortescue rührte ihn an und tat ihm weh und nahm etwas, was auch immer das war, nahm etwas von Joshua, und Joshua gab es ihm, gab es ihm gerne, was auch immer das war. Der Schmerz kam und ging, kam und ging. Joshua erschrak über den Schmerz und hieß ihn doch willkommen, und als sich der Schmerz dann wandelte in eine noch weit unbekanntere Empfindung, die ihn noch mehr erschreckte, hieß er auch diese willkommen, entsetzt und verwirrt und erleichtert und dann plötzlich jäh erfaßt von einem großen und fremdartigen Entzücken. Keiner, wußte Joshua, durfte solches tun mit einem Mann. Man tat das keinem, nicht Freund und nicht Feind. Es gab doch Gesetze, in diesem gesetzlosen Land. Keiner durfte solches tun mit Joshua Jenkyns. Fortescue tat es. Fortescue sollte es tun. Es gab keine Gesetze für Douglas Fortescue und Joshua Jenkyns. Ja, sagte Joshua. Er wußte nicht, ob Fortescue ihn hörte. Es war nicht wichtig. Er wußte es ohnehin. Ja. Joshua schluckte Staub.

Sie waren allein hier, mitten im Land, viele Meilen von Fort Osage. Niemand hatte ihnen die Regeln gegeben für diesen Handel und niemand wußte darum und niemand störte sie dabei. Sie konnten das tun, bis sie es begriffen, bis sie die Zeichen gelernt hatten, bis sie beide verstanden, viel oder wenig, was eben not tat. Sie verhandelten die Sache, bis sie gerecht war für beide Seiten. Es war jetzt einfach. Es war erschöpfend. Dann war es vorbei.

Joshua schlief ein. Douglas mochte das kaum glauben. Er schlief ein in seinen Armen, zusammengerollt wie ein Waschbär, den Rücken an seiner Brust, Douglas' Hände fest in den seinen. Wenn Douglas sich bewegte, knurrte Joshua, aber er wachte nicht auf. Douglas versuchte, sich nicht zu bewegen. Absolums Pferd kam zurück. Der Schecken blieb verschwunden.

«Wo soll ich hin mit dir, meine Güte», flüsterte Douglas. Er bekam keine Antwort. Joshua schlief. Douglas schwieg. Er hätte auch gerne geschlafen, aber das ging nicht. Nur sein Arm schlief ein, auf dem Joshua lag.

Irgendwann wachte Joshua auf. Er sah sofort das Pferd.

«Meines kommt nicht wieder», murmelte er, «das rennt zurück zu den Puncahs.»

Er hielt Douglas' Hände fest und schloß wieder die Augen.

«Wo sollen wir denn hin?» flüsterte Douglas. Joshua knurrte. Er wollte weiterschlafen, am besten bis morgen früh.

«Wo wir hinsollen, verdammt», wiederholte Douglas leise.

«Nach Independence, die Pferde beschlagen.»

«Und dann?»

«Gewehre besorgen und nach Leavenworth.»

Joshua sprach fast im Schlaf.

«Aha», sagte Douglas. Dann war er still. Seine eigene Frage interessierte ihn nicht, nicht jetzt. Er ließ Joshua seinen Willen. Er litt es, daß er wieder einschlief, und er rührte sich nicht, damit Joshua nicht knurren mußte und nicht aufwachen und keine nutzlosen Antworten geben auf ebenso nutzlose Fragen. Douglas ließ Joshua in Ruhe, bis sein Arm so sehr eingeschlafen war, daß er ihn nicht mehr spürte. Dann machte er sich los, stand auf und zog Joshua auf die Füße. Joshua kam mühsam zu sich. Er sah Douglas verwundert an. Douglas bückte sich nach dem Halfter und hielt es ihm hin. Joshua mochte es nicht nehmen. Er betrachtete es, als habe er es noch nie gesehen.

«Komm schon», sagte Douglas. Joshua betrachtete weiter seine Waffe. Er erkannte sie wieder. Er hob ein wenig die Arme. Fortescue hatte das Halfter abgenommen, jetzt sollte er es auch wieder anlegen. Douglas verstand, was Joshua wollte. Er gehorchte. Joshua zog beide Riemen nach, prüfte den Sitz des Revolvers, immer noch halb im Schlaf. Douglas lächelte. Das hatte Joshua nicht verlernt.

«Los», sagte Douglas. Er zeigte auf Absolums Pferd. Joshua sollte nach vorne, denn Joshua war leichter. Joshua zögerte, dann gehorchte er. Das war der Platz für Mädchen und Kinder, sicher zwischen den Armen des Reiters. Joshua war weit so geritten, irgendein namenloses Ding vor sich im Sattel, bezahlt mit mexikanischem Silber. Und er war auch selbst einmal so geritten, damals mit Vater, der ihm Kopfnüsse gab, wenn er blinzelte beim Anblick der Toten. Daran erinnerte sich Joshua, an Vater und an die Mädchen. Das hier war ganz etwas anderes. Wie nannte man das? Joshua wußte es nicht. Er blickte sich um. Douglas hielt die Zügel. Joshua sah ihn verblüfft an.

«Wie heißt das, Mister?» fragte Joshua.

«Was?»

«Wie das heißt.»

«Ich weiß nicht», sagte Douglas, «nenn mich nicht Mister.»

Er trieb das Pferd an. Sie ritten langsam, zurück nach Osten. Es war eine helle Nacht und ein einfacher Weg. Joshua lehnte sich an. Er war müde. Douglas hielt die Zügel, im Gesicht diese staubigen Haare. Wo sollte er hin mit dem Jungen? Und wie *hieß* das, gütiger Himmel? Douglas wußte es wirklich nicht, aber es war eben wohl auch gar nicht wichtig.

Sie erreichten den Missouri im Morgengrauen. Die Männer waren schon wach. Sie sahen sie kommen. Sie wunderten sich. Sie behielten das für sich.

«Frühstück», kommandierte Joshua, als er abgesessen war, und er bekam wieder Truthuhn, und er aß das mit gutem Appetit. Douglas mochte nichts. Douglas mußte nicht. Douglas Fortescue war frei.

Sie machten sich dann auf den Weg, gen Bluffton und Independence, auf der anderen Seite des Flusses. Sie ritten wortlos, Joshua voran. Er ritt ein Handpferd, ohne Sattel, denn der Sattel war fort mit dem Schecken. Plötzlich fiel Joshua etwas ein. Er hielt das Pferd an und wartete auf Douglas.

«Fortescues Bücher», sagte Joshua, «sind jetzt auch weg, sie waren in den Satteltaschen. Das ist nicht schlimm, Fortescue, oder?»

Douglas lächelte. Er schüttelte den Kopf.

«Könntest du dich an meinen Vornamen gewöhnen, Joshua?»

«Warum?» fragte Joshua.

«Das gehört sich so.»

«Warum?» fragte Joshua noch einmal. Douglas gab ihm keine Antwort.

Joshua schwieg. Er schwieg lange.

«Ich versuch's», sagte er schließlich, «Fortescue, ich versuch's.»

V

Independence war schrecklich, viel schlimmer noch als Booneville. Jeremy wußte, er würde keine Hilfe finden in dieser Stadt, eine Straße, ein paar Häuser, bevölkert von Verzweifelten und Verrückten. Die Leuten tranken und schossen dann auf Zäune und Krähen, dazwischen auch in Fensterscheiben. Es gab ein Hotel in Independence, und in diesem wohnte Jeremy nun seit bald zwei Wochen, eine Stuhllehne unter die Türklinke geklemmt, denn es gab keinen Schlüssel. Gelegentlich schickte einer ein Mädchen zu dem Briten, das war vielleicht gutgemeint. Das Mädchen schlug dann mit der flachen Hand an seine Tür und behauptete, es sei Französin. Jeremy wollte kein Mädchen. Jeremy wollte die Gerechtigkeit. So nannte er es seit einer Weile, denn Gesetz mochte er längst nicht mehr sagen.

Niemand kochte in dem Hotel. Es gab ein Gasthaus, da kochten sie Bohnen und Fleisch. Jeremy mußte essen, deshalb ging er in dieses Gasthaus, und er gewöhnte sich ab, den Hut zu ziehen, denn das war hier nicht Sitte. Jeremy wartete. Jeremy sprach mit dem Sheriff. Der Sheriff leistete ihm Gesellschaft in dem Gasthaus, denn er war das Gefängnis leid. Jeremy hatte ihn dort gefunden, hemdsärmelig, das Gewehr über den Knien, wie er dünnen Kaffee trank vor einem Käfig, in dem drei Männer und zwei Frauen saßen, schlimm verprügelt und wütend. Der Sheriff war froh, mit Jeremy ins Gasthaus zu kommen, obwohl auch dort keine Ruhe war. Er saß bei ihm, müde, den Hut auf dem Kopf, das Gewehr noch immer auf den Knien. Niemand beachtete den Sheriff. Niemand beachtete Jeremy. Beide waren längst nicht mehr von Interesse.

Der Sheriff erzählte Jeremy von den Bergen, von den Bibern, die keiner mehr wollte, er klagte über die Unruhe in Independence, über die Jäger, die überflüssig geworden waren und die sich hier einnisteten und schlecht benahmen. Er hatte seinen Spruch gesagt, den Spruch, den sie alle sagten: «Statten Sie die Kerle aus, nehmen Sie sie mit, machen Sie Ihr eigenes Gesetz.» Aber weil Jeremy störrisch war und wahrscheinlich auch feige, ein Fremder ohne Waffe, gab es der Sheriff bald auf.

Er erzählte von Frau und Kindern, von einer Farm weit im Osten, die er haben würde, wenn er erst abgewählt wäre, und zwar hoffentlich bald. Er erzählte von vergangenen Heldentaten, die Jeremy nicht interessierten. Er trank den Brandy, den ihm Jeremy kaufte, und er aß auch Fleisch und Bohnen. Er sah traurig aus, der Sheriff von Independence. Irgendwann schoß er auf einen, der zu laut schrie, und brachte ihn dann ins Gefängnis. Jeremy blieb lange in diesem Gasthaus, an einem schmutzigen Tisch am Fenster, denn es gab draußen auch nichts, was ihm geholfen hätte. Er wartete. Er wußte bald nicht mehr, worauf.

«Fahren Sie nach England», riet der Sheriff, «bevor Ihnen jemand Ihr Geld nimmt.»

Jeremy schüttelte den Kopf. Der Sheriff trank. Er war nicht mehr jung und hatte schlechte Zähne.

Joshua Jenkyns machte auf sich aufmerksam, als er dann endlich kam. Die Leute waren hier schwer von Begriff, Joshua schoß in die Luft. Er wollte ein wenig bleiben in Independence, und er wollte Respekt. Er konnte hierbleiben, er wußte das, es war tollkühn, aber nicht unmöglich. Zwei Tage, dann weiter nach Leavenworth. Sie würden ihn nicht belästigen. Joshua nahm die Hauptstraße mit seinen Leuten, im Trab, einer hinter dem anderen, Little Joshs gutgeführte Truppe. Keiner mochte diesen Leuten im Weg sein. Die Straße leerte sich. Joshua wollte zum Hufschmied.

«Weg vom Fenster», zischte der Sheriff, als er die Schüsse hörte, und gab Jeremy einen Stoß. Jeremy wollte sich nicht stoßen lassen. Er kannte das Geräusch der Schüsse schon so gut, es machte ihm keine angst mehr.

Er blieb als einziger an diesem Fenster sitzen, reglos, den Hut auf dem Kopf. Die Betrunkenen tranken weiter, der Sheriff stand neben der Tür, müde und traurig, das Gewehr in der Armbeuge.

Jeremy sah aus dem Fenster. Jeremy sah Joshua Jenkyns. Er erkannte ihn sofort, und er dachte nicht nach, er hatte zu lange gewartet. Jeremy sprang auf, warf den Stuhl um, dann rannte er auf die Straße.

Er stand da ganz allein, er dachte noch immer nicht nach, er machte einen Satz nach vorn und griff nach Joshuas Zügeln. Er bekam sie nicht. Joshua zielte. Jemand schrie «nein!», ein Schrei des Entsetzens. Jeremy sah sich nicht um. Er sah nur diesen Jungen. Joshua riß das Pferd zurück, den Revolver in der Hand. Er ritt ohne Sattel. Er war sehr staubig. Er starrte Jeremy an und zeigte die Zähne.

«Der Teufel soll dich holen», flüsterte Jeremy.

Joshua hob den Revolver.

Erst jetzt sah Jeremy seinen Bruder, nah neben Joshua, auf einem braunen Pferd. Er hatte kurze Haare. Er war verletzt an der Schläfe. Er sah nicht aus wie Douglas.

«Douglas!» schrie Jeremy.

Douglas hatte Joshuas Schulter gepackt. Joshua wehrte sich. Douglas hielt fest.

«Hüte dich», zischte Douglas, «weg mit dem Ding!»

«Douglas», wiederholte Jeremy. Joshua senkte den Revolver, mühsam, als wolle ihm sein Arm nicht gehorchen.

«Hau ab, Jeremy», sagte Douglas. Es klang ängstlich. Es klang bittend.

Jeremy konnte sich nicht bewegen.

«Hau ab», wiederholte Douglas lauter. Joshua hatte seine Hand abgeschüttelt. Sein Pferd war unruhig, und unruhig waren auch die Männer. Independence war nicht sicher. Joshua änderte seinen Plan. Er wollte hier fort. Er pfiff.

«Fahr heim, Jeremy», sagte Douglas, «bitte, und geh jetzt fort von der Straße.»

Joshua drängte Douglas zur Seite. Er gab seinem Pferd die Sporen.

«Fahr heim!» schrie Douglas, dann trieb er sein Pferd zum Galopp.

Jeremy sprang zurück. Er wäre beinahe gestürzt. Es staubte. Jeremy starrte den Reitern nach. Sie ritten schnell, fünf Mann und ein Handpferd. Jeremy sah Staub, die leere Straße, und er sah das Gewehr, quer hinter Douglas' Sattel.

«Gütiger Gott», flüsterte Jeremy, «gnädiger gütiger Gott.»

Er hörte lange nicht, daß jemand zu ihm sprach. Erst allmählich verstand er, das war der Sheriff. Er stand neben ihm, traurig wie immer.

«Sie sind verrückt, Sir, nicht wahr?» fragte der Sheriff mitleidig.

Jeremy hörte ihn nicht. Er starrte noch immer ins Leere. Er versuchte, das alles zu begreifen. Es war so schnell gegangen. Er begriff etwas, aber er mochte es nicht, und er begriff dann wieder gar nichts.

«Nicht mehr da, Ihr Bruder, das tut mir leid», sagte der Sheriff freundlich.

Er hatte die Szene nicht recht mitangesehen. Er war lieber in Deckung geblieben. Josh mit seinen Leuten. Das kannte der Sheriff schon. Er wunderte sich über Jeremys Glück.

«Nicht mehr da, Ihr Bruder», wiederholte der Sheriff, «Sie sollten sich auf den Heimweg machen.»

Jeremy schwieg. Der Sheriff klopfte ihm auf die Schulter. Jeremy schwieg noch immer. Erst allmählich verstand er, was der Sheriff meinte. Er drehte langsam den Kopf. «Mein Bruder ...», begann Jeremy. Es klang schrecklich. Jeremy kam nicht weiter.

«Mein Beileid», sagte der Sheriff verlegen.

Lange saß Jeremy in diesem Gasthaus. Der Sheriff holte ihm etwas zu trinken. Ein paar Männer riefen «mein Beileid!», dann lachten sie Jeremy aus. Den Bruder verloren und verrückt geworden. Fällt Josh in die Zügel. Mehr Glück als Verstand. Die Männer lachten. Halb und halb hatten sie gesehen, was draußen geschah, aber vor allem den Staub. Hatte Josh einen neuen Mann? Da war einer, oder? Das besprachen sie an der Theke. Es interessierte sie viel mehr als dieser verrückte Brite.

Jeremy saß und schwieg, er trank nicht, und er hörte auch nichts. Er dachte an das Gewehr hinter Douglas' Sattel, und er dachte an Douglas' Gesicht. Das war nicht Douglas. Das war doch Douglas. Jeremy hielt sich den Kopf. *Hau ab, Jeremy.* Das war ein Traum. *Fahr heim.* Das war nicht wahr. Niemand hatte das gesagt. Niemand hatte ein Gewehr. Die Banditen, ja, aber nicht die Geisel. Das Entsetzen in Douglas' Stimme. Das verletzte Gesicht. Doch, dachte Jeremy, als er Wahres von Falschem zu trennen versuchte, doch, das war richtig, Entsetzen und Wunde, das hatte er nicht geträumt.

Irgendwann hörte er, was die Leute sagten, beharrlich und betrunken. *Hat Josh einen neuen Mann? Kennt man den? Wer ist das? Er reitet vorne.* Immer wieder sagten sie das. Jeremy hörte es sich lange an. Allmählich verstand er, was es bedeuten sollte. Er ballte die Fäuste. Er stand auf.

«Das ist kein neuer Mann», schrie Jeremy, «das ist mein verdammter Bruder!»

Die Leute schwiegen. Sie kannten Jeremys Geschichte. Niemand hatte wirklich gesehen, was draußen geschah. Es war ein bißchen peinlich, fanden die Leute, so gar nicht hinzusehen, wenn Josh Jenkyns zu Besuch kam, und es war auch peinlich und ziemlich dumm, Joshs Geisel mit Joshs Männern zu verwechseln. Sie wollten nicht weiter lachen. Der Kerl würde wohl seinen Bruder kennen. Nur der Sheriff, der am meisten wußte über Douglas W. Fortescue und der noch am meisten gesehen hatte von dem Schauspiel auf der Straße, blickte Jeremy dann doch fragend an.

«Der Mann neben Josh?»

Jeremy nickte wütend.

«Ich habe ihn mir anders vorgestellt, Ihren Bruder.»

«Ich mir auch», zischte Jeremy.

«Sagen Sie, Sir ...»

«Besorgen Sie mir Leute», flüsterte Jeremy, «um Gottes willen, besorgen Sie mir Leute.»

Die Stadt Independence war nicht leicht zu beeindrucken, aber Jeremy gelang das doch. Was war jetzt geschehen mit dem englischen Muttersohn, der weder Mädchen wollte noch ein Gewehr? Einmal Josh gesehen und Blut geleckt? Was es nicht alles gab.

Der Sheriff stand Jeremy mit Rat und Tat zur Seite, nur wollte er ihn nicht begleiten. Er betrachtete ihn mit Erstaunen und nicht ohne Ehrfurcht: Der Engländer meinte es ernst. Der Sheriff half ihm, die Leute auszuwählen, zwanzig Mann, furchtlose Kerle, die das Land kannten und Geld verdienen wollten mit einer schönen und schwierigen Jagd. Josh war besser als Biber, auch brachte sein Fell mehr ein. Jeremy war großzügig, und er hielt sich an die Worte des Sheriffs, der wußte, was üblich war in einem solchen Fall. Vorkasse plus Prämie, das sei am besten für die Moral, und hinzu kam ja noch Joshuas Kopfgeld, gut verzinst in der Bank von St. Louis.

Jeremy zahlte die Vorkasse, jedem Mann auf die Hand. Er gab ihnen Munition, er ließ den Sheriff jedes einzelne Gewehr prüfen, und wo er die Nase rümpfte, kaufte Jeremy ein neues.

Der Sheriff half Jeremy gerne. Endlich hatte sein Amt einen Sinn. «Gerechtigkeit», sagte der Sheriff, denn auch er mochte «Gesetz» nicht sagen, und er lobte die Kerle, die Jeremy bekam, jeden einzelnen, liebevoll, als seien das seine Söhne, oder Pferde aus dem eigenen Stall.

Es gab viel zu regeln, und Eile war geboten, denn Joshua war fort. Nachricht kam, er reite nach Leavenworth. Dorthin mußten sie ihm folgen. Jeremy tat praktische Dinge, und er verschaffte sich Respekt. Bald gehorchten ihm die gewesenen Pelzjäger fast genauso wie damals die Dienstboten der Follies, denn Jeremy hatte Talent zum Feldherrn. Er kaufte Pferde, und er gab dem Sheriff das Geld für die Prämie, damit er es Kraft seines Amtes verwahre. Er kaufte sich selbst ein Pferd. Er kaufte ein Gewehr. Es sah ganz anders aus als die Flinten von Yorkshire. Jeremy schoß auf Krähen und traf. Und in der ganzen Zeit, als er Dinge regelte, die Leute rekrutierte und bezahlte, als er «tot oder lebendig» sagte, wie ihn der Sheriff gelehrt hatte, und dann festlegte, wann man aufbrechen würde: In dieser ganzen Zeit dachte Jeremy nicht an Douglas, nicht an dieses Gesicht. *Hau ab. Fahr heim.* Jeremy dachte daran nicht. Er dachte an das Kind in Yorkshire, den Dichter in Greenwich, den Lichtbildner in New Orleans, und er sagte zu den Männern: «Meine Herren, erschießen Sie nicht aus Versehen meinen Bruder, denn sonst gibt es keine Prämie, und alles ist umsonst.» Er beschrieb den Bruder. Es war nicht schwer. Der Mann mit den zweifarbigen Haaren.

«Ist das ein Wunder», rief Jeremy, als der Sheriff lachte, «daß er keinen Friseur hat in dieser verdammten Wildnis?»

«Ihr Bruder ist keine Geisel», sagte der Sheriff plötzlich, leise, damit ihn Jeremys Männer nicht hörten.

«Bitte?» fragte Jeremy.

«Er hat ein Gewehr.»

«Guter Mann», sagte Jeremy, «Sie träumen.»

Absolum, Zadock und Paradise hatten sich auf Independence gefreut, und sie murrten, als es sich Joshua anders überlegte. Sie murrten laut. Sie schwiegen nicht, als Joshua pfiff. Sie schwiegen erst, als er an seinen Revolver tippte. Sie folgten ihm, denn er war schließlich der Herr, und so waren sie es gewöhnt. Sie zogen allerdings Gesichter, alle drei. Sie taten das seit Tagen. Träge waren die Köpfe von Absolum, Zadock und Paradise, aber allmählich kam da doch etwas in Bewegung. Es war dieses eine Bild: Joshua vorne im Sattel, und die Zügel in der Hand der Geisel. Tagelang schwamm dieses Bild umher in den großen und dummen Köpfen der Räuber Absolum, Zadock und Paradise. Sie hätten gerne besprochen, heimlich, was das wohl bedeutete. Sie besprachen gar nichts. Sie zogen Gesichter und schwiegen.

Joshua war geflohen aus Independence. In Independence war Fortescues Bruder. Fortescues Bruder war schlimmer als ein Dutzend Indianer. Man durfte nicht schießen auf Fortescues Bruder, man mußte fort aus dieser Stadt. Irgendwo fanden sie ein Dorf, dort gab es Pulver und einen Sattel für Josh und sogar einen Hufschmied. Joshua bezahlte nicht. Douglas sah ihm zu. Er hatte immer noch dieses Gold in der Tasche, das Gold für Jeremys Land. Douglas sah zu, wie das ging, wenn Joshua nicht bezahlte. Es war einfacher, das zu sehen, als zu bezahlen mit Jeremys Münzen. Sie ritten dann weiter gen Leavenworth.

Joshua wußte, er würde etwas sagen müssen. Er wollte Douglas Douglas nennen, aber es gelang ihm nicht. Er sah ihn an, dann schlug er die Augen nieder, dann murmelte er: «Fortescue, reiten Sie zurück zu Ihrem Bruder.»

Douglas schwieg. Er dachte nach. Dann begann er zu lachen.

«Das kenne ich schon», lachte Douglas, «die alte Geschichte, du schickst mich fort, gibst mir Vorsprung, damit es mehr Spaß macht, dann kommst du und springst mir aufs Pferd.»

«Nein», sagte Joshua.

«Doch», sagte Douglas. Er lachte jetzt nicht mehr. Sie saßen am Feuer. Auf der anderen Seite saßen die Männer, gut in Sichtweite, knapp außer Hörweite, wenn man leise sprach. Joshs Kerle. Sie lösten sich nicht auf, wenn Douglas sie anstarrte mit seinen schrecklichen grünen Augen, er hatte das schon probiert. Man mußte mit ihnen leben, mit Absolum, mit Zadock, mit Paradise, unvermeidbar wie Wetter und Mücken.

«Du läßt mich nicht fort», sagte Douglas leise, «ich glaube dir kein Wort.»

Joshua räusperte sich, dann sagte er: «Doch Douglas, ich laß dich fort, geh zu deinem Bruder.»

Douglas schwieg lange. Er versuchte ein Lächeln.

«Komm schon», bat er müde, «sag, daß ich nicht gehen darf,

ich bin Engländer, ich bin ein wohlerzogener Mensch, tu mir diesen Gefallen.»

Joshua schüttelte den Kopf. Douglas wußte nicht, ob er ihn nicht verstand oder ob er nicht gehorchen wollte.

«Bitte, Joshua.»

Joshua schüttelte noch immer den Kopf, aber dann gehorchte er doch.

«Ich laß dich nicht gehen», sagte Joshua so grimmig er konnte, «eher bring ich dich um.»

Douglas bedankte sich. Douglas lächelte. Das Lügen war wirklich nicht Joshuas Stärke.

Sie schwiegen. Zadock putzte seine Zähne mit der Messerspitze. Joshua blickte ins Feuer. Er zog noch immer eine grimmige Miene. Dann sah er Douglas ins Gesicht mit gerunzelter Stirn, und er sagte ernst und ein wenig erstaunt: «Fortescue, ich möchte das noch einmal machen.»

«Bitte?» fragte Douglas.

«Ja», sagte Joshua.

«Sei still», bat Douglas leise, «geh schlafen.»

Absolum hielt Wache in dieser Nacht, seine Kumpane durften sich hinlegen. Sie lagen nebeneinander, Zadock und Paradise, abgerückt von Josh und der Geisel. Sie schnarchten einträchtig. Irgendwann öffneten sie die Augen. Zadock und Paradise sahen einander an. Sie machten die Münder auf und machten sie wieder zu, denn da kamen keine Worte. Sie standen auf und schlichen hinüber zu Absolum. Sie sahen Absolum an. Auch Absolum öffnete den Mund, aber auch Absolum hatte keine Worte. Was sollte man sagen? Es gab nichts zu sagen. Lange hockten sie beieinander, Absolum, Zadock und Paradise. Dann schlichen sie zu den Pferden.

Douglas erwachte von Joshuas Geschrei.

«Die krieg ich», schrie Joshua, «die hol ich mir!»

Er stand bei den Pferden, die noch übrig waren, den Revolver in der Hand. Er schrie sehr laut. Douglas zog sich die Decke über den Kopf, aber an Schlaf war nicht mehr zu denken.

«Die Kerle sind weg», schrie Joshua, «die hol ich mir einzeln!»

«Aha», seufzte Douglas. Er setzte sich auf. Joshua schrie noch immer. Douglas hatte ihn noch nie so wütend gesehen. Joshua war schlimm gekränkt in seiner Häuptlingsehre, und er konnte eben gar nichts tun, sie zu retten. Er brüllte, und er hörte lange nicht auf damit. Douglas schloß die Augen und stöhnte.

Schließlich verstummte Joshua und steckte die Waffe weg. Er kam zurück und trat in die Asche, immer wieder, mit beiden Stiefeln. Er war jetzt still, aber er knirschte mit den Zähnen.

«Unverschämt», sagte Douglas, «eine Frechheit. Du solltest sie alle erschießen.»

Joshua sah ihn an. Er mochte nicht, wie er sprach. Er blickte sich um. Zwei Pferde. Keine Männer. Zertretene Asche und Fortescue auf seiner Decke. Er wurde immer blonder, ein Stinktier im Sommerfell. Joshua schnaubte. Die Kerle waren weg. Fortescue saß da und lächelte.

Jeremy erreichte Leavenworth mit seinen Leuten, aber Josh war dort nicht, und er war dort auch nicht gewesen. Er hatte einen großen Vorsprung gehabt. Er hätte längst ankommen müssen. Es gäbe keinen Grund, sagten Jeremys ortskundige Männer, zu verweilen zwischen Independence und Leavenworth. Jeremy wollte nicht wieder warten, aber es blieb ihm nichts anderes übrig. Niemand wußte, wo Joshua hingeraten war. War er umgekehrt? Hatten sie ihn überholt? Das sei kaum möglich, sagten Jeremys Männer. Sie waren ratlos. Sie dachten an die Prämie. Würde er noch kommen? Man gab die Hoffnung fast auf. Was könnte ihn aufgehalten haben? Da war nicht viel mehr als Gras und Missouri zwischen Independence und Leavenworth.

Joshua Jenkyns trödelte in der Tat, seit jenem Morgen, als ihm Absolum, Zadock und Paradise abhanden kamen. Er war wütend und blieb das auch, einen ganzen Tag lang, aber er machte keine Anstalten, seine Drohung wahr zu machen. Joshua ließ die Kerle laufen. Douglas fragte ihn noch mehrmals, was er zu tun gedenke, um die Flüchtlinge heimzuholen und zu bestrafen, aber er bekam keine Antwort. Joshua sagte nicht, was Douglas hören wollte. Er sagte überhaupt nichts. Joshua ritt, schweigend, sehr langsam. Er hielt störrisch fest an seiner Wut. Douglas sah ihm zu, wie er die allmählich doch schwindende Wut pflegte, damit sie bei ihm bliebe, wenigstens diesen einen Tag. Es war sehr heiß geworden. Sogar Joshua mußte jetzt einen Hut tragen, ein unförmiges Ding, das im Nacken festgezurrt war mit einem Stück Schnur. Er zog die Krempe tief in die Stirn und machte ein böses Gesicht. Er ritt im Hemd. Er ritt sehr langsam. Douglas ritt mit ihm und sah ihm zu.

Einen ganzen warmen Sommertag lang sah Douglas Fortescue Joshua Jenkyns beim Reiten zu. Diese Beschäftigung nahm Douglas ganz in Anspruch. Er wußte nicht, was geschehen war mit seinen wohlgeübten Augen. Er bekam kein scharfes Bild. Die fein geschliffenen Linsen des Lichtbildners Fortescue waren matt geworden oder gesprungen seit seinem Sturz vom Pferd – sie waren längst nicht mehr verläßlich. So wie Joshua um seine Wut kämpfte, kämpfte Douglas um seinen klaren Blick und Kopf, inbrünstig, halbherzig, trotzig und doch mit rasch erlahmenden Kräften. Er suchte nach Worten für das, was er sah – für das seltsam verschwommene Bild eines Jungen, der ritt, wie nicht einmal ein Viehhirt reiten würde in England, geschweige denn ein Gentleman, mit schlaffen Zügeln und hängenden Schultern, die Stiefel nachlässig und wie zufällig in die Steigbügel gestellt. Douglas hatte keine Worte für dieses Bild. Er sah Joshua weiter an, durch diese ganz aus der Ordnung geratenen Augen, sah sich die stillosen Reitkünste und das feuchte Hemd und die verbissene Miene des Joshua Jenkyns an, seine vom Hut verschatteten Augen, die Schweißperlen und den sehr schwarzen und nicht sehr dichten Bartflaum auf seiner Oberlippe. *Ich möchte das noch einmal machen* … Sie schwiegen eisern. *Ja, Joshua, ich auch, hier und jetzt!* Douglas straffte Schultern und Zügel. Sie ritten wortlos, bis zum Abend.

Joshua schoß. Sie hatten noch genügend Proviant, und es war viel zu heiß, um auf Vorrat zu jagen, aber Joshua schoß trotzdem. Er schoß mit dem Gewehr auf ungenießbare Vögel, traf sie und ließ sie liegen. Dann suchte er sich einen Baum mit wilden Pflaumen und leerte dort mehrmals die Trommel seines Revolvers, Schuß für Schuß, Pflaume für Pflaume, die schrecklich ruhige Hand des Joshua Jenkyns. Douglas sah ihm auch hierbei zu. Er fragte sich, warum Joshua das wohl tat. Vielleicht mußte er etwas klären. Douglas wußte schließlich, daß Joshua vieles mit dem Revolver klärte – warum nicht auch dieses, was auch immer das war. Douglas fragte ihn nicht. Er wollte ihn nicht stören. Joshua schoß, bis er nicht mehr schießen mochte, dann lud er noch einmal nach und grinste Douglas an. «Besser?» fragte Douglas. Joshua nickte. Er drehte den Revolver ein wenig geniert um den Finger, dann steckte er ihn weg.

Es kühlte nicht ab an jenem Abend, und es kühlte auch in der Nacht nicht ab. Sie aßen schweigend und schwiegen weiter. Joshua hatte Kugeln gegossen und spielte nun damit. Douglas hörte sie klicken in Joshuas hohler Hand, immer wieder, ein träges helles Klicken, fast wie das Werk einer Uhr. Plötzlich sagte Joshua «Gott sei Dank». Douglas wußte nicht, was er meinte. Er hörte sich ja sagen: «Ja, Joshua, Gott sei Dank.» Die Nacht wurde nicht kühler von diesem Gespräch. Die Kugeln klickten. Douglas kratzte seine verschorfte Schläfe. Bisweilen sahen sie einander an und konnten dann lange nicht mehr damit aufhören. Es war sehr still, nur die kleinen Tiere der Dunkelheit scharrten und knisterten ungerührt im Gras. Es gab wenig Luft zum Atmen, in jener Nacht am Missouri. Irgendwann legte sich Joshua schlafen. Irgendwann legte sich Douglas schlafen. Es ging nicht recht mit dem Schlafen. Man mußte sich fest in die Decken wickeln wegen der Mücken, es war viel zu warm. Einen Augenblick lang spielte Joshua mit dem Gedanken zu schreien, aber er ließ es bleiben. Es war schon richtig so. Es war nicht sehr angenehm, aber es war eben richtig, das wußten sie beide. Vielleicht taten sie Buße. Vielleicht brauchten sie Ruhe. Vielleicht spielten sie auch ein Spiel, ein Spiel mit hohem Einsatz und hohem Gewinn. Dieses Talent war ihnen gemein: die Geduld. Joshua stützte den Ellbogen auf und sah sich seine Geisel noch einmal an. Er bleckte sachte die Zähne. Ein Gutenachtgruß, Douglas verstand das wohl. Er sah Joshua zu, wie er sich die Decke über den Kopf zog. Vielleicht schlief er. Vielleicht schlief er nicht. Keiner hielt Wache in dieser Nacht, Joshua hatte den geladenen Revolver in der Hand. Douglas verschränkte seine Finger. Er erinnerte sich an jene befremdliche Geste, damals, als Joshua seine Hand genommen und gehalten hatte wie einen Talisman. Es war sehr lange her. Alles, fand Douglas, war plötzlich sehr lange her. Er hielt seine eigenen Hände fest und betrachtete still und so geduldig wie möglich die Sätze in seinem Kopf. Diese Sätze beschäftigten ihn die ganze Nacht. Er würde sie nie sagen, wußte Douglas, sie nicht sagen können und auch nicht sagen müssen, nicht diese Sätze und auch keine anderen. Der Dichter Fortescue schaffte das nicht in drei Worten, da hatte ihm Joshua etwas voraus. Fortescue würde schweigen müssen; aber in jener Nacht formten sie sich ganz ohne sein Zutun, all diese unmöglichen und unglaublichen und auf immer unsagbaren Sätze für Joshua Jenkyns.

Auch am nächsten Tag fand Joshua keinen Grund, sich zu beeilen. Douglas hatte ihn im Verdacht, daß er längst im Zickzack ritt, aber er sprach ihn nicht darauf an. Joshua kannte das Land. Douglas war der Gefangene. Er hatte zwar ein Gewehr, aber er spielte die Geisel. Auch die Geisel sehnte sich nicht nach Leavenworth.

Einen weiteren heißen Tag lang ritten sie im Zickzack, eine zweite lange Nacht verstrich mit ungesagten Sätzen und ungetanen Dingen. Douglas bewunderte Joshuas guten Appetit: Kaum war er aufgewacht, begann er zu essen, kaltes Fleisch vom Abend und jene abscheulichen harten Fladen, die er mit Leidenschaft buk, noch immer genügend Portionen für fünf Mann, obwohl er doch nicht mehr für fünf die Verantwortung trug. Joshua aß wortlos, bedächtig und mit den Fingern. «Es wird nicht kühler», sagte Joshua. «Nein», sagte Douglas, «ich glaube nicht.»

Am Mittag jenes Tages ritt Joshua schließlich so langsam, daß Douglas' Pferd unruhig wurde und zu tänzeln begann. Sie sahen einander kurz an. Sie saßen ab und sattelten ab, einträchtig, ohne das zu begründen oder zu besprechen. Es war keine schöne Stelle. Die Sonne brannte, das Gras war längst braun geworden, zwei dürre Bäume spendeten einen spärlichen Schatten. Joshua band die Pferde an. Dann trat er hinaus in die Sonne und blieb dort stehen, den Hut im Nacken, die Augen ein wenig zusammengekniffen, mit einer Miene, die starr war, fast ohne Ausdruck und doch plötzlich sehr leicht zu lesen. Douglas gehorchte. Er tat die paar Schritte, die ihn trennten von Joshua, der dort stand und wartete, ganz versteinert, wie es bisweilen seine Art war, ein wohlbekanntes und doch rätselhaftes Bild; und je näher Douglas kam, desto rätselhafter schien es ihm, desto weniger vertraut. Bei jedem Schritt, den Douglas tat, vergaß er mehr von dem, was er wußte von Joshua. Er wußte gar nichts mehr, als er bei ihm war. Er wußte nur eines, als er ihn dann berührte: Er wollte wissen, was Joshua wollte. Und er wollte, daß Joshua das bekam.

Vieles wollte Joshua, alles zur selben Zeit. Er wollte den Revolver behalten, und er wollte, daß Douglas ihn fortnahm. Er wollte die Augen schließen und wollte doch nicht blind sein. Er wollte stehen und fallen, kämpfen und die Waffen strekken, er wollte den Schreck, die Wonne, den schon erprobten Schmerz und das bislang nur geahnte Entzücken, er wollte das alles sofort und wollte doch, daß es dauerte, für Minuten, für Stunden, bis zum Ende der Welt – sie waren schlimm in Unordnung und schwer zu entwirren, die unbescheidenen Wünsche des Joshua Jenkyns; aber zunächst wollte er eines, und das war einfach genug: daß all der störende Stoff aus dem Weg wäre, jenes lästige Gewebe, das der Mensch täglich anzieht, um seine Haut zu schützen. Das war deutlich. Das war leicht zu erfüllen. Es war besser, als der Stoff fort war, und mit dem Stoff auch die entbehrliche Sicherheit. Es war fast ein Grund zu seufzen. Aber Joshua wollte nicht seufzen, nicht jetzt. Douglas hörte, wie er Luft holte, heftig, als mache er sich bereit für einen Kampf. Douglas berührte diesen noch fremden Körper, behutsam, fast förmlich, fast so, wie man grüßt, respektvoll, vor einem Duell. Aber als er spürte, wie Joshua diesen Gruß erwiderte; als er bestätigt fand, was er schon wußte: Joshua hatte es nicht mit der Artigkeit; als er das spürte, Joshuas wildes Willkommen, das sich nicht scherte um Form und Komment: da berührte ihn Douglas anders. Er verlor schnell die Scheu. Er fand heraus, was zu berühren war an diesem anderen Körper, und auf welche Weise, und wie sehr, und mit welch großem Vergnügen.

Joshua wollte seine Kräfte messen. Douglas spielte den Kampf mit ihm, beharrlich, mit genußvoller und grausamer Geduld. Douglas spielte gerne mit Joshua. Er bewahrte die Fassung. Er wollte wissen, wie sich das anfühlte, was er tat mit Joshua, was Joshua tat, was sie gemeinsam taten, miteinander, gegeneinander, füreinander, alles zugleich; er wollte wissen, wie diese Spiele zu beherrschen waren; wie man ihnen nachgab; wohin es führte, wenn man es andauern ließ; wie man zusah, daß es dauerte; wie man den Weg fand durch diesen Wirrwarr von Hast und Neugier und Geduld und Verlangen, den besten und gerechtesten Weg. Er hielt Joshua. Es war schwer, ihn zu halten. Joshua war kräftig, und er fand Gefallen an der Gegenwehr. Douglas sah ihm ins Gesicht, er strich ihm die Haare zurück und faßte sie noch einmal und griff sie fest, denn er wollte Joshua in die Augen sehen, sofort und die ganze Zeit. Das Spiel wandelte sich, allmählich, dann sehr. Sie wollten jetzt weiter, diesen kleinen oder großen Schritt. Douglas zögerte. Joshua verstand. Er hielt sich an Douglas, hielt Douglas, und er half ihm, über diese Grenze zu gehen. Es war einfach. Es war an der Zeit. Und Joshua holte wieder tief Luft, und er mußte jetzt seufzen, und er tat das, das alles, erlitt das und tat das und wollte das so sehr, er wollte das tun mit Fortescue, genau das, genau so, Auge in Auge. Und er wollte es lange. Er wollte, daß es dauerte, dauerte, bis man es nicht mehr ertrug.

Es dauerte lange. Sie konnten das gut. Die Welt, wie man sagt, versank um sie her, während sie sich übten in der Langsamkeit. Die Sonne schien ungerührt. Die Krähen flogen. Die Pferde wurden nicht scheu. Die Welt blieb die alte, auch wenn sie versank, eine gleichgültige Welt aus Gras und zwei Bäumen, irgendwo am Missouri.

Dann konnte es doch nicht mehr dauern. Douglas sah das an Joshuas Blick. Er kannte etwas an diesem Blick. Er wußte, was das hieß. *Ja, Joshua. Tu das. Ich will's hören.* Und Joshua schrie. Er schrie seinen berüchtigten Schrei, der ihn oft selbst erschreckte, den Schrei für die fehlenden Worte, für Feind und Freund, für das gesetzlose Land; den Schrei für die Gedichte, die man nicht verstand, für die Liebe, die man nicht verstehen mußte, für Verblüffung und Glück und Triumph. Joshua schrie. Es erschreckte ihn nicht. Es erschreckte auch Douglas nicht. Douglas blieb stumm. Joshua schrie für sie beide. Er schrie sehr. Douglas biß sich auf die Lippen. So gelangten sie zum Ziel.

Sie brauchten lange, bis sie sich gesammelt hatten. Joshua kaute selbstvergessen auf seinen Fingerknöcheln, Minute um Minute. Er lag bewegungslos, gut festgehalten und unbequem. Sehr warm und sehr naß war Joshua. Douglas fuhr abwesend über seinen Rücken, über die scharfen Konturen der Schulterblätter, ganz versunken und nicht ganz wach. Die Sonne brannte gnadenlos. Schließlich nahm Joshua die Finger aus dem Mund und räusperte sich. Er räusperte sich mehrfach.

«Das war», sagte Joshua, «das war, ich meine ...» Er stockte.

«Ich meine», begann Joshua wieder, ein wenig heiser und fast empört, «das war ... ich meine, wir waren unterwegs, und dann ...» Joshua kam nicht weiter. Er versuchte es noch einmal. «Wir waren unterwegs, und plötzlich, es ist heller Mittag, man ist nirgendwo, und auf einmal, ich meine, man sattelt plötzlich wie aufs Kommando die Pferde ab ...»

Joshua setzte sich auf und sah Douglas ins Gesicht. Er grinste. Er verbiß sich ein Lachen. «Da sattelt man auf einmal die Gäule ab am hellen Mittag, und dann ...»

Jetzt war es geschehen um Joshuas Fassung. Er schüttelte entgeistert den Kopf, und dann begann er so zu lachen, wie Douglas es niemals für möglich gehalten hätte. Er lachte laut und fassungslos und mit einer durchaus glückseligen Entrüstung. Er konnte gar nicht mehr damit aufhören. Bald lachte Douglas mit. Bald konnte auch Douglas nicht mehr aufhören. Sie wußten längst nicht mehr, worüber sie lachten. Es gab genügend Gründe, man mußte sie nicht benennen. Es gefiel ihnen, so zu lachen. Sie taten auch das bis zur Erschöpfung.

«Wir müssen weiter», sagte Joshua, als er wieder zu Atem kam.

«Leavenworth?» fragte Douglas.

«Hm?»

Sie versuchten noch einmal zu lachen. Es gelang nicht mehr recht.

«Nur in den Schatten», bat Joshua leise, «Leavenworth noch nicht.»

Sie reisten nicht schneller, nach jenem Mittag, der ein Abend wurde. Douglas und Joshua feierten die geschenkte Zeit. Niemand störte sie, niemand trieb sie an, niemand gab ihnen Befehle. Leavenworth, wußte Joshua, war die letzte Siedlung. Nichts war nördlich von Leavenworth, nur der Missouri. Nichts war im Westen, nur Land, dann die Berge. Indianer lebten dort. Sie jagten. Sie gruben kein Blei wie die traurigen Mesquakies. Joshua zählte Douglas die Namen her, Kanza, Delaware, Pawnee. Sie kümmerten ihn wenig. Joshua wollte nicht tauschen mit den Indianern. Joshua hatte Pulver, und er hatte sogar noch Mehl. Joshua hatte seine Geisel. Joshua tauschte mit Fortescue; er mochte Fortescues Zeichen.

Joshua stand immer wieder fassungslos vor diesem Wunder. Er fand keine Worte dafür.

«Das ahnt ja keiner ...», begann Joshua, «das würde doch niemand ...»

Er sah Douglas hilfesuchend an. Douglas half ihm nicht.

«Tod und Teufel», begann Joshua wieder, «das ist doch ..., Tod und Teufel, das ahnt doch kein Mensch!»

«Das kann auch keiner so gut wie wir», sagte Douglas. Er grinste. Joshua überlegte, dann nickte er ernst.

Es war Nacht. Sie waren müde. Sie hatten gelernt, beieinander zu schlafen, vielleicht das schwierigste von allem. Niemand hielt Wache. Niemand sah ihnen zu. Sie schliefen ruhig, Joshuas Wange an Douglas' Brust, Joshuas Hand am Revolver.

Die Meilen verdoppelten sich, die Independence trennten von Leavenworth. Douglas' Uhr stand still. Das Gras stand hoch. Die Sonne stand am Himmel. Sie wußten beide, Leavenworth war das Ende der Welt. Douglas spielte mit diesem Wort, bis es keinen Sinn mehr gab, zerlegte es in Silben und Laute. «Hm», sagte Joshua. Er hörte Douglas dabei zu, wie er ein Spottlied machte aus dem Wort Leavenworth, das sie beide nicht mochten, und er säuberte dabei die Waffen. Douglas sah zu, wie er den Hahn schnappen ließ und die Trommel drehte, wie er die Gravur streichelte, *Samuel Colt*, ernst und liebevoll, wie ein Kind seine Puppe. Douglas freute sich darüber, er wußte nicht, warum.

Irgendwann, Tage später, gab Joshua das Kommando. Es kam plötzlich. Es war wohl an der Zeit. «Aha», sagte Douglas. Er hatte das nicht verlernt, ebensowenig wie Joshua das Schießen. «Leavenworth», wiederholte Joshua. Douglas nickte. Joshua hatte recht, es mußte sein. Irgendwann mußte es sein. Sie machten sich auf den Weg.

VI

Zwei Männer hielten Ausschau nach Joshua Jenkyns, obwohl keiner mehr an sein Kommen glaubte. Es gab nur einen Weg von Nordosten nach Leavenworth, und von Nordosten kam er, wenn er von Independence kam. Also versteckten sich dort die Posten, die Gewehre neben sich, und spielten tagelang Karten. In Leavenworth war alles bereit für Josh und seine Leute. Jeremy sorgte für Disziplin. Die Falle war offen und gespannt, sie wartete nur auf die Beute. Die Beute kam nicht, die Männer murrten, aber Jeremy verbot ihnen den Mund. Es war eine gute Falle. Es waren genügend Schützen. Tag für Tag wiederholte Jeremy dasselbe: «Schießen Sie nicht auf meinen Bruder.» Tag für Tag erinnerte sich Jeremy weniger an das Treffen in Independence. Er erinnerte sich, wie man Douglas die Hände gebunden hatte, damals auf der Straße in Illinois. Er erinnerte sich an Josh. Er sagte einen neuen Satz zu den Schützen: «Ich will den Jungen haben.» Er sagte das immer wieder. Er sagte «tot oder lebendig». Er hörte sich so sprechen, und ihn schauderte. Joshua kam nicht. Die Männer drängten zum Aufbruch. Zurück, nach Booneville, er ist umgekehrt. Dann kam einer der Posten nach Leavenworth. Josh sei unterwegs, allein mit der Geisel. Die Geisel habe ein Gewehr. «Unfug!» rief Jeremy. Er schrie nach seinen Leuten.

Joshua wußte Bescheid, sobald der erste Schuß fiel. Er sah, wie Douglas sein Pferd parierte, er wußte, das war zu spät. Joshua kannte Leavenworth. Joshua kannte Fallen. Diese Falle war schlimm, wußte Joshua. Er gab seinem Pferd die Sporen. Douglas erschrak. Douglas verstand nicht. Er fragte nicht und gehorchte.

Douglas blieb keine Zeit zum Denken, und Joshua keine Zeit zum Schießen. Sie ritten, geduckt, so schnell es eben ging, die Straße geradeaus. Es staubte. Douglas sah nichts. Er hörte die Schüsse, er ritt.

Sie waren nah nebeneinander, Josh und die Geisel, das störte die Schützen. Sie schossen trotzdem. Sie hatten lange gewartet. Sie wollten Josh, auch um den Preis dieses Mr. Fortescue, auf den sie nicht schießen sollten. Es staubte sehr. Bald staubte es nur noch. Jeremys enttäuschte Leute schossen ein paarmal in die Luft, dann hörten sie auf damit. Sie kamen aus der Deckung. Little Josh war fort. Jeremy stand auf der Straße und tobte.

Joshua ritt weiter. Er kannte das Land. Er ließ Leavenworth hinter sich, er ritt scharf nach Westen, immer im Galopp. Douglas war neben ihm, Joshua hörte das, er sah ihn nicht an. Joshua wußte, sie würden ihm folgen. Es waren die Leute von Fortescues Bruder, denn er hatte den Bruder gesehen. Er war töricht. Er ging schlecht in Deckung. Er hatte viele Leute, gut bewaffnet. All das hatte Joshua gesehen, denn Joshua hatte Erfahrung. Er hatte Pulver und zwei Gewehre. Er hatte seinen Revolver. Er hatte keine Pferde zum Wechseln. So war die Lage.

Joshua ritt gen Westen. Er fand den Engpaß, trieb sein Pferd zwischen die Felsen, dann saß er ab und führte es hinauf zwischen Gestrüpp und Gestein. Douglas war noch da. Joshua hörte ihn. Er sah ihn noch immer nicht an. Schließlich erreichte er sein Ziel. Das war im Augenblick sicher. Eine gute Aussicht und ein enger Weg, Pulver, zwei Gewehre. Joshua nahm die Waffen von den Pferden. Erst dann wandte er sich nach Douglas um.

«Dein Bruder ist wütend», sagte Joshua.

Douglas starrte ihn an. Er hatte noch längst nicht begriffen, was geschehen war, Schüsse und Staub, so plötzlich, und jetzt war alles vorbei.

«Dein Bruder hat ungefähr zwanzig Mann», sagte Joshua.

Douglas kam nur langsam zu sich. Er sah Joshua da stehen, zwei Gewehre unterm Arm, unbewegt.

«Mein Bruder?» flüsterte Douglas.

«Das war dein Bruder. Geh reden mit deinem Bruder.»

Douglas gab keine Antwort.

«Mein Bruder schießt nicht auf Leute», murmelte er schließlich.

«Geh zu ihm, Douglas. Geh reden. Er ist gleich da.»

Joshua sattelte die Pferde ab und führte sie ins Gebüsch, in Deckung. Als er wiederkam, sah er die Reiter. Douglas dachte an Jeremy, was Jeremy täte oder nicht täte. Er wußte das nicht. Er hatte sich arg getäuscht bei sich selbst, warum sollte er sich nicht täuschen bei Jeremy?

«Was soll ich denn sagen zu meinem Bruder?» fragte Douglas leise.

Joshua sah ihn an. Joshua schüttelte den Kopf. Er konnte ihm nicht helfen.

«Ich mag nicht», sagte Douglas.

Joshua nickte.

«Leg dich hin», sagte Joshua, «die Deckung ist mäßig.»

Douglas gehorchte. Da lag er. Joshua baute eine Brustwehr aus den Sätteln. Douglas rührte sich nicht.

«Schieß nicht auf meinen Bruder.»

«Nein.»

«Du erkennst ihn?»

«Ja.»

Joshua prüfte die Waffen.

«Willst du?» fragte Joshua. Es klang müde. Er hielt Douglas ein Gewehr hin.

«Muß ich?» fragte Douglas.

«Nein. Aber laden.»

Joshua schoß, sobald die Männer nah genug waren, eine gute Stelle, um eine Übermacht zu empfangen. Joshua schoß, Douglas lud, Joshua schoß wieder. Die Deckung reichte aus, wenn man lag. Die Kugeln von unten trafen auf Stein. Eine traf Douglas' Sattel. Joshua gehorchte der Erfahrung. Douglas gehorchte Joshua. Joshua schoß und traf. Er sah, wie sie kehrtmachten, die Leute und Fortescues Bruder. Drei blieben liegen. Die anderen ritten davon.

«Laß sein», murmelte Joshua. Er nahm Douglas das Gewehr weg. Er sah ihn nicht an.

«Sie kommen wieder», sagte Joshua, »wir können hier nicht bleiben.»

«Er wollte Land kaufen.»

Joshua antwortete nicht. Er hatte den Kopf gesenkt, er lag still.

«Er hat vier Kinder», sagte Douglas, «er wollte Land kaufen in Illinois, er hat ...»

Douglas verstummte. Er lag reglos wie Joshua. Er hob die Hand und ließ sie wieder sinken.

«Er hat dauernd auf mich aufgepaßt», murmelte Douglas, «er kann das nicht bleibenlassen.»

Joshua rührte sich nicht. Douglas hob wieder die Hand und

legte sie auf Joshuas Rücken. Ein winziges Zucken. Douglas nahm die Hand fort. Joshua war eben nicht der Richtige, um Douglas zu helfen.

Douglas hielt ihm Jeremys Gold hin. Joshua sah ihn nicht an. Douglas hielt den Beutel lange, er wollte ihn nicht mehr haben.

«Laß liegen», sagte Joshua endlich, «hier gibt es sowieso nichts zu kaufen.»

Douglas zögerte, dann legte er den Beutel auf die Erde. Er schob ihn, bis er fiel, hinab ins Geröll. Er schwieg. Er schwieg lange.

«Mach dir keine Sorgen», sagte Douglas, «ich bin ...»

Er verstummte. Er hatte sagen wollen, *unsterblich*. Es war so lächerlich. Douglas setzte sich auf.

«Ich bin müde», sagte Douglas.

«Wir kommen da raus.» Joshua sprach tonlos, ohne den Kopf zu heben.

«Und dann?» fragte Douglas.

Er bekam keine Antwort. Sie mußten weiter, Joshua stand auf.

«Ihr Bruder lädt Josh das Gewehr», sagten die Männer zu Jeremy.

«Ich weiß», sagte Jeremy, «er ist verrückt, schießen Sie nicht auf ihn.»

Auch Jeremy war müde. Auch Jeremy half niemand. So ritten sie denn alle nach Westen.

Es war ein langer Weg, viele Tage und Nächte. Joshua tat, was er gelernt hatte. Douglas tat, was Joshua befahl. Sie schwiegen. Joshua sagte nicht mehr «wir kommen da raus», und Douglas fragte nicht mehr «und dann?». Auch Jeremy schwieg. Er verließ sich auf seine Männer.

Sie wußten, was Joshua brauchte, vor allem Wasser. Das Wasser bestimmte den Weg. Jeremys Leute kannten das Land ebensogut wie Joshua Jenkyns. Er hatte nur zwei Pferde. Er hatte Pulver, irgendwann würde er keines mehr haben. Er hatte nur einen Mann, der lud, aber er schoß nicht. Es konnte nicht ewig dauern.

Es dauerte lange genug. Joshua schoß und traf. Niemand traf Joshua. Niemand traf Douglas oder Jeremy. Joshua ging die Munition aus. Sie ritten nach Westen, immer weiter. Sie sahen Indianer. Sie hatten nichts zum Tauschen. Sie würden umsonst kein Pulver bekommen. Sie ritten schweigend. Die Pferde waren müde.

«Aufgeben», riet Douglas, «bleiben und warten.»

Joshua blickte ihn an, dann sah er wieder nach Westen.

«Ich kann nicht», sagte Joshua, «und du willst nicht.»

Douglas schwieg.

«Ich habe noch eine Kugel», sagte Joshua.

Douglas schwieg weiter.

«Das macht man so», erklärte Joshua, «sie sagen, *die letzte Kugel fürs Glück*. Ich weiß nicht, was das heißt. Ich halt mich daran.»

Sie erreichten Solomon's Fork. Man konnte den Fluß nicht sehen. Es ging bergauf, sie führten die Pferde. Es war der 12. August 1842, aber das wußten sie nicht, sie hatten keinen Kalender.

Joshua kannte die Stelle. Er war hier ein paarmal gewesen, er erinnerte sich nicht, warum. Das Silber aus Santa Fe? War das hier? Joshua wußte es nicht.

Er wußte, es ging bergauf, dann kam eine Klippe, dann der Fluß. Er war blau und tief, Kansas River, längst kein Missouri mehr. Joshua führte sein Pferd, und Douglas folgte ihm. Sie brauchten Wasser. Joshua wußte, man konnte den Fluß hier nicht erreichen. Er ging weiter, dann band er sein Pferd an einen Baum. Douglas tat es ihm nach. Sie stiegen auf die Klippe.

Sie sahen sich den Fluß an, tief unten. Eine merkwürdige Stelle. Die Felsen waren steil, fast ausgehöhlt.

«Da kommt man nicht runter», sagte Joshua. Er hörte Jeremys Leute. Er war müde. Er hatte Hunger. Douglas war viel besser im Fasten, aber müde war Douglas auch.

«Ich mag nicht», sagte Douglas.

«Was?»

Douglas schwieg und setzte sich hin.

Da saß er. Er mochte nicht. Joshua sah ihn an. Er mochte nicht, Douglas, Joshuas störrische Geisel. Joshua zwang ihn nicht. Er setzte sich zu ihm und schaute auf den Fluß. Er dachte an *Colours*. Es paßte nicht zu diesem blauen Fluß, es paßte überhaupt nicht.

«Ich mag auch nicht», sagte Joshua. Douglas hörte jetzt die Reiter.

Jeremys Leute wußten um diese Stelle. Guter Blick für Josh und Deckung, aber kein Ausweg. Er ist tollkühn, sagten die Männer, er ist verrückt. Sie sahen die Pferde und zögerten. «Ich will den Jungen», sagte Jeremy. Die Männer wollten nicht weiter. Auch Jeremy war müde, auch Jeremy mochte nicht mehr. Er saß ab und nahm sein Gewehr.

Douglas und Joshua standen auf, als sie hörten, daß jemand kam. Sie standen nebeneinander, den Fluß hinter sich.

«Man könnte springen», sagte Joshua.

«Kaum», sagte Douglas.

Sie warteten.

Douglas und Jeremy blickten einander kurz in die Augen. Jeremy wollte nicht sprechen mit seinem verrückten Bruder. Jeremy wollte den Jungen. Er zielte. Douglas machte einen Schritt. Jeremy schoß, er traf den Falschen.

Joshua sah hin. Joshua kannte das. Er wußte genau, wie das aussieht, ein Mann, der fällt und der dann nicht mehr aufsteht. Er wollte gehorchen, *nicht den Bruder*.

Er konnte es nicht. Er gab Jeremy seine letzte Kugel.

Jeremy Fortescue starb, bevor er Zeit fand, das zu begreifen, ein Schuß zwischen die Augen, wie Joshua das eben machte. Douglas hatte mehr Zeit, aber er begriff es auch nicht. Er sah, daß Joshua bei ihm saß, mit starrer Miene, den Revolver in der

Hand. Er sah erschöpft aus. Er war staubig wie immer. Douglas kannte ihn so gut, das war tröstlich. Douglas wollte Luft holen. Es ging nicht. Douglas schloß ruhig die Augen.

Joshua schwieg. Er legte Douglas die Hand auf die Wange. Sie fühlte sich fremd an. Joshua nahm die Hand wieder fort. Er blickte Douglas fragend an. War er böse, wegen des Bruders? Er war nicht böse. Er war müde. Er war fast tot. Wieder berührte Joshua seine Wange, und er ließ die Hand jetzt dort.

Er hörte, daß die Männer kamen. Er mochte sich nicht bewegen.

«Ich hab' keine Kugel mehr», sagte Joshua zu Douglas.

Douglas hörte ihn nicht.

Joshua stand auf. Er sah die Brüder dort liegen, reglos, als lägen sie schon lange so. Sie sahen einander ähnlich, der fremde Bruder und der so gut bekannte Freund. Joshua stand still und sah sich das an. Er wollte schreien. Er versuchte es. Es gelang nicht. Es gab keinen Schrei für das. Es gab aber ein Wort. *Tsäh*. Das Wort von der Mutter. *Tot*. Lange hatte er das nicht mehr gedacht. Joshua bewegte die Lippen, sagte das leise her, *tsäh*. Es klang vertraut. Es war einfach. *Tsäh*. Joshua sah seinen leeren Revolver an. Joshua sah Douglas Fortescue an, noch einmal, dann nicht mehr. Er wandte sich um zum Fluß. «Ich versuch's, Douglas», sagte Joshua zu der Klippe überm Kansas River. *Tsäh*. Joshua sprang.

Zwei Tote fanden Jeremys Männer. Sie fanden nicht Joshua Jenkyns. Sie sahen die Klippe, Solomon's Fork, den blauen tiefen Fluß. Es war still hier. Josh war verschwunden.

Epilog

D*er alte Mann,* der sich dem ersten Assistenten der photographischen Sektion der Laboratorien zu West Orange als Joshua Jenkyns vorgestellt hatte, saß in der Union Pacific und fuhr gen Westen. Er hatte den Kinetographen gesehen, jetzt wollte er wieder nach Hause. Der Zug hatte soeben die Station Red Desert passiert. Es war der 26. Juli 1891.

Ein Ausländer saß Joshua Jenkyns gegenüber. Es war ein Student aus Europa, der diese Reise machte, um sich zu belehren über die Neue Welt. Er betrachtete die Landschaft, und er betrachtete sein Gegenüber. Joshua hatte sich lange nicht bewegt. Er saß zurückgelehnt, den Hut über den Augen. Der Student musterte ihn seit Stunden, den fleckigen Ledermantel und den grauen Zopf. Je länger er ihn ansah, desto interessanter fand er ihn. Er hätte ihn gerne photographiert. Aber der Student wußte, das gehört sich nicht, deshalb belästigte er sein Gegenüber mit Fragen. Er fragte nach dem Ziel seiner Reise. Der Alte gab keine Antwort. Der Student fragte wieder, mit Nachdruck. Als er das zum drittenmal tat, schob der Alte den Hut zurück und sagte «Westen». Es klang unwillig und müde, aber nicht sehr unfreundlich. Es ermutigte den Studenten, weiter sein Glück zu versuchen.

Es war mühsam mit Joshua Jenkyns. Er hatte keine Lust zu sprechen. Aber der Student war beharrlich. Er fragte, bekam keine Antwort, dann begann er zu raten. Er hatte viel gelesen über Amerika. Er wollte wissen, was der Mann für einer war.

«Haben Sie Fallen gestellt?» fragte der Student.

Joshua schüttelte den Kopf.

«Haben Sie gekämpft für die Yankees?»

Joshua schüttelte den Kopf.

«Gegen die Yankees?»

Joshua schwieg. Der Student dachte weiter nach.

«Oh», rief er nach einer Weile, «Sie haben Gold gefunden am Sacramento!»

«Hm», machte Joshua. Er schloß die Augen.

«Richtig?» Der Student lachte. «Nicht wahr, das haben Sie getan!»

«Ich habe Gold gefunden», sagte Joshua müde, «aber das ist lange her.»

Der Student erkundigte sich, wie das ginge mit dem Gold. Man wäscht es, nicht wahr? Man sitzt im Fluß, mit einem Sieb, und dann findet man Gold darin?

«So ähnlich», sagte Joshua, «ich weiß es nicht.»

«Haben Sie kein Gold gewaschen?»

«Bekommen», sagte Joshua.

«Wie denn?»

«Am Sacramento und unterwegs.»

Joshua Jenkyns mochte das nicht näher erläutern.

Der Student war erbarmungslos.

«Ach, Sir», rief er plötzlich, «erzählen Sie mir doch Ihr Leben!»

«Nein», sagte Joshua. Er drehte seinen Zopf um den Finger. Sie passierten Bitter Creek. Der Student schwieg eine Weile, dann verlegte er sich wieder aufs Raten.

«Sie haben Land gekauft von dem Gold?»

«Hm.» Joshua sah aus dem Fenster.

«Land, ja?» beharrte der Student.

«Hm.»

«Ganz allein in den Bergen?»

Joshua schüttelte den Kopf. Der Student war enttäuscht. Das hätte ihm gefallen, dieser Mann allein im Gebirge, denn so sah er aus. Vielleicht ein Waschbär zur Gesellschaft – aber bitte nicht Frau und Kinder!

«Familie?» fragte der Student vorsichtig.

Joshua nickte müde.

«Frau und Kinder?»

Joshua nickte.

«Wirklich?»

Joshua schwieg. Er beugte sich dann vor und blickte dem Studenten ins Gesicht. Er sah plötzlich gar nicht freundlich aus. Der Student wich zurück, aber er musterte den Alten weiter, und plötzlich begann er begeistert zu lächeln.

«Sie sind Indianer, Sir, oder?» rief der Student.

Joshua lehnte sich zurück. Er sah aus dem Fenster. Der Student fing schon wieder an mit seinen Fragen. Joshua war so müde. Es war eine lange Reise von New Jersey in den Westen, und Joshua haßte die Eisenbahn. Er mochte die Bänke nicht. Er mochte die Bewegung nicht. Er mochte auch diesen Jungen nicht, der einfach nicht still sein konnte.

«Sie sind, Sir ...», begann der Student schon wieder. Joshua seufzte.

«Ich bin kein Indianer», sagte Joshua müde, «ich habe Land und eine Frau, drei Söhne, die haben auch Land, eine Tochter, verheiratet in Ogden, bitte, lassen Sie mich jetzt in Ruhe?»

Der Student entschuldigte sich. Er war doch gut erzogen. Er betrachtete die Landschaft. Sie war eindrucksvoll. Er fragte den alten Mann nicht weiter.

Der Zug passierte Black Butt und Salt Wells. Es wurde Abend, dann Nacht. Der Student hatte ein Buch aus seinem Koffer geholt und las, Abenteuer aus der Zeit der Besiedlung. Joshua schlief ein und wachte wieder auf, er schwieg und dachte nach. Er dachte an Fortescue. Er dachte an den Kinetographen. Hätte Fortescue das wirklich gemocht? Joshua wußte es nicht. Er dachte an die Tage zwischen Independence und Leavenworth, damals vor einem halben Jahrhundert. Hätte er einen Kinetographen gebraucht, Douglas Fortescue, damals zwischen Independence und Leavenworth? Wozu wohl, dachte Joshua. Er lächelte. Er wußte, er kehrte eben heim von einer sinnlosen Reise.